죄의 메아리

Das Echo der Schuld

죄의 메아리

Das Echo der Schuld

Charlotte Link

샤를로테 링크 장편소설 | **강명순** 옮김

밝은세상

죄의 메아리

초판 1쇄 인쇄일 2015년 9월 30일 | **초판 1쇄 발행일** 2015년 10월 7일

지은이 샤를로테 링크 | **옮긴이** 강명순 | **펴낸이** 김석원

펴낸곳 도서출판 밝은세상 | **출판등록** 1990. 10. 5 (제 10 – 427호)

주 소 (413-120) 경기도 파주시 문발로 119, 202호

전 화 031-955-8101 | **팩 스** 031-955-8110

인터넷 홈페이지 www.baleun.co.kr | **전자우편** wsesang@korea.com

ISBN 978-89-8437-272-6 03850 | **값** 14,500원

죄의 메아리
Das Echo der Schuld

CONTENTS

프롤로그 / 6

1부 / 10

2부 / 248

3부 / 404

옮긴이의 말 / 533

프롤로그

1995년 4월

꿈속, 그의 눈앞에 소년의 모습이 보였다. 초롱초롱한 눈망울, 환한 미소, 이빨이 몇 개 빠진 자리들, 겨울에는 잘 드러나 보이지 않다가 봄이 되면 따스한 봄볕을 받아 짙어지던 주근깨들, 제멋대로 뻗친 덥수룩한 검은머리.

심지어 낭랑하고 부드러운 소년의 목소리도 들려왔고, 특유의 체취도 맡을 수 있었다. 남자아이들의 몸에서만 나는 독특한 체취였고, 그 느낌을 정확하게 묘사하기란 쉽지 않았다. 간혹 먼 바다에서 육지 깊숙한 곳까지 날아온 공기에서 묻어나는 짭조름한 냄새, 햇볕을 받은 나무껍질에서 피어나는 상큼한 냄새, 여름날 길가에 무성하게 자란 잡초 냄새가 적당한 비율로 섞여 있었다.

그는 자주 냄새를 맡고 싶어 소년의 머리카락에 코를 들이대곤 했다. 비록 꿈속이었지만 소년의 머리카락에 코를 들이대는 순간 가슴이 저리도록 그리움이 밀려왔다. 다음 순간 소년의 모습이 희미해지며 끔찍한 장면들이 시야를 가득 채웠다. 회색빛 아스팔트가 깔려 있는 도로, 미동도 하지 않고 쓰러져 있는 아이, 백지처럼 창백한 아이의 얼굴, 파란하늘에 떠 있는 태양과 활짝 핀 수선화들.

그는 순식간에 잠이 싹 달아나버리며 침대에서 몸을 일으켜 앉았다. 온몸이 땀으로 흥건하게 젖어 있었고, 심장이 요란하게 뛰고 있었다. 그가 숨을 헐떡이고 있는 동안 옆에 누운 여자는 세상모르고 잠에 빠져들어 있었다. 사고가 발생한 이후 그가 매일 밤 악몽에 시달리는 동안 그녀는 신기하게도 잠을 잘 잤다. 그는 매일 똑같은 꿈을 꾸었다. 회색빛 아스팔트, 아이의 시체, 파란 하늘, 수선화……

그런 장면들이 더욱 끔찍하게 다가오는 이유는 그때가 봄이었기 때문일지도 모른다. 만약 길가에 더러운 눈이 잔뜩 쌓여 있는 겨울이었다면 그 장면들이 그토록 끔찍하게 느껴지지는 않았을 것이다.

물론 전혀 이치에 닿지 않는 생각이었다. 설령 겨울이었다고 해도 그 끔찍한 장면들은 그를 견딜 수 없는 고통 속으로 밀어 넣었을 테니까.

그는 조용히 침대에서 빠져나와 땀이 흥건히 젖은 셔츠를 벗어 바닥에 내려놓은 다음 서랍장으로 가 새 셔츠를 꺼내 입었다. 매일 밤 땀에 젖은 셔츠를 갈아입어야 했지만 그녀에게는 단 한 번도 들키지 않았다.

덧창을 닫지 않은 침실 유리창으로 달빛이 비쳐들고 있어 그녀의 자태가 잘 보였다. 베개를 뒤덮고 있는 기다란 금발머리와 갸름한 얼굴의 그녀가 고른 숨결을 내뿜으며 깊이 잠들어 있었다.

그는 온화한 표정으로 그녀를 바라보며 자문했다. 잠을 이루지 못하는 날마다 늘 자기 자신에게 묻곤 했던 말이었다.

혹시 이 여자의 사랑을 얻지 못해 그 아이를 그토록 사랑했던 게 아닐까? 혹시 이 여자의 체취를 맡기 위해 머리카락이나 몸에 코를 들이댈 때마다 지나치게 예민하게 반응하며 거부했기 때문에 그 아이의 냄새에 집착했던 건 아닐까? 혹시 이 여자가 더 이상 나를 향해 웃어주지 않았기 때문에 그 아이의 해맑은 미소에 매혹됐던 건 아닐까?

매일 밤, 그는 아이가 결국 죽게 되리란 걸 뼈저리게 실감했다. 낮에는 이성의 힘을 빌려 절대 그렇게 되어서는 안 된다고 자신을 다독거렸지만 다시 밤이 찾아오고 악몽에 시달리다 눈을 뜨면 늘 어떤 목소리가 줄기차게 말하는 소리를 들어야 했다.

그 아이는 죽을 거야. 그건 네 탓이고, 너의 죄야.

그는 매일 밤 눈물을 쏟을 만큼 고통스러웠지만 곤히 자는 금발머리 여인을 깨울 수 없었다. 매일 밤, 그의 심장이 벌렁거리며 뛰고, 호흡이 거칠어졌지만 그녀는 그의 고통에 대해 아무것도 알지 못했다. 오래 전, 그녀는 이미 그에 대한 애정을 모두 거두어갔다. 단지 그의 생에 끔찍한 비극이 벌어졌다는 이유만으로 다시 예전처럼 애정을 갖게 될 것 같지는 않았다.

며칠 전, 한밤중에 악몽을 꾸다 깨어났을 때 그는 이제까지의 생을 훌훌 털어버리고 멀리 떠나기로 결심했다. 집, 정원, 친구들, 그동안 쌓아온 커리어, 그에게 흥미를 잃은 여자, 이름과 신분까지도 모두 내던져버리고 훌쩍 떠나기로 했다. 무엇보다 밤마다 계속되는 악몽에서 벗어나고 싶었다.

과연 떠난다고 밤마다 계속되는 악몽에서 벗어날 수 있을까?

평생 그림자처럼 따라다닐 악몽이란 사실을 부정하지 못했다. 그가 어디에 가든 따라다닐 악몽이었다. 하지만 문득 어디론가 계속 떠돌아다니다 보면 악몽을 견디는 게 조금은 쉬워질지도 모른다는 생각이 들긴 했다. 사람은 지은 죄로부터 도망칠 수는 없지만 아주 빨리 달아나다 보면 가끔은 추악한 죄의 얼굴을 마주하지 않을 수도 있으니까.

그래, 차라리 떠나는 편이 나을지도 몰라.

소년이 죽으면 떠나는 거야.

1부

레이첼 커닝햄은 큰길에서 막다른 골목으로 막 꺾어져 걷고 있을 때 그 남자를 보았다. 그 골목 끝에 성당이 있었고, 거기서 그리 멀지 않은 곳에 교구회관 건물이 있었다. 남자는 신문지를 겨드랑이에 끼고 나무그늘 아래에 서서 주변을 두리번거리고 있었다.

레이첼은 지난주 일요일에도 그 자리에서 서성대는 남자를 보았다.

저 아저씨는 왜 일요일마다 저 자리에 서서 주변을 두리번거릴까?

성당에서 파이프오르간 소리와 성가대의 합창 소리가 흘러나왔다. 아직 미사가 진행 중이었고, 어린이미사를 시작하려면 아직 조금 시간이 남아 있었다. 레이첼은 어린이미사를 진행하는 도널드 아셔 신부를 좋아했다. 아이들은 도널드 아셔 신부를 돈이라는 애칭으로 부르며 따랐다.

레이첼은 어린이미사 때 맨 앞줄에 앉기 위해 일찍 집을 나왔다. 도널드 신부가 집전하는 어린이미사는 교구회관에서 열렸고, 맨 앞줄에 앉을 경우 칠판을 지우거나 슬라이드 영사기를 돌릴 때 조수 역할을 할 수 있어서 좋았다. 어렴풋이나마 사랑의 감정에 눈을 뜬 레이첼은 도널드 신부와 보다 친밀해지길 희망했다. 줄리아는 겨우 여덟 살짜리 여자아이가 성인남자를 사랑하는 건 어울리지 않는다며 펄쩍 뛰었지만 도널드 신부를 좋아하는 레이첼의 마음은 언제나 변함이 없었다.

레이첼은 중요한 가족행사가 있는 경우를 빼고는 일요일마다 어린이미사에 참석했다. 다음 주 일요일은 다운햄마켓에 사는 이모의 생일잔치에 가기로 되어 있어 부득이 미사에 참석할 수 없게 되었다.

레이첼은 자기도 모르게 한숨을 푹 쉬었다. 도널드 신부와 함께 할 수 없는 일요일이란 정말 싫었다. 하루 종일 친척들과 지루하기 그지없는 시간을 보낼 생각을 하니 벌써부터 기분이 울적했다.

그 다음 주에는 2주일 일정으로 여름휴가가 예정돼 있었고, 가족 모두가 저지 섬에 있는 별장에 가기로 되어 있었다. 무려 3주일이나 어린이미사에 참석할 수 없다는 결론이었다.

"예쁜 꼬마아가씨의 기분이 몹시 언짢아 보이는데, 안 좋은 일이라도 있니?"

나무그늘 아래 서 있던 남자가 갑자기 레이첼에게 말을 걸었다.

레이첼은 감정이 얼굴에 그대로 드러나 있는 줄 미처 몰랐기에 남자의 말을 듣고 깜짝 놀랐다.

"언짢은 일 없는데요."

레이첼은 그렇게 둘러댔지만 얼굴이 화끈거렸다.

"그래, 낯선 사람에게 속마음을 쉽게 털어놓아서는 안 되지. 혹시 성당에 왔니? 미사시간에 많이 늦었구나?"

남자가 부드러운 미소를 지으며 친절하게 말했다.

"어린이미사는 어른들 미사가 끝난 다음에 시작되기 때문에 아직 더 기다려야 해요."

"도널드 아셔 신부가 어린이미사를 집전하지?"

"도널드 신부님을 아세요?"

"도널드는 아저씨 친구야. 런던에서 함께 신부수업을 받았지."

레이첼은 길에서 우연히 마주친 사람과 단 한 번도 길게 이야기를 나눈 적이 없었다. 엄마 아빠는 낯선 사람이 말을 걸어올 경우 절대로 응하지 말라고 신신당부했었지만 남자의 태도가 어찌나 친절하고 온화한지 부모의 당부를 깜빡 잊고 말았다.

구름 한 점 없이 화창한 일요일이었다. 성당에서는 성가대의 합창 소리가 흘러나오고 있었고, 모퉁이를 돌면 나오는 큰길에는 오가는 행인들도 많았다.

설마 이런 곳에서 위험한 일이 벌어지진 않겠지?

"어린이미사에 참석한다니 마침 잘 됐구나. 혹시 아저씨를 도와줄 수 있겠니? 넌 똑똑한 아이니까 비밀을 잘 지킬 수 있을 것 같구나."

레이첼은 단짝친구인 줄리아가 털어놓은 비밀을 단 한 번도 다른 누군가에게 발설한 적이 없었다.

"제가 비밀은 잘 지키는 편이죠."

"사실은 도널드를 깜짝 놀라게 해줄 생각이란다. 도널드는 내가 여기에 왔다는 사실을 전혀 모르고 있어. 난 오랫동안 인도에 가 있다가 얼마 전에야 돌아왔단다. 혹시 인도에 대해 들어봤니?"

인도가 아주 먼 나라이고, 영국 사람들보다 피부색이 검은 사람들이 산다는 것 정도는 알고 있었다.

"인도에 가본 적은 없지만 조금은 알아요."

"내가 인도에서 찍어온 사진들을 보면 너도 무척이나 흥미로울 거야."

"재미있을 것 같아요."

"사실은 어린이미사 때 인도에서 찍은 사진을 보여줄 생각인데 나를 도와줄 조수가 한 명 필요하단다."

"조수가 되면 무슨 일을 도와주어야 하는데요?"

"슬라이드사진이 든 상자를 교구회관 안으로 옮겨주면 돼. 날 도와줄 수 있겠니?"

내가 슬라이드 사진이 든 상자를 들고 들어서면 도널드 신부님이 깜짝 놀라 쳐다볼 테고, 줄리아는 부러워 몸을 부르르 떨겠지?

"제가 조수를 맡고 싶어요. 슬라이드사진이 든 상자는 어디에 있죠?"

"오늘 당장이 아니라 다음 주 일요일에 네 도움이 필요해."

다음 주 일요일?

다음 주 일요일에는 다운햄마켓에 있는 이모 집에 가기로 되어 있었고, 그 다음 주에는 온가족이 저지 섬으로 휴가를 떠나기로 되어 있었다.

"다음 주에는 불가능해요. 부모님과 함께 이모 집에 가기로 했거든요."

"그럼 어쩔 수 없이 다른 아이를 찾아봐야겠구나."

레이첼은 그 말을 듣는 순간 조바심이 일어 미칠 지경이었다.

"혹시 일정을 뒤로 미루면 안될까요? 다음 주에는 이모 집에 다녀오기로 되어 있고, 다다음주에는 이주일 일정으로 가족여행을 떠나기로 되어 있지만 그 다음 주 일요일부터는 다른 계획이 없어요. 제가 꼭 그 일을 맡고 싶어요."

"일정이 너무 늦어지면 곤란하단다."

남자가 난감한 표정을 지으며 말했다.

"제발 부탁해요."

레이첼이 다시 한 번 간청했다.

"그 대신 비밀을 지켜주겠다고 약속할 수 있니?"

"당연하죠. 반드시 비밀을 지킬게요."

"도널드는 물론 네 부모님에게도 비밀로 해야 돼. 도널드를 깜짝 놀라게 해주고 싶어서 그런단다."

"물론 엄마 아빠한테도 절대로 말하지 않을게요."

3년 전, 동생 수가 태어난 이후 엄마 아빠는 많이 달라졌다. 그 전까지만 해도 레이첼이 중심이었지만 지금은 끊임없이 보살펴줘야 하는 동생에게 매달려 지내다시피 했다.

"친한 친구에게도 말해선 안 돼."

"물론이죠."

"좋아, 그럼 삼주일 뒤에 만나기로 약속하자. 아저씨 집으로 가서 물건들을 차에 싣는 걸 도와주면 돼. 넌 어디에 사니?"

"게이우드에 살아요."

"그럼 채프만스 클로즈가 어딘지 알겠구나?"

채프만스 클로즈는 요즘 한창 아파트 공사가 진행 중인 주택단지로 줄리아와 함께 자전거를 타고 몇 번 가본 적 있는 동네였다.

"네, 어딘지 알아요."

"그럼 삼주 뒤 11시 15분에 채프만스 클로즈에서 만나기로 약속할까?"

"좋아요. 약속해요."

"반드시 혼자 와야 해."

"물론이죠."

"그래, 넌 똑똑한 아이니까 약속을 잘 지킬 수 있을 거야."

남자와 악수를 나눈 레이첼은 뿌듯한 마음에 가슴을 앞으로 쭉 내밀고 교구회관을 향해 걸어갔다.

레이첼은 아직 약속한 날까지 3주나 남아 있다는 게 못마땅해 안달이 날 지경이었다.

8월 7일, 월요일

8월 7일, 리즈 알비의 외동딸이 실종됐다. 그날은 월요일이었고, 구름 한 점 없이 맑은 날이었다. 햇볕이 어찌나 쨍쨍 내리쬐던지 마치 이탈리아나 스페인을 연상케 하는 날씨였다.

영국은 지역에 따라 기후 편차가 심해 대서양과 면해 있는 서부지역은 기후가 습했고, 북부지역인 요크셔와 노섬벌랜드 주는 비가 자주 내렸고, 남부지역인 켄트 주는 가물고 건조해 농부들의 탄식이 끊이지 않았다.

리즈의 고향인 이스트 앵글리아 지역은 7,8월만 되면 가만히 앉아 있어도 땀이 줄줄 흘러내릴 정도로 날씨가 더웠다. 1년 반 전, 사라가 태어난 이후 리즈의 생은 점점 꼬여가고 있었다. 열여덟 살에 아이를 임신한 게 비극의 서막이었다.

마이크를 처음 만난 날 딱 한 번 잠자리를 같이 했을 뿐인데 아이를 임신하게 되었다. 리즈가 임신하자 마이크는 어린 나이에 족쇄가 채워진 인생을 살 수는 없다며 결혼을 거부했다.

"마이크, 내 발목에 채워진 족쇄는 보이지도 않아? 난 스무 살도 되기 전에 아이엄마가 됐어. 이제 내 인생은 끝난 거야."

마이크는 그녀의 항변에도 아랑곳하지 않고 결혼을 단호하게 거부했다. 심지어 양육비를 부담하기 싫어 친자확인검사까지 요구했다. 마이크는 친자확인검사 결과 친부라는 게 확인되는 바람에 마지못해 양육비를 지불하게 되었다. 그는 인사치레로 몇 번 얼굴을 내비치더니 이후로는 아예 발길을 뚝 끊었다.

리즈는 엄마의 집에 얹혀사는 형편이었다. 내심 아이가 태어나면 엄마가 육아를 도와줄 거라고 기대했지만 섣부른 생각이었다. 킹스린의 빈민가에 살고 있는 베치 알비는 가뜩이나 좁아터진 집에서 아이가 빽빽거리며 울 생각을 하니 벌써부터 머리가 지끈거린다며 애초에 도움 같은 건 기대하지 말라며 일침을 가했다.

"몸을 함부로 굴린 대가니까 네가 끝까지 책임져. 난 네 아이가 싼 똥을 치워줄 생각이 없어. 널 집밖으로 내쫓지 않는 것만으로도 다행인 줄 알아."

베치는 틈만 나면 리즈에게 악담을 퍼부었다.

감자 칩 봉지를 끼고 하루 종일 텔레비전 앞에서 시간을 보내기 일쑤인 베치는 아이가 태어난 이후 대낮부터 술을 마시는 날이 잦아졌다. 리즈는 시장을 보러 갈 때도 바퀴가 빽빽해 잘 굴러가지도 않는 유모차에 아이를 태우고 가야 했다.

비록 혹이 하나 붙어 있긴 해도 리즈는 아직 젊고 매력적이었다. 그녀는 분명 어딘가에 꼬인 인생을 풀어줄 남자가 있을 거라는 기대를 포기하기에는 아직 이른 나이였다.

언젠가 멋진 남자를 만나 음습한 동굴 같은 집에서 당당하게 걸어 나갈 테니까 두고 보라지.

베치는 악마가 성수를 겁내듯 땀을 줄줄 흘리게 만드는 더위를 싫어했다. 그럼에도 그녀는 텔레비전 시청에 방해가 된다는 이유로 한 여름에도 문을 꼭꼭 닫아놓아 집을 찜통처럼 만들었다.

리즈는 꽃을 키울 수 있는 발코니가 딸린 집과 가끔 예쁜 속옷이나 향수를 선물해주는 남자가 있다면 얼마나 좋을지 상상해보곤 했다. 사라를 친딸처럼 사랑해주는 남자, 자신이 쥐꼬리만 한 월급을 받기 위해 하루 종일 카운터에 서 있지 않아도 될 만큼 돈을 넉넉하게 벌어 오는 남자라야 했다.

리즈는 잠시라도 텔레비전 소리에서 벗어나고 싶었다. 그녀가 보기 에 베치는 망가진 인생의 표본이었다. 겨우 마흔세 살에 세상을 다 산 사람처럼 텔레비전만 쳐다보고 사는 엄마의 집에서 한시바삐 벗어나 고 싶었다. 사라를 유모차에 태우고 길을 오갈 때마다 질시의 시선을 보내는 동네사람들도 싫었다.

그날은 이른 아침부터 강렬한 햇볕이 내리쬐었다. 사라가 다니는 유치원이 방학을 하는 바람에 리즈는 어쩔 수 없이 휴가를 내 헌스탠 턴 해변에서 하루를 보내기로 마음먹었다. 해변에서 날씬한 몸매도 과시하는 한편 모처럼 선탠과 수영을 즐기고 싶었다.

리즈는 이제 4년 6개월 된 사라를 혹으로 여기지 않는 남자를 만날 수 있길 기대하며 엄마에게 하루만 아이를 돌봐달라고 부탁했다. 엄마 는 텔레비전에서 눈을 떼지도 않고 그녀의 부탁을 야멸치게 거절했다.

리즈는 할 수 없이 사라를 데리고 가기로 했다. 헌스탠턴 해변까지 가려면 한 시간 넘게 소요되는 노선버스를 이용할 수밖에 없었다. 집 에서 멀어질수록 바다냄새가 코를 찔렀다. 마침내 강렬한 햇볕을 받 아 반짝거리는 바다가 시야에 들어왔을 때 리즈는 가슴이 뻥 뚫리는 것 같은 느낌을 받았다. 리즈는 칭얼대는 사라를 까맣게 잊고 아직 앞

날이 창창한 여자로서의 자신감을 회복했다.

버스가 헌스탠턴 해수욕장의 주차장 안으로 진입하는 순간 사라가 갑자기 환호성을 질렀다. 그제야 리즈는 자신이 미혼모라는 사실을 절감했다. 주차장 근처에 매점과 기념품가게, 회전목마, 아이스크림 가판대 따위가 밀집해 있었다. 사라가 환호성을 지른 이유는 1파운드를 내면 탈 수 있는 회전목마를 발견한 탓이었다.

"사라, 안 돼. 한 번 태워주면 계속 태워 달라고 떼를 쓸 거잖아. 사람들이 해변으로 몰려오기 전에 어서 좋은 자리를 잡아야 해."

휴가철을 맞아 영국뿐만 아니라 유럽 전체가 들썩이고 있는 때였다. 헌스탠턴 해변만 해도 이 지역 사람들은 물론이고, 유럽 각지에서 몰려온 관광객들로 인산인해를 이루고 있었다.

리즈는 최대한 서둘러 좋은 자리를 잡고 싶었다. 자칫 꾸물거렸다가는 떼거리로 몰려든 대가족들 사이에 끼어 초라하고 비참한 신세를 면하지 못할 테니까.

리즈의 마음과 달리 사라는 모래 위에 꼼짝도 하지 않고 버티고 서서 떼를 써댔다.

"엄마, 회전목마를 타고 싶어!"

리즈는 한 손으로 수영용품과 생수병, 샌드위치, 사라가 모래밭에서 놀 때 사용할 장난감 삽 따위가 들어 있는 가방을 들고, 다른 한 손으로는 격렬하게 저항하는 아이를 끌어당겼다.

"사라, 바닷가에 가서 엄마랑 모래성을 만들며 노는 게 훨씬 더 재미있을 거야."

리즈는 사라의 관심을 다른 곳으로 유도하기 위해 안간힘을 다했다.

"싫어! 난 회전목마를 타고 싶어!"

사라가 여전히 포기하지 않고 고집을 부렸다.

리즈는 잔뜩 화가 나 하마터면 사라의 뺨을 후려칠 뻔했지만 아이를 때리자니 주위에 지켜보는 눈이 너무 많았다.

"나중에 태워줄 테니까 어서 가자. 엄마 말을 잘 들어야 착한 아이지."

사라는 착한 아이가 될 생각이 전혀 없다는 듯 온몸을 버둥거리며 계속 떼를 써댔다. 사라는 리즈가 잡아끄는 바람에 어쩔 수 없이 끌려오면서도 여전히 완강한 저항을 멈추지 않았다.

리즈는 순식간에 온몸이 땀으로 흠뻑 젖어들었고, 모처럼 좋았던 기분도 엉망이 되어버렸다.

이제 다시는 남자를 만날 수 없을 거야. 이런 꼴을 보고도 나를 좋아해줄 남자가 어디 있겠어?

사라와 실랑이를 벌이는 동안 가방을 떨어뜨리자 어느 친절한 남자가 집어주었다. 이번에는 장난감 삽이 바닥에 떨어졌고, 어느 중년부인이 집어주었다.

리즈는 이 세상에서 사라처럼 고집 센 아이는 없을 거라는 생각이 들었다. 문득 사라를 임신했을 때 낙태를 고민했던 기억이 떠올랐다. 그 당시 리즈는 비록 종교를 갖고 있지는 않았지만 뱃속 아이를 지우면 천벌을 받을 것 같은 공포감을 느꼈다.

그때 차라리 낙태를 했어야만 해.

리즈는 울며불며 떼쓰는 사라를 끌고 가느라 땀을 비 오듯 흘리며 낙태를 하지 않은 걸 후회했다.

마침내 그들은 하루를 보내기에 적합해 보이는 해변에 도착했다. 리즈는 비치타월 두 개를 펼쳐놓은 다음 모래성을 쌓기 시작했다. 비로소 사라도 호기심을 보이며 함께 모래성을 쌓기 위해 달려들었다.

그제야 리즈는 안도의 한숨을 내쉬었다. 사라는 모래성을 쌓는 재미에 매몰돼 회전목마는 까맣게 잊어버린 듯했다. 그나마 이제부터는 평온한 하루가 되리라는 예감이 들었다.

리즈는 수영복을 입은 자신의 몸매가 제법 남자들의 시선을 끌 정도로 날씬하다는 걸 알고 있었다. 백화점세일 때 엄마 몰래 구입한 비키니수영복이었다. 아무리 세일기간이라고 해도 턱없이 비쌌지만 눈을 딱 감고 구입했다. 절망의 구렁텅이에서 그녀를 구원해줄 남자를 만나기 위한 투자라 생각하기로 했다. 물론 엄마한테는 그런 이야기가 통할 리 없어 끝까지 비밀로 했다.

사라는 모래성을 쌓느라 여념이 없었고, 리즈는 비치타월 위에 누워 눈을 감았다.

*

제법 오랫동안 잔 게 분명했다. 잠에서 깨어나 주위를 둘러보니 어느새 정오가 다돼가는 듯 해가 중천에 떠 있었다. 해변은 아침보다 훨씬 더 많은 사람들로 북적거렸다. 사방이 온통 사람들 천지였다. 누워서 선탠을 즐기는 사람들, 배드민턴을 치거나 비치볼놀이를 하는 사람들, 더러 해변을 따라 조깅하는 사람들도 있었다. 아이들이 신이 나 깔깔대며 웃는 소리, 파도가 철썩이는 소리, 비행기가 비행운을 남기며 멀리 사라져가는 소리가 한꺼번에 겹쳐서 들려왔다.

리즈는 깜박 잠이 들기 전 선크림을 바르지 않아 얼굴이 따끔거렸다. 그나마 피부가 벗겨질 정도로 살이 타지는 않아 다행이었다. 열심히 모래성을 쌓고 있던 사라도 어느새 잠들어 있었다. 몸을 웅크리고 입까지 벌리고 잠든 모습을 보아하니 생떼를 쓰느라 몹시 지친 듯했다. 사라는 잠든 모습이 가장 사랑스러웠다.

리즈는 배가 출출했지만 마가린과 치즈로 만든 샌드위치를 생각하니 식욕이 가시는 느낌이었다. 버스정류장 근처 스낵가판대에서 본 바게트 빵이 눈에 선했다. 토마토와 모차렐라치즈가 듬뿍 들어 있는 바게트 빵을 생각하자 저절로 입에 군침이 돌았다. 사라도 좋아하는 빵이었고, 가방 속에 들어 있는 미지근한 생수 대신 시원한 콜라를 한 잔 마시고 싶기도 했다.

리즈는 자리에서 일어나 잠든 사라를 내려다보았다. 사라를 깨워 함께 버스정류장까지 갈 경우 회전목마를 타게 해달라고 떼를 쓸 게 뻔했다.

사라가 곤히 잠들었으니까 깨기 전에 서둘러 다녀오는 거야.

주위에 사람이 이렇게 많은데 설마 무슨 일 있겠어? 혹시 사라가 잠에서 깨어나더라도 사람들이 아이가 바닷물에 빠져 죽게 내버려두지는 않겠지? 10분이면 충분하니까 걱정할 필요 없어.

리즈는 걱정스런 마음을 다독이며 버스정류장을 향해 출발했다. 생각보다 거리가 훨씬 멀었다.

사라와 이리 오래 걸었나?

리즈는 사라가 걱정되는 한편 남자들의 따가운 시선을 받고 기분이 좋아졌다. 리즈는 아이를 낳은 여자 같지 않게 여전히 날씬했고, 비키니수영복도 완벽하게 어울렸다.

지금 날 쳐다보고 있는 남자들은 내가 애 엄마라는 사실을 전혀 모르겠지?

리즈는 이제 스물세 살의 매력 넘치는 여자였고, 남자들의 시선을 당당하게 즐기며 걸었다.

마침내 스낵가판대에 도착한 리즈는 입이 떡 벌어졌다. 그녀보다 앞서 핸드볼 팀 선수들이 떼거리로 몰려와 있었기 때문이다. 그들이 뭘 먹을지 의논하는 동안 시간이 계속 흘러가고 있었다. 핸드볼 선수 서너 명이 리즈에게 노골적으로 추파를 던졌다.

구릿빛으로 그을린 멋진 남자들에 둘러싸여 노골적인 눈빛을 받아 본 게 대체 얼마만이지?

리즈가 설레는 마음으로 생각에 빠져 있는 사이 코치가 핸드볼 선수들을 인솔해 가판대를 떠나버렸다. 핸드볼 선수들이 빠져나가고 혼자 우두커니 남게 된 리즈는 비로소 바게트 빵과 콜라를 샀다. 시계를 보니 벌써 해변을 떠난 지 25분이나 지나 있었다.

빌어먹을! 사라가 잠에서 깨어나 울며불며 난리를 치고 있으면 어쩌지?

사람들의 따가운 눈총을 받을 수도 있는 일이었다. 보편적 상식을 갖춘 엄마라면 절대로 아이를 혼자 놔두지 않을 테니까.

리즈는 더 이상 은근한 눈길을 주는 남자들의 시선을 즐길 여유가 없었다. 힘껏 달리는 와중에도 리즈는 바게트 빵을 떨어뜨리지 않기 위해 포장지를 꼭 움켜쥐었다. 한참 동안 달렸더니 숨이 차고 옆구리가 결렸다. 모래 위를 달리기란 생각처럼 쉽지 않았다.

드디어 장난감 삽이 보였고, 사라가 만든 모래성도 보였다. 사라가 누워 있던 비치타월도 보였다. 노란 나비들이 날아다니고 있는 연하늘 색 비치타월이었다. 정작 비치타월에 누워 있던 사라가 보이지 않았다.

숨을 헐떡이며 걸음을 멈춘 리즈는 정신없이 주위를 둘러보았다. 40분 전, 타월에 누워 잠들어 있던 사라가 어디론가 사라지고 없었다.

40분!

물론 아이 걸음으로 그리 멀리 가지는 못했으리라. 잠에서 깼는데 엄마가 보이지 않자 겁을 집어먹고 근처를 헤매고 있을 공산이 컸다. 시시각각 인파가 늘어나고 있었다.

이 많은 사람들 중에서 어떻게 사라를 찾지?

리즈는 빵과 콜라를 비치타월 위에 내려놓았다. 좀 전까지만 해도 배가 몹시 고팠는데 이제는 사라가 걱정이 돼 속이 울렁거렸다.

리즈는 옆자리에 누워있는 뚱보 여자에게로 다가갔다. 어린아이 넷이 여자 주위에서 소란스럽게 떠들어대고 있었다.

"혹시 제 딸아이가 어디로 가는지 보셨나요? 검은머리에 눈빛이 검고, 파란색 반바지에 줄무늬 티셔츠를 입고 있는 아이인데요."

"비치타월에 누워 자고 있던 아이 말인가요?"

뚱보 여자가 되물었다.

"네, 맞아요. 딸아이가 곤히 자고 있어 잠시 먹을 걸 사러 갔다가 돌아왔는데 보이지 않아요."

"아이를 혼자 내버려두고 먹을 걸 사러 갔단 말인가요?"

뚱보 여자는 리즈의 경솔한 행동을 비난하는 눈치였다.

"잠깐 자리를 비웠을 뿐인데 사라졌어요."

과연 40분을 잠깐이라 할 수 있을까?

"내가 댁의 아이를 본 건 비치타월에 누워 자고 있을 때였어요. 우리 아이가 컨디션이 좋지 않아 댁의 아이에게는 미처 신경을 쓰지 못했죠."

안색이 창백한 아이가 뚱보 여자 옆에 누워 있었다.

"그리 멀리 가지는 못했겠죠?"

리즈는 자꾸만 불안해지는 마음을 스스로 진정시키기 위해 그렇게 말했다.

"혹시 검은머리 여자아이 못 봤어? 아까 타월을 펼쳐놓고 자고 있던 아이 말이야. 아이 엄마가 잠깐 동안 스낵가판대에 다녀오는 동안 사라졌대!"

뚱보 여자가 모래밭에 누워 있는 지인을 향해 물었다.

"나라면 절대 아이를 혼자 내버려두지는 않을 거야."

그 여자 역시 리즈의 처신을 은근히 비난했다.

리즈는 점점 증폭돼가는 불안감을 억누르며 해변을 미친 듯이 헤매고 다녔지만 결국 사라를 찾는데 실패했다.

그럼 혹시?

사라가 어쩌면 회전목마를 타러 갔을지도 모른다는 생각이 뇌리를 스쳤다.

리즈는 서둘러 버스정류장으로 달려갔다. 회전목마에 서너 명의 아이들이 앉아 있었지만 사라는 없었다.

"아이를 찾고 있는데요. 혹시 검은 머리에 파란색 반바지와 줄무늬 티셔츠를 입고 있는 아이를 본 적 있나요?"

리즈가 매표소 관리자에게 물었다.

"오늘 여기에 왔던 아이들을 죄다 기억하지만 그런 아이는 본 적이 없어요."

리즈는 크게 낙심해 사라가 누워 있던 해변으로 다시 달려갔다. 부적절한 행동을 한 것에 대해 벌을 받고 있다는 생각이 들었다. 사라를 임신했을 때 수없이 낙태를 생각했던 벌, 사라를 처음 품에 안았을 때 기뻐하기보다는 눈물을 흘린 벌, 사라가 차라리 세상에 없었다면 좋았을 것이라 생각한 벌, 화가 날 때마다 야단치고 욕한 벌, 모성애 결핍에 대한 벌.

사라가 잠들어 있던 비치타월을 보는 순간 참고 있던 눈물이 쏟아져 나왔다. 비치타월 옆에 바게트 빵과 콜라병이 든 종이봉투가 나뒹굴고 있었다.

한 시간 전, 리즈는 잠든 사라를 내버려두고 음식을 사러 갔다.

뚱보 여자가 연민의 눈빛으로 리즈를 쳐다보았다.

"아직 아이를 못 찾았어요?"

"네, 흔적도 없이 사라졌어요."

리즈가 울먹이며 대답했다.

"자리를 비울 때 나에게 말했다면 신경을 썼을 텐데 정말 안타깝네요."

그리 어려운 부탁도 아니었는데 왜 그렇게 하지 않았을까?

"이런 일이 생길 줄 정말 몰랐어요."

"더 늦기 전에 경찰에 신고해요. 수상안전요원들한테도 알려야 해요."

옆에서 듣고 있던 뚱보 여자의 지인이 끼어들었다. 지루하던 차에 꽤나 흥미진진한 일이 벌어졌다고 생각하는 눈치였다.

"바닷물에 빠진 것 같진 않아요. 아이가 물에 빠져 허우적거리며 비명을 질렀다면 사람들 눈에 띄었을 테니까요."

리즈는 자못 불쾌한 표정으로 그 여자를 쳐다보며 말했다.

"설령 그렇다고 해도 한시바삐 해안경비대를 찾아가보도록 해요. 그 사람들이 어떻게 대처해야 할지 방법을 알려줄 거예요. 당신 딸의 인상착의에 대한 안내방송을 내보낼 수도 있고요. 해변에 사람들이 너무 많아 당신처럼 아이를 잃어버린 사람이 또 있을 거예요. 그러니까 너무 기죽지 말고 침착하게 대처할 필요가 있어요."

뚱보 여자가 리즈의 팔에 친절하게 손을 올려놓으며 말했다.

리즈는 나름 위로가 되는 말을 듣자 설움이 북받쳐 올라 모래밭에 털썩 주저앉아 눈물을 터뜨렸다.

뚱보 여자가 한숨을 내쉬며 리즈의 손을 잡아주었다.

"해안경비대까지 같이 가줄 테니까 어서 일어나요. 아직 희망을 잃어서는 안 돼요."

리즈는 아무 생각 없이 뚱보 여자의 손을 마주잡았다.

그 순간 다시는 사라를 볼 수 없을 것 같은 불길한 생각이 밀려왔다.

8월 16일, 수요일

리비아는 내일 다시 출항한다는 말을 들었을 때 그리 기쁘지 않았다. 헤브리디스 제도(스코틀랜드 북서해양에 산재하는 500개의 도서군 : 옮긴이)의 기후가 사람을 지치게 했기 때문에 오래도록 머물고 싶은 곳은 아니었다. 아직 8월인데도 스카이 섬의 날씨는 벌써부터 쌀쌀했을 뿐만 아니라 바람이 심하게 불었다. 바다와 하늘 가릴 것 없이 우중충한 잿빛이었고, 비도 자주 내렸다. 폭풍우가 몰아치는 날에는 거센 파도가 포트리 항구 방파제를 강타한 다음 거대한 물보라를 일으키며 솟구쳤다가 그녀의 입술에 차가운 감촉을 남기고 포말로 흩어져갔다.

리비아는 맨발에 닿는 따뜻한 잔디의 촉감을 떠올렸다. 가끔은 그 느낌이 너무나 그리워 눈물이 날 지경이었다. 나탄은 다시 출항해 날씨가 좀 더 따뜻한 곳으로 내려가길 원했다. 그들 부부는 남쪽으로 내려가 일단 카나리아 제도(아프리카 북서부 대서양에 있는 스페인령의 화산 제도 : 옮긴이)에 정박할 예정이었다. 그곳에서 식량과 생필품을 구입하고 나서 본격적으로 대서양횡단에 나설 계획이었다. 나탄은 겨울을 카리브해에서 보내고 싶어 했다. 그가 출항을 서두르는 이유는 허리케인 시즌이 시작되기 전에 카리브해에 도착해야 하기 때문이었다.

리비아는 유럽을 벗어나는 게 두려웠다. 몇 주 동안 대서양을 항해해야 한다는 생각만으로도 끔찍했다. 카리브해는 그녀에게는 낯설고 멀기만 한 곳이었다. 그녀는 차라리 카나리아 제도의 저지 섬이나 건지 섬 같은 곳에서 겨울을 나고 싶었다. 나탄은 카나리아 제도의 겨울 날씨가 온화한 건 사실이지만 지나치게 습하고, 사나흘씩 연이어 쏟아지는 비와 선미에서 선수가 보이지 않을 만큼 자욱하게 끼는 바다 안개 때문에 배를 정박시키기에 부적합하다고 했다.

일주일 전, 리비아는 나탄과 함께 스카이 섬에 도착했다. 비록 날씨는 고약해도 차츰 섬 생활에 적응해가고 있었는데 막상 떠나야한다니 기분이 착잡했다. 요트를 타고 세계일주에 나서는 건 나탄의 꿈이었다. 그녀는 세계일주보다는 안정된 생활을 원했다. 날마다 슈퍼마켓으로 장을 보러 가고, 친숙한 길을 산책하고, 가까운 친구들이나 지인들과 어울려 살기를 바랐다. 아침이면 환한 미소로 인사를 건네는 베이커리에서 빵을 사고, 그저 '늘 하던 대로요.' 라는 한 마디만으로도 척척 알아서 해주는 미용실에서 머리를 손질하고 싶었다. 그녀는 요트에서의 험난한 생활을 시작하고 나서야 비로소 안정적인 삶이 얼마나 소중한지 깨닫게 되었다.

리비아는 댄델리온호가 포트리 항에 정박해 있는 동안 임시일자리를 구했다. 여행비용이 빠듯해 항구에 정박할 때마다 한 푼이라도 벌어야 했다. 나탄은 댄델리온호를 구입하는데 전 재산을 쏟아 붓는 바람에 주머니가 텅 빈 상황이었지만 돈을 벌 생각을 하지 않았다.

"스카이 섬의 날씨가 내게 좋은 영감을 주고 있어."

나탄은 스카이 섬의 북서풍, 산 위로 몰려다니는 구름들, 선원용 재킷 위로 떨어져 내리는 빗물까지도 마음에 들어 했다. 그는 날마다 그녀를 보트에 태워 항구에 데려다준 다음 스카이 섬을 반 바퀴 돌아 그가 제일 좋아하는 하포트 만으로 갔다.

리비아는 그가 하포트 만에서 무얼 하며 시간을 보내는지 전혀 알지 못했다. 딱 한 번 블랙쿨린산에 다녀왔다고 말했을 뿐 다른 날들은 무얼 하며 시간을 보냈는지 전혀 말하지 않았다.

리비아는 늦은 오후에 일을 마치고 버스를 타고 포트리 항으로 돌아갈 때마다 남편이 과연 마중을 나와 있을지 궁금했다. 간혹 그녀를 내버려두고 혼자 요트를 타고 어디로 사라지진 않았는지 걱정이 되기도 했다.

그 경우 난 절망할까, 아니면 기뻐할까?

리비아는 스카이 섬에 위치한 여름별장에서 엿새 동안 일하기로 했다. 포트리 항에서 제법 멀리 떨어진 곳이었지만 왕복 운행하는 버스가 있어 그런 대로 다닐 만했다. 그녀는 먹을거리를 구입하기 위해 포트리 항의 슈퍼마켓에 들렀다가 여름별장에서 집안일을 도와줄 가사도우미를 찾는다는 구인광고를 보았다. 원래 일하던 여자가 있었지만 몸이 아파 그만두었다고 했다.

별장은 스카이 섬의 바닷가에 위치한 대저택이었다. 별장 주인여자도 친절한 편이었고, 일도 그다지 힘들지 않았다. 특히 잘 가꾸어놓은 별장의 정원이 마음에 들었다. 그녀는 매일 비가 쏟아지는 날씨에 별장에서 여름휴가를 보내려는 그들의 마음을 이해하기 쉽지 않았지만 친절한 사람들이라 마음 편히 일할 수 있었다.

매일처럼 유리창을 반짝거리게 닦았고, 창문턱에 쌓인 먼지를 걸레로 몇 번이나 훔치고, 바닥은 윤이 날 때까지 박박 문질렀다. 언제나 신선한 꽃을 꽃병에 꽂아 거실 테이블에 올려놓았고, 비가 잠시 멈춘 틈을 타 별장 남쪽 담장에 담쟁이덩굴도 심었고, 정원의 잔디도 깎았다.

리비아는 늘 바삐 몸을 움직였지만 차라리 별장에서 일하며 보내는 시간이 즐거웠다. 오후 늦게 요트로 돌아온 순간 다시 기분이 착 가라앉았다. 야자수와 백사장이 길게 펼쳐진 남태평양의 어느 섬에 정박해 있다고 하더라도 기분이 썩 좋아질 것 같지 않았다. 아무리 생각해도 요트 생활과는 전혀 궁합이 맞지 않았다.

리비아는 항구를 증오했고, 발밑에서 흔들리는 갑판도 증오했다. 피부에 와 닿는 눅눅한 공기도 증오했고, 좁아터진 공간들도 증오했다. 집이 없는 생활도 증오했다.

그들 부부는 내일 출항하기로 돼 있었다.

8월 17일, 목요일

나탄은 선실 벽면에 등을 기대고 앉아 마음을 차분히 가라앉혔다. 저녁 9시 반, 아직 8월인데도 차가운 바닷바람이 매섭게 불어댔지만 비싼 돈을 지불하고 구입한 기능성 속옷 덕분에 코끝과 뺨만 조금 시릴 뿐 그다지 춥지는 않았다.

나탄은 차츰 분노가 누그러지며 기분이 좀 나아졌다. 그는 리비아에게 단단히 화가 났다. 리비아가 눈물을 펑펑 흘리며 신세 한탄을 늘어놓는 바람에 어쩔 수 없이 그녀의 말을 수용할 수밖에 없었다. 그의 계획대로라면 오늘 새벽 6시에 포트리 항을 떠났어야 했다. 해가 지기 전에 해리스해협을 통과하려면 적어도 6시에는 출발해야 했다. 리비아는 포트리 항에 요트를 정박한 이후 궂은 날씨에 대해 갖은 불만을 표하더니 정작 출항계획을 알리자 기뻐하기는커녕 또다시 한탄을 늘어놓았다.

"스카이 섬 별장에서 하루 더 일해주기로 약속했어."

리비아는 궁색한 핑계를 앞세워 출항을 반대했다. 나탄은 울화가 치밀었지만 출발을 늦은 오후로 미룰 수밖에 없었다. 그녀가 다만 몇 시간이라도 육지에서 더 머물기 위해 내세운 핑계라는 걸 알고 있었지만 딱히 반대할 명분이 없었다.

리비아가 일하러 간 사이 나탄은 피어 호텔 선술집에 자리 잡고 앉아 신문을 읽으며 무료한 시간을 달래야했다. 주로 어부들과 하역노동자들이 즐겨 찾는 선술집이었다.

마침내 기다리던 오후 다섯 시가 되었고, 그들 부부는 포트리 항을 출발했다. BBC라디오의 일기예보를 들어본 결과 항해하기에 적당한 날씨라는 걸 알게 되었고, 요트의 기압계도 줄곧 안정적인 상태를 유지하고 있었다.

커다란 돛을 단 요트는 1노트의 속력을 유지하며 안정적인 항해를 시작했다. 나탄은 지도에 중간기착지들과 항로를 미리 표시해 두었다. 해가 지기 전에 해협을 빠져나갈 생각이었다.

9시경, 댄델리온호는 가장 위험한 항로를 무사히 통과했다. 리비아는 머리가 지끈거릴 정도로 아프다며 일찌감치 선실로 내려갔다. 차라리 다행스런 일이었다. 계속 못마땅한 표정을 짓고 있는 리비아의 눈빛이 한참 신경을 긁어댔기 때문이었다.

대서양 서쪽에서 파도가 밀려왔다. 요트의 진행방향과 반대인 역조류 공간에 들어섰다는 의미였지만 문제될 건 없었다. 역조류가 1노트의 속도로 가로막을 경우 요트의 속도를 2노트로 올려 돌파하면 되니까.

원래 계획했던 아일랜드 남부의 욜에 들르지 않고 곧장 라코루나로 내려가야 할 수도 있었다. 나탄은 더 이상 시간을 지체하고 싶지 않았다. 한시바삐 유럽에서 벗어나 대서양을 자유롭게 항해하고 싶었다. 그는 카리브해의 길게 뻗은 백사장, 이글거리는 태양, 야자수 나무들이 떠오를 때마다 슬며시 미소를 짓곤 했다. 비와 안개에 잠긴 스카이 섬의 신비로운 느낌이 그의 마음을 사로잡았지만 겨울에는 좀 더 따뜻한 지역에서 지내고 싶었다.

나탄은 조타실에 앉아 쾌청한 밤하늘의 고요를 즐겼다. 그러다 자기도 모르게 깊은 생각에 빠져들었다.

*

환한 불빛이 점점 가까이 다가오고 있었다. 초록색 불빛이 두 개, 그 위쪽에 빨간색과 하얀색 불빛이 각각 하나씩 있었다. 댄델리온호와 같은 코스로 운항하는 두 대의 화물선이 분명했다.

나탄은 미리 내비게이션 등을 켜두었고, 메인마스트에 붙은 레이더 반사경이 고동을 울렸을 테니 화물선에서도 댄델리온호를 발견했을 거라 생각했다. 해리스해협을 빠져나왔을 때 자동운항장치를 작동시켜 놓았고, 지금까지 임무를 잘 수행하고 있었다.

나탄은 졸음 때문에 눈꺼풀이 점점 무거워지는 느낌을 받았다. 그는 고개를 앞으로 푹 숙이고 졸다가 갑자기 눈을 번쩍 뜨고 머리를 뒤로 젖히며 늘어지게 하품을 했다.

빌어먹을! 왜 이렇게 잠이 쏟아지는 거야?

나탄은 원래 밤이 돼야 정신이 맑아지는 야행성 타입이었다. 다만 요즘은 리비아 때문에 스트레스를 많이 받아서인지 심신이 피곤했다. 게다가 까다로운 항로를 통과하느라 몹시 긴장한 탓에 체력이 고갈상태에 이르렀다.

나탄은 피로가 누적된 탓에 쏟아지는 졸음을 참기가 힘들었다. 그는 순간적으로 잠에 빠져들었다. 잠은 3, 4분 정도 지속되었고, 그 짧은 몇 분이 그의 운명을 갈라놓았다.

나탄은 의지와 무관하게 깜박 잠이 들었듯이 미처 의식하지 못하는 가운데 눈이 번쩍 뜨였다. 그의 잠을 깨운 소리가 펄럭거리는 소리를 내는 닻이었는지 범각삭(帆脚索, 닻을 풍향에 맞게 조정하는 밧줄 : 옮긴이)이 어딘가에 부딪쳐 나는 소리였는지 알 수 없었다. 어쩌면 두 가지 다 아닐 수도 있었다. 아무튼 그는 아주 독특하고 커다란 소리에 놀라 눈을 번쩍 떴다. 마치 큰 망치로 강철판을 탕탕 두드려대는 소리 같았다.

나탄은 고개를 번쩍 들어 위를 쳐다보았다. 댄델리온호의 닻이 대서양 바닷물을 따라 일렁이는 게 보였다. 어느새 바람은 고요히 잦아들어 있었다.

망치로 강철을 두드리는 소리 같은데 어디서 나는 소리지?

잠시 생각에 빠진 사이 다시 불빛이 보였다. 빨간색, 초록색 그리고 그 위쪽의 하얀색이었다. 그 불빛은 겨우 0.5해리 정도 떨어진 거리에 있었고, 곧장 댄델리온호를 향해 다가오고 있었다.

나탄은 깜짝 놀라며 자리에서 벌떡 일어섰다. 갑자기 끔찍한 생각이 뇌리를 스쳐지나갔다.

빌어먹을! 요트를 발견하지 못했나?

나탄은 자동운항장치를 끄고, 즉시 엔진의 시동을 걸었다. 댄델리온호를 최소 100미터 정도 왼쪽으로 이동시키지 않을 경우 충돌이 불가피한 상황이었다.

빌어먹을! 깜박 잠이 든 게 문제였다. 선박들이 아주 가까운 곳에서 지나다니는 곳으로 특히 한밤중에는 철저히 경계를 했어야 마땅했다. 깜박 잠이 든다는 건 절대로 있을 수 없는 일이었다.

왜 시동이 안 걸리지?

나탄은 새파랗게 질린 얼굴로 또다시 시동을 걸어봤지만 역시 실패했다.

대형선박의 육중한 뱃머리가 앞쪽 시야를 완전히 가로막고 있었다. 배가 놀랄 만큼 빠른 속도로 다가오고 있었다. 댄델리온호는 거대한 화물선에 비하자면 종이배나 다름없었고, 충돌 즉시 산산 조각날 위기에 직면해 있었다.

그때 선실로 이어지는 계단 입구에서 머리를 불쑥 내민 리비아가 상황을 간파한 듯 공포에 질린 눈으로 나탄을 바라보았다. 화물선의 묵직한 엔진소리가 한층 무시무시한 공포심을 불러일으켰다.

"나탄, 위험해!"

리비아가 비명을 질렀고, 나탄이 재빨리 조정석 아래에 있는 구명보트를 끄집어냈다.

"리비아, 당장 배에서 뛰어내려!"

나탄이 급히 소리쳤지만 리비아는 마치 정신이 나간 사람처럼 미동도 하지 않고 멍하니 서 있었다.

"어서 뛰어내리라니까!"

나탄이 다급하게 소리를 지르며 리비아를 갑판 위로 끌어올린 다음 있는 힘껏 밀쳐 난간 너머 바다로 떨어뜨렸다. 그런 다음 구명보트를 바다로 내던지고, 그 자신도 바닷물로 뛰어내렸다.

나탄은 얼음장처럼 차가운 바닷물 속으로 뛰어든 순간 마치 수백 개의 바늘로 콕콕 찔러대는 것 같은 통증을 느꼈다. 그는 당장이라도 심장이 멎어버릴 것 같은 추위를 느꼈지만 그나마 아직 살아 있다는 것에 안도했다. 그는 숨을 헐떡이며 물 위로 떠올랐다. 구명조끼를 착용하는 습관이 그의 목숨을 살린 셈이었다. 거대한 파도가 그를 집어삼켰다가 멀리 내던졌고, 화물선의 선체외벽이 손에 닿을 듯 가까이

다가왔다가 가까스로 옆으로 지나쳐갔다.

　나탄은 댄델리온호가 화물선과 정면으로 충돌해 바닷물 속으로 침몰하는 광경을 목도하는 순간 눈물이 왈칵 솟구쳤다. 그는 엄마의 관을 묘에 안장한 날 이후 처음으로 눈물을 흘렸다. 댄델리온호는 그에게 전부나 다름없었다. 2,3분쯤 깜박 졸았다는 이유로 그는 지금 차가운 북해의 바닷물에 떠 있었고, 그의 존재이유나 다름없었던 요트를 잃게 되었다.

　구명보트가 화물선이 일으킨 거대한 소용돌이에 떠밀려 몇 미터 떨어진 지점에 둥둥 떠 있었다. 리비아도 그 근처에 있었다. 그녀는 침대에 누워 있다가 곧장 갑판으로 나온 탓에 구명조끼를 착용할 시간이 없었다.

　나탄은 힘차게 팔을 저어 리비아의 옆으로 헤엄쳐갔다.

　"리비아, 어서 구명보트를 잡아!"

　리비아는 구명보트를 향해 헤엄쳐가려는 의지가 전혀 없어 보였다. 바닷물 속으로 가라앉지 않기 위해 그저 기계적으로 팔을 움직이고 있을 뿐이었다.

　나탄은 몸을 뒤집은 다음 리비아를 한쪽 팔로 감싸 안았다. 그는 남은 한쪽 팔을 부지런히 움직여 구명보트를 향해 헤엄쳐 가는 동안 숨이 차올라 연신 바닷물을 삼켜야 했다.

　나탄은 가까스로 리비아의 몸을 아래쪽에서 받쳐 들고 구명보트 위로 올려놓았다. 기력이 거의 소진되어가고 있었지만 그는 안간힘을 다해 구명보트 위에 오르고 나서 대자로 뻗어버렸다.

　한참 동안 누운 자세로 얼마간 기운을 회복한 나탄은 차분하게 생각을 정리했다.

엄청난 재앙이 밀어닥쳤지만 다행히 살아남았다. 나탄은 살아남은 게 과연 잘된 일인지 확신할 수 없었다. 그들은 지금 입고 있는 옷 말고는 완벽한 빈털터리 신세가 되었다. 리비아는 반바지와 헐렁한 하늘색 잠옷을 입고 있었고, 그는 청바지와 티셔츠 차림이었다. 갑판에서 뛰어내릴 때 벗겨진 듯 신발도 사라지고 없었다.

나탄은 넋 나간 표정으로 시커먼 바닷물을 응시했다. 어찌나 허망한지 손가락 하나 까딱할 힘조차 없었다. 다만 지금은 아무것도 생각하고 싶지 않았다.

8월 19일, 토요일

1

8월 19일 이른 아침, 라디오 뉴스를 듣던 버지니아 쿠엔틴은 목요일에서 금요일 사이 한밤중에 헤브리디스 제도 인근에서 선박 충돌사고가 발생했다는 소식을 들었다. 스카이 섬 라디오방송국에서 가장 중요하게 다루는 뉴스는 날씨 관련 소식이었다. 대다수 주민들이 바다에서 생업을 유지해가고 있었기에 날씨 소식을 가장 비중 있게 다룰 수밖에 없는 입장이었다.

간혹 날씨 관련 뉴스에 이어 바다에 나갔다가 돌아오지 못한 어부들 소식이나 북해에 몰아치는 거칠고 차가운 겨울폭풍이 가옥의 지붕을 통째로 날려버린 소식이나 절벽에서 여자가 떨어졌다는 소식이 전해지긴 했지만 스카이 섬에서 외국인이 관련된 재난 소식을 들은 건 처음이었다.

새벽에 일찍 잠에서 깨어난 버지니아는 바닷가 근처 고원지대로 조깅을 다녀왔다. 그녀는 통틀 무렵 고원지대에서 느낄 수 있는 청아하고 고요한 느낌을 좋아했다. 새로운 하루가 시작될 무렵의 신선한 느낌을 맛보기 위해 6시도 안 돼 침대를 박차고 나오는 희생쯤은 언제라도 기꺼이 감수할 용의가 있었다. 그녀는 노퍽에서 생활할 때도 새벽마다 조깅을 했지만 스카이 섬에서 맛볼 수 있는 즐거움과는 차이가 컸다. 신선한 바닷바람을 들이마시며 달리는 느낌은 얼음처럼 찬 샴페인을 한 잔 마실 때보다도 훨씬 더 기분이 상쾌했다. 스카이 섬의 공기가 어찌나 맑은지 노퍽에서보다 오래 달려도 전혀 숨이 가쁘지 않았다. 아마도 대기 중에 포함된 산소농도의 차이 때문인 듯했다.

버지니아는 스카이 섬에 머무는 동안 하루도 빠지지 않고 달린 덕분에 더욱 날씬하고 탄력 있는 몸매를 유지하고 있었다. 그녀에게 새벽 조깅은 하루를 활기차게 열어젖히게 해주는 에너지의 원천이나 다름없었다.

버지니아는 조깅을 마치고 별장으로 돌아와 미지근한 물로 샤워한 다음 수건으로 머리를 감싸고 거실 소파에 앉아 우유를 듬뿍 넣은 따뜻한 커피를 마시며 라디오를 들었다. 프레데릭과의 결혼생활은 여러모로 지루한 편이었지만 두 가지 선물을 얻은 것으로 위안을 삼았다. 일곱 살짜리 딸아이 킴과 현재 와 있는 스카이 섬의 별장이었다.

버지니아는 라디오를 건성으로 들으며 혼자만의 생각에 푹 빠져 있다가 어느 독일인 부부의 사고소식을 듣는 순간 저절로 귀가 번쩍 뜨였다.

"어젯밤 자정 무렵 독일인 부부가 타고 있던 요트가 동일한 항로를 운항하던 화물선과 정면충돌했습니다. 요트는 화물선과 충돌하는 즉시 산산조각 나며 바닷물 속으로 침몰했습니다. 어부들이 충돌 지점에서 표류하고 있던 구명보트를 발견하고 조난당한 독일인 부부를 구조했습니다. 당시 구명보트에 타고 있던 독일 여성은 현재 쇼크 상태에 빠져 있다고 합니다. 차가운 바다에서 열두 시간이나 표류한 끝에 어부들에게 구조된 독일인 부부는 극심한 저체온증 탓에 병원에서 치료를 받고 현재 포트리 항 인근 민박집에 체류하고 있는 것으로 알려졌습니다.”

설마 조난당한 여성이 리비아는 아니겠지? 아니야, 헤브리디스 제도 인근에서 요트로 세계일주에 나선 독일인 부부라면 리비아와 그녀의 남편일 가능성이 커.

버지니아는 프레데릭이 계단을 내려오는 소리를 듣고 자리에서 일어나 커피를 머그컵에 따랐다. 그들 부부는 아침마다 함께 커피를 마시며 대화를 나누었다. 큰 어려움 없이 언제나 예측 가능한 삶을 살아간다는 건 분명 축복이었지만 가끔은 더없이 갑갑하게 느껴지는 순간들도 있었다. 하지만 독일인 부부의 조난 뉴스를 접한 오늘 아침 만큼은 안정된 생활을 영위하고 있는 것에 대해 깊이 감사하는 마음을 갖지 않을 수 없었다.

프레데릭은 노퍽의 집에 있을 때는 주로 정장차림에 넥타이를 착용하고 지내는 경우가 많았지만 이곳 별장에서는 심플한 디자인의 청바지에 회색 라운드넥 풀오버를 즐겨 입었다.

프레데릭은 어젯밤 숙면을 취한 듯 피로와 긴장이 완연하게 풀린 얼굴로 소파를 향해 걸어왔다.

“굿모닝! 벌써 조깅을 끝내고 돌아왔어?”

“이렇게 좋은 날씨에 마냥 침대에 누워 시간을 보낸다는 건 너무 아깝잖아.”

버지니아가 남편에게 커피 잔을 내밀었다.

“난 오늘 집으로 돌아가야 할 것 같아. 당신은 킴과 함께 별장에 좀 더 남아 있어도 돼."

킴의 개학은 아직 2주나 남아 있었다. 버지니아는 킴이 스카이 섬을 좋아한다는 걸 알고 있었지만 고개를 저었다.

"아니, 나도 돌아갈래. 당신 혼자 보낼 수야 없지."

프레데릭이 희미한 미소를 지어 보였다. 사실 집에 있을 때면 그는 대부분의 시간을 혼자 보냈다. 아침 7시 반에 출근해 밤 10시가 넘어서야 집으로 돌아왔고, 런던에서 사나흘씩 머물 때도 많았다. 사실상 노퍽에는 그의 선거구에서 정치적인 행사가 열릴 때만 머물렀다. 딸아이 얼굴을 일주일 내내 못 본 적도 있었다. 버지니아도 아침에 출근하기 전에 잠깐 보고, 한밤중에 파김치가 되어 돌아와 잠자리에 들기 전 10분쯤 이야기를 나누는 게 전부였다.

2년 전, 런던에 살 때만 해도 지금보다는 훨씬 더 많은 시간을 함께 보낼 수 있었다. 런던의 사우스켄싱턴에서 살 때에도 가족들이 동반 외출을 하는 경우는 드물었다. 버지니아는 내향적인 성격이라 세상과 담을 쌓다시피 지냈다. 그녀는 가끔 우울증 환자처럼 까닭 없이 우수에 잠기곤 했다.

버지니아는 어느 날 갑자기 쿠엔틴 가문의 영지가 있는 노퍽으로 이사하자며 고집을 부렸다. 노퍽에서 살기 시작하면서 그들 부부는 떨어져 지내는 시간이 더 많아졌다.

버지니아는 차고 신선한 공기를 쏘이며 조깅을 한 탓에 발그스름해진 얼굴로 프레데릭의 맞은편 소파에 앉았다.

"당신도 별장 일을 도와주던 리비아를 기억하지?"

"그 여자는 남편과 요트를 타고 세계일주를 한다며 떠났잖아?"

"목요일 저녁에 출항예정이었는데 방금 라디오에서 끔찍한 뉴스를 들었어. 어떤 독일인 부부가 타고 있던 요트가 화물선과 충돌해 바닷물 속으로 가라앉았대. 요트에 타고 있던 독일인 부부는 간신히 목숨을 건졌나 봐. 그들은 구명보트를 타고 열두 시간이나 표류하다가 사고 인근 지역에서 조업하던 어부들에게 가까스로 구조됐대."

"조난당한 사람들이 리비아 부부라는 거야?"

"라디오 뉴스에서 이름은 언급하지 않았지만 리비아 부부일 가능성이 커. 사고 발생 시간이 리비아가 말했던 출항 시간과 겹치는데다 스카이 섬에서 그들 말고 다른 독일인은 본 적이 없으니까."

"우린 섬사람들과 교류가 없다시피 했잖아. 다른 독일인 부부일 수도 있어."

"물론 다른 사람들일 수도 있지만 내가 보기에는 리비아 부부일 가능성이 커."

"만약 그들이 조난을 당했다면 세계일주는 물 건너간 셈인가?"

"전 재산을 털어 요트를 샀다니까 빈털터리가 되었겠지."

"그나마 보험에 가입했어야 재기할 수 있을 거야. 충돌 책임이 화물선에 있을 경우 어떤 식으로든 보상을 받을 수 있을 테니까."

"그들이 포트리 항 인근에 있는 민박집에 머물고 있다는데 한 번 찾아가봐야겠어. 리비아가 눈앞이 캄캄해질 만큼 암담할 텐데 뭔가 도울 일이 있는지 알아봐야겠어."

프레데릭은 세계일주를 위해 몇 달씩 요트를 타고 항해에 나서는 사람들을 이해할 수 없었다. 게다가 전 재산을 털어 요트를 구입했다니 그야말로 무모한 짓이 아닐 수 없었다. 그냥 모른 체하고 넘어가는 게 최선이었고, 남의 일에 굳이 상관하고 싶지 않았지만 버지니아의 태도를 보아하니 왠지 그들 부부와 어떤 식으로든 엮일 것 같다는 예감이 뇌리를 스쳐 지나갔다. 아직 세상 물정을 모르는 버지니아가 괜한 동정심에 사로잡혀 그들을 돕겠다고 나설 공산이 컸다.

"난 당신이 그들을 찾아가지 말았으면 좋겠어."

"내가 그들을 찾아가면 안 되는 이유라도 있어?"

"만약 그들이 보험에 가입하지 않았을 경우를 생각해봤어?"

버지니아가 이해가 안 된다는 표정으로 프레데릭을 쳐다보았다.

"그 경우 뭐가 문제지?"

"그들도 다른 선박에 손상을 입힐 경우에 대비해 책임보험 정도는 가입했을 거야. 다만 본인이 다치거나 재산상 피해를 당했을 경우 보상받을 수 있는 자손보험은 그냥 포기하는 경우가 흔하지. 누구나 자기 자신이 사고를 당할 거라 생각하지 않으니까. 자손보험에 가입되어 있지 않을 경우 그들은 파산을 면할 수 없을 거야. 재산을 모두 쏟아 부어 요트를 샀다니까 당연히 땡전 한 푼 남아 있지 않을 테니까. 화물선을 상대로 손해배상소송을 청구하더라도 승소해 보상금을 받아내기까지 시간이 많이 걸릴 거야."

"미처 화물선의 정체를 확인하지 못했나 봐. 그 경우에도 피해보상을 받아낼 수 있을까?"

"그 경우에는 피해보상금을 받아낼 확률이 거의 없다고 봐야지. 소송 대상이 없는 셈이니까."

"그들이 빈털터리가 되었으니 내가 찾아가서는 안 된다는 거야?"

"그들은 지금 누군가의 도움이 절실히 필요할 거야. 아마 당신이 찾아가면 지푸라기라도 잡는 심정으로 매달리겠지. 우리가 뜻하지 않게 그들의 보호자 역할을 맡게 될 수도 있어."

"독일에 그들을 도울 친척들이 있을 거야. 아무튼 난 리비아를 만나

위로해주고 싶어."

"당신은 동정심이 많아 그들의 부탁을 거절하기 어려울 거야. 좋은 일을 하려는 마음은 충분히 이해하지만 괜한 일에 얽혀들었다가 큰 낭패를 볼 수도 있어."

"우린 내일 여길 떠날 테고, 추후 다시는 그들을 볼 일이 없는데 무슨 낭패를 본다는 거야?"

"그 사람들 역시 이곳에 계속 머물지는 않을 거야. 이곳에 아무런 연고자도 없으니까."

"당연히 독일로 돌아가겠지."

"독일에 가면 의지할 사람이 있을까?"

"당신은 모든 일을 지나치게 엄격한 잣대로 재단하려는 경향이 있어. 내 잣대는 당신과 달라. 난 리비아를 찾아가보는 게 사람의 도리라고 생각해. 리비아가 나와 체격이 비슷하니까 옷이라도 몇 벌 가져다줄 생각이야."

프레데릭은 그 어떤 말로도 버지니아의 고집을 꺾을 수 없을 거라는 생각이 들었다.

내가 세상을 너무 부정적으로 보는 걸까?

프레데릭은 세상이 얼마나 사악한 곳인지 잘 알고 있었다. 물론 그렇다고 해서 사사건건 겁내지는 않았다. 그는 오히려 황소의 뿔을 제대로 움켜쥐는 방법을 알고 있었다. 뿔을 제대로 움켜쥐려면 뿔의 위치를 제대로 파악해둘 필요가 있었다. 버지니아가 세상을 너무 순진하게 바라보는 경향이 있었지만 상관없었다. 내일 이곳을 떠나면 그만이니까.

2

조난을 당한 독일인 부부가 묵고 있는 민박집을 찾는 건 그리 어렵지 않았다. 요트 침몰과 관련된 뉴스가 섬 전체에 퍼져 있었고, 사람들은 시시콜콜한 사항까지 두루 알고 있었다. 포트리 항 인근에 위치한 슈퍼마켓 주인에게 물어봤더니 즉시 원하는 정보를 알려주었다.

"그들은 지금 오브라이언 부인의 집에 묵고 있어요. 오브라이언 부인이 방금 전 여기 들렀다 갔는데 독일인 여자는 지금 엄청난 쇼크를 받아 정신이 멍한 상태라더군요. 전 재산을 쏟아 부은 요트가 바다에 가라앉아버렸고, 남아 있는 것이라고는 몸에 걸치고 있는 옷밖에 없다니까 미칠 만도 하겠죠. 게다가 독일인 여자가 몸에 걸치고 있는 옷은 오브라이언 부인의 오래된 잠옷이라니 더욱 비참하게 느껴질 겁니다."

슈퍼마켓 주인은 앞서 들른 사람들에게도 똑같이 이야기를 늘어놓았을 게 틀림없었다. 오브라이언 부인 역시 리비아와 관련해 알게 된 사실들을 마치 대단한 뉴스라도 된다는 듯 동네방네 떠벌리고 다니는 게 분명했다.

버지니아는 갑자기 리비아 부부가 훨씬 더 불쌍하게 여겨졌다. 평생 끔찍한 악몽이 될 재난을 당했기 때문만은 아니었다. 그들은 자기도 모르는 사이 사람들의 동정심과 호기심의 대상이 되어 있었다. 뭔가 귀가 솔깃한 사건이 벌어지길 고대하던 스카이 섬 사람들에게는 더없이 흥미로운 대화의 소재가 아닐 수 없었다.

포트리 항 외곽에 자리 잡은 오브라이언 민박은 도보로 걸어가도 될 만큼 가까운 거리에 있었다. 버지니아는 길에서 마주치는 사람들과 조난자들에 대한 이야기를 나누고 싶지 않아 차를 가져가기로 했다.

잠시 후, 버지니아는 그림처럼 아름다운 벽돌집 앞에 도착했다. 대문에는 빨간색, 창문틀에는 하얀색 페인트가 칠해져 있었다. 오브라이언 부인이 운영하는 민박집 마당에는 예쁜 꽃들이 흐드러지게 피어 있었다. 헤브리디스 제도의 날씨가 고약하기 짝이 없다는 점을 감안하자면 오브라이언 부인이 얼마나 부지런한 사람인지 알 수 있었다.

버지니아는 적갈색 과꽃과 알록달록한 글라디올러스 사이에 나 있는 오솔길을 따라 집 안으로 들어갔다. 가을이 가까워지고 있었다. 스카이 섬은 다른 곳에 비해 가을이 좀 더 일찍 찾아왔다. 9월 말이면 폭풍우에 대비해야 했고, 그 후 몇 달 동안 자욱한 안개가 섬을 뒤덮었다.

버지니아는 스카이 섬의 분위기에 매료되었다. 그녀가 스카이 섬 주민들처럼 10월부터 이듬해 4월까지 기나긴 잿빛 겨울을 견뎌내야 한다면 이야기는 달라졌을 수도 있었다. 언젠가 그녀는 크리스마스와 신년휴가를 스카이 섬 별장에서 보내자고 제안했다가 프레데릭이 펄쩍 뛰며 반대하는 바람에 뜻을 이루지 못했다.

"당신은 스카이 섬의 겨울날씨가 얼마나 혹독하게 추운지 몰라서 하는 소리야. 스카이 섬에서 휴가를 보냈다가는 우리 가족 모두 우울증을 앓게 될 수도 있어."

그 당시, 프레데릭이 반대 이유로 내세운 말이었다.

11월이나 12월에 스카이 섬에 꼭 한 번 와보고 싶었는데 정말 아쉬워.

버지니아는 마음속으로 그렇게 생각했지만 밖으로 내뱉지는 않았다.

버지니아는 현관문을 여러 번 노크했는데 아무런 인기척이 없어 직접 문을 열고 안으로 들어가 보기로 했다. 섬사람들은 다들 이웃사촌으로 지냈기 때문에 평소 현관문을 잠그지 않았다. 노크 소리를 듣지 못했다고 생각될 때는 손님이 직접 문을 열고 집 안으로 들어가도 이상하게 생각하지 않았다. 쿠엔틴 가 사람들은 프레데릭의 아버지 대때부터 여름휴가를 스카이 섬에서 보냈기 때문에 주민과 다름없는 대우를 받고 있었다.

"오브라이언 부인!"

버지니아가 큰 소리로 이름을 불러보았지만 대답이 없었다. 복도 맨 끝에 있는 주방문이 닫혀 있는 게 보였다.

주방에 있나?

버지니아가 주방에 들어섰을 때 본 사람은 오브라이언 부인이 아니라 리비아였다. 그녀는 커다란 컵을 앞에 두고 주방의 식탁 앞에 앉아 있었다. 컵에 물을 따라야한다는 걸 깜박 잊은 게 분명했다. 버지니아가 안으로 들어서자 그녀는 넋이 나간 표정으로 식탁을 멍하니 쳐다보고 있다가 아무런 초점 없는 눈길을 그녀에게 보냈다.

"리비아, 안 좋은 일이 벌어졌다는 소식을 듣고 찾아왔어요. 충격이 컸을 텐데 몸은 좀 어때요?"

버지니아는 그녀에게로 다가가 다정하게 팔을 잡아주었다. 창문 밖 정원에서 오브라이언 부인이 빨래를 널고 있는 게 보였다.

리비아는 오브라이언 부인의 가운을 빌려 입고 있었다. 반짝거리는 체크무늬 가운으로 리비아가 입기에는 기장이 너무 짧았다. 오브라이언 부인은 키가 작은 반면 리비아는 컸다. 그 대신 리비아는 몸이 비쩍 말랐다.

"리비아, 우선 입을 만한 옷을 좀 챙겨왔어요. 차에 있는데 나중에 가져다줄게요. 나와 체격이 엇비슷하니까 잘 맞을 거예요. 오브라이언 부인의 옷은 당신이 입기에는 기장이 너무 짧아요."

"고맙습니다."

줄곧 침묵하던 리비아가 마침내 입을 열었다.

"차나 한 잔 할까요? 따스한 차를 마시면 그나마 기분이 한결 나아질 거예요."

버지니아가 찻잔에 차를 따른 다음 설탕을 넣고 저었다. 리비아는 온몸이 마비된 듯 잠시 미동도 하지 않고 앉아 있었다.

"바닷물이 얼마나 찬지 몸이 꽁꽁 얼어붙는 줄 알았어요."

리비아가 한참 뒤에 어렵사리 입을 뗐다.

"그나마 목숨을 건졌으니 다행이에요."

"그렇지만 우린 이제 빈털터리가 되었어요. 앞으로 어떻게 살아가야 할지 막막해요."

"보험은 가입돼 있나요?"

버지니아가 문득 프레데릭이 했던 말을 떠올리며 물었다.

리비아가 천천히 고개를 가로저었다.

"아뇨, 자손보험에는 가입하지 않았어요."

힘들게 말을 잇던 리비아가 갑자기 반짝이 목욕가운을 입고 있는 자신을 내려다보더니 금세 눈물이 그렁그렁해졌다.

"대낮에도 잠옷을 걸치고 있어야 하는 내 처지가 한심해요."

버지니아는 그녀의 기분을 이해할 수 있었다. 색깔도 칙칙하고 길이도 짧은 목욕가운이 완벽한 빈털터리가 되어버린 그녀의 처지를 잘 대변해주고 있었다.

"내가 옷을 가져다줄게요."

버지니아가 자리에서 일어서자 리비아가 갑자기 공황상태에 빠진 사람처럼 소리쳤다.

"안 돼요. 가지 말아요."

버지니아가 어쩔 수 없다는 듯 다시 자리에 앉았다.

"알았어요. 당신이 원하는 만큼 여기 있어줄게요. 옷은 나중에 가져와도 돼요. 당신 남편은 어디 있죠?"

"2층 방에서 독일에 있는 변호사와 통화하고 있는데 요트와 충돌한 화물선에 대해 전혀 아는 게 없어 난감한 상황인가 봐요. 고소할 대상이 누군지도 모르는데 변호사와 상의해본들 무슨 소용이 있겠어요."

"화물선의 정체를 알아낼 수 있는 방법이 있을 거예요. 해안경비대가 그 시각 사고 지역을 지나던 선박들에 대한 정보를 갖고 있을 테니까 너무 낙담하지 말아요."

"우린 지금 이 집에 방값을 지불할 돈도 없어요."

리비아가 오브라이언 부인이 일하고 있는 정원 쪽으로 고개를 돌렸다.

"오브라이언 부인이 조만간 방값을 내라고 독촉할 거예요. 나탄은 벌써 한 시간째 사방팔방에 전화를 하고 있지만 아무런 성과도 얻어내지 못했어요. 오브라이언 부인은 절대로 우리에게 관대하지 않을 거예요."

"독일에 은행계좌가 있지 않나요?"

"독일을 떠나기 전 집을 팔고, 예금을 몽땅 찾아 요트를 구입했어요. 수중에 돈 한 푼 남아 있지 않았지만 항구에 정박할 때마다 일자리를 구해 돈을 벌며 항해할 생각이었죠. 일단 주소를 지인의 집으로 옮겨놓고, 해외여행용 의료보험에 가입했어요. 비상시에 대비해 친정엄마한테 물려받은 패물들을 남겨두었는데 요트가 침몰할 때 바닷물 속으로 가라앉았어요. 제법 값나가는 보석이었는데 이제는 영영 찾을 길이 없게 되었어요."

"잠수부를 동원해 바다에 가라앉은 요트를 수색하면 혹시 찾을 수도 있지 않을까요?"

"나탄이 경찰에 알아봤어요. 경찰이 말하길 대형 화물선과 충돌해 바다에 가라앉은 요트의 잔해를 찾는다는 건 사실상 불가능하대요. 요트가 침몰한 위치를 정확하게 알 수 없는데다가 이미 파편들이 사방팔방으로 흩어졌을 거라더군요. 게다가 스카이 섬 연안은 틈새와 협곡이 많은 암석들로 이루어져 있답니다. 잠수부들이 수색을 펼친다 해도 허탕을 칠 공산이 크고, 괜히 어마어마한 비용만 지불하게 될 거라더군요. 한 마디로 미친 짓이라는 거죠."

리비아가 절망한 표정으로 버지니아를 쳐다보았다.

버지니아는 문득 프레데릭이 탁월한 선견지명을 가진 사람이라는 걸 실감했다. 그는 오늘 아침 보험 이야기를 꺼냈고, 그의 예상은 한 치도 벗어나지 않고 딱 들어맞았다.

버지니아는 남편이 겨우 살아남은 사람들을 앞에 두고 돈 문제부터 따지는 게 못마땅했지만 막상 당사자를 마주하고 있는 지금 이 순간 사람이 돈 한 푼 없는 빈털터리가 되었을 때 얼마나 절망적인 느낌이 들지 가늠할 수 있었다.

이제 이들은 어떻게 살아가지?

"리비아, 혹시 당신들이 재기할 수 있을 때까지 도움을 줄 부모 형제나 친척은 없어요?"

"나탄은 어렸을 때 부모님이 돌아가셨고, 친척도 전혀 없이 고아원을 전전하며 자랐어요. 저는 친정아버지가 살아계셨는데 작년 9월에 돌아가셨죠. 그때부터 불행한 일이 끊이지 않고 있어요."

리비아가 쓸쓸하게 웃으며 말했다. 그녀가 마지막에 덧붙인 말이 무슨 뜻인지 궁금했지만 바로 그때 주방문이 열리며 어떤 남자가 안으로 들어왔다.

버지니아는 그가 나탄일 거라 짐작했다. 큰 키에 마른 체형이었고,

구릿빛 피부와 다부진 근육질 몸매가 제법 남자다운 매력을 풍겼다. 밖으로 드러난 몸매만 보자면 선원으로 딱 어울리는 남자였지만 눈빛을 보자니 의외로 대단히 지적인 느낌이 들었다.

"난 당신 혼자 있는 줄 알았어."

"버지니아 쿠엔틴 부인이야. 내가 일했던 별장의 주인이시지. 부인, 제 남편 나탄이에요."

"나탄 모어입니다."

나탄이 인사를 하며 손을 내밀었다.

"리비아가 부인 이야기를 많이 하더군요."

"얼마나 충격이 크시겠어요?"

나탄은 많이 지쳐 보였지만 리비아처럼 완전히 넋이 나가 보이지는 않았다. 리비아가 더욱 초라해 보이는 이유는 아마도 오브라이언 부인의 목욕가운을 입고 있기 때문인 듯했다.

나탄은 청바지에 풀오버 차림이었다. 비록 소금기가 많은 바닷물에 옷감이 상해 쭈글쭈글해졌지만 그런대로 잘 어울려보였다.

"변호사가 뭐래?"

리비아가 물었다.

"화물선의 정체를 알아내지 못할 경우 소송이 힘들 거라고 했어. 설령 화물선의 정체를 밝혀낸다고 해도 그 사람들한테 과실이 있다는 걸 입증할 책임이 우리에게 있다는 거야."

"우리가 무슨 수로 그걸 입증하지?"

"일단 시간을 갖고 생각해볼 문제야. 바다에서 표류하다 구조된 지 겨우 하루가 지났을 뿐이야. 충격을 가라앉힐 시간이 필요해."

나탄이 특유의 낮은 목소리로 말했다.

"혹시 내가 도울 일은 없을까요?"

버지니아가 두 사람의 대화에 끼어들었다.

"정말 친절한 부인이시네요. 말씀만으로도 고맙습니다. 혹시 곧 도움이 필요한 일이 생길지도 모르겠어요."

나탄이 그야말로 절망적이라는 듯 두 손바닥을 펴 위로 들어올렸다.

"우린 이 집에서 더 이상 머물 수 없어. 오브라이언 부인이 곧 방값을 달라고 할 테고, 우린 꼼짝없이 쫓겨나는 신세가 될 거야."

"나도 방법을 찾아보고 있으니까 이제 그만 좀 해!"

나탄이 짜증 섞인 목소리로 말했다. 그는 낯선 사람 앞에서 곤궁한 처지를 드러내 보이고 싶지 않은 듯했다.

버지니아는 부부 사이에 심각한 분위기가 오가자 어색한 느낌이 들어 재빨리 자리에서 일어섰다.

"리비아, 난 이제 가봐야겠어요. 차에 당신이 입을 만한 옷을 실어 두었어요. 옷을 가져다주고 돌아갈게요."

버지니아는 차로 걸어가는 동안 문득 한 가지 생각이 머리를 스쳤다. 프레데릭이 어떻게 받아들일지 알 수 없었지만 리비아 부부가 겪고 있는 불행을 외면할 수는 없다는 생각이 들었다. 어쩌면 프레데릭에게 군이 복잡하게 설명하지 않고도 리비아 부부를 도울 수 있는 방법이 있을 듯했다.

버지니아가 옷을 챙겨들고 돌아갔을 때 나탄이 초조하고 공격적인 어투로 리비아와 대화를 나누고 있었다. 다만 그들이 독일어를 사용하고 있어 무슨 내용인지 단 한 마디도 알아들을 수 없었다.

"방금 좋은 생각이 한 가지 떠올랐어요. 아시다시피 우리는 내일 스카이 섬을 떠나 집으로 돌아갈 예정이죠. 당분간 별장이 비게 될 텐데 당신들이 여기 남아 일을 처리하는 동안 별장에 머무는 건 어때요?"

"쿠엔틴 부인, 우린 방값을 지불할 능력이 없어요."

나탄이 지체하지 않고 말했다.

"방값을 지불하는 대신 별장을 관리해주면 돼요. 별장을 비워두는 것보다는 누군가 와 살면서 집을 관리해주는 게 우리에게도 나쁘지 않아요. 그렇잖아도 가끔 친척이나 지인들에게 별장을 빌려주곤 했거든요."

"정말 친절하고 고마운 제안이시지만 우린 친척이나 지인이 아니라 생판 모르는 남이잖아요."

"천천히 생각해 보세요. 적어도 리비아는 생판 모르는 사람은 아니잖아요. 아무튼 두 분이 알아서 결정하세요."

버지니아는 옷이 든 가방을 식탁 옆에 내려놓으며 말을 이었다.

"우린 내일 집으로 돌아가니까 별장을 사용할 생각이 있으면 떠나기 전에 들러주세요. 열쇠를 받아야 할 테니까."

버지니아는 위로의 의미로 리비아의 팔을 쓰다듬어주고 나서 오브라이언 부인의 집을 나왔다. 독일인 부부는 결국 별장을 사용할 수밖에 없을 거라는 생각이 들었다. 당장 머물 곳이 없으니까. 자존심 때문에 일단 한 번 사양했지만 늦어도 내일 아침 일찍 열쇠를 받으러 올 게 틀림없었다.

프레데릭이 '우리가 뜻하지 않게 그들의 보호자 역할을 맡게 될 수도 있어.'라고 했던가?

결과적으로 프레데릭의 말대로 되었다고 한들 그리 불안해할 일은 아니지 않은가? 내일이면 우린 노퍽으로 돌아갈 테고, 모어 부부는 스카이 섬에 한두 주쯤 머물며 살아갈 방도를 찾아야 할 테니까.

그럼에도 버지니아는 왠지 불길한 예감에 휩싸였다.

3

프레데릭은 친구들과 지인들 사이에서 친절하지만 과묵한 사람으로 통했다. 그는 일에 큰 비중을 두고 있었고, 상대적으로 사생활에는 시간과 에너지를 그리 많이 쏟지 않았다. 그렇다고 가정을 소홀히 하는 남자는 아니었다. 노퍽으로 이사한 다음부터 자연스럽게 가족들과 보내는 시간이 줄어들 수밖에 없었다.

노퍽에 위치한 펀데일 하우스는 쿠엔틴 가문의 장원으로 인생의 황금기인 서른여섯 살의 여자가 일곱 살짜리 딸을 데리고 시간을 보내기에는 어울리지 않는 집이었다. 버지니아가 호젓한 시간을 보내길 좋아한다는 건 알고 있었지만 프레데릭이 보기에는 결코 정상적인 생활이라 할 수 없었다.

대규모의 장원 한가운데에 저택이 위치해 있었다. 지붕을 덮을 만큼 키 큰 아름드리나무들이 저택 주변을 둘러싸고 있어 한낮에도 불을 켜지 않으면 실내가 어두운 편이었다. 축조된 지 오래된 집이라 수리할 곳이 자주 생겨 유지비용이 만만치 않게 많이 들기도 했다.

버지니아는 처음 만났을 때부터 자주 우수에 잠기곤 했다. 프레데릭은 결혼 이후 9년을 함께 살았지만 여전히 버지니아의 마음을 무겁게 짓누르는 우울의 원인이 뭔지 알아내지 못했다. 버지니아가 자주 우수에 잠기는 원인을 알아내려면 지속적으로 깊은 관심과 애정을 쏟아야하고, 함께 보내는 시간이 많아야 한다는 걸 알고 있었지만 아직은 제대로 실천하지 못하고 있었다. 그는 인간의 복잡한 심리를 파악하는 데 서툴렀고, 특히 여자들의 마음을 깊이 있게 헤아리지 못했다. 사실 그는 아내의 내면 깊숙이 자리한 우울의 원인을 캐내려다가 조우하게 될 진실에 대해 두려움을 느끼고 있기도 했다.

프레데릭은 증조부가 설립한 〈해럴드 쿠엔틴 은행〉을 이끌어가고 있었다. 규모는 크지 않지만 내실이 탄탄한 은행으로 그에게 부와 더불어 영국사회의 영향력 있는 인사들과 인연을 맺게 해주었다. 〈해럴드 쿠엔틴 은행〉은 영국사회의 상류층 인사들 사이에서 가장 공신력 있는 은행으로 통했고, 프레데릭은 고객들에게 신뢰를 주는 유능한 은행가로 알려져 있었다. 그는 가끔 고객들을 스카이 섬에 위치한 별장으로 초대해 골프와 요트를 즐겼고, 대규모 파티를 열어 사교의 기회를 제공했다. 마흔네 살이 된 그는 인생의 최종목표인 영국의 하원의회 입성을 노리고 있었다.

프레데릭은 아내가 조난당한 독일인 부부를 당분간 별장에 머물게 하겠다고 말했을 때 너무나 기가 막혀 화가 치밀었다. 그는 아내가 왜 한 마디 상의도 하지 않고 그들에게 별장을 내줄 생각을 했는지 도무지 이해할 수 없었다. 아침에 커피를 마실 때 괜한 동정심을 베풀려다가 큰 낭패를 볼 수도 있다고 말해준 게 기억나 더욱 화가 치밀었다. 그는 아내가 세상물정을 제대로 몰라 저지른 실수로 치부하며 가까스로 분노를 억제했다. 그나마 아내가 동물보호협회에 가입해 스무 마리의 유기견을 집으로 데리고 들어오거나 아동보호단체 활동을 하며 마약에 중독된 아이들을 집으로 데려오지 않는 것을 다행으로 여겨야 하는지도 모른다고 생각했다.

그동안 내가 버지니아에게 무심했던 탓이야.

"당신의 착한 마음은 이해하지만 낯선 사람은 항상 조심해야 돼."

"정말 착한 사람들이니까 걱정하지 않아도 돼."

"그 사람들을 며칠이나 지켜봤다고 그토록 자신만만해?"

"적어도 사람 보는 눈은 있어."

"지극히 정상적인 사람도 큰 불행을 겪고 나면 머리가 이상해지는 법이야. 아무리 착한 사람도 극도로 힘든 상황이 되면 눈에 보이는 게 없게 되지. 앞으로 뭔가 중요한 결정을 내릴 때는 좀 더 신중하게 고려해보고 나서 하는 게 좋아."

"그들은 내일 별장에 들어올 거야. 그때쯤 우리는 별장을 떠날 테니까 문제될 건 없잖아."

"리비아 아줌마네 요트는 영영 못 찾는데?"

킴이 포크로 먹기 싫은 시금치를 쿡쿡 찌르며 물었다.

"아마도 못 찾을 거야. 그 사람들은 이제 교회의 생쥐 같은 신세가 됐어."

프레데릭이 말했다.

"교회의 생쥐?"

킴이 되물었다.

"그러니까 아빠 말은 그들이 빈털터리가 되었다는 뜻이야."

버지니아가 대신 대답했다.

"무한정 공짜로 쓸 수 있는 별장이 생겼으니 빈털터리는 아닌 셈인가?"

프레데릭이 비꼬듯이 말했다.

"그들이 사고 뒤처리를 위해 스카이 섬에 머무는 동안에만 별장을 빌려주기로 했을 뿐이야."

"그 사람들과 언제까지 별장을 사용할지 상의해 봤어?"

"당신은 그 사람들이 무한정 별장에 머물까봐 두려워?"

"그 사람들이 스카이 섬에 남아서 처리할 일은 없어. 당신이 당장 섬을 떠나야할 사람들에게 별장에서 언제까지든 살아도 좋다는 빌미를 제공한 거야. 그들은 좋은 기회를 잡은 셈이지."

버지니아는 아무런 대꾸도 하지 못했다.

프레데릭은 문득 아내가 자신을 냉혈한으로 생각할지도 모른다는 생각이 뇌리를 스쳤다.

"그 사람들은 이제부터 뭘 먹고 살 거래?"

버지니아는 그 문제도 전혀 고려하지 않은 게 분명했다.

"이제 잠자리는 해결됐으니 먹고 살 문제를 생각해야 하지 않겠어? 별장에 식료품도 얼마 남아 있지 않아. 아마도 그들은 당신한테 돈을 빌려달라고 할지도 몰라. 당분간 굶지 않으려면 그 방법밖에 없을 테니까."

"당신 말대로 그 사람들한테 돈을 좀 빌려준다고 해서 우리 집이 파산할 정도는 아니잖아. 나는 그 사람들이 재기를 위해 최선을 다할 거라 믿어."

버지니아가 말했다.

그때 현관 쪽에서 무슨 소리가 들려왔다. 노크 소리가 분명했다.

"그 사람들이 벌써 열쇠를 받으러 왔나 봐."

프레데릭이 포크를 옆으로 내려놓고 의자에 몸을 기댔다.

문을 열자 현관문 앞에 나탄과 리비아가 서 있었다. 리비아는 아침에 만났을 때보다는 그나마 안색이 좋아보였다. 버지니아가 가져다준 청바지와 맨투맨티셔츠를 입고 머리도 단정하게 빗은 모습이었다. 여전히 절망에 허덕이고 있는 표정을 짓고 있었지만 낮에 봤을 때처럼 완전히 넋이 나간 모습은 아니었다. 그녀는 손에 트렁크를 들고 있었다. 버지니아가 옷을 담아 가져다준 트렁크였다.

"이렇게 불쑥 찾아와 죄송합니다. 우리는 더 이상 오브라이언 부인의 집에 머물 수가 없었어요. 숙박비를 지불할 돈이 없으면 당장 방을 비우라고 해서 염치없지만 이렇게 찾아오게 되었습니다."

나탄이 절망적인 제스처를 취하며 불쑥 찾아올 수밖에 없었던 입장을 설명했다.

　버지니아는 남편의 예상이 척척 들어맞자 묘한 느낌이 들었다. 물론 그들이 오늘밤 들이닥칠 거라는 말은 하지 않았지만 현재까지 남편이 우려한 그대로 상황이 전개되고 있다는 걸 부인하기 어려울 듯했다.

　그렇다고 이제 와서 그들을 내쫓을 수도 없지 않은가?

　"미처 그 생각을 못 하다니 제가 경솔했어요. 아무튼 이왕 일이 이렇게 됐으니 걱정하지 말고 안으로 들어와요."

　"쿠엔틴 씨도 이번 일에 동의하셨습니까?"

　나탄이 신경 쓰이는 문제라는 듯 조심스럽게 물었다.

　"남편도 이미 알고 있는 일이니까 걱정하지 않아도 돼요."

　버지니아가 리비아의 팔을 붙잡고 집 안으로 이끌었다.

　"그럼 먼저 당신들이 쓸 방을 보여줄게요."

　2층에 커다란 손님용 침실이 있었다. 그 방은 쿠엔틴 부부의 침실과 붙어 있는데다가 욕실을 같이 써야 했다.

　버지니아는 남편이 인상을 찌푸리는 모습이 벌써부터 눈에 선했다. 몹시 곤혹스러운 상황이었지만 어쩔 수 없었다. 길어야 하룻밤이고, 시간은 흘러가게 되어 있으니까!

　버지니아는 남편에게 그들이 2층 손님방에서 하룻밤 머물기로 했다는 사실을 알려주기 위해 1층으로 내려가는데 벌써부터 머리가 지끈거렸다.

　프레데릭은 예상대로 화를 벌컥 냈다.

　"그 사람들이 오늘밤 우리 옆방을 사용하기로 했단 말이야?"

　"미안해, 나도 그들과 욕실을 함께 써야 한다는 게 꺼림칙하지만 달리 방법이 없잖아."

프레데릭이 자리에서 벌떡 일어나 거실을 서성거렸다. 분노를 삭이느라 애쓰는 게 역력했다.

"그들은 우리와 전혀 상관없는 사람들이야. 당신이 착한 사마리아인처럼 좋은 일을 하려는 건 칭찬받아 마땅하지만 상황이 점점 꼬이고 있잖아."

그때 나탄과 리비아가 거실로 들어섰다.

프레데릭과 나탄은 만나자마자 서로에 대해 노골적인 적개심을 담고 있는 눈빛을 드러냈다. 아마도 두 사람은 파티나 저녁식사 자리에서 우연히 서로를 소개 받았다고 하더라도 즉시 상대방이 못마땅했을 것이다. 만약 그런 상황이었다면 의례적인 인사말만 나눈 뒤 뒤도 돌아보지 않고 각자의 길을 갔을 테지만 지금은 그럴 입장이 아니라는 게 문제였다.

"안타까운 조난을 당한 두 분께 심심한 위로의 말을 전합니다."

프레데릭이 마음에도 없는 위로의 말을 전했다.

"고맙습니다."

리비아가 작은 소리로 대답했다.

"예기치 않은 사고가 우리 부부를 막다른 골목으로 몰아넣었습니다. 갑자기 가진 것 하나 없는 빈털터리가 되고 나니 정말이지 눈앞이 캄캄하네요."

"갑작스런 사고에 대비해 보험제도가 생긴 거죠. 혹시 보험은 들어놓으셨습니까?"

프레데릭은 여전히 정중한 태도를 유지했지만 얼굴에 불쾌한 표정이 역력히 드러나 있었다.

"아니요, 보험료 몇 푼을 아끼려다가 상황을 이 지경으로 만든 제 자신을 죽을 때까지 용서하지 못할 겁니다. 이 모든 게 사고를 예상하지 못한 저의 불찰이죠.”

“누구나 사고를 미리 예상할 수는 없겠죠. 마른하늘에 날벼락이라는 말도 있잖아요.”

버지니아가 더 이상 보험문제로 왈가왈부하지 않기를 바라며 재빨리 끼어들었다. 쓸데없이 상대를 자극하고 모욕을 줘봐야 득이 될 게 없다는 판단 때문이었다.

“앞으로 어떻게 할 작정입니까? 스카이 섬에서 계속 머물 수는 없을 텐데요?”

“우린 아직 스카이 섬에서 머물며 밝혀내야 할 문제가 있습니다. 가장 중요한 문제는 요트를 덮친 화물선의 정체를 알아내는 것이죠. 화물선의 정체를 알아내야 손해배상을 받을 수 있는 실낱같은 희망이 생길 테니까요.”

“화물선의 정체를 밝히는 일은 난망한 문제일 것 같습니다. 내가 당신 입장이라면 스카이 섬에 남아 괜한 시간낭비를 하지 않을 겁니다. 당신은 한시바삐 부인을 데리고 독일로 돌아가 재기를 모색해야 합니다. 독일에 가면 당신들의 재기를 도울 수 있는 연고자들이 있지 않나요? 모어 씨는 독일에 계실 때 무슨 일을 했죠?”

버지니아는 점점 더 숨 쉬기가 답답했다.

리비아 역시 숨을 멈춘 채 신경을 곤두세우고 있었다.

“저는 소설가입니다.”

나탄이 말했다.

프레데릭의 눈이 휘둥그레졌다.

“소설가라고요?”

"네, 소설가."

"혹시 당신이 쓴 소설 중에 제가 알만한 작품이 있습니까?"

버지니아는 갈수록 마음이 조마조마했다.

"쿠엔틴 씨, 부인께서는 우리 부부가 당분간 이 별장에서 머물 수 있도록 배려해주셨습니다. 이제 보니 부인께서는 쿠엔틴 씨와 상의하지 않고 친절을 베푸신 것 같군요. 우리 부부가 이 별장에 머무는 걸 원치 않는다면 당장 나가겠습니다."

"버지니아가 당신들이 별장에 머물도록 배려했다면 저 역시 그 결정을 존중합니다."

프레데릭은 그들을 당장 쫓아내버리고 싶었지만 버지니아의 자존심을 상하게 할 수는 없어 그렇게 말했다.

"정말 친절하시군요."

나탄이 조금은 빈정거리는 투로 말했다.

만약 눈빛만으로 사람을 죽일 수 있다면 두 남자는 지금 목숨이 붙어 있지 않을 듯했다.

버지니아는 스카이 섬을 좋아하는 만큼 단 한 번도 빨리 떠나고 싶었던 적이 없었지만 지금은 한시바삐 섬과 육지를 잇는 로할쉬 다리를 건너고 싶었다.

8월 22일, 화요일

사라가 실종된 이후 리즈의 삶은 하루하루가 지옥이나 다름없었다. 사라의 사진이 신문에 대문짝만하게 실렸고, 경찰은 기자회견을 열어 주민들의 협조를 당부했다. 신문들은 사라의 실종을 '엄마가 잠깐 자리를 비운 사이에' 벌어진 사건으로 묘사했고, 리즈는 사람들이 등 뒤에서 쑥덕거리는 소리를 자주 들어야했다. 피서객들이 많은 해변에 겨우 네 살짜리 아이를 혼자 내버려두고 자리를 비운 리즈의 행동을 결코 이해할 수 없다는 반응이었다.

리즈의 이웃사람들은 그녀가 평소 사라를 정성을 다해 보살피지 않은 것에 대해서도 입방아를 찧어댔다. 리즈가 잡화점 카운터에서 일하는 동안 사라는 하루 종일 유치원에서 지냈다. 리즈는 퇴근할 때 사라의 손을 붙잡고 집으로 돌아와 기껏해야 20분쯤 놀아주다가 나 몰라라 하고는 알아서 놀게 내버려두기 일쑤였다.

리즈는 '널 보고 있으면 속에서 열이 나.' 혹은 '널 낳지 말았어야 해!' 같은 불평을 입에 달고 살았다. 사는 게 너무 힘들어 간혹 그런 말을 내뱉긴 했지만 물론 진심은 아니었다.

사라가 실종된 이후 리즈는 동네사람들의 따가운 눈총을 받게 되었다.

언젠가 그런 일이 벌어질 줄 알았어.

리즈는 엄마로서의 책임을 다한 적이 없어.

리즈는 세상 엄마들 중 최악이야.

사라만 불쌍하지. 차라리 세상에 태어나지 말았어야 해.

리즈는 뒤에서 수군거리며 손가락질을 해대는 사람들을 볼 때마다 끔찍한 스트레스에 시달렸다. 간혹 아이들이 실종되기도 하고, 등하굣길에 납치당하기도 하고, 놀이터에서 놀다가 불량배들한테 끌려가기도 한다. 그런 불상사가 발생했을 경우 사람들은 흔히 우연한 사고나 운명 탓으로 돌리지 엄마에게 책임을 묻는 경우는 드물었다. 부모가 24시간 동안 지켜보며 단 일분일초라도 눈을 떼어서는 안 된다는 주장을 펴는 사람도 있지만 과잉보호는 아이의 독립심을 키워주는데 바람직하지 않은 영향을 미친다는 지적도 많았다.

리즈는 겨우 네 살인 사라를 해변에 40분 동안 혼자 방치했다는 이유로 무책임하고 파렴치한 엄마라는 손가락질을 받고 있었다.

40분.

리즈는 경찰에 불려가 조사받는 동안 사라의 곁을 떠나 있었던 40분을 단축시키고 싶었지만 해변에서 가판대까지 거리를 환산해보면 변명의 여지가 없었다. 가판대 주인남자는 예쁜 얼굴이라 유심히 지켜봤기에 리즈가 먼저 와 있던 핸드볼 선수들 때문에 한참 동안 기다려야 했다는 걸 기억하고 있었다.

"그녀는 기분이 정말 좋아 보였어요. 어린 딸을 해변에 두고 온 여자가 핸드볼 선수들과 태연하게 웃고 떠들어댈 수 있었다는 게 도무지 믿어지지 않는군요. 그런 경우 신경이 몹시 예민해져 빨리 돌아가려고 안절부절못할 텐데 말입니다."

경찰은 가판대 주인남자의 진술을 듣고 나서 리즈를 무책임한 엄마로 낙인찍었다.

"과거에도 사라를 혼자 내버려둔 적이 있습니까?"

경찰이 질책하듯 물었을 때 리즈는 눈물이 왈칵 쏟아져 나오는 걸 겨우 참았다.

내가 엄마의 책임을 다하지 못한 건 분명하지만 사사건건 이런 질타를 받는 건 부당해!

사라를 살가운 마음으로 낳지 않았고, 짜증낸 적은 많았지만 혼자 방치해둔 적은 없었다. 그날, 단 한 번 혼자 있게 내버려두었을 뿐인데 공교롭게도 아이가 사라져버렸다. 해안경비대가 해수욕장 일대를 샅샅이 수색했지만 사라의 행방은 묘연했다. 피서객들을 상대로 탐문수사를 펼쳐보았지만 혼자 있는 사라를 본 사람은 없었다. 경찰은 탐지견까지 동원해 해수욕장 일대를 샅샅이 뒤졌지만 마치 땅이 열렸다 닫히며 아이를 집어삼키기라도 한 듯 머리카락 한 올조차 찾아내지 못했다. 리즈가 가끔 화풀이삼아 쏟아냈던 말들이 현실이 되어버린 셈이었다.

"넌 애초부터 아이를 키울 자격이 없었어. 아이를 바닷가에 혼자 방치해두는 엄마가 어디 있니? 그러고도 엄마 자격이 있다고 생각해?"

베치 알비는 위로는 못해줄망정 딸에게 핀잔을 주었다.

리즈는 경찰이 엄마인 자신을 용의선상에 올려놓고 있다는 걸 알고 있었다. 경찰은 그녀가 미혼모라는 사실에 늘 불만을 품고 있었다는 것에 주목하고 있었다. 사라의 생부인 마이크 역시 경찰의 용의선상에 올라 있었다.

"아이를 자주 만날 수 없는 처지에 놓인 생부들이 간혹 납치사건을 벌이기도 하죠."

사라가 실종된 다음날 리즈를 조사하던 여경이 말했다.

그 말을 듣는 순간 리즈는 실소가 터져 나왔다. 사라가 실종된 이후 웃어본 건 그때가 처음이었다.

"마이크는 그럴 사람이 못돼요. 그는 지금껏 사라를 네 번 만났어요. 그는 군이 사라를 유괴하지 않아도 주말마다 자유롭게 만날 수 있는 권리가 있어요. 기회가 있을 때마다 사라를 만나 달라고 간청했지만 요리조리 핑계를 대며 회피했던 사람이죠. 그런 사람이 사라를 유괴할 까닭이 있을까요? 마이크는 지금껏 사라에게 눈곱만큼도 관심이 없던 사람이에요."

마이크는 경찰 조사를 받았지만 사라가 실종될 무렵의 알리바이가 확실했다. 하필이면 그날 음주운전을 하다 적발돼 경찰서에 잡혀와 있었던 것이다. 부양책임을 면하기 위해 온갖 머리를 굴려대는 남자가 아이를 유괴한다는 건 가당치 않은 일이었다.

"리즈가 몇 번이나 사라를 데려가 즐거운 시간을 보내라고 권했지만 단 한 번도 응한 적이 없어요. 그러다가 아이를 아예 떠맡겨버리면 큰 낭패잖아요."

마이크의 말을 들은 경찰은 어찌나 기가 막혔던지 그를 용의선상에서 당장 제외했다.

경찰은 리즈를 파렴치한 여자로 취급했다. 사라가 엄마에게조차 환영받지 못했다는 사실을 알게 되었기 때문이다. 사라는 세상에 나오기 전부터 천덕꾸러기였던 셈이다. 부모는 물론이고 외할머니도 사라를 인생의 걸림돌로 여겼을 뿐이었다.

사라가 실종된 지 2주가 흘렀다. 그사이 리즈는 몸무게가 5킬로나 빠졌고, 밤마다 불면증에 시달렸다.

사라는 지금 어디에 있을까? 나를 애타게 찾고 있겠지? 모든 게 내 탓이야. 아무런 잘못도 없는 아이에게 소리를 지르며 화를 낸 것에 대해 하늘이 벌을 내린 거야.

리즈는 사라를 다시 찾을 수만 있다면 뭐든 다 해주겠다고 결심했다.

늘 다정하게 대하고 예쁜 옷도 많이 사줄 거야. 헌스탠턴 해변에 데려가 회전목마도 태워주고, 한시도 혼자 있게 내버려두지 않을 거야.

사라가 실종된 지 나흘째 되던 날 리즈는 마이크에게 전화했다. 누군가와 대화라도 나누지 않으면 미쳐버릴 것 같았다. 베치 알비는 위로는커녕 악의에 찬 욕설을 퍼붓기 일쑤였다.

"새로운 소식이라도 있어?"

하품을 늘어지게 하는 소리가 전화선을 타고 들려왔다. 오전 11시 반이었는데, 전화벨 소리 때문에 잠을 깬 듯했다.

"아직 아무런 소식도 없어. 요즘 도무지 잠이 오지 않아. 음식도 먹을 수 없고, 눈물만 나와. 우리 만나서 이야기나 할까?"

"우리가 만난다고 달라질 건 없잖아."

"마이크, 제발 잠깐만이라도 시간을 내줘."

두 사람은 사라가 실종된 헌스탠턴 해변에서 잠깐 동안 산책하며 이야기를 나누기로 했다. 사라가 실종되던 날 마이크는 음주단속에 걸려 운전면허가 정지되었다. 두 사람은 어쩔 수 없이 버스를 이용할 수밖에 없었다. 며칠 전 사라와 함께 탔던 바로 그 버스였다.

사라는 마이크를 빼닮았다. 검은머리와 눈은 그녀를 닮았지만 코와 입, 웃을 때의 표정은 마이크와 똑같았다. 리즈는 마이크의 얼굴에서 사라의 자취를 발견한 순간 또다시 눈물이 핑 돌았다.

한때나마 마이크처럼 무책임하고 게으른 남자에게 반했었다는 게 믿어지지 않았다. 긴 머리카락은 빗질을 하지 않아 제멋대로 헝클어져 있었고, 면도를 하지 않아 수염이 덥수룩했다. 울룩불룩 튀어나온 눈 밑 피하지방은 그가 알코올중독자라는 사실을 입증해주고 있었다.

어느덧 날씨가 차고 찬바람이 부는 해변에는 겨우 서너 명의 사람만이 나와 있을 뿐이었다. 리즈는 버스에서 내려 회전목마를 보는 순간 또다시 눈물이 솟구쳤다.

"그날, 사라는 회전목마를 타고 싶어 했어. 사라의 소원을 들어주지 못한 게 두고두고 마음에 걸려."

사라는 회전목마를 타고 싶은 마음에 무작정 달려가다가 길을 잃었을지도 모른다. 사라가 길을 잃었다면 그나마 누군가에게 발견돼 돌아올 가능성이 남아 있었다. 이제 리즈에게 남은 일말의 희망이었다.

"당신이 회전목마를 태워주었더라도 달라질 건 없어."

마이크가 퉁명스럽게 말하고 나서 담배에 불을 붙여 물었다.

"영국 날씨는 정말 짜증나. 차라리 스페인으로 갈까 고민 중이야."

"스페인에 가면 좋은 일자리가 있어?"

"그깟 일자리야 차츰 구하면 되지. 우선 날씨가 온화해 두꺼운 옷을 입을 필요가 없다는 게 마음에 들어. 날씨도 제법 쌀쌀한데 이제 그만 돌아갈까?"

리즈의 뇌리에서 사라가 사라진 날의 기억이 스쳐지나갔다.

그날, 휴가를 얻지 않았더라면…….

그날, 날씨가 덥지 않았더라면…….

그날, 사라가 잠이 들지 않았더라면…….

"우리가 제대로 된 가정을 꾸렸더라면 사라가 이렇게 되지는 않았을 거야."

리즈가 문득 생각난 듯 말했다.

"괜한 말로 책임을 회피하려 들지 마. 당신이 사라를 해변에 방치한 게 실종의 직접적인 원인이야."

마이크가 그렇게 말하고 나서 담배연기를 깊게 빨아들였다.

리즈가 문득 걸음을 멈췄다.

"바로 이 자리야. 아직 사라가 만든 모래성이 그대로 남아 있어."

"사라가 만든 모래성이라는 걸 어떻게 확신하지?"

"나도 사라와 함께 만들었으니까. 사라가 모래성 벽면에 구멍을 뚫고 샌들을 집어넣더니 비밀금고라며 활짝 웃었지."

리즈의 목소리가 떨려나오며 눈물이 그렁그렁 맺혔다.

"사라는 바로 여기에 누워 있다가 사라졌어."

모래성은 곧 흔적도 없이 사라질 게 뻔했다.

"빌어먹을!"

마이크는 담배꽁초를 모래 위에 집어던지며 투덜거렸다.

두 사람은 사라가 누워있던 곳을 바라보았다. 그들이 불장난 같은 사랑을 나누었던 밤을 빼고 가장 친밀해진 순간이었다. 두 번 다 사라와 연관이 있었다. 첫 번째 날에는 사라를 만들었고, 두 번째 날에는 사라를 잃어버렸다.

사라가 실종된 지 2주가 지날 무렵 리즈는 다시 한 번 헌스탠턴해변을 찾아갔다. 그녀는 사라가 만든 모래성이 아직 그대로 남아 있을 거라는 희망 섞인 기대를 품고 해변으로 갔다. 모래성은 파도에 휩쓸린 듯 보이지 않았다. 리즈는 찬바람에 몸을 덜덜 떨며 바다를 바라보았다. 오늘 따라 잿빛 바다는 먹구름이 잔뜩 끼어 있는 하늘색보다 더욱 음울해 보였다.

리즈는 집으로 돌아오는 길에 경찰차가 아파트 앞에 서 있는 걸 발견했다.

혹시 경찰이 사라를 찾아냈나? 사라가 초콜릿을 서너 개쯤 먹고 나서 바비인형을 갖고 놀고 있을지도 몰라.

리즈는 급한 마음에 한 번에 두 계단씩 뛰어올라갔다. 이웃사람들이 현관문을 살짝 열고 그녀를 힐끔 거리며 염탐했다. 경찰차가 그들의 호기심을 한껏 부추긴 게 분명했다.

현관문에 열쇠를 꽂는 동안 손가락이 덜덜 떨렸다.

"리즈가 지금 돌아온 것 같네요."

텔레비전 소리를 배경음으로 깐 베치 알비의 목소리가 들려왔다

경찰관 두 명이 거실에서 나와 좁은 현관에 서 있는 리즈를 향해 걸어왔다.

그 순간 리즈는 누군가 끈으로 조이기라도 하듯 가슴과 목이 답답했다. 키가 큰 경찰 두 사람이 마치 산처럼 그녀의 눈앞을 가로막고 있었다. 게다가 두 사람의 표정이 왠지 어두워 보였다. 그들의 불길한 표정은 그녀를 몹시 불안하게 만들었다. 갑자기 머릿속이 아득해지며 공황상태가 찾아왔다. 그녀는 정신을 차리기 위해 안간힘을 쓰며 경찰을 주시했다.

"우리와 함께 가주어야 합니다."

리즈가 두 경찰관을 번갈아 쳐다보았다. 그들이 서 있는 틈새로 텔레비전이 보였다. 베치 알비는 평소 포테이토칩 봉지를 들고 안락의자에 앉아 무슨 일이 있어도 텔레비전 화면에서 눈을 떼지 않는데 오늘은 그녀를 망연히 쳐다보고 있었다. 베치 알비의 얼굴에도 리즈를 불안하게 만드는 그림자가 드리워져 있었다.

"어딜 같이 가자는 거죠?"

리즈가 초조한 목소리로 되물었다.

"오늘 오전에 어린 아이 시신이 한 구 발견됐습니다. 직접 가서 확인해주어야만 합니다. 시신이 많이 훼손되어 얼굴보다는 착용하고 있는 옷이 참고가 될 겁니다."

리즈는 마치 질식할 것처럼 속이 답답했고, 머리가 어질어질했다.

"정확한 사인은 부검 결과가 나와 봐야 알겠지만 그냥 육안으로 확인한 바로는 성폭행 후 교살된 것으로 추정됩니다."

리지의 얼굴이 백지장처럼 창백해졌다.

"충격이 크실 텐데 물이라도 한 컵 가져다줄까요?"

"아니, 괜찮아요."

"혹시 아이의 생부가 동행해주길 바라십니까? 생부의 집에 들렀다가 갈까요?"

"마이크는 자고 있을 거예요. 그와 동행하는 걸 원치 않아요."

리즈는 제발 사라의 시신이 아니길 빌었다.

힘없는 아이에게 성폭행을 가하고 살해하다니, 말도 안 돼!

"자, 이게 그만 가실까요?"

리즈가 경찰에게 말했다.

8월 24일, 목요일

펀데일 하우스는 대대로 상속돼온 쿠엔틴 가문의 유산이었지만 장원의 한 가운데 있는 저택에서 실제로 사람이 거주한 적은 그리 많지 않았다. 쿠엔틴 가문의 가업인 〈해럴드 쿠엔틴 은행〉의 본점이 런던에 있었고, 출퇴근 거리가 너무 멀었기 때문이다.

저택의 표면은 시간이 흐르는 동안 암갈색으로 변해 있었고, 바닥에는 시커먼 대리석이 깔려 있었다. 창문들은 어찌나 작게 만들었는지 햇볕이 거의 스며들지 않았다. 먼 훗날을 예견하지 못한 정원사가 나무들을 저택과 너무 밀착되게 심는 바람에 수 미터 높이로 자란 나무들이 건물을 둘러싸고 있어 햇살이 스며들 틈이 없었다.

2년 전, 버지니아가 노퍽의 펀데일 하우스로 이사하자고 했을 때 프레데릭은 나무들을 베어버리자고 했다. 저택이 마치 어두운 숲속에 파묻혀 있는 느낌이 들었기 때문이다.

"아니, 난 지금 이대로가 좋아."

버지니아는 딱 잘라 반대했다.

관리인 부부가 15년 전부터 저택 본채에서 도보로 10분 떨어져 있는 별채에 살며 영지를 돌봐왔다. 올해 예순 살이 된 그레이스 워커와 잭 워커 부부로 두 사람 다 겸손하고 부지런한 사람들이었다. 잭 워커는 운송회사에서 일하다 그만두었지만 요즘도 가끔 일손이 부족할 경우 나가서 도와주곤 했다. 그는 정기적으로 정원사들을 고용해 정원의 나무들과 잔디를 손질했다. 건물이나 담장에 문제가 생길 경우에는 목수를 부르거나 직접 보수작업을 했다. 대부분 그가 손수 해결했고, 혼자 처리할 수 없을 경우 인부들을 고용했다.

그레이스 워커는 쿠엔틴 가족이 거주하고 있는 저택의 청소를 맡고 있었다. 저택의 양쪽 날개 부분은 사용하지 않고 비워두었다. 버지니아가 매일이다시피 응접실 다섯 개를 둘러보고, 저녁마다 네 개의 식당 중 어디에서 저녁식사를 할지 고민하는 건 대단히 소모적이고 무의미한 일이었기에 저택에서 사용하지 않는 대부분의 공간은 평소 문을 잠가두었다. 한 달에 한 번씩 그레이스가 사용하지 않는 공간에 청소부들을 데리고 들어가 먼지를 털어내고 환기를 시킨 다음 혹시 손봐야 할 곳은 없는지 두루 확인했다.

쿠엔틴 가족은 저택의 서쪽부분만을 사용했다. 버지니아가 직접 요리를 하는 대규모 주방, 넓은 거실, 사교모임이 있을 때 흔히 이용하는 서재 그리고 침실이 네 개 있었다. 주방문을 열고 나가면 곧바로 정원으로 이어졌다. 햇살이 가장 잘 드는 곳에 킴의 그네와 빨랫줄이 설치돼 있었다. 정원은 마치 동화 속에서나 등장하는 곳처럼 아름답고 신비스런 느낌을 주었다.

펀데일 하우스에서는 늘 비슷한 일상이 반복되었다. 세상의 복잡한 일들은 저택을 둘러싸고 있는 담장 너머 이야기일 뿐이었다. 담장 안에서 이루어지는 대화라고는 주로 킴이 학교에서 겪은 일들과 그레이스가 종종 버지니아에게 들려주는 사소한 걱정거리가 전부였다. 그레이스는 남편 잭의 콜레스테롤 수치와 세계 정치에 대한 견해를 화제 삼아 버지니아와 대화를 나누곤 했다.

8월 24일 아침, 프레데릭은 런던에서 주말을 보내기로 결정했다. 오늘은 목요일이었고, 주말에도 런던에 머무는 경우는 드물었다. 이번 주말에는 두 가지 중요한 모임에 초대받았고, 다음 주 월요일에는 연례행사인 〈여름 은행 축제〉 행사가 있는 만큼 부득이 런던에서 지내기로 결정했다.

버지니아는 평온한 마음으로 하루를 시작했다. 이제 곧 시작될 9월에 대한 기대감으로 벌써부터 기분이 좋았다. 가을은 그녀가 가장 좋아하는 계절이었다. 빨갛게 물든 단풍, 가을의 그윽한 정취를 느끼며 안개 낀 들판을 산책할 생각만으로도 벌써부터 마음이 설레었다. 창밖에서 폭풍이 휘몰아칠 때 불길이 활활 타오르는 벽난로를 앞에 두고 앉아 보내는 긴 저녁시간은 각별한 묘미가 있었다.

킴은 아직 일어나기 전이었고, 버지니아는 늘 하던 대로 새벽 조깅을 다녀온 다음 프레데릭과 작별인사를 겸한 아침식사를 할 수 있도록 서둘러 아침상을 차렸다.

버지니아가 구운 베이컨과 계란프라이가 담긴 접시와 커피를 식탁에 내려놓았다. 프레데릭이 좋아하는 아침 메뉴였다. 창밖을 내다보니 커다란 나무들 너머 어딘가에서 황금빛 아침햇살이 어른거리고 있었다.

버지니아는 가을이 이미 시작됐다는 걸 피부로 느낄 수 있었다. 주방의 온도는 따뜻했고, 프레데릭은 신문을 읽고 있었다. 두 사람 사이에 늘 그렇듯 평화롭고 호젓한 분위기가 감돌았다. 그들은 심하게 싸운 기억이 거의 없었다. 지난 주말에 결혼 이후 가장 큰 의견 충돌을 빚었다. 버지니아가 침몰된 배에서 구조된 독일인 부부를 별장에 머물도록 배려한 게 부부싸움의 발단이었다. 사실 그 정도는 보통 부부들에게는 싸움이라고 부르기조차 힘들었다.

이 세상에서 프레데릭과 싸울 수 있는 사람이 과연 있을까?

"킹스린에서 여자아이가 시신으로 발견됐다는 기사가 났어."

프레데릭의 말에 혼자 생각에 잠겨 있던 버지니아가 화들짝 놀랐다.

"어느 집 아이야? 부모가 누군데?"

"헌스탠턴 해변에서 아이 엄마가 주의를 소홀히 하는 틈을 타 아이를 유괴했다는군."

"언제 그런 일이 벌어졌지?"

"우리가 스카이 섬에 있을 때 유괴사건이 벌어졌나 봐. 겨우 네 살짜리 여자아이를 유괴해 살해하다니, 정말이지 세상에는 몹쓸 사람들이 정말 많아."

"아이 이름이 뭐야?"

"사라 알비."

"알비라는 성은 처음 들어봐."

"사라 알비는 2주 전 헌스탠턴 해변에서 실종됐는데 엊그제 화요일에 리징성 근처에서 성폭행 뒤 살해당한 시신으로 발견됐어."

버지니아가 깜짝 놀란 표정으로 프레데릭의 얼굴을 쳐다보았다.

"겨우 네 살짜리 여자아이에게 성폭행을 가하다니?"

"소아성애자들은 갓난아이에게도 몹쓸 짓을 하지."

프레데릭이 말했다.

"범인은 잡았대?"

"경찰은 아직 단서를 확보하지 못했나 봐."

"킴한테 당분간 집안에서만 놀라고 해야겠어. 범인이 체포될 때까지 그러는 편이 낫지 않겠어?"

"범인은 피서객들로 혼잡한 해수욕장에서 사라 알비를 유괴했어. 그가 한적한 숲속보다는 사람들이 북적거리는 곳에서 범행대상을 물색하는 걸 선호한다는 뜻이지."

버지니아는 몸서리를 쳤다.

"범인이 또 다시 몹쓸 짓을 저지를 수도 있다는 뜻이야?"

프레데릭이 신문을 옆으로 내려놓았다.

"킴을 집 안에서만 놀도록 해야겠어. 성폭행범은 단발성 범행으로 끝나지 않아."

성폭행범이 늘 새로운 범행대상을 필요로 한다는 것쯤은 누구나 알고 있었다.

"경찰이 한시바삐 범인을 체포했으면 좋겠어. 그런 놈들은 평생 감옥에 격리시켜야 마땅해."

"오늘날에는 그 어떤 흉악범도 평생 감옥에 가둘 수는 없어. 3,4년쯤 치료한 다음 완치됐다는 증명서를 써주는 정신과의사들이 늘 있으니까."

프레데릭이 자리에서 일어서려다가 다시 주저앉았다.

"사실은 당신과 상의할 일이 있어."

머릿속으로 끔찍한 범죄에 대해 생각하고 있던 버지니아는 깜짝 놀란 얼굴로 프레데릭을 쳐다보았다.

"무슨 이야긴지 어서 해봐."

프레데릭은 언제나 생각을 말로 표현하는 게 어색했다.

"난 이번 하원의원 선거에 출마할 생각이야. 지금이 가장 좋은 기회라고 생각해. 선거 캠페인을 나 혼자 할 경우 유권자들에게 좋은 인상을 심어줄 수 없어. 사람들은 내가 결혼한 사실을 모두 알고 있고, 선거 캠페인 때 부인도 얼굴을 내비치길 바라지."

"하지만 난……."

"당신이 계속 나타나지 않을 경우 사람들은 우리 부부 사이에 심각한 문제가 있다고 생각할 수도 있어."

"나도 나서서 당신을 돕고 싶지만 킴을 돌봐줘야 해."

"믿고 맡길 수 있는 베이비시터는 많아. 당신이 킴을 돌봐야 하기 때문에 집에 있어야 한다고 말하면 다들 구차한 핑계로 받아들일 거야."

프레데릭이 잠시 생각하고 나서 덧붙였다.

"사실은 이미 핑계로 생각하고 있는 사람들이 많아."

"당신은 사람들이 그렇게 생각한다는 걸 어떻게 알아?"

"그런 말들이 자꾸 내 귀에까지 들려오니까."

"우리 부부 사이에 문제가 있을 거라는 소문이 퍼지면 당선하는데 지장이 있어?"

"당연하지. 하원의원은 하찮은 자리가 아니야. 중요한 일을 하는 자리인 만큼 사소한 부분까지 관심을 갖지."

프레데릭이 자리에서 일어서며 그렇게 말했다.

"완벽한 가정생활을 해야 하는 게 하원의원이 되기 위한 전제조건이었어? 난 미처 몰랐던 사실이야."

프레데릭은 아내의 날선 말이 부당하게 느껴졌다. 버지니아가 갑자기 공격적으로 나오는 이유를 알 수 없었다.

"버지니아, 우린 흠결 없는 가정을 꾸려 왔어. 우린 지극히 모범적인 결혼생활을 유지하고 있고, 당신은 여전히 매력적이고 지적인 아내야. 대체 내가 왜 당신을 사람들에게 자랑하면 안 되지?"

버지니아도 더 이상 자리에 앉아 커피를 마시고 싶은 생각이 없었다.

"10분 뒤면 당신은 일주일 예정으로 집을 떠나야 해. 지금은 그런 이야기를 나누기에 적합한 타이밍이 아니야. 난 지금 당신에게 느닷없이 습격당한 기분이라 이성적으로 이야기를 나눌 자신이 없어."

프레데릭이 한숨을 푹 내쉬었다. 스카이 섬에서 휴가를 보낼 때 대화를 나누었어야 한다는 후회가 일었다. 섬에 있을 때 몇 번인가 이야기를 꺼내려다가 단념했었다.

하원의원 선거에 출마한 후보자가 아내에게 이 정도 부탁도 하지 못하는 상황을 이해할 수 없었다. 이 문제가 왜 부부간 논란의 불씨가 되어야 하는지 납득하기 어려웠다.

"지금이 의견을 나누기에 적절한 타이밍이야. 서로 의견이 다를수록 빨리 결론을 내는 게 좋아."

"의견이 다른 게 전적으로 내 탓은 아니잖아."

"그럼 내 탓인가? 당신은 내가 은행일 때문에 계속 런던에 가야 한다는 사실을 알고 있으면서도 집을 노퍽으로 옮기고 싶어 했어. 그 선택이 우리 가정에 잠재적 불안요소가 될 수도 있으리란 걸 이미 경고한 적이 있을 거야."

"지금 우리 가정에서 가장 큰 불안요소는 당신이 정치에 뜻을 두고 있다는 거야."

버지니아의 말이 옳다는 걸 프레데릭도 알고 있었다.

"정치가가 되는 건 내 오랜 소망이었어."

프레데릭이 당혹감을 감추지 못하며 말했다.

"난 당신이 정치가가 되고 싶어 하는 것에 찬성하지도 반대하지도 않아."

버지니아가 다 식은 커피를 개수대에 쏟으며 말했다.

"선거에서 이기려면 그 이상의 도움이 필요해. 당신의 직접적인 내조가 필요하다니까."

프레데릭은 아내가 차라리 벽 속으로 사라져버리고 싶어 한다는 걸 느낄 수 있었다.

"난 이제 런던으로 출발해야 돼. 잭이 금방 도착할 거야."

잭이 그를 킹스린 역까지 데려다주기로 되어 있었다. 프레데릭은 직접 차를 몰고 런던에 갈 때도 있었지만 오늘은 열차를 타고 가면서 서류를 검토할 생각이었다.

"당신이 내가 제안한 문제에 대해 긍정적으로 검토해주길 바랄 뿐이야."

프레데릭이 뭔가 말하려다가 잠시 망설였다. 그는 감정을 솔직하게 표현하는 데 서툰 편이었다.

"한 가지만은 분명하게 알아둬. 난 당신을 사랑하고, 설령 내 부탁을 들어주지 않더라도 그 사실은 절대로 변하지 않아."

버지니아는 마지못해 고개를 끄덕였다. 프레데릭의 마지막 말이 오히려 강한 부담으로 작용한 듯했다.

바깥에서 자동차가 소리가 들려왔다. 프레데릭은 재킷을 입고 나서 서류가방을 챙겨들었다. 그는 아내에게 다가가 늘 하던 대로 작별 키스를 하고 싶었지만 버지니아의 눈빛에 드러나 있는 거리감 때문에 주저하지 않을 수 없었다.

"다녀올게."

프레데릭이 말했다.

"잘 다녀와."

버지니아가 짧은 한 마디로 작별인사를 대신했다.

8월 26일, 토요일

이스트 앵글리아에 다시 여름이 돌아왔다. 아침저녁으로는 날씨가 선선했지만 한낮에는 여전히 기온이 높고 햇볕이 따가워 사람들은 더위를 식히기 위해 바다나 수영장을 찾았다. 하늘은 높고 푸르렀고, 정원의 꽃들은 여름과의 마지막 작별을 멋지게 장식하려는 듯 형형색색으로 물들었다. 라디오의 일기예보 기상캐스터는 다음 주에 비가 오고 나면 가을이 성큼 다가와 있을 거라고 예보했다.

버지니아는 토요일 오후에 킴을 생일 파자마파티를 여는 학교친구 집에 데려다 주었다. 생일인 아이는 슬리핑백을 가져오라는 부탁과 함께 반 아이들 모두를 집으로 초대했다. 일요일 낮에 대형 피자로 점심을 먹고 나서야 끝나는 일정이었다.

아이들을 데려온 엄마들은 최근 지역사회를 충격에 빠뜨린 사라 알비 납치살해사건에 대한 이야기에 열을 올렸다.

"사라의 생부는 정말이지 대책 없는 사람이죠. 여태껏 사라를 나 몰라라 외면하고 지냈나 봐요. 사라의 엄마는 놀기 좋아하는 젊은 여자인데, 아이에게 도무지 관심이 없었대요. 부모가 좀 모자라면 할머니라도 아이를 보살펴줘야 할 텐데 역시 무심했나 봐요. 한 마디로 콩가루 집안이라는 거죠.”

“사라 엄마가 남자들을 꼬셔볼 생각으로 아이를 오랫동안 해변에 혼자 방치해두었다더군요. 생각이 있는 엄마라면 상상할 수 없는 짓이었죠.”

엄마들은 일제히 사라 부모의 처신에 대해 분노를 터뜨렸다. 버지니아 역시 아이를 해변에 혼자 방치해둔 행위는 분명 잘못이라고 생각했지만 남의 일에 대해 자세히 알지도 못하면서 함부로 비난을 퍼붓는 것에는 거부감을 느꼈다. 그 집에 모인 엄마들은 대부분 상류층 가정 출신이었다. 그들은 사라 엄마처럼 불우한 환경 속에서 혼자 아이를 낳고 키우는 게 얼마나 힘겹고 고통스러운 일인지 헤아리지 못하는 듯했다.

“쿠엔틴 부인이시죠?”

한 여자가 버지니아에게 말을 걸었다.

“네, 그런데요?”

“《타임즈》에 실린 쿠엔틴 씨의 인터뷰 기사를 봤어요. 부군께서 하원의원 선거에 출마하신다면서요?”

여자들의 시선이 일제히 버지니아에게 쏟아졌다.

“네, 맞아요.”

버지니아는 간단하게 대답하고 입을 꾹 다물었다.

“부군의 선거를 도우려면 많이 힘드시겠어요.”

“감수해야죠.”

“우리 남편이 정치에 뜻이 없어 얼마나 다행인지 모르겠어요. 저는 성공도 중요하지만 가정생활에 충실한 남편을 원하거든요.”

“당신 남편은 은행장이 아니잖아요. 휴양지에 근사한 별장도 없고!”

다른 여자가 끼어들며 핀잔을 주었다.

"그런 게 무슨 상관이죠?"

"정치가로 성공하려면 돈과 인맥이 필수죠."

"돈과 인맥이 절대적인 건 아니잖아요? 내 생각에는……."

두 여자가 자기들과는 아무런 상관없는 문제로 말다툼을 벌였다.

버지니아는 두 여자의 말다툼에 끼어들고 싶지 않아 계속 딴전을 피우고 있었지만 마치 가시방석에 앉은 듯 자리가 불편했다. 그녀는 누군가 숨통을 조여 오는 것 같은 느낌이 들며 갑자기 숨쉬기가 힘들어졌다. 마치 그 자리에 몰려 서 있는 여자들이 벌떼처럼 달려들며 옷을 쥐어뜯을 것 같은 압박감을 느꼈다.

"저는 이제 그만 가봐야겠어요. 오늘 저녁에 집에 손님이 오시기로 해서 준비할 게 많아요."

버지니아가 황급히 말했다.

킴은 아이들과 어울려 노느라 정신이 팔려 엄마한테 살짝 손만 흔들어 작별인사를 대신했다.

버지니아는 그 집에서 걸어 나오는 동안 여자들이 귓속말로 쑥덕거리는 느낌을 받았다. 그녀가 공황상태가 되어 허둥지둥 자리를 피하는 것 같은 인상을 준 탓이었다.

왜 좀 더 여유 있게 행동하지 못했을까?

버지니아는 대문을 나와 차를 세워둔 곳까지 걸어와 차체에 몸을 기댔을 때 문득 그런 생각이 머리를 스쳐 지나갔다.

버지니아는 사람들이 계속 집요하게 질문을 던지거나 이런저런 코멘트를 할 때면 갑자기 호흡이 거칠어지고 가슴이 답답해지는 증상을 느꼈다. 그럴 때면 빨리 자리를 피하는 것 말고는 달리 방법이 없었다.

버지니아는 집으로 들어서자 마음이 편안해졌다. 광활한 정원과 대저택, 관리인 부부 말고는 사람이 전혀 없는 집이었다. 그녀는 집에 있을 때는 전혀 불안감을 느끼지 않았고, 늘 활기찬 모습을 유지했다. 새벽에 일어나 조깅을 시작으로 아침을 열고, 아이를 돌보는 틈틈이 집을 관리했다. 집을 비운 남편에게 전화해 여유 있는 대화를 이끌어나가기도 했다. 적어도 그럴 때는 아무런 문제가 없었다. 다만 서른여섯 살밖에 안된 젊은 여자에게 은둔생활이 과연 바람직한 것인지 묻는다면 대답할 말이 궁색했다.

버지니아는 더 이상 자신의 인생에 대해 고민하고 싶지 않았다. 그녀가 저택 앞에 차를 세우고 내려서는 순간 늦여름의 부드럽고 따스한 미풍이 살갗에 와 닿았다. 울창한 나무들이 내뿜는 청량한 공기를 듬뿍 들이마시자 비로소 우울한 기분이 사라졌다. 이제 겨우 6시가 조금 넘었으니 아직 술을 마시기에는 이른 시간이었다. 우선 집으로 들어가 칵테일을 만들어야겠다고 생각했다. 색깔이 예쁘고 맛이 달콤한 칵테일을 만든 다음 테라스에 나가 앉아 신문을 읽으며 마실 생각이었다.

버지니아는 킴을 끔찍이 사랑했지만 가끔 혼자 지내는 시간도 좋았다. 오늘 저녁시간은 오롯이 혼자였다. 사람들은 흔히 이럴 때 고독을 느낀다고 하지만 그녀에게는 해당되지 않는 말이었다. 그녀는 혼자 있을 때 오히려 마음이 편안해졌다.

버지니아는 주방에 들어가 레몬즙이 들어간 파란색 칵테일을 만들면서 평소 습관대로 수납장 위에 놓인 소형 텔레비전을 켰다. 아이를 잃은 부모가 나오는 프로그램이었다. 너무 끔찍한 이야기라 채널을 돌리려다가 사라 알바라는 이름이 들려와 순간적으로 동작을 멈췄다.

사라의 엄마 리즈가 뉴스쇼의 게스트였다. 아직 처녀인 것처럼 앳된 여자였다. 몹시 당황스런 표정으로 보아 자신이 현재 어떤 상황에

처해 있는지 미처 파악하지 못한 듯했다. 버지니아가 보기에 리즈는 지금 텔레비전 카메라 앞에 앉아 있을 만한 심리상태가 아닌 듯했다.

"먼저 끔찍한 일을 겪은 리즈 알비 씨에게 심심한 위로의 마음을 전합니다. 혹시 딸이 생존해 있을 때 대했던 행동이 후회스럽지는 않습니까? 사실 부모들은 자식들을 키우는 동안 자주 실랑이를 벌입니다. 리즈 알비 씨도 분명 그런 적이 있을 겁니다. 엄마가 미처 감정을 추스르지 못하고 내뱉은 말을 듣고 딸이 울음을 터뜨린 적도 있을 겁니다. 놀아달라고 보채는 딸에게 호통을 친 적도 있겠죠. 그렇지 않나요?"

사회자는 겉으로는 리즈가 받았을 충격에 대해 위로의 마음을 전하다면서도 무례한 질문을 연이어 쏟아냈다.

그 질문들이 리즈의 가슴에 비수가 되어 꽂혔을 게 분명했다.

"제발 그런 식으로 말하지 마!"

버지니아가 텔레비전을 향해 소리쳤다.

"가끔 회전목마가 생각나요."

사회자가 동정 어린 눈빛으로 리즈를 쳐다보았다.

"회전목마에 얽힌 사연이 있군요. 그 이야기를 좀 들려주시겠습니까?"

"사라가 실종되던 날 우린 헌스탠턴 해변에 갔어요. 버스정류장 근처에 회전목마가 있었죠. 사라가 회전목마를 태워달라고 떼를 쓰기 시작했어요. 제가 한사코 안 된다고 하자 사라는 급기야 울음을 터뜨렸죠."

"회전목마를 태워주지 않은 이유가 뭐였죠? 시간이 없었나요? 아니면 비용이 너무 비쌌나요?"

"그건 당신과 전혀 상관없는 일이야!"

버지니아가 격분해 소리쳤다.

"그때 제가 왜 그랬는지 정확한 이유를 모르겠어요. 아마도 여러 가지 이유가 겹쳤던 것 같아요. 일단 수중에 돈이 별로 없었죠. 아이에게 목마를 태워주며 우두커니 서 있고 싶은 마음도 없었어요. 피서객들이 많이 몰려온 날이라 남들보다 먼저 좋은 자리를 차지하고 싶은 마음 때문에 조바심이 일기도 했죠. 사라는 포기하지 않고 계속 떼를 쓰며 울었어요. 어쩔 수 없이 사라를 강제로 잡아끌어 해변을 향해 걸어갔죠."

리즈가 절망한 표정으로 어깨를 으쓱했다.

"딸에게 회전목마를 태워주지 못한 게 마음에 걸리는군요?"

"머릿속에서 계속 회전목마가 떠올라요. 그때 왜 사라의 소원을 들어주지 않았는지 몹시 후회하고 있죠. 만약 회전목마를 태워주었더라면 이렇게 마음이 쓰라리지 않았을 텐데 말입니다."

리즈가 고개를 푹 숙이더니 울음을 터뜨렸다. 카메라가 그녀의 고통스러워하는 얼굴을 클로즈업했다.

"이제 제발 끔찍한 짓은 그만해."

버지니아가 욕설을 내뱉으며 텔레비전을 껐다.

그 순간 주방이 온통 적막감에 휩싸였다. 바로 그때 현관문에서 노크소리가 들려왔다.

이 시간에 누구지? 그레이스나 잭은 볼 일이 있을 경우 주방문을 통해 들어오는데?

버지니아는 저녁시간을 혼자 호젓하게 보내고 싶었다.

차라리 집에 아무도 없는 것처럼 인기척을 내지 말까?

만약 그렇게 할 경우 테라스 쪽으로 찾아올 것 같은 불길한 생각이 들었다.

버지니아는 한숨을 푹 내쉬며 칵테일 잔을 내려놓았다.

*

현관문을 두드린 사람은 놀랍게도 나탄 모어였다. 버지니아는 얼마나 놀랐는지 처음에는 아무 말도 할 수 없었다.

"집에 안 계신지 알았습니다. 노크를 몇 번이나 했거든요."

"텔레비전을 켜놓아 노크소리를 듣지 못했어요."

"미리 연락을 드렸어야 하는데 이렇게 불쑥 찾아오게 돼 죄송합니다."

버지니아는 왜 미리 연락을 안했는지 그 이유를 알 수 없었다.

"지금쯤 스카이 섬에 계시는 줄 알았는데 어떻게 된 일이죠?"

"이야기를 하자면 좀 깁니다."

버지니아는 그제야 안으로 들어오라는 말도 하지 않았다는 걸 깨달았다.

"일단 안으로 들어오세요. 테라스에 가서 이야기를 나누도록 하죠. 칵테일을 만들었는데 한 잔 마실래요?"

"그냥 생수나 한 잔 주십시오."

잠시 후 버지니아는 녹청색으로 은은하게 반짝거리는 칵테일 한 잔과 생수 한 컵을 들고 테라스로 갔다.

"리비아는 지금 어디에 있죠?"

"킹스린 병원에 있습니다. 사실은 리비아가 많이 아파 스카이 섬에 계속 머물 수 없었습니다."

"어디가 아픈데요?"

"리비아는 사고 당시 심한 충격을 받아 심각한 우울증을 앓고 있습니다. 아예 말문을 닫아 버리고 혼자만의 세계에 빠져 지냅니다. 음식도 전혀 먹지 않아 이대로 방치했다가는 굶어죽을지도 모른다는 생각이 들어 목요일 새벽에 별장을 떠났습니다."

"충격적인 일을 겪었으니 심각한 우울증을 앓을 수도 있겠죠. 리비아는 사고 이후 즉시 심리치료를 받았어야 해요."

"저도 경황이 없어 리비아의 상태를 면밀히 체크하지 못했습니다."

"제가 오브라이언 부인 집에 찾아갔을 때부터 리비아는 마치 몽유병 환자처럼 보였어요. 감당하기 힘든 충격을 받았으니 그럴 수밖에요."

버지니아는 그들 부부가 왜 곧장 독일로 돌아가지 않았는지 의문이었다.

"금요일 아침에 리비아를 킹스린 병원에 입원시켰습니다. 리비아가 기력을 되찾을 때까지 킹스린 병원에 머물 생각입니다. 병원에서는 링거주사로 부족한 영양분을 공급해주고 있습니다. 리비아가 아직 음식섭취를 거부하고 있거든요."

"정말 큰일이네요. 내일 당장 병문안을 가봐야겠어요."

"지금 리비아는 아무런 반응을 보이지 않고 있습니다. 혹시 부인께서 찾아가주신다면 뭔가 반응을 보일지도 모르겠네요. 리비아는 부인을 무척이나 좋아했죠. 부인 이야기를 할 때면 언제나 만면에 미소를 짓곤 했으니까요."

버지니아는 궁금했던 질문을 더 이상 미룰 수가 없었다.

"당신들은 왜 독일로 돌아가지 않고 여기까지 온 거죠?"

"독일로 돌아가야 했지만 차비가 없었습니다."

프레데릭이 이맛살을 찌푸렸던 기억이 떠올랐다.

"지난번 부인께서 빌려준 얼마간의 돈으로 이곳까지 오는 기차표를 살 수 있었습니다. 그야말로 끔찍한 여행이었죠. 처음에 우린 친절한 관광객의 차를 얻어 타고 포트윌리엄까지 갔습니다. 글래스고에서 열차에 올라 계속 갈아타면서 스티브니지까지 갔죠. 거기서 킹스린으로 오는 열차를 타기 위해 우린 밤을 꼬박 새우다시피 했습니다. 금요일 새벽에야 우여곡절 끝에 킹스린에 도착했습니다. 어젯밤에는 병원 근처의 허름한 여관에서 묵었죠. 방값을 지불하고 났더니 수중에 남은 돈이 한 푼도 없더군요. 그야말로 거지신세가 된 거죠."

"우리 집 주소는 어떻게 알아냈죠?"

"별장에 있는 어느 서랍에서 부인 앞으로 온 편지를 발견했습니다. 거기에 이 집 주소가 적혀 있더군요. 그 편지를 보는 순간 부인을 찾아 뵈어야겠다는 생각이 들었습니다."

버지니아는 골치 아픈 문제라는 생각이 들며 두통을 느꼈다. 프레데릭의 얼굴이 눈에서 아른거렸다.

"쿠엔틴 씨는 제가 이 집에 찾아온 걸 알면 몹시 불쾌해하시겠군요?"

"프레데릭은 지금 런던에 가 있는데 다음 주나 돼야 돌아올 거예요."

"쿠엔틴 씨가 우릴 좋아하지 않는다는 걸 알고 있습니다. 믿을 수 없는 사람들이라고 생각하겠죠. 충분히 그런 생각을 가질 만하죠. 게다가 이렇게 느닷없이 집에까지 찾아온 걸 알게 되면 더욱 싫어하겠죠. 그 모든 걸 알고 있지만 저로서는 다른 방법이 없었습니다. 우리는 완전히 파산했고, 주머니에 돈 한 푼 남아 있지 않습니다. 오늘밤부터 당장 공원벤치 신세를 져야할 입장이죠. 정말이지 어떻게 살아가야 할지 막막합니다. 부인은 영국에서 제가 아는 유일한 분이기에 염치 불문하고 이렇게 찾아왔습니다."

스카이 섬에서 돌아오는 길에 프레데릭이 했던 말이 머리를 스쳐지나갔다.

'그 사람들이 그렇게 절박한 처지라면 런던에 있는 독일대사관을 찾아가보라고 해. 독일대사관에서 귀국에 필요한 제반 조치를 취해줄 거야. 그들이 곤란을 겪고 있는 건 분명하지만 우리가 무조건 도와주어야 한다는 생각은 옳지 않아.'

버지니아는 나탄에게 독일대사관의 위치를 알려주고, 얼마간의 차비를 주어 돌려보내야겠다고 생각했다.

"공원벤치에서 잠을 자기에는 날씨가 너무 쌀쌀하지 않나요? 오늘밤은 그냥 우리 집 손님방에서 자도록 해요. 아직 아무것도 드시지 못했다니까 저녁식사를 준비할게요. 당신마저 쓰러져 리비아 옆에 누워 있게 되면 곤란하잖아요."

버지니아는 원래 하려던 말 대신 그렇게 말했다. 그녀는 주방으로 걸어가면서 괜한 골칫거리를 떠맡았다고 자책했다.

8월 27일, 일요일

1

레이첼은 일요일 11시에 시작되는 어린이미사에 참석할 예정이었다. 레이첼의 부모는 성당에 다니지 않았다. 1년 반 전, 부모를 따라 성당에 다니는 줄리아가 함께 가자고 하는 바람에 따라나섰다가 일요일마다 빠지지 않고 다니게 되었다.

레이첼은 도널드 신부도 좋았고, 성가를 부르거나 기도를 하는 것도 마음에 들어 계속 다니기로 결심했다. 커닝햄 부부는 레이첼이 일요일마다 하루 종일 빈둥거리느니 차라리 성당에라도 나가는 게 낫겠다고 생각해 쾌히 허락해 주었다. 일요일만 되면 텔레비전을 보거나 부모를 보채는 게 레이첼의 중요한 일과였으니까. 일 년 전만 해도 일요일마다 레이첼을 성당까지 데려다주었지만 여덟 살이 되면서 혼자 가는 게 허락되었다.

클레어는 딸이 혼자 성당에 가는 게 걱정돼 계속 차로 데려다주려고 했지만 로버트는 독립심을 키워주어야 한다며 반대했다.

로버트는 오늘 레이첼의 여동생 수를 데리고 바다에 갈 거라고 했다.

"레이첼, 너도 성당에 가는 대신 바다에 가지 않을래? 아마 오늘이 올해 바다에서 수영할 수 있는 마지막 기회일 거야."

레이첼은 강하게 고개를 저었다. 클레어는 딸아이가 걱정스러웠다. 레이첼은 수가 태어난 이후 가족들이 동반 외출을 할 때 자주 빠졌다. 레이첼은 수를 그다지 좋아하지 않았다. 수가 부모의 관심을 온통 독차지하는 것에 대해 은근히 질투심을 느끼고 있는 듯했다. 수가 태어나기 전만 해도 레이첼이 부모의 사랑을 독차지했기에 현재 상황이 마음에 들지 않을 것이다. 요즘 레이첼은 종종 혼자만의 생각에 깊이 빠져들었고, 가끔 부모의 관심을 끌기 위해 반항적인 태도를 보이기도 했다.

클레어가 바닥이 차니까 반드시 실내화를 신고 다니라고 귀에 못이 박히도록 주의를 줬는데도 레이첼은 잠옷 차림에 맨발로 계단을 내려왔다. 당연히 클레어의 입에서 좋지 않은 소리가 흘러나왔다. 클레어는 레이첼이 부주의하거나 몰라서 그러는 게 아니라 잘 알면서도 관심을 끌기 위해 일부러 그런다는 인상을 받았다.

로버트가 수를 데리고 해변으로 먼저 떠났다.

"오늘, 무슨 일 있니? 기분이 정말 좋아 보여."

"오늘……."

레이첼은 뭔가 말을 하려다가 입을 꾹 다물었다.

"오늘 누가 성당에 오기로 했니?"

클레어는 머릿속으로 가족들이 다 나간 뒤 해야 할 일을 생각하며 지나가는 말로 물었다.

"런던에서 새로운 신부님이 오셔서 인도여행 때 찍은 슬라이드사진들을 보여주기로 했어."

레이첼은 엄마에게 뽀뽀하고 나서 집을 나섰다.

클레어는 가끔 혼자 있는 시간이 정말 좋았다. 프리랜서 기자로 일하는 그녀는 《린 뉴스》에서 의뢰한 칼럼을 써야 했다. 책상 앞에 앉은 그녀는 모처럼 찾아온 혼자만의 시간을 완벽하게 활용해 원고작성을 끝내기로 작정했다.

오늘따라 전화벨이 단 한 번도 울리지 않았고, 실내는 적당히 쾌적했다. 새들이 지저귀는 소리와 개가 서너 번 짖어댄 소리 말고는 동네가 온통 고요했다. 그야말로 작업을 하기에는 더없이 좋은 환경이었다.

어제 본 연극은 정말이지 마음에 쏙 들었고, 칼럼에 쓸 이야기도 풍성했다. 어린이미사에 참석하기 위해 성당에 간 레이첼이 12시 45분쯤 돌아올 테니까 주어진 시간은 대략 한 시간 반 정도였다. 레이첼은 어린이미사에 참석하고 나면 늘 기분이 풀려 집으로 돌아왔다. 어린이미사를 집전하는 도널드 신부를 좋아했기 때문이다. 레이첼은 집으로 돌아와 재잘재잘 수다를 떨어댈 게 틀림없었다. 바쁘다는 핑계로 레이첼의 수다를 막을 수는 없을 것이다.

클레어는 도널드 신부가 했던 모든 말을 레이첼의 입을 통해 고스란히 들어주어야 할 것이다. 딸아이는 도널드 신부가 했던 말과 제스처, 시시콜콜한 농담까지 전부 기억하고 있었다.

레이첼의 수다를 듣고 난 후에는 주말에도 문을 여는 피시앤칩스 가판대까지 차를 몰고 가 먹을거리를 사들고 공원벤치에 앉아 점심을 먹을 생각이었다. 레이첼은 부모 중 한 사람을 완벽하게 독점하는 걸 좋아하니까.

클레어는 가능하면 그런 식으로라도 동생에 대한 질투심에 사로잡힌 레이첼의 마음을 풀어주고 싶었다. 그녀는 글을 쓰는 동안 시간이 얼마나 흘렀는지 까맣게 잊고 있었다. 드디어 컴퓨터에 마지막 어휘를 입력한 그녀는 한숨을 내쉬며 의자 등받이에 몸을 기댔다.

클레어는 전체적으로 다시 한 번 글을 훑어본 다음 곧바로 《린 뉴스》 편집실에 메일을 보냈다. 짧은 시간에 일을 마무리하게 돼 마음이 후련했다.

클레어는 마침내 시계를 보았다. 그 순간 절로 한숨이 흘러나왔다.

오후 한 시!

아직 레이첼은 집에 돌아오지 않았다. 평소 딸아이는 좀처럼 늦는 법이 없었는데 아무리 생각해도 이상했다.

어린이미사가 끝나고 나서 줄리아의 집에 들렀나?

종종 그런 일이 있었지만 그 경우 늘 줄리아 엄마가 전화를 해주곤 했다.

줄리아 엄마가 전화하는 걸 깜빡한 건가?

갑자기 불안감에 휩싸인 클레어는 거실로 내려가 줄리아의 집에 전화를 걸었다. 벨이 울리자마자 줄리아의 엄마가 곧바로 전화를 받았다.

"안녕하세요, 클레어 커닝햄입니다. 혹시 레이첼이 댁에 가 있는지 알아보려고 전화했어요. 레이첼이 집에 돌아와야 할 시간이 지났는데 아직 오지 않고 있어서요."

"레이첼은 우리 집에 오지 않았는데요."

클레어는 마른침을 꿀꺽 삼켰다.

"레이첼이 그 집에 가지 않았다고요? 그럼 혹시 줄리아는 집에 돌아왔나요?"

"오늘 줄리아는 목감기가 심해 어린이미사에 참석하지 못했어요."

"그럼 어떻게 된 일일까요? 한 시가 넘었는데 레이첼이 아직 집에 돌아오지 않았어요. 레이첼이 친구들과 정신없이 노느라 집에 돌아오는 걸 깜박했는지도 모르겠네요."

"그러게요, 날씨가 아주 화창해 놀기에는 그만이잖아요. 아이를 데리러 온 엄마들 중 누군가가 아이스크림을 하나씩 사주었는지도 모르죠. 따스한 햇볕을 쬐며 아이스크림을 먹느라 엄마가 기다리고 있다는 걸 깜박했을지도 모르죠."

"그럴 수도 있겠네요."

클레어는 그렇게 대답했지만 그녀가 기억하는 한 레이첼은 그런 아이가 아니었다.

이제 본격적으로 반항을 시작한 건가? 아니야, 오늘 아침 집을 나갈 때만 해도 기분이 몹시 좋아 보였어.

"아무튼 직접 성당에 가서 확인해봐야겠어요."

클레어는 불안감 때문에 목소리가 잦아들어 제대로 인사도 하지 못하고 전화를 끊었다.

클레어는 심장이 쿵쾅거리며 뛰는 가운데 현관문열쇠를 집어 들고 밖으로 뛰어 나갔다. 사방팔방 둘러보며 레이첼을 찾아보았지만 눈에 띄지 않아 성당 쪽으로 달리기 시작했다. 어린이미사는 담장으로 둘러싸인 교구회관에서 진행되었다. 교구회관 앞에 도착해 보니 문이 완강하게 잠겨 있었고, 주위에 사람이라고는 보이지 않았다. 주말미사는 한 시간 전에 끝났다. 교구회관 앞 광장은 한낮의 뜨거운 태양 아래에서 고요히 침묵하고 있었다.

"하느님, 제발 레이첼을 찾게 해 주세요."

클레어는 어린이미사를 주관하는 신부의 이름을 떠올리려 애썼다. 도널드 신부? 그런데 성이 뭐였지? 레이첼이 도널드 신부의 성을 말해준 적이 있었던가?

클레어가 마음속으로 침착해야 한다고 되뇌며 크게 심호흡을 했다.

일단 도널드 신부를 만나볼 필요가 있었다. 줄리아 엄마에게 물어보면 도널드 신부를 어디 가야 만날 수 있는지 알 수 있으리라.

5분 뒤, 클레어는 줄리아의 집 앞에 도착했다. 뛰어오는 동안 온몸이 땀에 흠뻑 젖어버렸지만 마음이 급해 행색을 살필 겨를이 없었다.

현관문을 연 줄리아 엄마는 클레어가 아직 레이첼을 찾지 못했다는 걸 알아차렸다.

"레이첼이 성당에도 없던가요?"

"성당에는 아무도 없었어요."

"일단 마음을 차분하게 가라앉히고 참착하게 레이첼이 어디에 있을지 생각해보는 게 좋겠어요. 레이첼에게 틀림없이 그럴 만한 사정이 있을 거예요."

"도널드 신부님과 이야기를 나눠봐야겠어요. 혹시 그분 연락처를 아세요? 아, 도널드 신부님의 성이 뭐죠?"

"도널드 아셔 신부님이고, 제가 전화번호를 알려줄게요. 우리 집에서 전화해 봐요."

2분 뒤 클레어는 도널드 신부와 통화했다. 그녀는 도널드 신부의 말을 듣는 순간 무릎이 후들거리고 현기증이 나는 바람에 하마터면 바닥에 쓰러질 뻔했다.

"레이첼은 오늘 미사에 참석하지 않았습니다. 줄리아와 몇몇 아이들도 참석하지 않았죠. 날씨가 좋은 날에는 가끔 있는 일이라 그냥 무심히 넘겼는데 혹시 무슨 일 있습니까?"

"레이첼이 미사에 참석하지 않았단 말입니까? 성당에 다녀오겠다며 제시간에 나갔는데요."

클레어가 다 죽어가는 소리로 중얼거렸다.

도널드 신부도 그 말을 듣고 몹시 당황했지만 일단 클레어를 안심시키려 애썼다.

"아마도 레이첼이 줄리아와 함께 놀고 싶은 마음에 미사를 빼먹고 어디 다른 곳에⋯⋯."

"줄리아는 목감기에 걸려 침대에 누워 있어요."

클레어가 도널드 신부의 말을 끊었다.

"걱정이 크시겠지만 미리부터 최악의 경우를 가정하지는 마십시오. 아이들은 연락이 안 될 때 부모가 얼마나 큰 공포와 두려움을 느끼는지 제대로 알지 못하죠. 레이첼이 아마 공원 같은 데서 몽상에 빠져 있느라 시간이 얼마나 흘렀는지 모를 수도 있습니다."

클레어가 생각하기에 그럴 가능성은 전혀 없어보였다. 그녀는 레이첼이 어떤 아이인지 잘 알았다. 레이첼은 공원을 찾아가 몽상에 잠기는 스타일이 아니었다. 오늘 미사에 참석하는 게 싫었다면 아빠를 따라가거나 집에 남아 마당에서 놀거나 텔레비전을 보게 해달라고 졸라댔을 아이였다.

클레어는 변변히 인사도 하지 못하고 수화기를 내려놓았다.

"남편에게 전화 한 통만 더 할게요. 로버트는 지금 수를 데리고 해변에 가 있거든요."

"어서 해보세요."

줄리아 엄마 역시 클레어와 마찬가지로 입술이 바짝 말라붙어 있었고, 얼굴이 몹시 창백해 있었다. 등 뒤에서 줄리아의 아빠와 놀란 표정의 줄리아가 나타났다. 줄리아는 목에 두꺼운 스카프를 두르고 있었다.

"생각나는 사람들한테 전부 연락해 보세요."

클레어는 로버트의 핸드폰으로 전화를 걸었다.

"로버트, 어서 집으로 돌아와. 레이첼이 실종됐어."

"레이첼이 실종되다니? 대체 그게 무슨 말이야?"

"말 그대로 레이첼이 실종됐어! 레이첼이 그 어디에도 없다니까!"

클레어는 마음을 진정시키기 위해 애썼지만 눈물이 왈칵 쏟아졌다.

"로버트, 당장 집으로 돌아와!"

클레어의 떨리는 손가락 사이로 수화기가 미끄러져 떨어졌다. 줄리아 엄마가 클레어를 부축해 안락의자로 데려갔다. 줄리아 아빠가 그녀의 입에 술잔을 대주었다. 술을 한 모금 삼키자 혓바닥이 화끈거리며 순간적으로 정신이 들었다.

클레어는 마치 온몸이 마비된 사람처럼 몸을 웅크린 채 맞은편 벽면만 멍하니 바라보고 있었다.

2

나탄 모어는 한 시 반이 되어서야 주방에 모습을 드러냈다. 버지니아는 식탁에 앉아 요구르트를 마시며 잡지를 뒤적이고 있던 중이었다. 그녀는 세 시간 전에 프레데릭과 전화통화를 했다. 프레데릭은 어제저녁에 참석했던 만찬과 그곳에서 만난 인사들에 대해 이야기했다.

"당신은 어떻게 지냈어?"

"난 그냥 조용히 지냈어. 킴이 친구 집에서 열린 파자마파티에 참석하는 바람에 어제는 완벽하게 나 혼자였지."

"이 세상에서 당신만큼 혼자 있는 걸 좋아하는 사람은 없을 거야."

버지니아는 처음부터 나탄 모어가 집에 머물고 있다는 사실을 숨길 작정이었다. 남편에게 말해봤자 싸움밖에 더 하겠는가?

나탄이 손님방에서 잤다는 걸 알게 될 경우 프레데릭은 너무나 기가 막혀 말문이 막힐지도 모른다. 버지니아는 그런 문제로 남편과 언쟁을 벌이고 싶지 않았다. 남편이 집으로 돌아올 때쯤 나탄은 이미 떠나고 없을 테니까 굳이 평지풍파를 일으킬 필요는 없었다.

　"이 시간까지 잠을 잔 걸 보면 몹시 피곤했나 봐요?"

　나탄이 주방의 벽시계를 쳐다보았다.

　"리비아를 데리고 오느라 완전히 녹초가 됐거든요."

　"커피 한 잔 줄까요?"

　나탄은 식탁의자에 앉아 버지니아가 커피를 내리는 모습을 지켜보았다. 엊저녁에도 그는 식탁의자에 앉아 버지니아가 저녁식사를 준비하는 모습을 지켜보았다. 버지니아는 낯선 사람이 주방에 들어오는 걸 그리 좋아하지 않았는데 이상하게도 나탄의 행동이 크게 거슬리지 않았다. 나탄은 전문용어를 들먹여가며 요트에 대해 이야기했다. 마침내 음식이 식탁 위에 차려지고 그가 저녁을 먹기 시작했을 때 그녀는 궁금했던 걸 물었다.

　"작가라고 했죠? 무슨 글을 쓰죠?"

　"범죄소설을 쓰고 있습니다."

　"아, 그래요? 평소 저도 범죄소설을 즐겨 읽는 편이죠."

　접시를 내려다보고 있던 나탄이 고개를 들었다.

　"요리솜씨가 뛰어나십니다. 이렇게 맛있는 음식은 정말 오랜만에 먹어 보는 것 같군요."

　"배가 너무 고파 맛있게 느껴질 수도 있겠죠."

　"천만에요. 정말 맛있습니다."

　나탄이 다시 화제를 바꿨다.

"범죄소설을 즐겨 읽는 독자들이 많아야 저 같은 사람이 먹고 살 수 있죠."

"혹시 당신이 쓴 작품 중에 베스트셀러도 있나요?"

"네, 있습니다."

"혹시 영어로 번역된 책은 없어요?"

"아직은 없습니다. 독일어를 모르십니까?"

"유감스럽게도 전혀 몰라요."

버지니아는 무척이나 궁금한 게 한 가지 더 있었지만 어떤 식으로 물어봐야 할지 몰라 잠시 고민했다.

나탄이 뛰어난 직관으로 그녀의 마음을 읽은 듯했다.

"베스트셀러를 낸 적 있는 작가가 어떻게 빈털터리가 됐는지 궁금하시군요?"

버지니아는 순간적으로 당황해 어깨를 으쓱했다.

"네, 솔직히 말하자면 어떻게 된 일인지 궁금하긴 했어요."

"아시다시피 저는 미래를 생각하지 않는 사람입니다. 언제나 현재에 충실하며 살아왔지요. 돈을 버는 즉시 여행을 떠나기도 하고, 최고급 호텔에서 하룻밤 묵기도 하고, 아내에게 줄 선물을 사기도 하고, 근사한 레스토랑을 돌아다니며 맛있는 음식을 먹기도 하며 다 써버렸죠. 그러다가 마지막 재산을 몽땅 털어 요트를 구입했습니다. 우리 부부는 새로운 항구에 정박할 때마다 일자리를 얻어 돈을 벌어가며 세계일주를 할 생각이었습니다. 비상시에는 리비아가 갖고 있던 보석들을 처분해 생계 문제를 해결할 생각이었는데 배와 함께 바다 밑바닥으로 수장돼 버렸습니다."

"요트를 타고 세계일주를 하겠다는 생각은 오랜 꿈이었나 봐요?"

"사실은 책을 쓰기 위한 프로젝트의 일환이었습니다."

"역시 범죄소설을 쓸 생각이었나요?"

"네, 물론 그럴 생각이었죠."

"아직 독일에서는 당신이 쓴 책들이 잘 팔리고 있겠군요?"

"물론입니다. 독일로 돌아가 인세를 챙길 경우 재기를 모색해볼 수 있겠지만 지금 당장은 몸을 누일 방 한 칸조차 없는 처지이죠. 새로운 인세를 받을 때까지 버틸 시간이 필요합니다."

프레데릭이 지금 나탄이 하는 말을 들었다면 무슨 말을 할지 충분히 상상할 수 있었다. 아무튼 남편이 집을 비우게 된 건 무척이나 다행스러운 일이 아닐 수 없었다.

어제 나탄은 저녁식사를 마치고 나서 금세 잠자리에 들었다. 그는 제대로 서 있을 힘조차 없어 보였고, 눈은 시뻘겋게 충혈 돼 있었다. 버지니아는 새삼 그가 얼마나 지쳤는지 알 수 있었다.

열다섯 시간 가까이 휴식을 취한 나탄은 이제 새사람이 되어 있었다. 그는 피로가 완전히 풀린 탓에 입술에는 윤기가 돌았고, 안색도 어젯밤처럼 창백해 보이지 않았다.

"어젯밤처럼 깊은 잠에 곯아떨어져본 게 언제였는지 기억도 나지 않네요. 요트충돌사고가 일어난 뒤로는 제대로 잠을 자본 적이 없거든요."

버지니아가 커피 잔을 그의 앞에 내려놓은 다음 맞은편 의자에 앉았다.

"그나마 기력을 회복한 것 같아 다행이에요. 혹시 오늘 리비아를 만나러 가실 거죠?"

"물론입니다. 쿠엔틴 부인도 저랑 함께 가시겠습니까?"

"저는 친구 생일파티에 간 딸아이를 데려와야 해요. 별일 없으면 내일쯤 리비아의 병실을 방문할 수 있을 것 같아요."

"부인을 만나면 리비아가 무척이나 기뻐할 겁니다."

나탄이 한동안 주방을 둘러보았다.

"부인은 이 넓은 집에서 하루 종일 무얼 하며 지내십니까? 쿠엔틴 씨가 집을 비울 경우 꽤나 외로울 것 같군요. 설마 하루 종일 주방에서 음식을 만들며 시간을 보내는 건 아니죠?"

버지니아는 그 질문을 듣고 나서 잠시 당황했다. 생각하기에 따라 무례한 질문으로 받아들일 수도 있었지만 나탄의 눈빛에 호의적인 관심이 드러나 있었다.

"물론 주방에서만 시간을 보내지는 않아요. 외출을 좋아하지 않아 주로 정원을 가꾸며 시간을 보내죠. 난 이 집에 있는 시간이 좋아요."

"주로 딸아이와 함께 시간을 보내겠군요?"

"킴은 아직 어려 엄마의 손길이 필요하죠. 프레데릭은 자주 집을 비우는 편이에요."

"쿠엔틴 씨는 정치가입니까?"

프레데릭이 정치적 야망을 가진 사람이라는 걸 어떻게 알았지?

"당신 말대로 남편은 정치에 뜻을 두고 있어요. 한데 그걸 어떻게 알았죠?"

"킹스린으로 오는 열차에서 신문을 읽었는데, 쿠엔틴 씨에 대해 쓴 기사가 있더군요. 이번에 하원의원 선거에 출마할 예정이라고요."

"프레데릭은 충분히 당선될 수 있을 거예요."

"쿠엔틴 씨가 정가에 진출할 경우 혼자 있는 시간이 더욱 늘어나겠군요?"

"난 혼자 지내는 게 나쁘지 않아요."

"물론 딸아이가 있긴 하지만 대부분의 시간을 혼자 보내는 게 싫지 않단 말입니까?"

"네, 조금도 싫지 않아요."

버지니아는 갑자기 방어본능이 작동했다. 그녀는 더 이상 어색한 대화를 이어가고 싶지 않았다.

"딸아이도 점점 자라게 될 테고, 언젠가는 독립해 집을 떠나야 할 겁니다. 당신은 이 커다란 저택에 남아 혼자 고립된 생활을 할 자신이 있습니까? 하늘이 보이지 않을 만큼 나무들이 빽빽하게 들어차 있는 이 정원과 텅 빈 집에서 혼자 버텨낼 수 있겠어요?"

버지니아는 억지로 미소를 지어보였다. 아까 낮에처럼 다시 목을 졸리는 느낌이 들기 시작했다.

나탄이 가까이 다가왔다. 그가 바지주머니를 뒤적거리더니 뭔가를 꺼내들었다. 낡고 구겨진 사진이었다.

"어젯밤에 손님방 서랍장 맨 아래 칸에서 이 사진을 발견했습니다. 서랍 안 편지봉투들 속에 사진이 아주 많이 들어있더군요."

"당신은 늘 남의 집 서랍을 즐겨 뒤지나요?"

나탄은 그 질문에 대답하는 대신 사진을 들여다보았다.

"이 사진에 나온 아가씨가 부인 맞죠? 사진을 찍은 날로부터 지금까지 약 15년쯤 시간이 흘렀겠군요. 잘은 모르지만 사진을 찍을 때쯤 부인의 나이는 대략 이십대 초반이었겠네요."

나탄이 그녀에게 사진을 내밀었다. 사진 속의 그녀는 발목까지 내려오는 기다란 집시치마 차림에 소매와 바지 밑단에 수술이 달린 티셔츠를 입고 있었다. 허리까지 자란 머리카락이 가슴 위로 흘러내려 있었고, 활짝 핀 미소를 지으며 로마의 스페인광장 계단에 앉아 있었다. 그녀의 주위로 백여 명의 관광객들이 보였고, 눈빛에는 흥분과 설렘이 가득 들어차 있었다.

"그때 난 스물세 살이었어요."

"한여름의 로마를 배경으로 찍은 사진이죠?"

"아마 봄이었을 거예요."

버지니아는 마른침을 꿀꺽 삼켰다. 그녀는 더 이상 그 시절의 로마를 기억하고 싶지 않았다. 이제 제발 나탄이 사라져주기를 바랄 뿐이었다.

버지니아가 의자를 뒤로 빼며 일어섰다.

"이제 그만 돌아가 줄래요?"

나탄이 식탁 위로 상체를 숙이더니 그녀의 두 손에 들린 사진을 부드럽게 낚아챘다.

"어젯밤부터 한 가지 질문이 계속 제 머리를 가득 채우고 있었습니다. 사진 속에 등장하는 생기발랄한 아가씨는 어디로 사라졌을까요? 이 아름다운 여자가 삶의 활기를 잃은 이유는 뭘까요?"

나탄의 무례하기 짝이 없는 질문에 버지니아는 몹시 화가 치밀었지만 그녀는 차마 분노를 밖으로 표출하지 못했다.

나탄은 스카이 섬 별장 서랍을 뒤져 이곳 주소를 알아냈고, 무작정 집으로 찾아왔다. 리비아를 킹스린 병원에 입원시킨 이유는 버지니아가 함부로 그를 내치지 못하게 하기 위해서인 게 분명했다.

나탄은 이 집에서 하룻밤 묵어갈 수 있게 된 기회를 이용해 또 다시 서랍을 뒤졌다. 그는 오랫동안 가깝게 지낸 친구나 할 수 있는 질문, 낯선 남자라면 절대로 해서는 안 되는 질문을 스스럼없이 던졌고, 천연덕스러운 표정을 지으며 그녀의 마음에 상처를 입혔다.

버지니아는 그의 모든 행동이 치밀한 계산 아래 이루어지고 있다는 느낌을 받았다. 일이 이 지경에 이르게 된 건 처음부터 만만하게 보인 탓일 수도 있었다.

버지니아는 인간적인 연민으로 궁지에 빠진 그들을 도와주고 싶었을 뿐이었다. 일주일 동안 집안일을 도와준 리비아에게 호감을 느꼈기 때문에 곤란을 겪고 있다는 소식을 듣고 차마 외면할 수 없었다. 리비아는 그녀의 호의에 대해 고마워했고, 비록 별장으로 느닷없이 들이닥치긴 했지만 집안 구석구석을 뒤지고 다니지는 않았을 것이다. 만약 리비아 혼자였다면 킹스린의 병원에 입원하는 대신 독일로 돌아갔을 게 틀림없었다.

나탄은 찰거머리처럼 계속 그녀에게 들러붙으려는 속셈인 게 분명했다. 프레데릭은 원래 곤경에 빠진 사람들에게 기꺼이 도움의 손길을 내미는 편이었는데 나탄에게는 처음부터 경계심을 보이더니 급기야 노골적인 반감을 드러냈다. 결국 프레데릭의 사람 보는 안목이 옳았다는 걸 인정하지 않을 수 없었다.

버지니아는 킴을 데리러가야 한다며 자리에서 일어섰다. 나탄이 만면에 미소를 띠는 모습을 보는 순간 당장 꺼져달라는 말이 목구멍까지 치밀어 올랐지만 왠지 그 말을 입 밖으로 내뱉을 수 없었다. 그녀는 나탄 혼자 집에 남겨두고 자동차를 향해 걸어갔다.

버지니아는 차를 몰고 가는 동안 나탄이 이번에는 서랍 속에서 뭘 찾아낼지 몰라 불안하기 짝이 없었다. 집을 나오면서 나탄도 데리고 나왔어야 했지만 그를 옆자리에 태우는 것만큼은 피하고 싶었다. 이제는 최대한 그에게서 멀어지고 싶은 마음뿐이었다.

나탄이 로마의 스페인광장에서 찍은 사진을 발견한 건 우연에 불과했지만 버지니아는 깊은 충격을 받았다. 그동안 과거에 찍은 사진들을 어디에 놓아두었는지 까맣게 잊고 있었다. 그 사진들이 아직 존재하는지조차 기억 속에서 지워버리고 있었다. 그 오래된 사진들을 손님방 서랍 속에 넣어두었다니 기가 막힐 따름이었다.

집에 돌아오면 사진들을 찾아내 곧장 쓰레기통에 처박아버릴 생각이었다. 거실에는 가족들이 찍은 사진들을 갈무리해놓은 앨범들을 연도별로 정리해 진열해두고 있었다.

각각의 앨범에는 '2001년 스카이 섬에서 보낸 부활절' 혹은 '킴의 다섯 번째 생일' 처럼 언제 찍은 사진이란 걸 알 수 있는 제목을 붙여놓았다. 첫 번째 앨범의 제목은 '1997년 프레데릭과 버지니아의 결혼식' 이었다. 말 그대로 결혼식 사진을 넣어둔 앨범이었다. 이 집에서 그 이전의 앨범은 없었다. 물론 그 이전에도 사진을 찍긴 했지만 거실에 진열해놓은 앨범들 사이에 끼워놓을 수는 없었다.

지난날의 사진에 대해 한동안 까마득히 잊고 지냈는데 갑자기 무뢰한이 나타나 몰래 서랍을 뒤진 끝에 과거의 유물들을 찾아낸 것이다.

버지니아는 조금이라도 빨리 무뢰한으로부터 벗어나고 싶었다. 킴은 3시 반에 픽업하러 가기로 약속돼 있었다. 약속시간보다 일찍 가는 건 아이들의 좋은 분위기에 초를 치는 행위였다.

차라리 남는 시간에 리비아를 찾아가볼까?

버지니아는 혹시라도 병원에서 나탄을 만날지도 모른다는 생각에 고개를 절레절레 저었다. 그녀는 어쩌다가 자신이 쫓기는 토끼 신세가 됐는지 알 수 없었다. 나탄은 불과 얼마 전까지만 해도 일면식도 없는 사람이었다. 그를 만나고 나서 갑자기 혼란스러운 일이 꼬리를 물고 이어지고 있었다.

그를 집에서 쫓아내야 해.

버지니아는 차를 세우고 자판기에서 담배를 한 갑 샀다. 프레데릭을 만난 이후 줄곧 금연해왔는데 갑자기 담배를 피우고 싶은 욕구를 억제할 수 없었다. 차 안은 너무 더워 밖에서 담배를 피웠다. 지은 지오래된 집이 많아 황량한 느낌을 주는 주택단지였다. 8월의 청명한 하늘과 맑은 햇살이 그나마 마을의 우중충한 느낌을 상쇄해주고 있었다. 일요일이라 상점들은 죄다 문을 닫은 상태였다. 어디선가 라디오에서 흘러나오는 음악소리가 들려왔다.

다시 숨이 막혀왔다. 낯선 곳에 잠시만 머물러도 저절로 숨이 막혔다. 버지니아는 갑자기 자신이 부유한 은행가이자 하원의원 당선이확실시되는 프레데릭 쿠엔틴의 아내가 아니라 완전히 다른 사람처럼생각되었다. 노퍽의 대저택과 드넓은 정원, 스카이 섬의 별장, 런던의고급아파트를 보유하고 있는 버지니아 쿠엔틴이라면 쇠락한 빈민가에서 길을 잃고 헤매거나 길거리를 서성거리며 담배를 피우지는 않을테니까.

문득 나탄이 그녀에게 물었던 말이 떠올랐다.

'사진 속에 등장하는 생기발랄한 아가씨는 어디로 사라졌을까요?이 아름다운 여자가 삶의 활기를 잃은 이유는 뭐죠?

그 당시 생기발랄하던 여자는 줄담배를 피워대는 골초였고, 조신한여자라면 결코 겪지 않았을 방황을 거듭했다. 가끔 마리화나를 즐겼고, 고주망태가 되도록 술을 마시기 일쑤였다. 간혹 아침에 낯선 남자의 침대에서 눈을 뜬 적도 있었다.

생기발랄하던 여자는 생에 대해 지독할 정도로 욕심이 많았다. 도처에 위험이 도사리고 있었지만 회피하지 않았다. 위험을 회피하려드는 건 인생을 포기하는 것이나 다름없다고 생각했기 때문이다.

버지니아는 절반 정도 피운 담배를 아스팔트 위에 비벼 끄고, 차에 올랐다. 차안은 가만히 앉아 있어도 땀방울이 맺힐 만큼 후텁지근했지만 차문을 열지 않았다. 킴을 데리러 가기에는 아직 이른 시간이었다. 심신이 지친 그녀는 핸들에 머리를 기댔다. 울고 싶은데 눈물이 나오지 않았다.

*

차안에서 얼마나 오래 앉아 있었던지 킴을 데리러 가보니 다른 아이들은 모두 다 돌아가고 생일파티의 주인공 아이와 킴만 남아 정원에서 그네를 타고 있었다. 이제 마지막 남은 친구마저도 돌아가야 한다는 걸 알아차린 아이가 울음을 터뜨렸다.

"파티가 끝났다는 걸 받아들이기가 힘든가 봐요. 쿠엔틴 부인, 혹시 킴을 내일까지 우리 아이와 놀게 하면 안 될까요? 앞으로 한 주만 더 지나면 방학도 끝나니까 맘껏 놀 수 있는 기회도 없을 텐데요."

평소 같았으면 기꺼이 허락했을 테지만 왠지 주저되었다. 나탄이 집에서 제멋대로 활개치고 돌아다니고 있을 테고, 언제 돌아갈지 알 수 없는 상황이었다. 킴이라도 있어야 그나마 안심할 수 있을 테지만 그런 사정을 일일이 설명하기가 곤란했다. 한편 킴을 데려가면 오히려 더 큰 문제가 생길 수도 있다는 생각이 들었다. 킴을 데려갈 경우 프레데릭에게 나탄이 와 있다는 사실을 비밀에 붙일 수 없을 테니까.

버지니아는 어쩔 수 없이 킴을 내일 저녁에 데려가겠다고 말했다. 아이들은 너무나 기쁜 나머지 폴짝폴짝 뛰며 환호했다.

버지니아는 차를 마시고 가라는 주인여자의 말을 정중히 사양하고 그 집을 나왔다. 그녀는 단 한 번도 다른 엄마들과 어울린 적이 없었다. 방금 전 차를 마시고 가라는 말을 거절했듯이 항상 빠져나갈 핑계부터 찾곤 했다.

버지니아는 테라스로 들어서다가 나탄과 맞닥뜨렸다. 그는 테라스에 설치해놓은 선베드에 누워 책을 뒤적거리고 있었다. 서재에서 허락도 구하지 않고 가져온 책이 분명했지만 그는 그 정도쯤은 결례로 여기지도 않을 것이다.

"이제야 들어오셨군요. 너무 오래 집을 비우시는 것 같아 내심 걱정하고 있었습니다."

"제가 그렇게 오래 나가 있었나요?"

"벌써 4시 반입니다."

나탄이 선베드에서 일어나 그녀에게로 다가왔다.

"담배를 많이 피우셨군요."

그 말을 듣는 순간 또 다시 심한 압박감을 느꼈다. 왜 압박감을 느껴야 하는지 그녀 자신도 이해할 수 없었다.

"킴의 친구 집 엄마와 차를 마시며 이런저런 이야기를 나누다가 왔어요. 킴이 하룻밤 더 그 집에서 놀고 싶어 해 혼자 돌아왔죠."

나탄에게 사람들과 일체의 교류 없이 외톨이로 사는 여자라는 확신을 심어주는 게 싫어 둘러댄 말이었다.

이 남자에게 어떻게 보일지에 대해 왜 일일이 신경을 쓰는 걸까?

나탄은 그녀의 말을 믿지 못하는 눈치였다. 그의 표정이 그녀를 더욱 초조하게 만들었다.

"리비아의 병문안을 가려고 하는데 혹시 차를 빌려줄 수 있습니까? 올 때는 걸어왔지만 걸어가려니까 너무 멀게 느껴지네요."

버지니아는 그에게 차 열쇠를 건네주었다. 그 순간 프레데릭의 잔뜩 찌푸린 얼굴이 떠올랐다.

"아까 쿠엔틴 씨한테서 전화가 왔었습니다."

나탄이 마치 지금 무슨 생각을 하고 있는지 다 안다는 듯 말했다.

"남편이 전화를 했다고요?"

그 순간 엄청난 공포가 밀려왔다. 나탄이 프레데릭의 전화를 받았다면 그야말로 낭패가 아닐 수 없었다.

"프레데릭과 직접 통화했어요?"

나탄이 두 손을 들어 올리며 피식 웃었다.

"저에게 걸려온 전화가 아니라 받지 않았습니다. 그저 자동응답기에 녹음되고 있는 메시지를 들었을 뿐이죠. 쿠엔틴 씨는 그다지 많은 말을 하지 않고, 그저 전화해 달라는 말만 남겼어요."

"알았어요. 내가 프레데릭에게 전화해볼게요."

"저와 함께 리비아에게 가보지 않을래요?"

"아뇨."

적어도 한 번은 리비아의 병문안을 가야 할 입장이었고, 킴을 친구 집에 하루 더 머물게 하는 바람에 뜻밖의 자유 시간이 생겼지만 나탄과 함께 차를 타고 가야 한다는 생각만으로도 심장이 오그라들었다.

"알겠습니다. 그럼 저 혼자 다녀올게요."

얼룩진 청바지에 흰색 티셔츠를 입은 그의 모습이 눈에 거슬렸다. 병문안을 가기에는 적합한 옷차림이 아니었지만 그는 별로 개의치 않는 듯했다.

어쩌면 병원에 가는 게 아닐 수도 있어. 이 근처 어딘가에서 술을 한 잔 마시려는 것인지도 모르지.

나탄이 차를 타고 도망칠 수도 있다는 생각은 하지 않았다. 여러 모로 수상쩍은 사람이 분명했지만 적어도 차를 타고 멀리 달아날 것 같지는 않았다.

나탄이 모퉁이를 돌아 테라스에서 사라지려던 순간 버지니아는 그를 다시 한 번 소리쳐 불렀다.

"모어 씨!"

"왜 그러시죠?"

나탄이 걸음을 멈추고 버지니아를 향해 돌아섰다. 사실은 관리인 부부의 눈에 띄지 않도록 조심해야한다는 말을 전할 생각이었지만 갑자기 어리석은 짓이라는 생각이 들어 단념했다.

내가 나탄에게 그런 부탁을 할 이유가 없지 않은가?

그런 부탁을 할 경우 금지된 행동을 한 여학생이 되는 셈이었다. 그녀는 감출 게 없었고, 남편이 알아서는 안 될 일을 한 적도 없었다. 그럼에도 그녀는 마음속으로 제발 나탄이 관리인 부부의 눈에 띄지 않기를 바랐다.

"아니에요, 그만 가 봐요."

나탄이 반신반의하는 미소를 짓고 나서 뒤돌아 걸어갔다. 잠시 후, 차의 시동을 거는 소리가 들려왔다.

버지니아는 그제야 숨통이 트이는 느낌이었다.

이제 샤워를 하고 프레데릭에게 전화하는 거야. 그 다음에는 마음을 차분하게 가라앉히고 와인을 한 잔 마셔야겠어.

버지니아는 머릿속에서 불쑥불쑥 떠오르는 잡념을 떨쳐버리기 위해 고개를 천천히 저었다.

3

프레데릭은 신호가 가자마자 즉시 전화를 받았다. 그가 오늘 하루 종일 무얼 하며 지냈는지 묻지 않았기 때문에 굳이 거짓말을 하거나 뭔가를 숨겨야 할 필요가 없었다.

프레데릭은 런던에서 어떻게 지내고 있는지 이야기할 때 마음이 들뜬 탓인지 말이 빨라졌다.

"버지니아, 며칠 동안 더 런던에 머물러야 할 것 같아. 사실은 아주 중요한 인물들을 몇 사람 소개받았는데 그들이 나에게 큰 관심을 보이더니 저녁식사에 초대했어."

"당신에게 필요하다면 당연히 더 머물다가 와야지. 킴과 난 잘 지내고 있으니까 걱정하지 않아도 괜찮아."

버지니아는 평소와 다름없이 이해심 많은 아내, 남편이 무엇을 요구하든지 기꺼이 받아들일 준비가 되어 있는 아내답게 선선히 대답했다. 늘 그랬듯이 그 정도 요구는 전혀 거리낌 없이 받아들일 준비가 되어 있었다.

"그럼 런던에서 금요일까지 더 머물다 가게 될 거야. 저녁식사에 초대받은 날은 화요일과 수요일이야. 금요일에는 제임스 우드워드 경의 자택에서 디너파티가 열려."

버지니아는 생전 처음 듣는 이름이었지만 문득 그녀의 마음속에서 경고등이 켜졌다.

"제임스 우드워드 경은 하원에서 영향력이 대단한 분이야. 내가 그분의 자택에서 열리는 디너파티에 초대받았다는 것 자체만으로도 영광이라 할 수 있지. 그래서 말인데, 그날 당신도 나와 함께……."

버지니아는 이제 프레데릭이 뭘 원하는지 알 수 있었다.

"프레데릭, 미안하지만 난 디너파티에 참석할 수 없어."

"버지니아, 제발 한 번만 도와줘. 다들 부부동반으로 참석하는 자리라서 나 혼자 갈 수는 없어. 이미 여러 차례 핑계를 댔기 때문에 이제 아무도 내 말을 믿지 않는 눈치야. 감기에 걸렸다, 아이가 아프다, 집수리 때문에 집을 비울 수 없다 등등, 이제 정말 둘러댈 말이 없어."

"내가 갑자기 일자리를 얻었다고 해. 일하는 여자가 런던과 킹스린을 오갈 수는 없을 테니까!"

"이미 여러 번 설명했다시피 런던의 정치판에서는 부인이 직업을 갖고 있다고 해도 남편의 커리어를 위해 적극 나서주는 게 일반적이야. 정치인에게는 남편 일과 부인 일이 따로 있을 수 없다는 뜻이야."

"당신 일이 곧 내 일이라는 뜻이야?"

"버지니아……."

"지나치게 가부장적인 발상 아니야?"

"보수당 사람들은 전혀 고루한 발상이라 여기지 않아."

"그럼 혹시 당 선택을 잘못했다는 생각은 안 해 봤어?"

프레데릭이 크게 한숨을 내쉬었다. 그의 한숨 속에는 체념보다는 커다란 불만이 자리 잡고 있었다.

"당을 선택하는 문제에 대해 당신과 입씨름을 벌일 생각은 없어. 나와 정책과 이념이 일치하는 정당이라서 입당했고, 당신이 아무리 비난해도 떠날 생각이 없으니까. 당신은 왜 나를 적극적으로 돕지 않지? 혹시 나를 자랑스럽게 생각하지 않는 거야? 아니면 당신 자신에게 어떤 문제가 있다고 생각하는 거야?"

버지니아는 뒷목이 뻣뻣해져오더니 가느다란 바늘로 쿡쿡 쑤시는 것 같은 통증이 밀려왔다.

"프레데릭……."

분노와 좌절감에 휩싸인 프레데릭이 말을 가로챘다.

"당신이 고루한 생각 운운할 자격이 있다고 생각해? 당신이 직업을 갖고 착실하게 경력을 쌓아온 커리어우먼이라면 이야기는 다르겠지. 당신은 대학 졸업 후 단 한 번도 제대로 된 직업을 가져본 적이 없잖아. 그 이유가 나 때문이거나 내가 가진 고루한 생각 때문이었나? 당신 자신이 바깥일을 하길 원하지 않았을 뿐이야. 당신이 하루온종일 집에서 하는 일이 뭐지? 킴을 보살피고, 아침 일찍 일어나 조깅하는 것 말고 뭐가 더 있어? 그러니까 제발 대단한 여성해방주의자라도 된 양 말하지 마!"

뒷목의 통증이 점점 더 심해졌다. 이럴 때는 즉시 약을 먹어야 했지만 왠지 입이 떨어지지 않았다.

버지니아는 전화를 끊고 욕실로 들어가는 대신 마치 몸이 마비된 사람처럼 그 자리에 서서 프레데릭의 비난을 고스란히 듣고 있었다.

잠시 침묵이 이어졌고, 프레데릭이 심호흡을 했다. 그가 처음부터 의도를 가지고 한 말은 아니라는 걸 알고 있었다. 짐작컨대 이미 깊이 후회하고 있을 테지만 그가 한 말이 평소 가슴에 품고 있던 생각이 분명하다는 점에서 더욱 심각하게 받아들일 수밖에 없었다.

"내 말에 상처받았다면 정말 미안해. 하지만 당신이 금요일 디너파티에 반드시 참석해주길 원해. 그 어떤 이유도 대지 말고 제발 런던으로 와줘."

"킴을 혼자 있게 내버려둘 수는 없어."

"킴은 워커 부부의 집에 맡기면 돼. 그레이스와 잭이 킴을 얼마나 좋아하는지 잘 알잖아? 그들이 킴을 잘 보살펴줄 테니까 걱정하지 마.

버지니아, 제발 부탁인데 이번 한 번만 내 부탁을 들어줘. 단지 하룻밤일 뿐이야."

버지니아에게는 단지 하룻밤의 문제가 아니었지만 남편에게 설명할 방법이 없었다.

"난 지금 두통이 너무 심해서 빨리 약을 먹어야 해."

"그래, 일단 오늘은 이만하고 내일 다시 통화하도록 해."

프레데릭이 그 말을 남기고 전화를 끊었다. 평소처럼 다정한 작별 인사도 사랑한다는 말도 없었다. 단단히 화가 났다는 의미였다. 프레데릭은 좀처럼 화를 내지 않는 사람이었다. 설령 화가 났더라도 밖으로 표출하는 사람이 아니었다. 그런 그가 불같이 화를 낸 걸 보면 몹시 분노했다는 뜻이었고, 금요일 밤 열리는 디너파티가 얼마나 중요한 자리인지 간접적으로나마 증명해주고 있었다.

통증이 머리 전체로 번지기 시작했다. 버지니아는 욕실로 들어가 수납장 속에서 약을 찾아낸 다음 거울 속에 비친 자신의 얼굴을 쳐다 보았다. 얼굴은 백지장처럼 창백했고, 입술은 잿빛으로 변해 있어 마치 유령을 대하는 듯했다.

프레데릭이 런던에서 열리는 중요한 디너파티에 와달라고 부탁하는 바람에 편두통이 찾아왔어요. 그 후 몇 분도 안 돼 얼굴이 마치 유령처럼 변했어요.

심리치료사를 만나면 이런 식으로 말해야 할까? 정말로 심리치료를 받아야 하는 상태가 아닐까?

버지니아는 두통약을 삼키고 나서 비틀거리는 걸음으로 거실로 돌아와 소파에 누웠다. 당장 침실로 올라가 창문의 블라인드를 모두 내려버리고 잠에 빠져들고 싶었지만 2층까지 걸어 올라갈 힘조차 없었다. 혹시 침실로 올라가다가 계단에서 쓰러질 경우 집으로 돌아온 나탄이 무슨 일이 있었는지 즉시 눈치 챌 수도 있었다. 이미 그에게 속마음을 너무나 많이 들켜버렸는데 바닥에 쓰러져 있는 흉한 모습까지 보이고 싶지는 않았다.

나탄 앞에서 과연 아무 일도 없었던 것처럼 냉정을 유지할 수 있을까?

나탄을 떠올리자 다시 머리가 아팠다. 남편에게 무시당한 느낌, 쓸모없는 사람이 된 것 같은 절망감이 더해지면서 통증이 줄어들기는커녕 점점 더 심해졌다.

당신이 하루온종일 집에서 하는 일이 뭐지? 킴을 보살피고, 아침 일어나 조깅하는 것 말고 뭐가 더 있지?

지금껏 프레데릭이 그토록 악의적인 말로 상처를 입힌 적은 없었다. 그는 처음으로 그녀를 무자비한 거울 앞에 세워 놓았다. 거울 속에 들어 있는 그녀는 직업도 없고 커리어도 없는 무의미한 존재에 지나지 않았다. 시간과 노력을 투자해 자선사업을 한 적도 없었고, 오로지 커다란 저택에 들어 앉아 어린 여자아이를 돌보는 게 전부인 여자였다. 나탄이 말한 대로 이제 얼마 안 있으면 킴도 자라 엄마의 손길이 더 이상 필요하지 않게 될 것이다.

버지니아는 지금껏 다른 엄마들이 차를 마시러 오라고 초대하면 중요한 일이 있다는 핑계를 대고 거절하기 일쑤였다. 그다지 중요한 일도 없으면서 프레데릭이 원하는 최소한의 내조조차 완강하게 거절했다. 최근에 그녀가 한 일이라고는 스카이 섬 연안에서 선박충돌 사고로 조난당한 독일인 부부를 도와준 것뿐이었다. 그 일 역시 실수였다는 게 차츰 증명되고 있었다.

프레데릭이 예상한 대로 나탄은 거머리처럼 그녀에게 찰싹 들러붙을 계획인 게 분명했다. 프레데릭이 그들을 조심하라고 경고했을 때 유념해 듣기는커녕 오히려 인간에 대한 연민이 없는 사람이라며 비난해 마지않았다.

나탄은 어느새 남편의 말대로 집으로 쳐들어왔고, 그녀의 차를 빌려 타고 돌아다니고 있었다. 궁지에서 벗어나려고 할수록 일이 점점 더 꼬여가고 있다는 사실을 인정하지 않을 수 없었다.

절망적인 생각이 거듭되는 동안 눈물이 왈칵 솟았다. 심각한 두통 현상이 있을 때 눈물을 흘리는 건 최악이었지만 더 이상 참을 수 없었다. 머리가 깨질 것 같은 두통과 더불어 격렬한 흐느낌이 이어졌다. 그녀가 베고 있는 쿠션 위로 눈물이 하염없이 흘러내렸다.

얼마 만에 흘리는 눈물이지?

마지막 눈물을 흘린 게 언제이고, 왜 울었는지 기억조차 나지 않았다. 프레데릭과 함께하는 동안 전혀 울 일이 없었기 때문이다. 언제나 질서가 잡힌 생활, 안정되고 평화로운 생활, 공포와 걱정으로부터 완전히 벗어난 생활이 이어져 왔을 뿐이었다.

여태껏 프레데릭은 단 한 번도 뭔가 요구하거나 압박을 가하지 않았다. 그가 하원에 진출하기 위한 활동을 시작하면서 뭔가 요구하기 시작했고, 그녀가 저항하자 상처가 되는 말을 했다. 그의 말은 그녀에게 상처가 된 동시에 죄책감을 유발하기도 했다. 나탄이 대답하기 곤란한 질문을 하는 바람에 집을 나가 킹스린의 어느 황량한 주택가의 도로에 차를 세워두고 담배를 피운 지 몇 시간 만에 벌어진 일이었다.

대체 나에게 무슨 일이 벌어지고 있지?

버지니아는 얼마나 누워 있었는지 가늠하지 못하는 가운데 밖에서 들려오는 자동차 엔진소리를 들었다. 나탄이 돌아왔다는 뜻이었다. 거실 소파에 누워 있던 그녀는 재빨리 몸을 일으켰다. 머릿속에 날카로운 바늘이 꽉 차 있는 느낌이었다. 재빨리 손으로 머리와 옷매무새를 매만졌지만 오래도록 눈물을 흘리는 바람에 퉁퉁 부은 눈두덩과 파리한 안색을 감출 수는 없을 듯했다.

나탄은 주방문을 통해 집안으로 들어왔고, 거침없이 거실로 들이닥쳤다. 그는 현관문을 정중하게 노크하는 대신 벌써 이 집 식구가 다된 것처럼 당당하게 행동했다. 뭔가 기분 좋은 일이라도 있는 듯 그의 안색이 환했다.

리비아의 건강이 좋아졌나? 아니면 리비아의 건강 따위는 그의 기분에 별 영향을 미치지 못하는 건가? 그는 어쩌면 리비아의 병실에 들르지 않았을지도 몰라.

"날이 저물어오는데 불도 켜지 않고 줄곧 거실에 앉아 있었나 봐요?"

나탄은 거실 안이 어두컴컴해 얼굴을 똑똑히 알아볼 수 없었을 텐데도 금세 분위기가 이상하다는 걸 눈치 챘다.

"부인, 대체 무슨 일이죠? 안색이 안 좋아 보여요."

나탄의 걱정스런 목소리에 오히려 버지니아가 더 놀랐다.

"얼굴이 퉁퉁 붓도록 울었군요. 대체 무슨 일입니까?"

나탄이 그녀의 얼굴을 자세히 살펴보고 나서 말했다.

"두통 때문에 머리가 좀 아팠을 뿐이에요."

"편두통인가요?"

"가끔 심하게 두통을 앓아요. 깜빡 잊고 제때에 두통약을 챙겨먹지 못했어요. 약을 몇 초만 늦게 먹어도 전혀 효과가 없다는 걸 뻔히 알면서도 시간을 지체했어요."

버지니아는 씁쓸한 미소를 지었다. 그가 걱정스런 표정으로 그녀를 탐색하듯 쳐다보았다.

"주로 어떤 경우에 두통이 찾아오죠?"

"환절기만 되면 머리가 지끈지끈 아파요. 아침날씨가 좀 쌀쌀하다 싶더니 감기에 걸렸나 봐요."

"그럴 수도 있겠죠."

대답은 그렇게 했지만 미심쩍어하는 표정이었다.

"쿠엔틴 씨와 통화했습니까?"

"남편과 두통은 전혀 관계가 없어요."

"두통이 목덜미에서부터 시작됩니까?"

"주로 그런 편이에요."

"제가 목덜미를 마사지해드려도 되겠습니까?"

나탄이 대답을 기다리지도 않고 곧장 소파 뒤쪽으로 오더니 목덜미와 어깨 부위를 주무르기 시작했다. 손아귀 힘이 무척이나 강하고, 손놀림이 부드럽고 섬세했다. 그는 어디를 어떻게 누르고 주물러야 하는지 정확하게 알고 있었다. 가끔 아플 때도 있었지만 경직됐던 목덜미와 어깨가 서서히 풀어지는 느낌이었다.

"마사지를 배운 적이 있나 봐요?"

"정식으로 배운 적은 없지만 손으로 만져 보면 근육이 뭉쳐있거나 경직돼 있는 부분이 어딘지 알 수 있더군요. 이제 두통이 좀 나아졌습니까?"

"네, 정말로 좋아졌어요."

나탄이 멈추지 않고 계속 마사지를 했다.

"잔뜩 긴장해 뭉쳐 있던 근육이 이제야 풀어지는 느낌이 듭니다. 대체 무엇이 부인을 이토록 심하게 긴장하게 만들었죠?"

"간절기 날씨 변화 때문이라고 했잖아요."

"부인을 긴장시킬 만큼 날씨가 급변하진 않았는데요."

나탄이 작은 소리로 피식 웃으며 말했다. 그가 목의 어느 지점을 누르는 순간 목이 뻐근해지는 고통과 함께 절로 비명소리가 터져 나왔다.

"아파요!"

"방금 전 제가 눌렀던 부위의 근육이 가장 심하게 뭉쳐 있습니다."

나탄이 이번에는 아주 부드럽게 그 부위를 집중해서 문질렀다. 짜릿한 전율이 두피를 지나 목덜미에 모였다가 등줄기를 타고 흘러내렸다. 그 순간 뭉쳤던 근육만이 풀린 게 아니었다. 몸을 완강하게 조이고 있던 자물쇠가 느슨하게 풀리는 느낌이었다.

버지니아의 마음속에서 뭔가 풀려나왔고, 참을 사이도 없이 눈물이 왈칵 솟구쳤다. 그녀는 이제 거의 패닉상태에 빠져들었다.

안 돼! 지금은 울 때가 아니야!

아무리 애를 써도 눈물은 점점 더 격렬하게 터져 나왔다. 마치 막혀 있던 댐의 수문이 열린 듯 눈물이 볼을 타고 범람했다.

나탄이 옆으로 다가오더니 갑자기 그녀의 두 팔을 잡았다.

"울고 나면 괜찮아질 거예요. 그러니까 실컷 울어요. 아마 당신은 오랫동안 맘껏 울지도 못했을 거예요."

나탄이 그녀의 머리카락을 부드럽게 쓰다듬었다. 강하면서도 부드러운 손길이었다.

"미안해요."

버지니아가 불쑥 그렇게 말했다.

"대체 뭐가 미안하다는 거죠?"

버지니아가 눈물이 그렁그렁한 눈으로 나탄을 바라보았다.

"마이클."

버지니아는 그 순간 경악했다.

대체 왜 갑자기 그 이름이 튀어나왔지? 내가 왜 그 이름을 언급했지?

나탄은 계속해서 버지니아의 머리를 쓰다듬었다.

"마이클이 누구죠?"

버지니아는 머리카락을 쓰다듬고 있는 나탄의 손길에서 벗어나 주방으로 달려가더니 개수대에 고개를 숙이고 구토를 시작했다. 그녀가 구토를 멈추지 않자 뒤따라온 나탄이 오물이 묻지 않게 머리카락을 쓸어 올려주었다.

버지니아는 한참 동안 구토하다 마침내 고개를 들었다. 다리가 어찌나 후들거리는지 걷기조차 힘들었다. 그 순간, 그녀는 나탄에게 마이클에 대한 이야기를 털어놓게 될 것이라 생각했다.

4. 마이클

버지니아는 마이클과 일곱 살 때 결혼을 맹세했다. 두 아이는 서로를 너무나 사랑했기에 각자 다른 사람과 결혼한다는 건 상상할 수조차 없었다.

열두 살 때 그들은 다시 한 번 결혼을 맹세했다. 일곱 살 때보다 더욱 진지하고 엄숙한 맹세였다. 그사이 사람들의 말을 듣고 사촌끼리는 결혼할 수 없다는 걸 알게 되었고, 주변사람들이 반대하고 나설 게 뻔했기 때문에 두 아이의 맹세는 훨씬 더 비장했다. 그들의 결혼은 사회규범상 용인되지 않는 일, 가족들로부터 결코 환영받지 못할 일, 사람들과 길에서 마주칠 경우 외면당할 만한 일이었다.

버지니아와 마이클은 집에서 쫓겨날 각오를 했고, 아무리 힘든 운명이 밀어닥치더라도 결코 물러서지 않기로 결심했다. 그들은 적대적인 바다에 둘러싸인 외로운 섬이 될지언정 결코 헤어지지 않으리라 맹세했다.

버지니아와 마이클은 몇 달 차이로 태어났다. 버지니아는 2월 3일생, 마이클은 7월 8일 생이었다. 그들의 엄마는 친자매였고, 매우 친밀했다. 두 자매의 인생 계획에는 항상 서로가 포함되어 있었다. 두 자매는 결혼 후에도 나란히 붙어 있는 집에서 살았고, 아이도 엇비슷한 시기에 낳았다. 두 자매는 마이클과 버지니아가 친남매처럼 자라주기를 바랐다. 물론 두 아이가 친남매처럼 친밀하게 지내길 바라는 입장이었지 서로 결혼하길 바란 건 아니었다.

두 아이들이 지나치게 밀착돼 있는 모습을 볼 때마다 두 자매는 불안감을 느꼈지만 아직 어려서 그럴 뿐 어른이 되면 달라질 거라 생각해 그리 심각하게 고민하지는 않았다.

버지니아와 마이클은 수많은 날들을 함께 했다. 두 아이는 매일이다시피 학교에 같이 등교했고, 숙제도 같이 했고, 아이들이 괴롭히면 힘을 합쳐 맞서 싸웠다. 어린 시절에는 주로 버지니아가 마이클을 지켜 주었다. 버지니아가 마이클보다 발육이 빠를뿐더러 용감한 아이였기 때문이다. 마이클은 마음도 여리고 몸도 약해 남자아이들과 잘 어울리지 못했다.

아이들은 마이클을 마마보이라 놀려대기 일쑤였다. 마이클을 위해서라면 물불을 가리지 않고 달려드는 버지니아가 늘 그의 옆에 찰싹 붙어 있어 얻게 된 별명이었다. 적어도 마이클은 아이들에게 얻어맞는 일은 없었다. 누군가 마이클을 공격했다가는 버지니아가 가만 있지 않았기 때문이다. 아이들은 등 뒤에서 마이클을 조롱하며 수군거리다가도 버지니아가 눈을 부라리면 다들 제풀에 겁을 집어먹고 입을 다물었다.

버지니아와 마이클은 집 뒤에 있는 작은 정원에서 인디언 놀이, 해적 놀이, 왕자와 공주 놀이를 하며 하루 종일 함께 놀았다. 여름철에는 롤러스케이트를 타며 런던 시내의 공원들을 돌아다녔고, 겨울철에는 함께 손을 잡고 런던의 골목들을 배회했다. 크리스마스 때마다 함께 쿠키를 구웠고, 해로드백화점의 장난감 코너를 함께 구경했고, 상대가 원하는 선물을 사주기 위해 용돈을 쪼개 돈을 모았다.

여름방학 때만 되면 두 아이들은 부모를 떠나 콘월 바닷가에 사는 외가에 놀러 가곤 했다. 외가에는 커다란 정원이 있었고, 나무 위에 지은 작은 오두막 한 채가 있었다. 정원 뒤쪽 울타리를 넘어 오솔길을 따라가 보면 모래밭이 펼쳐진 해변이 나왔다. 넓은 모래밭과 바다가 온통 두 아이 차지였다. 외가의 정원에는 사과나무와 벚나무도 많았다. 두 아이는 나무 그늘 아래 앉아 배가 아프도록 신선한 과일을 따먹었다.

나무 위 오두막은 두 아이의 아지트였고, 바닷가에서 수집한 온갖 보물들을 보관해 두는 창고였다. 예쁜 조개껍질, 특이하게 생긴 돌, 마른 꽃, 두 아이만이 이해할 수 있는 암호를 이용해 주고받은 쪽지들이 바로 보물창고에 보관돼 있었다.

방학 때는 일찍 잠자리에 들라거나 발을 씻으라고 잔소리하는 어른들도 없었다. 버지니아와 마이클은 어둠이 깔리기 시작하면 눈빛만으로 은밀한 신호를 주고받았다. 침실에서 빠져나온 두 아이는 창고지붕 위로 뛰어내린 다음 빗물받이 통을 타고 아래로 내려와 바닷가를 향해 달려갔다. 하늘 가득 별이 반짝이는 밤, 그들은 밤바다에 나가 수영을 즐겼다. 어둠 속에서 서로의 숨결을 느끼며 수영하는 기분은 짜릿했다. 수영이 끝나면 아직 식지 않은 백사장에 누워 이야기를 나누며 꾸벅꾸벅 졸다가 동이 틀 무렵에야 다시 집으로 돌아왔다.

어느 날 밤, 두 아이는 바닷가에서 함께 수영을 하다 처음으로 키스했다. 이미 천 번쯤 뽀뽀를 한 적이 있지만 키스는 차원이 달랐다. 그들의 나이 열네 살 때였다.

그 무렵 버지니아는 청소년용 도서에 흥미를 잃어 성인용 소설을 탐독하기 시작했다. 주로 매력적인 남녀 주인공이 나오는 연애소설들이었다. 마이클은 여전히 《로빈슨 크루소》나 《톰 소여의 모험》 같은 청소년용 책들에 빠져있었다. 버지니아는 가끔 성인용 소설에서 본 장면들을 이야기해주었다. 마이클은 버지니아처럼 몸과 마음이 짜릿해지는 감흥을 느끼지 못했다.

버지니아는 소설에서 본 황홀한 키스를 해주길 원했고, 마이클은 차츰 그녀의 기대에 부응해갔다. 바닷가 모래밭에서의 키스는 버지니아가 기대했던 바로 그 키스였다. 버지니아는 모래밭에 누워 있었고, 마이클이 몸 위로 올라와 혀를 입 안 깊숙이 밀어 넣고 키스를 한 건 그때가 처음이었다. 그녀는 소설에서 수없이 많이 읽어 이미 익숙한 키스였다. 긴 키스가 끝났을 때 버지니아는 문득 마이클이 그녀의 성적 환상을 충족시켜줄 수 없는 남자라는 사실을 깨달았다. 버지니아는 마이클을 사랑했지만 왠지 몸은 뜨겁게 반응하지 않았다.

그해 가을, 두 아이는 급격히 멀어지기 시작했다. 마이클은 내성적인 성격이라 책과 음악에 빠져 지낸 반면 버지니아는 새로운 세계를 발견했다. 화장을 하기 시작했고, 치마길이가 짧아지더니 금세 술집과 디스코텍을 전전하는 패거리와 어울리게 되었다. 옷차림이 너무 야하다고 나무라는 엄마와 격렬한 논쟁을 벌인 적도 많았다.

버지니아는 엄마의 깊은 우려에도 아랑곳하지 않고 겨울 내내 패거리들과 어울려 다녔다. 밤새도록 놀다보니 늘 수면이 부족했고, 학교에 수시로 지각했다. 몸매가 몰라보게 날씬해지면서 수많은 남자아이들이 데이트를 하기 위해 줄을 섰다.

안개가 자욱하게 낀 1월의 어느 날 마이클은 버지니아의 집을 찾아갔다. 방에서 몰래 담배를 피우던 버지니아는 마이클이 문을 여는 바람에 화들짝 놀랐다. 문을 연 사람이 엄마라고 생각한 버지니아는 황급히 담뱃불을 껐지만 이미 방 안에는 담배연기가 자욱하게 끼어 있었다.

"마이클, 간 떨어지는 줄 알았잖아."

버지니아가 방안으로 고개를 들이민 마이클에게 말했다.

마이클이 방 안으로 들어와 문을 닫았다. 서로 다른 학교에 다니고 있어 얼굴을 본 지 제법 오래 된 때였다. 소원하게 지내는 동안 마이클은 키가 부쩍 자랐지만 몸이 비쩍 마르고 볼이 움푹 파여 있었다.

"마이클, 왜 이리 말랐니? 어디 아파?"

"버지니아, 너 담배 피우니?"

마이클이 대답 대신 물었다.

"그냥 가끔 피워."

"너와 어울려 다니는 친구들도 죄다 피우겠지?"

"대부분 그래."

마이클은 그 말을 듣고 곤혹스런 표정을 지었지만 버지니아에게 충고의 말 한 마디 하지 못하고 그녀 옆에 걸터앉아 맞은편 벽면을 멍하니 바라보았다.

"엄마 아빠가 이혼한대."

마이클이 불쑥 말했다.

"그게 정말이야?"

"엄마가 어제 말해줬어. 이미 예상했던 일이야."

"그동안 무슨 일이 있었던 거야?"

"아빠에게 다른 여자가 생겼어. 작년 10월쯤부터 엄마가 눈물을 달고 살았는데 그 이유가 아빠 때문이었지. 아빠는 이제 집에 들어오지 않는 날이 더 많아."

"말도 안 돼! 어떤 여자인데 그래?"

"내가 아는 건 단지 미국 출신이라는 것뿐이야. 아빠는 그 여자를 따라 샌프란시스코에 갈 생각인가 봐."

"빌어먹을! 가족들을 내팽개치고 그렇게 멀리 떠난단 말이야? 그래서 넌 어떡할 거야?"

"엄마 곁에 남아야지. 엄마가 가뜩이나 힘들어 하는데 아빠를 따라갈 수는 없잖아. 엄마는 요즘 눈물이 마를 새가 없어."

버지니아는 그동안 마이클에게 너무 무심했던 것에 대해 죄책감을 느꼈다. 버지니아의 부모도 그간 아무런 이야기도 하지 않은 걸 보면 아직 아무것도 모르는 게 분명했다.

버지니아는 마이클을 품에 안아주고 싶었지만 난생처음 부끄러움을 느꼈다.

"이모부가 마음을 바꿀 가능성은 전혀 없어?"

"아빠의 마음은 이미 오래 전에 떠난 것 같아. 직장도 곧 그만둘 건가봐. 아빠는 그 여자와 미국으로 떠날 날만 기다리고 있어."

버지니아는 이모부가 어떻게 아내와 자식을 헌신짝처럼 내팽개치고 떠날 수 있는지 이해할 수 없었다. 그녀는 마이클을 슬픔에 빠뜨린 이모부에 대해 분노를 느꼈지만 분명 뭔가 이유가 있을지도 모른다는 생각이 들었다.

그녀 또한 마이클과 함께 했던 맹세를 깨지 않았던가?

버지니아는 그날 바닷가에서 키스가 끝났을 때 전혀 설레는 느낌을 받을 수 없었다. 그녀는 그때 이미 성적 매력이 남녀 사이에서 얼마나 중요한지 어렴풋이 깨닫게 되었다. 상대방의 성적 환상을 충족시켜주지 못할 경우 남녀 관계의 결말이 어떻게 되는지에 대해서도 알게 되었다. 어쩌면 그 미국여자는 이모에게는 없는 성적 매력을 갖고 있을지도 모른다는 생각이 들었다.

버지니아는 마이클의 불행에 마음이 아팠다. 마이클이 절망에 빠진 엄마를 돌보느라 힘든 나날을 보내는 동안 그녀는 패거리들과 어울려 쾌락의 세계에 빠져 살았기 때문이다. 그녀 입장에서 보자면 전혀 새로운 경험을 하며 보낸 날들이었다.

3월 초, 버지니아는 열다섯 번째 생일을 보낸 지 한 달쯤 지날 무렵 처음으로 남자와 잤다. 이름이 니콜라스였고, 열아홉 살의 잘생긴 남자였다. 디스코텍에서 니콜라스를 처음 만났을 때 버지니아는 열일곱 살이라고 거짓말을 했다. 니콜라스는 차를 갖고 있었고, 차 안에서 첫 섹스를 했다.

버지니아는 엄마가 늘 강조했던 것과 달리 반드시 사랑하는 사람과 섹스를 해야 하는 건 아니라고 생각했다. 니콜라스를 사랑하지는 않았지만 그와 함께 있을 때 그녀의 몸은 언제나 뜨겁게 반응했다. 그와 섹스를 하는 동안 눈앞에 천국이 펼쳐졌다. 그녀는 흐릿한 조명이 비치는 디스코텍 플로어에서 그와 뜨거운 눈빛을 교환했고, 함께 부둥켜안고 흐느적거리며 춤을 추었다. 몸을 한껏 밀착하고 런던시내를 배회하다가 여러 번 뜨거운 키스를 나누기도 했다. 욕망은 화수분 같아 만족을 몰랐다.

버지니아는 일 년 반 동안 니콜라스와 함께 어울렸다. 버지니아가 나이를 속였다는 사실이 들통 나는 바람에 잠시 갈등을 빚기는 했지만 그는 금발의 소녀에게 푹 빠져 있었고, 결별을 원하지 않았다.

니콜라스는 원하는 건 뭐든 할 수 있을 만큼 돈이 많았다. 버지니아의 용돈으로는 도저히 감당할 수 없는 최고급 디스코텍이나 고급레스토랑에도 자주 갈 수 있었다. 윔블던 테니스도 구경하고, 애스코트 경마장도 자주 찾았다. 버지니아에게는 그야말로 새로운 세계였다.

얼마 후, 마이클의 아빠는 집을 나갔고, 곧 이혼절차가 진행되었다. 마이클의 엄마는 심한 우울증을 앓고 있어 상황에 대처할 능력이 없었다.

열여섯 살이 된 버지니아는 니콜라스와 헤어졌다. 돈과 성적 매력이 두 사람을 결속시켜주는 끈이었을 뿐 사랑의 감정이 존재하지 않는 만남이었다.

마이클은 자신의 인생 목표를 찾을 사이도 없이 엄마를 간병하며 살아가고 있었다. 엄마를 데리고 병원에 다녀오는 게 주요 일과였고, 주말에도 하루 종일 집을 지키며 끝없이 한탄을 늘어놓는 엄마의 넋두리를 들어주어야 했다.

2년 후, 마이클의 엄마는 심부전증으로 사망했다. 경찰 조사 결과 약물남용이 사망 원인으로 밝혀졌다. 죽음을 앞당기기 위해 스스로 약물을 남용한 것이다. 마이클은 당시 열여덟 살이었고, 너무 일찍 찾아온 불행을 극복할 방법을 알지 못했다. 그 무렵부터 마이클의 우울증이 시작되었다.

마이클이 유일하게 의지할 사람이라고는 버지니아밖에 없었지만 그녀는 스무 살이나 연상인 캐나다인과 약혼해 밴쿠버로 떠나고 없었다. 일 년 후, 결혼식을 앞두고 있던 버지니아는 약혼남의 폭력적 성향을 견디다 못해 다시 영국으로 돌아왔다. 많은 상처를 받고 영국으로 돌아온 버지니아가 의지할 사람은 마이클밖에 없었다.

버지니아와 마이클은 다시 서로를 향해 손을 내밀었다. 지치고 좌절한 두 사람은 자주 전화통화를 했고, 매일이다시피 만났다. 그들은 자주 지난날의 추억을 떠올렸고, 어린 시절의 친밀감을 회복했다.

버지니아가 문학 전공으로 캠브리지대학교에 입학하자 마이클도 뒤따라 진학했다. 마이클은 훗날 교수가 되길 원했고, 역사학을 전공으로 선택했다. 그들은 작은 집을 얻어 함께 살았다. 방 하나에 간이주방이 딸린 원룸이었다. 그들은 친구들을 많이 사귀었고, 사람들과 적극적으로 교류했다.

버지니아의 활발한 성격에 영향을 받아서인지 마이클 역시 외톨이 생활을 접고 점점 더 개방적이고 유쾌한 사람이 되어갔다. 버지니아는 곧 예전의 낙관적인 면모와 활기를 되찾았고, 공부에도 열의를 보였다.

버지니아는 세련된 의상들과 하이힐 대신 청바지에 검정색 스웨터를 즐겨 입었고, 화장도 거의 하지 않았다. 여전히 담배를 많이 피웠지만 문학 동아리 활동에 적극적으로 참여했고, 사춘기시절 연애소설을 읽느라 등한시했던 고전들을 탐독했다.

버지니아는 가끔 파티에서 다른 남자들과 술을 마시고 시시덕거리곤 했는데 그럴 때마다 마이클과 격렬한 언쟁이 벌어졌다. 언제나 마이클이 지는 쪽이었다.

버지니아는 남자들과 자주 어울려 다녔지만 성적 일탈 행위를 한적은 없었기에 언제나 당당했다. 그녀 입장에서 보자면 마이클과의 잠자리는 언제나 만족스럽지 못했다.

앤드류 스튜어트가 나타나면서 마이클과의 관계는 다시 위협받기 시작했다. 몇 년 전, 바닷가에서의 첫 키스 이후 마이클과의 돈독했던 유년시절이 갑자기 끝난 것처럼 앤드류가 나타나면서 그녀의 삶은 순식간에 백팔십도로 바뀌었다.

버지니아는 마침내 고대하던 사랑을 찾았다고 생각했다.

5

버지니아와 나탄은 방 안이 너무 어두워 단지 서로의 윤곽만 어렴풋이 알아볼 수 있었다. 창밖에는 폭우가 쏟아지고 있었다. 예상대로 날씨가 급변하고 있었고, 여름은 이제 막바지에 접어들어 있었다.

버지니아는 몇 번에 걸쳐 구토를 하고 나서도 한참 동안 개수대 앞에 서 있다가 비틀거리는 걸음걸이로 욕실로 들어갔다. 세수를 한 그녀는 입속에 남아 있는 역겨운 냄새를 없애기 위해 오랫동안 이를 박박 문질러 닦았다. 거울 속에 비친 눈은 붉게 충혈 돼 있었고, 창백한 얼굴은 낯설게 느껴질 만큼 파리했다.

대체 나에게 무슨 일이 일어난 거지? 그동안 모든 일이 순탄하게 흘러가고 있었는데 왜 갑자기 이렇게 되었지?

버지니아는 자신의 마음속에서 영원히 해결되지 않고 잠복돼 있는 문제가 뭔지 잘 알고 있었다. 그녀는 프레데릭을 만나고 킴을 낳으면서 마이클에 대한 생각을 조금이나마 잊고 살 수 있었다. 물론 마이클에 대한 마음의 빚을 완전히 극복했다기보다는 가슴 깊숙이 묻고 살아왔다.

나탄 부부를 만나면서 일이 꼬여가고 있었다.

욕실에서 나가는 즉시 나탄에게 당장 집에서 나가달라고 말해야 돼.

나탄을 집에서 쫓아낸다고 힘든 문제가 모두 해결되는 건 아니었다. 지금 그녀를 힘들게 하는 사람은 나탄뿐만이 아니었다. 프레데릭도 아내의 의무를 앞세워 그녀를 압박하고 있었다. 그녀는 사람들이 많이 모이는 디너파티에 갈 자신이 없었다. 그녀는 프레데릭을 만나기 이전부터 공황장애를 잃고 있었고, 사람들이 많이 모이는 장소에 가면 숨이 막혔다. 프레데릭은 그녀가 그 정도로 심각한 우울증을 잃고 있다는 사실을 몰랐다. 그녀의 입장으로는 그에게 모든 사실을 고백하고 훌훌 털어버릴 수 있는 문제가 아니었다.

버지니아가 주방으로 돌아갔을 때 나탄은 그곳에 없었다. 거실로 가보니 그는 셰리주를 술잔에 따르는 중이었다. 마치 이 집의 주인이라도 되듯 술을 따르는 동작이 매우 자연스러웠다. 그의 얼굴에는 언제나 주저하거나 머뭇거리는 기색이 전혀 없었다. 나탄의 뻔뻔스런 태도를 보는 순간 분노가 일어야 마땅할 텐데 오히려 마음이 편안하고 차분해졌다.

"이제 좀 괜찮아요?"

나탄이 걱정스럽다는 듯이 쳐다보며 셰리주를 건넸다.

"고맙지만 사양할게요. 아직은 속이 울렁거려 술을 마시지 못하겠어요."

"이제 마이클 이야기를 해봐요."

버지니아는 소파에 앉은 다음 두 다리를 팔로 감싸 안았다.

나탄이 아까 목덜미를 마사지해 줄 때처럼 가까이 다가오지 말도록 해야 돼.

나탄이 그녀의 마음을 눈치 챈 듯 소파 맞은편 안락의자에 앉았다. 커다란 나무 테이블이 두 사람 사이에 놓여 있었다.

버지니아는 이야기를 어디서부터 시작해야 할지 몰라 한동안 눈을 감고 생각에 잠겼다.

차라리 이야기를 하지 말까?

그런 생각을 하는 순간 편두통이 다시 시작되었다.

나탄이 상체를 앞으로 숙이고 그녀를 뚫어지게 쳐다보았다.

"당신이 머릿속에 들어 있는 뭔가를 밖으로 끄집어내야 두통이 가라앉을 것 같은데요. 그 뭔가를 꼭꼭 숨기고 있을 경우 두통이 영원히 멈추지 않을 겁니다. 마이클과 관련된 비밀스런 기억이 당신의 삶을 어둡고 우울하게 하고 있어요. 원하지 않는다면 굳이 지금 이야기하지 않아도 됩니다. 다만 내일이라도 당장 심리치료사를 찾아가 상담을 받아보도록 해요. 당신 혼자서는 도저히 해결할 수 없는 문제니까요."

2,3년 전쯤 프레데릭이 심리치료를 받아보라고 권한 적이 있었다. 빈번히 공황상태에 빠져들 무렵이었다.

"심리치료사는 필요 없어요. 난 괜찮으니까. 다만……."

"다만 마이클이 문제겠죠. 대체 마이클과 관련해 무슨 일이 있었죠?"

버지니아는 어린 시절 이야기부터 시작했다. 처음에는 자주 말문이 막히고, 마음이 괴로웠지만 시간이 지날수록 편안해지며 이야기가 저절로 술술 흘러나왔다. 어느새 땅거미가 지기 시작했고, 거실을 물들여가기 시작한 어둠이 그녀를 도와주었다. 나탄의 숨소리가 바로 앞에서 들려왔지만 그의 얼굴 윤곽이 잡히지 않아 다행이었다. 언제부터인가 내리기 시작한 빗소리가 부드러운 배경음악이 되어주었다.

버지니아는 지금껏 한 번도 털어놓은 적 없는 이야기를 나탄에게 털어놓고 있었다. 거칠 것 없이 자유롭게 살았던 사춘기 시절, 사는 동안 반드시 이루고 싶었던 욕망에 대해 여과 없이 이야기했다. 만났다가 헤어진 남자들 이야기도 했다. 그녀가 길을 잘못 들어 방황했던 이야기도 했다.

버지니아는 그가 매우 집중해 귀를 기울이고 있다는 걸 느낄 수 있었다.

"그때 나는 어렸고, 모든 걸 용서받을 수 있었죠. 정말이지 너무나 어렸으니까."

앤드류에 대한 이야기가 시작될 무렵 버지니아는 잠시 말을 중단했다. 앤드류를 처음 만났을 때만 해도 그리 어리지 않았다.

"앤드류를 만났을 때 당신은 몇 살이었죠?"

버지니아는 무려 몇 시간 동안 쉴 새 없이 이야기를 쏟아놓다가 앤드류라는 이름이 나오면서 한동안 아무 말도 하지 않고 입을 꾹 다물고 있었다.

"스물두 살이었어요."

"다양한 경험을 한 스물두 살의 여대생이었군요."

이미 상대가 보이지 않을 만큼 어두웠지만 버지니아는 고개를 끄덕였다.

"당신이 방금 이야기한 여자와 사진 속 여자는 정확하게 느낌이 일치해요. 당신은 분명 그 당시 무척이나 아름답고 생기발랄했을 겁니다."

"당신 말대로 그때는 활력이 넘쳤어요. 아마도 그때가 내 인생을 통틀어 가장 활기찼던 시절이었을 거예요. 그 당시 나는 아주 강렬한 인생을 살고 있었죠."

"앤드류도 대학생이었습니까?"

"앤드류는 캠브리지에 있는 로펌에서 이제 일을 막 시작한 변호사였어요. 그는 캠브리지에서 영향력이 큰 명문가 자제였고, 아버지 덕분에 수월하게 취직했죠. 내가 앤드류를 처음 만난 자리는 지인의 박사학위 취득 기념파티에서였어요. 사실은 마이클 친구의 애인이 그날 파티의 주인공이었는데, 정작 마이클은 독감에 걸려 참석하지 못하고, 저 혼자 가게 되었죠. 바로 그 파티에서 앤드류를 처음 만나 인사를 나누었고, 그때부터 모든 게 달라졌어요."

나탄이 희미한 어둠 속에서 일어서는 모습이 보였다. 그는 어둠 속에서도 비틀거리지 않고 똑바로 창문가로 걸어가 작은 스탠드를 켰다. 버지니아는 갑자기 불이 켜지는 바람에 잠시 눈을 감았다가 떴지만 부드럽고 약한 조명이라 전혀 눈이 부시지 않았다.

"불빛도 없이 어둠 속에 앉아 있을 필요는 없잖아요."

나탄이 창문 앞에 등을 지고 선 채 말했다.

대체 왜 나는 저 낯선 남자에게 이토록 많은 이야기를 털어놓게 된 걸까?

나탄이 다시 원래 있던 자리로 돌아왔지만 앉지는 않았다.

"그 남자한테 첫눈에 반했습니까?"

"네, 그랬어요."

"그 남자도 당신에게 반했습니까?"

"첫눈에 반한 건 아니었지만 차츰 좋아하게 됐어요."

"마이클과 헤어진 원인이 앤드류를 만났기 때문입니까?"

"마이클에게는 앤드류 이야기를 하지 않아 아무것도 몰랐고, 우린 헤어지지도 않았죠. 앤드류를 만나는 동안에도 마이클과의 관계는 그 대로 유지됐어요."

"양다리를 걸친 셈이군요?"

"말하자면 그래요."

"왜 솔직하게 말하지 못했죠? 앤드류는 당신이 계속 마이클과 함께 사는 것을 용인했습니까?"

버지니아는 갑자기 궁지에 몰린 느낌이었다.

"대체 무슨 말을 듣고 싶은 거죠?"

"원하지 않는다면 아무것도 말하지 않아도 되고, 저 또한 듣고 싶지 않습니다."

나탄과 이야기를 시작한 게 실수였다. 그들 부부를 도와준 이후 며 칠째 계속 실수만 저지르고 있었다.

"이제 그만 자러가야겠어요."

버지니아는 그에게 잘 자라는 인사도 없이 거실을 나갔다. 다시 두 통이 시작돼 계단을 올라가는 동안 관자놀이를 손가락으로 지그시 눌렀다. 지나간 기억들을 다시 떠올린 것만으로도 심신이 피곤했다. 오랫동안 가슴 깊이 묻어두고 있던 기억들이었다.

여태껏 어느 누구에게도 털어놓은 적 없는 이야기를 하필이면 나탄에게 하게 됐을까?

8월 28일, 월요일

1

버지니아는 밤새도록 악몽에 시달리느라 잠을 설쳤다. 7시 반쯤 일어나 일층으로 내려갔을 때 마침 전화벨이 울렸다.

이렇게 일찍 전화를 하다니?

버지니아는 순간적으로 귀머거리인 척 벨소리를 무시하고 싶은 유혹을 느꼈다. 오늘은 뱅크홀리데이라 공휴일이었고, 아침 일찍 전화할 사람이라고는 프레데릭밖에 없었다. 오늘도 런던의 대부분 상가는 문을 열지만 은행은 영업을 하지 않았다.

버지니아는 거실로 달려가 수화기를 집어 들었다.

"여보세요?"

"혹시 내가 너무 일찍 잠을 깨웠어?"

"아니야, 나도 깨어 있었어."

"두통은 가라앉았어?"

"아니, 여전히 머리가 지끈지끈 아파."

"당신을 괴롭힐 의도는 없었는데 정말이지 유감이야."

잠시 침묵이 흐른 뒤 프레데릭이 말했다.

"이제 그 얘긴 그만해."

"버지니아, 부담을 주고 싶은 생각은 추호도 없지만 어제 내가 부탁한 말에 대해 다시 한 번 생각해봤어?"

"어젠 몸이 좋지 않아 아무것도 생각할 수 없었어."

"디너파티에 참석해주기만 하면 되는데 왜 그게 고민거리인지 모르겠어."

"정치가가 되길 소망하는 사람은 당신이지 내가 아니잖아. 당신의 커리어를 쌓아 가는 일에 왜 굳이 나를 끌어들이려고 하는지 모르겠어."

버지니아는 공격적으로 대응하고 싶지는 않았지만 입을 여는 순간 이미 목소리에 날이 서 있었다.

프레데릭이 혹시 수화기를 내팽개쳤을지도 모른다는 생각이 머리를 스쳐지나갔다.

프레데릭이 전화선 너머에서 분노를 꾹꾹 눌러 삼키며 유난히 차분하게 말했다.

"당신이 왜 필요한지 이미 충분히 설명했잖아. 트렁크에 우아한 드레스 한 벌을 챙겨 넣고 런던으로 오면 돼. 기차를 타거나 잭에게 런던까지 데려다달라고 부탁하면 들어줄 거야. 딱 한 번만 내 부탁을 들어주면 안 될까?"

프레데릭의 말이 결코 틀리지는 않았지만 날카로운 눈길로 자신을 훑어보며 무자비한 평가를 내릴 사람들에게 둘러싸일 생각을 하니 벌써부터 두통이 시작되려고 했다.

"다시 한 번 생각해볼게."

"결정이 나면 알려줘."

프레데릭이 그 말을 한 다음 전화를 끊었다.

사실 난 이미 오래 전에 결정을 내렸어. 당신도 그 사실을 분명하게 알고 있으면서 왜 나를 가만히 내버려두지 않지? 날 배려심이 전혀 없는 여자로 만드는 게 그리 좋아?

주방으로 들어서는 순간 갓 내린 커피 향 냄새와 구운 베이컨 냄새, 계란프라이 냄새가 한꺼번에 밀려들었다. 나탄이 토스터에서 막 튀어 오른 식빵을 꺼내 바구니에 담았다.

"일찍 일어 나셨군요. 몸은 좀 어때요?"

"괜찮아요."

마치 제집처럼 주방을 분주하게 오가는 나탄을 보자니 기분이 언짢았다. 그는 청바지에 지나치게 꽉 끼는 티셔츠를 입고 있었다. 자세히 보니 프레데릭의 티셔츠였다.

"몸에 맞는 티셔츠를 입어야죠."

"아, 이 셔츠를 세탁실에 있는 빨랫감 속에서 찾아내 입었어요. 입고 있던 옷이 땀에 흠뻑 젖었거든요. 미리 말씀드리지 못해 죄송합니다."

세탁실은 지하실에 있었다.

나탄이 지하실까지 내려갈 이유가 뭐지? 그는 왜 제멋대로 집 안을 마구 돌아다니는 걸까?

버지니아는 자고 있는 동안 그가 집안 곳곳을 누비며 돌아다녔다고 생각하니 갑자기 가슴이 덜컥 내려앉았다. 오늘밤에는 반드시 침실 문을 잠가야겠다고 생각했다. 그는 일부러 내쫓지 않는 한 제 발로 걸어 나갈 사람이 아닌 듯했다.

"사실은 매일 아침 일찍 일어나 조깅을 하는데 오늘은 내처 자고 말았어요."

"어젯밤, 감정의 소모가 너무 컸으니 탈진한 게 무리도 아니죠. 하루쯤 조깅을 못 했다고 너무 아쉬워하지 말아요. 밖에는 지금 가랑비가 내리고 있고, 기온도 뚝 떨어졌어요."

그제야 버지니아는 평소에 비해 주방이 매우 어둡다는 걸 깨달았다. 창밖을 내다보니 비가 내리고 있었다.

"하룻밤 자고 났더니 벌써 가을이 되었어요."

"이제 곧 9월이잖아요. 아름다운 가을날들이 다가오고 있어요."

버지니아는 갑자기 슬픔이 밀려오며 힘이 쭉 빠지는 느낌이었다.

"날씨도 제법 쌀쌀하니까 따스한 커피 한 잔이 도움이 될 거예요. 스크램블 에그와 토스트도 맛이 제법 괜찮을 겁니다."

나탄이 접시에 아침식사를 담아주었다.

버지니아는 식탁에 앉아 커피를 한 모금 마셨다. 진한 커피 향이 활력을 불러왔다.

"커피 끓이는 솜씨가 좋아요."

"우리 집 주방은 늘 내 관할이었어요. 투자한 만큼 경험이 쌓이는 법이죠."

버지니아는 문득 리비아가 생각났다.

"리비아는 좀 어때요?"

"좋아지지도 않았고, 나빠지지도 않았어요."

나탄의 목소리에서 무심함이 느껴졌다. 그가 병원에 들르지 않았을지도 모른다는 생각이 들었다.

"병원에 다녀오긴 했어요?"

나탄이 맞은편에 앉으며 잔에 커피를 따랐다.

"병원에 가려고 차를 빌리기까지 했는데 왜 들르지 않았을 거라고 생각하죠?"

"당신이 너무 무심하게 대꾸하는 것 같아 문득 그런 생각이 들었어요. 만약 내 남편이 쇼크 상태로 병원에 입원해 있다면 내 마음이 당신처럼 태평하지는 않을 거예요."

"심란해한다고 달라질 건 없잖아요."

"의사들이 리비아는 언제쯤 퇴원할 수 있다고 하던가요?"

"일단 리비아가 체력을 회복하는 게 우선이고, 심리치료는 그 이후에나 시작할 수 있을 것 같습니다."

"리비아가 심리치료를 받아야 하나요?"

"리비아는 심리적으로 늘 불안정한 편이었는데 이번 사고가 결정타를 먹였죠."

버지니아는 나탄이 왜 독일대사관을 찾아가 도움을 청하지 않는지 의아스러웠다. 병원에 입원하는 시간이 길어질 경우 병원비가 어마어마하게 들 텐데 뒷감당을 어떻게 하려는지 이해가 되지 않았다.

내가 독일대사관에 연락을 취해주겠다고 해볼까?

그때 나탄이 불쑥 다른 이야기를 꺼냈다.

"이 근처에서 또 다시 어린 여자아이가 실종되는 사건이 발생했습니다."

"언제요?"

"아침 준비를 하며 텔레비전을 봤는데, 어제 한 아이가 실종됐다더군요."

"킹스린에 사는 여자아이인가요?"

"뉴스에 이름도 나왔지만 생각이 나지 않네요. 어린이미사에 참석한다며 집을 나갔는데 성당에는 나타나지도 않았답니다. 그때부터 종적이 묘연한 상태인가 봐요."

"그 아이 부모는 지금 어떤 심정일까요?"

"그나저나 딸은 언제 데려올 거죠?"

"오늘 저녁에 데려와야죠."

버지니아는 다시 한 번 스크램블 에그를 포크로 떠 입으로 가져갔지만 갑자기 입맛이 뚝 떨어진 탓에 아무런 맛도 나지 않았다.

"단 한 순간도 킴을 눈에서 떼어놓으면 안 되겠어요."

"여자아이 혼자 밖에서 오래 돌아다니게 하는 건 좋지 않아요."

"당신의 요리솜씨는 매우 훌륭하지만 갑자기 킴이 걱정돼 더 이상 먹을 수가 없네요."

나탄이 자못 걱정스런 표정으로 그녀를 쳐다보았다.

"모든 게 내 잘못이에요. 아이가 납치되었다는 이야기를 꺼내는 게 아니었어요."

"당신이 말해주지 않아도 곧 알게 되었을 테니까 자책하지 말아요."

"비도 내리고 날씨도 쌀쌀한데 하루 종일 뭘 하며 지낼 겁니까?"

"오후쯤 킹스린에 나가 시장을 보고 나서 리비아를 찾아가봐야겠어요. 그 다음에는 킴을 데려와야죠."

"아, 그렇군요."

나탄이 고개를 끄덕였다.

버지니아는 따스한 커피 잔을 두 손으로 감싸 쥐었다. 손에서 시작된 온기가 서서히 온몸으로 번져가는 느낌이었다. 마음이 차츰 진정되면서 불안감이 조금이나마 누그러졌다.

실종된 여자아이 뉴스가 기분을 착잡하게 만드는 아침이었고, 프레데릭은 차마 거절하기 힘들 만큼 간절한 말로 디너파티 참석을 종용해오고 있었다.

나탄이 앞으로 몸을 숙였고, 눈빛에 동정심과 호기심이 가득 들어차 있었다.

"컨디션이 많이 안 좋아 보입니다."

"그냥 머리를 아프게 만드는 몇 가지 문제가 있어요."

"표정이 어두운 걸 보면 매우 심각한 문제가 있나 봐요?"

버지니아는 이제 슬슬 짜증이 나기 시작했다.

"내가 알아서 처리할 일들이니까 참견하지 말아요."

나탄이 숙였던 상체를 들고 다시 자세를 바로 잡았다.

"당신 문제에 주제넘게 간섭하려던 건 아니었습니다. 다만 걱정돼서 물었을 뿐이죠."

"오지랖이 정말 넓은 분이군요."

지금이 내 집에서 나가 달라고 말할 적절한 타이밍인지도 몰라. 나탄이 제집처럼 집을 휘젓고 다니도록 내버려둘 수는 없어. 도대체 무슨 꿍꿍이속인지 털어놓지도 않으면서 계속 이런 식으로 지내는 걸 더 이상 용납할 수는 없어.

버지니아가 미처 자신의 의사를 말하기 전에 나탄이 선수를 쳤다.

"지난 날 과연 무슨 일이 있었던 겁니까? 당신은 왜 마이클을 떠나지 못했을까요? 당신은 왜 마이클에게 앤드류와의 관계를 비밀에 붙였을까요? 당신은 왜 지금 앤드류가 아니라 프레데릭의 아내가 되어 있을까요?"

2. 마이클

버지니아는 앤드류를 만난 지 6주쯤 되었을 때 그가 이미 결혼한 남자라는 사실을 알게 되었다. 크리스마스를 눈앞에 둔 12월의 어느 날이었다.

앤드류가 크리스마스 연휴 기간에 노섬벌랜드에 있는 별장에 함께 가자고 했다. 사실 버지니아는 마이클과 크리스마스 휴가를 보내며 진지한 대화를 나눌 생각이었다. 그에게 앤드류와의 관계를 이야기하고 이해를 구한 다음 헤어지자는 말을 전할 생각이었다. 매우 껄끄러운 이야기라 내심 어디부터 시작해야 할지 걱정하고 있었는데 앤드류가 별장에 함께 가자고 제안했다. 그녀는 마이클에게 고백하기로 한 계획을 뒤로 미룰 수 있어 오히려 다행이라는 생각이 들었다.

마이클에게는 친구와 함께 여행을 다녀오기로 했다고 이야기했다. 마이클이 어떤 친구와 여행을 가는지 꼬치꼬치 캐물었다. 버지니아는 그냥 방황하던 시절에 만난 친구라고 둘러댔다.

버지니아는 자신이 정말 야비한 여자라는 생각이 들었지만 조만간 모든 사실을 고백하고 마이클과 헤어지리라 결심했다. 마이클은 진실을 알 권리가 있었다.

그해 겨울, 노섬벌랜드에 눈은 오지 않고 비만 내렸다. 별장은 아주 외진 곳에 있었고, 가는 길에 차가 진흙구덩이에 빠지는 바람에 비를 맞으며 바퀴에 붙은 진흙을 맨손으로 떼어내며 조금씩 전진해야 했다. 그들은 해가 뉘엿뉘엿 지고 있을 무렵 겨우 진흙구덩이에서 빠져나올 수 있었다.

그들은 꽁꽁 얼어버린 몸을 이끌고 별장에 도착했다. 퀴퀴하고 눅눅한 공기와 차가운 한기가 별장을 그들먹하게 채우고 있었다. 앤드류가 부활절 연휴 때 다녀간 이후 사람의 발길이 전혀 닿지 않았다니까 그럴 만도 했다.

"이 별장에 오기로 한 건 그다지 좋은 아이디어가 아니었어."

앤드류가 벽난로에 불을 지피기 위해 장작을 쪼개며 말했다. 버지니아는 소파에서 팔로 무릎을 감싸고 앉아 몸을 덜덜 떨고 있었고, 어찌나 추운지 제정신이 아니었다.

"한 마디로 기가 막힌 계획이었지."

버지니아가 재채기를 하며 대꾸했다.

앤드류가 장작을 패 불을 지핀 결과 저녁 늦게 벽난로에서 따스한 불길이 활활 타올랐고, 술을 몇 잔 마시자 몸이 곧 정상을 되찾았다. 버지니아가 커다란 냄비에 끓인 토마토수프가 그들이 이틀 동안 먹어야 할 유일한 음식이었다.

버지니아는 쏟아지는 빗속에서 자동차와 씨름하느라 감기에 걸렸고, 별장에 머무는 동안 더 심해졌다. 그녀는 별장 안에서도 계속 뻣뻣한 모직머플러를 목에 두르고 있었고, 유칼립투스 사탕을 쉬지 않고 빨아먹었다.

다음날, 그들은 두꺼운 비옷에 고무장화를 신고 안개 낀 고원지대와 축축한 계곡들을 돌아다녔다. 하루 종일 돌아다녔지만 사람은 구경도 하지 못했고, 초원을 가로지르는 서너 마리의 양만 보았을 뿐이었다. 런던에서 성장하고 캠브리지에서 대학생활을 보내고 있는 버지니아는 매일이다시피 비가 내려 대지가 온통 눅눅한 북부지방에서 이토록 행복한 기분을 맛보게 될 줄은 상상도 하지 못했다. 어디를 둘러봐도 나무와 숲밖에 없는 곳이었다. 별장에서 가장 가까운 마을이 6마일이나 떨어져 있었다.

그들은 슈퍼마켓에 들러 빵과 버터를 구입하고, 그 동네의 유일한 술집에 들러 흑맥주를 마시고 나서 별장으로 돌아왔다. 어디 둘러볼 만한 장소도 없었고, 황량하기 그지없는 곳이었지만 버지니아는 앤드류와 함께 있는 것만으로도 행복했다. 보슬비가 내리는 길고 어두운 밤과 마치 마법에 걸린 듯 짧은 낮이 계속 이어졌다. 마이클에 대한 생각이 뇌리를 스칠 때면 아주 잠깐이나마 씁쓸한 생각이 들기도 했다.

노섬벌랜드에서의 마지막 날 아침, 버지니아는 잠옷 차림으로 거실 벽난로 앞에 앉아 커피를 마시고 있었다. 창밖에서는 눈이 한두 송이씩 떨어지고 있었고, 라디오에서는 크리스마스캐럴이 흘러나오고 있었다. 잠옷차림으로 소파에 누워 있던 앤드류가 한참동안 멍하니 창밖을 응시하는 그녀를 의아한 눈으로 바라보았다.

"정신이 온통 다른 곳에 가있는 것 같아."

"마이클을 생각하고 있었어. 크리스마스가 되기 전에 마이클에게 모든 사실을 털어놓아야 할까봐. 그 일이 내게는 얼마나 부담되는 일인지 당신은 모를 거야. 마이클은 나에게 많은 걸 의지하고 있어. 나는 예전부터 마이클의 도피처이자 보호자였으니까. 이제 더 이상 마이클을 속일 수는 없어. 마이클이 혼자서 크리스마스 휴가를 보내고 있을 걸 생각하니 마음이 아파. 나 말고는 마이클 옆에 있어줄 사람이 없으니까."

앤드류는 아무런 대꾸도 하지 않았다.

"마이클이 혼자 살아갈 길을 찾을 수 있도록 도와줘야겠어. 난 마이클이 아니라 당신과 함께 크리스마스를 보내고 싶으니까."

앤드류는 여전히 아무런 대꾸도 하지 않았다. 그가 소파에서 일어나 벽난로 앞으로 걸어가더니 장작 몇 개를 불길 속으로 집어넣었다. 그는 타닥거리며 불꽃이 옮겨 붙은 장작에 눈길을 주고 있었다.

버지니아가 커피 잔을 내려놓았다.

"무슨 일 있어?"

"버지니아, 미안한데 우린 크리스마스를 함께 보낼 수 없어."

"다른 계획이 있어?"

"내 아내 수잔이 12월 23일에 캠브리지에 오기로 되어 있어."

앤드류가 내뱉은 말이 천둥처럼 그녀의 귓가에 울려 퍼졌다.

"왜 여태껏 부인이 있다고 말하지 않았지?"

한참 뒤 버지니아가 얼빠진 표정으로 물었다.

앤드류가 뒤돌아서며 그녀의 눈을 바라보았다. 걱정이 한 가득 담긴 눈빛이었다. 한편으로는 비밀을 털어놓은 것에 대해 후련해하는 눈빛이기도 했다. 꺼림칙한 비밀을 숨겨온 사람들에게서 흔히 볼 수 있는 그런 눈빛.

"지난 몇 주 동안 당신에게 진실을 털어놓으려고 몇 번이나 망설였는지 몰라. 처음에 말할 기회를 놓친 이후로는 당신과 함께하는 순간의 행복을 깨뜨릴 수 없었어. 물론 내가 비겁했다는 걸 알아. 나는 계속 말하기 적당한 기회가 오길 기다렸지만 어쩌면 처음부터 그런 기회란 없었을지도 모른다는 사실을 뒤늦게 깨달았어."

"당신 부인은 지금 어디에 있어?"

"수잔은 런던에서 교사로 일하고 있어. 캠브리지의 대형 로펌에서 함께 일하자는 제안이 왔을 때 나는 그 기회를 놓칠 수 없어 혼자 이곳에 온 거야. 수잔은 당장 학교를 옮길 수가 없어 당분간 런던에 남아 있기로 했지. 수잔은 내년 9월에 캠브리지에 있는 학교로 자리를 옮기게 됐어."

버지니아는 졸지에 뒤통수를 제대로 얻어맞은 느낌이었다.

"믿을 수가 없어. 그런 이야기를 왜 숨겼지?"

버지니아가 작은 소리로 중얼거렸다.

앤드류가 두어 걸음 앞으로 다가와 옆에 앉더니 버지니아의 두 손을 부여잡았다.

"뒷일을 잘 수습할 테니까 나만 믿어."

"뒷일을 잘 수습한다니, 그게 무슨 말이야?"

"수잔에게 이혼을 요구할 거야."

앤드류가 말했다.

*

버지니아는 그 당시 자신도 보통의 여자들과 조금도 다를 게 없다는 사실을 깨달았다. 소설을 읽을 때마다 비웃었던 여자들, 남자들이 속이 다 들여다보이는 거짓말을 앞세워 어르고 달래면 그 말에 깜빡 속아 넘어가는 여자들과 조금도 다를 바가 없었다.

별장에서 돌아온 버지니아는 크리스마스를 마이클과 함께 보냈고, 앤드류는 수잔과 함께 보냈다. 버지니아는 현재 유부남과 사귀고 있고, 그가 이혼하기를 기다렸다가 합칠 거라는 말을 하고 싶지 않았다.

1월 초에 수잔은 런던으로 돌아갔고, 버지니아와 앤드류는 만남을 다시 시작했다. 상황이 정리되기는커녕 그들의 만남은 훨씬 더 긴밀해졌다. 앤드류는 연애 초기와는 달리 그녀를 집에 데려가지 않았다. 이웃 사람들에게 유부남이라는 사실이 알려졌기 때문이다. 그들은 도로변의 모텔이나 다른 도시에 있는 작은 호텔을 전전하며 만남을 지속했다. 서로에 대한 열정은 조금도 줄어들지 않았고, 만날 때마다 몇 시간씩 격정적인 사랑을 나누었다.

가끔 앤드류에게 이혼을 요구했는지 물으면 대답을 회피했다. 차츰 두 사람의 관계는 표가 나게 삐걱대기 시작했다. 버지니아는 수잔이 캠브리지에 와 있던 몇 주 동안 마음이 몹시 괴로웠지만 앤드류 역시 마찬가지일 거라며 마음을 다독였다.

"아직 이혼 이야기를 꺼내지 못했어. 가뜩이나 12월에는 끔찍할 만큼 기분이 우울해지잖아."

그 이후로는 수잔을 핑계로 내세웠다.

"수잔은 평소 일하느라 완전히 녹초가 돼 있어. 다음날 출근하기 위해 진정제를 먹고 잠들어야 할 정도로 지쳐 있는 사람에게 이혼 이야기를 꺼내면 아마 쓰러질 거야."

2월 초, 버지니아는 앤드류가 수잔과 이혼문제를 매듭짓길 바랐지만 뜻대로 되지 않았다. 그해 봄, 앤드류는 로마여행을 제안했다. 로마여행은 처음이었고, 반드시 다녀오고 싶었다.

버지니아는 로마의 분위기에 금세 매료되었다. 로마는 작열하는 태양 아래 활력이 넘치는 도시였고, 찬란한 역사를 간직한 도시이기도 했다. 천사의 성을 방문했을 당시 천사의 다리를 건널 때 잠시 멈춰 서서 심호흡을 하는 동안 그녀는 자신이 몽상에 빠진 여자가 아니라는 걸 분명하게 깨달았다. 천사의 다리 위에 서서 거대한 성을 바라보는 동안 갑자기 공포가 밀려왔다. 공황상태가 된 그녀는 세 번째로 심호흡을 했지만 가슴이 옥죄어 오는 느낌을 떨쳐버릴 수 없었다.

"버지니아, 무슨 일이야? 얼굴이 백지장처럼 창백해."

옆에서 열심히 카메라의 셔터를 눌러대던 앤드류가 물었다.

"나도 모르겠어. 갑자기 가슴이 답답해."

"직사광선에 너무 오래 노출돼 있었기 때문일 거야. 어디 쉴 만한 그늘이 있는지 찾아봐야겠어. 오늘은 날씨가 너무 뜨거워."

"아니, 날씨 때문이 아니야. 사실은 갑자기 이상한 감정이 밀려왔어."

"이상한 감정이라니?"

버지니아가 더 이상 말을 하지 못하고 머뭇대자 앤드류가 물었다.

"이 시간 또한 곧 지나가리라는 것을 이제야 알겠어. 어찌됐든 나는 지금 몹시 행복해."

"지나가다니, 뭐가?"

"방금 전, 여기 로마에서 느낀 가벼움을 아주 오랫동안 느끼지 못하며 살아 왔어. 당신과 함께 하는 지금 이 시간이 내 인생의 절정기라는 생각이 들어. 이후에는 계속 내리막길이 될 거야."

"터무니없는 소리야! 당신은 이제 겨우 스물세 살이야. 인생의 내리막길이 시작되려면 아직 멀었어. 얼마나 많은 기쁨의 순간들이 당신을 기다리고 있는지 차츰 알게 될 거야."

버지니아는 그가 '얼마나 많은 기쁨의 순간들이 당신을 기다리고 있는지 차츰 알게 될 거야.'라고 했을 때 기분이 묘했다. 그는 왜 '얼마나 많은 기쁨의 순간들이 우리를 기다리고 있는지 차츰 알게 될 거야.'라고 하지 않았을까?

버지니아가 그 이유를 묻자 앤드류는 곧바로 짜증을 냈다.

"괜한 말에 신경을 곤두세울 필요는 없잖아. 방금 전까지 당신 이야기를 하고 있었기 때문에 그렇게 말했을 뿐이야. 가끔 당신은 정말 까다로운 여자가 되곤 한다니까."

버지니아는 천사의 성을 바라보다가 발밑에서 흐르는 물을 내려다보았다. 그녀는 자신이 그가 하는 말에 지나치게 많은 의미를 부여하고 있다는 걸 알 수 있었다. 예전의 그녀는 매사 기쁨과 활력이 넘쳤고, 좀처럼 심각한 고민에 빠져드는 법이 없었다. 다른 사람의 말 뒤에 숨은 의미를 캐느라 신경을 곤두세우지도 않았다.

대체 앤드류에게는 왜 이리 신경을 곤두세울까? 아직 확실하게 매듭지어지지 않은 일들 때문일까?

버지니아는 앤드류와 함께 하는 로마에서의 황홀한 시간을 망치고 싶지 않아 고개를 휘휘 내저었다.

그들은 저녁시간에 스페인광장으로 산책을 나갔다. 묵고 있는 호텔이 광장에서 그리 멀지 않았기 때문에 그들은 거의 매일 저녁 스페인광장을 찾았다. 한밤중에도 날씨가 따뜻해 광장은 매일이다시피 수많은 사람들로 북적거렸다. 광장 계단에 앉아 주변에서 벌어지는 일들을 구경하고, 사람들의 이야기에 귀를 기울이고, 자동차 경적소리만 듣고 있어도 즐거웠다. 밤하늘에서는 마치 까만 벨벳에 하얀 씨앗을 뿌려놓은 것처럼 별이 반짝였다.

앤드류는 연신 셔터를 누르며 사진을 찍었다. 사진 속 그녀는 항상 행복한 눈빛을 반짝거렸고, 기쁨과 활력이 넘쳤다. 그 이전에도, 그 이후에도 그렇게 활기찬 표정으로 사진을 찍은 적은 없었다.

꿈같은 행복은 로마를 떠나는 날 끝났다.

이른 아침 햇살이 나무로 된 창문턱의 가느다란 틈새를 통해 침실로 스며들었다. 로마가 서서히 잠에서 깨어나고 있었고, 버지니아와 앤드류는 이 도시와의 작별을 아쉬워하며 열정적인 사랑을 나누었다.

낮이 되면 런던 행 비행기에 몸을 싣고 있을 테고, 저녁 시간에는 마이클과 식탁에 마주앉아 그가 섬세한 손길로 빵을 써는 모습을 지켜보며 그녀가 없는 동안 얼마나 힘들고 외로웠는지 하소연하는 목소리를 귀 기울여 들어주어야 할 것이다.

로마로 떠나기 전, 공항까지 배웅하겠다고 고집을 부리는 그를 만류하느라 얼마나 애를 먹었는지 모른다. 마이클은 매일 아침 호텔로 전화했고, 그와 함께 하고 있지 않은 시간이 즐거운지 캐묻곤 했다. 그럴 때면 비명을 지르고 싶을 만큼 신경이 날카로워졌다.

로마를 떠나는 날 아침 앤드류와 몸을 밀착하고 누워 있을 때 문득 한 가지 생각이 뇌리에 떠올랐다.

이런 식으로 살아가는 건 무의미해.

버지니아는 침대에서 몸을 일으켰다.

"앤드류, 난 계속 이런 식으로 살아갈 수는 없어."

앤드류가 눈을 크게 뜨고 그녀를 쳐다보았다.

"버지니아, 갑자기 무슨 말이야?"

"우리들이 간직한 비밀, 당신과 호텔에서 은밀히 나누는 사랑이 한동안은 분명 매력적이었지만 이제는 정말이지 부담스러워. 변명의 여지가 없을 만큼 추악한 짓이라고 생각해."

앤드류 역시 한숨을 내쉬며 자리에서 일어났다. 손을 들어 눈두덩을 비벼대는 그의 얼굴이 몹시 피곤해 보였다.

버지니아는 가슴이 답답해지기 시작했다. 천사의 다리 위에서처럼 공황상태가 시작되려고 했다.

"앤드류, 수잔을 설득할 거지? 영원히 이런 식으로 살아갈 생각은 아니지?"

앤드류가 그녀의 얼굴을 힐끗 쳐다보고 나서 눈길을 돌렸다. 밀려나는 어둠 말고는 아무 것도 없는 방구석에 그의 시선이 힘없이 가 닿았다.

"이미 오래 전부터 당신에게 수잔을 설득하겠다고 말해왔지만 솔직히 어떻게 말을 꺼내야 할지 용기가 안 나."

버지니아는 갑자기 오한을 느끼며 시트로 몸을 감쌌다.

"용기가 안 난다니? 대체 무슨 말이야?"

"어쩌면 그 이야기를 영영 꺼내지 못할 수도 있어. 상황이 이전과 많이 달라졌거든."

"상황이 달라지다니?"

앤드류는 그녀의 눈을 제대로 쳐다보지 못하고 계속 텅 빈 방구석에 시선을 고정시켰다.

"수잔이 아이를 가졌어."

호텔 밖 도로에서 누군가 큰소리로 비명을 질렀다. 쿵 소리에 이어 덜커덩하는 소리가 이어졌다. 그 다음, 짐이 쏟아지는 소리가 들려왔다. 남자 둘이 큰 소리로 다투었고, 한 여자가 날카로운 목소리로 싸움에 끼어들었다.

버지니아의 귀에는 그 소리가 마치 딴 세상에서 울려오는 것처럼 비현실적으로 들렸다.

"언제 임신했어?"

"2월 말에 수잔이 아이를 가졌다고 고백했어."

"출산예정일이 언제야?"

"9월 중순이야."

버지니아는 현기증이 나며 침대에 몸을 기댔다.

"그럼 당신이 수잔과 작년 12월에 관계를 가졌다는 뜻이네?"

"수잔이 작년 크리스마스 때 캠브리지에 왔을 때 둘 다 취했고, 어쩌다 보니 일이 그렇게 되었어."

버지니아는 그제야 상황이 어떻게 돌아가고 있는지 분명하게 파악할 수 있었다.

"당신은 지난 일 년 동안 내게 아내와 더 이상 관계를 갖지 않게 되었다고 입버릇처럼 말했어."

"크리스마스 휴가 때라 분위기에 휩쓸려 딱 한 번 관계를 가진 게 이렇게 되었어. 샴페인에 취해 나도 모르게 일을 저지른 거야. 나중에 정신을 차렸을 때는 곧 후회했지만 소용없는 일이 돼버렸어."

"당신 아이라는 걸 확신해?"

"내 아이가 확실해."

버지니아는 비명을 지르기 위해 입을 벌렸지만 입안에서 단 한 마디도 터져 나오지 않았다.

3

제니 브라운은 낮잠을 자기 싫었다. 엄마는 방학 내내 점심을 먹고 나서 잠시 낮잠을 자라고 강요하다시피 했지만 제니는 못마땅했다. 세탁소에서 일하는 엄마는 제니가 방학을 해 학교급식을 먹지 못하기 때문에 매일 점심을 차려주기 위해 집에 들렀다. 제니는 낮잠을 자지 않겠다며 버티다가 엄마와 자주 입씨름을 벌였다.

"제니, 엄마를 잠깐만이라도 편히 쉬게 해주는 게 그렇게 싫어?"

제니는 낮잠 시간만 되면 화가 치밀었다.

졸리지도 않는데 낮잠을 강제로 재우는 엄마가 어디 있담?

엄마는 제니에게 낮잠을 재운 다음 거실이나 발코니의 안락의자에 누워 줄담배를 피웠다. 스트레스를 풀기 위한 엄마 나름의 방법이라고 했다. 엄마는 오후 2시쯤 다시 세탁소에 갔다가 저녁에 퇴근했다. 퇴근하는 엄마를 보면 하루 종일 옷을 세탁하고 다림질하느라 지쳐 파김치가 되어 있었다.

제니는 가끔 너무 외로웠다. 친구들 엄마는 집에서 아이들과 놀아줄 뿐만 아니라 직접 코코아나 과일 잼이 들어간 빵을 만들어 주기도 했다.

제니는 혼자 보내는 시간이 많다보니 또래의 아이들보다 조숙한 편이었다.

"제니는 어쩜 그렇게 어른스러워요? 소피는 혼자 집에 있으라고 하면 못하겠다고 난리를 칠 텐데, 제니는 투정 한 마디 하지 않고 잘 참아내잖아요."

언젠가 소피의 엄마가 제니 엄마에게 말했다.

제니는 슬프고 외롭다는 생각이 들 때마다 그 말을 떠올렸고, 그럼 금세 기분이 좋아졌다. 가끔 기분 나쁜 이야기도 들려왔다. 사람들은 엄마를 '싱글맘'이라 부르며 무시하거나 동정했다.

"제니 아빠가 누군지도 모른대요."

두 층 아래에 살고 있는 애쉬킨 부인이 언젠가 이웃여자에게 그렇게 말하는 소리를 들은 적이 있었다.

제니는 늘 아빠가 없는 게 불만이었다. 친구들 집에 놀러가거나 생일파티에 초대받아 가보면 죄다 아빠가 있었다. 대개 아빠들이 회사에 나가고 엄마들은 집에 머물며 아이들을 돌보았다. 주말이면 온가족이 수영장에 가거나 자전거여행도 하고, 스케이트보드도 타러 다녔다. 아빠들은 부서진 장난감을 고쳐주고, 펑크 난 자전거바퀴를 수리해주고, 재미있는 이야기도 들려주고, 장난감 보관함을 만들어주기도 했다. 간혹 가족들을 동물원이나 근사한 레스토랑에 데려가기도 했다. 다른 아이 엄마들은 제니의 엄마처럼 늘 피곤한 눈을 비비며 '난 휴식이 필요해.'라는 말을 입에 달고 살지도 않았다.

케이트 밀즈의 아빠는 그레이트우즈 강에서 다섯 아이들을 데리고 래프팅을 하기도 했다. 다섯 아이 중에 제니도 끼어 있었다. 래프팅을 하던 중 앨리스 먼로가 강물에 빠졌지만 케이트 밀즈의 아빠가 침착하게 건져주었다.

엄마도 언젠가 내 친구 다섯을 데리고 래프팅을 가줄 수 있을까?

해가 서쪽에서 뜨기 전에는 절대로 불가능한 일이었다. 엄마는 신경쇠약과 만성두통을 앓고 있는데다가 10분 이상 담배를 피우지 않고는 견디지 못하는 습관이 있었다. 엄마는 제니가 주말에 친구를 집으로 초대하는 것조차 허락하지 않았다. 지금껏 제니의 생일에 제대로 된 생일파티를 열어준 적도 없었다.

"엄마가 용돈을 줄 테니까 가장 친한 친구랑 케이크를 사먹도록 해."

생일파티는 그것으로 끝이었다.

오늘은 8월 28일이었고, 다음 주 금요일이면 벌써 9월이었다. 9월 17일이 제니의 아홉 번째 생일이었다. 올해는 운 좋게도 일요일이 생일이었다.

생일날 친구들을 집에 초대할 수 있다면 얼마나 좋을까?

제니는 생일초대장에 어떤 문구를 써넣을지 이미 생각해 두었다.

사랑하는 ＿＿에게

＿＿월 ＿＿일은 내 생일이야.

그날 정각 ＿＿시까지 우리 집으로 와.

초대에 응해주면 정말 기쁘겠어.

너의 친구 제니가

제니는 문구점에 들러 생일초대장으로 사용할 카드를 골라두었다. 무당벌레와 클로버 잎이 인쇄되어 있는 연두색 카드였다. 초대할 사람들 명단도 이미 작성해 책상서랍 안에 잘 간직해두었다. 어떤 쿠키를 내놓고, 어떤 놀이를 하고, 아이들에게 줄 선물을 어떻게 포장할지도 계획을 세워두었다. 다만 한 가지 엄마는 그 자리에 없을 게 확실했다.

바깥에서는 폭우가 쏟아지고 있었고, 날씨가 궂은 만큼 낮잠을 자는 게 그리 끔찍하지는 않았다. 오늘 아침, 애쉬킨 부인이 이제 좋은 날씨는 다 지나갔다고 했던 말이 떠올랐다.

제니는 노란 커튼이 내려진 창문을 뚫고 들려오는 빗소리를 들으며 침대에 누워 있었다. 오늘은 모든 게 회색이었고, 방은 어두침침했다. 제니는 침대에 누워 지난주 금요일에 문구점에서 만났던 아저씨를 떠올렸다. 설레는 마음으로 초대용 카드를 구경하며 어떤 걸 선택할지 고민하고 있을 때 제니에게 말을 건 아저씨였다. 정말 친절한 아저씨였고, 엄마를 나쁜 사람으로 몰아붙이지 않고도 제니의 편을 들어주었다.

"친구들을 불러 생일파티를 열고 싶어 하는 건 당연하지. 아저씨가 아는 한 네 또래 아이들은 모두들 생일파티를 열길 원한단다. 어디 보자, 네가 고른 카드가 정말 근사하구나!"

아저씨는 마음이 따스하고, 이해심이 많아 보였다. 외모에서 풍기는 분위기로 보아 아이들을 키우는 아빠가 분명했다. 아이가 넘어지면 일으켜 세워주며 위로해줄 아빠, 청바지에 구멍이 나도 나무라는 대신 다치지 않았는지 걱정해주는 아빠일 것이다. 제니가 뭔가 고장 낼 경우 엄마는 즉시 화부터 냈다. 위로 같은 건 아예 기대할 수조차 없었다.

아저씨는 귀가 솔깃해지는 제안을 했다.

"아저씨가 너의 생일파티를 열어주고 싶은데 괜찮겠니? 아저씨가 이 세상에서 가장 잘하는 게 바로 아이들에게 파티를 열어주는 것이란다. 내 주변사람들은 나를 생일파티전문가라고 부르지. 생일파티를 정말 많이 열었기 때문일 거야."

"엄마가 허락하지 않을 거예요. 우리 집은 생일파티를 열기에는 너무 비좁거든요. 생일파티를 열었다가 혹시 뭔가를 고장 내기라도 하면 엄마는 몹시 화를 낼 거예요. 엄마는 가진 돈이 거의 없어 늘 물건이 고장날까봐 신경이 예민해 있어요."

아저씨는 제니의 말을 이해한 눈치였다.

"아저씨가 생각하기에도 너희 집은 생일파티를 열기에 적합한 장소는 아닌 것 같구나. 그럼 네 친구들을 아저씨 집으로 초대하면 어떨까? 아저씨가 사는 집은 정원이 딸린 큰 집이란다. 날씨가 좋으면 정원에서 파티를 열면 되고, 비가 내리면 지하실에서 파티를 열어도 돼. 지하실에 아주 커다란 홀을 만들어 놓았으니까 파티를 열기에 제격이지."

그 말을 마친 아저씨가 집을 구경시켜 주겠다며 제니를 차에 태우려고 했지만 점심시간에 늦을까봐 어쩔 수 없이 거절했다. 엄마는 시간을 지키지 않는 걸 가장 싫어했고, 반드시 외출금지, 텔레비전시청금지, 용돈축소 같은 대가를 치르게 했다.

그러자 아저씨가 새로운 제안을 했다.

"네 생일이 되려면 아직 시간이 많이 남아 있으니까 다시 한 번 생각해봐. 생일 전에 아저씨 집을 돌아봐야 어떤 식으로 파티를 열지 계획을 세울 수 있을 테니까. 아저씨는 잡지를 사기 위해 매주 월요일마다 문구점에 들르지만 내일은 특별히 널 만나러 올 생각인데 넌 어떠니?"

엄마는 토요일에도 출근했지만 네 시까지 일했다.

"내일 이 시간에는 점심을 먹으러 가야 할 시간이라서 곤란해요."

"그럼 몇 시에 올 수 있는지 말해보거라. 아저씨는 상관없으니까."

제니는 머릿속으로 곰곰이 따져보았다. 엄마는 밥을 차려주고 나서 정각 2시쯤 집을 나갔고, 그 시간에 출발하면 2시 10분쯤 문구점에 도착할 수 있었다. 보다 확실하게 약속을 지키려면 5분 정도 여유를 두는 게 좋을 듯했다.

"정각 2시 15분이면 문구점에 올 수 있어요."

"그럼 2시 15분에 여기서 기다리마. 넌 어떤 파티를 열지 미리 생각해두는 게 좋겠구나."

"아저씨는 정말 친절한 분이세요."

제니가 웅얼거리듯 말했다.

"넌 정말 예쁘고 똑똑한 아이야. 널 위해 뭔가를 해줄 수 있어 기쁘구나."

아저씨가 잠시 생각에 잠겼다가 한 마디 덧붙였다.

"제니, 아저씨 생각에는 우리의 계획을 두 사람만 아는 비밀로 해두어야 할 것 같구나. 만약 네 엄마를 쏙 빼놓고 아저씨 집에서 생일파티를 열 계획이라는 걸 알게 되면 몹시 섭섭해 할 수도 있으니까."

제니도 충분히 짐작할 수 있는 일이었다.

"생일날 밖으로 나가면 엄마가 이상하게 생각할 거예요."

"그러니까 생일파티 직전에 엄마한테 털어놓아야지. 너만 괜찮다면 아저씨가 네 엄마를 설득해 보마. 물론 네 엄마를 설득하기 전에 파티 준비를 완벽하게 끝내놓아야 하겠지. 어떤 음식을 준비하고, 어떤 놀이를 하고, 어떤 순서로 파티를 진행할지 미리 계획을 세워놓아야 한다는 뜻이란다. 파티를 열게 될 지하실을 장식하고, 정원에도 예쁜 전구를 매달아놓아야겠지. 네 엄마도 우리가 얼마나 근사한 파티를 준비했는지 눈으로 확인하면 틀림없이 허락할 테니까 걱정하지 마라."

제니는 엄마가 뭔가를 근사하다고 생각한 적이 있는지 기억을 더듬어 보았다. 아쉽게도 그런 기억이 전혀 없었지만 이번 생일파티는 한번 시도해볼 만한 가치가 있다는 생각이 들었다.

"네 친구들한테도 파티계획을 이야기하면 안 돼. 왜냐하면 그 소식이 네 엄마의 귀에 들어가게 되면 일이 성사되지 않을 수도 있으니까. 그렇게 되면 넌 친구들에게 웃음거리가 될 거야."

"아저씨 말이 맞아요."

"그럼 아무에게도 이야기하지 않겠다고 약속해줄래?"

"약속해요. 단 한 마디도 하지 않을 거예요."

제니는 기쁜 마음으로 맹세했다. 친절한 아저씨가 제니의 머리를 쓰다듬었다.

"정말 멋진 파티가 될 거야. 기대해도 좋아."

아저씨와 약속한 토요일에 돌연 예기치 않은 사태가 벌어졌다. 아침부터 얼굴이 창백해 보이던 엄마가 점심 때 집에 돌아와 빵을 몇 조각 집어먹더니 갑자기 배가 아프다고 했다. 엄마는 결국 세탁소로 돌아가지 않았다.

제니는 마음이 몹시 다급했지만 엄마는 세탁소에 전화해 몸이 아파 집에서 쉬어야겠다고 이야기하고 소파에 누워버렸다. 제니는 엄마가 걱정되는 한편 낯선 아저씨와의 약속 때문에 마음이 초조했다.

제니는 조바심이 일어 엄마에게 앨리스네 집에 놀러 가도 되는지 물었다. 그 소리를 듣자마자 엄마는 벌컥 화를 냈다.

"넌 엄마가 아프다는데 친구 집에 놀러갈 궁리나 하고 있니?"

결국 제니는 집에 남아 엄마가 마실 차도 끓여주고, 사과주스도 만들어주며 오후 시간을 흘려보냈다.

제니는 자신이 세상에서 가장 불행한 아이라는 생각이 들었다. 문구점에서 2시 15분에 만나기로 약속한 아저씨는 분명 화가 잔뜩 났을 테고, 다시는 볼 수 없을 것이다.

다음 날 엄마는 다시 건강을 회복했지만 제니는 뒤늦게 문구점을 찾아가는 건 의미가 없을 듯해 집에서 빈둥거리며 시간을 보냈다. 이제는 아저씨가 월요일에 잡지를 사기 위해 문구점에 다시 나타나기를 기대하는 수밖에 없었다.

다시 기력을 회복한 엄마는 월요일이 공휴일인데도 세탁소에 출근했다. 공휴일에 일을 하면 시급을 두 배로 쳐주었기 때문이다. 엄마는 벽을 쳐다보며 한참 동안 줄담배를 피우다가 출근할 채비를 서둘렀다.

옷장에서 우비를 꺼내 입은 엄마는 가볍게 머리를 손질하며 깊은 한숨을 내쉬었다. 엄마는 세탁소에 가기 전 한숨을 내쉬는 버릇이 있었다. 열쇠꾸러미를 핸드백에 집어넣는 소리에 이어 현관문이 열리기 무섭게 닫혔고, 뒤이어 엄마의 발자국 소리가 점점 멀어졌다.

제니는 두근거리는 가슴으로 침대시트를 옆으로 밀치고 일어섰다. 엄마에게 허락을 받지 않고 문구점에 가자니 마음이 내키지 않았지만 작은 무당벌레와 클로버 잎이 인쇄되어 있는 연두색 카드가 떠올랐다. 꼬마전구를 켜놓은 정원에서 열릴 바비큐파티도 떠올랐다.

제니는 재빨리 침대에서 빠져나와 청바지와 셔츠를 입고 옷장 서랍에서 양말을 꺼내 신었다. 운동화를 신은 다음 머리를 빗고 핀도 꽂았다. 친절한 아저씨에게 단정한 모습을 보여주고 싶었다.

제발 문구점에 도착할 때까지 머리카락이 흐트러지지 않아야 할 텐데?

제니는 거실을 나와 우비를 걸쳐 입었다.

집을 나설 때 심장이 다시 벌렁거리며 뛰기 시작했다. 친절한 아저씨가 문구점에 나타나지 않을까봐 불안했다.

4

오후 2시 반쯤 버지니아는 킹스린의 투스데이 마켓 플레이스에 차를 주차했다. 킹스린의 시내 중심가에 있는 그 시장은 수백 년 동안 정기적으로 사형집행과 마녀 화형식이 열렸던 장소로 유명했다. 비가 세차게 내리고 하늘에 먹구름이 잔뜩 끼어 있었지만 그녀는 모처럼 머리가 맑았다. 어제 마이클에 대한 이야기를 털어놓은 것과 관련이 있어 보였다. 지난 몇 년 동안 마이클에 대해 생각하는 것조차 금기시했는데 어제 나탄에게 이야기를 털어놓았다. 다만 모든 이야기를 털어놓을 수는 없었다.

버지니아는 먼저 리비아가 입원해 있는 병원에 들렀다가 킴을 데리러 갈 생각이었다. 그 전에 먼저 시장을 찾은 건 디너파티에 입고 갈 새 드레스를 한 벌 사기 위해서였다. 그녀는 금요일 밤 런던에서 열리는 디너파티에 참석하기로 마음을 굳혀가고 있었다. 사람들이 많이 모이는 장소라는 게 부담스러웠지만 거부할 명분이 없었기 때문이다.

버지니아는 차에서 내려 잰걸음으로 광장을 가로질렀다. 어찌나 정신이 없었던지 우산을 챙겨오는 걸 깜박 잊었지만 상관없었다. 광장 두 번째 골목에 있는 부티크가 그녀의 단골이었다. 옷이 비에 젖을 경우 부티크에서 적절한 조치를 취해줄 것이다.

버지니아는 잠시 걸음을 멈추고 방금 지나친 문구점에 들르기로 했다. 리비아에게 잡지와 소설책을 몇 권 사다주면 좋겠다는 생각이 들었기 때문이다. 병원 로비에 있는 편의점에서도 살 수 있는데 굳이 문구점에 들르려는 이유가 있었다. 단 2,3분만이라도 드레스를 구입하려는 계획을 뒤로 미룰 수 있었기 때문이다.

문구점 안에는 예상외로 사람들이 많았다. 물건을 사러온 사람들보다 잠시 비를 피하려고 들른 사람들이 더 많은 탓에 뿔테안경을 쓴 문구점주인의 표정이 썩 좋지 않았다.

문구점에는 다른 나라에서 출간된 정기간행물도 비치돼 있었다. 그중 독일에서 발간된 잡지 두 권이 시선을 끌었다. 리비아가 독일잡지를 보면 기뻐할 거라는 생각이 들었다. 나탄의 말에 따르면 현재 그녀는 면회가 불가능할 정도로 건강상태가 좋지 않다고 했다.

버지니아는 킴에게 줄 그림책도 한 권 집어 들고 북적거리는 사람들 사이를 가로질러 계산대로 향했다.

"비를 피하기 위해 자리를 차지하고 있는 손님들이 너무 많아요."

문구점주인이 투덜거렸다.

"밖에 비가 많이 내리니까 이해하세요. 완전히 폭우 수준이더군요."

그 순간 문구점주인이 버럭 고함을 지르는 바람에 버지니아는 화들짝 놀랐다.

"어서 카드에서 손을 떼지 못하겠니? 내 말이 안 들려?"

문구점주인의 고함소리에 놀란 사람들이 일제히 주위를 둘러보았다. 파란색 망토우비를 입은 여자아이가 생일카드, 조문카드, 초대장 등 각종 카드가 꽂혀 있는 진열대 앞에서 얼굴이 홍당무가 되어 쏟아지려는 눈물을 꾹 참고 있었다.

"내 말 잘 들어라, 꼬마야. 카드를 사지 않을 거라면 당장 손을 떼도록 해라. 이젠 도저히 두고 볼 수 없구나!"

"아직 어린아이잖아요!"

버지니아가 문구점주인의 흥분을 가라앉히기 위해 말했다.

문구점주인이 화난 눈길로 그녀를 쳐다보았다.

"우리 가게에서 최악의 손님이 누군지 아십니까? 바로 저 아이 같은 손님들입니다. 초등학생들이 가게를 한 번 휩쓸고 지나가면 어떻게 되는지 아세요? 아이들이 제멋대로 물건을 만지고 뒤섞어놓는 바람에 진열상태가 엉망이 되곤 하죠. 심지어 물건을 훔쳐가는 아이들도 있습니다. 요즘 같은 불경기에는 정말 참기 힘든 일이죠. 돈을 벌기는커녕 오히려 까먹고 있는 형편이니까요."

버지니아는 문구점주인의 하소연을 듣고 이해가 되긴 했지만 망토 우비를 입고 있는 아이가 제멋대로 물건을 망가뜨릴 것처럼 보이지는 않았다. 문구점주인은 지금 엉뚱한 사람한테 화풀이를 하고 있는 셈이었다.

버지니아는 책값을 지불하고 나서 문구점을 나왔다. 여전히 빗줄기가 거셌다. 더 이상의 핑계거리가 없어졌으니 이제 드레스를 사러 가는 수밖에 없었다.

버지니아는 독일 잡지가 든 봉투로 머리를 가리고 부티크를 향해 뛰어갔다. 언제나 드레스를 고르는 일은 쉽지 않았다. 짙은 청색 드레스가 눈에 들어왔다. 앞쪽은 목까지 올라오는 반면 등은 자극적이지 않을 만큼 푹 파인 디자인이었다. 킴을 낳았을 때 프레데릭이 선물한 사파이어 목걸이와도 잘 어울릴 듯했다.

이만하면 적당히 보수적이기도 하고, 디자인도 세련됐어!

드레스를 고르는 사이 시간은 어느새 3시 15분이 넘어 있었다. 이제 병원으로 리비아를 만나러 가야 할 시간이었다.

*

리비아는 3인용 병실에 입원해 있었다. 다른 환자 두 사람은 과일과

책을 앞에 두고 신나게 수다를 떨고 있는 반면 리비아는 창가 쪽 침대에서 미동도 하지 않고 누워 있었다.

버지니아가 병실로 들어서자 두 여자가 수다를 멈추고 호기심 어린 눈길로 쳐다보았다.

"리비아, 눈을 떠봐요. 버지니아예요."

리비아는 생각보다 상태가 심각했다. 하긴 리비아는 스카이 섬에서부터 사고의 충격에서 벗어나지 못해 몽유병 환자처럼 지냈다. 그나마 그때는 부드러운 갈색 피부와 엉클어진 머리카락 덕분에 육체적으로는 건강해 보였는데 지금은 안색이 형편없었다. 볼은 움푹 들어갔고, 피부는 핏기 하나 없이 창백했다.

침대시트 위에 놓인 리비아의 손이 아주 미세하게 움찔거리더니 관자놀이에서 파란 핏줄이 뛰는 게 보였다. 리비아는 마침내 눈을 떴지만 눈길을 그녀 쪽으로 돌리지는 않았다.

창밖에 내리는 비를 보고 있는 건가? 시계가 너무 멀어 비에 젖어 촉촉해진 초원이 보이지도 않을 텐데?

"리비아, 당신이 읽을 만한 잡지를 가져왔어요."

리비아는 손가락만 움찔거릴 뿐 아무런 반응이 없었다.

"그 여자는 완전히 정신이 나갔어요. 아마 빠른 시일 내에 조치를 취해야 할 거예요."

리비아는 병실에서 천덕꾸러기 신세가 되어 있었다. 다른 두 환자들은 기운이 넘치고 혈색도 좋고 건강해 보였다. 퇴원을 얼마 앞둔 환자들이 분명했다. 그들은 상태가 심각한 환자보다는 편하게 말벗이 될 수 있는 룸메이트를 원했으리라. 리비아는 말을 하기는커녕 피골이 상접하고 겨우 손가락만 움찔거리는 형편이었으니 천덕꾸러기 신세가 된 것도 무리는 아니었다.

"일단 기력을 회복해야 할 것 같아요."

마음 같아서는 두 여자에게 호통을 치고 싶었지만 리비아를 곤란하게 할까봐 꾹 눌러 참았다.

"그 여자는 지금껏 단 한 번도 입을 연 적이 없어요."

버지니아는 다시 리비아 쪽으로 돌아서 오랫동안 감지 않은 머리카락을 부드럽게 쓰다듬어 주었다.

"앞으로 다 잘 될 거예요."

리비아가 목소리를 알아듣기를 기대하며 버지니아는 계속 말을 이었다.

"나탄은 지금 우리 집에 있어요."

프레데릭이 런던에 있다는 사실을 굳이 알려줄 필요는 없을 듯했다.

버지니아가 자리에서 일어났을 때 룸메이트 여자가 호기심을 보였다.

"그 여자가 헤브리디스 제도에서 익사할 뻔했다죠?"

"리비아가 탄 배가 화물선과 충돌하는 바람에 그렇게 됐어요."

버지니아가 룸메이트 여자가 궁금해 하던 사실을 확인해 주었다.

"그 여자 남편은 굉장한 미남이더군요. 잘 생긴 남편을 둔 여자가 정신을 차리지 못하고 누워 있으니 큰일일 수밖에요. 나 같으면 남편을 빼앗길까봐 불안해서라도 저렇게 누워 있지는 못할 거예요."

다른 룸메이트 여자가 재미있다는 듯 키득거렸다.

"여자들은 잘 생긴 남자를 보면 절대로 그냥 내버려두지 않지."

여자들이 서로 마주보며 웃음을 터뜨렸다.

버지니아는 간단한 인사말을 남기고 병실을 나왔다. 그녀는 룸메이트 여자들의 짓궂은 이야기를 듣고 기분이 상한 탓에 잠시 벽에 등을 기대고 심호흡을 했다.

여자들이 노골적으로 호감을 드러낼 만큼 나탄이 매력적이었나? 혹시 그의 매력이 나를 사로잡고 있는 건가?

스카이 섬에서 나탄을 처음 봤을 때부터 잘 생긴 남자라고 생각했다. 리비아와 마찬가지로 죽음의 문턱까지 다녀온 사람이었지만 오브라이언 부인의 집 주방문을 통해 걸어 들어오는 그를 처음 본 순간 온몸에서 발산되는 강력한 에너지와 확고한 자의식이 느껴졌다. 방금 해변을 산책하고 돌아온 피서객처럼 전혀 위축되지 않은 모습이었고, 전 재산이 바다 밑에 가라앉은 사람답지 않게 완강한 힘이 느껴졌다.

문득 오늘 아침에 본 나탄의 모습이 떠올랐다. 손가락 하나 들어갈 틈 없이 꽉 끼는 티셔츠를 입고 있어 어깨가 더욱 넓고 단단해 보였다.

나탄과 오래 있으면 안 되겠어.

오늘밤에는 킴이 있을 테니까 다행이었다. 금요일에 런던에 가기로 한 결정도 잘한 일인 듯했다.

나탄이 스스로 집에서 나갈까? 아니면 내가 런던에 머무는 동안 혼자 집을 차지하고 있을까?

나탄이 집에 머물고 있다는 사실을 알게 될 경우 프레데릭이 불같이 화를 낼 게 뻔했다. 당연한 일이었지만 리비아의 상태를 보니 나탄이 당장 아내를 데리고 독일로 돌아가기는 힘들어 보였다.

버지니아는 오늘 저녁에 나탄과 그 문제를 상의해야겠다고 생각했다. 만약 리비아 때문에 계속 킹스린에 머물러야 한다면 호텔로 숙소를 옮겨야 마땅했다.

호텔비를 어떻게 조달하지?

여차하면 얼마간 돈을 빌려줘야 할 수도 있었다.

혹시 그의 책을 출판한 출판사에서 돈을 빌릴 수는 없을까? 그가 베스트셀러 작가라면 인세를 선불로 지급받을 수도 있지 않을까?

버지니아는 잰걸음으로 병원을 나섰다. 나탄을 생각하면 늘 머리가 지끈거렸다. 나탄은 전 재산을 잃은 사람답지 않게 늘 태연자약해 절망의 그림자를 찾아볼 수 없었다. 그가 힘든 일을 겪고 있는 건 분명한 사실이었지만 해결책이 전혀 없어보이지는 않았다. 사고 후유증으로 병을 얻은 리비아가 가장 심각한 문제였다.

차에 올랐을 때 나탄이 킹스린 병원에 리비아를 입원시키기로 결정한 것에 대해 화가 치밀었다.

내 입으로 집에서 나가 달라는 말을 하긴 곤란해. 금요일에 프레데릭이 있는 런던으로 갈 거라고 하면 나탄이 늦어도 금요일까지는 집에서 나가겠지?

왠지 나탄이 순순히 나가지 않을 것 같은 불안감이 들었다.

프레데릭이 나탄을 뭐라고 불렀더라? 거머리라고 했던가? 거머리는 피를 맘껏 빨아먹고 나서야 몸에서 떨어져 나간다지? 배가 부르기 전에는 몸에서 떨어지기는커녕 숙주의 목숨을 앗아갈 수도 있는 각종 질병들을 옮겨놓는다지? 더 이상 나탄을 집에 머물게 할 수는 없어.

버지니아는 스스로 그렇게 다짐하며 비가 내리는 도로로 접어들었다.

나탄이 원하는 게 뭘까? 혹시 돈?

이미 얼마간 돈을 빌려주었지만 더 요구할 수도 있었다. 아직 큰돈을 빌려주지는 않았다. 나탄이 큰돈을 요구한 적도 없었다.

돈을 뜯어낼 목적이었다면 프레데릭이 없는 상황을 이용해 입원비 명목으로 돈을 요구할 수도 있지 않았을까?

대체 나탄은 뭘 원하는 걸까?

나탄이 사진을 들고 했던 말이 생각났다.

이 사진 속에 등장하는 생기발랄한 아가씨는 어디로 사라졌을까요? 이 아름다운 여자가 삶의 활기를 잃은 이유는 뭘까요?

나탄은 그녀의 말을 귀 기울여 들어주었다. 이야기를 하는 동안 단 한 번도 한눈을 팔지 않았다. 피곤해하거나 지루해하지도 않았다.

나탄은 왜 내 이야기를 집중해서 들어주었을까?

나탄은 나를 원하는 걸까?

그래, 나탄은 나를 원하는 거야.

버지니아는 그 생각이 드는 순간 어찌나 놀랐는지 갑자기 급브레이크를 밟았다. 하마터면 추돌사고를 일으킬 뻔했지만 다행히 마지막 순간에 정신을 차렸다. 차량이 급격히 한쪽으로 쏠리는 바람에 차선을 넘어갔다가 재빨리 원래 차선으로 돌아올 수 있었다. 맞은편에서 달려오던 차량의 운전자가 긴 경적을 울리며 가운데손가락을 치켜 올렸다.

버지니아는 킴이 머물고 있는 교외의 작은 마을로 이어지는 길로 접어들었을 때 다시 한 번 급브레이크를 밟을 뻔했다. 모퉁이에 위치한 커피숍 앞을 지나칠 때 한 남자가 비를 흠뻑 맞으며 광장을 가로지르더니 빗물이 주르륵 흘러내리는 파라솔과 의자를 쌓아놓은 테이블 사이로 빠져나가는 모습이 보였다. 비록 뒷모습밖에 보지 못했지만 검은머리에 몸에 꼭 끼는 티셔츠를 입은 그가 누군지는 금세 알 수 있었다. 그 남자는 나탄이 분명했다.

나탄은 여기서 뭘 하는 걸까? 자동차도 없이 어떻게 펀데일 하우스에서 시내까지 왔을까?

집을 나올 때만 해도 나탄은 외출할 거라는 이야기를 하지 않았다.

버지니아는 그가 당연히 집에 있을 거라 생각했다. 기껏해야 정원에 산책하러 나갔다 들어와 책을 끼고 거실 소파에서 하루 종일 빈둥거릴 거라 짐작했다. 설마 다른 계획이 있을 거라고는 눈곱만큼도 생각하지 않았다. 차가 없으니 당연히 걸어올 수밖에 없었겠지만 도보로는 한 시간쯤 걸리는 거리였다.

비가 억수처럼 쏟아지는 날에 시내까지 걸어서 올 만큼 중요한 볼일이 뭘까? 혹시 시내로 외출하던 잭을 만나 차를 태워달라고 부탁한 건가?

버지니아는 그 생각이 별로 마음에 들지 않았다. 워커 부부에게 남편이 집을 비운 사이 외간남자를 집에 들였다는 사실을 들키고 싶지 않았기 때문이다. 물론 킴을 집으로 데려갈 경우 더 이상 비밀에 붙일 수도 없었다. 다만 나탄이 토요일부터 집에 머물고 있었다는 사실만큼은 비밀로 해두고 싶었다.

버지니아는 커피숍 바로 뒤에 위치한 주차장으로 들어가 차를 세우고 방금 전에 본 그 남자가 나탄이 맞는지 확인하고 싶었다.

그 남자가 나탄이라는 걸 확인한들 무슨 소용이 있지?

그녀에게는 나탄의 행동을 통제하거나 하루 종일 무얼 하며 지냈는지 따져 물을 권리가 없었다. 차라리 몰래 미행을 하느니 나중에 만났을 때 지나가는 말처럼 물어보는 게 나을 듯했다.

시내에 나갔다가 지나가는 모습을 본 것 같은데 어디에 다녀오는 길이죠?

그 경우 나탄은 납득할 만한 해명을 하거나 병상에 있는 리비아를 지키지 않고 어딘가에서 커피를 마신 게 민망해 아예 사실 자체를 부인할지도 몰랐다.

나탄은 나와 아무런 상관도 없는 사람이야.

버지니아는 마음속으로 그렇게 말했지만 정말 그런지 확신이 서지 않았다.

8월 29일, 화요일

1

화요일 아침 7시 15분에 세 명의 경찰관이 현관문 초인종을 눌렀다. 경찰관들의 표정이 그리 좋아보이지는 않았지만 클레어는 잠시나마 희망을 품었다. 레이첼을 찾았다는 소식을 전해주러 왔을지도 모른다는 희망, 길을 잃고 헤매는 레이첼을 발견해 병원에서 치료를 받게 했다는 소식을 전해주기 위해 왔을지도 모른다는 희망…….

클레어는 이틀 밤낮을 한숨도 자지 못했다. 월요일 오후에는 너무 지쳐 잠깐 동안 졸다가 화들짝 놀라 다시 눈을 떴다. 어제는 폭우까지 쏟아지는 바람에 그녀는 거의 패닉상태에 빠져들었고, 의사가 두 번이나 왕진을 와서 진정제를 놓아주고 돌아갔다.

"비가 억수처럼 퍼붓고 있어. 레이첼이 비를 흠뻑 맞고 있을 거야."

클레어는 계속 중얼거리며 마룻바닥을 주먹으로 쾅쾅 내리쳤다. 로버트가 클레어를 진정시키려 했지만 소용없었다.

"레이첼이 비를 맞으며 바깥에 있어! 바깥에서 비를 흠뻑 맞고 있단 말이야!"

클레어는 목이 잠겨 더 이상 목소리가 나오지 않을 때까지 계속 같은 말을 반복했다. 마침내 그녀가 손톱으로 자신의 얼굴을 마구 할퀴기 시작했을 때 로버트는 두 번째로 의사를 불렀다.

주사를 맞고 나서야 클레어는 흥분이 가라앉았지만 눈빛에는 절망이 가득했다. 로버트의 입장으로는 클레어가 무슨 말인가 하려고 애쓰다가 밖으로 내뱉지 못하고 웅얼거리는 모습을 지켜보는 게 미쳐 날뛰는 모습을 지켜보는 것보다 차라리 더 힘들었다.

결국 월요일 저녁에 심리치료사가 집을 방문해 클레어의 심리상태를 살폈다. 로버트도 무너지기 일보직전이었다.

"아내가 진정제를 너무 많이 맞은 탓에 어린아이처럼 웅알이를 하고 있는데 이제야 심리치료사를 보내주다니요?"

로버트가 심리치료사 여자를 향해 불만을 토로했다.

심리치료사의 눈길이 클레어를 향했다. 손톱으로 할퀸 자국에서 피가 줄줄 흘러내렸고, 손과 손목에도 핏자국이 묻어 있었다.

클레어는 여전히 무슨 말인가 하려고 했지만 혀가 꼬이고 아랫입술이 아래쪽으로 축 늘어져 더 이상 말을 할 수 없는 상태였다.

"상처가 너무 끔찍해요!"

심리치료사가 안타까운 표정으로 말했다.

"아내의 심리상태가 매우 불안정해요. 비가 억수처럼 쏟아지고 기온이 뚝 떨어진 이후 상태가 점점 더 악화되고 있습니다."

"알겠습니다."

"아내가 칼로 자해하려는 걸 억지로 막았어요."

로버트의 목소리가 자기도 모르게 떨려나왔다.

"다른 아이는 어디 있죠? 레이첼의 동생이 있는 것으로 아는데요?"

"수는 지금 다운햄마켓에 있는 이모 집에 가 있어요."

"아주 잘하셨어요."

심리치료사가 간단히 먹을 걸 만들어와 로버트에게 권했다. 정원에 서서히 어둠이 깔리기 시작했고, 비가 세차게 쏟아지는 소리가 들려왔다. 레이첼이 사라진 지 이틀째 되는 저녁이었다.

로버트는 딸이 사라진 상황에서 빵과 토마토를 먹을 수 없어 그냥 와인만 세 잔 마셨다. 이 끔찍한 상황에서 조금이나마 위안이 되어준 게 있다면 바로 와인이었다.

로버트는 심리치료사와 유괴 가능성에 대해 이야기를 나눴다.

"만약 돈이 목적이었다면 레이첼을 유괴 대상으로 삼지는 않았을 거라는 생각이 들어요. 우린 부자가 아니거든요. 이 집만 해도 융자를 받아 구입했기 때문에 다달이 대출금을 갚아 나가고 있죠. 저는 회사에 컴퓨터프로그램을 설치하고 운영시스템을 직원들에게 교육시키는 일을 하고 있어요. 판매실적에 따라 급여를 받는데 요즘은 경기가 좋지 않아 힘든 편이죠. 클레어는 주로 집에서 아이들을 볼보며 프리랜서로 일하고 있어요. 가끔 《린 뉴스》에 연극이나 영화비평을 쓰고 있죠. 물론 형편이 아주 나쁘다고 할 수는 없지만 그리 넉넉한 편은 아니죠. 현재 상황에서 제가 바라는 건 레이첼이 우리 집 거실에 앉아 있는 겁니다. 두 번째로 바라는 건 레이첼이 길을 잃었다가 친절한 사람을 만나 집으로 돌아오는 겁니다. 세 번째로 바라는 건 차라리 누군가 돈을 노리고 레이첼을 유괴한 거예요. 그 경우 레이첼이 집으로 돌아올 수 있는 기회가 아직 남아 있을 테니까요."

심리치료사의 눈빛에 연민이 어렸다.

"가장 끔찍한 경우는 레이첼이 변태성욕자에게 잡혀 있는 거예요. 지난번 헌스탠턴 해변에서 실종된 사라가 어떻게 되었는지 아시죠?

레이첼이 사라처럼 변태성욕자에게 납치됐을지 모른다는 생각만 하면 눈앞이 캄캄해집니다."

로버트는 신음소리를 발하며 두 손으로 눈을 가렸다.

"물론 힘든 일이란 건 알지만 부모 중 한 사람은 반드시 정신을 차리고 있어야만 해요."

심리치료사가 그의 팔을 잡아주며 말했다.

로버트는 레이첼의 사진을 보여주며 딸아이에 대해 이야기했다. 밤 11시쯤 심리치료사가 돌아가고 나서 로버트는 서재로 가 인터넷을 검색했다. 새벽 3시에 클레어가 아래층에서 오가는 소리가 들려왔다. 진정제의 약효가 떨어져 몸을 움직일 수 있게 된 게 분명했다. 잠시 뒤 텔레비전 소리가 들려왔다.

텔레비전 뉴스라도 보고, 인터넷 검색이라도 하는 게 잠자코 있는 것보다는 차라리 나을지도 모르지. 심리치료사가 말한 대로 어떻게든 정신을 차리고 있어야 하니까.

세 명의 경찰관이 거실에 머물고 있었다. 가운 차림의 클레어는 모처럼 목욕을 하고 머리도 단정하게 빗었지만 손목과 얼굴에 생긴 상처 때문에 몰골이 말이 아니었다.

"레이첼과 관련해 새로운 소식이 있나요?"

클레어가 물었다. 어느새 목소리와 얼굴근육이 제대로 돌아와 있었다.

"우선 레이첼의 정확한 인상착의를 말해 주십시오."

로버트가 경찰에게 레이첼의 자세한 인상착의를 알려주었다. 키, 몸무게, 머리색, 피부색, 눈동자 색. 레이첼이 일요일에 입고 나간 옷까지 빠짐없이 이야기했다. 만약 경찰이 누군가를 발견한 경우 확인해야 할 거의 모든 사항이 망라되어 있었다.

"사실은 오늘 새벽에 조깅을 하던 사람이 여자아이의 시신 한 구를 발견했습니다. 어쩌면 그 아이가 레이첼일 가능성이 있습니다."

경찰이 곤혹스러운 표정을 지으며 집을 방문한 이유를 말했다.

클레어는 방금 경찰이 무슨 말을 했는지 깨달았다. 책이나 신문에서 흔하게 읽은 바로 그 상황이었다. 텔레비전에서도 비슷한 장면을 본 적이 있었다. 최근에 본 텔레비전 뉴스쇼프로그램이었다. 얼마 전 살해당한 사라의 엄마가 출연해 그녀의 삶을 송두리째 바꿔버린 비극에 대해 이야기했다. 그때 클레어는 자기한테도 그런 일이 닥칠지도 모른다는 섬뜩한 자각과 함께 리즈의 고통을 마음으로 느낄 수 있었다. 만약 그녀에게도 그런 일이 닥칠 경우 과연 견딜 수 있을지, 또 그런 일이 벌어진 뒤에도 계속 살아갈 수 있을지 자문한 적이 있었다. 그 당시 대답은 절대 그런 일이 일어나서는 안 된다는 것이었다. 그런 일이 발생해도 어쩌면 계속 숨을 쉬고 잠을 자고 밥을 먹을 수는 있겠지만 더 이상 살아 있는 거라 할 수는 없었다.

먹구름이 잔뜩 낀 8월의 어느 날, 남편 로버트와 함께 힘을 모아 마련한 작은 집 거실에 있는 지금, 클레어는 평온하고 이상적인 가정이었던 이 집이 별안간 무너지기 시작했다는 걸 절감했다.

"아이의 시신이 발견된 장소가 어디죠?"

"샌드링햄 성 근처에서 발견됐습니다. 공원과 바로 연결되는 지점입니다."

"샌드링햄 성이라면 우리 집에서 상당히 먼 곳인데요."

로버트가 말했다.

"어쩌면 레이첼이 아닐 수도 있습니다. 두 분 중 한 분이 경찰서로 함께 가서서 시신을 확인해 주어야 합니다."

"아이는 어떤 방식으로 살해됐나요?"

클레어가 물었다.

"부검결과가 나와 봐야 정확한 사인을 알 수 있겠지만 육안으로 식별 가능한 증거들을 볼 때 교살된 것으로 보입니다."

"혹시 성폭행을……."

"성폭행 여부는 부검결과가 나와 봐야 알 수 있습니다. 그럼 어느 분이 우리와 함께 가시겠습니까?"

"제가 가겠습니다. 클레어, 당신은 내가 다녀올 때까지 집에 있도록 해."

로버트가 경찰관들을 쳐다보며 말을 이었다.

"혹시 제가 집으로 돌아올 때까지 세 분 중 한 분이 제 아내 곁에 머물러줄 수 있습니까?"

"물론이죠."

2. 마이클

버지니아는 로마 여행을 다녀온 후 몇 주 동안 괴롭고 고통스러운 나날을 보냈다. 강의를 들으러 매일 학교에 나갔지만 무슨 내용인지 귀에 들어오지 않았다.

버지니아는 앤드류와 함께 했던 기억을 머릿속에서 깡그리 지우려고 애썼지만 뜻대로 되지 않았다. 그를 사랑했던 만큼 실망도 컸다. 영혼의 동반자를 잃는다는 것, 사랑하는 사람과의 미래를 포기해야 한다는 것, 그에게 감쪽같이 속았다는 사실은 그녀의 마음을 송두리째 흔들어놓았다.

노섬벌랜드에서 보낸 로맨틱한 주말이 떠올랐다. 앤드류는 그날로부터 열흘 뒤 수잔과 잠자리를 해 아이를 만들었다. 그런 생각이 들 때마다 버지니아는 미칠 것 같았다.

마이클에게는 기분이 우울하다며 이해를 구했다. 그는 항상 버지니아를 잃을지도 모른다는 공포감 속에서 살고 있었기 때문에 혹시 그녀를 떠나가게 만들지도 모르는 일은 아예 만들지 않았다.

여름이 끝나갈 무렵 마이클이 어린 시절 이후 단 한 번도 꺼낸 적이 없던 결혼 이야기를 다시 입에 올리기 시작했다. 어느 날 저녁 버지니아가 완강히 거부했지만 마이클은 킹스 칼리지 캠퍼스로 산책 나가는 그녀를 따라나섰다.

"마이클, 오늘은 정말 혼자 있고 싶어."

"난 너에게 할 이야기가 있어."

마이클이 평소와 달리 고집을 부리는 바람에 버지니아는 마지못해 동행을 허락했다. 이제 막 깎은 잔디밭에서 상큼한 풀냄새가 났고, 석양빛이 하늘을 붉게 물들이고 있었고, 강물과 대학의 담장들이 구릿빛으로 반짝였다.

버지니아는 혼자만의 생각에 빠져 지난 몇 달 동안 벌어진 일에 대해 생각했다. 너무 깊이 생각에 몰두하느라 옆에 마이클이 있다는 것조차 잊고 있었다. 그때 느닷없이 마이클이 말을 걸어오는 바람에 그녀는 움찔했다. 그녀가 다리 위 난간에 기대선 채 발밑에서 유유히 흘러가는 강물을 내려다보고 있을 때였다.

"내 아내가 되어 주지 않을래?"

마이클이 단도직입적으로 물었다.

버지니아가 눈을 동그랗게 뜨고 마이클을 쳐다보았다.

"뭐라고?"

마이클이 당혹스런 표정으로 미소를 지었다.

"내가 너무 직설적으로 말했나? 우리가 어릴 때부터 늘 원했던 일이잖아?"

"마이클, 우리는 지금 어린아이가 아니잖아!"

"너에 대한 내 감정은 조금도 변함이 없어."

"마이클……."

"네가 꿈꾸던 남자가 내가 아니라는 걸 알아. 나보다는 차라리 네가 약혼했던 캐나다 남자를 훨씬 매력적으로 생각하겠지."

버지니아의 머릿속에서 캐나다 남자는 이미 오래 전에 깨끗이 사라진 존재였다. 마이클은 그녀가 아직도 그 캐나다 남자를 그리워하고 있다고 여기는 눈치였다.

"그 남자는 수시로 폭력을 가했을 뿐만 아니라 알코올의존증이 있었어. 나와 결혼하면 적어도 그런 일은 없을 거야."

버지니아는 마이클을 안타까운 눈으로 바라보았다.

마이클, 난 아무런 자극이나 감흥이 없는 삶은 견디기 힘들어. 그렇게 살다가는 인생에서 가장 중요한 부분을 놓쳐버렸다는 생각에 미쳐버릴지도 몰라.

"내년에 일을 시작하면 정원이 딸린 단독주택을 마련할 거야. 그 집에서 함께 사는 거야."

"그게 무슨 소리야?"

"우리가 낳은 아이가 정원에서 맘껏 뛰어놀게 할 거야. 난 정말이지 아이를 간절히 원해. 너와 함께 제대로 된 가정을 만들어보고 싶어. 네 생각은 어때?"

마이클 혼자 너무 앞서 나가고 있었다. 버지니아 역시 결혼, 정원이 딸린 집, 출산에 대한 꿈과 기대를 갖고 있었지만 상대가 마이클은 아니었다. 앤드류와 함께 한 지난날의 추억들이 떠오르며 눈두덩이 뜨거워졌다. 버지니아는 마이클이 눈치 채지 못하도록 눈길을 다른 곳으로 돌렸다.

마이클은 그녀가 전혀 행복해하지 않는다는 걸 느낄 수 있었다. 그가 당혹스런 표정으로 그녀의 팔을 어루만졌다.

"내 제안이 널 당황하게 했다면 미안해. 다만 내가 널 사랑하기 때문이라는 것만 알아줘!"

며칠 뒤 버지니아는 캠브리지 중앙로를 걷다 앤드류를 만났다. 그는 매력적인 금발미녀와 동행하고 있었다. 여자의 배를 보니 출산이 임박했다는 걸 알 수 있었다.

앤드류는 버지니아와 눈이 마주친 순간 깜짝 놀라며 표정이 굳어졌지만 모른 척 시선을 돌리고 계속 걸어갔다. 버지니아는 가까운 카페로 들어가 의자에 털썩 주저앉았다. 그녀는 종업원이 주문을 받기 위해 다가왔을 때 넋 나간 표정으로 물끄러미 쳐다보기만 했다.

그동안 이름만 들었던 수잔을 보게 되었다. 앤드류의 놀란 표정과 재빨리 눈을 돌려 외면하던 모습을 생각하자 얼굴이 화끈거릴 만큼 수치심이 일었다.

내가 그런 남자와 미래를 꿈꾸었다니?

앤드류는 몇 달 동안 그녀를 속였고, 길에서 마주치자 마치 모르는 사람처럼 외면해버렸다.

그날 저녁 버지니아는 마이클에게 단독주택으로 함께 이사 가자고 말했다. 다만 이사 갈 동네가 캠브리지는 아니어야 한다는 조건을 내걸었다. 앤드류와 우연히라도 마주치지 않는 곳에서 살고 싶었다. 슈퍼마켓에 가는 길에 빽빽거리며 우는 아기를 유모차에 태우고 다정하게 걸어가는 앤드류와 수잔을 보고 싶지 않았다.

*

그들은 세인트 이베스로 이사했다. 캠브리지로 출퇴근이 가능한 거리였지만 길을 오가다 앤드류와 마주칠 일이 없는 곳이었다.

마이클은 캠브리지에 사는 장점들을 열거해가며 버지니아를 설득하려 했지만 실패했다. 사실 그는 내년 초 조교로 일하게 되어 있어 캠브리지에 집을 구하는 게 여러 모로 편리했다.

세인트 이베스의 단독주택은 아담한 크기로 벽난로가 있는 거실, 식탁을 들여놓을 수 있는 주방, 뒤뜰과 곧바로 연결되는 방이 두 개 있었다. 방 하나는 침실로 쓰고, 다른 방은 서재로 꾸몄다.

버지니아는 중고가구를 구입해 알록달록한 쿠션들로 보완작업을 했고, 창문에 달 커튼도 직접 만들었다. 정원에는 꽃을 심었고, 집주인과 협상해 앞마당의 울타리를 철거했다. 언덕에 자리 잡고 있는 집이라 앞마당이 경사면을 이루고 있었고, 앞마당 오른쪽에는 계단을 만들어 현관까지 올라가게 되어 있었다. 앞마당 왼쪽에는 차고로 이어지는 진입로가 있었다. 그들은 차가 없었기 때문에 차고를 오두막으로 개조해 각종 정원 용품들과 화분들, 종자가 들어 있는 상자 따위를 들여놓았다.

버지니아는 한동안 정원 가꾸는 일에 빠져 지냈다. 지금껏 단 한 번도 꽃과 나무를 가꾸고 싶다는 생각을 가져본 적이 없었기에 스스로도 깜짝 놀랄 정도였다.

내가 무의식적으로 마음을 치유할 방법을 찾고 있었던 거야.

공기가 신선한 정원에서 흙냄새와 풀냄새를 맡으며 일하는 게 좋았다. 애써 가꾼 식물들이 자라 꽃을 피우는 모습을 지켜보는 동안 앤드류와 관련해 겪어야 했던 아픔도 차츰 치유되어갔다.

월요일마다 강의를 들으러 갔고, 도서관에서 아르바이트 자리도 얻었다. 대학 캠퍼스를 벗어나는 일이 없었기 때문에 길에서 우연히 앤드류를 만날 가능성은 없었다. 세인트 이베스에서는 아무런 걱정 없이 산책을 했고, 규칙적으로 조깅을 하기 시작했다. 이웃사람들과도 어울리기 시작했다. 다들 친절한 사람들이었다.

버지니아는 몇 년 만에 처음으로 마음의 평화를 되찾았다.

마이클은 한동안 결혼에 대해 아무 말도 하지 않더니 해가 바뀌자 이전에 말했던 가족과 아이 이야기를 거론하기 시작했다. 마치 세상의 관심사라고는 온통 결혼과 출산, 육아뿐인 사람 같았다.

"지금은 아이를 원하지 않아."

마이클이 아이 이야기를 꺼낼 때마다 버지니아는 늘 신경질적으로 반응했다. 그런 반응이 오히려 마이클을 자극했다.

"우리의 결혼과 출산을 마냥 늦출 수 없어. 무작정 세월만 보내다가 어느 순간 너무 늦었다는 걸 깨닫게 될 테니까."

"우린 겨우 20대 초반이야. 아직 시간은 충분해."

"우린 곧 20대 중반이 돼!"

"20대 중반이 어때서? 게다가 우린 아직 학생이잖아."

"난 올해 졸업하게 돼."

"대학을 졸업하고 나면 유모차 미는 일만 남았다는 뜻이야? 애초부터 그럴 생각이었다면 차라리 대학에 들어가지 말았어야지."

심각한 논쟁은 가끔 싸움으로 이어지다가 병적인 침묵으로 막을 내렸다.

"아이는 차츰 낳는다고 해도 결혼은 빨리 할 수 있잖아?"

"결혼을 한다고 달라질 게 뭐가 있지?"

"일단 서로에 대한 믿음이 생길 거야."

"난 그런 믿음 따윈 필요 없어."

버지니아는 진실을 털어놓아야 한다고 생각했지만 늘 머뭇거리기만 했다.

마이클, 난 너와 결혼하고 싶지 않아.

이웃에 젊은 부부가 이사를 왔고, 마이클은 그 집 사람들과 친하게 지냈다. 특히 일곱 살짜리 아들 토미가 마이클의 마음을 사로잡았다.

"토미 같은 아들이 있었으면 좋겠어."

마이클의 입에서 자주 그런 말이 튀어나왔다.

"아이가 그토록 간절하게 필요하면 나 말고 아이를 낳아줄 수 있는 여자를 찾아봐!"

버지니아는 진저리를 치며 그렇게 말했다.

마이클은 그 이후 다시는 아이 이야기를 꺼내지 않았다.

버지니아는 마이클과 언제까지 살아야할지 고민되기 시작했다. 그녀는 앤드류에게서 받은 상처가 아물고, 자신감과 욕망을 되찾게 되면 마이클을 떠나게 될 거라는 사실을 알고 있었다. 마이클과 결별할 생각을 하면 양심의 가책이 느껴졌지만 그 역시 오래 전부터 이별을 예감하고 있었을 거라 치부하며 마음을 달랬다.

지금껏 함께 있어준 것만으로도 내겐 힘든 일이었어.

이웃집 꼬마 토미는 그들의 집에서 살다시피 했다. 저녁 때 그들이 캠브리지에서 돌아오면 토미가 현관문 앞에서 그들을 기다리고 있었다.

마이클은 곧장 토미를 향해 달려가 하늘 높이 들어 올린 다음 허공에서 빙글빙글 돌렸다. 그는 토미와 함께 텔레비전도 보고, 컴퓨터로 오락도 했다. 그가 여름에 차를 사자 토미는 큰 관심을 보였다. 그는 토미와 몇 시간씩 차에서 시간을 보내는 경우가 많았다.

마이클은 토미에게 차의 시동을 거는 방법을 가르쳐주었다. 차의 시동을 건 토미는 마치 몬테카를로 자동차경주대회에 참가해 우승한 카레이서라도 된 듯 의기양양한 표정을 지었다.

마이클은 누군가를 좋아하게 되면 완전히 집착하는 타입이었다. 지난 몇 년 동안에는 그녀에게 집착했고, 이제는 토미에게 푹 빠져 있었다. 그는 일단 한 번 마음에 든 사람은 영원히 곁에 묶어두고 싶어 했다.

집착은 성숙한 어른의 자세가 아니야.

마이클의 집착은 버지니아에게 자유라는 선물을 가져다주었다. 마이클이 토미와 함께 시간을 보내는 동안 그녀는 맘껏 자유로운 시간을 보낼 수 있었고, 결혼 이야기에서 벗어날 수 있어 좋았다. 토미 덕분에 아이를 갖고 싶다는 집착도 잦아들었다.

어느 날 마이클이 차고에 있는 물건들을 몽땅 치워버리고 차고지로 사용해야겠다고 말했다.

"토미가 차를 너무 좋아해. 내가 집에 없을 때 토미가 차에 올라 핸드브레이크를 풀어버릴까 봐 겁이 나. 비탈길에서 핸드브레이크를 풀 경우 곧장 아래쪽으로 돌진하게 될 테니까."

차고는 버지니아의 정원용 장비들을 넣어두는 창고로 사용해오고 있었다.

"정원용 장비들을 옮겨둘 장소가 마땅치 않잖아? 토미가 차에 환장하도록 만들어놓은 사람이 누군데 이제 와서 차고에 있는 내 장비들을 빼라는 거야?"

마이클은 언제나 그랬듯 싸움이 되기 일보직전에 발을 뺐냈다.

"차고 이야기는 없던 걸로 할게. 그 대신 자동차 문이 잘 잠겨 있는
지 수시로 신경 써주면 고맙겠어. 그럼 아무런 문제도 없을 테니까."

"알았어, 신경 쓸게."

마이클이 미소를 지었다.

"이 집에서 너랑 함께 사는 게 얼마나 행복한지 몰라."

네가 날 얼마나 지루하게 하는지 모르지?

버지니아는 마이클을 보며 그렇게 생각했다.

3

"마이클은 나와 결혼해 아이를 갖고 싶다는 소망이 좌절되긴 했지
만 대체로 세인트 이베스에서의 생활에 만족했어요. 나는 정원 가꾸
는 일에 몰두했고, 마이클을 생각할 때마다 끊임없이 양심의 가책을
느꼈죠."

그들은 주방 식탁에 앉아 벌써 커피를 네댓 잔쯤 마셨다.

나탄이 아침을 준비하겠다고 했지만 버지니아는 전혀 배가 고프지
않다며 고개를 저었다. 아직 이른 새벽이었고, 비는 그쳤지만 가을이
성큼 다가와 있었다. 창문 앞에 드리워진 잎이 무성한 나뭇가지에서
빗방울이 뚝뚝 떨어졌다.

버지니아는 새벽 6시에 조깅을 하며 정원을 몇 바퀴 돌았고, 지금은
몸을 따스하게 유지하기 위해 풀오버에 두터운 양말을 신고 있었다.
실내온도가 썰렁해 난방을 가동해야할지 말지 고민했지만 결국 하지
않기로 했다.

아직 8월이야. 난방장치를 가동하기에는 일러.

버지니아가 커피머신으로 커피를 내리고 있을 때 나탄이 주방에 나타났다. 그 순간 버지니아는 그가 반갑게 느껴졌고, 그런 생각을 하는 자신에게 몹시 놀랐다.

버지니아는 평소 아침마다 주방에 앉아 커피를 마시며 혼자 시간을 보내는 게 호젓하고 좋았는데 지난 며칠 사이 주목할 만한 변화가 생겼다. 혼자 시간을 보내는 게 생각보다 즐겁지 않았다. 혼자가 되면 자꾸만 불안한 생각이 떠오르며 견디기 힘들어졌다. 밤에는 잠을 이루지 못하고 엎치락뒤치락 베개에 머리를 파묻었고, 낮에는 자꾸만 떠오르는 옛 기억들 때문에 마음이 괴로웠다.

물론 그 이유가 뭔지 알고 있었다. 마이클에 대한 기억을 더 이상 마음속에 가둬둘 수 없었다. 오래도록 봉인해둔 기억의 빗장을 푸는 순간 예상보다 훨씬 더 강력한 파장이 터져 나왔다.

버지니아는 주방 식탁의자에 앉아 마이클에 대한 이야기를 이어갔다. 도대체 왜 잘 알지도 못하는 남자 앞에서 그동안 비밀스럽게 간직해온 마이클의 이야기를 털어놓고 있는지 알 수 없었다. 어쩌면 낯선 사람이라는 점이 오히려 경계심을 늦추게 했는지도 모르지만 단지 그 이유 때문만은 아닌 듯했다. 나탄은 그녀의 마음을 움직였다. 다만 어떤 방식으로 움직였는지는 그녀 자신도 모를 일이었다.

"당신은 지금 그 당시와 비슷한 상황을 겪고 있군요."

버지니아는 언뜻 그 말이 무슨 뜻인지 이해하지 못했다.

"비슷한 상황을 겪다니요?"

"12년 전, 버지니아도 주변사람들과의 사이에서 행복을 느끼지 못했죠. 지금 당신은 겉으로는 대단히 안정되고 평화로워 보이지만 그런 삶을 원하는 것 같지는 않네요."

버지니아는 커피 잔을 손으로 감싸 쥐었다.

이 남자가 내 인생을 제대로 꿰뚫어보고 있는 걸까?

버지니아가 그런 생각을 하고 있을 때 주방문이 열리며 잠옷차림에 맨발인 킴이 안으로 들어왔다. 킴의 손에 전화기가 들려 있었다.

"아빠한테 온 전화야."

너무 깊이 대화에 몰두하는 바람에 전화벨소리를 듣지 못한 게 분명했다.

어제 프레데릭은 전화하지 않았다. 디너파티가 그들 부부 사이의 원활한 대화를 가로막고 있었다.

"어젯밤에는 잘 잤어?"

"그럭저럭 잘 잤어."

"어젯밤에는 당신을 너무 압박하는 인상을 주게 될까봐 전화하지 않았는데 킴이 방금 아주 이상한 이야기를 전해주더군. 나탄 모어가 우리 집에 와 있다는 게 사실이야?"

킴이 언젠가 아빠에게 그 이야기를 할 거라 짐작했지만 이렇게 빨리 알게 될 줄은 몰랐다.

"그래, 그가 지금 우리 집에 와 있어."

"언제부터 와 있었지?"

이왕 일이 이렇게 된 이상 거짓말을 하고 싶지 않았다.

"토요일부터 와 있었어."

전화선 너머에서 프레데릭이 깊게 한숨을 쉬는 소리가 들려왔다.

"토요일부터 와 있었는데 왜 나에게 아무 말도 하지 않았지?"

"그 이야기를 해 당신의 기분을 상하게 하고 싶지 않았어."

"나탄 모어의 부인은 어떻게 됐어?"

"리비아는 지금 킹스린 병원에 입원해 있어. 충격이 심해 스카이 섬에서는 도저히 치료를 받을 수 없었나봐."

"치료를 받으려면 독일로 갔어야지 왜 아무런 연고도 없는 킹스린 병원으로 왔대?"

버지니아 자신도 도무지 이해가 안 되는 일이라 설명할 방법이 없었다.

"나도 잘은 모르지만 독일로 돌아갈 여비가 부족했을 수도 있겠지."

"그건 그렇고 디너파티는 어떻게 할 거야?"

마지막 순간까지 런던에 간다는 약속을 미루고 싶었다. 일단 입 밖으로 내뱉고 나면 주워 담을 수 없으니까. 그렇지만 나탄 문제로 기분이 몹시 상해 있는 남편의 기분을 달래주고 싶었다.

"어제 낮에 새 드레스를 한 벌 샀어. 금요일 디너파티에 가기로 결정했어."

잠시 전화선 너머에서 침묵이 흘렀다.

"그 말이 틀림없는 사실이야?"

프레데릭이 놀란 목소리로 물었다.

"당신만 괜찮다면 목요일에 런던에 갈 거야. 금요일에 런던에 도착해 곧바로 파티에 참석하기보다는 목요일에 여유 있게 올라가는 편이 나을 것 같아."

프레데릭은 말문이 막히는 듯 잠시 침묵하다가 그녀가 민망할 정도로 행복해했다. 그는 사소한 일에 행복을 느끼는 사람이었다.

"당신은 지금 내가 얼마나 행복해하는지 모를 거야."

"당신이 행복하다니까 나도 기뻐."

나탄은 그녀의 말이 진심이 아니라는 걸 알 수 있었다.

"기차 편으로 올 거야?"

"기차가 편할 것 같아. 기차시간은 나중에 전화로 알려줄게."

"런던에 오면 함께 외출해 근사한 레스토랑에서 맛있는 식사를 하고 나서 나이트클럽에도 가고 싶어. 당신 생각은 어때? 우리가 함께 춤을 춰본 게 언제인지 기억이 가물가물할 지경이야."

"좋은 생각이야."

버지니아는 벌써 두통이 시작되려고 했다.

"킴은 그레이스에게 맡길 거야?"

"그레이스와 이야기를 나눠보지는 않았지만 별 문제없을 거야. 그레이스는 킴을 정말 좋아하니까."

"그래, 그레이스가 킴을 잘 돌봐줄 거야."

프레데릭이 마치 주문을 외우듯 그렇게 말했다.

"내가 다시 전화할게."

"버지니아, 할 이야기가 있었는데 오늘은 하지 않을게."

아마 나탄에 대한 이야기였을 것이다.

나탄을 언제까지 집에 머무르게 할지 궁금했을 거야.

"엄마, 난 그레이스 아줌마 집에 가는 거야?"

킴이 큰 소리로 묻고 나서 신이 나는 듯 껑충껑충 뛰었다.

"아저씨랑 아줌마가 허락할 경우 그렇게 한다는 뜻이야."

킴이 환호했다. 그레이스는 늘 킴을 반갑게 맞아주었고, 쿠키도 구워 주고, 집에 있을 때보다 텔레비전도 더 많이 볼 수 있게 해주고, 핫초코도 원하는 만큼 실컷 먹을 수 있게 해줄 테니 아이가 환호하는 건 당연했다.

"모레 런던에 갑니까?"

나탄이 물었다.

"목요일이 되기 전에 당신은 다른 숙소를 알아봐야 할 것 같아요."

"목요일이 되기 전까지 그렇게 하죠."

두 사람은 서로의 얼굴을 쳐다보았다. 그가 그녀를 강렬하게 쏘아보았다. 그 순간 버지니아는 자기도 모르게 얼굴이 후끈 달아올랐다. 그녀는 온몸이 뜨거워지는 바람에 몹시 당혹해하며 이마 위로 흘러내린 머리카락을 쓸어 올렸다.

나탄은 말로는 표현하지 못할 뭔가를 갖고 있었다. 단순한 행동하나하나에까지 강렬한 인상이 묻어났다.

리비아와 병실을 같이 쓰는 여자들이 한 말이 떠올랐다. 나탄은 분명 강렬한 성적 에너지를 발산하는 남자였다. 지난번 거실에서 경험해본 바에 따르면 등을 쓰다듬는 행위만으로도 섹스에 버금 갈 만큼 강렬한 자극을 전하는 능력이 있었다.

"엄마, 지금 당장 그레이스 아줌마한테 가서 물어봐도 돼?"

"물론 그래도 되지만 엄마가 나중에 다시 한 번 말씀드릴 거라고 해. 그레이스 아줌마에게 가려면 옷부터 갈아입어야지."

킴이 재빨리 2층으로 사라졌다.

"당신은 진심으로 런던에 가고 싶습니까?"

"런던에 가서 남편과 함께 디너파티에 참석할 예정이에요."

단호한 목소리와 차가운 눈빛을 유지하려 했지만 두 가지 다 실패했다.

"디너파티가 몹시 기대됩니까?"

"당연하죠. 그러면 안 될 이유라도 있나요?"

버지니아는 갑자기 담배를 피우고 싶은 충동을 느꼈다. 따뜻한 담배 연기와 긴장을 풀어주는 니코틴 냄새를 맡고 싶었다.

담배를 어디에 보관해 두었더라?

눈치 빠른 나탄이 바지주머니에서 구겨진 담뱃갑을 꺼내 건넸다.

"피워보세요. 가끔은 담배가 도움이 될 때도 있죠."

버지니아가 담배를 한 개비 꺼내 입에 물자 나탄이 라이터로 불을 붙여 주었다. 우아한 은색 라이터였다. 그의 손가락이 팔에 살짝 닿았을 때 온몸에 소름이 돋았다.

"담배는 어디서 났죠?"

"어제 킹스린에 나갔을 때 샀어요."

어제 오전에 혹시 킹스린의 카페에 들렀는지 묻는다는 걸 깜빡 잊었다.

어제 저녁, 그들은 함께 요리도 하고 식사도 했다.

식사 후에는 킴과 식탁에 앉아 게임을 하며 시간을 보냈다. 분위기가 어찌나 유쾌하던지 오전에 카페 앞에서 그를 발견했을 당시 얼마나 기분이 혼란스러웠는지 기억하지 못했다.

"사실은 어제 킹스린 시내에 나갔다가 카페 앞에 있는 당신을 봤어요. 시내에 나갈 거라는 말을 듣지 못했기 때문에 깜짝 놀랐죠."

"킹스린 시내에 나가보겠다고 미리 말했어야 하는지 몰랐습니다."

버지니아가 황급히 담배를 한 모금 빨았다.

"물론 반드시 이야기해야 하는 건 아니겠죠. 다만 좀 놀랐을 따름이에요."

"혼자 집에 있자니 너무 심심해 두어 시간쯤 킹스린 시내의 카페에 앉아 신문을 읽었습니다."

"차도 없이 그 먼 곳까지 걸어갔나요?"

"저는 걷는 걸 좋아하죠."

"억수처럼 쏟아지는 비를 맞으며 걷는 게 좋아요?"

"억수처럼 쏟아지는 비는 아무런 문제도 되지 않죠."

나탄도 담배에 불을 붙인 다음 말을 이었다.

"이제 방으로 올라가 일을 좀 해야겠어요."

"글을 쓰게요?"

"직업이 글쟁이니까 돈을 벌려면 일을 해야죠."

"요즘은 무슨 글을 쓰죠?"

"세계일주에 관한 글을 쓰고 있어요."

"안타깝게도 세계일주를 마치지 못했잖아요?"

"일단 배가 침몰하는 이야기부터 써보려고요. 세계일주 여행이 계획대로 되지는 않았지만 조만간 다시 도전할 겁니다."

"이제 당신은 여행을 계속할 수 없게 되지 않았나요?"

나탄이 그녀를 힐끔 쳐다보았다.

"처음 계획대로 진행되지는 않겠지만 완전히 다른 여행을 할 생각입니다."

"언젠가는 그 책을 볼 수 있는 날이 오겠죠?"

"반드시 그런 날이 올 겁니다."

두 사람은 말없이 담배를 피웠다. 연기가 주방에 떠다녔고, 킴이 현관에서 후다닥 뛰어나가는 소리가 들려왔다. 창밖의 나무들이 긴 그림자를 드리우며 저택의 벽을 쓰다듬고 있었다.

하늘을 볼 수 있도록 나무를 몇 그루 베어 내야겠어.

버지니아는 그런 생각을 하다가 문득 다른 생각이 떠올랐다.

런던에 가고 싶지 않아.

*

"나도 30분 전에 라디오에서 뉴스를 들었어요. 정말이지 너무나 끔찍한 일이에요."

그레이스는 주방에 서 있었고, 창문에는 꽃무늬 커튼이 드리워져 있었다. 거실 구석에 놓인 소파 위에서 살찐 고양이 한 마리가 잠들어 있었다. 벽에는 마른 라벤더 꽃다발이 몇 개 걸려 있었고, 흰색 페인트를 칠한 선반 위에는 왕실 사람들 사진이 박힌 고급 찻잔들이 진열돼 있었다. 그레이스가 오랫동안 공들여 모은 수집품들이었다. 찰스 황태자가 엘리자베스 여왕 옆에서 미소 짓고 있었다. 그 옆에 세 살 난 윌리엄 왕자가 서 있었다. 여왕 즉위 50주년 기념 찻잔이었다. 그레이스는 날마다 정성스레 찻잔의 먼지를 닦아냈다.

버지니아는 번번이 그녀의 정성스런 손길에 놀라곤 했다.

잭은 낡은 싱크대 아래에서 등을 대고 누워 있는 바람에 상체는 거의 가려져 있다시피 했고 두 다리만 보였다.

잭이 작은 소리로 욕설을 내뱉었다.

"당신 손만 닿으면 뭐든 잘 망가지나봐. 적어도 일주일에 한 번씩 바닥에 드러누워 빌어먹을 배관을 뚫어야 하는 내 신세가 처량하기 그지없어. 오늘은 또 뭐 때문에 배관이 막힌 거야?"

부글부글한 거품이 개수대 가장자리까지 올라와 있었다.

"배관이 너무 낡아 막히는 걸 난들 어쩌겠어요. 정말이지 이제는 설거지하는 게 무서워요. 물이 쫄쫄거리며 내려가다 결국에는 완전히 막혀버리거든요."

"엄마, 그레이스 아줌마가 나 여기 있어도 된다고 했어."

소파 앞에 웅크리고 앉아 잠든 고양이를 내려다보고 있던 킴이 말했다.

"정말 킴을 맡겨도 괜찮겠어요? 목요일 낮부터 토요일 저녁까지 맡아주면 돼요."

"아무 문제없어요. 잭과 내가 아이들을 얼마나 좋아하는지 아시잖아요?"

잭이 동의한다는 뜻으로 고개를 끄덕였다.

"그레이스, 요즘 유괴사건이 자주 발생하는 만큼 킴이 혼자서 집밖으로 멀리 나가지 못하게 해줘요."

30분 전, 그레이스는 라디오에서 얼마 전 실종된 레이첼 커닝햄이 샌드링햄성 공원 바로 뒤쪽에서 시신으로 발견됐다는 뉴스를 들었다. 경찰은 레이첼이 성폭행을 당했는지 여부는 밝히지 않았다.

"경찰은 사라와 레이첼을 살해한 범인이 동일범이라고 추측하고 있나요?"

버지니아가 여전히 작은 소리로 물었다. 킴은 그르렁거리는 고양이의 배를 쓰다듬느라 어른들의 대화에는 관심이 없어 보였다.

"아직 경찰은 판단을 유보하고 있어요. 하지만 킹스린에 사는 여자아이 두 명이 며칠 사이로 살해되었으니 동일범의 소행일 가능성이 매우 높다고 봐야죠. 만약 레이첼도 성폭행을 당했다는 검사 결과가 나올 경우 이 근처에서 변태성욕자가 못된 짓을 하며 돌아다니고 있다고 봐야겠죠."

"사라는 이제 겨우 네 살이었고, 레이첼은 여덟 살이었어요."

"변태성욕자는 나이가 많든 적든 따지지 않잖아요."

킴은 일곱 살이었다. 버지니아는 그레이스와 잭이 킴을 잘 보살펴 줄 거라 믿었지만 두 사람은 이제 젊은 나이가 아니었다. 그 반면 킴은 에너지가 넘치는 아이였다. 천방지축으로 정원을 뛰어다니다가 나무 위로 기어 올라가기 일쑤였고, 다람쥐에게 줄 먹이를 나무에 매달아 주고, 인형을 재우기 위해 비밀동굴을 만드는 아이였다. 물론 정원은 높은 담장으로 둘러싸여 있었지만 누군가 작정하고 넘으려고 할 경우 완벽하게 차단할 수는 없었다. 집에서 약간만 멀어질 경우 얼마든지 변태성욕자의 마수에 걸려들 수 있다는 뜻이었다.

하필이면 이런 때에 런던에 가야 하다니?

버지니아는 런던에 가고 싶지 않았다. 런던에 가야 한다는 생각만 하면 벌써부터 기분이 우울해졌다.

프레데릭에게 전화해 런던에 가지 못하겠다고 할까?

킹스린에서 벌써 여자아이가 둘이나 납치 살해되었다.

사태가 이러할진대 부득이 디너파티 참석을 포기해야겠다고 말할까?

프레데릭은 관리인 부부를 잘 알고 있었고, 아무리 엄마라 하더라도 두 사람만큼 킴을 잘 보살펴주지는 못하리란 것도 잘 알고 있었다.

버지니아가 무슨 생각을 하고 있는지 눈치 챈 듯 그레이스가 그녀의 팔에 손을 얹어놓았다.

"너무 걱정하지 말아요. 꼬마 아가씨에게 절대로 위험한 일이 발생하지 않도록 각별히 유념할 테니까요. 한시도 눈을 떼지 않고 킴을 돌보겠다고 약속할게요."

잭이 신음을 토하며 개수대 밑에서 기어 나왔다.

"쿠엔틴 부인, 킴이 우리 부부와 있으면 안전할 테니까 걱정하지 마세요. 만약 변태 녀석이 정원에 나타날 경우 총으로 쏘아버리겠습니다."

"잭, 아이가 들으면 놀랄 수도 있으니까 그만하세요."

잭이 혼자서 알아들을 수 없는 말을 투덜거리며 나사를 조이더니 커튼 아래쪽에 있는 어둠 속으로 기어들어갔다.

킴은 여전히 고양이의 털을 쓰다듬고 있었다.

버지니아는 결국 런던 여행을 취소할 만한 명분을 찾지 못했다.

프레데릭은 8월 31일 목요일 정각 16시 15분에 런던의 킹스 크로스역에 내린 그녀를 맞이하게 되리라.

버지니아는 갑자기 울음이 터져 나오려고 하는 바람에 황급히 관리인 부부에게 작별인사를 고하고 킴의 손목을 잡아끌듯이 하며 그 집을 빠져나왔다. 그녀는 빽빽한 나무들이 빛을 차단해 주는 곳, 이 세상 모든 위험으로부터 보호해주는 저택의 주방으로 한시바삐 돌아가고 싶었다.

8월 30일, 수요일

1

리즈는 병가를 내도 괜찮을지 고민했지만 그녀의 사정을 익히 알고 있는 의사는 당연하다는 듯 이렇게 말했다.

"당신에게는 지금 휴식이 필요합니다. 당분간 일을 그만두는 게 좋겠습니다. 물론 그렇다고 집 안에만 틀어박혀 있어서는 곤란합니다. 당분간 심리치료사의 도움이 필요합니다."

의사가 심리치료사들의 이름과 주소가 적힌 메모를 한 장 건네주었다. 주로 범죄 피해자들과 가족들의 심리치료를 전문으로 하는 사람들이었다. 리즈가 엄마에게 당분간 심리치료를 받아야 할 것 같다고 하자 당장 조롱 섞인 비웃음이 돌아왔다.

"돌팔이들을 만나서 뭐하게? 그 인간들은 어떡하면 환자들에게 돈을 뜯어낼 수 있을지 궁리하며 입으로만 헛소리를 늘어놓지."

"심리치료사를 만나보는 게 도움이 될 수도 있어. 요즘 매일 밤 사라에 대한 꿈을 꿔. 그때마다 회전목마를 태워주지 않은 게 후회돼 숨이 막힐 지경이야."

베치 알비가 한심하다는 듯 한숨을 푹 내쉬었다.

"제발 회전목마 이야기는 그만해. 설령 네가 회전목마를 태워줬다고 하더라도 사라가 살아 있으리라는 보장은 없어."

사라에게 회전목마를 태워주지 않은 걸 생각하면 리즈는 눈물을 참을 수가 없었다. 사라의 마지막 소망을 들어주지 못했기 때문이었다. 리즈는 매점에 다녀오느라 사라를 혼자 방치해두었던 것보다 회전목마를 태워주지 않은 게 더 후회스러웠다.

애초에 기대도 하지 않았지만 리즈는 결국 엄마에게 아무런 위로도 받지 못했다. 베치 알비는 손녀딸이 끔찍하게 살해됐다는 사실을 까맣게 잊어버린 듯했다. 사실은 베치 알비 역시 나름의 방식으로 사라를 잃은 고통을 잊으려 애쓰고 있었다. 평소보다 술이 더 늘었고, 텔레비전은 이제 거의 스물네 시간 켜져 있었다. 리즈가 간혹 새벽 3시쯤 눈을 떠보면 베치 알비 혼자 텔레비전 앞에 우두커니 앉아 있었다. 텔레비전을 유난히 좋아하는 편이긴 했지만 사라가 살해되기 전만 해도 밤이 깊어지면 작은 소리로 코를 골며 잠에 빠져들곤 했었다.

사라에게 벌어진 사건이 신문에 대문짝만 하게 실리는 바람에 리즈는 어느 정도 유명세를 타고 있어 심리치료사와 즉시 상담약속을 잡을 수 있었다.

상담을 시작한 첫날, 리즈는 도망치듯 상담실을 뛰쳐나왔다. 리즈가 아버지의 얼굴은 기억도 나지 않을뿐더러 함께 한 시간이 짧아 이야기할 만한 가치가 없다고 말했음에도 심리치료사는 계속 아버지와의 관계만 캐물었다.

상담 두 번째 날, 리즈는 소파에 앉아 심리치료사를 붙잡고 목청껏 비명을 지르는 연습을 했다. 그녀는 소리 지르는 걸 몹시 힘들어 했고, 심리치료사는 그 점을 매우 의아하게 생각했다. 리즈는 구취가 심할

뿐더러 앞으로 서너 달 동안 계속 크게 소리를 질러보라고 요구하는 남자를 붙잡고 더는 비명을 지르고 싶지 않았다.

리즈는 더 이상 심리치료사를 찾아가지 않기로 했다. 그러자 의사가 우려했던 일이 현실이 되었다. 리즈는 집에서 혼자 우두커니 생각에 빠져드는 일이 잦아졌다. 이대로 지내다가는 조만간 술병을 집어 들거나 텔레비전을 켜두고 멍하니 앉아 있게 될 게 불을 보듯 뻔했다. 하루 종일 창밖을 내다보며 사라의 짧은 인생을 담은 사진들을 끌어안고 사는 것 역시 바라지 않았다. 리즈의 품에 안겨 순진무구하고 따뜻한 눈빛으로 엄마를 쳐다보는 사라, 처음 걸음마를 떼던 순간의 사라, 옹알이를 시작할 무렵의 사라, 놀이터에서 뛰어놀다 넘어져 '엄마아!' 하며 소리쳐 부르던 사라가 사진 속에 고스란히 들어 있었다.

사라가 넘어져 울음을 터뜨려도 재빨리 달려가 일으켜주며 달래주지도 않았던 엄마였다. 자주 신경질을 내고 욕설을 내뱉었으며 사라가 소중한 시간을 모두 빼앗아간다며 허구한 날 불평을 늘어놓던 엄마였다.

그럼에도 리즈는 사라와의 사이에 분명 강한 유대감이 존재하고 있었다는 사실을 깨달았다. 그녀가 예상했던 것보다 훨씬 더 크고 강렬한 유대감이었지만 이제 사라는 이 자리에 없었다. 기나긴 하루의 매 순간마다 리즈는 사라가 없다는 사실이 얼마나 마음을 쓰라리게 하는지 실감했다.

리즈는 심리치료사가 아니라 무슨 일이 있었는지, 또 자신이 얼마나 사라에게 몹쓸 짓을 저질렀는지 차분히 앉아 들어줄 사람이 필요했다. 그녀는 잡화점 카운터 일을 포기하고 다른 일자리를 찾아보는게 어떨지 고민했다. 그 순간 문득 한 가지 생각이 머리를 스치고 지나갔다. 어제 텔레비전에서 킹스린에 사는 레이첼이 살해됐다는 뉴스를 보았다. 오늘 아침 신문에도 그 기사가 실려 있었고, 오후에 경찰이 기자회견을 한다는 소식이 나와 있었다. 벌써부터 언론에서는 사라 알비 사건과 레이첼 커닝햄 사건의 연관성에 대해 언급하고 있었다. 성폭행 여부는 아직 공개되지 않았지만 기자들은 벌써부터 두 사건이 동일범에 의해 저질러졌을 가능성에 대해 비중 있게 다루고 있었다.

'다음 희생자는 누구일까?'

어느 신문의 헤드라인이었다.

'우리 아이는 과연 안전한가?'

또 다른 신문의 헤드라인이었다.

레이첼의 사진이 신문에 도배되다시피 실려 있었다. 예쁘장하게 생긴 긴 머리의 여자 아이가 환하게 미소 짓고 있었다.

리즈는 레이첼의 엄마가 지금 어떤 기분일지 알 것 같았다.

레이첼의 엄마를 만나 이야기를 나누어보는 건 어떨까?

그때부터 리즈는 레이첼의 엄마를 만나보고 싶다는 생각에 사로잡혔다. 딸아이가 시신으로 발견된 지 겨우 스물네 시간밖에 안 된 엄마에게 연락을 취한다는 건 너무 이르다는 걸 알고 있었다. 언론의 관심이 커닝햄 가족에게 집중돼 있을 테고, 그들은 당분간 어느 누구의 전화도 받지 않으리라. 어쩌면 아예 전화번호를 바꿀 가능성도 있었다.

리즈는 전화번호부와 전화기를 들고 사라가 쓰던 방으로 들어갔다. 베치 알비는 텔레비전 앞에 앉아 아무 것도 눈치 채지 못했다. 전화번호부에 커닝햄이라는 성을 가진 사람이 몇 명 나와 있었다. 리즈는 신문기사를 통해 레이첼 아버지의 이름이 로버트라는 걸 알고 있었다. 그녀는 'R. 커닝햄'이라는 이름과 '커닝햄 Robert'라는 이름에 주목했다. 먼저 두 번째 사람에게 전화를 걸었다.

리즈는 곤란한 상황이 발생하면 언제든지 전화를 끊어버리면 그만 이라고 자신의 마음을 다독였다.

전화벨이 아주 오랫동안 울렸고, 포기할까 말까 망설이고 있을 때 어떤 남자가 전화를 받았다.

"여보세요?"

조심스러운 목소리였다.

"커닝햄 씨죠?"

"누구시죠?"

"저는 리즈 알비라고 합니다."

전화 건 사람이 누구인지 알아차릴 시간을 주기 위해 리즈는 잠시 말을 끊고 기다렸다.

"아, 리즈 알비 씨라면 얼마 전 시신으로 발견된 사라 알비의 엄마 시군요."

"지금 전화 받으시는 분은 레이첼 커닝햄의 아빠 되시죠?"

남자는 아직 의심을 거두지 못한 눈치였다.

"리즈 알비 씨가 맞습니까? 혹시 신문기자는 아니겠죠?"

"맹세코 저는 리즈 알비가 맞아요. 그냥 당신들의 심정을 충분히 이 해한다는 말을 전하고 싶어 전화했습니다. 레이첼의 일은 정말 유감 이에요."

"고맙습니다."

"지금 기분이 어떠신지 알고 있어요. 제가 어떤 말을 해도 아무런 도움도 되지 않는다는 것도 알고 있습니다만 반드시 그 말을 전해주 고 싶었어요."

"아뇨, 정말 큰 도움이 됐습니다."

"너무 당혹스러워 무슨 일이든 손에 잡히지 않을 겁니다. 제 경우에는 그랬으니까요. 하루온종일 아무것도 할 수 없었죠."

"우리도 역시 마찬가집니다. 저보다는 아내가 많이 아파 걱정입니다. 진정제를 맞지 않으면 정신이 나간 사람처럼 보이죠."

"부인께서 어서 정신을 차려야 할 텐데요."

리즈는 심리치료사를 찾아가 비명을 지르느니 차라리 자신도 정신이 나갔으면 좋겠다고 생각했다.

"혹시 대화 상대가 필요할 경우 저를 찾아주세요. 서로 비슷한 일을 겪었으니 혹시 도움이 될 수 있는 부분이 있지 않을까 생각해 전화했습니다. 저는 언제든지 괜찮으니까 아무 때나 전화해도 됩니다."

"당장은 대화를 나눌 수 있는 상태가 아니지만 아내가 그나마 정신을 차리면 나중에 이야기해보겠습니다."

"제 전화번호를 알려 드릴까요?"

"네, 불러 주세요."

리즈가 전화번호를 불러준 다음 다시 한 번 위로의 말을 건넸다.

리즈는 전화를 끊고 나서도 한참동안 전화기를 응시했다. 레이첼의 일은 정말이지 가슴 아팠다. 그나마 그들은 둘이라 서로 의지할 수 있을 것 같았다. 그녀는 의지할 사람 하나 없다는 게 끔찍했다. 그녀의 옆에는 술주정뱅이 엄마와 언제나 하는 일 없이 빈둥거리며 노는 사라의 생부가 있을 뿐이었다. 슬픔에 찬 그녀를 품에 안아줄 사람도 없었고, 눈물이 날 때 어깨를 빌려줄 사람도 없었다.

리즈는 멍하니 앉아 침묵하고 있는 전화기만 바라보았다. 간절한 마음으로 전화벨이 울리기를 기다렸지만 가능성이 없다는 걸 알고 있었다.

2

프레데릭은 오후 늦게 집으로 돌아왔다. 오전에는 은행에서 VIP 고객들과 약속이 잡혀 있었고, 그 다음에는 하원의원 한 사람과 점심 약속이 잡혀 있었고, 곧이어 보수당의 지도급 인사와 비밀회동이 잡혀 있었다. 비록 몸은 천근만근 무거웠지만 제법 만족스러운 하루였다. 행운의 여신이 그의 편에 서서 손을 흔들어주고 있었다. 은행은 잘 굴러가고 있었고, 그동안 공들인 정치 커리어 역시 괄목할 만한 성과를 거두고 있었다. 그의 정치적 미래를 좌우할 유력인사들과의 접촉도 원활하게 이루어지고 있었다.

프레데릭은 앞으로도 모든 일이 순조롭게 진행되리라 예상했다. 선거 때 큰 도움을 줄 수 있는 유력자들이 힘을 실어주기로 약속했다. 그는 원래 운명론자는 아니었지만 요즘은 혹시 각자에게 정해진 운명이 있을지도 모른다는 생각이 들었다. 세상은 지금 온통 프레데릭 쿠엔틴의 편이었다. 이제 그가 노퍽 선거구를 대표할 하원의원이 되는 건 시간문제였다.

시계를 쳐다보니 5시 반이었다.

프레데릭은 연속되는 행운을 자축하기 위해 저녁 6시가 되기 전에는 술을 입에 대지 않기로 한 자신과의 약속을 깨뜨리기로 했다. 버지니아가 런던에 와주기로 약속한 게 무엇보다 기뻤다.

어제 아침 버지니아가 금요일 디너파티에 동행하겠다고 약속한 이후 혹시 마음이 바뀔까봐 하루 종일 노심초사했다. 그날 저녁 전화를 걸어 재차 확인했고, 오늘 아침에도 통화했다. 버지니아를 압박할 의도는 아니었지만 잠자코 있자니 마음이 불안해 견딜 수가 없었다.

프레데릭은 날씨 이야기로 조심스럽게 대화를 시작했고, 킴의 안부와 정치 이야기를 곁들였지만 정작 마음 깊은 곳에서 분노의 불길을 타오르게 만든 남자 이야기는 하지 않았다. 나탄에 대한 이야기를 꺼내면 버지니아가 속이 좁고 배려심이 부족한 남편, 사소한 문제로 아내를 의심하는 남편으로 치부할까 봐 두려웠기 때문이다.

나탄이 무려 닷새 전부터 버지니아와 단둘이 펀데일 하우스에 머물고 있다는 생각을 하면 기분이 꺼림칙하고 화가 치밀었다. 킴은 이틀 동안 친구 집에서 노느라 집을 비웠고, 나탄은 병 든 부인을 병원에 방치해둔 상황이었다. 프레데릭은 버지니아를 신뢰했기에 나탄이 그들의 결혼생활을 위태롭게 만드는 일은 없으리라 믿었다. 프레데릭은 버지니아 없는 인생은 상상도 할 수 없었다. 버지니아에 대한 신뢰 여부에 상관없이 나탄이라는 남자는 처음 본 순간부터 수상한 구석이 많아보였고, 그의 입에서 나오는 말 중 절반 이상은 진실성이 없어 보였다.

이제 보니 전혀 근거 없는 의심은 아니었다는 생각이 들었다. 나탄은 지금 버지니아에게 거머리처럼 들러붙어 있었다. 필사적으로 알아낸 집주소를 들고 찾아온 것만 봐도 어느 정도 그의 속셈을 짐작할 수 있었고, 요리조리 핑계를 대며 펀데일 하우스에 눌러앉으려 하는 수작이 감지되었다. 아마도 버지니아에게 잠자리와 식사는 물론이려니와 돈도 구걸했을 가능성이 높았다.

아마도 병원에 입원한 부인을 방패막이삼아 독일로 돌아갈 수 없다는 핑계거리로 삼고 있을 거야.

그 모든 상황을 고려하더라도 버지니아가 왜 나탄 같은 사기꾼에게 휘둘리고 있는지 여전히 의문이었다. 어쩌면 버지니아는 짐작했던 것보다 훨씬 더 외로웠을지도 모른다는 생각이 문득 머리를 스쳤다. 음울하고 음산한 분위기를 풍기는 펀데일 하우스는 남편이 자주 집을 비우는 젊은 여자에게 어울리는 곳이 아니었다. 아무리 생각해도 버지니아가 펀데일 하우스에서 살고 싶어 하는 이유를 납득할 수 없었다.

프레데릭은 자주 집을 비우고 런던에서 지내야 하는 점을 내세워 반대했지만 그녀는 호젓한 분위기가 마음에 든다며 한사코 펀데일 하우스로 이사하자는 고집을 꺾지 않았다.

버지니아의 생각이 바뀐 거야. 늘 혼자 외롭게 지내다보니 대화를 나눌 사람이 그리웠겠지.

만약 짐작이 틀리지 않다면 이번 금요일이 대반전의 계기가 될 수도 있었다. 사람들이 많이 모이는 자리를 병적으로 기피하던 버지니아가 금요일 파티에서 의외의 즐거움을 찾게 될 경우 앞으로 자주 런던에 오게 될 수도 있으니까.

프레데릭은 전화통화를 끝내며 이렇게 덧붙였다.

"당신이 런던에 오게 돼 정말 기뻐!"

"당신이 좋아하니까 나도 기뻐."

목소리만 듣자면 그리 밝아 보이지 않았지만 적어도 버지니아가 억지로라도 긍정적인 의미를 부여하기 위해 애쓰고 있다는 느낌을 주는 대답이었다.

전화를 끊으려는데 버지니아가 통화 말미에 킹스린에서 한 아이가 시체로 발견됐다는 말을 전했다.

"벌써 두 번째 유괴살해사건이 발생했어. 킴을 혼자 두고 가도 되는지 은근히 걱정이 되긴 해."

프레데릭은 그녀의 입에서 무슨 이야기가 더 나올지 겁이 났다.

"우려할 만한 사건이 분명하지만 끔찍한 범죄는 지역을 가리지 않고 어디서든 일어나는 법이야. 그러니까 더 이상 생각하지 않는 게 좋아."

"그 어느 지역에서도 킹스린에서 발생한 두 사건과 똑같은 방식으로 살해된 아이들은 없어."

"워커 부부가 킴을 얼마나 좋아하는지 알잖아? 그들이 단 한 순간도 킴을 시야에서 놓치지 않을 거야."

"그들도 이제 젊은 나이가 아니야."

"워커 부부는 믿을 수 있는 사람들이야. 아직 젊은 사람들 못지않게 상황 대처 능력이 뛰어난 편이지. 당신이 킴을 걱정하는 마음은 이해하지만 엄마가 아이를 치마폭에 감싸고도는 게 반드시 좋은 건 아니야. 킴을 엄마 없이는 아무것도 못하는 겁쟁이로 만들고 싶지는 않지?"

버지니아가 한숨을 푹 내쉬었다.

"이미 런던에 가기로 했으니까 약속은 지킬게."

버지니아가 흔쾌히 응했다면 더욱 기분이 좋았겠지만 그 정도 선에서 마무리된 것만으로도 다행이었다.

프레데릭은 셰리주를 한 잔 따라 들고 집안을 서성거렸다. 내일 이 시간쯤에는 버지니아가 이 집에 와 있을 것이다. 그녀가 제발 나탄을 집에서 내보냈다고 말해 주기를 바랐다.

책장 선반에 놓인 결혼사진이 눈에 들어왔다. 프레데릭은 사진 속에서 행복에 겨운 얼굴로 환하게 웃고 있었다. 버지니아는 늘 그렇듯 우수에 젖은 표정으로 살짝 미소를 머금고 있었다. 딱히 불행해 보이는 표정은 아니었지만 이제 막 결혼한 신부의 얼굴로는 어울리지 않았다.

기억하기로 버지니아는 결혼식 날 그리 기뻐하지도 우울해하지도 않았다. 그녀는 오로지 내면세계에 깊이 틀어박혀 주위에서 벌어지는 모든 일에 무심한 태도를 보였다. 프레데릭의 입장에서는 은근히 걱정되는 부분이었지만 그녀가 첫눈에 그의 마음을 사로잡았던 순간에도 바로 그 표정을 드리우고 있었기에 딱히 이상하게 여기지는 않았다.

버지니아는 결혼해 함께 살아가는 동안에도 언제나 생각에 잠긴 모습, 세상일에 초연한 태도, 늘 고즈넉한 분위기를 유지해왔다. 프레데릭을 아는 사람이라면 아무도 그를 소심한 남자라 여기지 않겠지만 여자를 대하는 문제에 관한 한 그는 지나치게 소극적이었다. 그는 지나치게 말 많은 여자, 지나치게 활달한 여자, 지나치게 애교가 많은 여자, 지나치게 성적 매력을 어필하는 여자를 보면 늘 주눅이 들어 스스로 한 발 뒤로 물러서곤 했다. 버지니아를 본 순간 그는 평생 기다려온 영혼의 반쪽을 찾은 느낌이었다. 아름다운 외모, 지적이고 교양 있는 태도, 얼굴 가득 드리우고 있는 우수어린 표정이 그의 보호본능을 일깨웠다. 그는 결혼문제에 관한 한 대단히 보수적인 입장을 견지하고 있었고, 지나치게 조용한 면모가 문제가 된다고 생각하지 않았다.

버지니아의 조용한 면모는 끊임없이 야망의 사다리를 오르고 싶어 하는 정치가의 배우자로서는 부적합했다. 버지니아가 디너파티에 참석하기로 한 게 얼마나 힘든 결정이었는지 알고 있었다. 그녀가 엄청난 스트레스를 감수하며 디너파티에 참석하기로 결정한 이유는 그를 사랑하기 때문이라고 믿고 싶었다.

프레데릭은 아내의 사진을 보고 있자니 문득 미안한 생각이 들었다.

내가 버지니아를 너무 몰아붙인 건가?

버지니아, 제발 당신이 별일 없이 잘 해냈으면 좋겠어. 이번 한 번만 잘 견뎌줘. 난 당신이 원치 않는 일을 계속 강요하고 싶은 생각은 없으니까.

3

리비아는 지금 누워 있는 곳이 어디인지 가늠할 수 없었다. 비록 잠깐 동안이었지만 자신이 누구인지조차 알 수 없었다. 아무 것도 기억나지 않았고, 머릿속이 온통 뿌연 안개가 낀 것처럼 흐릿했다. 숨을 쉬고 있었지만 살아 있는 게 아니었다. 흰색 시트가 몸에 덮여 있었고, 칙칙한 벽들이 방을 둘러싸고 있었다.

리비아는 손가락으로 시트를 만지작거렸다. 주위에서 나는 냄새가 마음에 들지 않았다. 마루를 닦을 때 사용하는 왁스 냄새, 살균소독제 냄새, 푹 익힌 음식 냄새 따위가 뒤섞여 코끝을 자극했다.

여긴 어디지? 난 이 방이 맘에 들지 않아.

리비아는 천천히 고개를 옆으로 돌렸다. 구릿빛 피부에 검은머리를 길게 기른 남자가 침대 옆 보조의자에 앉아 있었다. 넓은 어깨에 비해 지나치게 꽉 끼는 티셔츠를 입고 있는 남자가 무심하고 차가운 표정으로 그녀를 내려다보고 있었다.

리비아는 그제야 그 남자가 누군지 깨달았다. 나탄 모어, 바로 그녀의 남편이었다.

"내가 왜 여기 누워 있는 거야?"

리비아가 작은 소리로 중얼거렸다.

"당신은 며칠 만에 처음으로 입을 열었어."

환자용 가운 차림에 슬리퍼를 신고 있는 두 여자의 모습이 눈에 들어왔다. 두 여자는 약간 떨어진 침대에 걸터앉아 몹시 끈적거리는 눈길로 나탄을 힐끔거리며 쳐다볼 뿐 약속이라도 한 듯 입을 꾹 다물고 있었다.

여러 장면들이 리비아의 머릿속을 채우기 시작했다. 가장 먼저 정원이 딸린 별장이 떠올랐다. 그 다음에는 이를 악 물고 흔들리는 갑판 위에서 넘어지지 않으려고 안간힘을 쓰는 그녀와 돛을 끌어올리는 나탄의 모습이 떠올랐다. 그 다음에는 바람에 나부끼던 나탄의 머리카락과 맑고 서늘한 날씨, 철썩거리며 뱃전에 부딪치던 파도가 떠올랐다.

"우리 배가 침몰했어!"

리비아는 갑자기 침대에서 몸을 벌떡 일으키며 소리쳤다.

"그래, 우리 배가 헤브리디스 제도에서 침몰했어."

"그게 언제지?"

"8월 17일이야."

"며칠이 지났지?"

"오늘은 8월 31일이야."

"맙소사! 그렇게나 많이 지났어?"

"정확히 2주 전에 벌어진 일이지."

"여긴 어디야?"

"킹스린 병원."

"킹스린?"

"영국 노퍽에 있는 도시야."

"우리가 아직 영국에 있단 말이야?"

"당신이 전혀 몸을 움직일 수 없어 어쩔 수 없었어. 내가 당신을 이 병원까지 데려오느라 얼마나 힘들었는지 알아? 당신은 의식이 가물가물했고, 반쯤 죽은 사람이나 다름없었지."

리비아는 천천히 방 안을 둘러보기 시작했다. 환자복을 입고 있는 두 여자가 적대적인 눈빛으로 그녀를 쳐다보았다. 나탄과 독일어로 대화를 나누고 있었기 때문에 두 여자는 한 마디도 알아들을 수 없었을 것이다.

말을 알아듣지 못해 화가 났나?

"도대체 나에게 무슨 일이 있었지?"

나탄이 짐짓 부드럽게 미소를 지었다. 오래 전 그녀를 사랑에 빠지게 했던 바로 그 미소였다. 이제는 그 미소의 의미를 충분히 알 수 있을 만큼 함께 보낸 시간이 많았다.

"당신은 배가 침몰할 때 쇼크를 받았어. 하마터면 당신도 댄델리온 호처럼 바닷물 속으로 가라앉을 수도 있었지. 우린 가까스로 구명보트에 올랐고, 밤새도록 바다에서 표류하다 구조됐어. 당신은 그때부터 이미 정상이 아니었지."

"내가 미쳤다는 뜻이야?"

"당신은 큰 쇼크를 받아 그동안 식음을 전폐하다시피 했어. 결국 탈수 증상이 나타나는 바람에 기력을 잃더니 헛소리를 하기 시작하더군. 그나마 병원에서 놓아준 영양제를 맞고 나서 상태가 호전되어가는 중이야."

리비아는 다시 침대에 드러누웠다.

"집으로 돌아가고 싶어."

나탄이 다시 한 번 부드러운 미소를 지었다.

"우린 이제 돌아갈 집이 없어."

마치 나탄은 집이 없는 게 별 일 아니라는 듯 건성건성 이야기하고 있었다.

"당신은 지금 어디에서 묵고 있어?"

"쿠엔틴 씨 집이 근처에 있어. 쿠엔틴 부인이 집에 머물러도 좋다고 허락해주었지. 당신도 쿠엔틴 부인이 누군지 기억하지?"

리비아는 그제야 버지니아에 대한 기억이 떠올랐고, 뇌가 아주 서서히 작동하기 시작했다.

"그래, 알아. 쿠엔틴 부인은 정말 친절한 분이지."

쿠엔틴 부인은 쇼크 상태에 빠져 있던 그녀에게 옷을 가져다주었고, 스카이 섬에 있는 동안 별장에 머물도록 배려해 주었다. 높다란 굴뚝과 튼튼한 목재가구들이 있는 집으로 특히 넓게 펼쳐진 정원이 아름다웠다. 정원의 잔디 위로 바람에 세차게 불 때 창가에 우두커니 서서 바다를 바라보았던 기억이 났다. 바로 그 부분에서 기억의 실타래가 뚝 끊어졌다. 전망이 근사했던 별장의 창문과 이 구질구질한 병실 사이에는 아무런 연결고리도 없었다.

"당신이 기력을 회복해 스스로 걸을 수 있을 때까지 난 그 집에 머물 생각이야."

리비아는 낯선 두 여자의 호기심 가득한 눈길이 마음에 들지 않았다.

"난 여기 있고 싶지 않아. 게다가 두 여자가 나를 눈엣가시처럼 여기는 눈치야."

"당신은 일주일 동안 의식을 잃고 있다가 겨우 10분 전에 정신을 차렸어. 저 여자들이 당신을 눈엣가시로 생각하는지 어떻게 안다는 거야?"

"저 여자들이 나를 바라보는 눈빛만 봐도 알 수 있어. 게다가 이 병실에서 나는 냄새가 너무 싫어. 제발 날 여기서 데리고 나가줘."

리비아의 눈에서 눈물이 흘러내렸다.

"의사 말로는 빨라야 금요일쯤 퇴원할 수 있다고 했어. 당신은 의사의 지시를 따라야 하는 환자야."

"금요일이 대체 언제야?"

"오늘이 수요일이야."

"그럼 모레?"

"더 늦어지진 않을 테니까 그때까지만 견디도록 해."

리비아는 단 10분도 견딜 자신이 없었지만 나탄이 얼마나 무자비한 남자인지 알고 있기에 입을 꼭 다물 수밖에 없었다. 나탄의 부드러운 미소 뒤에는 인정사정없이 비정한 면모가 도사리고 있었다. 그는 절대 그녀의 퇴원을 앞당기기 위해 의사와 진지한 대화를 나눌 사람이 아니었다. 그는 분명 그녀를 병원에 방치해두고 자기가 하고 싶은 일을 하며 시간을 보낼 것이다.

금요일에 병원해서 퇴원하면 그 다음에는 어쩌지?

리비아는 그 다음 계획을 세월 수 없다고 생각하자 절망이 엄습해 왔다. 가진 것이라고는 오로지 배 한 척밖에 없었는데 바다 밑으로 가라앉아 버렸다.

리비아는 아무리 애를 써도 자꾸만 쏟아지는 눈물을 멈출 수가 없었다. 나탄은 그녀가 우는 걸 끔찍이 싫어했다. 만약 이 방에 그녀밖에 없었더라면 있는 대로 성질을 부렸겠지만 지금은 그나마 지켜보는 눈이 있어 꾹꾹 눌러 참고 있었다.

"당신은 지금 정신이 오락가락하는 상태야. 정신적 외상이 심각하다는 사실을 빨리 알아차리지 못해 치료가 늦어졌기 때문이야. 지금 당신의 심정이 얼마나 비참한지 잘 알아. 마치 세상이 무너진 듯 참담한 기분이겠지만 시간이 지나면 괜찮아질 거야."

나탄이 분노를 지그시 눌러 참으며 말했다.

"병원을 나가면 우린 어디로 가야 하지?"

리비아가 기어들어가는 목소리로 물었다.

"당분간은 쿠엔틴 씨 집에서 신세를 지는 수밖에 없겠지."

"영원히 그 집 신세를 질 수는 없어!"

"물론 영원히 그 집에 머물 수는 없겠지. 내가 조만간 좋은 방법을 찾아낼 거야."

"무슨 방법이 있을까?"

나탄이 자리에서 벌떡 일어섰다. 더 이상 이야기하기 싫다는 뜻이었고, 당장 병실 밖으로 나가겠다는 의사표시였다.

"나탄, 조금만 더 있어 줘."

나탄이 그녀가 내민 손을 툭 쳐냈다.

"쿠엔틴 부인의 차를 빌려 타고 왔어. 빨리 돌려줘야 해."

"제발 몇 분만 더 있어주면 안 돼?"

"주차금지구역에 차를 세워두었어. 빨리 차를 빼지 않으면 단속에 걸려 벌금을 내야 할 거야. 당신도 알다시피 우린 벌금을 낼 돈이 없잖아."

"내일 다시 올 수 있지?"

"그래, 내일 다시 올게. 당신은 잠을 좀 자둬. 긴장을 풀고 신경을 안정시키려면 잠이 보약이지."

리비아는 옆에 있어줄 사람이 필요하다는 말이 목구멍까지 차올라왔지만 불같이 화를 낼까 봐 차마 입 밖으로 꺼낼 수 없었다.

병실을 나가는 나탄의 뒷모습을 지켜보는 리비아의 뺨 위로 눈물이 흘러내렸다.

이제 우리에게는 돌아갈 집이 없어.

그 생각이 망치가 되어 연속해서 머리를 때렸다.

우린 집이 없어, 집이 없어, 집이 없어, 집이 없어.

4

제니는 당장이라도 눈물이 터져 나올 것 같았다. 월요일에 다섯 시까지 문구점에서 눈이 빠지게 기다렸지만 아저씨는 끝내 나타나지 않았다. 초대장을 만졌다가 문구점주인에게 심한 욕설까지 들어야 했다. 그날따라 문구점 안은 소나기를 피해 몰려든 사람들로 꽉 차 있었다.

비가 억수처럼 쏟아지는 날이라 아저씨가 외출을 포기했을 거야. 아니야, 지난주에 약속을 지키지 않아 화가 잔뜩 났을 수도 있어.

제니는 쏟아지려는 눈물을 참으며 다섯 시까지 카드진열대 앞에서 서성거리다가 문구점주인의 폭언을 들어야 했다.

제니는 정기적으로 용돈을 받는 게 아니라 엄마가 조금이나마 여유가 있고 기분이 좋을 때 받았다. 그러다보니 용돈을 받는 날이 일정하지도 않았고, 액수도 턱없이 작았다. 집에서 나올 때 가진 돈을 전부 챙겨 왔지만 겨우 몇 파운드밖에 되지 않았다. 그 돈으로는 카드를 다섯 장밖에 살 수 없었다. 제니는 적어도 친구들을 열다섯 명쯤 초대하고 싶었기 때문에 카드를 다섯 장만 사는 건 무의미했다. 아저씨가 나타나지 않을 경우 아예 파티를 열 수도 없었다.

파티를 열어주겠다고 약속한 아저씨를 생각하자 또다시 눈에 눈물이 고였다. 문구점주인 아저씨가 당장이라도 밖으로 쫓아낼 기세로 화를 냈기에 제니는 더 이상 생각을 깊게 할 여유가 없었다.

"카드를 다섯 장 주세요."

집으로 돌아온 제니는 문구점에서 사온 카드를 책상서랍 맨 안쪽에 넣어두고 틈 날 때마다 꺼내보았다. 아저씨의 제안이 너무나 매력적이라 아직은 포기할 수 없었다.

제니는 화요일에도 문구점으로 달려갔다. 아저씨가 비가 너무 많이 와 나오지 않았다면 하루 늦게 나타날 수도 있을 거라 생각했지만 이번에도 역시 허탕을 쳤다.

제니는 문구점 밖에서 아저씨를 기다렸다. 전날 호통을 치던 문구점 주인의 모습이 떠올라 차마 안으로 들어갈 엄두가 나지 않았다. 이제 주머니에는 돈이 한 푼도 남지 않았다.

제니는 수요일에도 다시 문구점을 찾아갔지만 역시 허탕을 쳤다. 이제 다음 주 월요일이 되기를 기다릴 수밖에 없었다. 그날은 9월 4일로, 생일 2주 전이었다.

"제니, 기분이 우울해 보여. 무슨 일 있니?"

엄마가 이상한 낌새를 챈 듯 물었다.

"아니, 아무 일도 없어."

도리스는 다짜고짜 손으로 제니의 이마를 짚었다.

"다행히 열은 없긴 한데 어디 아파?"

"다음 주에 방학이 끝나는 게 싫어 기분이 좀 우울하지만 아픈 데는 없어."

엄마가 만약 몸이 아프다고 판단할 경우 외출을 금지시킬 게 뻔했기에 제니는 그렇게 둘러댔다.

"그동안 실컷 놀았잖아. 이제 방학도 끝났으니 다시 공부를 시작해야지. 공부를 게을리 하면 바보멍청이가 되는 거야."

"누가 뭐래? 그냥 기분이 좀 우울하다는 것뿐이야."

제니는 볼멘소리를 하며 샌드위치를 한 입 베어 물었다. 엄마가 햄과 오이피클에 마요네즈를 넣어 만들어준 샌드위치는 언제나 맛있었다. 다른 때 같았으면 벌써 다 먹어치웠겠지만 오늘은 기분이 울적한 탓인지 입맛이 나지 않았다.

"이제 곧 내 생일이야."

"제니, 미안하지만 생일에 대해 큰 기대는 하지 마. 죽었다 깨어나도 선물을 사줄 형편이 못되니까."

"기대하지 않을 테니까 걱정하지 마."

"이제 우리 제니가 철들었나보네?"

"선물은 바라지 않지만 친구들을 초대해 파티를 열고 싶어."

"우리 형편에 파티는 안 된다고 입이 닳도록 이야기했는데 아직도 모르겠어?"

"올해 내 생일은 일요일이야. 그러니까 엄마가 따로 휴가를 낼 필요가 없어. 토요일 오후에 퇴근해서 파티준비를 하면 되니까."

"파티에 네 친구들을 초대할 경우 음식준비는 어떻게 하려고?"

"엄마가 직접 쿠키를 구우면 되잖아."

도리스가 한숨을 푹 내쉬며 눈을 감았다. 머리가 지독하게 아픈 듯 관자놀이 아래쪽 혈관이 움찔거리며 뛰는 게 보였다. 아직 젊은 나이인데도 마치 삶에 찌든 중년여자처럼 보였다.

제니는 더 이상 엄마에게 매달려봐야 부질없다는 걸 깨달았다.

도리스는 다시 눈을 뜨고 제니를 쳐다보았다. 그나마 마음의 안정을 되찾은 듯 눈매가 부드러웠다.

"제니, 미안해. 네 생일은 엄마에게도 특별한 날이지만 파티를 열어줄 형편이 안 되는 걸 어쩌겠니? 네가 간절히 원하는 파티를 열어주지 못하는 엄마 마음도 몹시 아프구나."

제니는 엄마가 너무 슬프고 지쳐 보였기 때문에 황급히 사태를 수습했다.

"괜찮아, 엄마. 할 수 없지 뭐."

엄마와의 대화는 아무런 성과 없이 끝났지만 제니는 아직 희망을 버리지 않았다. 엄마가 파티를 열어주지 못해 몹시 괴로워하고 있는 만큼 한 가닥 기대가 남아 있었기 때문이다.

　엄마가 미안한 마음에 아저씨의 정원에서 파티를 여는 것에 대해 반대하지 않을 거야.

　이제 제니에게는 아저씨를 만나는 일이 더욱 중요해졌다.

　제니는 어떻게 해야 친절한 아저씨를 만날 수 있을지 밤새 고민했다.

8월 31일, 목요일

1

프레데릭은 킹스크로스 역으로 버지니아를 마중 나갈 때 장미꽃을 준비해가는 게 어떨지 한참 동안 고민했다. 평소 그는 그다지 로맨틱한 사람이 아니었지만 런던에 와주기로 결정을 내린 버지니아에게 감사의 뜻으로 장미꽃을 안겨주고 싶었다.

결국 고민 끝에 장미꽃은 준비하지 않기로 했다. 결혼한 지 9년이나 된 중년남자가 장미꽃을 들고 아내를 마중 나가자니 더없이 멋쩍게 생각되었기 때문이다. 혹시나 계산적인 행동으로 오해받을 수도 있는 일이었다. 버지니아는 남편이 평소와 다른 행동을 하면 부쩍 신경이 예민해지는 사람이니까.

프레데릭은 설레는 마음을 안고 30분이나 일찍 킹스크로스 역으로 나갔다. 저녁노을이 런던의 하늘을 오렌지색으로 곱게 물들이고 있었다면 더할 나위 없이 아름다웠겠지만 8월의 마지막 날 하늘에는 먹구름이 짙게 드리워져 있었다. 가끔씩 번개가 번쩍거렸지만 다행히 아직 비는 내리지 않고 있었다.

프레데릭은 열차가 도착하려면 시간이 많이 남아 있어 가판대에서 산 커피를 마시며 분주히 오가는 사람들을 구경했다. 그는 사람들이 어디론가 출발하는 기차역이나 공항을 좋아했다. 그 역시 새로운 출발선상에 서 있었다. 그동안 열심히 일해 온 결과 가업으로 물려받은 은행을 성공적으로 이끌었다. 버지니아와 결혼하고 킴이 태어나면서 가족의 소중한 가치도 깨닫게 되었다.

남부럽지 않을 만큼 재력을 쌓았고, 킴도 건강하게 자라고 있어 걱정거리는 없었지만 매일 똑같은 일상이 반복적으로 이어지는 것에 대해 회의감이 들기 시작했다. 그는 더 늦기 전에 삶의 변화를 모색하고 싶었다. 매일 아침 은행에 출근해 고객들과 대화를 나누거나 접대를 위한 파티를 여는 일이 예전처럼 즐겁지 않았다. 거액 예금자를 유치하기 위해 늘 굽실거려야 하는 것도 마음에 들지 않았다. 관성적으로 일을 계속해오고 있었지만 좀처럼 뿌듯한 성취감이 느껴지지 않았다. 증조부가 은행을 설립했고, 할아버지와 아버지 대에 은행을 튼튼한 반석 위에 올려놓았다. 그는 조상들이 탄탄하게 닦아놓은 입지를 바탕으로 은행의 내실을 다지기 위해 애써왔고, 어느 정도 목표를 이루었다. 이제는 어린 시절부터 꿈꿔온 정치가의 길을 걷고 싶었다.

프레데릭은 이미 대학시절부터 보수당 당원으로 가입해 활동해왔고, 정치인들과도 어느 정도 친분을 쌓았다. 그는 정치가가 되기로 결심하고 도와줄 사람들을 찾아 나섰다. 하원에 입성하는 게 그의 첫 번째 목표였다.

열차가 도착하려면 아직 10분쯤 남아 있었다. 그는 다 마신 커피 잔을 테이블 위에 내려놓고, 플랫폼을 향해 천천히 걸어갔다. 리버풀 스트리트 역에서 버지니아를 처음 만났다. 버지니아는 캠브리지로 가는 열차를 기다리고 있었고, 그는 노픽으로 가는 열차를 타기 위해 기다리고 있었다.

별장관리인 잭 워커가 이틀 전 전화를 걸어 폭풍우 때문에 본채 지붕이 많이 파손됐는데 혼자 수리하기 힘든 만큼 사람을 써도 되는지 문의해 왔다. 집수리는 비용이 많이 드는 문제라 잭을 직접 만나 의논하러 가는 길이었다. 12월이었고, 크리스마스 휴가 직전까지 스케줄이 꽉 차 있었기 때문에 시간을 낼 형편이 못되었지만 제법 큰돈이 들어가는 일이라 잭에게 무조건 일임할 수도 없었다.

프레데릭은 날씨가 쌀쌀해 코트주머니에 손을 깊숙이 찔러넣고 열차를 기다리는 동안 비싼 수리비용이 드는 펀데일 하우스를 아예 처분해버리는 편이 낫지 않을까 진지하게 고민했다. 그는 펀데일 하우스에서 살아본 적이 없었고, 앞으로도 전혀 계획이 없었다. 그동안 쿠엔틴 가의 후손된 의무를 다하기 위해 펀데일 하우스를 지켜왔지만 유지비용이 지나치게 많이 들어 큰 골칫거리가 아닐 수 없었다.

프레데릭은 몇 걸음 떨어진 거리에서 열차를 기다리고 있는 금발의 여자를 발견한 순간 눈이 번쩍 뜨였다. 그녀는 날씬한 몸매에 얼굴이 창백했고, 몸을 푹 감싸는 검정색 겨울코트를 입고 있었다. 그녀의 얼굴에 깃든 우수가 그의 마음을 설레게 했다. 그는 추위에 덜덜 떨고 있는 여자의 얼굴을 보고 있는 동안 코트를 벗어주고 싶은 충동이 일었다.

열차가 마침내 플랫폼으로 들어왔다. 프레데릭은 일정한 거리를 유지하며 여자를 뒤따라가 맞은편 자리에 앉았다. 그는 그 여자에게서 도저히 눈을 뗄 수 없었고, 그런 자신의 모습이 한심하게 생각됐다.

금발의 여자는 자리를 잡자마자 가방에서 책을 한 권 꺼내 독서에 몰두했다. 그는 여자가 읽고 있는 책의 표지를 보며 어떻게 말을 걸어야할지 궁리했다. 한참 뒤, 책을 읽던 여자가 고개를 들어 올리더니 서

리가 덮여 있는 에섹스 지방의 풍경을 내다보았다. 물결치듯 이어지는 완만한 구릉 위로 노을이 짙게 깔리고 있었다.

프레데릭은 바로 그 순간 용기를 냈다.

"저도 그 책을 읽었습니다만 정말 좋은 책이죠."

사실은 그는 그 책을 읽어본 적이 없었다. 금발의 여자가 눈을 둥그렇게 뜨고 그를 쳐다보았다.

"이 책을 언제 읽었죠?"

"6개월쯤 전에 읽었습니다."

프레데릭은 최대한 시간을 멀찍이 잡았다. 혹시라도 책에 대한 대화가 이어질 경우 내용을 제대로 기억하지 못하는 핑계로 삼기 위해서였다.

"이 책은 최근에 출간됐는데요?"

프레데릭은 따귀를 한 대 얻어맞은 것 같은 기분이었다.

"그럴 리가요?"

금발의 여자가 책장을 앞으로 넘기더니 판권을 들여다보았다.

"10월에 출간됐으니까 약 8주쯤 되었어요."

"제가 착각했나봅니다. 표지 디자인이 비슷해 제가 읽은 책이라 생각했는데 이제 보니 아니었네요."

금발의 여자는 별달리 대꾸도 하지 않고 다시 독서에 빠져들었다.

사람들은 종종 더 이상 잃을 게 없다고 생각될 때 전에 없던 용기를 내게 된다.

"사실은 착각이 아니었습니다. 처음부터 제가 읽지 않은 책이라는 걸 알고 있었죠."

금발의 여자가 신경이 몹시 날카로워진 듯 고개를 번쩍 들어올렸다.

"그렇게 한 이유가 뭐죠?"

"당신과 이야기를 나누고 싶었습니다."

프레데릭이 겸연쩍은 미소를 지었다.

"저는 프레데릭 쿠엔틴이라고 합니다."

"버지니아 딜레니라고 해요."

아무런 대꾸도 하지 않고 무시할 수도 있었을 텐데 금발의 여자는 자신의 이름을 말해주었다. 그렇다면 아직은 일말의 가능성이 남아 있다는 뜻이었다.

그들은 그 후 9개월 뒤에 전격 결혼했다. 다이애나 왕세자비가 파리에서 목숨을 잃은 지 두 주쯤 지났을 때였다. 결혼식에 참석한 하객들의 관심은 신랑신부보다 다이애나 왕세자비의 비극적 운명에 쏠려 있었다. 프레데릭은 그녀와 결혼하게 되었다는 사실만으로도 너무나 행복했기에 하객들이 어떤 태도를 보이든 전혀 관심이 없었다.

프레데릭은 손목시계를 들여다보았다. 이제 곧 열차가 도착할 시간이었다. 그는 버지니아를 처음 만난 12월의 그날처럼 심장이 두근거렸다. 결혼한 지 9년이나 지났지만 그는 여전히 버지니아를 사랑했다. 그는 한시바삐 버지니아를 안을 수 있는 순간이 다가오기를 고대했다.

2

그로부터 20분 후, 프레데릭은 큰 혼란의 소용돌이 속으로 빠져들었다. 열차는 예정된 시간에 정확하게 도착했고, 문이 열리자마자 승객들이 우르르 쏟아져 나왔다.

프레데릭은 버지니아가 어느 칸에 탔는지 몰라 열차에서 내리는 사람들을 가장 잘 볼 수 있는 지점에 서 있었다. 그는 한참 동안 기차에서 내리는 손님들을 지켜보고 있었지만 버지니아는 끝내 나타나지 않았다.

맨 마지막 칸에 타고 있을 거야. 짐이 너무 많아 끌고 오느라 시간이 걸리는지도 모르지.

프레데릭은 마음이 초조했지만 혹시라도 길이 엇갈릴까봐 현재 서 있는 장소를 벗어날 수 없었다. 그는 일단 버지니아의 휴대폰으로 전화를 걸었다. 그녀는 전화를 받지 않았다. 곧바로 메시지 보관함으로 연결되는 소리가 들려왔다.

버지니아 쿠엔틴의 휴대폰입니다. 메시지를 남겨주시면 곧바로 연락드리겠습니다.

플랫폼에서 승객들이 거의 다 빠져나갔지만 여전히 버지니아의 모습은 보이지 않았다. 열차에서 내린 승객들을 일일이 확인했기 때문에 길이 엇갈렸을지도 모른다는 걱정을 할 필요도 없었다. 그는 철로를 따라 걷기 시작했다. 이제 열차에서 내리는 승객은 전혀 없었고, 승차를 기다리던 사람들도 거의 다 열차에 오른 상태였다. 배웅 나온 사람들과 작별인사를 나누는 몇몇 승객들만이 플랫폼에 그대로 남아 있었다.

배낭여행을 하는 두 젊은이가 짐을 정리하고 있었고, 어떤 중년부인이 지도를 제대로 접지 못해 쩔쩔매고 있었다. 역무원이 주위에 널려 있는 카트들을 한 곳으로 모았지만 버지니아의 모습은 그 어디에도 보이지 않았다.

프레데릭은 뛰다시피 걸으며 창문을 통해 열차 안을 들여다보았다.

깜빡 잠이 드는 바람에 열차가 도착한 걸 놓친 건가? 혹시 책에 푹 빠져 주변상황을 까맣게 잊은 건가? 대체 무슨 일일까? 버지니아는 지금 어디에 있을까?

버지니아가 타기로 한 열차의 도착 예정 시간은 16시 15분이었고,

제시간에 킹스 크로스 역에 내렸어야 마땅했다. 통화할 때 쪽지에 정확하게 메모해두었고, 버지니아한테 직접 확인하기도 했다.

프레데릭의 불안감은 결코 지금 이 순간 싹튼 게 아니었다. 버지니아가 런던에 오기로 약속한 순간부터 계속 불안감이 팽배해 있었다. 그는 버지니아에 대해 잘 알고 있었다. 런던에 오기로 한 약속이 버지니아에게 심각한 스트레스가 되었을 수도 있었다. 어쩌면 지난 며칠 동안 밤마다 몸을 뒤척이며 몸살을 앓았을 수도 있었다. 사람들 앞에 나서기를 꺼려하는 그녀가 얼마나 그 문제로 고민했을지 충분히 짐작되고도 남는 일이었다.

아예 킹스린에서 열차를 타지 않았을지도 몰라.

아무튼 버지니아가 열차에서 내리지 않은 건 확실했다. 열차는 이미 한참 전에 떠났고, 벌써부터 다음 열차를 기다리는 승객들이 모여들고 있었다.

프레데릭은 다시 한 번 버지니아의 휴대폰으로 연락해 봤지만 곧바로 음성메시지보관함으로 넘어갔다.

"버지니아, 나야. 난 지금 킹스 크로스 역에서 당신을 기다리고 있어. 현재 시각은 4시 40분이야. 지금 어디 있는지 즉시 연락해줘."

만약 버지니아가 길이 엇갈리는 바람에 역 어딘가에서 헤매고 있었다면 음성메시지를 듣는 즉시 연락했어야 마땅했다. 휴대폰은 켜져 있는데 전화를 받지 않는다는 게 이상했다.

프레데릭은 잠시 망설인 끝에 펀데일 하우스의 전화번호를 눌렀다. 혹시나 버지니아가 집에서 전화를 받을까봐 두려웠지만 벨이 여섯 번쯤 울리다가 곧 자동응답기가 돌아가기 시작했다. 그는 아무 말도 하지 않고 전화를 끊었다. 그녀가 집에 남아 있을 거라 믿고 싶지 않았다.

프레데릭은 가판대로 걸어가 커피를 한 잔 더 시켰다. 그가 서 있는 자리에서 플랫폼이 내려다보였다. 버지니아가 플랫폼에 있을 거라 생각하지는 않았지만 그는 여전히 날카로운 눈길로 오가는 사람들을 살펴보았다. 깜빡 잊고 휴대폰을 집에 두고 오지 않았다면 이미 한참 전에 연락이 왔어야 마땅했다. 휴대폰은 그녀가 킴과 연락을 취할 수 있는 유일한 수단이었다.

버지니아가 집에 남아 있으면서 전화를 받지 않을 수도 있어. 내 전화라는 걸 보지 않고도 알 수 있을 테니까.

프레데릭은 아직 마지막 희망의 끈을 놓고 싶지 않았다. 이제 내일 저녁 디너파티는 문제도 아니었다. 버지니아에게 배신당했다는 사실이 마음을 아프게 했다.

킹스린에서 출발하는 다음 열차는 17시 50분에 도착하기로 되어 있었다. 기대하지는 않았지만 다음 열차가 플랫폼으로 들어올 때까지 기다려보기로 했다. 어느새 5시가 훌쩍 넘어 있었다.

프레데릭은 17시 30분에 더 이상 미룰 수 없어 관리인 부부 집으로 전화를 걸었다. 그레이스와 잭만이 버지니아가 킹스린을 떠났는지 여부를 확인해줄 수 있는 사람들이었다.

벨이 세 번 울리고 나서 잭이 전화를 받았다.

"네, 펀데일 하우스입니다."

잭은 전화를 받을 때 늘 이름 대신 택호를 사용했다. 그는 대저택을 관리한다는 사실에 큰 자부심을 느끼고 있었다.

"잭, 프레데릭입니다. 킹스 크로스 역에 나와 있는데 버지니아가 약속했던 열차에 타지 않았어요. 혹시 어떻게 된 일인지 알고 있습니까?"

"쿠엔틴 부인께서는 분명 런던에 가시겠다고 했는데요."

"버지니아가 킴을 댁에 맡겼습니까?"

"네, 우리 집에 데려다놓았습니다."

그렇다면 버지니아는 약속대로 런던에 올 계획이었다.

"버지니아를 역까지 데려다줬습니까?"

"제가 모셔다드리겠다고 했지만 부인께서 한사코 거절하시면서 직접 차를 운전해 킹스린 역으로 가겠다고 했습니다. 차는 역 주차장에 세워두면 된다면서요."

이상한 일이라는 생각이 들었지만 굳이 이해하지 못할 바는 아니었다. 가뜩이나 신경이 곤두서 있는데 킹스린 역까지 가는 동안 잭이 늘어놓는 정치 이야기를 들어야 한다는 게 싫었을 수도 있으니까. 잭의 정치의식은 고루하고 편협해 들어주기 힘들 정도였다.

"킴하고 잠시 통화할 수 있을까요?"

"킴은 지금 그레이스와 딸기를 따러 갔습니다. 제가 밖으로 나가 이 근처에 있으면 전화를 받으라고 하겠습니다."

수화기를 내려놓는 소리와 잭의 발걸음이 멀어지는 소리가 들려왔다. 문이 삐거덕거리는 소리에 이어 잭이 킴과 그레이스의 이름을 부르는 소리도 들려왔다. 잠시 후, 서두르는 발걸음 소리에 이어 킴의 목소리가 들려왔다. 드디어 킴이 전화기에 대고 가쁜 숨을 몰아쉬었다.

"아빠! 그레이스 아줌마랑 밖에 나가서 맛있는 산딸기를 잔뜩 따왔어."

"그래, 잘했어."

"아빠가 집에 오면 산딸기나무들이 있는 곳을 알려줄게. 거긴 온통 산딸기 천지야."

"아빠도 정말 보고 싶구나. 킴 혹시 엄마가 너에게 아빠를 만나러 런던으로 간다고 했니?"

"목요일에 런던에 갔다가 토요일에 아빠와 함께 돌아올 거라고 했어."

"혹시 다른 계획이 있다는 말은 못 들었니?"

"그런 말은 전혀 못 들었어. 엄마는 지금 어디 있어?"

전화선 너머에서 그레이스와 잭의 목소리가 들려왔다.

"사모님이 아직 런던에 도착하지 않았다는 거야?"

"이상한 일이지만 그렇다니까."

잭이 퉁명스럽게 대꾸했다.

"어쩌면 열차를 잘못 탔을 수도 있어. 내가 역까지 모셔다드리겠다고 했더니 한사코 거절하시더니 뭔가 문제가 발생한 거야."

"엄마는 어디 있어? 아빠를 보러 런던에 가기로 했는데 아직 만나지 못한 거야?"

킴이 캐물었다.

"아직 만나지 못했지만 엄마는 다음 열차를 타고 런던으로 올 거야."

"아빠, 그럼 난 계속 그레이스 아줌마네 집에 있어도 되지?"

"그래, 엄마 아빠가 집으로 돌아갈 때까지 그레이스 아줌마랑 잘 놀고 있어야 해. 그나저나 나탄 모어 아저씨는 어떻게 됐니?"

"그 아저씨는 정말 친절해. 어제 나랑 함께 산책을 나갔을 때 길을 잃지 않기 위해 흔적을 남겨 두는 방법을 알려줬어."

"혹시 엄마가 나탄을 어딘가로 데려다줬니? 다른 집이나 역 같은 데로?"

"아니."

프레데릭은 한숨을 푹 내쉬었다. 킴이 대낮부터 관리인 부부 집에 있었다면 나탄이 어떻게 됐는지 알 까닭이 없었다.

그레이스가 킴 대신 수화기를 넘겨받는 소리가 들려왔다.

"제가 본채로 가서 사모님이 댁에 계시는지 알아보고 올까요? 설마 전화를 받을 수 없을 만큼 사고가 난 건 아니겠죠?"

프레데릭은 사고가 났을지도 모른다는 생각을 미처 하지 못했다. 그레이스 말대로 본채로 가 확인해 보는 게 가장 빠르고 정확한 방법이었지만 왠지 꺼림칙한 생각이 들었다. 문득 버지니아가 아직 나탄을 내쫓지 않았을 수도 있다는 생각이 들었기 때문이다.

"본채에 가서 확인해 보고 나서 내 휴대폰으로 전화주세요."

프레데릭은 다시 한 번 킴을 바꿔달라고 해 작별인사를 나눈 다음 전화를 끊었다. 그때가 17시 45분이었다. 다음 열차가 도착할 때까지 이제 겨우 10분밖에 남아 있지 않았지만 버지니아가 왠지 그 열차에 탑승하고 있을 것 같지 않았다.

만약 버지니아가 이번 열차에도 타지 않았으면 어쩌지? 그레이스가 본채에 가서 허탕치고 돌아오면 그때는 어떤 조치를 취해야 하지? 당장 경찰에 신고해야 하나?

열차가 20분이나 연착했다. 프레데릭이 열차에서 내리는 승객들을 살펴보고 있을 때 그레이스에게서 전화가 걸려왔다.

"쿠엔틴 씨, 제가 본채를 둘러본 결과 출입문과 창문, 덧문까지 모두 굳게 잠겨 있고, 차고에 세워둔 차도 없는 걸 보면 사모님이 런던으로 출발한 게 확실해 보이는데요?"

그 말을 듣는 순간 안도하는 마음과 걱정스런 마음이 교차되었다. 버지니아가 일단 집을 떠난 게 분명하다면 적어도 약속을 저버리지 않았다는 점에서 안도할 만한 소식이었지만 아직 행방이 묘연하다는 건 뭔가 좋지 않은 일이 터졌을 수도 있다는 의미였기 때문이다.

버지니아는 이번에 도착한 열차에도 타지 않았고, 연락도 두절됐다. 그녀는 어디론가 흔적도 없이 사라졌고, 이제 감당할 수 없을 만큼 걱정이 되기 시작했다.

대체 무슨 일일까?

문득 한 가지 의문이 뇌리를 스쳤다. 혹시 나탄이 버지니아의 실종에 모종의 역할을 했을 수도 있어.

*

밤 9시가 됐을 때 프레데릭은 마침내 인내심이 바닥났다. 그는 킹스린에서 출발하는 세 번째 열차를 기다렸다가 곧장 집으로 돌아왔다. 집으로 돌아오는 내내 버지니아가 혹시 집에 와 있을지도 모른다는 막연한 기대를 품었지만 집은 역시 텅 비어 있었다.

창가에 놓인 식탁에 술잔이 두 개 놓여 있었고, 냉장고 안에는 버지니아와 함께 마시려고 준비해둔 샴페인이 들어 있었다. 거실에 있는 모든 촛대에 양초를 꽂아두는 것도 있지 않았다.

일이 순조롭게 돌아가지 않을 수도 있다는 걸 감안했어야 해.

버지니아가 지금 심각한 곤경에 처해 있는지도 몰라!

프레데릭은 자꾸만 치밀어 오르는 분노와 걱정을 억누르며 몇 번이나 버지니아의 휴대폰으로 전화를 걸어봤지만 허사였다. 그는 답답한 나머지 두 번째 메시지를 남겼다. 간접적으로나마 버지니아와 연락할 수 있는 방법은 음성메시지밖에 없었다.

경찰서에 실종신고를 해야 하나?

실종신고를 할 경우 경찰은 24시간이 지나고 나서야 수사에 착수하는 게 보통이었다. 버지니아가 사라진 시간은 이제 겨우 다섯 시간밖에 되지 않았다. 경찰은 오늘밤에는 절대로 움직이려하지 않을 것이다. 내일 아침까지 무작정 기다리고 있다가는 속이 답답해 머리가 하얗게 새어버릴 것 같았다.

일단 집에서 버지니아를 기다리는 게 지금으로서는 가장 합리적인 선택이었지만 왠지 런던에 왔을 가능성은 낮아 보였다. 버지니아가 마지막으로 목격된 시점은 펀데일 하우스에서 킴을 관리인 부부에게 맡길 때였다.

프레데릭은 아홉 시간 전에 버지니아가 있었던 펀데일 하우스에 가 보고 싶었다. 그는 당장 관리인 부부의 집으로 전화를 걸었다. 잭이 전화를 받자 그는 펀데일 하우스로 가야겠다고 말했다.

"제가 내일 새벽에 런던으로 모시러 갈까요?"

"내일 아침까지 기다릴 시간이 없어요. 렌터카를 빌려 당장 출발할 테니까 혹시 버지니아에게서 연락이 오면 내가 자정 무렵 펀데일 하우스에 도착할 거라고 말해줘요."

"잘 알겠습니다."

프레데릭은 지하철을 타고 스탠스테드 공항까지 간 다음 렌터카를 빌리기로 했다. 런던 북동부에 있는 공항 쪽 길을 이용해 출발할 경우 밤늦은 시간까지 길이 막히는 런던의 자동차전용도로를 피할 수 있었다. 집에서 기다리느니 차라리 그러는 편이 나을 듯했다.

프레데릭은 10시가 약간 지날 무렵 렌터카를 빌려 타고 M11 고속도로를 달리고 있었다. 런던 시내에서 멀어질수록 도로가 한산해지기 시작했다. 그는 제한속도를 어겨가며 최대한 빨리 차를 몰았다. 문득 위험하다는 생각이 들어 속도를 줄였다가도 어느새 다시 힘껏 가속페달을 밟고 있었다.

현재로서는 버지니아의 실종과 관련해 그 어떤 추리도 불가능했다.

버지니아는 사람들의 왕래가 빈번한 대낮에 열차를 타기로 했고, 그리 늦지 않은 오후 시간에 런던 한복판에 있는 역에서 내릴 예정이었다.

킹스린에서 런던까지 오는 동안 대체 무슨 일이 일어날 수 있단 말인가?

버지니아는 문단속을 철저히 하고 집을 나갔고, 킴을 관리인 부부에게 맡겼다. 일단 런던에 가기로 마음먹은 건 분명해 보였다.

펀데일 하우스에서 킹스린 역까지 가는 길에 모종의 사고가 일어났다면 이미 관리인 부부에게 소식이 전해졌어야 마땅했다.

프레데릭의 생각은 이제 나탄에게 집중됐다. 버지니아는 분명 나탄을 태우고 집을 나섰을 가능성이 높았다. 차를 태워주지 않았다면 나탄이 펀데일 하우스에서 시내까지 나오는 게 용이하지 않을 테니까.

버지니아가 나탄을 차에 태웠을 경우 리비아가 입원해 있는 킹스린 병원까지 데려다주었을 공산이 컸다.

나탄이 병원에 갔을까?

프레데릭은 내일 아침 당장 킹스린 병원에 입원해 있는 리비아를 찾아가보기로 했다. 그나마 리비아가 나탄의 행방을 알고 있을 가능성이 크니까.

프레데릭은 평소 사람 보는 눈이 비교적 정확하다고 자부했다. 휴가 마지막 날, 별장에서 모어 부부를 처음 보았을 때 나탄이 리비아에게 전혀 애정이 없다는 걸 눈치 챘다. 나탄은 오로지 버지니아에게 접근하기 위해 리비아를 킹스린 병원에 입원시켰을 가능성이 컸다. 하필이면 그때 버지니아 혼자 집을 지키고 있었으니 나탄의 입장에서 보자면 호재가 아닐 수 없었다.

나탄은 버지니아에게 뭘 원하는 걸까?

돈이 목적일 가능성이 높았다. 나탄은 지금 무일푼의 거지신세나 다름없었다. 명색이 베스트셀러 작가라는 사람이 은행잔고가 한 푼도 남아있지 않다는 건 말이 되지 않았다. 프레데릭은 자신이 집을 비웠던 지난 며칠 동안 나탄이 돈을 얼마나 뜯어냈는지에 대해서는 알고 싶지 않았다.

프레데릭은 가슴이 답답해 주먹으로 운전대를 마구 내리쳤다. 그는 이미 규정 속도를 넘어서고 있었지만 가속페달을 더욱 힘껏 밟았다. 나탄이 펀데일 하우스에 머물고 있다는 말을 처음 들었을 때 당장 내쫓아버리라고 호통을 쳤어야 마땅했다. 그때 그의 관심사는 오로지 금요일 디너파티에 버지니아를 참석시킬 수 있을지에 쏠려 있어 나탄에 대해 분명하게 의사를 표하지 못했다. 나탄을 당장 내쫓으라고 호통칠 경우 그를 받아들인 버지니아의 기분을 상하게 할까봐 주저한 게 잘못이었다. 버지니아가 목요일에 런던으로 온다고 약속한 말에 눈이 멀어 사태가 어떤 방향으로 흘러가고 있는지 제대로 파악하지 못했다.

머릿속에서 경고등이 윙윙거리며 돌아가기 시작했을 때 아무런 조치를 취하지 않은 게 치명적인 실수였다. 나탄이 집에 머물고 있다는 말을 처음 들었을 때 그는 끓어오르는 분노와 더불어 까닭 모를 두려움을 느꼈다. 그 두려움은 나탄을 처음 봤을 때 느꼈던 혐오감 내지는 불신과 관련이 있었다.

눈앞의 이익에 정신이 팔려 정작 중요한 부분을 간과해 버렸고, 그 결과 지금 어두운 밤길을 가로지르며 달리는 중이었다.

프레데릭은 지금 자신에게 무슨 일이 닥쳐오고 있는지 전혀 예측할 수 없었다.

9월 1일, 금요일

1

프레데릭이 펀데일 하우스의 진입로로 접어들었을 때는 이미 자정이 훌쩍 넘어 있었다. 저택으로 들어서는 꼬불꼬불한 길을 따라 가로등이 켜져 있었다. 길 양옆으로 커다란 나무들이 빽빽하게 들어차 있어 마치 깊은 숲속을 달리는 느낌이었다.

작은 렌터카를 타고 장시간 운전했더니 온몸이 뻣뻣했다. 프레데릭은 차에서 내리자마자 주머니에서 열쇠꾸러미를 꺼낸 다음 경보장치를 해제하고 현관문을 열었다. 현관에 들어서자 버지니아의 은은한 향수 냄새가 코를 자극했다. 현관 옷걸이에 걸려 있는 그녀의 코트와 숄에서 나는 냄새였다. 그는 촉감이 부드러운 모헤어코트에 잠시 얼굴을 파묻었다. 버지니아가 입고 다니던 코트에서 따스한 온기를 맡자 조금이나마 위로가 됐다.

"버지니아, 대체 어디로 사라진 거야?"

프레데릭은 전등을 켠 다음 주방으로 들어갔다. 수도꼭지에서 물방울이 똑똑 떨어지고 있어 꽉 잠갔다. 주방은 깨끗하게 정리돼 있었다. 싱크대와 식탁 역시 깨끗하게 치워져 있었고, 창문턱에 놓인 화분들은 물을 흠뻑 머금고 있었다. 버지니아가 집을 떠나기 전 물을 충분히 준 듯 화분 받침대에 물이 찰랑거렸다.

프레데릭은 주방에서 곧바로 이어지는 거실로 건너가 장식장에서 술잔과 위스키 병을 꺼냈다. 그는 술잔에 위스키를 가득 따른 뒤 단숨에 들이켰다. 술이 넘어갈 때 마치 목구멍에 불이 붙은 것 같은 느낌을 받았다. 순식간에 온몸으로 열기가 퍼져나가며 그나마 기분이 풀어졌다. 그는 위스키를 한 잔 더 따라 마셨다. 곤란한 문제가 있을 때 술의 힘을 빌리는 건 그의 방식이 아니었지만 지금은 낯선 긴장감을 풀어줄 뭔가가 필요했다.

프레데릭은 손에 술잔을 들고 집 안을 둘러보았다. 그가 집에 있던 때와 아무것도 달라진 게 없이 그대로였다. 버지니아에게 무슨 일이 생긴 것 같은 흔적은 전혀 찾아볼 수 없었다. 그는 이제 침실로 들어갔다. 두 개의 침대가 나란히 놓여 있었다. 옷장 문을 열고 버지니아의 물건들을 한 번 훑어본 뒤 금세 닫았다. 혹시 없어진 물건이 있는지 따져보기에는 시간이 너무 부족했다. 늘 책장과 벽 사이에 놓여 있던 빨간색 트렁크가 보이지 않았다. 버지니아가 여행을 떠나기 위해 빨간색 트렁크에 짐을 싼 게 분명했다.

프레데릭은 잠시 망설이다가 손님방으로 들어갔다. 나탄이 사용했던 방이 분명했지만 역시 전혀 이상한 점을 발견하지 못했다. 침대는 말끔하게 정돈돼 있었고, 옷장은 텅 비어 있었다. 나탄이 정말 손님방에 묵었는지 의심될 만큼 모든 게 완벽하게 정리돼 있었다.

설령 이 방에서 나탄의 낡은 양말 한 짝이 나온다 한들 뭘 증명할 수 있지?

프레데릭은 이제 완전히 지치고 말았다. 그는 손님방을 나와 침실로 들어간 다음 천천히 옷을 벗었다. 옷장 문에 달린 전신거울에 몹시 피곤에 지친 남자가 보였다. 눈빛에 두렵고 혼란스런 감정이 가득 차 있었다. 그 자신도 처음 대하는 표정이었다. 그는 평소 좀처럼 밖으로 감정을 드러내지 않는 편이었다.

프레데릭은 갈색 가운으로 갈아입고 침대에 누웠지만 눈을 감고 잠을 청할 수가 없었다. 그는 날이 밝는 대로 리비아를 찾아가볼 생각이었다. 그 전에 먼저 런던의 비서에게 전화해 내일 오전에 잡혀 있는 약속들 중 몇 개는 취소하고, 다른 몇 개는 다른 직원에게 대신 처리하게 하라고 지시했다.

저녁에 잡혀 있는 디너파티는 아직 어떻게 해야 할지 결정하지 못했다. 오후에 런던으로 돌아가 파티에 참석할 수도 있었다. 물론 버지니아가 불참하게 된 것에 대해 적절한 사과가 필요할 것이다. 만약 그때까지도 버지니아의 행방을 알아내지 못할 경우 과연 디너파티에 참석하는 게 옳은 일인지 가늠할 수 없었다.

프레데릭은 초조한 마음으로 거실로 내려가 창가에 놓인 작은 스탠드의 불을 켰다. 소파에 지난 며칠간의 신문이 차곡차곡 쌓여 있었다. 맨 위에 놓인 어제 날짜 신문을 집어 들었다.

누군가 어린 두 소녀를 유괴해 끔찍하게 살해한 사건이 신문의 1면을 차지하고 있었다. 기자는 두 사건이 동일범의 소행일 가능성이 크다는 주장을 펼치고 있었다. 네 살인 사라와 여덟 살인 레이첼은 똑같이 킹스린에 사는 아이들이었고, 환한 대낮에 실종됐지만 목격자는 전혀 없었다. 두 아이 모두 유괴범에게 성폭행당하고 나서 교살됐으며, 시신은 자동차의 접근이 가능한 외진 곳에서 발견됐다.

킹스린 주민들은 온통 불안감에 시달리고 있었고, 아이들을 더 이상 밖으로 내보내지 않았다. 경찰은 보호자 없이는 아이들이 단 한 발자국도 움직이지 못하게 했다. 두 사건의 진상을 규명하기 위한 특별위원회가 구성되기도 했다.

프레데릭은 특별위원회가 오히려 경찰수사에 부담을 가중시킬 수도 있다는 점을 알고 있었다. 솔직히 충격적인 사건일수록 선거캠페인에 활용하기에는 좋은 소스였다. 폭발력이 강한 이슈로 유권자들의 감성을 쉽게 흔들 수 있으니까. 다만 지금은 선거캠페인에 대한 생각에 몰두할 형편이 못되었다.

프레데릭은 평소에는 그냥 지나치던 스포츠 면까지 샅샅이 읽었다. 새벽 햇살이 커튼 사이로 스며들 무렵 그는 소파 등받이에 기대 깊은 잠에 빠져들었다.

2

리비아는 기억이 명료하고 선명해졌지만 과연 반가운 일인지 가늠할 수 없었다. 차라리 지난 일들이 전혀 기억나지 않는 편이 더 나을 듯했다.

화물선이 눈앞으로 다가서고 있었고, 나탄이 그녀를 댄델리온호의 난간 너머로 던지던 장면이 자꾸만 떠올랐다. 눈 위로는 시커먼 밤하늘이 드리워져 있었고, 눈 아래로는 성난 파도가 출렁이는 시커먼 바닷물밖에 없었다.

"어서 배에서 뛰어내려!"

나탄이 그렇게 소리쳤을 때 마치 죽음을 향해 뛰어드는 느낌이었다. 그녀는 바다를 가까이해본 적이 없었고, 얼마나 두려운지 배가 침몰하는 재난영화를 끝까지 본 적이 없을 만큼 익사에 대해 끔찍한 공포심을 갖고 있었다.

리비아는 죽음이 목덜미를 움켜쥐고 놓아주지 않는 느낌이었다. 댄델리온호를 삼켜버린 시커먼 바다에서 표류하다 가까스로 구명보트 위로 기어 올라갔을 때에도 살 수 있을 거라는 희망은 없었다.

그 후 어부들이 탄 배가 나타나 그들 부부를 구조해주었다. 몸에 담요를 두르고 육지에 발을 내디딘 순간 누군가 그녀를 향해 생수 한 병을 건네주었고, 그때 그녀는 비로소 살아 있다는 걸 실감했다. 지금도 분명 살아 있었지만 한시도 죽음에 대한 생각을 떨쳐버릴 수 없었다. 죽음은 시커멓게 철썩거리는 파도처럼 그녀 곁에 머물러 있었다.

아침에 의사가 병실에 와 오늘 퇴원해도 된다고 말했다.

"몸의 기력은 거의 회복됐습니다. 이 병원에서 할 수 있는 치료는 다한 셈입니다. 심리치료는 우리 소관이 아니죠. 정신적인 쇼크를 치료하려면 반드시 정신과전문의를 찾아가봐야 합니다."

리비아는 침대에서 커피 두어 모금과 딸기잼 한 스푼을 겨우 목구멍으로 넘겼다. 같은 병실을 사용하는 두 여자가 여러 번 말을 걸었지만 리비아는 영어를 못 알아듣는 척하며 대꾸하지 않았다.

리비아는 두 여자와 더 이상 같은 병실에 있고 싶지 않아 발을 질질 끌며 화장실로 가 거울을 들여다보았다. 거울 안에 볼이 움푹 꺼진 유령이 들어 있었다.

아침에 병실에 왔던 의사는 퇴원을 아주 쉬운 일처럼 말했지만 리비아는 나탄이 나타날 때까지 꼼짝없이 병원에서 기다려야 한다고 생각했다. 나탄이 나타나지 않아 그녀는 시시각각 불안감이 증폭되고 있었다. 지금 그녀는 화장실에 서 있었고, 기력을 회복하긴 했지만 수중에 돈 한 푼 남아 있지 않은데다가 돌아갈 집도 없었다.

병실로 돌아가면 두 여자가 조롱하는 눈빛으로 쳐다보겠지?

두 여자는 리비아의 결혼생활에 뭔가 문제가 있다는 걸 이미 눈치 채고 있었다.

리비아는 헝클어진 머리를 감고 싶었지만 샴푸가 없어 대충 얼굴만 씻었다. 그녀는 거의 기다시피 병실로 돌아와 옷장에서 옷을 꺼냈다. 사실 그 옷의 원래 주인은 그녀가 아니라 버지니아였다. 그녀는 이제 가진 게 전혀 없는 빈털터리였다.

청바지와 풀오버가 정말이지 잘 어울렸지만 그사이 살이 많이 빠진 탓에 옷이 헐렁했다. 거의 뼈만 남다시피 한 엉덩이 위로 바지가 거침 없이 미끄러져 들어갔고, 풀오버는 한 사람이 더 들어가도 될 만큼 공 간이 많이 남았다. 그녀는 마치 자신이 허수아비처럼 보일 거라는 생 각이 들었다.

버지니아에 대한 기억이 떠오르자 리비아는 어떡하든 그녀의 전화 번호를 알아내야겠다는 생각을 했다. 나탄과 연락할 수 있는 유일한 방법이기도 했다. 그는 여전히 버지니아의 주변에서 얼쩡대고 있을 게 뻔했다.

리비아는 제발 쿠엔틴 부부의 이름이 전화번호부에 등재돼 있기를 간절히 바랐다. 그녀는 병원에 오던 날 나탄이 옷장 속에 차곡차곡 쌓 아놓은 소지품들을 가방에 담았다. 원래는 돛대를 담았던 가방으로 지 난 2주 동안의 기억은 아직도 이어지지 않는 필름 형태로 남아 있었다.

스카이 섬에서 무슨 일이 있었는지, 나탄이 그녀를 병원에 데려가 기 위해 무슨 짓을 꾸몄는지, 노퍽까지는 어떻게 왔는지, 병원에는 어 떻게 입원하게 됐는지 전혀 기억나지 않았다. 한편으로는 나탄이 그 녀를 병원에 입원시킨 건 불가피한 선택이었을지도 모른다는 생각이

들기도 했다. 나탄이 귀찮은 짐짝을 치워버리기 위한 목적으로 그녀를 이 병원에 방치해둔 건 아닐까 생각되었다.

리비아는 두 여자에게 웅얼거리듯 작별인사를 한 다음 복도로 나왔다. 간호사들은 그녀가 이렇게 이른 시간에 도망치듯 퇴원하려고 하자 몹시 놀란 눈치였다.

리비아는 간호사들에게 남편이 병원 로비에서 기다리고 있다고 말했다. 독일을 떠나기 전 여행자건강보험에 들자고 강력히 밀어붙인 게 그나마 다행이었다. 그 덕분에 적어도 병원비 걱정은 하지 않아도 되었다.

이른 시간이라 병원로비는 텅 비어 있었다. 카페테리아 역시 아직 문을 열지 않고 있었다. 신문가판대 주인이 흰색 이동식서가를 가게 문 앞으로 밀고와 일간지들을 꽂기 시작했다. 그가 늘어지게 하품을 하며 신문을 정리하는 모습을 보니 새롭게 시작되는 오늘 하루에 대해 별로 기대할 게 없는 듯했다.

가운을 입은 노인이 보행보조기에 의지해 비틀거리며 지나갔다. 리비아는 상점들 앞을 지나가며 쇼윈도를 들여다보았다. 쇼윈도에 진열된 물건들에 흥미가 있는 건 아니었다.

리비아는 병실에서 나오자마자 이미 극복했다고 생각했던 병원의 음울한 분위기에 다시 한 번 압도됐다. 그녀는 걸핏하면 극심한 우울증에 빠져드는 자신의 성향에 대해 잘 알고 있었다. 우울증에 빠져드는 걸 막으려면 한시바삐 병원에서 벗어나야 했다.

병원 한구석에 비치된 공중전화가 보였다. 그 옆에 귀퉁이가 찢긴 전화번호부도 놓여 있었다. 전화번호부를 들고 펼치는 간단한 동작을 했을 뿐인데 얼굴에서 식은땀이 솟았다. 거의 먹지도 못하고 침대에 너무 오래 누워 있었던 탓이었다. 누군가 옆에서 부축해주지 않을 경우 백 미터도 걸어가기 힘든 상태라는 걸 깨달았다.

리비아는 킹스린에 쿠엔틴이라는 성을 가진 사람이 너무나 많은 것에 당혹해하면서 계속 전화번호부를 뒤적거렸다. 병원로비의 자동문이 열리는 게 얼핏 시야에 들어왔다. 청바지에 풀오버 차림의 남자가 머리도 빗지 않고 면도도 하지 않은 얼굴로 병원로비로 들어서고 있었다. 분명 어디선가 본 적이 있는 사람 같았지만 얼른 기억나지 않았다. 뇌의 기능이 정상적으로 회복되지 않은 탓이었다. 그러다가 그가 바로 버지니아의 남편이라는 사실이 떠올랐다.

리비아는 재빨리 전화번호부를 덮고 엘리베이터를 향해 걸어가고 있는 남자를 서둘러 뒤따라갔다.

"쿠엔틴 씨!"

리비아는 그 순간 현기증이 나는 바람에 로비 중앙에 있는 기둥을 붙잡고 간신히 버티고 섰다.

"쿠엔틴 씨!"

리비아는 다시 한 번 가쁜 숨을 몰아쉬며 소리쳤다.

마침내 남자는 그녀가 부르는 소리를 들은 듯 걸음을 멈추고 뒤를 돌아다보았다. 그가 잰걸음으로 그녀를 향해 다가왔다.

"모어 부인이죠?"

프레데릭이 깜짝 놀란 표정으로 그녀를 뚫어지게 쳐다보았다.

리비아는 자신의 몰골이 얼마나 형편없이 보이는지 그의 놀란 눈빛에서 새삼 확인할 수 있었다.

"나탄 모어 씨는 지금 어디에 있습니까?"

프레데릭이 물었다.

"제 남편이 쿠엔틴 씨 댁에 머물고 있다는 말을 들었는데요."

프레데릭이 몸을 제대로 가누지 못하는 리비아의 팔을 잡아 주었다.

"모어 부인은 즉시 병원으로 돌아가 의사선생님의 진찰을 받아보는 게 현명할 것 같은데요."

"저는 어서 이 병원에서 나가고 싶어요. 의사가 퇴원해도 된다고 했어요. 쿠엔틴 씨, 제발 저를 좀 도와주세요. 제발 저를 도와주세요. 제발 저를……."

리비아는 거의 패닉상태에 빠져 도와달라는 말을 반복했다.

"정말 병원을 나가도 괜찮겠습니까? 혹시 짐이 있습니까?"

리비아가 가방을 내려놓은 공중전화부스를 가리켰다.

"저기 제 소지품이 들어 있는 가방이 있어요."

프레데릭이 로비를 가로질러 가방을 가지러 가는 동안 리비아를 부축해주었다.

"일단 펀데일 하우스로 가는 게 좋겠습니다. 우리 집에 가면 편하게 누울 수 있는 소파도 있고, 혈액순환을 원활하게 해주는 약도 있어요. 병원에서 퇴원허락을 받은 건 확실하죠?"

"네, 의사가 직접 병실에 들러 퇴원해도 된다고 했어요."

프레데릭은 그녀의 말에 반신반의하며 병원 밖으로 나가는 문을 열었다.

"혹시 제 남편이 아직 쿠엔틴 씨 댁에 머물고 있나요?"

"어제까지 펀데일 하우스에 있었는데 지금은 없는 게 확실합니다. 나도 모어 씨가 어디에 있는지 행방을 알아보기 위해 부인을 찾아온 길이었습니다."

프레데릭이 단호한 표정으로 입술을 꽉 깨물었다.

*

한 시간 반 뒤에도 리비아는 여전히 혼란에서 벗어나지 못했다. 몸 상태는 훨씬 좋아졌다. 극심한 현기증 증세도 서서히 가라앉았고, 촉촉하게 이마에 배어 있던 식은땀도 멎었다.

리비아는 펀데일 하우스의 주방 식탁에 앉아 커피를 세 잔째 마시는 중이었다. 그녀는 프레데릭이 손수 만들어 준 토스트를 조금 베어 물고 천천히 씹어 삼켰다. 한동안 음식을 섭취하는 대신 링거 주사와 미음에 의존했던 탓에 빨리 먹으면 속이 거북했다.

프레데릭은 손에 커피 잔을 들고 계속 서성거렸다.

"킹스크로스역에 나가 런던에 오기로 약속한 버지니아를 기다렸지만 끝내 만나지 못했습니다. 어떻게 된 일인지 걱정돼 밤늦게 부랴부랴 차를 렌트해 킹스린으로 달려 왔습니다."

딸아이는 약속대로 관리인 부부의 집에 맡겨져 있었고, 버지니아의 트렁크는 사라졌다. 예상했던 대로 자동차는 보이지 않았고, 현관문과 창문들은 굳게 잠겨 있었다.

"오늘 새벽 딸아이와 이야기를 나눠 봤습니다. 버지니아는 딸아이에게 아빠를 만나러 런던으로 갔다가 토요일에 함께 돌아올 거라고 했다더군요. 딸아이는 모어 씨와 거실에서 작별인사를 나눴는데, 그때 그는 텔레비전으로 스포츠 중계를 보고 있었답니다. 잭 워커 씨가 기차역까지 태워다 주겠다고 제안했지만 버지니아가 거절했다더군요."

리비아는 토스트를 다시 한 입 더 베어 문 다음 겨우 씹어 삼켰다.

"저는 도무지 이해가 안 돼요. 나탄이 마지막으로 병원을 방문한 날이 그제였어요. 그때 제 몸 상태가 안 좋아 나탄이 한 말을 제대로 알아들었는지 확신할 수 없지만 제 기억으로는 분명 다음날 병원에 오겠다고 약속했어요. 나탄은 병원에 오겠다는 약속을 지키지 않았죠."

"혹시 아주 사소한 거라도 더 기억나는 건 없습니까?"

"나탄은 제가 금요일에 퇴원하게 될 거라고 말했어요. 제가 퇴원하면 어디로 갈 건지 물었더니 당분간 쿠엔틴 씨 댁에서 신세를 질 수밖에 없다고 했어요."

리비아는 너무나 부끄러워 프레데릭의 얼굴을 똑바로 쳐다볼 수 없었다. 그녀는 아직 뇌의 기능이 정상적으로 돌아오지 않았지만 현재 상황이 어떻게 돌아가고 있는지 대강이나마 짐작할 수 있었다.

"나탄은 쿠엔틴 부인의 자동차를 빌려 타고 병원에 왔다고 했어요."

"모어 씨는 펀데일 하우스를 마치 자기 집처럼 생각했나 봅니다. 정말 대단한 사람이네요."

리비아가 토스트를 접시 위에 내려놓았다. 이제 더 이상 먹을 수가 없었다.

"제가 대신 사과드릴게요. 정말 죄송해요."

리비아가 기어들어가는 목소리로 말했다.

"당신 잘못은 없어요. 내 말투가 거칠었다면 용서하세요. 버지니아가 걱정돼 신경이 예민해진 탓이니까 이해해줘요. 솔직히 말해 난 지금 불안해 미칠 지경입니다. 내가 아는 한 버지니아는 아무런 연락도 없이 자취를 감출 사람이 아닙니다. 말 못할 일이 생겨 잠시 집을 떠나 있다면 킴의 안부가 궁금해서라도 이미 전화 한 통쯤은 했을 겁니다."

프레데릭은 잠시 말을 중단하고 식탁에 커피 잔을 내려놓은 다음 리비아를 뚫어지게 쳐다보았다.

"뭔가 심상치 않은 일이 벌어진 게 분명합니다. 한시바삐 모어 씨의 행방을 알아내야만 해요. 평소 모어 씨에 대해 궁금한 게 몇 가지 있었는데 물어봐도 될까요?"

"뭔지 말씀해 보세요. 제가 아는 대로 대답해드리겠습니다."

"모어 씨가 스스로 말하길 독일에서는 베스트셀러 작가라고 하던데 통장에 잔고가 전혀 없다는 게 납득이 되지 않더군요. 유명작가라면 다달이 받는 인세가 제법 될 텐데 통장에 잔고가 한 푼도 남아 있지 않다는 게 이상하잖아요. 당신들은 독일대사관을 찾아가면 큰 도움을 받을 수 있을 텐데 왜 사서 고생을 하죠? 독일대사관을 찾아가면 당신들이 귀국하는데 필요한 조치를 취해줄 텐데 무엇 때문에 주저하죠? 모어 씨가 독일로 돌아갈 생각은 하지 않고 왜 우리 부부에게 찰싹 들러붙으려고 하는지 이유를 모르겠더군요. 버지니아는 런던으로 날 만나러 오기 위해 여행 가방을 꾸린 뒤 행방이 묘연해졌습니다. 모어 씨와 자동차도 버지니아처럼 행방이 묘연해졌죠. 당신은 지금 무슨 일이 벌어지고 있다고 생각합니까?"

"저는 이 집에서 무슨 일이 벌어졌는지 전혀 몰라요. 나탄이 지금 어디에 있는지도 모르고요."

"당신은 모어 씨의 부인이니까 그가 어떤 사람이고 어떻게 살아왔는지 정도는 알고 있지 않나요?"

리비아는 어서 이 곤란한 상황에서 벗어나고 싶을 뿐이었다.

"쿠엔틴 씨는 이상하게 생각할지 모르지만 저 또한 나탄에 대해 별로 아는 게 없어요."

프레데릭의 얼굴이 분노로 일그러지며 하얗게 변했다.

"당신은 큰 충격을 받아 한동안 병원신세를 져야 했으니 모어 씨가 현재 어디에 있는지 모를 수도 있겠죠. 당신이 나에게 나탄에 대한 신상정보를 알려줄 경우 버지니아를 찾는데 중요한 단서가 될 수도 있습니다. 당신은 나탄에 대해 알고 있는 모든 사실을 내게 말해줘야 합니다. 버지니아가 당신에게 베푼 친절을 잊지 않았다면 빚을 갚을 수 있는 기회를 놓치지 말아야겠죠."

"나탄이 유명작가라는 말은 사실이 아닙니다. 그가 글을 쓰고 있는 건 분명한 사실이지만 아직 책을 낸 적은 없어요."

"그럼 그동안 대체 무슨 돈으로 생계문제를 해결했죠?"

"제 아버지가 주는 돈으로 살아왔어요. 제가 아버지를 돌봐주는 대가로 얹혀살았던 셈이죠. 아버지가 받는 연금으로 생활비를 충당했고, 나탄은 오로지 글만 썼어요. 저는 살림을 하는 틈틈이 아버지를 돌보고 정원을 가꾸기도 하며 살았죠."

"나탄이 베스트셀러 작가라는 말을 들었을 때부터 왠지 이상한 느낌이 들었죠. 솔직히 그 말을 듣는 순간 거짓말일 거라고 단정했습니다."

"작년에 아버지가 돌아가시고 나서 물려받은 집을 처분했는데 은행에 담보가 많이 잡혀 있는데다가 너무 낡아 큰돈을 받지는 못했어요. 그나마 나탄과 제가 한동안 생활비 걱정 없이 살 정도는 됐어요. 저는 집을 처분한 돈이 다 떨어지기 전에 나탄이 작가가 되겠다는 꿈을 포기하고 제대로 된 일자리를 구하길 원했어요."

"결국 나탄이 당신의 소망을 외면했겠군요."

리비아는 눈보라가 요동치는 황량한 겨울 벌판에 서 있는 것 같았던 그 당시의 암담했던 기억이 되살아났다. 나탄에게 일자리를 구해보라고 애원했지만 묵살당하고 나서 그녀는 어쩔 수 없이 살아갈 방법을 찾기 위해 일을 찾아 나섰다.

나탄은 떠나지 못해 안달했고, 그들 부부가 안정적으로 살아갈 수 있는 기반을 마련하기 위한 노력을 회피했다.

"나탄은 단 한 번도 제대로 된 직업을 가져본 적이 없어요. 그는 대학에 다닐 때 영문학, 독문학, 역사학을 공부했죠. 가뜩이나 일자리를 구하기 힘든 분야이기도 했지만 나탄은 아예 직장을 구할 생각이 없어 보였어요. 어느 날 그는 요트로 세계일주를 하고 싶다는 이야기를 꺼냈어요. 사실은 몇 년 전부터 나탄이 입버릇처럼 말해온 꿈이었지만 제가 아버지를 혼자 내버려둘 수 없다는 핑계를 대며 무마해왔죠. 아버지가 돌아가시고 나서 더는 그를 말릴 수 있는 방법이 없었어요."

"결국 당신이 아버지로부터 물려받은 재산을 처분해 요트를 구입했겠군요?"

리비아가 고개를 끄덕였다.

"요트를 구입하고 나자 우린 남은 돈이 한 푼도 없었죠. 나탄은 책 쓰는 일을 하고 싶어 했고, 그가 쓴 책이 영화화되길 희망했죠. 나탄은 글을 쓰기 위해서는 우리가 살던 곳에서 한시바삐 벗어나야 한다고 했어요. 고집불통이었던 우리 아버지와 황량한 소도시가 그의 작가적 재능을 마비시킨 주범이라고도 했죠."

"아주 편리한 사고방식이군요. 실패의 책임을 다른 사람에게 전가하는 게 패배자들의 전형적인 수법이죠."

리비아는 삐걱거리는 계단, 환기가 제대로 되지 않아 사시사철 퀴퀴한 냄새가 배어 있던 벽면, 한겨울만 되면 늘 난방장치가 고장 났던 그 낡고 음울한 집을 떠올렸다. 그녀의 아버지는 돈에 인색한 사람이라 꼭 필요한 집수리조차 못하게 막았다. 퀴퀴한 냄새를 없애고 집을 밝은 분위기로 바꾸기 위해 페인트를 칠하려고 했지만 아버지가 번번이 반대하는 바람에 시도조차 해보지 못했다. 완고한 아버지를 모시고 살아간다는 건 형벌이나 다름없었다. 어느 집에 수저가 몇 벌 있는지 알 정도로 작은 마을이라 온갖 소문과 험담이 무성한 곳이었다. 지극히 사소한 행위나 언행조차 이웃사람들의 귀에 들어가기 일쑤였다. 비밀이 없는 작은 마을의 문화에 익숙하지 않은 사람들에게는 우울증을 유발하기 딱 좋은 곳이었다. 그나마 리비아는 그 작은 마을에서 태어나고 자란 탓에 적당히 타협하며 지낼 수 있었다. 나탄이 '질식할 것처럼 갑갑한 곳'이라고 불만을 토로하던 마을이 적어도 그녀에게는 친숙한 고향이었다.

리비아는 무려 12년 동안이나 처가살이를 한 나탄이 그 마을에서 벗어나고 싶어 하는 심정을 충분히 이해할 수 있었다.

"우린 이제 가진 게 아무것도 없는 빈털터리가 되었죠. 독일대사관을 찾아가면 문제없이 독일로 돌아갈 수 있도록 배려해줄 거라고 하셨죠. 대체 어디로 가죠? 우린 집도 없고 돈도 없고 일자리도 없어요. 나탄이 이 댁에서 신세를 지려 한 것도 아무것도 남지 않은 빈털터리이기 때문이었을 거예요. 최소한 잠잘 곳은 있어야 하니까요."

프레데릭이 자세를 똑바로 하고 나서 천천히 머리를 쓸어 올렸다.

"빌어먹을! 도대체 나탄의 속셈이 뭔지 모르겠군요. 설마 영원히 이 집에서 머물 생각은 아니었겠지. 혹시 나탄이 당신들이 직면한 불행을 극복할 대안을 갖고 있을 거라 생각합니까?"

"손해배상청구를 할 경우 얼마간 배상을 받지 않을까요?"

"내가 알고 있는 모든 가능성을 종합해 볼 때 당신들의 요트와 충돌한 화물선을 찾아내는 건 불가능에 가까운 일입니다. 설령 화물선의 정체를 알아낸다고 해도 소송이 몇 년이 걸릴지 알 수 없죠. 대체 그 많은 세월을 어떻게 견딜 수 있겠습니까?"

리비아가 고개를 들어 프레데릭을 올려다보았다.

"저는 지난 며칠 동안 의식이 오락가락 하는 상태로 지내왔기에 나탄에게 무슨 일이 있었는지 전혀 몰라요. 나탄이 어디에 머물고 있는지도 몰라요. 친절한 쿠엔틴 부인이 어디 있는지도 몰라요. 나탄이 지금 어디에 있는지 짐작조차 할 수 없어요. 제발 오갈 데 없는 저를 내쫓지 말아 주세요.

프레데릭이 리비아를 쳐다보았다. 조롱의 의미보다는 연민과 동정심이 담겨 있어 다행이었다.

리비아는 수치심에 눈을 감았다. 프레데릭이 적어도 당장 내쫓지는 않을 것 같아 그나마 안도감이 들기도 했다.

2부

9월 1일, 금요일

1

버지니아는 차를 타고 달린 지 두어 시간쯤 지날 무렵 문득 허기와 갈증을 느꼈다. 아직 동이 트지 않아 어두컴컴한 새벽에 잠에서 깨어 났을 때 온몸의 뼈마디가 욱신거렸고, 목 근육이 뭉친 듯 고개를 돌리 려 하자 입에서 저절로 신음소리가 터져 나왔다. 차안이 온통 습기와 냉기로 가득했다.

어젯밤, 가로등도 없는 캄캄한 도로에 안개마저 자욱하게 끼는 바 람에 앞이 보이지 않아 더 이상 달릴 수가 없었다. 버지니아는 캄캄한 어둠 속에서 차 문을 열고 조심스럽게 바닥을 향해 발을 뻗은 다음 미 끄러지듯 차에서 내렸다. 뻑뻑한 청바지와 속옷을 힘겹게 내리고 발 밑에 밟히는 풀들을 향해 오줌을 누었다. 주변이 칠흑처럼 어두웠다. 그들이 차를 세운 곳은 영국 북부지방을 관통해 구불구불 이어지는 국도변이었다. 뉴캐슬에서도 제법 멀리 떨어진 곳으로 스코틀랜드와 의 경계지점이 그리 멀지 않은 곳에 있었다. 버지니아는 하룻밤 묵어 갈 민박집을 찾아보자고 했지만 나탄은 자동차 안에서도 얼마든지 잠 을 잘 수 있다며 말을 듣지 않았다.

차안에서 자기에는 내 나이가 너무 많지 않나?

새벽 기온도 노펴보다는 훨씬 쌀쌀했다. 버지니아는 여행 가방을 열고 두꺼운 풀오버를 꺼내 입고 자동차보닛 위에 걸터앉아 널리 펼쳐진 들판을 바라보았다. 가을 분위기를 물씬 풍기는 들판과 회색 구름이 두텁게 낀 하늘이 제법 잘 어울리는 날이었다.

버지니아는 평화로운 전원풍경에 금세 동화되며 신선한 공기를 깊숙이 들이마셨다. 어둠이 점점 주위를 잠식해가는 빛에 자리를 내어주며 서서히 사라져가고 있었다.

대학시절, 마리화나를 피우던 기억이 떠올랐다. 살아온 날들과 살아갈 날들에 대한 고민보다는 오롯이 현재의 시간에 모든 걸 용해시켰던 날들이었다. 대학시절과 차이가 있다면 지금은 마리화나에 기대지 않고도 그 상태에 도달해 있다는 것이었다.

나탄은 뻣뻣해진 몸의 근육을 풀어야겠다며 조깅을 하러 갔다. 한 시간 후 나탄이 대지를 물들이며 번져가는 빛을 뚫고 달려오는 모습을 보는 순간 온갖 잡념들이 떠오르며 마법이 스르르 풀려버렸다.

대학시절, 마리화나는 그녀를 욕망의 화신으로 만들었다. 마리화나가 무제한으로 제공되던 파티들은 언제나 난잡하고 방탕한 섹스로 이어졌다. 파티에서 처음 만난 남자와의 원 나이트 스탠드가 어렴풋이 떠올랐다. 마리화나의 환각 작용 탓에 욕망의 포로가 된 그녀는 처음 만난 남자와 아무런 가책이나 두려움 없이 성적 쾌락을 즐겼다.

나탄이 어느새 그녀 앞까지 달려오고 있었다. 그에게서 축축한 공기 냄새가 났고, 얼굴에는 홍조가 살포시 드리워져 있었다.

이번 선택은 마리화나 때문이 아니야!

버지니아는 문득 그를 안고 싶었다. 보닛 위에서라도 상관없고, 차

뒷좌석이라도 상관없고, 이슬이 촉촉하게 내려앉은 땅바닥이라도 상관없었다. 과거나 미래에 연연하지 않고, 오로지 현재의 순간에 몰입하는 열정적인 섹스에 빠져들고 싶었다.

난 지금 마리화나를 여섯 개쯤 연이어 피웠을 때처럼 미친 지도 몰라.

나탄이 그녀의 마음을 꿰뚫고 있다는 듯 기묘한 미소를 지었다. 그의 눈빛이 이제 준비가 됐으니 결정은 당신이 알아서 하라고 말하는 듯했다. 그의 지나친 자신감이 오히려 일탈의 충동을 억제시키는 효과를 냈다. 겨우 욕망을 억제할 수 있게 된 그녀는 비로소 안도했다.

목에 가시라도 걸린 듯 따가운 통증이 느껴졌다. 따스한 물로 샤워가 하고 싶었고, 양치질도 하고 싶었고, 향기가 나는 샴푸로 머리를 감고 싶었다. 헤어드라이어의 윙윙거리는 소리와 따뜻한 바람이 그리웠다. 무엇보다 간절히 생각나는 건 뜨거운 커피 한 잔이었다.

나탄은 몸을 웅크리고 새우잠을 잔 탓에 온몸이 욱신거릴 텐데도 전혀 내색하지 않았다. 그는 여전히 집중력도 뛰어나 황량한 고원지대를 관통하는 꼬불꼬불하고, 좁고, 축축하고, 안개가 자욱하게 낀 길에서도 비교적 안정적인 운전을 하고 있었다.

"추운 날씨에 차안에서 잠을 잔 탓인지 온몸의 뼈마디가 다 쑤셔요."

"이제 곧 국도를 벗어나 고속도로로 진입하게 될 거예요. 고속도로 휴게소에 들러 아침을 먹고 가야겠어요."

"당신은 이 지역의 지리를 훤히 꿰고 있군요. 이 지역 지리를 어쩜 그렇게 잘 알죠?"

"사실은 출발하기 전에 지도를 살펴봤어요."

"난 아무리 눈을 씻고 둘러봐도 이 근처에 고속도로가 있을 것 같지 않아요. 고속도로는커녕 목초지 한가운데로 깊숙이 들어와 있는 것 같아요."

나탄이 고개를 돌려 그녀를 쳐다보았다.

"잠시 후 고속도로에 진입할 테니까 걱정하지 말아요."

"차안에서 잠을 잔 탓에 목 근육이 뭉쳤나 봐요. 고개를 돌릴 때마다 목이 욱신거려요. 어서 따뜻한 커피라도 한 잔 마셔야지 몸이 풀릴 것 같아요."

"이제 곧 따뜻한 커피를 마시게 될 거예요."

버지니아는 손바닥으로 양쪽 관자놀이를 지그시 눌렀다.

"내가 저지른 행동에 대해 과연 용서받을 수 있을까요?"

"어제, 당신은 미쳐버리기 일보직전이었어요. 어쩔 수 없는 일이었죠."

"그래요, 어제는 정말 미쳐버릴 것 같았어요."

버지니아는 차창 너머에 자욱하게 낀 안개를 무심코 바라보았다. 머릿속에서 어제 펀데일 하우스의 침대 위에 누워 있던 자신의 모습이 떠올랐다. 그녀는 프레데릭과의 약속을 지키기 위해 모든 준비를 다 했다. 런던 행 열차표를 구입했고, 프레데릭에게 전화해 도착시간을 알려 주었다. 킴을 관리인 부부에게 맡기고 나서 옷장 옆에 놓아둔 트렁크를 꺼내 속옷과 양말, 구두를 차례로 집어넣었다. 맨 마지막에 옷걸이에 고이 걸어둔 새 드레스를 꺼냈다. 드레스가 구겨지지 않게 케이스에 넣어 따로 가져가야 할지 잠시 고민하다가 트렁크만 가져가기로 결정했다. 만약 드레스가 구겨질 경우 런던의 집에서 재빨리 다림질하면 문제없을 것 같았다.

버지니아는 드레스를 침대 위에 펼치고 소매 부위를 접었다. 그때까지 런던에 가는 건 기정사실이었는데 갑자기 아무 것도 할 수 없었다. 그녀는 드레스를 트렁크 안에 넣지 않기로 했고, 런던 행 열차를 타지 않기로 했고, 디너파티에 참석하지 않기로 했다.

나탄이 침실로 찾아가보니 버지니아는 침대에 그대로 누워 있었고, 뺨 위로 눈물이 주르르 흘러내리고 있었다.

"런던에 가지 않을래요. 난 런던에 갈 수 없어요."

나탄이 그녀를 일으켜 세운 다음 팔을 부축해주었다. 그의 어깨에 머리를 기대는 순간 격렬한 울음이 터져 나왔다.

"난 런던에 갈 수 없어요."

그녀는 같은 말을 계속 반복했다.

"원하지 않으면 가지 말아요."

버지니아는 아무런 말도 하지 않고 계속 울기만 했다.

"강한 여자는 어디로 사라졌죠? 지난날, 당신은 원하지 않는 일은 절대로 하지 않는 여자였잖아요."

계속 눈물이 쏟아졌다. 몇 년 만에 처음으로 흘리는 눈물이었다.

"눈치 보지 말고 당신이 원하는 대로 해요."

"스카이 섬에 가고 싶어요."

"내가 당신을 스카이 섬에 데려다줄게요."

버지니아는 깜짝 놀라 눈물이 쏙 들어가 버렸다.

"프레데릭이 실망할 거예요."

"왜 그를 실망시키면 안 되죠?"

그렇게 묻자 막상 대답할 말이 떠오르지 않았다.

벽처럼 둘러쳐진 짙은 안개가 자동차 안까지 스며들어오려는 것처럼 느껴졌고, 끔찍한 편두통이 시작되려 하고 있었다.

"당신은 왜 내게 남편과의 약속을 지켜야 한다고 설득하지 않았죠?"

"당신은 런던에 갔을 경우 아마 패닉상태에 빠졌을 거예요. 당신이 감당해내지 못하리란 걸 알면서도 런던에 가야한다고 설득할 수는 없잖아요."

"어제 리비아가 입원해 있는 병원 앞에 차를 세우고 당신을 내쫓을 수도 있었어요. 그럼 당신은 하룻밤 묵을 곳도 없는 처량한 신세가 되었을 거예요."

"차라리 그때 쫓겨났더라면 불편하게 차에서 자지 않아도 됐을 텐데 정말 아쉽네요."

"당신도 잠자리가 불편했어요?"

"적어도 당신보다는 키도 크고 체격도 큰 내가 비좁은 차안에서 새우잠을 자는 게 그리 편할 리는 없잖아요?"

"킴에게 전화한다는 걸 깜빡했어요."

"그럼 더 늦기 전에 어서 해봐요."

버지니아는 콘솔박스 위에 놓여 있는 휴대폰을 집어 들었다. 어제는 하루 종일 휴대폰을 꺼두었다. 프레데릭이 런던에 도착하기로 한 시간이 지났을 때부터 계속 전화를 걸었을 게 뻔했다. 프레데릭이 관리인 부부와도 통화를 했을 테니 킴 역시 엄마가 사라졌다는 사실을 알고 있을지도 모른다.

"킴에게 뭐라고 말해야 할까요? 당신과 함께 스카이 섬으로 가고 있다고 솔직하게 이야기하는 게 좋을까요?"

"스카이 섬으로 간다고 하면 당신 남편이 곧장 뒤따라올 텐데 괜찮아요? 더구나 당신이 저와 동행하고 있다는 사실을 알게 될 경우 곧장 뒤쫓아와 우릴 둘 다 죽이려 할 텐데요."

"그건 안 돼요. 난 프레데릭의 얼굴을 보고 싶지 않아요."

버지니아가 몸을 부르르 떨며 어깨를 으쓱했다.

프레데릭을 생각하자 버지니아는 속이 울렁거리기 시작했다.

마침내 그들은 글래스고우 방향으로 뻗어 있는 고속도로로 진입했다. 나탄이 속도를 높여 질주하기 시작했고, 안개가 서서히 흩어지고 있었다.

"오늘 저녁에 우린 스카이 섬에 도착할 겁니다."

버지니아는 킴이 울며불며 엄마를 찾고 있을지도 모른다는 생각이 들자 도저히 견딜 수 없어 휴대폰을 켰다. 예상했던 대로 지난 24시간 동안 받지 않은 부재중 전화와 음성메시지들이 잔뜩 있었다.

더 이상 프레데릭의 목소리를 듣고 싶지 않았기에 음성메시지를 확인하지 않기로 했다.

버지니아는 관리인 부부의 집으로 전화를 걸었다.

전화벨이 두 번 울렸을 때 그레이스가 전화를 받았다.

"그레이스? 버지니아 쿠엔틴이에요."

"쿠엔틴 부인, 모두들 많이 걱정했는데 대체 지금 어디에 계시죠?"

"어떻게 된 일인지 나중에 차차 알려줄게요. 지금은 일단 킴하고 이야기하고 싶어요. 킴이 아직 거기 있죠?"

"어젯밤, 쿠엔틴 씨도 런던에서 급히 내려오셨어요. 지금 본채에 머물고 계시는데 부인의 안위가 걱정돼 몹시 침통해 계시죠."

"그레이스, 난 지금 킴과 이야기하고 싶어요. 프레데릭에게는 나중에 설명할 기회가 있을 거예요."

"원하시는 대로 해드리죠."

그레이스가 킴을 불러 전화기를 넘겨주는 소리가 들려왔다.

"엄마! 지금 어디 있는 거야? 아빠가 엄마를 찾고 있어."

"엄마는 잘 있으니까 걱정할 필요 없어. 엄마는 런던에 가기로 했던 계획을 변경했을 뿐이야."

"런던에는 안 갈 거야?"

"엄마는 지금 다른 곳에 와 있지만 곧 다시 너에게로 돌아갈 거야."

"언제 돌아올 거야?"

"곧 돌아갈 테니까 걱정하지 말고 있어."

"월요일 개학 전까지 집에 올 수 있어?"

"그렇게 하도록 애써볼게."

"그레이스 아줌마네 집에 오래 머물러도 괜찮아?"

"아빠가 펀데일 하우스에 와 있다면서?"

"아빠는 오늘 새벽에 집에 왔어."

"아빠 말 잘 듣고, 그레이스 아줌마와 잭 아저씨가 시키는 대로만 하면 돼. 절대로 혼자서 멀리 나가지 마."

킴이 한숨을 푹 내쉬었다.

"엄마 말대로 할게. 난 이제 아기가 아니야. 그레이스 아줌마도 요즘 틈만 나면 계속 그 이야기만 하고 있어."

"그래, 넌 이제 아기가 아니야. 엄마는 네가 자랑스럽단다. 다시 전화할게, 사랑해!"

버지니아는 그레이스가 수화기를 낚아채 계속 듣기 싫은 이야기를 늘어놓을까봐 즉시 휴대폰을 껐다. 그녀가 없는 동안 킴을 잘 보살펴줄 수 있는지 물어봐야 하는 게 예의였지만 그러다가 자칫 통화가 길어질 경우 행선지를 들킬 수도 있어 곤란했다.

그레이스의 옆에 있던 잭이 본채에 있는 프레데릭에게로 달려갔을 경우 조금이라도 더 길게 통화하기 위해 별의별 질문을 다했을지도 모른다.

버지니아는 만의 하나라도 프레데릭과 통화하게 될 위험을 감수하고 싶지 않았다.

"기분이 좀 나아졌어요?"

버지니아가 고개를 끄덕였다.

"킴이 잘 있다는 걸 확인하고 나자 그나마 마음이 편안해졌어요. 프레데릭이 벌써 집에 와있나 봐요. 남편은 아마 지금쯤 제정신이 아닐 거예요."

"충분히 짐작할 수 있는 일이지만 이젠 어쩔 수 없잖아요."

"휴게소는 아직 멀었어요?"

"이제 다 와 가요. 곧 따뜻한 커피를 마실 수 있을 테니까 잠시만 더 기다려요."

2

버지니아는 뜨거운 커피 두 잔에 토스트와 스크램블드에그까지 곁들여 먹고 나니 그제야 살 것 같았다. 고속도로 휴게소는 청소도 잘 돼 있었고, 직원들도 친절했다. 버지니아는 화장실에서 세수를 한 다음 머리도 매만지고 립스틱도 발랐다.

날씨가 추워 9월 1일이 아니라 마치 11월 중순쯤 된 것 같았다. 아직 이른 시간이라서인지 그들 말고는 신문을 읽고 있는 남자손님 하나가 전부였다.

버지니아는 휴게소 의자에서 다리를 쭉 뻗고 앉아 머그잔에서 전해지는 따스한 온기를 음미했다. 그녀는 조용한 음악이 흐르는 가운데 자신의 얼굴에 다시 미소가 번지기 시작했다는 걸 깨달았다.

"내가 참 못된 여자라는 생각이 들어요. 프레데릭을 미치게 만들어놓고, 이렇게 나 몰라라 하고 있으니 정말 나쁜 여자죠. 남편은 나 때문에 몹시 걱정하고 있을 텐데 솔직히 난 지금 기분이 몹시 **좋아요.**"

버지니아는 마치 내면의 소리에 귀를 기울이는 듯 눈을 지그시 감았다.

"지금 당신의 기분이 좋은 이유가 뭐라고 생각해요?"

"내 마음 깊은 곳에 잠들어 있던 자유가 드디어 길을 찾아 밖으로 나왔어요. 프레데릭에게는 몹시 잔인한 짓이라는 걸 알지만 그 어떤 대가를 치르더라도 다시는 되돌아가지 않을 거예요."

"그럼 돌아가지 말아요."

나탄이 당연하다는 듯 말했다.

버지니아는 머그잔 너머로 나탄을 쳐다보았다. 그녀는 자신의 눈에서 반짝거리는 빛이 나기 시작했다는 걸 깨닫고 있었다.

밖에서는 비가 내리기 시작했다. 버지니아는 머그잔을 내려놓은 다음 숨을 깊이 들이마셨다.

"토미가 죽었을 때와 똑같아요."

3. 마이클

1995년 3월 25일은 토요일이었고, 날씨가 유난히 포근하고 화창한 날이었다. 정원에는 크로커스와 수선화들이 활짝 피어 있었고, 뒤뜰 담장 너머에는 물오른 나무들이 봄바람에 취해 살랑살랑 가지를 흔들어댔다.

그날, 마이클은 아침부터 술에 만취해 있었다. 어젯밤, 그는 평소처럼 세인트 이베스 헬스클럽에 운동하러 갔다가 친구의 생일파티에 참석했다. 생일파티는 술집을 몇 군데 전전한 뒤에야 끝났고, 새벽녘까지 술을 마시느라 만취한 마이클은 용케 자전거를 타고 집으로 돌아왔다.

"날 데리러 오라고 전화하려다가 그냥 왔어. 당신이 곤히 자고 있는데 깨울 수는 없잖아."

버지니아는 무심코 고개를 끄덕였다. 늘 그랬듯 그녀는 마이클의 말을 건성으로 흘려들었다. 그의 말은 이제 그녀에게 소음이나 다름없었다.

마이클은 주방에 가서 물과 아스피린을 가져왔다. 그는 거실로 돌아와 안락의자에 털썩 주저앉더니 이맛살을 찌푸리며 물속에서 약이 천천히 녹아드는 모습을 바라보았다.

버지니아는 숙취로 인한 두통이 얼마나 고통스러운지 잘 알고 있었지만 마이클이 늘어놓는 신세한탄이 들어주기 힘들 만큼 귀에 거슬렸다. 그의 불만은 일, 주변사람들, 심지어 날씨로까지 이어지다가 마지막에는 늘 청혼과 임신을 거절한 그녀에 대한 비난으로 귀결되었다.

마이클은 더 이상 비난할 대상이 없을 경우 마치 비극의 주인공이 된 양 아버지의 무책임한 행동에 대해 비난했다. 부모의 이혼, 우울증 그리고 엄마의 비참했던 말년에 대해 한탄을 늘어놓기도 했다.

버지니아는 숙취 때문에 고통스러워하는 마이클을 혼자 남겨두고 정원으로 나왔다. 지난겨울에 정원 잔디밭에 떨어져 쌓인 낙엽을 치울 생각이었다.

버지니아는 일에 열중하다보니 토미가 집으로 들어서는 모습을 보지 못했다. 토미는 정원에 들어설 때면 언제나 큰소리로 인사하며 손을 흔들었는데 그날은 보지 못했다. 인사를 했지만 깊이 생각에 빠져 있었던 탓에 알아차리지 못했을 수도 있었다. 만취 상태로 거실 소파에 누워 있던 마이클도 당연히 토미가 집에 온 걸 눈치 채지 못했다.

토미가 그들의 집에 온 시간은 열한 시쯤이었다. 토미의 엄마는 아들이 이웃집 남자에게 환영받는 존재라는 사실을 잘 알고 있었기 때문에 아무런 고민 없이 놀러가는 걸 허락했을 것이다.

마이클과 버지니아가 아무것도 모르는 상태에서 토미는 비탈길에 주차돼 있던 차에 올라탔고, 운전석에 앉아 핸드브레이크를 풀었다. 차는 그 즉시 비탈길을 굴러 내려갔다.

버지니아가 쓸어 모은 낙엽들을 비닐봉투에 담고 있을 때 쾅 하는 폭발음이 들려왔다. 뒤이어 차들이 급브레이크를 밟는 소리, 귀청을 찢어대는 경적소리, 뭔가 우당탕 충돌하는 소리가 이어졌다.

무슨 일이지? 우리 집 앞에서 들려온 소리잖아?

화들짝 놀란 버지니아는 소리의 진원지인 언덕 아래 도로를 내려다보았다.

버지니아는 사고 현장이 명확한 사실을 보여주고 있었지만 몹시 당황해 한동안 상황을 제대로 파악하지 못했다. 그러다가 진입로에 세워둔 차가 사라졌다는 사실을 깨달았다. 그들의 차는 운전석 문이 열린 채 언덕 아래의 갈색 가드레일 옆에 뒤집어져 있었다. 가드레일 옆 도로경계선 표지판이 차 앞에 나뒹굴고 있었고, 도로 위에는 세 대의 차가 충돌한 채 서로 뒤엉켜 있었다. 얼마나 심하게 충돌했던지 한눈에 알아볼 수 있을 만큼 참혹한 현장이었다.

"도대체 무슨 일이야?"

마이클이 허둥지둥 달려 나오며 소리쳤다. 소파에 누워 있다가 곧장 달려 나온 그는 숙취 탓에 얼굴이 몹시 창백했다.

마이클이 도로를 내려다봤다.

"대체 어떻게 된 일이야? 우리 차가 저기에 있잖아?"

그가 버지니아를 쳐다보는 순간 두 사람의 입에서 동시에 비명이 터져 나왔다.

"토미!"

그들은 비탈길을 뛰어 내려갔다. 언덕 아래에 당도해보니 토미가 도로 위에 미동도 하지 않고 쓰러져 있었다. 머리에서 피를 흘리고 있는 운전자가 몸을 숙이고 토미의 맥박을 짚어보고 있었고, 검정색 레인지로버의 운전석에 앉은 금발머리 여자운전자는 공포에 질린 눈빛으로 계기판만 멍하니 바라보고 있었다. 얼마나 큰 충격을 받았는지 몸이 마비된 것처럼 보였다.

머리에서 피를 흘리고 있는 남자운전자가 고개를 들었다.

"아직 맥박이 뛰고 있어요."

버지니아가 엎드린 자세로 아스팔트에 쓰러져 있는 토미의 옆에 무릎을 꿇고 앉았다. 토미를 돌려 눕힐 엄두가 나지 않았다. 장기가 파열됐을 경우 몸을 움직이면 상태를 악화시킬 수도 있다는 말을 들은 적이 있었기 때문이다.

"토미, 내 말 들리니?"

버지니아가 작지만 간절한 소리로 속삭였다.

"이 아이가 느닷없이 도로로 튕겨져 나오는 바람에 급브레이크를 밟았지만 차를 멈춰 세울 수 없었어요. 눈 깜짝할 순간에 벌어진 일이었죠."

"마이클, 그렇게 서 있지만 말고 어서 구급차를 불러!"

버지니아가 마이클을 향해 소리쳤다.

창백한 얼굴로 어쩔 줄 모르고 서 있던 마이클이 집을 향해 달려갔다.

"차가 갑자기 언덕에서 굴러 내려왔어요."

버지니아는 귀를 틀어막고 아무 말도 듣고 싶지 않았지만 남자는 잠시도 말을 멈추지 않았다.

주근깨투성이 얼굴로 활짝 웃던 토미는 여전히 미동도 하지 않고 쓰러져 있었다.

"내 차 뒤에서 레인지로버가 빠른 속도로 달려 왔어요. 여긴 주거지역인데 속도위반을 한 게 분명해요. 레인지로버 운전자가 아이를 발견했을 때는 이미 너무 늦었어요. 브레이크를 밟을 시간이 없었죠."

"토미, 제발 무슨 말이라도 해봐!"

"아이가 밖으로 튕겨져 나온 걸 보면 차문을 제대로 잠그지 않았던 게 분명해요. 왜 어린아이 혼자 차에 타게 내버려두었죠?"

버지니아는 남자운전자와 논쟁을 벌이고 싶지 않아 묵묵부답으로 일관했다. 남자운전자 역시 레인지로버에 타고 있는 여자운전자처럼 큰 충격을 받은 건 똑같은데 대처방식은 정반대였다. 여자운전자는 몸이 마비된 듯 손가락 하나 까딱하지 못하고 멍하니 앉아 있는 반면 남자운전자는 잠시도 쉬지 않고 사고 당시 상황에 대해 쉴 새 없이 떠들어댔다.

"토미, 안 돼! 안 돼!"

토미의 부모가 절규를 쏟아내며 사고 현장으로 달려왔다.

"구급차가 곧 도착할 거야."

토미의 부모를 뒤따라온 마이클의 얼굴이 백짓장처럼 창백했다. 버지니아는 지금껏 그토록 창백한 얼굴을 본 적이 없었다. 그는 참담한 표정으로 믿을 수 없다는 듯 계속해서 고개를 저었다.

"맙소사! 내가 차 문을 잠그지 않아 토미가 사고를 당한 거야. 오, 하느님, 차문을 잠그는 걸 깜빡하다니? 내가 그런 끔찍한 실수를 저지르다니?"

마이클이 세상에서 가장 절망적인 눈빛으로 버지니아를 바라보았다.

그 순간 버지니아는 마이클의 영혼이 뿌리째 파괴되는 모습을 본 듯했다.

4

오후 5시쯤 그들은 로할쉬해협에 도착했다. 예전에는 스카이 섬에 가려면 해협을 끼고 있는 항구에서 배를 타야 했지만 지금은 위풍당당한 아치형 다리가 섬까지 걸쳐져 있었다. 사나운 파도가 출렁거리는 바다 저편에 스카이 섬이 있었다. 손을 뻗으면 닿을 듯 가까운 거리였다. 스카이 섬에서 가장 높은 산봉우리는 시커먼 먹구름에 가려 보이지 않았다. 가끔씩 구름 사이에 균열이 일어날 때마다 맑은 햇살이 쏟아지며 순식간에 납빛 바닷물을 은색으로 뒤덮어버렸다. 먹구름 사이의 균열이 메워지는 동시에 바다는 다시 음울한 납빛으로 돌아왔다.

그들은 눈처럼 새하얀 로할쉬호텔의 주차장에 차를 세우고 로비로 걸어 들어갔다. 그들 말고는 손님이 없었다. 스카이 섬에서 여름휴가를 보낸 피서객들은 이미 다 생활의 터전으로 돌아가고 없었다. 호텔 앞쪽으로 보이는 절벽 위에서 갈매기들이 떼를 지어 날아다니고 있을 뿐 그 어디에도 사람들의 자취는 보이지 않았다.

버지니아는 킴이 잘 지내는지 궁금해 미칠 지경이었지만 프레데릭이 관리인 부부의 집에 와 있다가 전화벨이 울리자마자 수화기를 집어 들까봐 전화를 걸 수 없었다. 아침에 전화했으니 프레데릭은 분명 다시 연락이 올 거라 기대하며 전화기 앞에 하루 종일 버티고 앉아 있을 가능성이 컸다.

프레데릭은 내가 지금 어디에 있는지, 대체 무슨 일이 벌어지고 있는지 알지 못해 걱정이 크겠지? 혹시 내가 나탄 모어와 함께 도피행각을 벌이고 있다는 걸 눈치 챘을까?

프레데릭이 절망과 당혹감에 휩싸여 있는 모습이 눈에 선했다. 그가 파티에 가지 않고 관리인 집 전화기 옆을 지키고 있을 경우 시간이 갈수록 걷잡을 수 없을 만큼 분노가 증폭될 수도 있었다.

"제발 킴이라도 잘 지내야 할 텐데 걱정이에요."

"관리인 부부가 잘 보살펴주고 있을 거예요. 아까 당신과 직접 통화했으니 적어도 소식을 전혀 모르고 있는 것보다는 안심이 될 겁니다. 분명 잘 지내고 있을 테니 너무 걱정하지 말아요."

나탄이 말하고 나서 목이 타는 듯 생수병의 물을 꿀꺽 삼켰다.

"제발 당신 말처럼 잘 지냈으면 좋겠어요."

버지니아는 얼굴을 유리창에 바짝 가져다댔다. 그녀는 지금 멀리 건너다보이는 스카이 섬과 해변의 수려한 풍광에 취해 있었다. 그녀는 자연이 발산하는 청정에너지를 몸 안 가득 채워 넣으려는 듯 크게 심호흡을 했다.

버지니아는 마치 고향에 돌아온 기분이었다. 평탄하지 않은 생을 살아오는 동안 늘 돌아가고 싶었던 곳이 바로 여기가 아니었을까 여겨질 만큼 친숙하게 느껴지는 곳이었다.

"이제 다리를 건너가도 괜찮겠어요?"

버지니아는 그 말에 고개를 저었고, 왜 그러는지 굳이 이유를 설명하지 않았다.

나탄은 어떤 생각들이 그녀를 망설이게 하고 있는지 짐작할 수 있었다. 스카이 섬으로 가기 위해 다리를 건널 경우 다시는 펀데일 하우스로 돌아갈 수 없으리라는 생각이 그녀를 주춤거리게 하고 있는 게 틀림없었다.

그들은 이틀 동안 꼬박 길을 달려 이곳에 당도했지만 아직은 마음만 먹으면 펀데일 하우스로 돌아갈 수 있는 기회가 남아 있었다. 물론 지난 이틀 동안의 일탈 행위에 대한 해명이 필요할 테고, 빗발치듯 쏟아지는 프레데릭의 질타를 고스란히 감수해야 할 테지만 아직은 화해의 가능성이 충분히 남아 있었다.

디너파티에 대한 부담감이 패닉상황을 초래해 어쩔 수 없이 도피행각을 벌일 수밖에 없었다고 해명할 경우 프레데릭은 분노를 누그러뜨리고 그녀를 용서해줄 가능성이 컸다.

육지를 떠나 나탄과 함께 스카이 섬으로 들어가는 순간 프레데릭과 연결된 끈은 완전히 끊어지게 되는 셈이었다. 설령 프레데릭이 지난 일에 대해 아무것도 묻지 않을 테니 당장 돌아오라고 하더라도 그녀는 결코 돌아갈 수 없을 것이다.

"아직 좀 더 기다려 봐요."

"알았어요."

버지니아는 그의 방식이 마음에 들었다. 나탄은 그녀가 왜 그래야 하는지 아무런 설명도 하고 싶지 않다는 걸 금세 알아차렸고, 그 즉시 뒤로 물러섰다.

버지니아는 먼 길을 달려오는 동안 마이클과 토미에 대해 지겹도록 이야기했지만 나탄은 단 한 번도 중간에서 말을 끊지 않고 들어주었다. 그가 가끔 질문을 하거나 반박하는 태도를 취한 건 그만큼 그녀의 이야기에 집중하고 있었다는 증거이기도 했다. 황량하고 적막한 길을 지나오면서 지난 시절의 서글픈 기억을 되살려 이야기하는 동안 그녀는 마음이 홀가분해지는 느낌을 받았다.

"토미는 살아났습니까?"

버지니아는 그 질문을 듣는 순간 나탄의 직관력에 깜짝 놀랐다. 그렇잖아도 머릿속으로 토미에 대해 생각하고 있었기 때문이다.

"미세하나마 맥박은 뛰고 있었지만 머리에 치명적인 부상을 당해 코마 상태에서 영영 깨어나지 못했어요. 의사들은 설령 목숨을 살릴 수 있다고 하더라도 영원히 뇌가 손상된 상태로 살아가야 한다고 했죠. 토미의 부모는 정상적인 생활이 불가능할지라도 죽지 않기를 바라며 기도했죠."

"부모 마음이야 다 그렇겠죠. 충분히 이해할 수 있어요."

"나는 종종 혼란스러웠어요. 코마 상태로 사는 것보다는 차라리 죽는 게 더 낫지 않을까 생각했죠."

"그 무렵 마이클은 어떻게 지냈죠?"

"토미가 사고를 내기 전날, 마이클은 차를 타고 캠브리지에 다녀왔어요. 나는 혼자 집에 남아 학교에 제출할 리포트를 쓰고 나서 정원을 손질했죠. 늦은 오후에 돌아온 마이클은 차를 진입로에 주차해 놓았어요. 그때 깜박 잊고 차 문을 잠그지 않았던 거예요. 마이클은 차문을 잠그지 않아 사고가 났다며 허구한 날 자신의 실수에 대해 자책했어요. 그는 하루도 빼놓지 않고 토미가 입원해 있는 병실을 찾아가 밤을 지새우다시피 했죠. 그는 불면증에 시달리고 있었고, 하루가 다르게 몸이 수척해졌어요."

"당신도 마이클의 실수 때문에 사고가 났다고 생각했나요?"

버지니아가 잠시 그를 쳐다보고 나서 시선을 바닷가 쪽으로 돌렸다. 바람이 불더니 구름 사이에 커다란 틈새가 벌어졌다. 그 순간 블랙

쿨린산의 최고봉인 스거르알라스데어가 눈앞에 모습을 드러냈지만 금세 먹구름이 몰려오는 바람에 순식간에 시야에서 사라졌다.

"토미는 단지 운이 나빴을 뿐이에요. 분명 비극적인 사건이었지만 어느 누구도 책임을 져야 할 만큼 큰 잘못을 저지르지는 않았다고 생각해요."

"마이클은 끝내 자기 자신을 납득시키지 못했군요?"

"우린 그 사건에 대해 자주 이야기를 나눴어요. 그때마다 마이클은 자신의 실수로 사고가 발생했다는 주장을 굽히지 않았죠. 4월 11일에 토미가 죽었고, 상황은 더욱 악화됐어요."

토미의 장례식 때 마이클은 온몸이 마비된 사람 같았다. 토미의 부모보다 그의 몰골이 더욱 초췌했다. 얼굴은 시체처럼 창백했고, 넋이 나간 사람처럼 눈빛이 몽롱했다.

"마이클은 정상적인 생활을 되찾으려고 부단히 노력했지만 상황은 점점 악화일로로 치달았어요. 어느 정도 시간이 흐르면 마이클이 정상적인 생활리듬을 찾을 수 있을 거라고 믿었지만 날이 갈수록 점점 더 의지가 약해졌어요. 마이클은 한동안 학교에도 가지 않고, 하루 종일 거실에 앉아 멍하니 벽만 바라보며 지냈죠. 열심히 다니던 헬스클럽에도 발을 끊었고, 친구들과도 어울리지 않았어요. 그는 점점 더 죄책감에 시달렸고, 날이 갈수록 심신이 피폐해졌죠. 그 무렵, 마이클은 마치 죽은 사람 같았어요. 토미가 죽은 후 그는 줄곧 산송장처럼 지냈죠. 그는 자살을 염두에 두고 있는 눈치였지만 스스로 목숨을 끊기에는 결단력이 부족했을 거예요."

"당신이 그가 정상적인 생활을 해나갈 수 있도록 붙잡아줄 수도 있었잖아요? 그는 당신과 결혼했더라면 분명 안정을 되찾지 않았을까요?"

"물론 그럴지도 모르지만 내 입장으로는 말처럼 쉬운 일이 아니었어요. 난 이미 오래 전에 그에게서 마음이 떠나 있었죠. 그의 우울한 성격이나 끝없이 이어지는 탄식을 들어줄 자신이 없었어요. 토미의 사고가 터지고 나서 상황은 점점 더 악화일로로 치달았고, 난 그의 절망을 감당할 수 없으리란 걸 깨달았어요."

버지니아는 먹구름이 밀려오고 있는 하늘에 시선을 둔 채 머리카락을 쓸어 올렸다.

"마이클은 계속 죄의식에 시달렸고, 끝내 벗어날 방법을 찾아내지 못했어요. 죄의식에서 벗어나려면 먼저 자기 자신을 용서해야만 하는데 그는 도무지 그럴 생각이 없었죠. 그는 자기 자신을 용서하는 건 토미에 대한 배신행위라고 생각했으니까요."

"그의 곁을 떠나야 한다는 생각은 안 해봤습니까?"

"사실은 자주 떠나야 한다고 생각했지만 결국 실행에 옮기지는 못했어요. 내가 그의 곁을 떠날 경우 곧바로 무너질 게 뻔했으니까요. 결국 난 이러지도 저러지도 못하고 차츰 미쳐가기 시작했어요. 사고가 나기 전에 이미 그의 곁을 떠나기로 결심했었는데 영원히 그에게 묶여버린 것 같은 느낌을 지울 수 없었죠."

마침내 버지니아는 먹구름이 잔뜩 끼어 있는 하늘에서 시선을 거두고 나탄의 얼굴을 쳐다보았다.

"결국 마이클이 먼저 내 고통을 끝내게 해주었어요. 어느 주말에 런던에 있는 친구를 만나고 돌아와 보니 마이클이 사라지고 없었죠. 커다란 트렁크 두 개와 그가 사용하던 물건들이 보이지 않았어요. 거실의 테이블 위에 마이클이 쓴 편지가 놓여 있었죠. 토미의 죽음 이후 그가 느낀 절망감에 대해 구구절절이 적어놓은 편지였어요. 그는 차 문을 잠그지 않은 것에 대해서도 자책했지만 토미에게 집착했던 것에 대해서도 자책했죠. 그가 집착하는 바람에 토미가 우리 집에 자유롭게 드나들 수 있게 되었고, 그 비극적 사고가 발생한 단초가 되었다고 믿었죠. 편지의 말미에 그는 이제 나를 영원히 놓아주겠다고 적어놓았더군요."

"그가 어디로 떠났는지 알고 있습니까?"

버지니아는 어깨를 으쓱했다.

"그는 어디로 갈지는 자기도 아직 모른다면서 혹시라도 찾아 나설 생각은 하지 않는 게 좋을 거라고 했어요. 떠돌이 삶을 염두에 두고 있었던 것 같아요."

"그를 찾아보았나요?"

"아뇨."

"그럼 그 후 그의 소식을 전혀 듣지 못했겠군요?"

"그 후 그의 소식을 듣지 못했죠. 그는 편지에 적어놓았듯이 내 곁에서 영원히 사라졌어요. 마치 이 세상에 더 이상 존재하지 않는 사람처럼 흔적도 없이 사라졌죠."

"장차 캠브리지대학의 교수가 될 수도 있었던 젊은 지성인에게 밀어닥친 불행치고는 너무나 가혹하군요. 그는 지금 어디에 있을까요? 아직도 떠돌이로 살아가고 있을까요? 아니면 다시 평범한 시민의 삶을 되찾았을까요?"

"그거야 나도 모르죠."

"혹시 알고 싶다는 생각이 들지는 않던가요?"

"아니, 전혀 알고 싶지 않았어요."

나탄이 그녀를 이상하다는 듯 쳐다보았다.

"아무리 생각해도 납득이 되지 않는 부분이 있어요. 그런 일들이 당신을 그토록 슬픔에 잠기게 만든 원인이 되었나요? 토미의 죽음이 당신의 마음을 아프게 한 건 충분히 이해할 수 있어요. 마이클의 불행한 운명이 당신의 마음을 아프게 한 것도 충분히 이해해요. 물론 마이클을 불행하게 만들었다는 죄책감 때문에 괴로워 한 적도 많았겠죠. 그가 떠났을 때 한 번도 찾아 나서지 않았고, 결국 그의 불행을 구제하지 못했으니까요. 다만 그것만으로는 당신이 현재 드러내 보이고 있는 삶의 태도에 대한 설명으로 충분하지 않다는 생각이 들어요. 대체 무엇이 당신을 펀데일 하우스의 그늘 속으로 밀어 넣었죠? 대체 무엇이 살고 싶지 않은 생각이 들게 할 만큼 당신을 괴롭히고 있죠? 난 당신을 그토록 괴롭히고 있는 정체가 뭔지 알아내고 싶어요."

스거르알라스데어 봉우리가 다시 갈라진 구름들 사이로 위용을 드러냈다.

버지니아는 대답 대신 나탄을 향해 고개를 끄덕였다.

"이제 다리를 건너가도록 해요."

9월 2일, 토요일

1

프레데릭은 벌써 몇 시간째 계속 전화기만 노려보고 있었다. 처음에는 실낱 같은 기대감을 품고 있었지만 점차 기운이 빠지며 좌절감이 밀려왔다. 결국 그는 버지니아가 다시 전화할지도 모른다는 기대를 접었다.

프레데릭은 버지니아로부터 전화가 왔다는 이야기를 듣자마자 관리인 집으로 건너와 전화기 옆을 한시도 떠나지 않았다. 버지니아가 본채로는 결코 전화하지 않으리란 걸 알 수 있었기 때문이다.

버지니아의 관심사는 오로지 킴에게 국한돼 있는 게 분명했다. 킴이 관리인 집에 있다는 걸 알고 있는 한 버지니아가 본채로 전화할 일은 없을 것이다. 그녀가 한 번 전화한 이후 다시 연락을 두절한 이유는 프레데릭이 관리인 집에서 대기하고 있다가 전화를 받을 가능성이 크다는 걸 염두에 두고 있었기 때문일 것이다.

프레데릭은 답답한 마음에 다시 몇 번이나 버지니아의 휴대폰으로 통화를 시도했지만 여전히 메시지보관함으로 곧장 넘어갔다. 그녀가 휴대폰을 꺼두었다는 건 달리 말해 프레데릭의 전화는 결코 받지 않겠다는 의사의 표시나 다름없었다.

왜?

프레데릭은 계속 그 질문에 대한 해답을 찾기 위해 온갖 상상력을 동원해가며 머리를 굴려 보았지만 끝내 알아내지 못했다.

이유가 뭘까? 버지니아의 신변에 대체 무슨 일이 벌어진 걸까? 내가 버지니아에게 무슨 잘못을 한 걸까? 디너파티 때문에? 내가 디너파티에 참석해달라고 압박하는 바람에 달아나 버린 걸까?

버지니아는 오랜 설왕설래 끝에 디너파티에 참석하기로 결정했다.

디너파티 참석 문제로 심한 압박감을 받았을 수는 있지만 패닉상태에 빠지게 할 만큼 무리한 부탁은 아니었지 않은가? 게다가 버지니아는 파티에 입고 갈 새 드레스까지 구입하지 않았던가?

프레데릭은 새 드레스를 구입했다는 말을 들었을 때 이제 상황이 바뀌는 일은 없을 것이라 단정하다시피 했다. 파티에 참석하기 위해 새 드레스를 구입한 여자가 돌연 계획을 취소하는 경우는 드무니까. 지금껏 버지니아가 사람들이 많이 모이는 파티를 기피해온 게 분명하지만 이번에는 다를 거라는 결론을 내렸다. 물론 그 결론을 입증할 증거는 어디에도 없었다.

프레데릭은 디너파티를 열기로 한 주최자에게 전화를 걸어 그들 부부는 참석하지 못하게 됐다고 통보하고 정중하게 사과했다.

"아내가 갑자기 심하게 아파 도저히 혼자 내버려둘 수 없을 것 같습니다."

"대단히 유감스런 일이군요."

파티 주최자는 정중하게 유감을 표했지만 그의 말에 반신반의하는 눈치였다.

프레데릭은 보수당 동료들에게도 전화해 아내가 아파 부득이 파티에 참석할 수 없게 되었다고 하자 모두들 미심쩍어하는 눈치를 보였다.

"더없이 중요한 자리인데 불참하게 되다니, 정말 안타까운 일이야."

"나도 일이 이렇게 될 줄 어찌 알았겠나? 정말이지 나도 속상하기 그지없는 일이지만 받아들일 수밖에 없지 않은가?"

"장담하지만 자넨 오늘 열리는 파티에 참석하지 않기로 결정한 것에 대해 크게 후회할 거야."

거실 구석에 세워져 있는 괘종시계가 벌써 12시 반을 가리키고 있었다. 그리고 보니 벌써 열다섯 시간이나 관리인 집 거실에 앉아 있었던 셈이다. 그레이스가 먹을거리를 가져다주었지만 손도 대지 않고 줄곧 커피만 마셨다.

오늘, 관리인 집 전화벨은 통틀어 세 번 울렸다. 낮에 두 번, 저녁에 한 번이었다. 프레데릭은 벨이 울릴 때마다 재빨리 수화기를 집어 들었지만 번번이 허탕을 쳤다. 집수리 약속을 잡으려고 전화한 목수, 그레이스의 친구, 일요일에 만나 술이나 한 잔 하자는 잭의 동료였다.

버지니아는 이제 전화하지 않기로 마음먹은 거야.

멍하니 앉아 전화를 기다리느니 차라리 디너파티에 참석하는 편이 나았을 듯했다. 피로가 누적된 데다 분노까지 덧붙여졌다.

아무리 생각해도 너무 불공평해. 설령 합당한 이유가 있다고 하더라도 아무런 말도 없이 사라지는 건 정당하지 않아.

아니야, 진정해. 분노는 사태 해결에 아무런 도움이 안 돼. 나는 점점 지쳐가고 있고, 분노가 폭발해 버릴 경우 그야말로 우린 파경을 맞을 수밖에 없어.

프레데릭은 갑자기 재채기 소리가 들리는 바람에 깜짝 놀라 뒤를 돌아보았다. 그레이스가 거실로 들어서다 재채기를 한 소리였다. 그녀는 빨간 장미꽃이 수놓아진 가운을 입고 있었다.

"아직 전화기 앞을 지키고 계셨나 봐요. 무리할 경우 기력이 탈진할 수도 있으니까 조금이라도 휴식을 취하는 게 좋겠어요."

그레이스는 다시 한 번 재채기를 했다.

"저에게 감기 옮으시겠어요!"

프레데릭은 두 손으로 눈을 비볐다.

"그레이스, 킴은 좀 어때요? 지금은 자고 있나요?"

"완전히 곯아떨어졌어요. 쿠엔틴 씨도 이제 그만 잠자리에 드시는 게 좋겠어요. 부인께서 아직 연락이 없는 걸 보면 오늘은 전화하시지 않을 것 같아요. 킴의 수면을 방해하고 싶지 않을 테니까요."

그레이스의 말이 옳았다. 버지니아가 오늘밤에 전화하는 일은 결코 없을 것 같았다.

프레데릭은 자리에서 일어섰다.

"난 이만 쉬러 갈 테니까 혹시 버지니아에게서 전화가 오면 알려주세요."

"전화가 오면 즉시 알려드리겠습니다. 우선 잠시라도 수면을 취하시는 게 좋겠어요. 안색이 많이 안 좋아 보여요."

그레이스가 현관문까지 따라 나와 손전등을 손에 쥐어주었다. 정원을 가로질러 가려면 손전등이 필요했다. 밖으로 나온 프레데릭은 크게 기지개를 켜고 나서 심호흡을 했다. 신선한 공기를 들이마시자 기분이 좀 나아졌다. 그는 정원을 가로질러 달리기 시작했다.

집에 도착한 프레데릭은 현관문을 열고 안으로 들어갔다. 리비아를 깨울지 말지 잠깐 생각하다가 그만두기로 했다. 건강을 회복하려면 충분히 잠을 자야 할 사람이었다. 현관의 전등을 켜는 순간 계단에 웅크리고 앉아 있는 리비아의 모습이 눈에 들어왔다. 그녀는 버지니아가 입던 나이트가운을 입고 있었고, 초록색 모직담요를 몸에 두르고 있었다.

"왜 불도 켜지 않고 거기에 웅크리고 있습니까?"

"잠을 이룰 수가 없었어요."

"그럼 텔레비전을 보든지 서재에서 책이라도 꺼내 읽지 그랬어요?"

"생각할 게 많아서요."

"대체 무슨 생각을 했는데요?"

"저는 지금 쿠엔틴 부인이 준 가운을 입고 이 집에 앉아 있어요. 여권도 없고, 운전면허증도 없고, 돈도 없어요. 이 위기를 어떻게 극복해야 할지 아무리 생각해도 감이 잡히지 않아요."

"독일대사관을 찾아가보세요. 당신들이 처한 문제를 해결할 수 있는 방법을 친절하게 알려줄 겁니다."

"과연 그럴까요?"

프레데릭이 한숨을 내쉬며 피로에 지친 눈을 비볐다.

"물론 독일대사관에서 당신들의 의식주 문제를 전부 해결해주지는 못하겠지만 가장 현실적인 대안을 찾아줄 겁니다."

"무척이나 피곤해 보이세요. 우선 잠을 푹 주무시는 게 좋겠어요."

리비아가 그렇게 말한 다음 잠시 망설이다가 한 마디 덧붙였다.

"쿠엔틴 부인이 전화했던가요?"

"하루 종일 전화기 앞을 떠나지 않았는데 결국 통화하지 못했습니다. 버지니아가 나와 통화하는 걸 의도적으로 회피하고 있다는 생각이 들어요."

버지니아가 어디로 사라졌으며 왜 연락을 회피하는지에 대한 의문이 풀리지 않을 경우 오늘밤 편히 잠들 수 있을 것 같지 않았다.

"버지니아의 전화를 받았던 그레이스가 말하길 차 안에서 전화를 건 느낌이었다고 했어요. 딱히 불안해하거나 혼란스런 감정 상태를 내비치지도 않았답니다. 그렇다면 누군가에게 강제로 납치된 것 같지는 않아요."

"납치를 염두에 두셨나 봐요?"

프레데릭이 고개를 끄덕였다.

"납치 가능성이 있다고 판단했었죠. 솔직히 말하자면 나탄이 버지니아를 강제로 차에 태우고 어디론가 달아났을 가능성이 있다고 생각했습니다."

"나탄을 의심했군요?"

"공교롭게도 두 사람이 동시에 사라진 만큼 내 입장에서는 나탄을 의심할 만한 이유가 충분했죠."

"나탄이 부인을 강제로 납치할 만한 이유가 있을까요?"

"가령 돈을 뜯어내기 위해 납치할 수도 있지 않을까요?"

"나탄이 현실을 제멋대로 왜곡해 상상하는 습관이 있는 건 분명하지만 범죄를 저지른 적은 없어요. 만약 버지니아가 나탄과 함께 있다면 자발적인 선택이었을 거라 확신해요."

버지니아가 자발적으로 나탄을 따라 나섰을 거라는 상상이 훨씬 더 불쾌하고 모욕적으로 느껴졌다. 결코 겪고 싶지 않은 악몽이었다.

"범죄를 저지를 사람이 따로 정해진 건 아닙니다. 나탄이 변변하게 하는 일도 없이 장인 집에 얹혀 산 것이나 단 한 번도 책을 낸 적이 없으면서 베스트셀러 작가라고 떠벌리고 다니는 것만 봐도 사기꾼 기질을 타고난 사람이죠. 게다가 나탄은 장인이 물려준 재산을 제멋대로 처분했습니다. 재산의 실제 주인인 당신이 반대의사를 피력했지만 끝내 묵살하고 요트를 구입해 세계일주에 나섰죠. 실질적으로 재산을 강탈한 범죄행위입니다. 게다가 새로운 항구에 정박할 때마다 당신에게 돈을 벌어오라고 시켰어요. 정작 나탄은 돈을 벌기 위해 무슨 일을 했죠? 뭔가 일을 하긴 했나요?"

"나탄은 글을 쓰겠다며 일자리를 구할 생각을 하지 않았죠."

"나탄은 바로 그런 사람입니다. 게다가 당신을 병원에 방치하고 혼자 제멋대로 나돌아 다녔죠. 나탄은 가뜩이나 심신이 쇠약해진 당신을 전혀 배려하지 않았습니다. 그날 내가 병원으로 찾아가지 않았더라면 어떻게 할 생각이었습니까? 나탄은 아직까지 연락도 없고, 찾아오지도 않고 있잖습니까? 아마 당신은 병원에서 쫓겨나 부랑자 수용소에 가 있었을 겁니다."

리비아가 눈에 눈물이 그렁그렁한 얼굴로 프레데릭을 쳐다보았다. 급기야 한 방울의 눈물이 뺨을 타고 주르르 흘러내렸다.

"나탄이 대체 무슨 생각을 갖고 사는 사람인지 모르겠어요."

프레데릭은 그녀에게 물어보고 싶은 말이 하나 더 있었다. 어쩌면 그녀는 물론이려니와 그 자신에게도 치욕이 될 수 있는 질문이었다. 그는 눈에 핏발이 설 만큼 지쳤지만 그 의문을 풀지 못할 경우 오늘밤 잠을 이룰 수 없을 것 같았다.

"리비아, 혹시 나탄이 여자문제를 일으킨 적이 있습니까?"

리비아가 고개를 들어 올리며 프레데릭을 쳐다보았다.

"그 질문을 통해 알고 싶은 게 뭐죠?"

"말 그대로 나탄이 여자 문제로 당신과 갈등을 빚은 적이 있습니까?"

"당신이 왜 그런 질문을 하는지 정확한 의도를 모르겠는데요?"

프레데릭은 답답하다는 듯 숨을 크게 내쉬었다.

"조금 전, 당신은 버지니아가 나탄과 함께 있다면 자발적인 행동일 거라 확신한다고 했죠? 그렇다면 혹시 나탄이 버지니아에게 연정을 품었을 가능성이 있을까요?"

"만약 버지니아가 자발적으로 나탄과 함께 사라졌다면 그 질문을 저에게 하지 말고 당신 자신에게 해야 하지 않을까요? 버지니아가 나탄에게 연정을 품었을 가능성이 있는지, 남자 문제로 당신과 불화를 겪은 일은 없었는지 스스로 생각해봐야겠죠."

프레데릭은 망치로 머리를 한 대 얻어맞은 기분이었고, 말인즉슨 옳아 반박을 가할 수도 없었다. 그는 오늘밤에도 편안하게 잠들기는 틀렸다는 걸 깨달았다.

2

리즈는 이른 아침부터 울려대는 전화벨소리에 놀라 잠에서 깨어났다. 사라가 등장하는 악몽을 꾸던 중이었다. 꿈속에서 사라는 비명을 지르고 떼를 쓰며 발코니 쇠창살을 붙잡고 건물 꼭대기를 향해 올라가고 있었다. 리즈는 건물 아래에서 발을 동동 구르며 그 모습을 지켜보고 있었고, 자칫 발을 헛디뎌 밑으로 추락할까 봐 애타 할 뿐 아무런 대책이 없어 피가 마를 지경이었다. 사라가 아래로 추락하는 건 시간 문제라는 생각이 들었다. 그녀는 생각다 못해 만약 사라가 아래로 추락할 경우 두 팔로 받아내기 위해 어느 곳이 적당한 장소일지 종종걸음을 치며 물색해봤지만 도무지 종잡을 수가 없었다. 적당한 위치라 생각해 달려가 보면 금세 사라가 다른 곳으로 떨어질 것 같은 불안감이 엄습했다. 리즈는 이러지도 저러지도 못하고 패닉상태에 접어들었다. 그 순간 귀청을 찢어발기는 소음과 함께 소방차가 달려오고 있었다. 리즈는 좀 더 서두르라는 의미로 발을 동동 구르며 손을 흔들어대다가 잠에서 깨어났다. 그녀가 꿈속에서 들은 소리는 소방차소리가 아니라 전화벨소리였다는 걸 뒤늦게 깨달았다.

침대 탁자에 놓인 시계를 보니 6시 반이었다.

이렇게 이른 시간에 누가 전화했을까?

리즈는 침대에서 일어나 앉아 전등을 켜고 수화기를 집어 들었다.

"여보세요?"

리즈가 잠이 덜 깬 목소리로 물었다.

아무런 대답 없이 한동안 침묵만 계속되었다.

"여보세요?"

"리즈 알비 씨죠?"

그제야 전화기 너머에서 기운이 하나도 없는 목소리가 들려왔다.

"네, 그런데 누구시죠?"

"혹시 들어봤는지 모르겠는데 저는 클레어 커닝햄이에요."

리즈는 그녀가 누군지 금세 알아차렸다.

"네, 당신이 누군지 잘 알아요."

"전화하기에는 너무 이른 시간이라는 걸 알아요."

말에 기운이 없었고, 끝이 계속 흐려졌다. 진정제를 너무 많이 맞은 탓인 듯했다.

"저는 괜찮아요. 평소에도 지금쯤 일어날 시간인걸요."

리즈가 친절하게 대답했다. 사실 그녀는 끔찍한 악몽에서 벗어나게 해준 클레어가 고맙게 생각되었다.

"제 남편은 조금 전에야 잠이 들었어요. 레이첼이 그렇게 된 이후 남편은 잠을 제대로 잔 적이 없죠. 지난밤에도 밤새 뒤척이다 좀 전에야 겨우 잠들었어요."

"당신의 마음을 이해합니다."

"저는 누군가와 계속 이야기를 하지 않으면 질식해 죽을 것만 같아요. 우리 아이에게 무슨 일이 있었는지 세상 사람들에게 알리고, 범인을 꼭 잡게 해달라고 호소하고 싶어요."

"저도 누군가에게 하소연이라도 하지 않고는 견딜 수 없는 심정이었어요."

리즈는 엄마와 이야기를 해보려고 시도했지만 실패했던 기억들이 떠올랐다. 리즈가 아무리 원해도 베츠 알비는 대화 상대가 돼주지 않았다.

"남편이 말하길 당신이 저와 이야기를 나누어보고 싶다고 했다더군요. 아무리 그렇더라도 꼭두새벽부터 전화하면 안 되는데 혹시 원하지 않을 경우 지금이라도 끊어도 괜찮아요."

"저는 상관없어요. 오히려 전화해줘서 기뻐요. 저 역시 당신처럼 이야기를 나눌 상대가 필요하거든요."

"우린 그사이 전화번호를 바꿨어요. 전화기에 불이 날 정도로 자주 전화가 걸려와 부득이 바꿀 수밖에 없었죠. 특히 기자들이 자주 전화하는데 그들과는 대화를 나누고 싶지 않았어요. 그들의 관심사는 오로지 레이첼의 죽음에 대한 것뿐이죠."

문득 사라가 죽은 직후 뉴스쇼에 나갔던 기억이 떠올랐다. 그때 리즈는 시청률을 높이려는 방송국 사람들에게 철저하게 이용당했다는 느낌을 받았고, 뒤늦게 후회했다.

"기자들을 조심해야 돼요. 그들의 관심사는 오로지 시청률을 높이거나 발행부수를 늘리는 것밖에 없으니까요."

"혹시 괜찮다면 우리 한 번 만날까요?"

"그럼 지금 곧바로 약속을 잡을까요? 오늘 오전은 시간이 어때요?"

"좋아요! 장소는 시내가 좋을 것 같아요."

그들은 시내 광장에 있는 카페에서 11시에 만나기로 약속했다.

"텔레비전에서 당신을 본 적이 있으니까 아마도 얼굴을 알아볼 수 있을 거예요. 그때 당신은 몹시 괴로워 보였죠. 저에게도 당신과 똑같은 일이 발생할 줄은 정말이지 상상도 못했어요."

나쁜 놈!

리즈는 수화기를 내려놓고, 천장을 멍하니 올려다보았다.

나쁜 놈! 넌 아이들만 죽인 게 아니라 아이들의 가족들까지 전부 무너뜨리고 있어!

리즈는 다시 잠드는 건 불가능하다는 걸 알았기에 침대를 빠져 나왔다. 그녀는 가운을 걸치고 두꺼운 양말을 신은 다음 창가로 걸어갔다. 커튼을 젖히자 가을 분위기를 물씬 풍기는 아침이 조심스럽게 잠에서 깨어나는 모습이 보였다.

리즈는 엄마를 무너진 사람의 표본이라고 생각했고, 절대로 엄마처럼 살지 않을 거라 다짐했다.

난 아직 젊어. 웃으며 살고 싶고, 행복해지고 싶고, 사랑도 하고 싶어.

리즈는 언젠가 그녀를 진심으로 사랑해주는 남자를 만나고도 싶었다.

어느 남자가 나 같은 여자를 사랑해줄 수 있을까?

하늘에 먹구름이 잔뜩 끼어 있었다. 기분전환을 하려면 쨍쨍 내리쬐는 햇볕이 필요했지만 하늘은 그녀의 마음을 전혀 고려하지 않고 점점 더 어두워지고 있었다.

문득 한 가지 생각이 뇌리를 스쳐 지나갔다. 따뜻한 곳으로 가고 싶다는 생각이었다. 그 생각이 떠오른 순간 리즈의 얼굴에 생기가 돌아왔다.

스페인, 프랑스 남부, 이탈리아 정도면 날씨가 따뜻하겠지? 따뜻한 곳으로 가면 작렬하는 태양과 새파란 하늘, 올리브나무들, 뜨거운 바람에 나부끼는 키 크고 마른 풀들, 캄캄한 하늘 아래에서 보내는 밤들, 파도가 출렁이는 바다, 발을 간질이는 모래의 느낌들을 제대로 음미할 수 있겠지?

리즈는 잡화점 카운터에 앉아 세월을 보내고 싶지 않았다. 무너져가는 엄마의 모습도 더는 지켜보고 싶지 않았다. 어쩌면 사라의 대용품이 아니라 인생에 대한 신뢰의 증표로 아이가 생겼으면 좋겠다는 생각도 들었다.

리즈는 마침내 창문에 머리를 기대고 울기 시작했다.

3

어젯밤, 로할쉬 해협에서 그들을 맞아준 바람, 그들이 저녁노을을 받아 반짝거리는 다리를 건너 스카이 섬으로 갈 수 있도록 용기를 불어넣어주던 바람은 밤사이 폭풍우로 돌변해버렸다. 바다에서 몰려온 차가운 바람이 한바탕 섬을 훑고 지나갔다. 격랑이 된 파도가 수 미터 높이로 솟구쳐 올랐고, 숲의 나무들이 땅을 향해 일제히 휘어졌다. 먹구름들이 거센 바람의 기습을 받아 급히 흩어졌다가 다시 모이며 빠르게 상공을 지나갔다.

버지니아는 사나운 바람소리에 놀라 잠에서 깨어났다. 바람이 몰아칠 때마다 창문이 요란하게 덜컹거렸는데 밤새 아무것도 모르고 잠에 곯아떨어질 수 있었다는 게 신기했다.

어젯밤에는 차를 오래 타고 오느라 기력이 모두 빠져나간 듯했다. 얼마나 지쳤는지 손가락 하나 까딱할 힘도 남아 있지 않았다. 몸 안의 에너지가 온통 고갈된 느낌이었다. 별장에 도착한 그녀는 2층 침실로 올라가자마자 이를 닦고 잠옷으로 갈아입었다. 그런 다음 곧바로 베개에 머리를 묻고 깊은 잠에 빠져 들었다.

7시쯤 날이 밝아오기 시작했고, 창문 밖으로 먹구름이 잔뜩 낀 하늘이 내다보였다. 가끔 갈라진 구름 사이로 파스텔 톤 하늘이 잠깐씩 비치곤 했다.

침대에서 빠져나오는 순간 살갗이 부르르 떨릴 만큼 공기가 차가웠지만 보일러를 가동시키러 갈 기운이 없어 다시 이불 속으로 기어들어갔다. 그러다가 다시 몸을 일으킨 다음 잠옷 위에 따뜻한 풀오버를 입고, 발목까지 올라오는 털실내화를 신었다. 머리는 제멋대로 헝클어져 있었고, 세수를 하지 않은 얼굴은 마치 허수아비처럼 생기가 없어 보였지만 상관없었다. 일단 따뜻한 커피를 한 잔 마시고 싶었다. 뜨거운 커피 잔을 들고 다시 침대로 돌아와 아주 천천히 하루를 시작할 생각이었다.

나탄은 아직 자고 있는 듯 인기척이 전혀 없었다. 일층에 내려가 보니 나탄이 언제 나왔는지 거실 창가에 서 있었다. 그는 청바지 차림에 프레데릭이 입던 라운드넥 풀오버를 입고 있었다. 풀오버도 역시 작은 듯 어깨에 꼭 끼었다. 거실에 커피향이 진동하고 있었고, 나탄의 손에 머그잔이 들려져 있었다.

나탄은 여전히 고개를 돌리지 않았지만 그녀가 내려오는 소리를 들은 게 분명했다.

"창밖을 내다봐요. 정말이지 믿을 수 없을 만큼 멋진 광경이 펼쳐지고 있어요. 북부지방에서만 볼 수 있는 장엄한 광경에 감동받았어요."

나탄이 그제야 몸을 돌려 그녀를 보았다. 겨우 하룻밤 지났을 뿐인데 그의 얼굴에 수염이 거칠게 나 있었다.

버지니아는 이유를 알 수 없는 가운데 갑자기 심장이 두근거리며 뛰기 시작했다.

"내가 이 섬을 사랑하는 유일한 사람이라고 생각했어요."

"나도 이 섬을 사랑하게 됐어요."

"나는 이 섬에서 맞는 봄보다는 가을을 더 사랑해요."

"나도 그래요."

"나는 적포도주보다는 백포도주를 더 사랑해요."

"나도 그래요."

"나는 한여름에 바람을 맞으며 산책하는 것보다 한겨울에 폭풍우를 뚫고 달리는 걸 더 좋아해요."

나탄이 그녀를 향해 한 걸음 다가섰다.

"당신이 진정으로 그리워하는 건 뭐죠?"

"진정으로?"

"당신은 부드럽고 따뜻하고 달콤한 것들보다는 거칠고 차갑고 도전적인 것들을 사랑하는 사람이 분명해요. 살아 있다는 느낌을 강렬하게 느끼게 해주는 것들을 사랑하는 거죠. 당신은 지금껏 그런 삶을 살지 못했기에 더욱 그리워하고 있었던 거예요. 당신은 오래된 저택 안, 키 크고 우람한 나무들에 둘러싸여 있는 그 집에 유리된 채 살아왔어요. 당신은 태양과 바람, 바깥세상으로부터 격리되다시피 살아오는 동안 저절로 원초적인 생명력에 대한 그리움을 느끼게 된 거예요.”

버지니아의 눈에 눈물이 왈칵 솟구쳤다.

제발 지금은 울지 마! 도대체 나탄의 어떤 말이 내 마음을 흔들어놓은 걸까?

“지금 내가 진정으로 원하는 건 따뜻한 커피 한 잔이에요.”

나탄이 머그잔을 테이블 위에 내려놓고 한 걸음 더 가까이 다가왔다.

“당신이 지금 진정으로 원하는 게 커피 한 잔 말고 또 뭐가 있죠?”

버지니아는 몹시 당혹해하며 나탄의 눈길을 피했다. 방금 전, 그녀는 지금껏 느껴보지 못한 새로운 감정의 세계로 진입했다. 그들은 단지 서로가 좋아하는 것들을 말했을 뿐이었다. 그럼에도 마치 서로에 대해 아주 많은 걸 알게 된 같은 느낌을 받았다. 아직도 그녀는 지금 무슨 일이 벌어지고 있고, 왜 이런 일이 벌어지고 있는지 완전히 파악하지 못했다.

“당신은 진정 뭘 원하죠? 당신은 왜 나와 함께 스카이 섬에 왔죠?”

“나도 왜 그랬는지 모르겠어요.”

“당신 자신은 분명 알고 있을 텐데요?”

“아니, 몰라요.”

“과연 그럴 수도 있을까요?”

나탄이 계속 앞으로 다가왔다. 이제 그는 바로 눈앞까지 다가와 있었다. 그의 몸에서 싱그러운 비누 냄새가 났다. 미소를 머금고 있는 그의 입술이 손에 닿을 만큼 가까이 있었다. 그가 내뿜은 숨결이 그녀의 뺨을 스치고 지나갔다.

놀랍게도 버지나아는 뒤로 물러서야 할 필요성을 느끼지 못했다.

*

그들은 하루 종일 사랑을 나누었고, 잠시 침대에서 빠져나와 미친 듯이 사납게 쏟아지는 폭풍우를 뚫고 해변을 달렸다. 그들은 바닷물과 해조류의 냄새를 흠씬 맡으며 손을 잡고 함께 해변을 거닐기도 했다. 주변을 아무리 둘러봐도 그들처럼 폭풍우를 흠뻑 뒤집어쓰며 해변에 나와 있는 사람은 없었다. 날개를 활짝 펼친 갈매기들이 폭풍우 따위는 아무런 문제도 되지 않는다는 듯 창공을 유유히 선회하며 섬 일대를 날고 있었다.

그들은 숨이 차고 옆구리가 결리고 얼굴이 얼얼해질 때까지 해변을 달렸다. 그러다가 서로 부둥켜안고 천천히 별장으로 돌아와 잠시 중단했던 사랑을 나누었다.

하루온종일 사랑을 나누고, 폭풍우를 온몸으로 뒤집어쓰고 해변 가를 달리다보니 아침에 눈을 떴을 때보다 더 피곤했지만 마음만은 훨씬 더 평화롭고 강인해졌다. 앤드류 이후 성적으로 강한 만족을 준 남자는 나탄이 처음이었다. 그녀는 방금 전 한바탕 회오리바람이 몰아치듯 격렬한 사랑을 나누었지만 여전히 새로운 갈망을 느끼며 그의 등에 가슴을 밀착시키고 누워 심장이 뛰는 소리를 들었다. 오래 전 그녀를 떠났다고 여긴 것들, 영원히 사라졌다고 믿었던 것들을 되찾은 느낌이었다. 활력, 평화, 확신, 여유, 행복, 모험심, 호기심 그리고 미래에 대한 기대와 믿음이 그녀와 함께 하고 있었다.

나탄과 함께 있기 시작하면서 그동안 잃어버렸다고 생각했던 것들이 내게로 다시 돌아오고 있어.

버지니아는 그런 생각이 드는 바람에 몹시 놀랐다.

저녁 6시가 되면서 그들은 마침내 배가 고프다는 걸 인정하지 않을 수 없었다.

"새벽에 마신 커피 한 잔 말고는 아무것도 먹지 못했으니 배가 고플 만도 하죠."

나탄이 그렇게 말하며 침대에서 내려섰다.

"난 커피도 마시지 않았어요. 그럼에도 여태껏 배가 고프지 않았다 니, 정말 이상해요."

그들은 옷을 입고 계단을 내려가 식품창고를 확인해 보았다. 다행 스럽게도 통조림 몇 개가 남아 있었고, 와인도 몇 병 있었다. 나탄이 백포도주 병을 얼음 통에 집어넣고 차갑게 식히는 동안 버지니아는 식사를 준비했다.

나탄은 정원에서 장작을 가져와 거실 벽난로에 불을 지폈다. 버지니 아는 가끔 싱크대 앞에 서서 폭풍우 치는 9월의 저녁풍경을 내다보았 다. 음산한 먹구름과 반짝거리는 햇살이 정신없이 교차하는 저녁이었다.

지금 이 순간을 꽉 붙잡아! 이 남자와 스카이 섬에서의 시간들을 좀 더 꽉 붙잡고 있어!

버지니아는 본능적으로 이 섬에서의 행복이 결코 바깥세상에까지 이어질 수 없다는 걸 잘 알고 있었다. 이 섬과 바깥세상 사이에는 해결 해야 할 난제들이 산적해 있었다.

벽난로에서 장작들이 타닥타닥 소리를 내며 타들어가기 시작했고, 어둠이 서서히 대지를 점령해가고 있었다. 그들은 벽난로 앞에 앉아 버지니아가 준비한 음식으로 저녁을 먹으며 차가운 화이트와인으로 건배를 했다. 그들은 저녁을 먹는 동안에도 계속 서로의 얼굴에서 잠 시도 눈을 떼지 못했다. 펀데일 하우스의 한 지붕 아래에서 지내는 동안 신체접촉은 꿈도 꾸지 못할 일이었는데 육지를 떠나 스카이 섬으로 온 그들은 마치 전혀 다른 세계에 발을 들여놓은 사람들처럼 뜨거운 열정에 휩쓸려 들었다.

"우린 결국 돌아가야 해요. 스카이 섬에서의 생활은 영원히 계속될 수 없어요."

"나도 알아요."

"프레데릭을 배신한 게 마음에 걸려요."

"당신은 지금 우리가 함께 있는 걸 배신이라고 생각해요?"

"배신이 아니면 뭐죠?"

"이성의 힘으로는 도저히 막을 수 없는 일이 있어요. 펀데일 하우스에서 당신이 로마에서 찍은 사진을 본 순간 이미 오늘 같은 날이 올 거라 예감했어요."

"그 사진을 보는 순간 나와 자고 싶었다는 거예요?"

"그 사진 속에서 내가 찾던 여자를 발견했죠."

버지니아는 백포도주를 한 모금 마시고 나서 벽난로 안에서 활활 타오르는 불꽃을 바라보았다.

"우리가 함께 도피행각을 벌이고 있다는 걸 리비아가 알게 될 경우 당신은 조금도 걱정이 안 돼요?"

"솔직히 말하자면 당신과 함께 있는 동안 리비아를 까맣게 잊고 있었어요. 당신은 나와 함께 있는 동안 프레데릭을 생각해요?"

나탄이 정색한 얼굴로 바라보는 바람에 버지니아는 웃음으로 어색해지려는 상황을 얼버무려야 했다.

"물론 그런 건 아니지만 지금은 프레데릭을 생각하고 있어요. 그에게 어떤 말을 해주어야 할지 고민하고 있죠."

"언제나 진실이 최선이라 생각해요."

"당신은 리비아에게 진실을 털어놓을 건가요?"

"네, 진실을 말해주어야죠."

"어떤 말을 해줄 건데요?"

"당신을 사랑하고 있고, 리비아는 단 한 번도 사랑한 적이 없다고 이야기할 겁니다."

버지니아는 다시 와인을 한 모금 더 마셨다.

"솔직히 말하자면 나 역시 프레데릭을 사랑한 적이 없어요."

버지니아가 작은 소리로 말하고 나서 깊은 한숨을 내쉬었다. 프레데릭이 이런 푸대접을 받을 이유가 전혀 없다는 걸 잘 알고 있었지만 그녀가 방금 전에 한 말은 틀림없는 진실이었다.

"프레데릭은 내가 사람을 필요로 할 때 나타났어요. 마이클이 편지만 한 장 남기고 사라졌을 때가 내 인생을 통틀어 가장 외롭고 슬플 때였죠. 프레데릭은 이해심과 배려심이 많은 남자였어요. 그는 나를 사랑했고, 따스한 온기와 안식처를 제공해주었죠. 그는 내가 편히 기댈 수 있도록 가슴을 열어준 사람이 분명하지만 난 그를 사랑하지는 않았어요. 토미의 죽음 이후 난 정신적인 공황상태에서 벗어날 수 없었고, 프레데릭과 함께 살면서도 늘 고독했죠."

버지니아는 말을 멈추고 나탄을 쳐다보았다.

"우린 둘 다 사랑하지 않는 사람 곁에서 고독하게 살고 있었던 셈이네요."

"당신 말대로 그동안 우린 고독하게 살아왔어요. 다만 우리의 본성은 사라지지 않고 그대로 남아 있었죠."

"나는 죽은 사람이나 다름없었어요. 킴이 태어난 후 나아지긴 했지만 그 아이는 아직 어리잖아요. 그 아이가 내 고독을 완전히 떨쳐버리게 해줄 수는 없었죠."

나탄이 손가락으로 그녀의 뺨을 가볍게 쓰다듬었다.

버지니아는 지난 몇 시간 동안 자신의 몸이 크고 힘이 세지만 한없이 부드러운 그의 손놀림에 얼마나 길들여졌는지 깨달았다.

"이제 내가 당신 옆에 있잖아요."

나탄이 나지막하게 속삭인 다음 조심스럽게 술잔을 옆으로 치우고 나서 그녀를 천천히 마룻바닥에 눕혔다. 그의 부드러운 손놀림이 이어지면서 쾌감이 온몸으로 번져갔다.

버지니아의 입에서 저절로 신음소리가 새어나왔다. 마치 춤을 추듯 너울대는 벽난로의 불길 앞에서 그들이 사랑을 나누는 동안 어느새 창밖에는 캄캄한 어둠이 내려앉고 있었다.

9월 3일, 일요일

1

왜 진작 생각해내지 못했을까?

버지니아가 사라진 지난 목요일 이후 프레데릭은 계속 불면증에 시달리다가 어젯밤 처음으로 깊이 잠을 잘 수 있었다. 갑자기 마음이 편안해졌거나 안심할 만한 일이 생겨서가 아니라 그간 누적된 피로감이 그를 잠에 곯아떨어지게 한 까닭이었다. 어젯밤에 마신 술도 그가 잠을 이루는데 일조했을 것이다.

어젯밤, 그는 혼곤한 잠에 빠져들었고, 다시 눈을 떴을 때는 창밖이 훤하게 밝아오고 있었다. 가느다란 이슬비가 내리고 있었고, 침대에서 일어나 앉았을 때 문득 한 가지 생각이 머리를 스쳐지나갔다.

스카이 섬!

혹시 버지니아가 스카이 섬에 가 있는 건 아닐까?

버지니아는 스카이 섬의 크고 황량한 정원이 딸린 별장을 좋아했다. 만약 그녀가 지금 심각한 감정의 혼란을 겪고 있다면 자신이 좋아하는 곳을 찾아가 위안을 받고 싶었을 것이다. 모르긴 해도 그녀에게 뭔가 심상치 않은 일이 벌어진 건 분명했다.

프레데릭은 자리에서 일어나 가운을 입었다. 바늘로 머리를 콕콕 쑤시는 것처럼 두통이 심했다.

어젯밤, 프레데릭은 분노와 체념 사이에서 갈피를 잡을 수 없었다. 오전에는 관리인 집 전화기 앞에 붙박이처럼 앉아 있었다. 워커 부부는 그가 불편해하지 않도록 킴을 데리고 동물원에 다녀왔다. 킴은 아직 어리지만 부모 사이에서 이상기류가 흐르고 있다는 걸 눈치 챈 듯 풀 죽어 지내다가 동물원에 다녀오고 나서야 그나마 기분이 좀 풀려 있었다.

구름 낀 날씨였지만 비는 내리지 않았다. 프레데릭은 오후에 킴을 데리고 맥도널드에 갔다. 킴은 햄버거와 초콜릿 밀크셰이크를 맛있게 먹었다.

"아빠랑 같이 집으로 갈래?"

킴은 내심 관리인 집에서 더 머물고 싶었지만 아빠를 실망시키고 싶지 않아 환한 미소를 지어보이며 고개를 끄덕였다.

프레데릭은 킴이 집으로 가자는 말을 흔쾌히 받아들이자 그나마 마음이 훈훈해졌다.

적어도 아직 킴은 나를 실망시키지 않았어.

프레데릭은 맥도널드에서 돌아오자마자 워커 부부에게 혹시 버지니아로부터 연락이 왔었는지 물었다. 워커 부부가 그를 걱정스런 눈길로 쳐다보았다. 그레이스는 그사이 감기가 더 악화된 듯 눈이 시뻘겋게 충혈 돼 있었고, 목에 스카프를 두르고 있었다.

"한시도 집을 비운 적이 없지만 아무런 연락을 받지 못했습니다."

그레이스는 킴이 아빠를 따라 집으로 돌아간다고 하자 못내 아쉬웠지만 목감기가 심해 만류할 수도 없었다. 집에 돌아온 킴은 주방 식탁에 도화지를 펼쳐놓고 수채화를 그리기 시작했다. 킴이 열심히 그림을 그리는 동안 리비아가 옆에서 거들어주었다.

프레데릭은 그의 짐을 덜어주려는 리비아의 배려가 고마웠다. 그는 서재로 들어가 창가를 서성거리며 창밖의 나무들을 바라보았다.

대체 왜 저 나무들을 진작 베어버리지 않았을까?

프레데릭은 무려 9년이나 함께 산 여자에 대해 아는 게 거의 없다는 생각이 들자 마음이 허탈해졌다. 그는 허탈해진 마음을 달래기 위해 술을 마시기 시작했고, 마침내 흠씬 취해 침대로 들어갔다. 리비아가 동화책을 읽어주며 킴을 재웠기 때문에 맘 편히 누워 잘 수 있었다.

지금은 아침 8시였고, 프레데릭은 스카이 섬의 별장에 전화를 해보기로 작심했다.

버지니아가 별장 전화를 받을 가능성은 그리 높지 않았다. 다만 치밀하게 따지지 않고 무심코 수화기를 집어 들기만 기대했다. 집안은 사람이 아무도 없는 것처럼 조용했다. 리비아와 킴은 아직 일어나지 않은 듯했다.

프레데릭은 거실로 내려가 문을 닫았다. 그는 창밖에 내리는 비에 시선을 고정하고 전화벨이 울리는 소리에 귀를 기울였다. 마치 11월처럼 으슬으슬 추운 날씨였다.

전화벨이 네 번 울리고 나서 누군가 전화를 받았다.

"여보세요?"

분명 버지니아의 목소리였다.

프레데릭은 정신을 집중하고 나서 호흡을 가다듬었다.

"버지니아?"

그는 목소리가 잠기는 바람에 헛기침을 했다.

"그래, 나야."

"당신이 전화를 받을 줄 몰랐어."

프레데릭이 다시 한 번 헛기침을 하고 나서 말했다.

"언젠가는 꼬리가 잡힐 거라고 생각했지만 너무 일찍 발각됐네."

"스카이 섬에는 왜 간 거야?"

"당신도 알잖아."

"내가 뭘 안다고 생각해?"

"내가 스카이 섬을 사랑한다는 거."

"날씨는 어때?"

프레데릭은 최대한 냉정을 유지하며 차분하게 물었다. 버지니아와 대화를 계속 이어가려면 절대로 흥분해서는 안 되니까.

"계속 세찬 바람이 불고 있어. 어제는 폭풍우가 몰아쳤는데 지금은 멎었어."

"여긴 새벽부터 비가 내리기 시작했어."

"킴은 잘 지내?"

"지금은 집에서 자고 있어. 그레이스가 독감에 걸리는 바람에 내가 집으로 데려왔어."

버지니아가 가느다란 한숨을 내쉬는 소리가 들려왔다.

이제 정말 중요한 질문을 던질 차례였지만 계속 냉정을 유지할 수 있을지 자신할 수 없었다.

"혹시 나탄과 같이 있어?"

"당신이 짐작한 대로 나탄과 같이 있어."

남편과의 약속을 저버리고, 외간남자와 도피행각을 벌이고 있는 여자의 대답치고는 지나치게 당당했다.

"도대체 이유가 뭐지? 난 당신이 왜 그러는지 이해할 수 없어."

"나탄과 도망친 게 이해되지 않는다는 거야? 아니면 내가 당신과 약속을 저버리고 도망친 게 이해되지 않는다는 거야?"

"두 가지 다 이해가 안 돼. 두 가지가 서로 연관돼 있기도 하잖아."

프레데릭은 오랜 침묵이 이어지는 바람에 버지니아가 혹시 전화를 끊은 건 아닌지 의문이 들었다.

"당신 말대로 두 가지가 서로 연관돼 있어. 난 런던에 가고 싶지 않았어."

프레데릭의 입에서 저절로 신음소리가 터져 나왔다.

"단지 디너파티일 뿐이었어. 파티 참석자들 대부분이 정치인들이고, 나름 훌륭한 인격을 갖춘 분들이야. 그들 중 당신을 궁지로 몰아넣을 사람은 없어."

"아무튼 난 도저히 갈 수가 없었어."

"난 아무것도 모르고 역에 나가 당신을 기다렸어. 나는 물론이려니와 워커 부부까지 당신을 걱정하느라 밤을 꼬박 새웠지. 난 당신이 이렇게 책임감과 배려심이 결여돼 있는지 몰랐어."

버지니아는 아무런 변명도 하지 않고 침묵을 지켰다.

프레데릭은 나탄이 도피행각을 하는 동안 어떤 역할을 했는지 물어보는 게 끔찍하게 싫었지만 묻지 않을 수 없었다.

"나탄 모어가 함께 도피하자며 당신을 유혹한 거야?"

"유혹한 사람은 없어. 단지 내가 떠나고 싶었어. 나탄은 내가 스카이 섬까지 오는데 도움을 주었을 뿐이야."

"나탄이 스카이 섬으로 가는데 도움을 주었다고? 마치 그동안 당신이 이 집에 갇혀 살았다는 말로 들려. 내가 당신의 자유를 박탈하고,

강제로 이 집에 감금시킨 남편이라도 된 느낌이야."

"내가 그런 뜻으로 한 말이 아니란 건 당신이 더 잘 알잖아."

"그럼 대체 무슨 일이 있었던 거야? 입장을 바꿔놓고 생각해봐. 만약 당신이었다면 디너파티에 참석하기 싫어 스카이 섬으로 떠났다는 말을 납득할 수 있어?"

"당신에게 내 심정을 일일이 설명할 수는 없다는 점을 널리 이해해주면 좋겠어."

"난 당신 남편이야. 난 당신에게 해명을 요구할 권리가 있고, 당신은 뭐든 충실히 설명해줄 의무가 있어."

"물론 당신에게는 그럴 권리가 있어. 다만 전화로 설명하기에는 곤란하다는 뜻이야."

"우리가 전화로 대화할 수밖에 없는 상황을 만든 게 누구지?"

"그래, 나야. 이 모든 결과에 대한 책임이 나에게 있어. 당신에게 책임을 전가할 생각은 없어."

"이 모든 결과라니? 당신과 나탄 사이에 뭔 일이 있는 거야?"

버지니아는 이번에도 침묵했다.

프레데릭은 엄청난 분노와 전율을 느꼈다.

"솔직하게 말해줘. 현재까지는 내가 당신 남편인데 최소한의 존중은 해줘야지."

"나는 나탄을 사랑해."

그 순간, 프레데릭은 숨이 멎는 줄 알았다.

"뭐, 사랑?"

"프레데릭, 당신에게 할 말은 아니라는 걸 알지만 나탄을 사랑해."

"그 남자와 우리 별장까지 동행하더니, 이제는 그를 사랑한다는 말까지 들려주는 거야? 당신이 그 정도로 **뻔뻔한** 사람인 줄 몰랐어."

"당신이 묻기에 솔직하게 대답했을 뿐이야. 당신은 솔직한 대답을 들을 자격이 있으니까."

프레데릭은 머리가 어지러웠다.

혹시 내가 지금 악몽을 꾸고 있나?

"나탄과는 언제부터 그렇게 된 거야? 그가 펀데일 하우스에 들어왔을 때부터인가?"

"스카이 섬에 와서야 그 사실을 깨달았지만 내 생각에는 그를 처음 봤을 때 첫 눈에 반했던 것 같아."

버지니아가 괴로운 목소리로 말했다.

프레데릭은 사방에서 벽이 좁혀져오는 것 같은 느낌을 받았다.

"당신이 독일인 부부에게 선행을 베푼 이유가 있었네? 굳이 그렇게까지 할 필요가 없는데 지나치게 돕고 싶어 한다고 생각했는데 이제야 납득이 돼. 단순히 인도주의적 차원에서 베푼 선행이 아니었던 거야. 나탄 모어는 복이 터진 거지."

"당신이 얼마나 마음의 상처를 받았을지 알아. 빈정거리는 말을 하는 것도 충분히 감수할 수 있어. 하지만……."

"내 마음을 이해한다고? 내가 어떤 여자와 함께 우리 별장으로 도주한 다음 그녀를 사랑한다고 말하면 당신 기분이 어떨지 생각해 봤어?"

"당연히 분통 터지는 일이겠지만 당신 마음이 그쪽으로 흘러갔다면 어쩔 수 없는 일이라 생각하고 체념하게 되지 않을까?"

"아무튼 당신의 교묘한 말솜씨가 경탄할 만큼 뛰어나다는 걸 인정해 줘야겠어. 당신이 나탄에게 속고 있다는 건 알고 있는지 궁금해지는군."

"속고 있다니? 그게 무슨 말이야?"

"당신은 그가 유명 베스트셀러작가라고 생각하지? 아직도 그가 새로운 글을 쓰면 인세를 두둑하게 받을 수 있을 거라 믿지?"

"당신이 지금 무슨 말을 하는지 모르겠어."

"리비아와 이야기를 나눠보면 내 말이 무슨 뜻인지 알게 될 거야."

버지니아는 침묵했다. 마땅히 대꾸할 말이 없었기 때문이다.

"그는 단 한 권의 책도 출간한 적이 없는 사람이야. 그의 쓰레기 같은 글을 받아줄 출판사는 없다는 뜻이야. 그는 지난 12년 동안 아무 일도 하지 않고 장인의 집에 빌붙어 산 작자야. 장인이 죽자 부인의 재산을 강탈하다시피 했어. 그 기생충 같은 놈이 세상을 살아가는 수법이지. 하긴 잠자리 기술만 뛰어나면 되지 그 놈이 사기꾼이든 인간쓰레기든 무슨 상관이겠어. 안 그래?"

"대체 내 입에서 무슨 말을 듣고 싶은 거야?"

버지니아가 당혹한 목소리로 물었다.

"당신한테 듣고 싶은 말은 없어. 그 잘난 놈이랑 잘 먹고 잘 살아."

프레데릭은 소리를 빽 지른 다음 수화기를 탁 소리가 나게 내려놓았다. 그는 전화기가 이 끔찍한 상황을 설명해주길 기대하는 사람처럼 한동안 전화기를 노려보았다.

지금 난 악몽을 꾸고 있는 거야. 아니면 버지니아가 그냥 농담으로 해본 말이 분명해. 농담치고는 내용이 지나치게 사악하지만 분명 현실에서 벌어지고 있는 일은 아닐 거야."

프레데릭은 소파에 엎드려 두 손으로 턱을 괴었다. 악몽이었다면 지금쯤 잠에서 깨어났어야 마땅했다. 그렇다면 분명 실제 현실에서 벌어지고 있는 일이었다. 버지니아가 킹스크로스 역에 나타나지 않았을 때부터 이미 예감하고 있던 일이었는지도 모른다. 버지니아가 사라졌다는 걸 알게 된 순간 나탄과 관련돼 있을 거라는 예감이 들었던 게 기억났다.

나탄이 펀데일 하우스에 머물고 있을 때 버지니아가 그 사실을 즉시 이야기해주지 않았다는 걸 알게 됐을 때부터 자꾸만 불길한 예감이 들었던 게 사실이었다. 물론 버지니아를 아예 빼앗길 거라고는 생각하지 않았다. 빨간 경고등이 눈앞에서 깜빡거리며 신호를 보냈음에도 사태를 직시하지 못했을 뿐이었다.

프레데릭은 스스로 직관력이 없다고 자인했지만 사실은 잘못된 생각이었다. 그는 직관력이 매우 발달한 사람이었다. 그는 고개를 들어 창밖을 내다보았다. 우람하게 자란 나무들이 벽처럼 창문을 가로막고 서 있었다. 지금껏 버지니아의 폐쇄적인 성격과 나무들로 꽉 막힌 저택 사이에는 공통분모가 있다고 믿어왔다.

방금 전 전화기에서 들려온 버지니아의 목소리는 이전과 달랐다. 지난 초겨울 어느 날 열차에서 처음 말을 걸었을 때부터 지금까지 줄곧 그녀를 둘러싸고 있던 우수의 느낌을 전혀 감지할 수 없었다. 오랫동안 버지니아와 함께 살았던 남자가 이웃집 아이의 비극적인 죽음을 자책해 작별인사도 없이 자취를 감춰버렸다는 이야기를 들은 적이 있었다. 그 이후 그녀가 멍하니 우수에 잠기는 모습을 어느 정도 이해할 수 있었다. 큰 충격을 받을 경우 오랫동안 슬픔이 지속될 수도 있으니까. 금발머리, 짙은 파란색 눈, 날씬한 팔다리처럼 슬픔 역시 그녀의 일부로 받아들였다.

버지니아는 그동안 오래 된 나무들이 빽빽하게 둘러쳐져 있어 강렬한 태양이 내리쬐는 한여름에도 전등을 켜야 할 만큼 어두운 집에서 두문불출하고 지내왔다.

왜 버지니아의 슬픔을 치유해주지 못했을까? 왜 그 문제에 대해 버지니아와 진지하게 대화를 나누지 않았을까?

버지니아는 기분이 수시로 바뀌는 우울증을 앓고 있었다. 그녀가 왜 우울증을 앓게 되었는지 그 이유를 알아보고 치료방법을 찾아주었어야 했을까?

물론 버지니아의 기분을 살피지 않은 건 아니었다.

"기분이 우울해 보이는데 괜찮아?"

프레데릭은 자주 그렇게 물었다.

"괜찮아."

버지니아의 대답은 언제나 비슷했다. 프레데릭은 그녀의 기분이 대답처럼 괜찮지만은 않다는 걸 느낌으로 알고 있었다. 그럼에도 그 문제를 해결해보려 하지 않고 그냥 넘어가기 일쑤였다. 게다가 우울증을 앓고 있는 그녀를 대저택에 홀로 남겨두고 런던에 가 일주일에 사나흘씩 집을 비우기까지 했다.

오히려 비난받아 마땅한 사람은 나일까? 빌어먹을! 설령 내가 세심하게 배려해주지 못했다고 해도 그 사기꾼 같은 남자와 바람을 피울 이유는 될 수 없어. 만약 우리의 결혼생활이 행복하지 않았다면 진실을 털어놓았어야지. 적어도 난 뭐든 들어줄 준비가 되어 있었으니까. 결혼생활에 대한 불만이 컸다면 차라리 부부싸움이라도 했어야지.

프레데릭은 하필 나탄 모어가 버지니아의 새 애인이라는 게 더욱 못마땅했다.

거짓말쟁이, 사기꾼, 수중에 돈 한 푼 없는 빈털터리, 단 한 번도 일을 해 생계를 꾸릴 생각을 하지 않고 항상 누군가에게 빌붙어 살아가려는 남자가 단 며칠 만에 어떻게 버지니아의 영혼을 사로잡을 수 있었을까? 대체 그 작자가 어떻게 버지니아의 마음속에 깃든 슬픔의 원천을 발견했을까? 지난 9년 동안 부부로 살아오면서 단 한 번도 들여다보지 못한 그녀의 내면을 그는 어떻게 들여다볼 수 있었을까?

아무리 생각해도 합리적인 설명이 불가능한 부분이었다.

프레데릭은 피곤하고 지친 모습으로 자리에서 일어섰다. 이제 곧 킴과 리비아가 잠에서 깨어날 시간이었다.

리비아한테 모든 사실을 털어놓아야 할까?

프레데릭은 그 침울한 여자와 같은 배를 타고 싶지 않았다. 배신당한 사람들끼리 나란히 앉아 배우자들이 돌아오길 기다리는 신세는 되고 싶지 않았다.

그들이 돌아오긴 할까?

프레데릭은 일단 런던으로 돌아가기로 결심했다. 새 애인과 맘껏 놀아나다가 돌아올 버지니아를 맞이하고 싶지 않았다.

버지니아가 나의 부재를 아쉬워하며 기다려주긴 할까?

2

오늘은 9월 3일 일요일이었고, 레이첼은 일주일 전 일요일에 성당에 간다며 집을 나갔다가 실종되었고, 며칠 후 시신으로 발견됐다.

일주일 만에 세상이 온통 달라져 있었다. 클레어는 다시 맞게 된 일요일 아침이 유난히 고통스러웠다. 일주일 전 벌어졌던 일들이 아프게 떠올랐기 때문이다.

일주일 전, 클레어는 이 시간에 일어나 주방에서 아침을 준비했다. 레이첼이 말 머리가 그려져 있는 연갈색 잠옷을 입고 주방에 나타났다. 그녀는 레이첼에게 타일 바닥이 찬데 맨발로 다닌다고 핀잔을 주었다. 아침에는 반드시 실내화를 신고 다니라고 입이 닳도록 이야기했는데 여전히 맨발이라 레이첼에게 화가 났기 때문이다. 늘 목감기를 달고 사는 아이라 맨발로 다니는 게 유난히 걱정되었다.

클레어는 '바닥이 차니까 맨발로 다니면 안 된다고 몇 번이나 말했니?'라고 핀잔을 주었다.

레이첼은 방으로 올라가 실내화를 신고 내려왔다. 그날이 레이첼과 이 세상에서 보낼 마지막 날이라는 걸 전혀 몰랐기에 화를 내며 핀잔을 준 것이다.

어제 리즈와 만난 이후 문득 그날 레이첼이 실내화를 신지 않았다고 핀잔을 준 기억이 떠올랐다. 리즈는 회전목마를 태워주지 못한 것에 대해 자책하고 있었다. 리즈는 늘 일에 지쳐 있었기 때문에 사라가 칭얼거릴 때마다 짜증을 낸 것에 대해서도 자책했다.

"사라가 제발 하늘나라에서라도 행복했으면 좋겠어요."

광장의 작은 카페에서 리즈는 그렇게 말했다.

리즈는 커피를 마시고 클레어는 홍차를 마셨다. 두 사람 다 식사를 할 생각은 없었다. 레이첼이 실종된 후 클레어는 거의 아무것도 먹지 못했다.

"사라가 회전목마에 앉아 행복하게 환호하는 모습을 꼭 한 번 봤으면 소원이 없겠어요."

그 말 끝에 리즈는 눈물을 터뜨렸다. 클레어 역시 펑펑 울고 싶었지만 기계적으로 찻잔만 저었을 뿐이다. 일단 울기 시작하면 그동안 억지로 참았던 눈물이 폭포수처럼 쏟아질 것 같았기 때문이다.

레이첼의 죽음을 확인한 이후 클레어는 단 한 방울의 눈물도 흘리지 않았다. 눈물이라도 흘리면 마음이 후련해질지도 모른다는 생각을 해본 적이 있었지만 막상 울고 났을 때 찾아올 고통이 두려웠다.

클레어는 리즈를 처음 본 순간 사실 별로 마음에 들지 않았다. 아이를 잃은 엄마의 고통이 느껴지긴 했지만 싸구려 옷에다가 교양을 갖추지 못한 말투며 걸음걸이까지도 눈에 거슬렸다. 생전의 사라는 엄마에게조차 환영받지 못했다. 아직 어떻게 살아가야 할지 갈피를 잡지 못하고 있는 리즈의 인생에 불쑥 끼어든 불청객일 뿐이었다. 리즈는 자주 울어대는 사라를 짐으로 여겼다.

리즈가 자책하는 이야기를 듣는 동안 클레어는 몇 번이나 화가 치밀어 비난을 퍼부어주고 싶은 걸 가까스로 자제했다.

리즈와 달리 난 레이첼을 끔찍이 사랑했어. 레이첼은 나의 첫 아이였고, 기쁨이었고, 꿈이었지. 그런데 왜 나에게 이런 일이 생긴 걸까? 레이첼은 하늘이 내려준 선물이었어.

리즈를 마음속으로 비난하던 클레어는 깜짝 놀랐다. 결코 정당하지 못한 비난이었기 때문이다. 리즈 역시 사라를 사랑했고, 끔찍한 일을 당해야 할 이유는 없었다.

사라에게 무슨 죄가 있어 그토록 끔찍한 일을 당해야 한단 말인가?

클레어는 주방을 나와 식당으로 걸어갔다. 커다란 목재식탁이 놓여 있는 공간이었다. 레이첼이 종종 밥을 먹고 나서 그림을 그리던 곳이기도 했다. 식당에는 벽난로도 있었고, 유리창에는 꽃무늬 커튼이 달려 있었다. 정원과도 맞닿아 있어 가족들은 도로에 면해 있는 거실보다 오히려 식당에 더 자주 모여 앉곤 했다. 그러니까 가족들이 가장 많이 들락거리는 공간이었다.

가족들은 식당에 모여 앉아 함께 게임도 하고, 이야기도 나누었다. 레이첼은 색종이로 인형에게 입힐 옷을 만들었고, 로버트와 클레어는 벽난로 앞 안락의자에 앉아 책을 읽거나 와인을 마시기도 하고 다정스럽게 대화를 나누기도 했다.

이제 가족들이 식당에 모여 앉아 밝게 웃으며 이야기를 나누는 시간은 다시는 돌아오지 않을 것이다. 막내딸 수와 함께 아무리 지난날 같은 분위기를 재현하기 위해 애쓴다고 해도 레이첼이 살아있을 때와 똑같을 수는 없을 것이다. 수에게 아름다운 유년시절의 추억을 만들어주기 위해 아무리 애쓴다한들 레이첼의 죽음이 집안 구석구석까지 드리워놓은 슬픔과 상처를 다 거두어낸다는 건 불가능에 가까울 것이다.

지난주 일요일에도 식당의 목재식탁에 아침 식사가 차려져 있었다. 아이들이 먹을 음식으로는 코코아와 우유에 탄 콘플레이크, 과일, 토스트, 각종 잼 등이 준비돼 있었다. 레이첼은 코코아를 마실 때마다 윗입술에 두껍고 짙은 갈색 수염이 생기곤 했다.

그날 아침, 레이첼은 실내화를 신지 않아 잔소리를 들었는데도 기분이 무척이나 좋아보였다. 어린이미사 때 마음을 설레게 하는 이벤트가 준비돼 있었기 때문이다.

이제 레이첼이 앉았던 자리는 텅 비어 있었다. 다운햄마켓에 가 있는 수는 아직 데려오지 않았다. 수는 아직 집에 무슨 일이 생겼는지 알지 못했다.

레이첼은 항상 여동생 수를 질투했다. 클레어도 그 사실을 알고 있었지만 지극히 정상적인 현상이라 생각해 그리 깊게 고민해본 적이 없었다.

나는 왜 그 문제를 지극히 정상적인 현상이라 치부하고 특별히 신경을 쓰지 않았을까? 레이첼을 더 세심하게 이해하고 배려했어야 하지 않을까?

이제 레이첼에게 세심한 관심을 기울일 수 있는 기회는 영영 사라지고 없었다.

클레어가 식당 곳곳에 배어 있는 수많은 기억을 더듬고 있을 때 현관문에서 노크소리가 들려왔다. 그녀는 식당을 나와 현관으로 걸어갔다. 로버트는 2층 서재에 있어 분명 노크소리를 듣지 못했을 것이다.

물론 기자와 만나 이야기하고 싶지는 않았지만 피하기보다는 지옥으로 꺼져버리라고 말할 생각이었다. 그녀는 더 이상 두려울 게 없었다. 이미 세상에서 겪을 수 있는 불행 중에서도 가장 참담한 비극을 경험했기에 더 나빠질 것도 없었다.

현관문을 열자 뜻밖에도 켄 조르단 신부가 어색한 표정을 지으며 서 있었다. 클레어는 성당에 나가지 않았기 때문에 켄 신부가 어색해하는 것도 무리는 아니었다.

"제가 댁을 방문한 게 불편하실 수도 있겠군요. 절대로 부담을 드리려고 찾아온 건 아니니까 너무 염려하지 마십시오. 오늘이 큰 불상사가 있은 지 일주일째 되는 날이라 한 번 찾아 뵙고 싶었습니다."

"오늘은 미사가 열리는 날 아닌가요?"

"미사가 열리려면 아직 시간이 남았습니다."

켄 신부가 미소를 지으며 대답했다.

클레어는 켄 신부를 거실로 안내했다. 거실의 서가 위에 레이첼의 사진이 든 액자가 놓여 있었다. 지난 3월 학교에서 소풍갔을 때 찍은 사진이었다. 빨간색 아노락을 입은 레이첼의 얼굴 위로 바람에 흩날리는 머리카락 몇 올이 흘러내려 있었다.

"정말이지 예쁘고 사랑스러운 아이였는데 얼마나 마음이 아프시겠습니까?"

켄 신부가 정말 안타까운 일이라는 듯 가벼운 한숨을 내쉬었다.

"우리 부부에게는 정말 소중한 아이였습니다."

"그 옆이 레이첼의 동생 사진이겠군요."

레이첼의 사진 바로 옆에 수의 사진이 놓여있었다. 작년에 해변에 갔을 때 찍은 사진으로, 수는 파란색 수영복에 앙증맞은 하얀색 모자를 쓰고 있었다.

"네, 레이첼의 동생인 수입니다."

제발 수가 남아 있어 그나마 하느님께 감사해야 한다고 말씀하지는 마세요.

클레어는 마음속으로 그렇게 말했다.

켄 신부는 다행히 그런 말은 하지 않았다. 그 무엇도 레이첼을 대신할 수 없다는 걸 잘 알고 있는 듯했다.

"일단 자리에 앉으시죠."

켄 신부가 소파에 앉았다. 그는 신부답지 않게 청바지에 진회색 라운드넥 풀오버를 입고 있었고, 그 위에 재킷을 걸치고 있었다.

"레이첼은 어린이미사에 참석하는 걸 매우 좋아했어요. 도널드 아셔 신부님을 무척이나 따랐죠. 도널드 아셔 신부님의 기타 반주에 맞춰 찬송가를 부를 때가 특히 즐겁다고 했었습니다."

켄 신부가 온화한 미소를 지었다.

"도널드 아셔 신부를 따르는 아이들이 많았죠. 도널드는 아이들과 소통하는 능력이 매우 뛰어난 사제이죠."

"사실은 어제 레이첼보다 앞서 죽은 아이의 엄마를 만나고 왔습니다."

클레어는 왜 그 이야기를 불쑥 꺼냈는지 스스로도 알 수 없었다. 켄 신부와 대화를 이어가기 위해 무의식중에 나온 말일 수도 있었다.

"사라 알비 사건을 말씀하시는군요. 그 아이 엄마도 무척이나 힘들어 하겠군요."

"리즈 알비는 심한 자책감에 빠져 있더군요. 사라가 실종되기 전에 회전목마를 태워달라고 간청했는데 들어주지 못한 게 가장 가슴 아픈 일이라면서요. 저는 리즈의 마음을 충분히 이해할 수 있을 것 같더군요. 지난 주 일요일에 저 역시 주방에 맨발로 내려온 레이첼에게 핀잔을 주었습니다. 주방바닥이 타일로 되어 있어 맨발로 다니면 무척이나 차갑거든요. 레이첼에게 맨발로 다니지 말라고 귀에 못이 박히도록 주의를 줬는데 듣지 않아 화가 많이 났죠. 아마도 레이첼이 체질적으로 목감기에 잘 걸리는 편이라 걱정이 돼 핀잔을 준 것일 테지만 이제 와 생각하니 끝내 마음이 아프더군요."

"세상의 모든 엄마들은 언제나 아이들이 잘 되기를 바라는 마음으로 말합니다. 자녀들이 말을 듣지 않을 경우 혹시라도 나쁜 습관을 갖게 될까봐 엄하게 꾸짖기도 합니다. 엄마한테 꾸지람을 당했다고 해서 아이가 엄마의 사랑에 대해 의심하거나 반감을 갖지는 않습니다. 레이첼을 꾸짖은 건 그만큼 딸을 사랑하기 때문입니다. 딸아이가 목감기에 걸릴까봐 걱정하는 엄마의 마음이 오롯이 담긴 꾸지람이었죠. 물론 아이들이 눈을 똑바로 뜨고 엄마에게 대드는 경우도 있지만 곧 스스로 잘못을 깨닫게 되지요. 레이첼은 비록 야단을 맞았지만 엄마의 사랑하는 마음을 듬뿍 느꼈을 겁니다. 제 말을 믿으셔도 좋습니다."

켄 신부가 테이블 위로 팔을 뻗어 클레어의 손을 잡아주며 위로의 말을 전했다.

켄 신부의 말을 듣고 나니 조금이나마 위로가 되었지만 그 어떤 말도 그녀의 고통을 완전히 가시게 해줄 수는 없었다.

"레이첼은 그날따라 어린이미사에 대한 기대가 커보였어요. 지금도 설레는 표정으로 미사시간을 기다리던 모습이 눈에 선합니다. 아마 런던에서 온 신부님과의 약속 때문이었을 겁니다. 그 신부님이 인도를 여행할 때 찍은 슬라이드사진을 보여준다고 했다더군요."

클레어는 몹시 들떠 있던 레이첼의 모습이 눈에 선했다. 레이첼은 열정적인 아이였고, 클레어는 그런 딸아이의 성격을 좋아했다.

"방금 전에 런던에서 온 신부님이 슬라이드사진을 아이들에게 보여준다고 하셨던가요?"

켄 신부가 이맛살을 찌푸리며 물었다.

"런던에서 온 신부님이 슬라이드사진을 보여줄 거라고 했어요. 레이첼은 인도아이들을 찍은 사진을 볼 생각에 한껏 기대에 부풀어 있었죠."

"정말 이상한 일입니다. 제가 교구를 총괄하는 신부인데 그런 계획은 들어본 적이 없거든요. 런던에서 온 신부가 누구이고, 그가 슬라이드를 보여주기로 했다는 계획도 금시초문입니다. 도널드 신부는 미사시간에 그런 이벤트가 있을 경우 반드시 저와 상의해 결정하는데 그날 그런 이야기는 분명 없었습니다."

"레이첼이 그렇게 말한 걸 저는 정확하게 기억하고 있습니다. 레이첼이 집에서 나갈 때 기분이 몹시 좋아 보여 미사시간에 즐거운 일이 있는지 물어봤거든요. 그때 레이첼이 분명 저에게 슬라이드사진 이야기를 해준 기억이 납니다. 레이첼은 호기심이 많은 아이라 슬라이드사진에 대해 큰 기대를 하고 있었죠."

클레어의 눈에서 눈물이 글썽거렸다.

레이첼, 너를 한 번만 더 내 품에 안아 볼 수 있다면, 너의 웃음소리와 반짝이는 눈을 한 번만 더 바라볼 수 있다면, 너의 콧잔등에 박힌 주근깨들을 한 번만 더 만져볼 수 있다면, 너의 따스하고 말랑말랑한 뺨을 내 뺨에 대고 느껴볼 수 있다면, 너와 함께하는 날이 하루만 더 주어질 수 있다면 얼마나 좋을까?

"제가 이런 말을 꺼내기에 적절한 시점은 아니라고 생각합니다만 반드시 확인해봐야 할 게 있습니다. 제가 단언코 말씀드리지만 슬라이드 상영 계획은 없었습니다. 지난 일요일뿐만 아니라 그런 계획 자체가 아예 없었습니다. 레이첼이 왜 슬라이드사진 상영에 대해 이야기하며 기대감을 표했는지 모르겠군요. 어쩌면 별일 아닐지도 모르지만 그냥 넘기기에는 왠지 이상한 생각이 드는군요. 어떻게 된 일인지 성당으로 돌아가 확인해봐야겠습니다."

클레어가 고개를 들었다.

"설령 슬라이드 상영 계획이 없었다고 해서 달라질 게 있을까요?"

켄 신부가 상체를 앞으로 숙였다.

"어쩌면 매우 중요한 문제일 수도 있습니다. 슬라이드사진 상영 건과 레이첼의 죽음이 연관돼 있을 수도 있기 때문이죠. 일단은 여기까지만 말씀드리겠습니다. 제가 도널드 아셔 신부와 이야기를 나누어보고, 이상한 점이 발견되면 경찰에도 제보할 생각입니다. 부인께서도 끔찍한 짓을 저지른 범인을 반드시 붙잡길 바라시죠?"

클레어가 고개를 끄덕였다.

켄 신부가 부드러운 눈길로 클레어를 바라보았다.

"제가 함께 기도해 드릴까요?"

"아뇨, 기도는 바라지 않습니다."

클레어는 남은 인생에서 다시는 기도 같은 건 하지 않을 생각이었다.

3

프레데릭은 킴에게 리비아와 함께 본채에 머물 것인지 아니면 다시 관리인 부부의 집에 가 있을 것인지 선택하라고 했다. 킴은 관리인 부부의 집을 선택했다. 프레데릭은 낮에 킴을 관리인 부부에게 데려다 주었다. 그레이스의 감기가 심해 아이를 맡기기가 부담스러웠다.

"감기는 곧 극복할 수 있어요. 킴을 잘 돌볼 테니까 염려하지 마세요."

그레이스는 한사코 괜찮다고 했지만 프레데릭은 미안한 마음이 가시지 않았다.

"런던에 볼일이 있어 어쩔 수 없이 킴을 맡기고 떠날 수밖에 없는 입장이지만 여러 모로 면목이 없습니다."

"걱정하시지 말고 잘 다녀오세요."

"그동안에는 방학이라 집에서 하루 종일 놀면 됐지만 내일부터 개학이라 등하교를 시켜줘야 합니다."

"킴을 등하교시키는 건 걱정하지 마세요. 킴은 우리 부부가 잘 돌볼 테니까 건강을 잘 챙기시길 바랍니다. 안색이 많이 안 좋아 보이세요."

그레이스가 연민이 가득 담긴 눈길로 그를 쳐다보았다.

프레데릭이 가장 싫어하는 게 바로 동정의 대상이 되는 것이었다. 문제는 버지니아가 새 애인과 함께 도망친 사실이 알려질 경우 지금보다 훨씬 더 큰 동정의 대상이 될 수도 있다는 것이었다.

"부인께서는 여전히 연락이 없었나요?"

"아직 없었습니다."

프레데릭은 구구절절이 설명하고 싶지 않아 짧게 대답하고 말았다. 진실을 말하기도 싫었고, 내용을 바꿔 말하기도 싫었다.

프레데릭은 렌터카를 타고 런던으로 출발했다. 신경이 극도로 예민할 때는 운전을 하지 않는 게 바람직했지만 잭 워커에게 운전을 부탁할 경우 더욱 기분이 끔찍할 것 같았다. 차라리 운전이라도 하며 잡념을 떨쳐버리고 싶었다.

프레데릭은 일요일이라 차량도 많지 않아 정각 4시에 런던의 집에 도착했다. 그는 집에 도착하자마자 위스키를 큰 잔에 따라 단숨에 들이켰다. 차라리 술기운을 빌려서라도 그의 인생에 버지니아라는 여자가 존재했었다는 사실 자체를 잊고 싶었다. 아무리 술을 마셔도 그의 바람과는 달리 버지니아와 나탄이 알몸으로 뒤엉켜 있는 모습이 눈에 아른거렸다. 그는 문득 스카이 섬에 전화해 그들에게 불화의 씨앗을 심어주고 싶은 유혹을 느꼈다.

프레데릭은 즉시 전화기를 들고 전보를 쳤다.

예정된 일정 때문에 런던으로 돌아옴, 킴은 독감에 걸린 그레이스에게 맡겼음, 내일 킴의 학교가 개학함, 킴은 엄마가 절실히 필요함, 프레데릭.

뒷맛이 영 씁쓸했지만 전보 내용 중 거짓은 없었다. 적어도 버지니아에게 엄마로서의 의무를 일깨워주고 싶었다. 아무리 욕망에 눈이 먼 여자라고 해도 딸에 대한 의무를 방기한다는 건 절대로 있을 수 없는 일이었다.

나탄이 버지니아의 내면에 잠자고 있던 무엇을 일깨워주었기에 이런 일이 발생했을까?

프레데릭은 나탄이 진실한 사람이 아니라는 걸 첫눈에 알아보았다. 리비아에게 들은 이야기들을 종합해볼 때 그의 판단은 정확했다.

베스트셀러 작가? 가당치도 않은 소리지.

리비아가 귀중품을 훔쳐 달아날 사람은 아니었지만 혼자 펀데일 하우스에 남겨두고 온 게 마음에 걸렸다. 그녀를 무작정 내보낼 수는 없었다. 리비아는 엄연히 나탄의 배우자였다. 나탄이 버지니아와 짧은 사랑의 도피행각을 끝내고 돌아왔을 때 펀데일 하우스에서 기다리고 있는 리비아를 어떻게 대할지 궁금했다. 물론 마음약한 리비아가 나탄에게 제대로 한 방 먹일 가능성은 희박했다. 다만 리비아가 배우자라는 사실을 도외시하지는 못할 테니 양심의 가책이라도 느끼지 않을까?

그레이스에게 리비아가 당분간 펀데일 하우스에 머물 예정이라고 말해두었다. 그레이스는 꼬치꼬치 따져 묻지는 않았지만 머릿속이 꽤나 복잡해보였다. 그녀는 킴으로부터 이야기를 들어 리비아의 남편인 나탄도 펀데일 하우스에 머물렀다는 사실을 알고 있었다. 따라서 버지니아의 갑작스러운 실종이 그들 부부와 관련이 있지 않을까 추측할 수 있는 여지는 충분했다.

5시 반이 되었을 때 프레데릭은 도저히 집에 있을 수가 없었다. 그는 레인코트를 입고 비가 내리는 거리로 나와 하이드파크까지 걸었다. 비가 부슬부슬 내리고 있었지만 공원에는 의외로 사람들이 많았다. 스케이트보드를 타는 젊은이들, 아이들을 데리고 산책 나온 사람들, 달리기를 하는 사람들도 많았고, 데이트를 즐기는 연인들도 가끔 눈에 띄었다.

연인들은 서로 손을 붙잡거나 몸을 밀착하고 천천히 산책하다가 가끔씩 걸음을 멈추고 입을 맞추기도 했다. 세상이 어떻게 돌아가고 있는지에 대해서는 전혀 걱정 없는 사람들 같았다. 사랑의 마법에 걸린 사람들은 실을 자아내 고치를 만든 다음 그 안으로 들어가 세상으로부터 완벽하게 유리되는 존재들이 분명했다.

프레데릭은 아무리 생각해도 버지니아가 나탄과 사랑의 도피행각을 벌이는 이유를 알 수 없었다. 버지니아를 처음 만났을 당시 그 역시 지금 눈앞에 보이는 연인들처럼 얼굴에서 퍼져 나오는 빛을 가지고 있었다. 다만 사랑의 마법에 걸린 사람은 그 자신이었지 버지니아가 아니었다. 그는 버지니아를 사랑했기에 자신의 여자로 만들 수 있길 갈망했다. 그는 강렬한 사랑의 소용돌이에 휘말려 상대방의 반응까지 일일이 따져볼 여력이 없었다. 버지니아는 '사랑해요.' 라는 말조차 그리 자주 하지 않았는데 뜻밖에도 그의 청혼을 받아들였다. 아무튼 버지니아가 청혼을 받아들이지 않을까봐 전전긍긍했던 그는 일단 안도하지 않을 수 없었다.

프레데릭의 눈앞에서 금발머리 여자가 머리를 길게 기른 남자를 유심히 바라보며 매혹된 표정으로 그의 말에 귀를 기울이고 있었다.

결혼 당시 나는 버지니아에 대해 아무것도 눈치 채지 못했을까?

솔직히 말하면 버지니아의 미적지근한 태도 때문에 당혹스러웠던 적이 여러 번 있었다. 그럴 때마다 프레데릭은 그녀의 마음 깊은 곳에 자리한 우수와 우울증 때문이라고 생각했다. 버지니아의 사랑이 부재하기 때문이라고 생각해본 적은 없었다. 버지니아에 대한 의심보다는 그녀에 대한 사랑이 너무 깊기도 했다.

프레데릭은 늘 자신을 합리적이고 이성적인 사람이라고 자부했지만 버지니아에게 마음을 빼앗긴 이후로는 제대로 객관적 진실을 보지 못했다. 그들 부부 사이의 애정을 의심할 만한 정황이 있더라도 언제나 버지니아의 입장을 이해하기 위해 애썼다. 그러다보니 겉으로는 큰 문제가 없는 부부 사이로 지내왔다. 그의 짝사랑이 가져온 허망한 결실이 아닐 수 없었다.

프레데릭의 짝사랑은 이제 9월의 비오는 어느 날 하이드파크에서 혼자 쓸쓸히 비를 맞으며 거니는 모습으로 마무리되어가고 있었다. 그는 눈앞에 보이는 한 쌍의 연인들을 보면서 세상 그 누구보다 사랑했던 여자를 사기꾼 같은 남자에게 빼앗겼다는 사실을 분명하게 깨달았다.

프레데릭은 그들이 스카이 섬 별장에서 애정행각을 벌이고 있다는 걸 알고 난 이후에도 계속 머릿속으로는 엉뚱한 상상에 빠져들곤 했다. 나탄에게 버림받은 버지니아가 지난 잘못을 후회하며 용서를 구하는 장면, 버지니아를 격렬하게 질타하는 장면, 결국 버지니아를 용서하고 서로를 부둥켜안는 장면…….

만약 버지니아가 돌아오지 않는다면 어떻게 할 것인가?

프레데릭은 비에 젖은 벤치에 털썩 주저앉았다. 보드카를 챙겨오지 않은 게 몹시 후회되었다. 노숙자처럼 벤치에 앉아 보드카를 병째 마시고 싶었다. 버지니아를 영원히 잃을지도 모른다는 생각을 떨쳐버리기 위해, 사랑의 패배자라는 절망감에서 벗어나기 위해서라도 독한 술이 절실히 필요했다.

상상은 언제든지 현실이 될 수 있었다. 방금 전 상상한 대로 버지니아를 영원히 잃게 된다면 그는 그 충격에서 쉽게 헤어날 수 있을 것 같지 않았다.

4

오후 5시, 켄 조르단 신부는 줄리아의 집 현관문 초인종을 눌렀다. 그는 줄리아의 부모인 마가렛과 스티브를 잘 알고 있었다. 그들은 일요일마다 꼬박꼬박 미사에 참석하는 신도였다.

켄 신부는 줄리아가 레이첼과 가장 친한 친구였다는 걸 잘 알고 있었기에 마가렛이 울어서 퉁퉁 부은 눈으로 현관문을 열었을 때 그리 놀라지 않았다. 오전 미사 때 레이첼을 위해 기도하자는 이야기를 꺼냈을 때부터 마가렛은 계속 흐느꼈기 때문이다.

"긴히 드릴 말씀이 있어 찾아왔습니다."

마가렛이 켄 신부를 집 안으로 들어오게 했다.

"신부님이 찾아오시지 않았다면 하루 종일 울기만 했을 겁니다."

마가렛이 또다시 눈물을 글썽이며 입술을 꽉 깨물었다.

"정말 끔찍한 일이 아닐 수 없습니다."

"누가 그런 끔찍한 짓을 저질렀을까요?"

"누구인지는 아직 모르지만 마음이 심하게 병든 자이겠지요."

켄 신부는 마가렛을 따라 거실로 들어갔다. 거실 구석에 놓인 테이블에 앉아 홍차를 마시고 있던 스티브가 자리에서 일어났다.

"신부님! 저희 집을 방문해주셔서 감사합니다. 이쪽으로 앉으시죠."

켄이 자리에 앉자 마가렛이 찻잔을 하나 더 가져와 홍차를 따라 주었다.

"사실 오늘은 줄리아를 만나 몇 가지 물어볼 게 있어서 찾아왔습니다. 우선 그 전에 두 분에게도 물어볼 게 있습니다. 지난주에 줄리아가 어린이미사에 가기 전 혹시 런던에서 온 신부가 슬라이드를 보여주기로 했다는 말을 하지 않던가요?"

마가렛과 스티브가 어리둥절한 표정을 지으며 서로를 쳐다보았다.

"그런 이야기는 듣지 못했는데요."

"사실은 오늘 아침에 레이첼의 부모에게 위로의 말을 해주려고 찾아갔다가 이상한 말을 듣게 되었습니다."

켄 신부는 클레어가 해준 이야기를 간단히 요약해 들려주었다.

"오늘 오후에 어린이미사를 마친 도널드 아셔 신부를 만났습니다.

그가 어린이미사 시간에 나름 계획을 세워놓고 미처 저에게 이야기하지 못했을 수도 있으니까요. 하지만 도널드 신부 역시 슬라이드상영에 대해서는 아는 게 전혀 없더군요. 그는 레이첼이 왜 그런 말을 했는지 짐작조차 못하겠다고 했습니다."

"그 일이 레이첼의 죽음과 연관이 있을까요?"

스티브가 몹시 긴장한 표정으로 물었다.

"제가 탐정이나 경찰은 아니지만 분명 어떤 연관성이 있어 보입니다. 레이첼이 런던에서 온 신부가 슬라이드 사진을 보여 주기로 했다는 이야기를 한 걸 보면 분명 누군가와 구체적인 상의를 한 게 틀림없습니다. 정작 어린이미사를 집전하는 도널드 신부와 저는 슬라이드상영 계획에 대해 전혀 모르고 있었으니 이상할 수밖에요."

"신부님의 말씀을 듣고 보니 정말 이상한 일이네요."

스티브도 선뜻 동의했다.

"제가 줄리아를 데려올게요."

마가렛이 말했다.

마가렛과 함께 거실로 내려온 줄리아는 친구의 죽음에 큰 충격을 받은 듯 안색이 파리했다.

"신부님이 너에게 물어볼 말이 있다니까 아는 대로 솔직하게 말씀드리면 돼."

마가렛이 말했다.

줄리아가 눈을 동그랗게 뜨고 켄 신부를 쳐다보았다.

"아주 간단한 질문이니까 아는 대로 대답하면 된단다. 넌 레이첼과 가장 친한 친구였으니까 모든 비밀을 털어놓는 사이였겠구나?"

"맞아요."

줄리아가 말했다.

"그럼 레이첼이 너에게 틀림없이 슬라이드상영에 대해 이야기했을 것 같은데 혹시 들어본 적 있니? 런던에서 온 신부님이 어린이미사 때 슬라이드상영을 하려 했다는 계획 말이다."

줄리아가 깜짝 놀란 듯 눈을 휘둥그렇게 떴다.

"레이첼이 너에게 그 이야기를 했니?"

켄 신부가 집요하게 캐물었다.

줄리아는 입을 꾹 다물고 발끝만 내려다보았다.

"줄리아, 네가 알고 있는 걸 어서 솔직하게 말씀드려. 아주 중요한 문제니까."

스티브가 옆에서 채근했다.

"어린이미사를 집전하는 도널드 신부는 그 계획에 대해 아무것도 모르고 있는데 레이첼이 그 이야기를 했다는 건 누군가 다른 사람에게서 들었다는 뜻이 아닐까? 그러니까 레이첼에게 그 이야기를 해준 사람이 있을 거야. 혹시 그 사람이 누군지 알고 있니?"

줄리아가 격렬하게 고개를 저었다

"그럼 누군가 레이첼에게 슬라이드상영 이야기를 했다는 사실은 알고 있겠구나?"

줄리아가 여전히 어른들의 얼굴을 외면한 채 고개를 끄덕였다.

"줄리아, 제발 그 이야기를 전부 털어놓도록 해. 어쩌면 레이첼에게 끔찍한 짓을 저지른 범인을 잡는 데 큰 도움이 될지도 몰라."

마가렛이 간절하게 부탁했다.

"아무에게도 이야기하지 않겠다고 레이첼과 약속했어요."

줄리아가 기어들어가는 목소리로 말했다.

"레이첼이랑 런던에서 온 신부에 대해 아무에게도 이야기하지 않겠다고 약속했다는 말이지?"

줄리아가 천천히 고개를 끄덕였다.

"내 생각에는 레이첼도 이젠 네가 약속을 깨는 걸 반대하지 않을 것 같구나. 레이첼에게 나쁜 짓을 한 사람이 바로 그일 수도 있으니까. 레이첼도 그 사람이 체포되기를 바랄 거야."

줄리아가 다시 고개를 끄덕였다. 물론 자신의 대답이 얼마나 중요한지 다 이해하지는 못했지만 어른들의 표정에서 어느 정도 심각성을 깨달은 듯했다. 특히 레이첼도 약속을 깨는 걸 반대하지 않을 거라는 말이 주효한 듯 보였다.

"레이첼이 말하길 그 아저씨가 어린이미사 때 인도의 어린아이들을 찍은 슬라이드사진을 보여주겠다고 했대요."

모두가 숨을 멈추었다.

"어떤 아저씨가 그런 말을 했다는 거니?"

켄 신부가 물었다.

마침내 줄리아가 고개를 들었다.

"성당 앞에 서 있던 아저씨가 그렇게 말했다고 했어요."

"혹시 너도 그 아저씨를 봤니?"

마가렛이 몹시 흥분한 듯 얼굴이 새빨갛게 달아올랐다.

"저는 본 적이 없어요."

"그럼 레이첼이 그 아저씨를 혼자 만난 거야?"

"그러니까 몇 주 전 일요일에 레이첼이 어린이미사에 가는 길에 성당 앞에서 그 아저씨를 만났다고 했어요."

"그 아저씨가 레이첼에게 먼저 말을 걸었겠구나?"

"그 아저씨가 어디에 가는지 묻기에 레이첼이 어린이미사에 간다고 하니까 자기를 도와줄 수 있는지 물었대요."

"그가 무얼 도와 달라고 했는데?"

줄리아가 침을 꿀꺽 삼켰다.

"그 아저씨가 런던에서 온 신부님이라고 하면서 레이첼에게 어린이 미사 때 멋진 슬라이드사진을 보여줄 거라고 했대요. 인도의 어린아이들을 찍은 사진이요. 그 대신 도널드 신부님 모르게 은밀히 일을 진행하고 싶다며 레이첼에게 아무한테도 이야기하지 말아 달라고 부탁했대요. 엄마나 아빠한테 이야기할 경우 소문이 퍼지게 되면 도널드 신부님을 깜짝 놀라게 해줄 수 없을 거라면서요."

"레이첼은 슬라이드상영 행사가 잘 진행되기를 바랐기 때문에 비밀을 끝까지 지켰겠구나?"

"레이첼은 가족여행을 떠났다가 돌아왔을 때 저한테만 그 비밀이야기를 해주었어요."

"레이첼이 널 가장 친구로 생각했기 때문에 그 이야기를 해준 거야. 가장 친한 친구끼리는 비밀이 없어야 하니까."

"그런가요?"

줄리아가 눈을 빛내며 물었다. 그 어떤 경우라도 레이첼에 대해 나쁜 이야기는 하고 싶지 않았던 게 분명했다.

"그러니까 네가 비밀을 털어놓은 건 절대 나쁜 짓이 아니야. 레이첼이 언제 그 이야기를 들려줬니?"

"레이첼이 실종되기 일주일 전 토요일에 처음 들었어요. 레이첼이 가족여행에서 돌아오자마자 우리 집에 놀러왔을 때였죠."

"레이첼은 그 낯선 아저씨를 만날 계획이 있었겠구나?"

"그 아저씨가 슬라이드상영을 할 때 도와줄 사람이 필요하다며 레이첼에게 조수를 맡아달라고 했대요. 레이첼은 어린이미사가 시작되기 전 채프만스 클로즈에서 그 아저씨를 만나기로 했다고 말했어요. 슬라이드상영을 할 때 레이첼이 도와줄 일이 무엇인지 설명을 듣고, 그 아저씨와 함께 차를 타고 어린이미사에 참석하기로 약속했다더군요."

마가렛은 잠시 눈을 감았고, 스티브는 숨을 깊이 들이마셨다.

채프만스 클로즈라면 입구에 아파트 몇 동이 있을 뿐 뒤쪽은 전부 허허벌판인 곳이었다. 게다가 도로의 끝이 곧바로 들길로 이어져 있어 사람들 눈에 띄지 않고 여자아이를 차에 태우기에 딱 좋은 곳이었다. 바위 뒤에 숨어 기다리다가 아이 혼자 오는지 확인하기에 용이할 뿐만 아니라 혹시 누군가와 함께 올 경우 쥐도 새도 모르게 사라질 수도 있는 곳이었다.

"솔직히 저는 레이첼 때문에 화가 났고, 그 문제로 다투기까지 했어요."

줄리아가 눈물을 글썽이며 말했다.

켄 신부는 그 이유를 짐작할 수 있을 듯했다.

"너도 그 일을 같이 하고 싶었구나? 슬라이드상영을 할 때 레이첼이 맡기로 한 조수 역할 말이다?"

"저도 그 일을 하고 싶다고 말했지만 레이첼이 안된다고 하는 바람에 화가 많이 났었죠!"

줄리아의 뺨 위로 눈물이 주르륵 흘러내렸다.

"늘 레이첼만 중요한 일을 맡는 게 싫었어요. 레이첼은 빛나는 일을 항상 독차지 했죠. 레이첼이 슬라이드상영을 할 때 조수 역할을 맡게 되었다고 말했을 때에도 정말 화가 많이 났어요. 저는 그저 뒷자리에 앉아 구경만 할 수밖에 없었으니까요. 솔직히 그날 어린이미사에 가지 않은 건 그 일 때문이었죠."

"그날 넌 목감기에 걸려 미사에 가지 않겠다고 했잖아? 그게 아니었니?"

마가렛이 힐난하듯 말하자 줄리아는 결국 울음을 터뜨렸다.

"미사에 못 갈 정도로 아프지는 않았어요. 그냥 목이 약간 따끔거리는 정도였는데 통증이 심해 미사에 갈 수 없다고 했던 거예요. 사실은 레이첼이 질투나 미사에 가고 싶지 않았어요."

줄리아가 풀오버 소매로 눈물을 훔쳤다.

"제가 자꾸 화를 내니까 레이첼은 그 아저씨한테 조수 역할을 맡을 아이가 더 필요하지는 않은지 함께 가서 물어보자고 했지만 저는 화가 너무 많이 나 있었기 때문에 거절했어요."

"오, 맙소사!"

마가렛이 작은 소리로 신음을 토했다.

만약 줄리아가 레이첼을 따라갔더라면 무슨 일이 생겼을까? 줄리아역시 똑같은 일을 당했을까? 아니면 레이첼이 다른 여자아이와 함께 나타난 걸 보고 놀라 도망쳤을까?

켄 신부는 그런 생각을 하며 충혈 된 눈을 비볐다.

"한시바삐 이 사실을 경찰에 알려야 합니다. 아마도 경찰이 다시 한번 줄리아와 이야기를 해보겠다고 할지도 모릅니다만 사안이 엄중해 그냥 지나칠 수는 없을 것 같습니다."

켄 신부가 마가렛과 스티브에게 말했다.

"우린 범인이 체포되기만 바랄 뿐입니다. 줄리아의 진술이 범인체포에 도움이 될 수 있다면 당연히 경찰을 만나봐야죠."

"그동안 왜 그런 이야기를 꼭꼭 숨겼니?"

마가렛이 딸아이를 쳐다보며 울먹거렸다.

"낯선 사람이 말을 걸어올 경우 무조건 피해야 한다고 엄마가 귀가 닳도록 말했잖아. 레이첼도 분명 엄마한테 그런 이야기를 들었을 텐데 대체 왜 그랬을까?"

"이제 와서 줄리아에게 그런 이야기를 해봤자 무슨 소용이야? 그 문제는 나중에 한 번 더 차분하게 이야기해보는 게 좋겠어."

스티브가 말했다.

켄 신부가 다시 한 번 줄리아를 쳐다보았다.

"혹시 레이첼이 그 남자가 어떻게 생겼는지 말해줬니?"

줄리아가 고개를 끄덕였다.

"마치 영화의 주인공처럼 잘 생긴 사람이었다고 했어요."

어른들은 그 말을 듣는 즉시 서로의 얼굴을 쳐다보았다. 그 말은 사실일 수도 있었고, 과장일 수도 있었다.

설령 그 남자의 얼굴이 잘생겼다고 한들 무슨 의미가 있을까?

켄 신부는 즉시 경찰에 신고할 생각이었다. 어쩌면 경찰은 그가 제공하는 정보를 바탕으로 훨씬 더 많은 단서를 찾게 될 수도 있었다.

5

스카이 섬의 하늘은 맑고 푸른색을 되찾았다. 강하고 차가운 바람이 불어와 창공에 남아 있던 마지막 먹구름을 섬 밖으로 밀어냈다. 바다가 얼마나 맑은지 하늘빛이 그대로 반사되었고, 파도가 바위에 세게 부딪칠 때마다 하얀 포말이 하늘을 향해 치솟아 올랐다. 해가 수평선 위에 아슬아슬하게 걸려 있는 동안 바닷물이 온통 금빛으로 물들었다.

스카이 섬에서 맞는 두 번째 밤이 찾아왔다. 버지니아는 혼자 산책을 나왔다. 잠시나마 혼자 있고 싶었고, 나탄은 그녀의 마음을 알아차리고 벽난로에 넣을 장작을 패러 가야겠다며 밖으로 나갔다.

버지니아는 해변을 따라 달린 다음 고원 쪽으로 방향을 바꿔 달리기 시작했다. 인적이 드문 곳이라 혼자만의 사색에 잠기기에 적당한 장소였다. 한참 뒤 버지니아는 생각을 정리하기 시작했다.

나탄이 내 마음속 깊은 곳에 잠들어 있는 뭔가를 건드려 변화를 이끌어냈다.

나탄에게 프레데릭에게는 단 한 번도 말한 적 없는 과거 이야기를 털어놓았다. 다시는 지난날로 돌아가고 싶지 않았다. 자유와 행복, 살아 있는 느낌을 다시는 잃고 싶지 않았다.

프레데릭에게 어쩔 수 없이 결별을 고해야 하겠지. 어쩌면 아예 영국을 떠나버릴 수도 있어.

어둠이 내려앉고 있었다. 어둠 속에서 길을 잃고 헤매지 않으려면 어서 별장으로 돌아가야 할 때였다. 공기가 차가웠고, 벽난로에서 타다닥거리며 타오르는 장작불의 온기가 가득 퍼져 있는 거실로 돌아가 와인으로 목을 축이고 싶었다. 달콤한 와인과 나탄의 부드러운 손길을 생각하자 벌써부터 몸이 후끈 달아올랐고, 마음 깊은 곳에서 욕망이 끓어올랐다.

프레데릭이 큰 상처를 받게 될 테지만 버지니아는 이미 시작된 길을 계속 걸어갈 결심이었다. 나탄과 함께 하는 동안 숨 쉬는 것부터 달라졌고, 다시 내일에 대한 꿈을 꿀 수 있게 되었다. 다시 살고 싶어졌고, 인생을 끌어안고 싶어졌다. 프레데릭에게는 면목 없는 일이었지만 선택의 여지가 없었다.

별장으로 돌아가기 위해 달리는 동안 맞바람이 얼굴을 향해 불어왔다. 비는 멎었지만 바람까지 잦아든 건 아니었다. 버지니아는 공기가 차가워 재킷의 옷깃을 높이 세웠다.

프레데릭과 헤어지면 스카이 섬을 잃게 될 테지만 상관없었다. 조만간 새로운 스카이 섬을 찾아낼 수 있을 테고, 나탄과 함께 있는 곳이라면 어디든 스카이 섬이 될 수도 있었다.

프레데릭과 함께 하는 동안에는 왜 그리 죽을 만큼 힘들고 고통스러웠을까? 프레데릭을 사랑하지 않았기 때문일까? 그의 과도한 사랑이 중압감으로 작용한 탓일까? 죄책감 때문에 질식할 것 같은 압박을 받은 걸까?

아마도 언젠가는 프레데릭으로부터 떠나리란 걸 예감하고 있었기 때문일지도 모른다. 버지니아는 평생을 프레데릭과 함께할 자신이 없었다. 그녀가 지금껏 어두컴컴한 펀데일 하우스에 몸을 숨기고 살아온 이유는 가급적 진실로부터 멀리 달아나기 위해서였는지도 모른다.

프레데릭에게는 그녀의 과거, 좌절과 고뇌, 살아오는 동안 저지른 죄에 대해 솔직하게 털어놓을 수 없었다. 프레데릭도 그녀가 사촌인 마이클과 동거했다는 사실은 알고 있었다. 토미의 죽음 이후 마이클이 어느 날 갑자기 모습을 감춘 것에 대해서도 알고 있었다. 그녀가 그에게 털어놓은 최소한의 신상정보 안에 포함된 말이었고, 그녀가 우수어린 표정과 우울증에 빠져 살아가고 있는 것에 대한 최소한의 변명삼아 들려준 이야기였다.

"마이클이 사라지자 마음이 훨씬 가벼워졌어. 그 후, 마이클이 어디로 사라졌는지 단 한 번도 찾아 나서지 않았지. 마이클만 생각하면 죄책감이 느껴져."

프레데릭은 그 이상은 알지 못했다. 방탕하게 살았던 런던 시절의 수많은 애정행각과 마리화나 남용에 대해서도 알지 못했고, 앤드류에 대해서도 알지 못했다. 결과적으로 그가 그녀에 대한 환상을 깨게 될 수도 있는 이야기는 쏙 빼놓은 것이다. 그에게 과거 이야기를 솔직하게 털어놓고 싶지 않았다. 그는 지나치게 보수적이었고, 법과 질서를 중시했고, 늘 규칙을 정해두고 되는 것과 안 되는 걸 명확하게 구분 짓는 사람이었다.

프레데릭은 만약 그녀의 과거 이야기를 들었더라도 자기만의 방식으로 조심스럽게 체에 걸러 윤곽을 알아볼 수 없을 만큼 희미해진 사진처럼 만들어버렸을지도 모른다. 그래야만 그녀의 과거가 두고두고 마음을 어지럽히지 않을 테고, 심리적 안정을 유지할 수 있을 테니까.

프레데릭은 결혼하고 아이까지 낳은 여자, 평생을 함께 하고 싶어 하는 여자에 대해 아는 게 너무 없었던 셈이다. 그는 버지니아가 전략적으로 던져준 몇 가지 단편적인 정보에 만족해 그녀를 깊이 알아보려고 하지 않았다.

프레데릭에게는 그녀와 마이클 사이에서 무슨 일이 있었는지 다 털어놓지 않았다. 아직은 나탄에게도 털어놓지 않은 부분이 있었지만 조만간 말해줄 생각이었다. 나탄에게는 모든 걸 숨김없이 털어놓아도 부담스럽지 않았다. 나탄은 모든 문제를 유연하게 받아들일 준비가 되어 있는 사람이니까.

하늘이 버지니아가 좋아하는 파스텔 톤으로 바뀌었다. 그녀는 걸음을 멈추고 바닷물을 바라보았다. 수평선에서 연분홍, 연보라색 띠들이 솟아오르더니 하늘의 연청색과 합쳐지며 빛을 빼앗아버렸다. 이제 잠시 후면 오렌지색 공처럼 될 태양이 수평선에 걸쳐져 빛을 유지하다가 바다 속으로 완전히 가라앉게 될 것이다. 공기가 차가워지고 갈매기들의 울음소리가 더욱 커졌다.

난 프레데릭뿐만 아니라 킴도 배신했어.

버지니아는 언젠가 배신에 대한 대가를 치러야할지도 모른다고 생각했지만 자신이 선택한 이 길을 버릴 수 없었다. 제법 먼 거리였지만 별장 굴뚝에서 연기가 피어오르는 모습이 보였다. 별장 창문에서 희미한 빛이 새어나오고 있었다. 빠른 속도로 사라지는 석양빛 속에서 창가의 불빛이 따뜻하게 손을 흔드는 것처럼 보였다. 그녀는 한시바삐 나탄에게로 가기 위해 힘껏 달리기 시작했다.

나탄은 거실 벽난로 옆에 무릎을 꿇고 앉아 바깥에서 패온 장작들을 쌓고 있었다. 그는 일에 정신이 팔려 그녀가 들어온 걸 미처 알아차리지 못했다.

"나탄!"

버지니아가 큰 소리로 그의 이름을 불렀다.

그제야 나탄은 고개를 들고 그녀를 쳐다보았다. 그가 자리에서 일어나더니 미소를 지으며 다가왔다.

"뺨이 발그레하게 상기되고, 머리카락이 마구 헝클어진 모습이 무척이나 섹시해요."

버지니아는 그의 말에 미소로 화답하고 나서 헝클어진 머리카락을 손으로 매만졌다.

"바깥은 날씨가 추워요."

나탄이 가까이 다가오더니 코를 그녀의 목에 가져다댔다.

"당신 몸에서 바다 냄새와 바람 냄새가 나요. 내가 사랑하는 냄새들이죠."

버지니아가 그를 쳐다보았다. 눈이 반짝거리고 있다는 걸 알고 있었지만 숨길 수가 없었다.

나탄이 또 다시 미소를 지었다. 그녀에게 미치는 자신의 힘과 영향력을 정확히 알고 있다는 뜻이었다.

"오늘 저녁에도 벽난로 가에 앉아 통조림으로 한 끼 식사를 때우고 싶지는 않네요. 오늘은 펍에 다녀오는 게 어때요? 콩 요리랑 양고기, 흑맥주를 마시고 싶어 미치겠어요."

"이 집 어딘가에 콩 통조림이 남아 있을 거예요."

그녀가 그렇게 말하고 나서 주방을 향해 몇 걸음 걸어가는데 나탄이 팔을 붙잡았다.

"오늘밤, 당신과 함께 외출하고 싶어요."

"지금은 외출하기에 좋은 날씨가 아니잖아요. 스카이 섬에서는 휴가철 이외에는 대부분 술집이 문을 닫아요."

"당신 말을 들으니까 마치 스카이 섬 사람들은 술도 마시지 않고 사는 것처럼 들려요. 아직 문을 연 술집들은 많아요. 포트리 항에 내가 아는 술집이 몇 군데 있어요. 그중에서 〈포트리 하우스〉에 가면 제법 맛있는 생선요리를 먹을 수 있을 거예요."

버지니아가 한숨을 푹 내쉬었다.

"나는 그다지 좋은 생각 같지 않아요."

나탄의 얼굴에서 갑자기 미소가 사라졌다.

"스카이 섬 사람들에게 나와 데이트하는 모습을 숨기고 싶은 거죠? 나하고는 인적이 없는 해변만 산책해야 할 테고, 벽난로 앞이나 꽉 닫힌 방 안에서 몇 시간씩 섹스를 하는 건 좋지만 절대 그 사실이 바깥에까지 알려지면 곤란하다는 뜻이죠? 당신이 이 섬에서 유명 인사라 이런저런 뒷말이 나오면 곤란하니까요."

버지니아는 천천히 재킷을 벗어 의자등받이에 걸쳐놓은 다음 눈빛을 반짝이며 말했다.

"나탄, 나 또한 우리 관계를 숨길 생각은 없어요. 다만 지금 이곳에서는 곤란해요. 프레데릭에게는 너무 잔인한 짓이 될 테니까요. 여긴 프레데릭의 별장이고, 앞으로도 이곳에 오게 될 거예요. 섬사람들은 내가 8월에 프레데릭과 함께 여기서 휴가를 보냈다는 걸 알고 있어요. 이제 겨우 9월 초인데, 나는 다른 남자와 이곳을 찾아왔어요. 프레데릭을 웃음거리로 만들 수는 없어요."

나탄이 어깨를 움찔했다.

"프레데릭에 대한 걱정을 아주 많이 해주는군요."

"난 이미 충분히 프레데릭의 마음을 아프게 했어요. 오랫동안 그를 스카이 섬사람들의 입방아에 오르내리게 할 수는 없어요."

나탄은 이제 단단히 화가 나 보였다. 단순히 레스토랑에 못 가게 되어서가 아니라 힘겨루기에서 진 게 그를 화나게 만든 듯했다.

"나탄, 우리 이런 문제로 다투지 말아요. 일단 와인이나 한 잔 마시며 기분을 풀어요."

나탄이 슬며시 그녀의 손을 밀어냈다.

"식탁 위에 전보가 와 있어요."

나탄이 퉁명스럽게 말했다.

"대체 누구한테서 전보가 왔죠?"

"나야 모르죠. 당신한테 온 전보니까 직접 확인해 봐요."

버지니아는 테이블 위에 놓인 갈색 봉투를 집어 들었다.

"맙소사!"

나탄이 궁금하다는 듯 버지니아를 쳐다보았다.

"누구한테 온 전보죠?"

"프레데릭이요. 런던에서 보냈어요. 예정된 일정 때문에 런던으로 돌아옴, 킴은 독감에 걸린 그레이스에게 맡겼음, 내일 킴의 학교가 개학함, 킴은 엄마가 절실히 필요함, 프레데릭."

"프레데릭은 당신의 마음을 흔들어놓기 위해 아이를 이용하고 있어요."

"프레데릭은 런던으로 돌아가야 했을 테고, 독감에 걸린 그레이스에게 킴을 돌봐달라고 맡겼을 거예요. 내일 킴의 학교가 개학하는 것도 분명한 사실이죠. 프레데릭이 거짓말을 한 건 없어 보여요. 아무래도 돌아가 봐야 할 것 같아요."

"프레데릭이 당신의 심리를 기가 막히게 잘 간파하고 있는 셈이네요."

"독감에 걸린 그레이스에게 킴을 맡겨둘 수는 없어요. 그러다가 독감이라도 옮을 경우 큰 고통을 겪게 될지도 몰라요."

"잭이 있잖아요?"

"잭은 바쁜 사람이에요. 그에게 킴까지 돌보게 할 수는 없어요."

"그레이스가 독감에 걸렸다지만 아침에 학교에 데려다주고, 오후에 때맞춰 데려오는 정도는 할 수 있어. 독감이 죽을병은 아니잖아요."

"난 킴의 엄마이고, 이런 상황을 그냥 무시할 수는 없어요."

"펀데일 하우스를 떠날 당시에도 당신은 엄마였어요. 그때와 달라진 게 뭐 있죠?"

버지니아는 점점 화가 나기 시작했다.

"당신은 뭐든 너무 쉽게 생각하는군요. 당신은 아마도 책임질 사람이 없어 그럴 거예요."

"나도 돌봐줘야 할 아내가 있어요."

"적어도 나 때문에 리비아에게 죄책감을 느낀다는 말은 하지 말아요."

"죄책감을 느끼지는 않지만 리비아 문제를 어떻게 해결할지 생각하고 있어요. 당신에게도 과거가 있듯이 나 역시 마찬가지죠. 우리는 각자의 문제를 어떻게 해결해야 할지 생각해봐야 돼요."

"프레데릭 문제로 당신을 괴롭히고 싶지는 않아요."

"프레데릭 때문에 우린 지금 집밖으로 나갈 수도 없게 됐어요. 프레데릭이 보낸 전보를 읽더니 당신은 아예 집으로 돌아가자고 하고 있어요. 당신은 계속 프레데릭 이야기를 전가의 보도처럼 사용하며 나를 압박하고 있어요. 나 역시 리비아를 배신하고 마음에 상처를 입혔지만 그 문제로 당신을 괴롭힌 적이 단 한 번이라도 있었나요?"

버지니아는 머리가 아파오기 시작했다. 대화가 점점 통제 가능한 영역을 벗어나고 있었다.

"내가 돌아가자고 한 건 프레데릭 때문이 아니라 킴 때문이었어요."

버지니아가 지친 목소리로 말했다.

"프레데릭은 부부싸움에 킴을 이용하고 있어요. 그 전보는 일종의 전쟁선포라고 할 수 있어요. 프레데릭은 우리 사이를 이간질시키기로 작심하고 킴을 첫 번째 카드로 뽑아든 거예요."

버지니아가 두 손으로 얼굴을 쓸어내렸다.

"설사 그렇다고 해도 나는 돌아가야 해요."

"그럼 프레데릭과 나, 둘 중에서 한쪽을 선택해요. 만약 돌아갈 경우 당신은 프레데릭의 작전에 굴복하는 거예요. 백기를 들고 투항하는 셈이죠."

"나는 프레데릭의 남편이기도 하지만 킴의 엄마이기도 해요. 프레데릭과는 갈라서면 그만일 수도 있지만 킴의 엄마라는 사실은 절대로 바뀌지 않아요."

"프레데릭이 전보를 보내지 않았다면 당신은 당장 돌아가겠다는 생각을 하지 않았을 거예요."

"그레이스의 독감이 그 정도로 심각한 줄 몰랐어요. 물론 프레데릭이 나를 압박하기 위한 방편으로 전보를 이용했을 수는 있어요. 다만 난 킴의 엄마이고, 딸아이를 앞세워 프레데릭과 힘겨루기를 하고 싶지는 않아요."

나탄은 아무런 반박도 하지 않았다.

버지니아는 이럴 수도 저럴 수도 없는 입장이라 난감했다. 프레데릭의 압박만으로도 힘겨운데 나탄까지 그녀의 기분을 전혀 고려해주지 않고 공세를 취하고 있었다.

"당신이 내 태도를 비난해도 될 만큼 처신을 잘해왔다고 생각해요? 당신이 내게 해준 말들이 모두 진실이었다고 자신할 수 있어요?"

나탄이 흠칫 놀랐다.

"내가 당신에게 해준 말들이 너무 많아 질문의 핵심이 뭔지 잘 모르겠군요."

"당신은 베스트셀러를 쓴 작가라고 했죠? 당신이 한 말이 사실인가요?"

나탄이 얼굴을 찌푸리며 한 걸음 뒤로 물러섰다.

"그사이 내 뒷조사를 했어요?"

"난 적어도 다른 사람 뒷조사나 하고 다니는 사람은 아니에요. 리비아가 프레데릭에게 해준 이야기를 옮겼을 뿐이에요."

"프레데릭은 그 이야기를 듣자마자 곧바로 당신에게 고자질했군요."

"아마 당신이라도 그렇게 하지 않았을까요? 당신이 베스트셀러 작가라고 한 말이 사실이라면 문제될 게 없잖아요?"

"정말 유치하네요."

"당신은 거짓말쟁이고요."

그들은 서로의 얼굴을 노려보았다. 잠시 후 나탄이 부드러운 목소리로 말했다.

"이렇게 다툴 게 아니라 서로에게 모든 걸 솔직하게 털어놓기로 해요."

버지니아는 처음으로 나탄과 함께 있는 게 불편했다. 나탄은 그녀의 상황을 전혀 배려해주지 않았다. 베스트셀러 작가라고 했던 말이 절대 거짓이 아니라고 주장하지도 않았다. 리비아의 말을 인정한다는 의미였다.

나탄은 왜 내가 밖에 나갔다가 돌아왔을 때 선술집 이야기를 꺼냈을까? 왜 그 문제로 내게 스트레스를 주고, 결국 말다툼으로 이어지게 했을까? 내가 집에 돌아오기 전 그의 기분을 우울하게 만든 게 무엇일까? 혹시 프레데릭에게서 온 전보? 그래, 나탄은 보지 않은 척했지만 전보를 미리 읽어본 거야. 봉투가 완전히 봉인되지 않았기 때문에 마음만 먹으면 충분히 볼 수 있었을 테니까. 그는 전보를 읽어보고 나서 화가 났고, 일부러 싸움을 걸었던 거야. 나탄은 먼저 싸움을 걸었고, 내가 남편을 옹호하게 만들었어. 분명 처음부터 그렇게 할 의도가 있었던 거야. 내가 프레데릭을 옹호하게 만들어놓아야 맘껏 공격할 수 있는 기회를 얻을 테니까. 직업을 속이고 다니는 사람이 전보를 뜯어보지 않고 얌전히 놓아두었을 리 없지.

버지니아는 문득 나탄이 펀데일 하우스 주소를 어떻게 찾아냈는지 떠올랐다. 그녀의 옛날 사진을 손에 들고 나타났던 그날 아침의 일도 기억났다.

나탄은 단지 나와 다른 것뿐이야. 어떤 문제를 받아들이는 감정의 더듬이가 다를 뿐 사기꾼이라는 뜻은 아니야.

버지니아는 결국 자꾸만 엇나가려는 마음을 다독거렸다.

"당신이 꼭 돌아가야 한다면 할 수 없죠."

버지니아는 숨을 깊이 들이마셨다.

"당신에게 내 과거 이야기를 전부 들려줘야겠어요."

나탄이 고개를 끄덕였다.

"나 역시 내 과거 이야기를 전부 들려줄게요."

"미리 놀랄 각오를 단단히 하고 들어야 하나요?"

나탄이 단호하게 고개를 저었다.

"그럴 리가요? 당신 이야기는 어때요? 내가 받을 충격의 강도가 셀 것 같아요?"

"아마 큰 충격을 받을 걸 각오하고 들어야 할 거예요."

9월 4일, 월요일

1

생일까지 아직 2주가 남아 있었지만 제니는 마음이 불안했다. 오늘은 월요일이었고, 아직은 그 친절한 아저씨를 다시 만날 수 있는 기회가 있었다. 생각만으로도 아찔했지만 아저씨는 약속을 이미 잊어버린 듯했다. 애초에 약속을 지키지 않은 것에 대해 화가 났을 수도 있었다. 제니는 어쩔 수 없이 약속을 어길 수밖에 없었다는 말을 전해주고 싶었지만 좀처럼 그럴 기회가 찾아올 것 같지 않았다.

제니는 한숨을 토해내며 침대에서 바닥으로 내려선 다음 조심스럽게 책상 앞으로 걸어가 서랍 맨 안쪽에 숨겨둔 다섯 장의 생일 초대 카드를 꺼냈다. 그사이 너무 여러 번 꺼내보는 바람에 귀퉁이 한쪽이 살짝 접힌 카드도 있었다. 제니는 접힌 자국을 없애기 위해 그 부분을 열심히 문질렀다.

생일카드에 멋진 초대문구를 써서 친구들에게 나눠줄 수 있다면 얼마나 좋을까?

"제니! 오늘은 개학 첫날이니까 빨리 일어나도록 해!"

"엄마, 나 일어났어!"

제니가 큰 소리로 대답했다.

도리스가 문을 열고 방 안으로 고개를 들이밀었다.

"빈둥거릴 시간이 없으니까 서둘러!"

제니는 생일초대카드를 서랍 깊숙이 집어넣기 위해 허리를 굽혔다가 그 모습을 엄마에게 들키고 말았다.

"그게 뭐니?"

도리스가 두어 걸음 옆으로 다가와 제니의 손에서 생일초대카드를 빼앗아들었다.

"엄마가 분명 생일파티를 열어줄 수 없다고 말했던 것 같은데, 이 카드는 왜 산 거야?"

"나도 엄마가 안 된다고 말한 걸 분명히 기억하고 있지만 혹시나 해서 카드를 다섯 장만 샀어."

"생일파티를 열지도 않는데 카드는 왜 사니? 그 돈을 아껴 저축을 했어야지!"

도리스가 화를 내며 카드를 돌려주었다.

"엄마가 생각을 바꿀지도 모른다는 기대는 하지 않는 게 좋아."

제니가 짧은 인생에서 얻은 한 가지 교훈이 있다면 엄마는 한 번 내린 결정을 절대 바꾸지 않는다는 것이었다.

제니는 '엄마, 사실은 아주 친절한 아저씨를 알게 됐어.' 라고 말을 꺼내려다가 입을 꾹 다물었다. 엄마는 더는 아저씨를 만나지 말라며 화를 낼 게 뻔했다.

이번 기회를 놓치면 그 말을 꺼낼 기회는 없을 거야.

제니는 계속 입안에서 아저씨에 대한 이야기가 맴돌았다.

엄마, 파티에 대해서는 신경 쓰지 마! 우연히 어떤 아저씨를 알게 됐는데, 그 아저씨가 내 생일파티를 열어 주겠다고 약속했어. 그 아저씨는 커다란 정원이 딸린 멋진 집에 사는데 내 친구들을 그 집으로 초대해도 된다고 했어. 만약 날씨가 나쁠 경우 그 집 지하실에서 파티를 열수 있게 해 주겠대. 그 아저씨는 벌써 여러 번 아이들의 생일파티를 열어준 경험이 있대. 문제는 그 아저씨를 만날 수가 없다는 거야. 그 아저씨와 지지난 토요일에 문구점에서 만나기로 약속했는데 그날 엄마가 갑자기 아파 출근하지 않는 바람에 나갈 수가 없었어. 그 아저씨는 매주 월요일에 문구점에 들른다고 했었는데 한 번도 본 적이 없어. 오늘 난 그 아저씨를 만나러 갈 생각이야.

"엄마?"

"응? 날 불렀니?"

제니는 엄마에게 모든 걸 솔직하게 털어놓고 싶었지만 자칫 일을 그르칠 수도 있어 이러지도 저러지도 못하고 있었다.

"아니, 아무 말도 안 했어."

도리스가 고개를 절레절레 저었다.

"자, 할 말 없으면 이제 나가자. 개학 첫날부터 지각하면 안 되니까 서둘러야 해!"

2

"엄마는 언제 돌아와요?"

아침부터 기분이 가라앉은 킴이 눈빛을 반짝이며 물었다.

나도 빨리 네 엄마가 돌아왔으면 좋겠어.

그레이스는 마음속으로 그렇게 대답하고 나서 극심한 두통을 참으며 조심스럽게 킴의 이마를 만져보았다.

"다행스럽게도 열은 없구나. 나한테 감기가 옮을까봐 걱정이 크단다."

"학교에 가기 싫어요."

킴이 시무룩한 얼굴로 말했다.

"학교에 가는 걸 그렇게 좋아하더니, 오늘은 왜 그래? 친구들을 다시 만나고 싶지 않아? 친구들도 널 무척이나 보고 싶어 할 거야."

"싫어요."

킴은 몸도 피곤하고 학교에 가기 싫었다. 문득 엄마가 보고 싶었다. 엄마는 왜 개학날까지 돌아오지 않는 거야?

그레이스가 손수건으로 코를 풀었다. 온몸이 욱신거리고 열이 많아 목구멍으로 음식을 넘길 수 없을 지경이었다. 그녀는 감기가 떨어지길 기대하며 허브차를 끓여 마셨지만 소용없었다.

킴만 아니었더라면 이렇게 일찍 일어날 필요가 없었다. 잭은 꼭두새벽에 일어나 이틀 일정으로 플리머스에 갔다. 스티로폼 운송을 도와주기로 약속했기 때문이었다. 그레이스의 감기가 심해 약속을 취소하려고 했지만 그녀가 한사코 반대했다.

"당신이 약속을 취소하면 트리클 씨 입장이 곤란해질 거야. 당장 대체 인력을 어디서 구하겠어? 트리클 씨를 실망시키면 안 돼!"

"쿠엔틴 부인이 그런 사람인 줄 몰랐어! 쿠엔틴 씨가 런던으로 돌아갈 수밖에 없었다는 건 이해해. 아내가 사라졌다고 은행 문을 닫을 수는 없을 테니까. 쿠엔틴 부인은 아무리 생각해도 이해가 안 돼. 엄마라는 사람이 아이를 다른 집에 맡기고 종적을 감추다니? 정상적인 엄마라면 할 짓이 아니지!"

잭이 분통을 터뜨렸다.

"쿠엔틴 부인은 내가 이렇게 아픈 줄 모르고 있을 거야. 킴을 돌봐주겠다고 약속한 사람은 나야. 킴이 원하는 만큼 우리 집에 있어도 된다고 했어."

그레이스가 잭을 달랬다.

"아무리 그렇더라도 너무 심하잖아. 아이를 맡겼으면 자주 전화라도 해야지, 연락도 없이 어딜 그렇게 싸돌아다니는 거야?"

"이제 그만해. 킴이 들으면 어쩌려고 그래?"

잭은 결국 그레이스에게 설득당해 예정대로 플리머스를 향해 떠났다. 그레이스는 킴을 등교시키고 나서 곧바로 침대에 누워 쉬겠다고 약속했다. 온몸에 열이 펄펄 끓었고, 근육이 욱신욱신 쑤셨기 때문에 쉬는 수밖에 없었다.

그레이스는 남편이 버지니아에 대한 비난을 퍼부을 때 자제시켰지만 내심 그녀 역시 잔뜩 화가 나 있었다. 그녀는 잭보다는 현재 돌아가는 상황을 좀 더 자세히 알고 있었다. 킴에게 몇 가지 물어본 결과 지난 며칠 동안 버지니아가 본채에서 어떤 남자와 함께 지냈다는 걸 알아냈다. 프레데릭이 런던에 머무르고 있는 동안 두 사람이 동시에 사라졌다.

그레이스는 앞뒤를 꿰맞추어본 결과 대충 돌아가는 상황을 짐작할 수 있었다.

불쌍한 쿠엔틴 씨! 부인에게 배신 당하다니!

내가 사람을 완전히 잘못 봤지. 쿠엔틴 부인을 부드럽고 정숙한 여자라고 생각했으니 한참 잘못 짚은 거야.

"우리 엄마는 언제 돌아와요?"

"나도 정확히 몰라. 아줌마 집에 있는 게 싫어?"

"그런 건 아니지만 개학날에는 엄마가 집으로 돌아올 거라 생각했거든요."

그 말을 하고 나서 킴도 재채기를 했다. 우려하던 대로 아이에게 감기가 옮은 듯했다.

그레이스는 만약 버지니아가 돌아오면 아무리 저택의 관리를 맡긴 고용주라도 면전에 대고 욕설을 퍼부어 주고 싶은 심정이었다.

3

베이커 경감은 사라와 레이첼 사건의 수사를 맡고 있는 특별수사팀 팀장이라고 자신을 소개했다. 리즈의 방에는 스페인의 각 도시를 소개하는 팸플릿이 잔뜩 펼쳐져 있었다. 거실에는 늘 그랬듯이 텔레비전이 시끄럽게 켜져 있었고, 술 냄새가 진동했기 때문에 손님을 데리고 들어갈 수 없었다.

리즈가 보기에 엄마는 요즘 들어 급속도로 몸이 쇠약해지고 있었다. 아니, 예전부터 줄곧 그랬지만 알아차리지 못했을 수도 있었다. 사라가 죽은 이후 리즈는 전과 달리 감정이 예민해졌다. 아무래도 엄마는 일주일 이상 버티기 힘들 것 같다는 예감이 들었다.

리즈는 베이커 경감에게 소파에 앉으라고 권한 다음 자신은 등받이 없는 의자에 앉았다.

"휴가 계획을 세우고 계시군요?"

베이커가 팸플릿을 가리키며 말했다.

비극적인 일을 겪은 그녀에게는 어울리지 않는 행동이라고 생각했을까?

리즈는 고개를 저었다.

"휴가가 아니라 영국을 떠나고 싶어요."

리즈가 고갯짓으로 텔레비전에서 오늘의 뉴스가 흘러나오고 있는 거실을 가리켰다.

"참담한 일을 겪으셨으니 이주를 고려해보는 것도 그리 나쁘지는 않을 것 같군요."

"일단 마음에 드는 지역을 찾아보고 나서 그곳 호텔에 일자리를 알아볼 생각입니다. 호텔 웨이트리스 경험이 많거든요."

"진심으로 좋은 결과를 얻길 바랍니다."

베이커 경감은 그렇게 말한 다음 헛기침을 했다.

"오늘 제가 찾아온 이유는 새로운 정보를 입수했기 때문입니다. 레이첼을 살해한 범인으로 추정되는 남자에 대해서요."

베이커 경감이 줄리아를 만나보고 알아낸 정보에 대해 간단히 설명했다.

"사실 그 정도 진술만으로는 수사에 큰 도움이 되지 않습니다."

"그렇겠죠."

리즈가 말했다.

"그 남자가 어쩌면 이 아파트 앞마당에서 사라에게 접근을 시도했을 수도 있다는 게 제 생각입니다. 물론 어디까지나 추정일 뿐입니다. 동일범의 소행일 경우 특히 그런 추정을 해볼 수 있습니다. 그 남자는 아이들의 경계심을 무너뜨리는 데 탁월한 재능을 가진 사람이 분명합니다. 제 생각에는 사라가 그 남자를 만났다면 무의식중에 그에 대해 언급했을 가능성이 큽니다. 혹시 그 당시에는 미처 깨닫지 못했지만 돌이켜 생각해볼 때 이상하게 생각되는 일이 없었나요? 혹시 사라가 낯선 남자와 함께 있는 걸 본 적은 없었나요?"

베이커 경감이 잔뜩 기대하는 표정으로 리즈의 얼굴을 뚫어지게 쳐다보았다.

그 이야기를 듣는 순간 리즈는 경찰이 완전히 어둠 속에서 헤매고 있다는 인상을 받았다. 지푸라기라도 잡으려고 발버둥치는 베이커 경감의 심정을 이해할 수 있을 것 같았다.

리즈는 곰곰이 생각해 봤지만 그럴싸한 기억이 떠오르지 않았다.

"사라와 이야기를 나누는 남자를 본 기억이 없어요. 사라는 이제 겨우 네 살이라 혼자 놀러 다니는 일이 별로 없긴 했었죠."

"사라가 놀이터에서 놀 때 잠시 시야에서 놓쳤을 수도 있지 않을까요?"

"제가 사라를 놀이터에 방치했다는 뜻인가요?"

"절대 그런 뜻으로 말한 게 아니니까 오해하지 마세요."

"경감님도 사람들한테 제 이야기를 들었겠군요. 제가 사라에게 무심한 엄마였다는 소문이 자자하니까 자연스럽게 경감님 귀에까지 흘러들어가긴 했겠죠."

베이커 경감이 황망히 두 손을 저었다.

"저는 수사를 위해 찾아왔고, 제 관심사는 오로지 범인을 체포해 감옥에 처넣는 겁니다. 사라와 레이첼을 납치하고 끔찍하게 살해한 그놈은 벌써 어디에선가 다음번 희생자를 노리고 있을 게 뻔합니다. 저는 그놈이 어떻게 사라를 주목하게 되었고, 어떤 방법으로 접근했는지 알아내기 위해 신경을 곤두세우고 있습니다."

리즈가 깊이 한숨을 내쉬었다. 베이커 경감의 말을 듣고 나자 다짜고짜 화부터 낸 게 미안했다.

"사라가 낯선 남자와 함께 있었는지에 대해서는 기억을 좀 더 더듬어봐야 할 것 같아요. 혹시 사라가 유치원에 있을 때 누군가 접근하지 않았을까요?"

"유치원 관계자들과도 다시 한 번 이야기를 해볼 생각입니다."

베이커 경감은 몹시 피곤해 보였다. 리즈는 그가 사건을 해결하기 위해 얼마나 애쓰고 있는지 충분히 느낄 수 있었다.

"자녀가 있으세요?"

"아들이 둘 있습니다. 큰아이가 여덟 살, 작은아이가 다섯 살이죠."

"남자아이들은 상대적으로 여자아이들보다는 위험하지 않겠네요."

"반드시 그렇지는 않습니다. 소아성애자들 중에는 남자아이들만 노리는 자들도 있으니까요."

"경감님과 부인은 늘 아이들을 세심하게 보살피시겠죠?"

"큰아이는 혼자 몇 시간씩 자전거를 타고 돌아다닙니다. 그럴 때면 자연히 우리 부부의 시야에서 벗어나게 되죠. 그렇다고 아이를 집안에 묶어두고 키울 수도 없고, 24시간 동안 따라다닐 수는 없잖습니까? 우리 부부도 아이들에게 낯선 사람이 말을 걸어올 경우 각별히 조심해야 한다고 자주 주의를 주곤 하죠. 절대로 낯선 사람의 차에 타거나 따라가서는 안 되고, 자꾸 말을 걸어올 경우 부모에게 알려야 한다고 입이 닳도록 이야기하지만 그런 게 다 부질없는 짓이 될 수도 있더군요. 커닝햄 부부도 레이첼에게 늘 주의를 주었다니까요. 레이첼은 매우 똑똑하고 이해력이 빠른 아이였는데 정작 부모가 신신당부했던 말을 지키지 못했습니다."

"빌어먹을!"

"혹시 낯선 남자가 사라에게 접근해 뭔가를 해주겠다고 제안했을 경우 혹해서 따라나설 만한 게 있었나요?"

리즈의 가슴에 다시 무거운 돌덩이가 내려앉았다.

"회전목마?"

리즈가 문득 생각난 듯 말했다.

베이커 경감이 앞으로 몸을 숙였다.

"회전목마요?"

"사라는 그날 헌스탠턴에 있는 회전목마를 타고 싶어 했어요. 버스 정류장에서 가까운 곳에 회전목마가 있었죠."

"저도 헌스탠턴 해변에서 회전목마를 본 적이 있습니다. 사라는 회전목마를 자주 탔습니까?"

리즈는 고개를 끄덕였다.

"헌스탠턴 해변에 놀러갈 때마다 사라에게 회전목마를 태워주곤 했어요. 사라는 회전목마라면 자다가도 벌떡 일어날 만큼 좋아했죠. 사라가 죽던 날은 회전목마를 태워주지 못했어요. 사라는 일단 회전목마에 올라타면 절대로 내려오려고 하지 않았죠."

베이커 경감이 미소를 지었다.

"아이들은 다 그렇죠."

리즈가 침을 꿀꺽 삼켰다.

"저는 그날 사라와 실랑이를 벌이는 게 싫어 회전목마를 태워주지 않았어요. 처음부터 안 된다고 단단히 못을 박았죠. 뜨거운 햇볕을 받으며 회전목마를 타는 사라를 지켜보며 서 있고 싶지 않았어요. 한시 바삐 해변으로 나가 휴식을 취할 만한 장소를 찾고 싶었고, 백사장에 누워 쉬고 싶었죠."

리즈는 더 이상 말을 잇지 못했다.

"그 마음 충분히 이해합니다."

베이커 경감이 진심어린 목소리로 말했다.

"너무 자책하지 말아요. 아이들 말을 다 들어주는 부모는 없습니다. 경제적으로 부담이 되거나 회전목마를 타는 것보다 더 중요하고 시급한 일이 있을 경우 아이의 말을 곧이곧대로 들어줄 수는 없죠. 가끔 정말 피곤하거나 기분이 좋지 않을 때도 아이들 말을 외면하곤 합니다. 부모라고 해서 갑자기 완벽한 사람이 되는 건 아니니까요. 부모 또한 평범한 사람일 뿐입니다. 이기심에 사로잡히기도 하고, 감정이 상할 경우 화를 내기도 하죠."

베이커 경감의 말을 듣고 죄책감이 금세 모두 다 사라진 건 아니었지만 그녀의 영혼에 생긴 상처를 조금은 감싸주었다.

"회전목마를 태워주지 않자 사라는 계속 떼를 썼어요. 저는 계속 사라를 잡아당겼지만 안간힘을 쓰며 버텼죠. 한참 동안 실랑이를 벌이다가 잔뜩 화가 나는 바람에 사라를 팽개치고 혼자 해변을 향해 걸어갔어요."

"사라는 어떻게 됐나요?"

"사라는 거기 남아 있었어요."

리즈가 단조로운 목소리로 대답했다.

거실에서 텔레비전 소리가 들려왔고, 침대 탁자 위에서 작은 알람 시계가 재깍거렸다.

베이커 경감이 침묵을 깼다.

"사라가 떼를 쓸 때 혹시 그 모습을 지켜보고 있던 사람들이 있었습니까?"

"사람들이 제가 사라를 질질 끌다시피 해변으로 데려가는 모습을 흥미롭다는 듯 지켜봤어요."

"그 장면을 본 사람들은 사라가 무엇 때문에 심하게 떼를 쓰는지 알 수 있었겠군요."

"당연히 알 수 있었을 거예요. 사라가 큰 소리로 회전목마를 태워달라고 악을 썼고, 저는 안 된다고 맞대응했으니까요."

"그 경우 그 장면을 보고 있던 사람들 중 누군가 당신들을 뒤따라갔고, 기회를 엿보고 있다가 당신이 바게트빵을 사기 위해 자리를 비웠을 때 사라에게 접근했을 가능성이 있습니다. 그가 회전목마를 태워주겠다고 제안했을 경우 사라는 저항 없이 따라나섰을 가능성이 크죠. 사라는 정말이지 간절하게 회전목마가 타고 싶었을 테니까요."

"그 경우 사라는 단 일초도 망설이지 않고 낯선 사람을 따라갔을 거예요. 다만 그 낯선 사람이 사라가 혼자 있게 되리란 걸 어떻게 알았을까요? 제가 그렇게 오랫동안 사라를 혼자 내버려둘 거라고는 쉽게 예측할 수 없었을 텐데요."

"목표물에 접근한 유괴범들은 기회가 올 때까지 인내심을 갖고 기다리는 경우가 많습니다. 그날 해변은 사람들로 북적거렸습니다. 엄마들이 경계심을 풀고 방심하기 딱 좋은 환경이었죠. 아이를 잠깐 시야에서 놓칠 수도 있고, 옆에서 놀고 있을 때 깜박 잠이 들 수도 있죠. 범인은 사라를 유인해 재빨리 피서객들 속으로 자취를 감출 계획을 세워두었을 겁니다. 사라가 잠든 사이 당신이 자리를 비우자 마침내 계획을 실현할 기회를 잡았다고 쾌재를 불렀겠죠."

"빌어먹을 40분!"

"유괴범의 표적이 될 경우 누구나 속수무책으로 당할 수밖에 없습니다. 제가 생각하기에 범인은 사라를 표적으로 삼은 다음 끈질기게 기회를 노리고 있었을 겁니다."

리즈는 자신의 부주의와 태만이 사라가 납치된 주요 원인이라 생각하며 또다시 자책했다.

"혹시 버스를 타고 갈 때 누군가 당신들을 힐끔거리며 쳐다보지 않던가요? 버스정류장에서도 봤는데 당신들이 누워 있던 해변 근처에서도 본 사람이 있습니까? 물론 그 당시에는 주의 깊게 살피지 않았겠지만 나중에라도 혹시 그런 사람이 생각나지 않던가요?"

베이커 경감이 기대에 찬 표정으로 리즈를 쳐다보았다.

리즈는 정신을 집중해 그날의 기억을 떠올리려고 애썼지만 그런 사람이 있었는지 생각나지 않았다. 그날, 해변에 많은 사람들이 뒤섞여 있었고, 그 중에서 특정인을 지목하는 건 불가능했다.

"아무것도 기억나지 않아요. 사실 버스에 타고 있을 때부터 저는 생각에 잠겨 있었어요. 설령 누군가 저를 한 시간 내내 쳐다봤다고 해도 깨닫지 못했을 겁니다."

"제 명함을 두고 가겠습니다. 혹시 뭔가 기억나면 즉시 연락해 주십시오. 아주 사소한 기억이라도 상관없습니다."

베이커 경감은 그렇게 말하고 나서 자리에서 일어섰다.

리즈는 베이커 경감이 마음에 들었다. 그는 사람을 다루는 요령을 잘 알고 있었다. 그는 그녀에게 모멸감을 느끼지 않게 해준 첫 번째 경찰관이었다.

"연락드릴게요."

리즈는 현관까지 베이커 경감을 배웅했다. 열려 있는 거실 문을 통해 베치 알비가 안락의자에 앉아 있는 게 보였다. 텔레비전에서는 누군가 많은 청중들 앞에 나와 눈물을 흘리며 진실을 고백하는 토크쇼를 진행하고 있었다.

베이커 경감이 현관문 앞에서 갑자기 뒤돌아섰다. 그가 리즈를 향해 미소를 지었다.

"스페인으로 이주해 살고 싶다고 했죠? 제가 생각하기에도 제법 괜찮은 계획 같군요."

4

차를 타고 가는 동안 그들은 단 한 마디도 하지 않았다. 어젯밤, 그들은 통조림으로 식사를 때우고, 양초에 불을 붙인 다음 함께 음악을 들었지만 잠자리는 같이하지 않았다.

아침 6시, 그들은 어둑어둑할 무렵 별장을 출발해 계속 달렸고, 잠시 후 날이 밝아왔다. 하늘에 회색구름이 잔뜩 끼어 있어 햇빛이 전혀 보이지 않았다.

나탄은 여전히 입을 열지 않고 있었다. 버지니아는 가끔 곁눈질로 그를 살펴보았다. 얼굴이 거의 조각상처럼 굳어 있었다. 불과 이틀 전만 해도 이 길을 달릴 때 자유와 해방감을 만끽했지만 그녀는 지금 울고 싶은 심정이었다.

버지니아는 다시 걱정거리들이 산적해 있는 생활공간으로 돌아가고 있었다. 리즈 산업단지를 지나는 동안 그녀는 폭풍우가 지나간 뒤 한없이 높고 푸르렀던 스카이 섬의 하늘을 떠올리며 침을 꿀꺽 삼켰다.

난 지금 과거를 수습하러 가는 거야.

버지니아는 칼라일에 이르렀을 때 도저히 침묵을 견딜 수 없었다.

"당신은 스카이 섬을 떠나온 이후 입을 꾹 다물고 있어요. 나 때문에 화가 나서 그래요?"

나탄이 그녀를 향해 고개를 돌렸다.

"당신 때문에 화가 나 입을 꾹 다물고 있었던 건 아니니까 오해하지 말아요."

"그럼 왜 그러는지 말해 봐요. 당신이 노퍽으로 돌아가고 싶어하지 않는 심정은 충분히 이해할 수 있어요."

나탄은 대답 대신 차의 속도를 늦추며 고속도로 휴게소로 진입했다.

"커피를 한 잔 마셔야겠어요."

나탄은 그렇게 말하고 나서 콘솔박스에 들어 있던 동전을 몇 개 집어 들고 차에서 내렸다.

5분 뒤, 나탄은 테이크아웃용 커피를 양 손에 들고 나타났다.

"잠깐 밖으로 나와 커피나 한 잔 마시고 출발하는 게 어때요?"

어느새 비는 그쳐 있었고, 날씨도 그다지 쌀쌀하지 않았다.

그들은 간이 놀이터 옆에 있는 테이블의자에 자리를 잡고 앉았다.

나탄이 의미를 알 수 없는 눈빛으로 그녀를 쳐다보았다.

"서로에게 솔직해지기로 약속했으니 제 이야기를 하죠."

버지니아는 숨을 깊이 들이마셨다.

"당신은 단 한 번도 책을 낸 적이 없죠?"

나탄이 고개를 끄덕였다.

"수 년 전부터 글을 써온 건 분명한 사실이지만 아직 책을 낸 적은 없어요."

"글이 생각대로 써지지 않던가요?"

"굳이 핑계를 대자면 내 구질구질한 인생 때문이었어요. 사방이 막혀 있는 협소한 공간에 갇힌 삶이었죠. 숨쉬기가 버거울 만큼 마비된 공간이었어요. 계속 그렇게 살다가는 질식해 죽을 것 같았죠. 글을 쓰려고 컴퓨터 앞에 앉으면 머리가 하얘지면서 공허감이 밀려왔어요. 작가가 되고 싶었던 나에게는 그야말로 잔인한 형벌이었죠."

"도대체 무엇이 당신을 그토록 질식시킬 만큼 힘들게 했죠?"

나탄이 몸을 뒤로 젖혔다. 갑자기 피로가 몰려온 듯 그의 얼굴이 그들 머리 위 하늘처럼 순식간에 잿빛으로 변했고, 비에 젖어 축 늘어진 나뭇가지에 아슬아슬하게 매달린 나뭇잎처럼 기운이 없어 보였다.

버지니아는 오만에 가까울 만큼 자신만만하던 그가 느닷없이 정반 대의 모습을 드러내는 바람에 적이 당황스러웠다. 그는 지금껏 그녀 에게 그런 모습을 완벽하게 숨기고 있었던 게 분명했다.

버지니아는 그가 갑자기 안쓰럽게 느껴져 다정하게 위로의 말을 건 네고 싶었지만 괜히 분위기를 망칠 수도 있어 잠자코 침묵을 지키고 앉아 있었다.

"어디서부터 이야기를 시작할까요?"

나탄이 물었다.

5

"당신이 머릿속으로 상상할 수 있는 가장 작은 도시를 떠올려 봐요. 독일의 그 작은 도시에 사는 주민들은 세상에서 가장 속물적이고 고 리타분한 사람들이었어요. 그들은 서로에 대해 속속들이 알고 있었 고, 타인들이 자신을 어떻게 생각하는지를 가장 중요하게 여겼어요. 그들의 관심사라고는 누가 자기 집 앞 도로를 청소하지 않는지, 누가 커튼을 주기적으로 빨지 않는지, 누가 정원의 나무들을 정기적으로 손보지 않는지 따위였어요. 그 도시에서는 누군가 정원에 심어진 나 무의 가지치기를 제때 안 할 경우 당연히 손가락질을 당해야 할 만큼 사람들의 생각이 편협한 곳이었죠.

대학에 다닐 때 리비아를 만났습니다. 차를 타고 오는 동안 줄곧 내 가 왜 리비아를 사랑하게 됐는지 자문해봤습니다. 처음에는 조용한 성격에다 어딘가 모르게 신비한 구석이 있어 마음이 끌렸던 것 같아 요. 분명 겉으로는 잘 드러나지 않지만 내면에 감추어진 매력이 있을 거라 기대했는데 막상 알고 보니 그렇지도 않았죠. 어쩌면 그 당시의 나는 상대의 장점을 찾아낼 수 있는 능력이 없었는지도 모르죠."

"대학시절에 만나 결혼까지 한 셈이군요?"

"아무튼 리비아와 나는 연인이 되었습니다. 나는 대학신문사에 일자리를 얻었고, 정기적으로 칼럼을 썼습니다. 내 머릿속에서는 언젠가 반드시 위대한 소설을 쓰겠다는 포부가 자리 잡고 있었죠. 내 머릿속 표상들은 글로 형상화하기 난해한 내용들이었지만 난 포기하지 않고 굳건하게 작가의 길을 걷고 싶었습니다. 리비아에게 작가가 되려는 나와 결혼할 수 있는지 물었어요. 리비아는 몹시 기뻐하며 내 청혼을 받아들였죠. 그 당시만 해도 리비아는 작가와 함께 하는 인생이 얼마나 힘든지 전혀 예상하지 못했을 거예요."

"요트를 타고 세계일주를 해야겠다는 생각은 언제부터 했죠?"

"대학 시절, 난 주말마다 바다로 나갔어요. 내 소유의 요트는 없었지만 친구 요트를 빌려 탈 수 있었죠. 나는 곧 요트 항해 자격증을 땄고 내가 바다를 얼마나 좋아하는지 깨달았어요. 광활한 바다가 내 마음을 온통 사로잡았죠. 그 무렵 요트를 타고 세계일주를 해봐야겠다는 생각이 싹텄던 것 같아요. 리비아를 몇 번 요트에 데려간 적이 있는데 바다에 나가는 걸 그다지 좋아하지 않았어요. 바다를 지나치게 두려워했죠.

우린 2주에 한 번씩 리비아의 부모님을 찾아뵈러 갔어요. 나에게는 미래의 장인, 장모님이었죠. 제가 이야기한 그 소도시가 바로 리비아의 부모님이 살고 계셨던 곳입니다. 사실 난 리비아의 부모님을 뵈러 가는 걸 좋아하지 않았지만 한 달에 두 번이라 참을 만했어요. 리비아의 어머니, 그러니까 내 장모님은 요리솜씨가 뛰어난데다 성격도 온순하고 원만한 분이었죠. 장모님은 그곳 생활에 순응하고 있었고, 장인어른한테 늘 붙잡혀 살았어요. 장인어른은 뇌졸중으로 쓰러졌다가 일어난 이후 휠체어 신세를 지고 있어 누군가의 도움이 절실히 필요했죠. 장모님의 간호와 보살핌이 없었다면 아마 살아가기 힘들었을 겁니다. 그럼에도 장인어른은 아침부터 저녁까지 장모님을 괴롭히는 재미로 살았어요. 자주 짜증을 내고, 듣기에 민망할 정도로 심술궂은 말을 수시로 내뱉으며 장모님을 울렸죠. 게다가 어찌나 인색하던지 비교적 넉넉한 연금을 받고 있었음에도 간병인을 쓰지 못하게 하는 바람에 장모님 혼자 장인어른을 돌보는 틈틈이 커다란 집을 쓸고 닦느라 고생이 이만저만이 아니었죠. 사실은 장모님도 건강이 그다지 좋지 않았어요. 장인어른이 겨울에도 난방보일러를 켜지 못하게 하는 바람에 모두들 집안에서도 손을 호호 불며 살 정도였어요. 창문 틈새로 찬바람이 쌩쌩 들어왔지만 장인어른은 집수리를 못하게 했죠. 정작 장인어른 자신도 춥고 힘들었을 텐데 생각보다 잘 견뎌내더군요. 장인어른은 마치 우리가 괴로워하는 모습을 지켜보는 게 낙인 사람 같았어요. 장인어른은 우리가 적어도 당신처럼 고통을 겪으며 살아야 한다는 심보를 가진 사람이었죠.

대학을 졸업하고 나서 리비아와 결혼날짜를 잡았어요. 그때 나는 구상 중이던 장편소설을 쓰기 위해 메모를 시작한 한편으로 취직을 하기 위해 여기저기에 이력서를 넣어두었죠. 소설의 밑그림은 물론이려니와 몇몇 인물들에 대한 캐릭터까지 완성해 놓았어요. 그때부터 본격적으로 소설 집필에 들어갔어요. 소설 집필은 기나긴 기다림과 고통이 수반되지만 기쁘게 받아들였어요.

우리가 결혼식 준비를 하고 있을 때 갑자기 재앙이 닥쳤어요. 결혼식을 3주 앞두고 장모님이 돌아가신 거예요. 평소에 지병이 있지도 않았는데 심근경색으로 갑자기 돌아가셨죠. 장인어른에게 연락이 왔어요. 내가 전화를 받았는데, 왠지 장인어른이 장모님이 먼저 죽은 것에 대해 고소해하는 것 같은 인상을 받았어요. 문득 '골골 30년'이라는 말이 떠올랐죠.

리비아가 장모님 대신 장인어른을 돌보기 시작했어요. 장인어른은 누군가의 도움 없이는 화장실조차 가지 못하는 형편이라 옆에서 돌봐줄 사람이 필요했죠. 손이 굽어 냉장고 문을 열지도 못했어요. 리비아는 그때부터 24시간 장인어른의 부속물이 되었죠.

결혼식 날 전까지 리비아의 얼굴을 전혀 볼 수 없었어요. 결혼식 당일 날 우리는 시청에서 이웃주민 두 사람을 증인으로 세우고 조촐한 결혼식을 올렸죠. 우리는 결혼식을 올린 날조차 외식하러 갈 수 없었어요. 곧바로 환자가 기다리는 집으로 돌아가야 했죠.

그때까지만 해도 나는 좋은 해결책이 있을 거라 믿었어요. 적당한 요양원을 찾아가 장인어른을 입원시키고 낡은 집은 팔아버리거나 세를 놓으면 될 거라 생각했어요. 리비아도 내 의견에 찬성하는 입장이라 요양원 몇 군데에 전화연락도 해보고, 팸플릿도 받아봤어요. 장인어른도 그중 한 곳을 마음에 들어 했는데 더 이상 진척이 없었죠. 리비아가 말하길 장인어른이 낯선 사람의 도움을 받고 싶지 않다며 요양원에 들어가기로 한 계획 자체를 백지화했다고 하더군요. 리비아는 장인어른이 동의하지 않는 한 요양원에 보낼 수는 없다고 했어요.

우리는 장인어른을 돌보기 위해 그 소도시의 낡은 집으로 들어가 살 수밖에 없었어요. 리비아는 장인어른을 간병해야 하는 역할을 운명으로 받아들였죠. 원래부터 리비아는 남편을 하늘처럼 모시던 장모님과 비슷한 사람이었어요.

그 당시 나는 결혼식을 올리자마자 리비아와 헤어지고 싶지 않았어요. 소설을 쓰는 건 장소가 어디든 상관없다고 나 자신을 설득했죠. 언젠가 다른 해결책을 찾게 되면 이주할 생각이었고, 적어도 일 년 이상 그 집에 머물지는 않을 거라 생각했죠. 그러다가 무려 12년의 세월이 흘러갔어요. 말도 안 될 만큼 긴 세월이었죠. 장인어른을 요양원으로 보내려는 시도를 수없이 해봤지만 번번이 거절당했어요. 리비아와 언제까지 그 집에서 살기로 약속하고 기한을 정하면 약속날짜가 다가올 때쯤 뭔가 이유를 앞세워 이주 계획에 반기를 들었죠. 예를 들자면 '우리 크리스마스 휴가 때까지만 기다려요.', '아버지의 생신 때까지만 기다려요.', '여름이 지나갈 때까지 만이라도 이곳에 살도록 해요.' 따위의 이유들 말입니다. 우리 부부는 장장 12년을 그렇게 살았어요.

나는 마치 우리에 갇힌 짐승처럼 돼버렸죠. 세상 사람들은 나를 기생충 같은 놈이라고 비난했지만 리비아는 성녀로 생각했어요. 그 도시에 하나밖에 없는 노천카페에 앉아 수첩에 메모를 하고 있다 보면 펑퍼짐한 몸매의 중년부인들이 나를 힐끔거리며 쑥덕거리곤 했죠.

가끔 저녁 시간에 혼자 있고 싶어 레스토랑에 저녁을 먹으러 가면 사람들의 비난을 고스란히 들어야 했어요. 어떤 사람은 나에게 대놓고 우리 집 앞 도로가 더럽다며 청소 좀 하라고 했고, 어떤 사람은 우리 집 정원 넝쿨이 자기 집에까지 넘어왔다며 따지고 들었죠. 내가 토요일마다 열리는 사교모임에도 참석하지 않고, 마을축제 때 행사진행을 맡아 달라는 요청을 거절하자 노골적으로 싫어하는 감정을 내비치기도 했어요. 그곳 사람들에게 단단히 미운 털이 박혀버린 셈이었죠. 사실 나는 아무 짓도 하지 않았는데 그곳에서는 마치 범죄자 취급을 했어요. 언제부터인가 나는 장인어른의 낡고 끔찍한 집에서 꼼짝없이 틀어박혀 지냈어요. 하루온종일 장인어른의 얼굴을 마주보고 살아야 했죠. 내가 편안하게 쉴 수 있는 곳은 그 어디에도 없었어요. 그 집에서는 숨이 막혀 글이 써지지 않았죠. 리비아에게 함께 가지 않으면 나 혼자서라도 떠날 수밖에 없다고 최후통첩을 해볼까 생각했지만 결국 실천에 옮기지 못했어요. 리비아는 아버지에 대한 의무감에서 벗어나지 못하는 여자였고, 나 역시 혼자 떠나면 갖가지 악몽에 시달릴 게 뻔했죠. 아무리 최선을 다해 시중을 들어도 짜증을 달고 사는 아버지를 돌보며 온몸이 부서져라 일만 하고 있을 리비아의 모습이 눈앞에서 아른거렸을 테니까요.

리비아와 사랑을 유지하고 성장시키기에는 환경이 너무 척박했어요. 결국 나는 좌절감에 빠지고 말았죠. 그중에서도 가장 나를 미치게 만드는 건 돈을 벌지 못한다는 것이었어요. 나도 나름 일을 하고 있으니 전적으로 얹혀사는 건 아니라고 자위했지만 그곳 사람들은 그렇게 생각하지 않는 눈치였어요. 나는 틈틈이 집안일과 정원 일을 거들었고, 장인어른이 병원에 진찰을 받으러 가거나 산책을 나갈 때 옆에서 부축하는 것도 내 담당이었죠. 물론 직장에 다니며 정기적으로 급여를 받는 것과는 달랐어요. 장인어른은 나를 자기 집에 빌붙어 사는 빈대로 취급했어요.

그러다보니 날이 갈수록 리비아를 원망하는 마음이 커져갔어요. 물론 리비아가 원한 생활이 아니라는 걸 알고 있었지만 그녀 때문에 내 인생이 나락으로 떨어지게 되었다는 원망을 지울 수 없었죠. 비쩍 마른 몸에 창백한 얼굴로 아버지의 독재를 묵묵히 참아내는 리비아의 모습은 정말이지 나를 미치게 만들었어요.

왜 리비아는 단 한 번도 자기 의견을 말하지 않을까?

왜 리비아는 아버지에게 모든 시중을 다 들어주면서도 온갖 짜증을 다 감수하며 사는 걸까?

리비아는 원래 그런 사람이었던 거예요. 절대로 강하게 자기주장을 펴지 못하는 사람이었던 거죠. 우린 계속 그 집에 머물렀고, 많은 세월이 흘렀어요. 마침내 작년 어느 날 아침에 일어나 보니 장인어른이 침대에 누운 채 숨이 멎어 있었어요. 처음에는 도무지 믿기지 않아 내 볼을 꼬집었지만 분명한 현실이었어요. 우린 드디어 자유를 얻게 되었죠.

리비아는 세계일주에 아무런 흥미가 없었어요. 리비아를 밀어붙여 재산을 처분하고 요트를 구입한 건 순전히 내 의사였죠. 나도 기회를 한 번 잡고 싶었어요. 나는 그 집을 처분하고 다른 도시로 이주해 마치 아무 일도 없었던 것처럼 다시 살 수는 없다고 생각했죠. 그동안의 허송세월을 보상받고 싶었어요. 요트를 타고 세계일주를 떠나고 싶었죠. 머리 위에는 파란 하늘이 드넓게 펼쳐져 있고, 파도가 넘실거리는 바다를 항해하고 싶었어요. 얼굴에 튀는 짭짤한 바닷물을 맛보기도 하고, 갈매기 울음소리를 듣기도 하며 여러 나라를 여행하고 싶었어요. 그동안 내 어깨를 짓눌렀던 중압감을 떨쳐버리고 싶었고, 손을 놓고 있다시피 했던 소설을 다시 쓰고 싶기도 했죠.

당신도 알다시피 내가 세운 계획은 비극으로 막을 내렸어요. 우리의 전 재산을 쏟아 부은 댄델리온호가 바다에 침몰했죠. 그때 내가 가진 꿈도 바다로 가라앉아 버렸어요. 마흔두 살의 나이에 가진 거라고는 아무것도 없는 빈털터리 신세가 되었죠. 문득 이게 진정한 자유가 아닐까, 하는 생각이 뇌리를 스쳐 지나갔죠. 더는 잃어버릴 것도 매달릴 것도 없는 이 상태가 바로 내가 지난 12년 동안 갈망해왔던 진정한 자유가 아닐까, 하는 생각이 들더군요. 이제 내가 예전보다 더욱 종속적이고 부자유한 사람이 된 건 아닌지 더럭 겁이 나기도 했어요. 예전보다 더 실패한 사람, 파산한 사람이 된 건 아닌지 걱정이 되기도 했어요.

지금 내가 처해 있는 상황은 아름다운 말로도 설명할 수 있고, 끔찍한 단어로도 설명할 수 있어요. 다만 그 어느 쪽이든 진실을 다 담아낼 수는 없을 것 같아요. 진실은 매우 애매모호하고 모순적이고 다면적이니까요.

이제 내가 하고 싶은 이야기는 거의 다 했어요. 사실은 가장 중요한 말을 아직 남겨두었죠. 내 인생에 새로운 빛이 스며들었어요. 전 재산이나 다름없는 요트가 가라앉았을 때 당신이 내 인생으로 들어왔어요. 당신을 만나기 위해 내가 가진 모든 걸 잃어야 했는지도 몰라요. 그야말로 특별한 운명이 아닐 수 없죠. 댄델리온호의 침몰과 함께 난 기적을 만나게 되었죠. 지난 주말 이후 내 인생에 더 이상 나쁜 날은 없을 거라 믿어요.

6

3시 45분이 지났을 때 제니는 그 아저씨가 다시는 문구점에 나타나지 않을 거라고 생각했다. 이제 더는 문구점 안을 쳐다보지 않기로 마음먹었지만 자기도 모르게 시선이 그쪽으로 향했다. 역시 문구점 안은 텅 비어 있었고, 주인아저씨만 카운터에 앉아 지루한 표정으로 하품을 하며 잡지를 뒤적이고 있었다.

제니는 도로를 건너가 길 건너편에 자리 잡은 부동산중개소 앞에 멈춰 섰다. 부동산중개소 쇼윈도에 이 지역 지도와 주택들 사진이 붙어 있었다. 제니는 지도를 들여다보는 척했지만 곁눈질로 계속 문구점 출입문 쪽을 주시했다. 2시 45분까지 문구점 안에 있었고, 3시 45

분까지는 밖에서 지켜보았는데, 단지 세 사람만 안으로 들어갔다가 금세 밖으로 나왔다. 지팡이를 짚고 있는 할머니, 검은머리에 몇 가닥만 노란색으로 염색한 젊은 여자, 회색 양복에 빨간색 넥타이를 맨 젊은 남자가 문구점을 출입한 손님의 전부였다.

제니는 끝내 비명이라도 지르고 싶은 심정이었다. 아저씨는 약속을 지키지 않은 제니를 나쁜 아이라 생각해 화가 많이 났을 것이다. 어쩌면 벌써 다른 아이를 만나 생일파티를 열어주기 위한 준비에 착수했을 수도 있었다. 그 아이는 분명 아저씨와 약속한 시간에 맞춰 문구점에 나타났을 것이다.

제니는 손목시계를 보았다. 원래 엄마가 차던 시계인데 작년 크리스마스 때 선물로 받았다. 제니는 시계를 차고 다니는 게 자랑스러웠다.

4시 10분, 이제는 집으로 돌아가야 할 시간이었다. 바로 그때 부동산중개소의 문이 열리더니 파란색 정장바지를 입은 주인여자가 밖을 내다보았다.

"꼬마 아가씨, 집을 한 채 사려는 거야? 아니면 쇼윈도에 뭔가 흥미로운 게 붙어 있기라도 한 거야?"

"저는 그냥 지도가 너무 신기해 쳐다보고 있었어요."

제니는 흠칫 놀라며 그렇게 둘러댔다.

"지도가 아무리 신기해도 그렇지 한 시간도 넘게 쳐다본다는 건 이치에 맞지 않잖아? 그 정도면 이미 지도에 나오는 지명을 머릿속에 다 외우고도 남았을 것 같구나. 혹시 돌아갈 집이 없니?"

혹시 부동산중개소 아줌마가 내가 체육수업을 빼먹고 온 걸 눈치챘나?

체육시간을 빼먹지 않고서는 제시간에 문방구에 도착할 수 없었다.

월요일 체육수업은 오후 3시부터 5시까지였다. 지난 학기에는 월요일에도 2시 반이면 수업이 모두 끝났다. 아저씨와 약속을 당시만 해도 수업시간표가 바뀔 수도 있다는 사실을 미처 생각하지 못했다.

오늘, 선생님이 새로운 시간표를 나누어주었을 때 제니는 어찌나 놀랐던지 얼굴이 새하얗게 질릴 정도였다. 제니는 마지막으로 친절한 아저씨를 만나러 가기 위해 선생님한테 야단을 맞는 것쯤은 감수하기로 결심했다.

"저는 이제 그만 가볼게요."

제니가 다급하게 말했다.

부동산중개소 주인여자가 제니를 뚫어지게 쳐다보았다.

"안색이 안 좋아 보이는데 혹시 어디 아프니? 네 엄마에게 전화해줄까? 엄마 전화번호가 어떻게 되지?"

"전혀 아프지 않으니까 전화해주실 필요 없어요."

제니가 애매모호한 표정으로 미소를 지은 다음 여전히 문구점에 시선을 고정하고 도로를 건너갔다. 오늘이 마지막 기회였지만 역시 아저씨는 오지 않았다. 문구점으로 들어가는 사람도 없었고, 나오는 사람도 없었다. 생일파티는 완전히 물 건너 간 셈이었다.

7

그레이스는 정각 5시에 학교에 들러 킴을 데려왔다. 체온을 재볼 엄두를 내지 못할 만큼 몸에서 열이 펄펄 끓었고, 몸이 어질어질했지만 임무를 방기할 수는 없었다.

3시쯤 잭으로부터 전화가 걸려왔다. 지지직거리는 잡음이 많이 섞여 있어 통화하기가 힘들었다. 잭의 목소리가 자동차 엔진소리에 파묻혀 잘 들리지 않았다.

"몸은 좀 어때?"

열이 펄펄 끓고 온몸이 욱신거렸지만 솔직하게 말할 수는 없었다.

"그럭저럭 견딜 만해."

"목소리가 많이 잠겼어."

"많이 나았으니까 걱정하지 마."

"내가 집을 떠나지 말았어야 했어."

"내 감기 때문에 당신이 일을 못하는 건 바라지 않아."

"쿠엔틴 부인으로부터 연락이 왔었어?"

"아무런 연락도 없었어."

그레이스는 잭이 뭐라고 웅얼거렸지만 일부러 흘려들었다.

통화를 마친 그레이스는 곧바로 침대로 기어들어갔다. 잠에서 깨어났을 때 킴을 데리러 학교에 가야 한다는 걸 생각하니 겁이 덜컥 났다.

본채에 머물고 있는 리비아에게 부탁해볼까?

프레데릭한테서 리비아가 본채에 머물고 있다는 이야기를 들었다. 하지만 그 여자가 누구이고, 왜 본채에 머물고 있는지에 대해서는 아무런 설명도 듣지 못했다. 그 여자가 버지니아와 동행한 남자와 부부 관계일 거라는 추측만 할 수 있었을 뿐이다. 그처럼 수상한 여자에게 킴을 맡길 수는 없었다.

열이 불덩이 같았지만 그레이스는 가까스로 학교에 가서 킴을 데려왔다. 킴은 친구들을 다시 만나게 된 것에 흥분해 쉴 새 없이 재잘댔다. 킴은 새로 전학 온 친구를 두 명 만났고, 새로운 선생님과 교실을 배정받았다. 친구들을 만난 게 기뻐 아침의 우울했던 기분은 어느새 사라지고 없었다.

저녁이 되면 킴이 엄마 생각을 하게 될까 봐 걱정되었다. 지금 그녀에게 늘어놓은 이야기들을 엄마한테도 해주고 싶을 테니까.

집에 돌아온 그레이스는 킴에게 코코아를 끓여주고 나서 비스킷을 한 접시 내주었다. 이제는 정말 서 있을 기운조차 남아 있지 않았다. 무릎에 힘이 빠져 다리가 저절로 후들거리고, 몸이 으슬으슬 떨리고, 이빨이 서로 맞부딪쳤다. 일단 빨리 침대에 들어가 누워야 했다.

"킴, 아줌마는 몸이 아파 잠시 누워 있어야겠어. 미안하지만 컨디션이 너무 안 좋아. 그동안 혼자 텔레비전을 보고 있을래?"

그레이스가 힘들게 입을 열었다.

"새로 받은 책 표지를 싸야 돼요."

킴이 말했다.

"아줌마가 책을 쌀 종이를 사온다는 걸 깜빡했구나."

그레이스가 미안해하며 말했다.

"일단 책을 싸는 건 내일로 미루도록 하자. 오늘은 아줌마가 몸이 너무 아파 약속을 지키지 못했지만 내일은 반드시 지킬게."

킴의 표정이 순간적으로 조금 어두워졌다. 예쁜 종이로 표지를 싸고, 공책마다 이름을 쓰고, 새 연필도 미리 깎아놓을 기대에 부풀어 있었던 게 분명했다.

"엄마는 언제 와요?"

그레이스는 자기도 모르게 한숨을 내쉬었다.

"아줌마도 정확하게 몰라."

그레이스는 태아처럼 몸을 웅크린 다음 무릎을 턱 밑까지 잡아당겼다. 몸이 덜덜 떨리는 걸 도저히 막을 수가 없었다.

아무래도 의사한테 왕진을 부탁해야겠어.

그레이스는 그런 생각을 하다가 깜박 잠에 빠져들었다.

그레이스가 다시 눈을 떴을 때는 날이 벌써 어둑어둑해지고 있었다. 한쪽 구석에 있는 전기스탠드에 불이 들어와 있었다. 창밖을 내다보니 바람이 심하게 불고 있었고, 나뭇가지와 나뭇잎들이 너울너울 춤을 추고 있었다.

그레이스는 천천히 몸을 일으켰다. 여전히 머리가 지끈거리고 뼈마디가 욱신거렸지만 잠을 자기 전보다는 훨씬 기운이 나 다행이었다.

시계를 보니 8시가 가까워져 있었다. 킴에게 저녁을 차려줘야 할 시간이 훌쩍 지난 셈이었다. 킴이 이 시간까지 수면을 방해하지도 않고, 배가 고프다고 보채지 않은 게 대견스럽고 고마웠다.

그레이스는 침대에서 기다시피 내려왔다. 일어서는 순간 머리가 핑 돌며 눈앞에서 별이 보이는 바람에 잠시 침대 탁자를 손으로 짚고 서 있었다. 서서히 정신이 돌아왔고, 시야가 밝아졌다.

그레이스는 따뜻한 덧신을 신고 가운을 걸친 다음 발을 끌며 주방으로 들어갔다. 고양이만 바구니 안에서 잠들어 있을 뿐 킴은 거기에 없었다. 식탁 위에 킴에게 코코아를 타주었던 빈 컵이 놓여 있었다. 그 옆에는 비스킷이 담겨 있던 빈 접시가 놓여 있었다.

그레이스는 킴이 텔레비전 앞에 앉아 있을 거라 기대하며 거실로 들어갔다. 거실은 어두웠고, 텔레비전은 꺼져 있었다.

킴이 벌써 잠자리에 들었나?

그들 부부는 욕실 옆에 있는 작은방을 손님방으로 이용했다. 그레이스는 점점 커져가는 불안감을 억누르며 손님방을 들여다보았지만 텅 비어 있었다. 킴은 그 어디에도 보이지 않았다.

그레이스는 눈앞이 아득해지며 머리를 감싸 쥐었다.

혹시 내가 고열 때문에 정신이 나간 건가? 킴이 어딘가에 간다고 이야기했는데 정신이 몽롱해 제대로 못들은 건가?

아무리 생각해도 그럴 가능성은 없었다.

문득 킴이 새 책 표지를 싸고 싶어 했던 기억이 떠올랐다.

혹시 책을 쌀 종이를 찾으러 본채에 갔나? 제발 침착해!

그레이스는 침착해야 한다고 자신을 다독거렸지만 자꾸만 심장이 벌렁거리며 뛰었다.

제발 아무 일도 없어야 할 텐데!

킹스린에서 어린 여자아이 둘이 살해된 사건만 없었더라면 마음이 이렇게 불안하지는 않았을 것이다. 킴은 정원 어딘가에서 혼자 놀고 있을 테고, 굳이 걱정할 필요가 없었다. 납치살해사건이 인근에서 두 건이나 벌어진 만큼 이제 아이들이 안전하게 뛰어놀 곳은 그 어디에도 없었다.

그레이스는 떨리는 손으로 본채의 전화번호를 눌렀다. 벨이 한참동안 울리고 나서야 누군가 전화를 받았다.

"여보세요?"

"나는 그레이스라고 해요. 펀데일 하우스를 관리하는 사람이죠. 혹시 킴이 본채에 있나요?"

"킴은 본채에 오지 않았는데요."

"혹시 모르니까 집 안을 한 번 둘러봐주시겠어요? 집이 넓어 아이 혼자 구석에서 놀고 있으면 모를 수도 있으니까요."

"제가 자세히 둘러본 다음 연락드릴게요."

그레이스는 낯선 여자에게 전화번호를 알려준 다음 전화를 끊었다.

제발, 아무 일도 없어야 할 텐데?

그레이스는 고열에 시달리다가 깜빡 잠이 들었고, 너무 깊이 잠든 바람에 몇 시간 동안 아무런 소리도 듣지 못했다.

만약 킴에게 무슨 일이 일어날 경우 나 자신을 절대로 용서할 수 없을 거야.

왜 자꾸 불길한 생각이 드는 걸까? 고열 탓일까?

그때 전화벨이 요란하게 울렸다.

"본채에 머물고 있는 리비아 모어예요. 집안을 샅샅이 찾아봤는데 킴은 본채에 없어요."

그 말을 듣는 순간 그레이스는 간담이 서늘해졌다.

"그럴 리가요? 킴은 분명 본채에 있을 거예요."

"집 안을 샅샅이 뒤져봤다니까요."

잠시 침묵이 흘렀다.

"킴이 정원에서 놀고 있을지도 모르잖아요."

리바아가 말했다.

"벌써 날이 저물었어요."

"아이들은 정신없이 놀다 보면 간혹 날이 저문 지도 모를 때가 있잖아요."

"킴은 이제 겨우 일곱 살이라 날이 캄캄해지면 겁이 나서라도 집으로 돌아왔을 거예요."

"제가 그쪽으로 건너가 뭘 좀 도와드릴까요?"

"그렇게 해주신다면 정말 고맙겠어요."

그레이스는 열이 심해 눈 깜짝하는 순간에 정신을 잃어버릴지도 모른다는 생각이 들었다. 그럴 때는 옆에 이야기 상대가 되어줄 사람이 있을 경우 큰 도움이 될 거라는 생각이 들었다.

이럴 때 잭이라도 옆에 있었으면 얼마나 좋을까?

그레이스는 통화를 끝내고 나서 찻잔에 물을 따랐다. 그런 다음 잭의 전화번호를 눌렀다. 그의 휴대폰이 꺼져 있어 숙소로 사용하고 있는 플리머스 호텔로 전화를 걸었다.

"당신 몸은 좀 어때?"

"내 몸도 안 좋지만 킴이 사라진 게 더욱 걱정스러워."

"킴이 사라지다니?"

그레이스는 더 이상 눈물을 참을 수 없었다.

"열이 심해 잠시 누워 있으려고 했는데 그만 깊게 잠이 들었나 봐. 세 시간 정도 자고 일어났는데 킴이 보이지 않아. 집 안 어디에도 없어."

"혹시 본채에 가 있는 건 아닐까?"

"본채에 머물고 있는 여자가 샅샅이 둘러보았지만 킴을 찾지 못했어."

"너무 당황하지 마. 킴은 분명 어딘가에 있을 거야."

"킴은 개학 첫 날 엄마가 집에 없자 몹시 우울해 했어. 새 책 표지를 쌀 생각에 잔뜩 기대하고 집으로 돌아왔는데 내가 포장종이를 사다놓는 걸 깜박 잊는 바람에 실망이 이만저만이 아니었어. 킴이 실망과 슬픔이 겹쳐 집에서 나가 어딘가에 몸을 숨긴 건 아닐까?"

"아이고, 이 일을 어째?"

"킴이 집을 나갔다가 그놈이라도 만났을까 봐 걱정이야. 킹스린에서 벌써 두 건이나 납치살해사건이 벌어졌잖아."

"말도 안 되는 소리! 당장 당신을 도와주고 싶지만 지금 곧바로 출발한다고 해도 시간이 제법 많이 걸릴 거야."

"당신도 일을 하려면 잠을 자두어야 하니까 무리할 필요 없어."

"아직 견딜 만하면 정원에 나가 킴을 찾아보도록 해. 거긴 아이들이 몸을 숨기기에 적합한 은신처들이 많아. 이미 날이 어두워졌으면 손전등을 챙겨가는 게 좋을 거야."

그레이스는 한숨을 푹 내쉬었다. 그녀는 지금 머리가 어질어질해 정원을 뒤지고 다닐 만한 몸상태가 아니었다.

"난 몸을 가누기가 힘들 만큼 어지러워서 안 되겠어. 본채에 머물고 있는 리비아에게 부탁해볼게."

"그래, 알았어. 킴을 찾으면 나에게도 즉시 알려줘."

"알았으니까 걱정하지 마."

"새로운 소식이 없더라도 전화해. 킴이 어떻게 됐는지 궁금할 테니까. 빌어먹을! 아침부터 집을 떠나자니 왠지 기분이 찜찜하더라."

8

리비아는 손전등을 들고 정원을 샅샅이 돌며 킴을 찾았지만 아무런 소득도 없이 되돌아왔다.

"정원이 너무 커서 일일이 다 뒤져보고 다니기는 힘들어요. 정원 끝까지 갔다가 길을 잃어버리는 바람에 한참 동안 헤맸죠."

그사이에 바깥은 완전히 어둠 속에 잠겼다.

그레이스는 리비아가 캄캄한 밤중에 아름드리나무가 빽빽하게 들어 차 있는 정원을 돌아다니느라 겁을 집어먹었다는 걸 알 수 있었다. 그녀는 이제 더 이상 밖으로 나갈 마음이 없어 보였다.

"이번에는 내가 직접 나가봐야겠어요."

그레이스가 기침을 토하며 말했다.

"당신은 지금 열이 펄펄 끓고 있잖아요. 자칫 잘못하면 폐렴에 걸릴 수도 있어요."

"킴이 보이지 않는데 집 안에서 넋 놓고 기다리고 있을 수만은 없잖아요."

"일단 경찰에 신고하는 게 좋겠어요."

"경찰이 신속한 조치를 취해줄까요?"

"최근에 벌어진 납치살해사건들도 있으니까 최대한 신경을 써줄 거예요."

"당장 경찰에 전화해야겠어요. 이대로 시간만 허비하고 있을 수는 없잖아요. 정원을 수색할 사람이라도 보내달라고 해야죠."

그레이스가 거실로 들어가 수화기를 집어 들려고 할 때 주방에 남아 있던 리비아가 소리쳤다.

"누군가 오고 있어요!"

"킴!"

그레이스가 신음을 토하며 다시 주방으로 달려갔지만 리비아가 발견한 헤드라이트 불빛과 킴은 전혀 상관이 없었다.

버지니아와 나탄이 출입문을 열기 위해 차를 세웠을 때 리비아가 헤드라이트 불빛을 발견한 것이다.

그레이스가 차를 멈춰 세우기 위해 슬리퍼 차림으로 펀데일 하우스 출입문 쪽으로 급히 걸어갔다.

운전석에 앉아 있던 나탄이 급히 브레이크를 밟았다.

버지니아는 헤드라이트 불빛 속에서 그레이스가 넋이 나간 얼굴로 걸어오고 있는 모습을 발견하고 즉시 차 밖으로 뛰쳐나왔다.

"그레이스, 대체 무슨 일이에요? 킴한테 무슨 일이라도 생겼어요?"

"킴이 사라졌어요."

그레이스가 흐느끼며 말했다.

"킴이 사라지다니, 그게 무슨 말이에요?"

버지니아가 날카로운 목소리로 물었다.

그사이 나탄도 차에서 내렸다.

"킴이 사라지다니, 언제부터요?"

그레이스가 오후에 있었던 일들을 자세히 설명했다.

"잠깐 누워 있으려던 건데 열이 심한 탓인지 깜박 잠이 들고 말았어요. 정말이지 면목이 없어요."

"그레이스, 당신을 비난할 사람은 아무도 없어요."

나탄이 말했다.

버지니아가 입술을 꽉 깨물었다.

"잭은 어디 있죠?"

버지니아가 물었다.

"남편은 플리머스에 화물을 운송하러 갔어요. 이미 오래 전부터 약속해둔 일이라 거절할 수 없었죠."

"즉시 경찰에 신고해야겠어요."

버지니아가 패닉상태에 빠져 말했다.

"아마도 킴은 정원 어딘가에 숨어 있을 거예요. 킴이 정원에서 비밀통로와 은신처를 만들어두고 놀곤 했으니까요."

"킴이 왜 정원에서 혼자 놀 생각을 했을까요?"

버지니아가 물었다.

"사실 킴은 오늘 하루 종일 기분이 우울했어요. 개학 첫날인데 엄마가 집에 없다는 걸 이해하지 못하는 눈치였죠. 게다가 저까지 깜박 잠이 들고 말았어요. 놀아줄 사람도 없고, 기분도 울적하니까 혼자 정원에 나와 놀다가 은신처에 몸을 숨겼을 수도 있죠."

"맙소사!"

버지니아가 신음소리를 토했다.

"그레이스의 말에 일리가 있어요. 킴은 잠시 은신처에 몸을 숨길 생각이었는데 갑자기 날이 저무는 바람에 무서워 집에 못 돌아오고 있는지도 몰라요. 정원을 샅샅이 찾아 봐야겠어요."

나탄이 말했다.

"경찰에 신고부터 해야 하지 않을까요?"

버지니아가 신경이 곤두선 목소리로 말했다.

나탄이 버지니아의 팔에 손을 올려놓았다.

"내 생각에는 경찰에 신고해도 당장 달려와 줄 것 같지는 않아요. 킴이 방과 후 하교 길이나 놀이터, 혹은 공공장소에서 실종된 게 아니잖아요. 그렇다고 외부사람이 드나든 흔적도 없잖아요. 킴은 분명 집 근처 어딘가에 있을 거예요."

버지니아가 숨을 길게 내쉬었다.

"그럼 일단 다시 한 번 킴을 찾아보고 한 시간 이내에 성과가 없을 경우 경찰에 신고해야겠어요."

버지니아가 말했다.

"그게 좋겠어요."

나탄이 동의했다.

"제가 손전등을 가지고 와야겠어요."

그레이스가 말했다.

그레이스는 집으로 걸어가는 동안 숨을 헐떡이면서도 계속 울먹였다. 불을 환하게 켠 현관문 앞에 리비아가 서 있었다. 그녀가 죽은 사람처럼 창백한 얼굴로 그레이스를 뒤따라오는 나탄의 얼굴을 쳐다보았다.

"나탄?"

나탄은 단지 눈썹만 치켜 올렸고, 버지니아는 고개를 푹 숙였다. 리비아를 쳐다볼 용기가 없었기 때문이다.

"지금은 당신과 이야기할 시간이 없어."

리비아가 입을 떼려고 했을 때 나탄이 단호한 목소리로 말했다.

그레이스가 집으로 들어가더니 커다란 손전등 두 개를 들고 다시 나타났다.

"성능이 제법 좋은 손전등이에요."

"나도 같이 갈까요?"

리비아가 작은 소리로 물었다.

나탄이 고개를 저었다.

"당신은 여기 남아 그레이스를 보살펴주고 있어. 버지니아한테 휴대폰이 있으니까 킴을 찾으면 전화할게."

다시 리비아가 입을 꾹 다물었다. 그녀는 남편이 다른 여자와 함께 나무 사이로 사라지는 뒷모습을 물끄러미 쳐다보았다.

그레이스가 동정 어린 눈빛으로 리비아의 어깨에 팔을 둘렀다.

"얼굴이 창백해요. 지금 당신에게는 독주가 한 잔 필요할 것 같군요. 그래야 다시 혈색이 돌아올 것 같아요."

리비아는 거절하려 했지만 그레이스가 고개를 저었다.

"내 말대로 하는 게 좋아요. 잭은 늘 술이 힘을 되찾아준다고 말하죠. 이제부터 당신은 힘이 필요할 거예요. 그래야 힘을 내 싸울 수 있을 테니까."

그레이스가 동정심이 가득 담긴 눈빛으로 미소를 지었다.

9

버지니아와 나탄은 나란히 서서 정원을 걸어갔다. 처음에는 모래가 깔린 비교적 넓은 길을 따라 걸었다. 버지니아가 매일 아침 조깅을 하는 길을 따라 걸으며 양쪽 편에 펼쳐져 있는 덤불숲 속으로 손전등을 비추었다.

"킴, 엄마야. 어디 있는지 대답해!"

킴의 이름을 부르며 손전등을 비추던 버지니아가 갑자기 걸음을 멈춰서며 숨을 헉헉거렸다.

"킴이 어딘가에 스스로 몸을 숨긴 거라면 여긴 아닐 거예요. 여긴 누구나 쉽게 발견할 수 있는 곳이니까요. 킴은 틀림없이 더 깊숙이 들어갔을 거예요. 킴이 자주 가서 놀던 곳이 이제야 생각났어요."

"거기가 어딘데요?"

나탄이 그렇게 말하며 버지니아의 손을 잡았다.

킴이 즐겨 놀던 장소는 좁은 오솔길을 따라 숲속으로 깊이 들어가야 나오는 곳이었다. 관목과 덤불이 무성하게 덮여 있어 밖에서 들여다볼 경우 안이 제대로 보이지 않는 은신처도 있었다. 손전등 불빛 속에서 황량한 숲이 앞을 가로막았다.

버지니아와 나탄은 관목들을 헤치며 계속 앞으로 나아갔다. 머리카락이 몇 번이나 나뭇가지에 걸리고, 풀오버 소매가 덩굴에 걸리기도 하고, 밖으로 드러나 있는 나무뿌리가 발에 차여 갑자기 비틀거리기도 했다.

"여긴 정말 아이들이 놀기에는 천국이나 다름없겠어요."

나탄이 작은 소리로 중얼거리다 갑자기 신음소리를 내뱉었다. 스프링처럼 퉁겨진 나뭇가지에 얼굴을 제대로 얻어맞은 것이다.

"젠장! 키를 절반으로 줄이든지 해야 이곳을 쉽게 통과할 수 있겠어요. 모르긴 해도 얼굴 여기저기에 긁힌 상처가 났을 것 같아요."

버지니아는 가장 먼저 가볼 곳으로 킴이 아주 멋진 동굴을 만들어 놓은 나무딸기덤불을 염두에 두고 있었다. 킴이 인형들을 위해 멋진 도시를 만들어 놓은 채석장에도 가볼 생각이었고, 프레데릭이 작년에 그물침대를 매달아준 작은 숲에도 가볼 생각이었다.

모두 몇 번 가본 적이 있는 곳이라 쉽게 찾아낼 수 있으리라 생각했는데 칠흑처럼 어두운 밤이라 생각처럼 쉽지는 않을 듯했다.

버지니아는 가끔 걸음을 멈추고 주위를 둘러보았다. 그러는 사이에도 그녀는 계속해서 킴의 이름을 불렀다.

마침내 나무딸기덤불에 도착한 두 사람은 사방으로 불빛을 비춰보았다. 킴은 거기에 없었고, 채석장에도 없었다.

버지니아는 바위에 털썩 주저앉아 두 손에 얼굴을 파묻었다.

"기분이 꺼림칙해요. 자꾸만 납치살해범이 킴을 납치했을지도 모른다는 불길한 생각이 들어요."

나탄이 그녀 앞에 웅크리고 앉았다.

"혹시 프레데릭이 일을 꾸몄을 수도 있다는 생각은 안 해봤어요?"

버지니아가 황당하다는 듯이 나탄을 쳐다보았다.

"프레데릭이 당신을 골탕 먹이려고 일부러 꾸민 짓일 수도 있잖아요. 당신은 그를 배신했고, 그 분풀이로 이런 짓을 벌일 수도 있지 않을까요? 프레데릭은 당신의 급소가 어디인지 정확하게 알고 있을 테니까요."

나탄의 말이 끝나기도 전에 버지니아의 눈에서 눈물이 왈칵 솟았다.

"당신 말대로 내가 엄마로서의 의무를 망각했어요. 내가 당신과 스카이 섬에 가지 않았더라면 아마 이런 일은 벌어지지 않았을 거예요."

나탄이 여전히 움켜쥐고 있던 그녀의 손을 살짝 흔들었다.

"자책하지 말아요. 위기는 언제든지 밀어닥칠 수 있고, 또 언제든지 헤쳐 나갈 수 있어요. 당신은 킴이 안전하게 보살핌을 받고 있는 줄 알았어요. 그레이스가 독감에 걸리지만 않았더라도 당신의 부재는 큰 문제가 되지 않았을 거예요. 일이 꼬이려다 보니까 잭까지 집을 비우게 됐어요. 불운이 연속해서 겹친 것일 뿐이에요."

버지니아가 고개를 끄덕이고 나서 자리에서 일어섰다.

"일단 그물침대가 있는 곳에도 없을 경우 집으로 돌아가 프레데릭에게 연락해주고 나서 경찰에 신고할 수밖에 없어요."

나무가 빽빽하게 들어찬 작은 숲속에서 그물침대를 발견했을 때 그들은 탈진하다시피 지친 상태였지만 그곳에도 킴은 없었다.

나탄이 사방으로 손전등을 비춰 보았다. 주변의 풀이 쓰러지지도 않았고, 나뭇가지들이 꺾이지도 않았고, 사람이 다녀간 흔적이라고는 찾아볼 수조차 없었다.

"킴이 다녀간 흔적이 전혀 없어요. 당신 말대로 일단 집으로 돌아가는 게 좋겠어요."

버지니아는 돌아가는 길에도 계속 킴의 이름을 불렀지만 아무런 수확이 없었다. 나무들 사이로 불이 환하게 켜진 관리인의 집 창문이 보였을 때 버지니아는 혹시 그사이에 킴이 와 있을지도 모른다는 희망을 품었지만 밖에 나와 기다리고 있는 그레이스의 표정을 보는 순간 기대를 접을 수밖에 없었다.

"킴을 찾았나요?"

리비아가 현관문을 나왔지만 나탄은 아예 그녀를 투명인간 취급했다.

"일단 프레데릭에게 먼저 전화하고 나서 경찰에 신고해야겠어요."

버지니아가 집안으로 들어서며 말했다.

10

프레데릭은 지인들과 레스토랑에서 저녁식사를 하고 있었지만 대화에는 거의 참여하지 않고 있어 무슨 이야기가 오가고 있는지 알지 못했다. 버지니아가 스카이 섬에서 나탄과 함께 있는 모습이 떠오를 때마다 분노가 치밀어 미쳐버릴 것 같았다.

프레데릭은 아무리 눈이 뒤집히는 상황이 발생하더라도 언제나 객관적이고 냉철하게 사태를 바라볼 수 있으리라 믿었다. 설령 버지니아가 바람을 피웠다고 해도 섣불리 감정에 휘둘리는 법 없이 이성적으로 사태를 처리할 수 있을 거라 자신했다.

버지니아는 그에게 영혼의 반쪽이었다. 그는 버지니아와 평생을 함께 늙어가고 싶었고, 원하는 대로 되지 않을 까닭이 없다고 믿었다. 하지만 이제 그의 사랑이 얼마나 허약한 토대 위에 세워져 있었고, 그의 믿음이 얼마나 허술한 근거에 기초하고 있었는지 명백하게 드러났다. 그 사실을 깨닫는 순간 그는 분노와 고통의 늪에서 좀처럼 빠져나올 수 없었다.

프레데릭은 런던으로 돌아온 이후 마치 아무 일 없었다는 듯 평소처럼 행동하기 위해 애썼다. 스케줄은 취소하거나 변화를 주지 않고 그대로 소화했고, 중요한 고객들을 상대하면서 충격적인 돌발 상황이 터지기 이전에 결정된 모든 일들을 차질 없이 처리했다. 일이라도 열심히 하지 않으면 바닥으로 추락할지도 모른다는 위기감이 작용한 탓이기도 했다. 사람들을 만나지 않고 집에 틀어박혀 지낼 경우 술잔만 기울이다가 모든 의욕을 상실하게 될 수도 있다는 걸 잘 알고 있었다. 쓰러지지 않기 위해서라도 일상적인 생활리듬을 유지하는 게 중요했다. 쓰러지지 않아야 새로운 기회가 주어질 테니까.

미치지 않고 버틸 수 있는 기회, 새로운 로드맵을 그릴 수 있는 기회, 좌절을 이겨내고 새 희망을 꿈꿀 수 있는 기회, 증오와 분노의 지배를 받지 않을 수 있는 기회……. 고객들을 만나 정신을 집중해 이야기를 나누다보면 머릿속을 어지럽히는 온갖 복잡한 문제를 잠시나마 접어둘 수 있었다.

차라리 비즈니스 차원으로 고객들을 만날 때는 괜찮았는데 친한 사람들과 부담 없이 저녁식사를 하는 자리이다 보니 유쾌한 잡담과 활기찬 웃음이 끊이지 않았다. 생지옥을 경험하고 있는 그로서는 쉽게 녹아들 수 없는 분위기였다.

10시가 넘을 무렵 프레데릭은 머리가 아파 좀 쉬어야겠다는 핑계를 대고 레스토랑을 나왔다. 택시를 타고 집으로 돌아가는 동안 차창 밖으로 펼쳐지는 도심의 휘황찬란한 불빛들을 바라보았다. 지금은 그저 병든 짐승처럼 집에 틀어박혀 쉬고 싶었다.

현관문에 열쇠를 꽂고 돌리려고 할 때 전화벨 소리가 들려왔다. 문을 다급하게 열고 안으로 들어가 잽싸게 수화기를 집어 들었다.

"여보세요?"

혹시 버지니아의 전화일지도 모른다는 기대를 품는 자신에게 화가 났다. 그럴 리가 없다고 체념하고 있을 때 버지니아의 목소리가 들려왔다.

"한참 동안 전화를 받지 않아 집을 비운 줄 알았어."

"밖에 나갔다가 방금 돌아왔어."

내가 흔들림 없이 살아가고 있다는 걸 보여줘야 해. 상처 받고 위축된 모습을 보여주는 건 아무런 도움이 되지 않아.

"지인들과 식사 모임이 있었어."

"프레데릭, 심각한 일이 발생했어. 난 지금 펀데일 하우스에 와 있는데 킴이 사라졌어."

"킴이 사라지다니?"

"그레이스가 킴을 학교에서 데려오고 나서 독감이 심해 잠깐 쉰다는 게 깜박 잠이 들었나 봐. 그레이스가 몇 시간 뒤에 일어나보니 킴이 사라지고 없더래."

"킴이 갈 만한 곳을 다 찾아봤어?"

"킴이 갈 만한 곳을 다 돌아다니며 샅샅이 찾아봤지만 아직 찾지 못했어. 킴이 혹시라도 잘못됐을까 봐 걱정돼 미치겠어."

"내가 당장 펀데일 하우스로 갈게."

버지니아는 그 말에 대꾸하지 않고 한동안 침묵을 지켰다.

"당신 애인이 옆에 있는데 내가 내려가면 어색한가?"

"오해하지 마. 그런 건 아니니까."

"당신이 아무리 어색해해도 난 내려갈 거야. 지금은 킴을 찾는 게 가장 중요하니까."

"일단 경찰에 신고할 거야. 당신이 이곳에 올지 말지는 알아서 결정해."

"혹시 킴의 오두막에 가봤어? 나무 위에 만들어놓은 오두막 말이야?"

"나무 위에 만든 오두막이라니?"

"킴이 네 살 때 나하고 함께 만든 오두막 몰라?"

런던에 살던 때 펀데일 하우스에서 휴가를 보낸 적이 있었다. 프레데릭은 킴을 데리고 수영도 가고, 숲으로 산책도 가고, 동물원에도 가고, 꽃으로 목걸이를 만들어주기도 했다. 나무 위 오두막도 킴과 함께 만들었다. 사다리를 타고 올라가는 근사한 오두막이었다. 오두막 안에 의자와 테이블도 가져다놓았다.

"그때 이후 킴은 그 오두막에 간 적이 없잖아?"

"최근에 가본 적은 없지만 아직 분명하게 기억하고 있을 거야. 킴이 생각하기에 그때가 가장 행복했던 때였을 테니까. 내가 생각하기에는 킴이 그 오두막에 가 있을 가능성이 커."

그해 여름, 버지니아는 언제 무너질지 몰라 위험하다며 말렸지만 프레데릭은 킴을 데리고 오두막에 올라가 함께 즐겁고 행복한 시간을 보냈다. 그 오두막은 킴에게 부모가 서로 사랑하며 자신을 행복하게 해주기 위해 애썼던 장소로 기억될 것이다.

"그 오두막을 찾을 수 있겠어?"

프레데릭이 물었다.

"물론이야."

"킴이 그 오두막에도 없으면 즉시 경찰에 신고해."

"그래, 알았어."

버지니아의 목소리에서 그녀가 지금 얼마나 초조해하고 있는지 느낄 수 있었다.

지금 이 상황에서는 킴을 찾아내는 게 가장 시급한 과제였다. 다른 건 그 뒤에 생각해도 늦지 않았다.

프레데릭은 내일 킹스린으로 내려가 버지니아와 대화를 나눌 생각이었다. 그들 사이에 일어난 엄청난 변화를 킴에게도 이야기해 주어야 했다. 무엇보다 킴이 받을 충격과 상처를 최소화해 설명할 수 있는 방법을 찾아야 했다.

킴, 대체 어디에 있니? 앞으로 다 잘 될 테니까 어서 돌아와!

프레데릭은 앞으로 전개될 한 시간이 그의 인생을 통틀어 가장 초조하고 긴 시간이 될 거라는 느낌이 들었다.

9월 5일, 화요일

1

오전 6시, 택시 한 대가 펀데일 하우스의 출입문을 통과했다. 유령이 나올 것 같은 음산한 분위기 속에서 택시에서 뻗어 나온 헤드라이트 불빛이 비에 젖은 나무들 사이로 구불구불 이어지는 길을 따라 너울대며 춤을 췄다.

택시가 본채 건물 앞에서 멈춰 섰다. 창문에 불빛이 전혀 비치지 않았고, 전등을 켠 곳이 단 한 군데도 없었다. 안개가 마치 촘촘한 그물처럼 굴뚝들 사이에 퍼져 있었다. 나뭇가지에 나뭇잎들이 무성하게 매달려 있지 않더라면 11월 초라고 해도 믿을 것 같은 날씨였다.

현관문이 열리며 리비아가 밖으로 걸어 나왔다. 청바지에 운동화를 신고 있었고, 파란색 레인코트 차림에 버지니아한테서 받은 옷가방을 들고 있었다.

택시기사가 택시에서 내려서 뒷좌석 문을 열어 주었다.

"정확하게 제 시간에 도착했죠?"

택시기사가 뿌듯한 표정으로 자랑삼아 말했다.

리비아가 고개를 끄덕였다.

"네, 고마워요."

"예약할 때 말씀하신 대로 킹스린 역으로 갈까요?"

택시기사가 확인 차 물었다.

리비아가 고개를 끄덕였다.

"네, 킹스린 역으로 가주세요."

택시기사가 다시 시동을 걸고 나서 방향을 돌렸다.

"이렇게 이른 시간에 어디에 가십니까?"

"런던에 갈 거예요."

"이렇게 이른 시간에 런던으로 가는 열차가 있던가요?"

"상관없어요. 열차가 올 때까지 역에서 기다리면 되니까."

택시는 곧 펀데일 하우스의 정문을 빠져나갔다. 나무들이 담장 너머로 가지를 길게 뻗고 있었다. 날이 서서히 밝아오고 있었지만 여전히 들판 가득 안개가 자욱하게 끼어 있었고, 공기는 습기를 가득 머금고 있었다.

"여행하기에 그다지 좋은 날씨는 아니군요."

택시기사가 말을 걸었지만 리비아는 아무런 대꾸도 하지 않고 소리 없이 눈물을 흘리고 있었다.

택시기사는 라디오를 켰지만 운전석에서만 알아들을 수 있도록 최대한 볼륨을 줄였다. 라디오에서 뉴스가 흘러나왔다.

절망에 빠진 여자야. 불쌍한 여자 같으니!

2

"수업이 끝날 시간에 날 데리러 올 거지?"

킴이 물었다. 킴은 무릎에 책가방을 올려놓고 차 뒷좌석에 앉아 있었다. 그동안 나름 마음고생이 심했던 듯 며칠 만에 얼굴이 무척이나 핼쑥해보였다.

킴은 프레데릭이 알려준 바로 그 오두막에 있었다. 버지니아가 손전등을 비추고, 나탄이 오두막으로 올라가 킴을 안아들고 내려왔다. 킴은 얼마나 춥고 무서웠는지 사시나무 떨듯 몸을 떨었다. 나무 위에서 혼자 몇 시간을 보냈으니 몸이 정상일 리 없었다. 킴은 몸이 얼어붙어 있었고, 잔뜩 겁에 질려 있었다.

버지니아는 당장 킴을 데리고 의사를 찾아가보려고 했지만 나탄이 오히려 아이를 더 자극하게 될지도 모른다며 만류했다.

"지금 당장은 병원에 가는 것보다 꿀을 넣은 따뜻한 우유를 한 잔 마시는 게 더 마음을 안정시켜줄 거예요. 우유를 마시고 나면 따뜻한 침대에서 휴식을 취하도록 해주는 게 좋을 겁니다."

버지니아는 결국 나탄의 충고를 따랐다.

착하고 쾌활했던 아이가 어쩜 이렇게 풀이 죽을 수 있을까?

"오두막에 숨어 있었던 거야?"

버지니아는 킴을 침대에 눕힌 다음 따뜻한 스카프를 목에 둘러 주고, 포근한 양말까지 신겨주고 나서 물었다.

"숨어 있었던 게 아니라 그냥 오두막에 있고 싶었어. 날이 어두워지는 바람에 혼자 숲길을 걸어 나올 엄두가 나지 않았어."

"대체 왜 오두막에 갈 생각을 했니? 언제 비가 쏟아질지도 모르는 날씨에 나무 위에 올라가는 게 얼마나 위험한지 알잖아?"

킴은 아무런 대답 없이 고개를 옆으로 돌렸다.

"학교가 개학하는 날 엄마가 집에 없어 많이 슬펐니?"

킴은 여전히 고개를 옆으로 돌리고 아무런 말도 하지 않았다.

"엄마가 정말 미안해. 엄마는 네가 그레이스 아줌마네 집에서 잘 지내고 있는 줄 알았어. 네가 그레이스 아줌마를 좋아하니까 엄마가 잠시 집을 떠나 있어도 괜찮을 거라 생각한 거야."

버지니아는 킴이 잠든 걸 확인하고 나서 주방으로 나왔다. 나탄이 냉장고 앞에 서서 우유를 마시고 있었다. 지친 기색이 역력했다. 그가 리비아와 오랫동안 대화를 나눴다는 걸 알고 있었다.

"킴이 이제야 잠들었어요. 내가 개학날에도 집에 오지 않자 기분이 우울했었나 봐요. 난 그냥 킴이 그레이스를 많이 따르니까 안심하고 있었죠."

"킴도 이번에는 상황이 전과 다르다는 걸 눈치 챘을 겁니다. 당신이 어디에 갔는지 아빠도 모르고 있는 것 같으니까 더욱 이상한 느낌이 들었겠죠. 아이들은 생각보다 예민한 안테나를 갖고 있어요. 부모 사이에 이상기류가 흐를 경우 금세 감지하죠. 킴은 부모 사이가 평소와 달라보이자 위기감을 느꼈고, 오두막으로 달아났을 겁니다."

버지니아는 식탁에 앉아 손바닥에 턱을 괴었다.

"내가 너무 많은 걸 망치고 파괴했어요."

"이미 예상했던 일 아닌가요?"

버지니아가 나탄을 쳐다보았다.

"리비아와 이야기를 해봤어요?"

"리비아와 이야기를 해보려고 시도했지만 실패했어요."

"시도만 하고 정작 이야기를 나누지 않았다는 거예요?"

"리비아는 자꾸 울기만 해서 대화를 나눌 수 없었어요. 그녀는 아직 제정신이 아닌 것 같았어요."

"요트가 침몰할 때 가뜩이나 큰 충격을 받은 데다 당신이 옆에서 위로해주기커녕 새 애인과 훌쩍 사라졌다가 돌아왔으니 당연히 제정신이 아니겠죠."

나탄이 식탁 맞은편에 앉아 있는 버지니아의 손을 잡았다. 스카이 섬에서처럼 마법을 불러오는 스킨십이었다.

"나는 이제 스카이 섬 별장으로 돌아갈 수 없어요. 프레데릭과 이야기가 잘 마무리되기 전에는 당신한테 휘둘려서도 안 돼요."

나탄은 아무런 대꾸도 하지 않고 버지니아의 얼굴을 가만히 쳐다보았다. 어두컴컴한 주방에 달랑 전등 하나만 켜져 있을 뿐이었다. 그들은 말없이 손을 맞잡고 가만히 앉아 있었다. 그러다가 함께 거실로 들어갔고, 서로 꼭 껴안고 소파에 누웠다. 소파는 두 사람이 눕기에 비좁고 불편해 제대로 잠을 잘 수 없었지만 버지니아에게는 정말이지 마법 같은 밤이었다.

다음 날 아침 눈을 떴을 때 뼈마디가 쑤시고 욱신거렸다. 프레데릭과 킴에 대한 죄책감은 여전했다. 다만 나탄에게 끌리는 마음은 더욱 단단해졌다.

버지니아는 킴을 학교에 내려주고 나서 차를 운전해 집으로 되돌아가고 있었다.

"엄마 오후에 학교가 끝날 시간에 데리러 올 거야?"

킴이 방과 후에 데리러 올 건지 물었다.

"엄마가 직접 널 데리러 올 수 있을지 모르겠어. 아빠가 5시쯤 킹스린 역에 도착하기로 했어. 아마도 엄마는 역으로 아빠를 마중 나가야 할 것 같아."

프레데릭은 어젯밤 통화할 때 킹스린 역에 5시쯤 도착할 거라고 했다. 버지니아가 킹스린 역으로 마중을 나가겠다고 하자 그는 즉시 그럴 필요 없다며 거절했다. 그렇지만 버지니아는 프레데릭을 마중 나갈 생각이었다. 펀데일 하우스보다는 중립지대에서 만나는 게 이야기를 풀어가기에 훨씬 수월할 것 같았기 때문이다.

버지니아는 스카이 섬에서 보낸 열정적인 날들보다 어젯밤 비좁은 소파에서 나탄과 꼭 끌어안고 지낸 시간이 더욱 애틋하게 느껴졌다. 나탄과 누워 잤던 소파에 앉아 프레데릭과 태연하게 이야기를 나눌 수는 없을 것 같았다.

"그럼 누가 데리러 올 거야?"

어느새 킴의 눈동자에 우울한 그림자가 어려 있었다.

"그레이스 아줌마가 데리러 갈 거야. 만약 그레이스 아줌마가 감기가 심해 갈 수 없는 상황일 경우 잭 아저씨가 갈 수도 있어. 어쩌면 나탄 아저씨가 갈 수도 있는데 괜찮지?"

킴이 대답을 망설였다.

"너도 나탄 아저씨를 좋아하잖아?"

"나탄 아저씨는 다정해서 좋아."

킴이 말했다.

"나탄 아저씨가 널 데리러 가면 함께 코코아를 마시러 가줄 수도 있을 거야. 그럼 좋겠지?"

"좋아."

버지니아가 킴을 쳐다보았다.

"엄마는 다시는 너를 혼자 두고 어디로 떠나지 않을 거야. 적어도 그것만큼은 분명하게 약속할게."

킴이 고개를 끄덕였다.

"그럼 아빠는?"

"아빠는 런던에 일하러 가야지. 그건 너도 알잖아?"

"런던에서 일이 끝나면 집으로 돌아오잖아?"

킴이 말했다.

"킴, 아빠도 네 곁을 떠나는 일은 없을 거야."

버지니아가 그 말을 하고 나서 재빨리 고개를 옆으로 돌렸다. 그 말을 하고 나자 갑자기 눈물이 핑 돌았기 때문이다.

하느님, 제발 저를 용서해 주세요!

버지니아가 소리 없이 중얼거렸다.

3

"리비가 떠나면서 내 돈을 몽땅 가져갔어요."

나탄이 격분해 소리쳤다.

"당신이 빌려준 돈 중에서 달랑 10파운드만 남겨놓고 나머지는 다 가져 갔어요."

버지니아가 계단 아래에 서서 그를 올려다보았다.

"리비아가 떠났다고요?"

"옷과 트렁크가 없어요. 당신이 준 옷들이 죄다 안 보이는 걸 보면 아주 떠나버린 게 분명해요."

"리비아가 어디로 떠났을까요?"

나탄이 계단을 내려왔다.

"모르긴 해도 독일로 돌아가지 않았을까 생각해요."

"리비아의 입장에서 보자면 당연한 선택 아닐까요? 아마 나라도 지금 이 상황에서 더는 이 집에 머물 수 없을 것 같아요. 난 리비아의 마음이 충분히 이해가 돼요."

"지금 내 수중에 돈이 10파운드밖에 남지 않았으니까 문제죠."

"나탄, 당장 돈이 필요한 건 아니잖아요."

"당신에게 더 이상 손을 벌리지 않아도 되길 바랐어요. 그 돈은 엄연히 당신에게 빌린 돈이잖아요."

나탄이 여전히 화가 난 목소리로 말했다.

버지니아가 그의 팔에 부드럽게 손을 올려놓았다.

"나탄 우리 사이에 돈은 그리 중요하지 않아요."

"나에게는 중요해요. 당신은 내가 돈을 빌리기 위해 손을 벌릴 때마다 얼마나 비참한 생각이 드는지 모를 거예요?"

"당신의 마음은 충분히 이해할 수 있어요."

버지니아가 말했다.

나탄이 지친 표정으로 머리카락을 쓸어 올렸다.

"내가 하고 싶은 일은 오로지 하나밖에 없어요. 글을 쓰고 싶고, 반드시 성공하고 싶어요. 다만 글을 쓰는 게 단기간에 승부를 낼 수 있는 일이 아니라 끈질긴 인내심이 필요하죠."

"당신은 언젠가 반드시 성공할 거예요. 그때까지 내가 도와줄게요."

"지금은 그럴 수밖에 없는 처지긴 해요."

버지니아는 말할 수 없이 비참해 보이는 그의 모습에 적잖게 당황했다.

"다른 방법이 없으니까요. 당장 펀데일 하우스에서 나가려면 돈이 필요해요."

버지니아가 나탄을 쳐다보았다.

"왜 이 집에서 나가겠다는 거죠?"

버지니아는 우둔한 질문을 했다.

"오늘 프레데릭이 집에 오기로 했잖아요. 그가 집에 들어섰을 때 내가 천연덕스럽게 음료수를 내다줄 정도로 강심장이라고 생각하는 건 아니죠?"

버지니아는 지금껏 나탄과 프레데릭이 조우하는 상황을 한 번도 고려하지 않았다는 사실에 깜짝 놀랐다. 그녀는 킴에 대한 걱정 때문에 모든 걸 까맣게 잊고 있었다.

"당신이 이 집에 남아있으면 곤란하겠네요."

"방을 얻으려면 또 당신에게 신세를 질 수밖에 없는데 어쩌죠?"

"걱정하지 말아요. 방값은 내가 지불해줄게요."

"빌린 돈은 언젠가 꼭 갚을 날이 있을 겁니다. 맹세해요."

"형편이 나아지면 갚아요. 당신 없는 날들을 어떻게 지내야할지 모르겠어요."

버지니아가 작은 소리로 속삭였다.

"조금만 참으면 앞으로 평생을 함께하게 될 텐데요, 뭐."

나탄 역시 작은 소리로 속삭였다.

버지니아의 눈앞에서 몇 개의 장면들이 빠르게 스쳐 지나갔다.

어느 시골마을에 있는 작은 집, 그녀와 나탄이 햇볕이 따스하게 내리쬐는 정원의 테이블에 나와 앉아 커피를 마시고 있다. 그들은 최근 나탄이 펴낸 책에 대해 열정적으로 토론하고 있다. 서로의 숨결을 느끼며 함께 보내는 밤들, 석양이 질 때 마시는 한 잔의 와인, 눈이 퍼부어 세상이 온통 새하얀 나라로 변했을 때 벽난로 앞에 앉아 도란도란 나누는 이야기, 비록 말은 없어도 손을 붙잡고 일체감 속에서 이루어지는 산책들, 눈빛만으로 이루어지는 의사소통…….

버지니아는 그날이 벌써 눈앞에 다가와 있는 느낌이었다.

나탄의 입술이 그녀의 머리카락에 닿았다.

"그럼 난 이만 가볼게요."

나탄이 말했다.

"프레데릭은 오후 늦게 도착할 텐데 벌써 가게요?"

"잠시 혼자 생각을 정리할 시간이 필요해요. 그동안 너무 많은 일들이 한꺼번에 벌어졌으니까요."

"내 차를 가져가도록 해요. 나는 프레데릭의 차를 사용하면 돼요."

나탄이 두 주먹을 꽉 움켜쥐었다.

"당신에게 신세진 일들은 언젠가 전부 갚을 거예요. 더는 구질구질하게 살고 싶지 않아요. 앞으로는 모든 게 달라질 거예요."

"나도 부디 달라지길 바랄게요."

버지니아는 그의 손에 자동차열쇠를 쥐어준 다음 핸드백에서 지폐 몇 장을 꺼냈다. 그 순간 문득 한 가지 생각이 떠올랐다.

"혹시 5시에 킴을 학교에서 집에까지 데려다줄 수 있어요? 나는 프레데릭을 데리러 킹스런 역에 나가봐야 하고, 그레이스는 몸이 많이 아파 곤란할 것 같아요. 잭은 아직 집에 돌아오지 않았어요."

"물론이죠. 내가 킴을 집에 데려다줄게요."

"킴을 우선 그레이스 집에 맡겨 둬요. 프레데릭과 이야기가 길어지면 좀 늦을 수도 있으니까."

"킴을 안전하게 데려다놓을 테니까 걱정하지 말아요."

버지니아는 걱정하지 말라는 나탄의 말을 굳게 믿었다.

"나탄, 우린 어려움을 잘 극복할 수 있을 거예요."

나탄이 부드러운 미소를 지었다.

"사랑해요."

4

그레이스는 많이 낫긴 했지만 여전히 머리가 무거웠다. 잭은 두 번이나 전화해 초저녁까지는 돌아올 거라고 했다. 오늘따라 잭이 보고 싶었다. 잭은 거친 남자였지만 그녀가 몸이 안 좋을 때는 자상하게 보살펴 주기도 하는 남자였다.

잭이 있었다면 맛있는 수프도 끓여주고, 편안하게 누워 텔레비전을 볼 수 있도록 거실에 놓아둔 텔레비전을 침실로 옮겨줄 것이다.

그레이스는 어젯밤 킴이 무사히 돌아온 것에 감사했다. 만약 킴한테 무슨 일이 생겼다면 절대 자신을 용서할 수 없었을 것이다. 그녀가 킴을 돌보지 않고 깜빡 잠이 드는 바람에 발생한 일이었다. 그녀는 지독한 감기와 킴에 대한 걱정 때문에 거의 제정신이 아니었지만 버지니아와 독일 남자 사이에서 흐르는 이상기류를 금세 알아차렸다. 서로를 향한 두 사람의 마음은 현수막에 쓰인 빨간 글씨처럼 절대로 놓칠 수가 없었다.

리비아는 하얗게 질린 얼굴로 입술을 덜덜 떨며 그들을 쳐다보았다. 그녀가 보기에 리비아는 남편을 몹시 두려워하는 게 분명했다. 그녀는 남편이 명백히 배신행위를 저질렀지만 비난할 엄두를 내지 못했다.

나탄은 힐끗 한 번 쳐다보고는 리비아의 입을 아예 노골적으로 막아 버렸다. 그는 아내의 감정이나 기분은 조금도 배려하지 않았다.

그레이스는 버지니아가 왜 그 남자에게 푹 빠졌는지 이해할 수 없었다. 그녀는 이 문제를 어떻게 생각하는지 친구들의 의견을 듣고 싶었지만 포기했다. 적어도 주인집 부부를 흉볼 수는 없었기 때문이다.

사람들은 프레데릭과 버지니아의 이별 이야기를 삼류주간지를 통해 알게 되겠지만 그레이스의 입을 통해서는 단 한 마디도 들을 수 없을 것이다.

이제 4시, 그레이스는 가운 차림으로 창가에 서서 바깥을 내다보았다. 아직 비가 내리고 있었다. 11월이 맞나 싶을 정도로 날씨가 춥고 우중충했다. 그러고 보니 그녀가 심하게 감기를 앓는 것도 전혀 놀랄 만한 일은 아니었다.

그레이스는 언제나 적극적이고 열정적으로 살고자 했다. 감기가 심해 하루 종일 침대에 누워 있던 날이 통틀어 얼마나 되는지 알 수 없었다. 그녀는 몸을 부지런히 움직이며 집과 정원을 가꾸는 걸 좋아했다. 요리, 빨래, 다림질, 옷장 정리 같은 일도 좋아했다. 그녀는 아이들을 보살피는 것도 좋아했다. 적어도 다섯 명쯤 아이를 낳아 키우는 자신의 모습을 즐겨 상상했다.

신혼 초에는 살림이 쪼들렸고, 잭은 화물차를 몰기 때문에 집을 비우는 때가 많았다. 펀데일 하우스를 관리해주는 일을 하면서 형편이 좀 나아지기 시작했을 때 그레이스는 이미 40대 중반이라 임신을 할 수가 없었다. 그녀는 사는 동안 딱 한 가지 아쉬움이 있었다면 자식이 없다는 것이었다. 그나마 요즘에는 킴을 자주 돌볼 수 있어서 좋았다. 킴이 그녀를 많이 따라서 더욱 좋았다.

그레이스는 비가 주룩주룩 내리는 창밖을 바라보며 콧물을 닦는 동안 문득 불안감이 엄습해왔다.

쿠엔틴 부부가 이혼하게 될 경우 과연 현 상태가 그대로 유지될 수 있을까? 쿠엔틴 부인이 새 애인과 펀데일 하우스를 떠나게 될 경우 킴도 데려갈 게 뻔했다. 아이들은 대부분 엄마 쪽을 따라가니까.

그럼 쿠엔틴 씨는 아마도 펀데일 하우스를 팔아치울 것이다. 런던에서 주로 생활하는 그가 아픈 기억들만 잔뜩 남아 있는 저택을 보유

하고 있을 이유가 없으니까.

그레이스는 갑자기 그런 생각이 들자 마음이 답답해졌다. 그녀는 소파에 털썩 주저앉으며 숨을 크게 들이마셨다. 잭은 언젠가 아직 일어나지도 않은 일에 대해 미리 걱정할 필요는 없다고 말했다.

"세상일이란 게 늘 생각대로 되지는 않아. 끝을 봐야 결과를 알 수 있다는 뜻이야. 괜히 쓸데없는 걱정을 하느라 골머리를 썩일 필요는 없겠지."

잭은 늘 그렇게 말했고, 그의 말이 맞을 때가 많았다.

그래, 미리부터 걱정할 필요는 없어.

그때 갑자기 전화벨이 울렸다. 잭이기를 바라며 수화기를 집어 들었다.

"여보세요?"

잭이 아니라 독일인 남자였다. 악센트를 듣자마자 바로 그 남자라는 걸 알 수 있었다.

"워커 부인, 저는 지금 헌스탠턴 해변에 있는 공중전화부스에서 전화를 걸고 있습니다. 차에 시동이 안 걸려서요."

"대체 이렇게 사나운 날씨에 헌스탠턴 해변에는 무슨 일로 갔죠?"

"비가 올 때 바닷가를 걷고 싶은 사람도 있는 법이죠. 차는 고치면 되지만 시간이 제법 많이 걸릴 것 같습니다. 사실은 제가 5시에 학교로 킴을 데리러 가기로 약속했거든요. 버지니아에게도 연락해 봤는데 전화를 받지 않네요."

"쿠엔틴 부인은 30분 전에 킹스린 역에 나갔어요. 런던에서 남편이 오기로 되어 있거든요."

그레이스는 '남편'이라는 말에 유독 악센트를 주었다.

"빌어먹을!"

나탄이 말했다.

"쿠엔틴 부인이 휴대폰을 꺼놓은 게 분명하군요."

그레이스가 말했다.

애인과 연락이 끊어져 쩔쩔매고 있는 나탄의 모습이 눈에 선했다. 물론 잘된 일은 아니었다. 버지니아와 끝내 연락이 안 될 경우 그녀가 직접 킴을 데리러 갈 수밖에 없었다. 아직은 감기 때문에 머리가 어질 어질해 몸을 움직이기가 힘든 지경이었다.

"죄송합니다만 혹시 저 대신 킴을 데리러 가줄 수 있겠습니까? 감기 가 심하다는 건 알고 있지만 마땅한 대책이 떠오르지 않아서 그럽니다."

"아직 몸이 어질어질해 그러는데 당신 부인을 보내면 안 될까요?"

잠시 침묵이 이어졌다.

"리비아는 펀데일 하우스를 떠났습니다."

"아, 그랬군요."

"동전이 곧 떨어질 것 같아 급히 말씀드리겠습니다. 저를 대신해 킴 을 데리러 가주시겠습니까?"

"킴을 또다시 곤경에 빠뜨릴 수는 없으니까 내가 가서 데려와야겠죠."

그레이스는 최대한 경멸어린 말투로 대답하고 나서 수화기를 탁 소 리가 나게 내려놓았다.

흥! 리비아는 벌써 떠났단 말이지?

그레이스는 갑자기 현기증이 이는 바람에 어제처럼 침대로 가 눕고 싶었지만 이틀 연속 똑같은 실수를 저지를 수는 없었다. 킴을 데리러 갈 사람을 찾지 못할 경우 직접 가야할 수밖에 없는 상황이었다.

그레이스는 잭의 휴대폰으로 급히 전화해 상황을 설명했다. 잭은 지금 런던의 끔찍한 교통지옥에 갇혀 있어 빨라야 7시쯤 킹스린에 도착할 수 있을 거라고 했다.

그레이스는 비명을 지르고 싶었다.

"그럼 내가 킴을 데려오는 수밖에 없겠어."

그레이스가 말했다.

"당신은 몸이 어질어질하다면서? 침대에 누워 있어도 시원찮을 판에 어떻게 킴을 데려오겠다는 거야? 쿠엔틴 부인이 애초에 킴을 데려와 달라고 부탁했던 사람은 왜 못가겠다는 거야?"

"설명하자면 이야기가 길어져. 당장 옷을 갈아입고 학교에 가봐야겠어."

그레이스는 그 말을 하고 전화를 끊는데 몸이 너무 아파 눈물이 핑 돌았다.

5

그레이스는 학교에 도착하자마자 손목시계를 확인했다. 5시 14분이었다. 언제나 약속을 잘 지킨다고 자부해왔는데 제시간에 도착하지 못해 화가 났다.

옷을 갈아입고 신발 끈을 묶기 위해 허리를 굽히는 동작도 온몸에서 진땀이 날 만큼 힘이 들었다. 현기증이 어찌나 심한지 다음 동작을 취하려면 한참 동안 정신을 집중해야 했다. 그러다보니 자연히 출발 시간이 늦어질 수밖에 없었다.

비가 내리고 있었고, 학교 주변은 온통 황량한 잿빛에 휩싸여 있었다. 빨간 벽돌로 지은 학교 건물이 뿌연 비안개에 가려져 음산하게 보였다. 비가 얼마나 왔는지 운동장 곳곳에 웅덩이가 파여 있었다.

킴은 수업이 일찍 끝날 경우 학교 정문 앞 야트막한 담장 위에 앉아서 기다리곤 했는데 오늘은 참새 한 마리만 주위를 두리번거리며 앉아 있었다. 많은 비가 오고 있으니 당연한 일이었다.

그레이스는 열이 나고 몸이 으슬으슬 추웠다. 한시바삐 침대로 들어가 뜨거운 차를 한 잔 마신 다음 푹 자고 싶은 마음이 간절했다. 그녀는 차를 세운 다음 가능한 한 최대한 빨리 발걸음을 옮겨놓았다. 마음이 급해 우산 챙기는 걸 깜빡 잊었고, 정신없이 걷다가 물웅덩이에 발이 빠져 양말과 신발이 흠뻑 젖었다.

"빌어먹을!"

그레이스의 입에서 저절로 욕설이 터져 나왔다.

마침내 학교 건물에 도착한 그레이스는 힘겹게 커다란 유리문을 열었다. 건물 안으로 들어서자 곧바로 높다란 계단으로 연결되었다. 출입문 양편으로 수많은 메모지가 붙어있는 게시판이 비치돼 있었다. 계단을 올라가자 몇 개의 교실이 나왔다. 교실을 차례로 전부 둘러보았지만 다들 텅 비어 있었다.

그레이스는 킴이 어딘가에 앉아 자신을 기다리고 있을지도 모른다고 생각하며 주변을 둘러보았지만 그 어디에도 없었다. 그녀는 이맛살을 찌푸리고 나서 교실 주변을 기웃거리며 돌아다니다가 유리문을 통해 밖을 내다보았다.

혹시 밖에 나가 기다리고 있는 건가?

여전히 비가 내리고 있는 밖을 둘러봤지만 아예 오가는 사람조차 없었다. 그레이스는 갑자기 현기증이 느껴지는 바람에 몸을 부르르 떨며 계단 난간을 꽉 움켜쥐었다.

어디에선가 피아노 소리와 플루트 소리가 들려왔다. 어렵사리 계단을 올라가 다시 몇 개의 교실 안을 둘러보았지만 역시 텅 비어 있었다. 마지막으로 문을 열어본 교실에 한 무리의 아이들이 있었지만 킴은 보이지 않았다. 아이들은 인상을 잔뜩 찌푸리고 있는 여선생의 지휘 아래 리코더 연습을 하고 있었다.

"무슨 일이죠?"

그레이스가 문을 열고 한참 동안 들여다보고 있자 여선생이 신경질적으로 물었다. 아이들도 입에 물고 있던 리코더를 내려놓았다.

"킴을 데리러 왔어요. 수업이 정각 5시에 끝난다고 했는데 조금 늦게 도착했죠. 혹시 킴 쿠엔틴을 아세요?"

"킴이 누군지 몰라요. 죄송하지만 지금은 수업 중이니까 문을 좀 닫아 주시겠습니까?"

"죄송합니다, 혹시 아이들이 학교로 데리러오는 부모들을 기다리는 대기실이 있나요? 킴은 분명 학교 어딘가에서 나를 기다리고 있을 거예요. 비가 많이 내리는 날이라 바깥에 나가있지는 않을 테니까."

"아래층 출입구 오른쪽에 있는 첫 번째 문으로 가보세요. 바로 그곳이 대기실이에요."

피아노를 치던 소년이 말했다.

"정말 친절한 아이로구나. 고마워!"

그레이스가 그제야 화색이 도는 얼굴로 교실 문을 닫았다.

다시 교실 안에서는 전혀 화음이 맞지 않는 리코더 합주가 시작되었다. 그레이스는 서둘러 아래층으로 내려갔다. 그녀는 아이가 말해준 대기실 오른쪽 문을 활짝 열어젖혔다. 대기실 안은 텅 비어 있었다.

그레이스는 크게 낭패스러워하며 시계를 보았다. 벌써 시간이 5시반이 조금 넘어 있었다.

버스정류장에 갔나?

그레이스는 몇 번인가 킴과 함께 버스를 타고 집으로 돌아간 적이 있었지만 날씨가 좋을 때였다. 펀데일 하우스에서 가장 가까운 버스 정류장도 걸어서 가자면 족히 30분이 걸렸다. 킴은 아직까지 단 한 번도 혼자서 버스를 탄 적이 없었다.

혹시 독일인 남자가 쿠엔틴 부인과 연락해 벌써 킴을 데려간 게 아닐까?

그레이스는 비를 맞으며 학교 구석구석을 다시 한 번 둘러보았을 뿐만 아니라 본관에서 떨어져 있는 작은 별관과 화장실까지 전부 확인했다. 마침내 학교 그 어디에도 킴이 없다는 사실이 확실해졌다. 그레이스는 서둘러 자동차에 올라 탄 다음 시동을 걸었다.

킴이 집에 와 있을 거야.

학교를 떠나면서 시간을 확인해보니 5시 50분이었다. 애써 긍정적으로 생각하려고 해봤지만 끝내 기분이 찜찜했다.

6

프레데릭과 버지니아는 6시쯤 메인 스트리트에 있는 카페를 나왔다. 그곳에 한 시간쯤 앉아 커피를 마시며 진지한 대화를 나누었다.

"마중 나올 필요 없다고 했는데 왜 나왔어?"

프레데릭이 역에서 기다리고 있는 버지니아를 발견하고 말했다.

"집에 가기 전에 어디 조용한 곳에 가서 당신과 이야기를 나누려고 왔어."

"킴은 좀 어때?"

"처음에는 좀 놀란 듯했는데 오늘 아침에는 밝은 모습을 찾았어."

"킴이 수업을 마칠 시간이 됐잖아. 누가 학교로 데리러갔지?"

"그레이스가 데리러 갔을 거야."

버지니아는 어쩔 수 없이 거짓말을 했다. 나탄이 킴을 데리러 갔다고 하면 프레데릭이 펄쩍 뛸 게 뻔했기 때문이다.

프레데릭은 다행히 차에 대해서는 아무 말도 하지 않았다. 차를 나탄에게 빌려줬다고 하면 잔뜩 인상을 찌푸릴 게 뻔해 내심 마음이 불편했는데 아무것도 묻지 않아 천만다행이었다.

프레데릭은 날카로운 눈길로 버지니아를 탐색했다. 그가 조심스럽게 살피고 있었지만 버지니아는 행복감을 숨길 수가 없었다. 오늘 아침, 거울 앞에 섰을 때 그녀는 뺨에 발그레한 홍조가 피어나고, 눈빛에 광채가 나고, 얼굴에서 빛이 반짝이는 걸 발견했다. 그녀의 내면에 깊숙이 자리하고 있던 비탄과 걱정이 마치 마법사의 손길이 닿은 것처럼 사라지고 없었다. 학창시절, 주위에 남자들을 몰려들게 만들었던 열정이 되살아났다. 스카이 섬에서 나탄과 함께 보낸 다음날 아침 거울에 비친 얼굴 그대로였다. 어느새 스무 살 시절의 열정적인 눈빛이 되돌아와 있었다. 마치 스무 살 이후의 세월은 존재하지도 않았던 것처럼 호기심 가득하고 도발적인 아가씨가 눈앞에 있었다.

프레데릭이 한동안 넋이 나간 사람처럼 버지니아를 쳐다보다가 마침내 찻잔을 저은 다음 고개를 숙이며 아주 작은 목소리로 물었다.

"도대체 왜 그랬어?"

어떤 말을 하더라도 프레데릭에게는 상처가 될 게 뻔했다.

"나도 잘 모르겠어. 그 사람이 오랫동안 내면에 숨죽이고 있던 생에 대한 열정을 다시 밖으로 끄집어내 주었어."

버지니아는 작은 소리로 말하고 나서 프레데릭의 표정을 살폈다.

"난 당신이 우울증을 앓고 있다는 걸 알고 있었지만 그리 심각하게 생각하지 않았어. 그냥 당신을 이루고 있는 하나의 본질적인 요소일 거라 생각하고 건드리지 않으려고 했지. 나는 당신이라는 사람의 본질을 훼손하고 싶지 않았기 때문이야. 처음 만났을 때부터 당신의 얼굴에 어려 있는 우수를 보았으니까."

프레데릭이 몇 분 동안 침묵을 지키다가 말했다.

"혹시 두려웠던 게 아닐까?"

"두렵다니, 뭐가?"

"당신도 알다시피 그동안 난 아름드리나무로 둘러쳐진 펀데일 하우스에 틀어박혀 살아왔어. 지난날의 상처가 내 정신을 한없이 약화시켜 사람들 앞에 나서는 게 두려웠기 때문이야. 나는 보호자가 필요했고, 당신이 그 역할을 해주었어. 나는 당신이 쳐놓은 보호막 안에서 안정적이고 평화로운 시간을 보냈지만 점점 더 움츠러들기만 했지. 당신이 내 우울증에 대해 관망하는 입장을 취해온 건 내 보호자 역할을 그만두기 싫었기 때문이 아닐까?"

"펀데일 하우스에 당신을 가둔 사람은 내가 아니야. 나는 런던에서 살기를 원했지만 정작 당신이 펀데일 하우스에서의 칩거생활을 고집했어. 난 당신이 내 인생에 깊숙이 관여하길 바랐고, 나 또한 당신 인생에 적극적으로 개입하고 싶었어. 당신이 지난날 어떤 상처 때문에 괴로워하는지 털어놓길 바랐지만 끝내 아무런 이야기도 듣지 못했지. 그런데 이제 와서 내가 당신의 상처를 방치했다고 비난하는 거야?"

"오해하지 마. 난 당신을 비난할 자격도 없고, 그러고 싶지도 않아."

"그럼 내가 당신을 더욱 강력하게 이끌어주길 바랐다는 거야? 나 역시 그럴 필요성을 느낀 적이 많았지만 혹시라도 당신이 더욱 큰 상처를 받게 될까봐 늘 살얼음판을 건너듯 조심스럽게 대할 수밖에 없었어. 디너파티에 참석해 달라고 한 게 내가 당신에게 뭔가 해주기를 바란 첫 번째 부탁이었는데 결과가 어떻게 되었지? 그날, 난 열차를 세 대나 보내고 나서야 당신이 오지 않을 거라고 체념했어. 세상에 나 같은 멍청이는 없을 거야. 당신이 어떤 놈팡이와 눈이 맞아 어디론가 사라진 것도 모르고 눈이 빠지도록 열차에서 내리는 승객들을 살피고 있었던 내 기분을 생각해 봤어? 당신이 그렇게 잔인하게 나를 배신할 줄은 몰랐어!"

버지니아는 침묵을 지켰다. 프레데릭의 말은 옳았고, 그 어떤 말로도 자신의 행동을 정당화할 수는 없었다. 결혼한 남녀관계란 언제나 파경을 맞을 수 있지만 배우자에 대한 최소한의 존중과 배려가 필요한 법이니까. 프레데릭은 부당한 일을 당했고, 그럴 만한 이유가 전혀 없었다.

"이제부터 어떻게 할 거야?"

버지니아는 대답하지 않았지만 그녀의 침묵은 아주 많은 말을 대신하고 있었다.

"당신 생각이 어떤지 알겠어. 지나가는 바람이 아니었다는 뜻이지?"

버지니아는 프레데릭의 얼굴을 똑바로 쳐다볼 수 없었다.

"당신이 생각하고 있는 그대로야."

"언젠가 당신의 마음이 바뀔 때까지 내가 인내심을 가지고 기다려 줄 거라고 기대하지는 않지?"

"그런 기대는 하지 않아."

"당신의 마음은 영원히 바뀌지 않을 거라는 뜻이야?"

"그래, 그런 뜻이야."

프레데릭이 머리카락이라도 쥐어뜯으려는 듯 두 손으로 머리를 감싸 쥐었다.

"버지니아, 부디 내 말을 오해하지 말고 들어줘. 당신은 내가 나탄에 대해 부당한 편견을 갖고 있다고 생각할지도 모르겠어. 아주 틀린 생각은 아니야. 당신과 나탄이 일을 벌이기 전부터 나는 그를 싫어했지. 나탄을 처음 봤을 때부터 뭔가를 감추려 한다는 인상을 받았어. 정직하지 않은 사람이라는 생각이 들었고, 한편으로는 두렵게 느껴지기도 했어. 물론 얼굴은 영화배우 뺨치게 잘 생겼고, 그 어떤 상황에서도 당당한 태도를 유지했지만 난 본능적으로 그가 매우 위험한 인물이라는 걸 알 수 있었지."

버지니아는 반론을 제기할 말이 있었지만 침묵하기로 했다. 반론을 제기해 봐야 프레데릭이 순수한 의도로 받아들이지 않을 게 뻔했기 때문이다.

프레데릭은 처음부터 그가 마음에 들지 않았다지만 그녀는 처음부터 마음에 들었다. 물론 처음부터 사랑의 감정이 싹텄는지는 그녀 자신도 정확하게 알 수 없었다. 다만 그를 은밀히 갈망한 건 분명한 사실이었다. 프레데릭 역시 무의식적으로나마 그녀가 그에게 호감을 품고 있다는 사실을 알아챘을 가능성이 컸다.

프레데릭이 나탄을 싫어한 이유는 바로 그것 때문이 아닐까?

"나탄은 자칭 베스트셀러 작가라고 떠들어댔지만 책을 단 한 권도 낸 적 없는 사기꾼이라는 게 밝혀졌어."

"나탄에게 들어서 알고 있어."

"나탄은 사사건건 우리를 속이고 기만했어. 당신 표정을 보아하니 나탄이 어떤 거짓말을 떠벌리고 다니든 다 이해하고 받아들이기로 결심한 사람처럼 보여."

"그에게도 부득이 거짓말을 할 만한 이유가 있었을 거야."

"나탄은 요트가 바다 밑으로 가라앉았을 때 모든 걸 잃었어. 당신에게 거머리처럼 들러붙는 것도 돈을 뜯어 쓰기 위한 목적일 가능성이커. 그는 단 한 번도 성실하게 일을 해서 돈을 벌어본 적이 없는 사람이야. 그게 바로 나탄의 생존방식이지. 내가 걱정할 바는 아닌지 모르지만 당신은 나탄에게 철저하게 이용당하고 있다는 걸 알아야 해."

"나탄은 내게 전혀 다르게 이야기했어."

프레데릭이 괴로운 표정을 지으며 눈을 지그시 감았다.

"당신과 몸을 맞대고 있을 때 그랬겠지."

프레데릭이 작은 소리로 말했다.

버지니아는 입술을 꽉 깨물었다.

그들이 카페에서 나왔을 때 밖에는 여전히 비가 내리고 있었고, 날씨가 매우 쌀쌀했다.

"이렇게 춥고 눅눅한 9월 날씨는 난생 처음이야."

"올해 9월은 왠지 분위기가 쓸쓸해."

버지니아도 그 말에 동의했다.

"꼭 날씨 탓만은 아닐지도 모르지."

프레데릭이 말했다.

차를 타고 집으로 돌아가는 동안 그들은 아무 말도 하지 않고 침묵을 지켰다. 막 단풍이 들기 시작한 나뭇잎들이 빗물을 뚝뚝 떨어뜨리며 힘없이 늘어져 있었다.

킴과 나탄 그리고 나는 이번 크리스마스를 어디서 보내게 될까?

버지니아는 문득 그런 생각이 머리를 스쳤을 때 앞으로 어떻게 살아가야 할지 한 번도 생각해본 적이 없다는 사실을 깨달았다. 이번 크리스마스를 어디서 보낼지는 앞으로 그들이 어디에서 살 것인지와 밀접하게 연관되어 있는 문제이기도 했다.

프레데릭은 나탄이 아무것도 가진 게 없는 빈털터리 신세라고 했지만 사실은 그녀 역시 별로 가진 게 없었다. 부모가 살았던 런던의 집은 이미 오래 전에 팔았다. 그녀의 부모는 런던의 집을 처분하고 메노르카(스페인 발레아레스 제도에 있는 섬 : 옮긴이)로 이주했다. 그들은 딸과 손녀 그리고 딸의 새 애인을 언제든지 환영해줄 테지만 그 작은 집에 얹혀사는 건 좋은 생각이라 할 수 없었다. 나탄은 발레아레스 제도와 어울리지 않는 사람이었다. 나탄이 노인들과 어울려 지내는 모습을 도무지 상상할 수 없었다. 장인의 집에 얹혀사는 동안 그는 창작 에너지가 모두 고갈되었다고 한탄했다. 조용하고 고지식한 그녀 부모의 정적인 하루일과는 분명 나탄의 문학적인 영감을 고갈시키고도 남음이 있었다.

버지니아는 한시바삐 나탄과 앞으로 어떻게 살아갈지 진지하게 의논해봐야겠다고 생각했다.

펀데일 하우스의 출입문이 열려 있었다.

나탄이 킴을 그레이스의 집에 데려다준 뒤 떠났어야 할 텐데?

지금은 두 남자가 만나기에 적절한 때가 아니었다.

버지니아는 그레이스의 집 현관문 앞에 차를 세웠다.

"잠깐 들러 킴을 데려올게."

버지니아가 미처 차에서 내리기도 전에 현관문이 열리며 그레이스가 헐레벌떡 달려 나왔다.

"사실은 계속 창가에 서서 부인을 기다렸어요. 혹시 부인이 학교에 가서서 킴을 데려오지 않았나요?"

"아뇨. 나는 그 일을 나탄에게 시켰어요."

버지니아가 마른침을 꿀꺽 삼켰다.

프레데릭이 놀란 표정으로 차에서 뒤따라 내렸다.

"그레이스, 무슨 일 있어요?"

"제가 킴을 데리러 학교에 갔는데 만나지 못했어요."

그레이스는 몹시 불안한 표정으로 두 사람의 얼굴을 교대로 쳐다보았다. 심한 감기 탓에 그녀의 눈이 벌겋게 충혈 돼 있었다.

"사실은 내가 나탄에게 정각 5시에 학교에 가서 킴을 데려오라고 부탁했어. 난 역으로 당신을 마중 나갈 생각이었고, 그레이스는 몸이 많이 아프니까 나탄에게 부탁하는 게 최선이라고 생각했지."

프레데릭이 눈살을 찌푸렸지만 아무 말도 하지 않았다.

"사실은 모어 씨가 우리 집으로 전화를 했어요. 헌스탠턴 해변에 있는데 차가 고장 나 시동이 안 걸린다면서 저에게 대신 학교에 가달라고 했죠. 부인한테 전화했는데 받지 않는다면서요."

"그 시간에 하필 휴대폰을 꺼두었어요."

"도저히 몸 상태가 안 좋아 잭에게 연락해봤더니 런던 인근의 교통 정체 때문에 7시나 돼야 도착할 수 있다고 하더군요. 어쩔 수 없이 제가 갈 수밖에 없어 간단히 세수를 하고 옷을 갈아입었죠. 사실은 어찌나 몸이 어지럽고 현기증이 나는지 평소보다 준비 시간이 두 배는 더 걸렸을 거예요. 부랴부랴 준비를 끝내고 학교로 출발했지만 결국 15분쯤 늦게 도착했죠. 킴이 보이지 않기에 학교를 샅샅이 돌며 찾아봤지만 끝내 찾지 못했어요."

프레데릭이 손목시계를 보았다.

"벌써 6시 반이야. 킴이 사라진 지 한 시간 반이 지났어."

그레이스의 눈에서 눈물이 흘러내렸다.

"저는 모어 씨가 부인과 연락해 킴을 데려갔을 거라 생각했어요."

"우리 집에는 가봤어요?"

프레데릭이 물었다.

그레이스가 고개를 끄덕였다.

"본채에는 아무도 없었어요. 혹시 모어 씨가 킴을 데려간 게 아닐까요?"

"대체 나탄은 차가 어디서 난 거야?"

"내 차야."

버지니아가 말했다.

"혹시 리비아가 본채에 있지 않던가요?"

프레데릭이 그레이스에게 물었다.

"리비아는 떠났어."

버지니아가 대신 대답했다.

"만약 나탄이 킴을 제시간에 픽업했다면 왜 그레이스의 집에 데려다주지 않았을까?"

"저도 그 부분이 이해가 안 돼요."

그레이스가 말했다.

"어쩌면 두 사람이 길이 엇갈렸을 수도 있어요. 나탄이 제시간에 킴을 픽업해 데려온 걸 모르고 그레이스는 학교를 샅샅이 뒤지며 찾고 있었는지도 모르죠."

"그럼 나탄은 지금 어디에 가 있는 거야?"

프레데릭이 물었다.

세 사람이 서로의 얼굴을 쳐다보았다.

"일단 킴이 가 있었던 오두막을 다시 확인해 봐야겠어."

"킴이 그 먼 곳까지 가진 않았을 거예요."

버지니아가 말했다. 벌써부터 몸이 부들부들 떨리기 시작했다. 킴이 집에 돌아온 지 24시간도 안 돼 또다시 사라졌다. 어젯밤과는 다른 공포감이 서서히 그녀를 옥죄어왔다.

나탄과 그레이스의 의사소통에 착오가 있었던 게 분명했다. 아마 지금쯤 킴은 나탄과 함께 버거킹에서 코코아를 마시며 기분 좋게 떠들고 있을지도 모른다. 킴이 또 다시 어딘가로 몸을 숨겼다면 그야말로 심각한 일이 아닐 수 없었다. 이번에는 찾기 쉽지 않을 것 같아서였고, 혹시 심리치료사의 도움을 받아야 할 수도 있었기 때문이다. 그나마 어젯밤 경험이 납치범의 소행일지도 모른다는 생각을 떠올리지 않게 해주었다.

버지니아가 몸을 떨며 두 팔로 자기 몸을 감쌌다.

"먼저 당신 말대로 오두막에 가봐야겠어. 그레이스, 여기서 기다리다가 혹시 킴이 나타나면 전화해요."

"부인께서도 휴대폰을 반드시 켜두도록 하세요."

"당연하죠."

"대체 왜 당신은 휴대폰을 꺼놨던 거야?"

빠른 걸음으로 숲으로 들어가는 동안 프레데릭이 물었다.

버지니아는 아무런 대답도 하지 않았지만 프레데릭은 그 이유를 알수 있을 것 같았다.

"당신은 우리가 이야기를 나누는 동안 나탄이 전화할까봐 휴대폰을 꺼두었지? 당신 딸이 지금 휴대폰을 꺼둔 대가를 치르고 있어."

버지니아는 눈물이 나오려는 걸 겨우 참아내며 이를 꽉 깨물었다. 그녀는 제발 킴이 오두막에 있기를 기도했다.

3부

9월 6일, 수요일

1

버지니아는 마치 드라마를 찍고 있는 느낌이었다. 그녀가 주인공이었고, 더없이 끔찍한 내용이 전개되고 있었다. 집 밖에서는 바람이 요란하게 불어댔다. 바람이 나뭇잎을 스치고 지나가며 비구름들을 몰아내고 있었다. 지난 며칠 동안 궂었던 날씨가 물러가고, 오늘은 모처럼 해가 날 것 같았다.

버지니아는 킴이 실종된 상황인데도 한가하게 날씨의 변화 따위에 주목하고 있는 자신의 태도에 놀랐다. 지금 그녀의 맞은편에는 형사가 앉아 있었다.

베이커 경감이 손에 수첩을 들고 킴에 대해 이것저것 물었다.

어젯밤 나무 위 오두막에 가보았지만 킴은 없었다. 킴이 무사한 모습으로 그들을 맞았던 그제 밤의 행운은 되풀이되지 않았다. 학교에서 오두막이 있는 숲까지는 길이 너무 멀어 킴 혼자서 걸어간다는 건 상상하기 힘들었다.

그들은 넓은 정원을 샅샅이 뒤지며 킴을 찾아보았지만 허사였다. 날이 점점 어두워지고 있었고, 손전등도 없었다.

"비가 추적추적 내리는 날에 킴이 혼자서 이 먼 길을 걸어왔을 리 없어. 그러니까 일단 집으로 돌아가는 게 낫겠어."

그들이 그레이스의 집 앞에 세워둔 자동차에 도착했을 때 잭의 차가 막 출입문을 통해 들어왔다.

잭은 몹시 피곤하고 지친 기색으로 차에서 내렸다.

"무슨 일 있습니까?"

잭이 놀란 얼굴로 물었다.

"킴이 또 사라졌어요."

프레데릭이 짧게 대답했다.

"그레이스가 학교에 가서 킴을 데려오겠다고 했는데요?"

"그레이스가 도착했을 때 킴은 학교에 없었대요."

버지니아가 말했다.

"잭, 장시간 운전하고 오느라 몹시 힘들었겠지만 나를 학교까지 태워줄 수 있겠어요? 학교 내부는 물론 그 근처 도로를 샅샅이 찾아봐야 할 것 같아요. 킴이 어제는 나무 위 오두막에 숨어 있었으니 아마 오늘도 비슷한 행동을 했을 가능성이 있잖아요."

"당연히 제가 모시고 가야죠."

잭이 선선히 대답했다.

"버지니아, 당신은 일단 집으로 돌아가 킴의 친구들과 담임선생님에게 전화해봐. 혹시 킴이 친구네 집에 가 있을 수도 있잖아. 킴이 부모 허락을 받고 놀러왔다고 했을 경우 그 집 부모들도 철석같이 그 말을 믿고 연락해주지 않았을 수도 있으니까."

프레데릭이 버지니아에게 말했다.

"그 다음에는 경찰에 신고해야 하겠지?"

"우선 나탄에게 연락해봐. 어쩌면 그가 뭔가를 알고 있을 수도 있으니까."

"나탄은 휴대폰도 없을뿐더러 지금 어디에 가 있는지도 몰라. 그가 먼저 연락할 때까지 기다릴 수밖에 없는 상황이야."

"조만간 연락이 오겠지."

프레데릭이 냉정하게 말했다.

프레데릭과 잭은 학교를 찾아가 관리인을 불러내 교실들을 전부 확인하고 나서 학교 근처에 있는 공원을 샅샅이 뒤지기 시작했다.

버지니아는 킴의 학교 친구들에게 일일이 전화를 걸었지만 돌아오는 대답은 언제나 한결같았다.

"아뇨, 킴은 우리 집에 없어요."

아이들과 이야기를 나눠봤지만 킴의 행방을 알고 있는 아이는 아무도 없었다. 그나마 클라리사가 가장 의미 있는 이야기를 전해 주었다.

"수업이 끝나고 킴과 함께 학교 밖으로 나왔어요. 킴은 누군가 데리러 올 거라며 정문 앞에 남았죠. 저는 비를 피해 빨리 집으로 돌아올 수밖에 없었어요."

그 말대로라면 킴은 어딘가로 몸을 숨기거나 달아날 계획이 없었다는 의미였다. 폭우가 쏟아지는 가운데 학교 정문 앞에서 우두커니 기다리고 있는 킴의 모습이 눈에 선했다.

킴은 누군가 데리러올 거라 믿었는데 아무도 나타나지 않았다. 그레이스가 오긴 했지만 15분 늦게 도착했다.

대체 그 15분 사이에 무슨 일이 벌어진 것일까?

버지니아는 피곤이 몰려오는 걸 느끼며 두 눈을 비볐다. 벌겋게 충혈 된 눈에서 눈물이 쏟아지려고 했지만 가까스로 참았다.

킴은 비 때문에 길가에 오래 서 있을 수 없었을 것이다. 비를 피하려면 학교 건물 안으로 들어갈 수밖에 없었지만 그레이스가 샅샅이 뒤져본 결과 킴은 그곳에 없었다.

왜 나탄은 전화하지 않는 걸까?

왜 나는 하필 그때 휴대폰을 꺼두었을까?

왜 나는 킴을 또 다시 다른 사람에게 맡겼을까?

여러 번 허탕 친 끝에 겨우 연락이 닿은 킴의 담임선생님 역시 아무런 도움이 되지 않았다. 그녀는 킴의 태도에서 이상한 낌새를 전혀 느끼지 못했다고 했다. 킴은 약간 피곤해 보이기는 했지만 다른 곳에 정신이 팔려 있거나 그다지 혼란스러워 보이지는 않았다는 것이었다.

버지니아는 다른 선생님들과도 연락을 주고받았지만 결과는 마찬가지였다. 마지막 두 시간 동안 미술을 가르쳤던 남자선생님은 수업이 끝나고 나서 킴이 정문 앞에 서 있는 걸 보았다고 했다.

"킴이 비를 맞으며 정문 앞에 서 있는 모습을 보며 '어디에라도 들어가 피를 피해야 할 텐데?'라고 생각했죠. 그때는 비가 제법 많이 쏟아지고 있었거든요. 다행히 킴은 고무장화에 기다란 비옷을 입고 있었어요."

"혹시 누군가 킴에게 말을 걸고 있지는 않던가요?"

버지니아가 물었다. 혹시 나탄이 나타났을 가능성을 염두에 두고 물은 것이다.

"그런 사람은 못 봤습니다."

버지니아는 그 말을 듣고 나서 크게 낙담했다. 그녀는 전화를 끊고 주방으로 가 레인지에 물을 올려놓았다. 홍차라도 마셔야 그나마 마음이 진정될 것 같았다.

머릿속이 온통 뒤죽박죽이었다. 바깥은 이미 칠흑 같은 어둠에 잠겨 있었고, 킴은 아직 집에 돌아오지 않고 있었다. 킴이 지금 어디에 있는지조차 가늠할 수 없었다. 세상의 모든 엄마들이 가장 두려워하는 상황에 처해 있는 셈이었다.

휴대폰이 울렸을 때 킴을 찾았다는 프레데릭의 전화이기를 간절히 바라며 옆방으로 달려갔다.

프레데릭이 아니라 나탄에게서 온 전화였다.

"버지니아, 대체 어떻게 된 일이에요? 왜 몇 시간씩 당신과 연락이 안 되죠?"

"혹시 킴이 당신과 같이 있어요?"

"아뇨. 차가 고장 나는 바람에 그레이스에게 전화해 킴을 대신 데려와 달라고 부탁했는데요?"

"그레이스가 좀 늦게 도착하긴 했지만 킴은 학교에 없었고, 아직까지 행방이 묘연해요."

버지니아는 심장이 쿵 내려앉는 느낌이었다. 한 가지 희망이 또 사라졌다. 나탄이 킴을 데리고 있을 가능성이 있었기에 일말의 기대를 할 구석이 있었는데 이제 그 희망마저 무너져버렸다.

"분명 어제처럼 또 어딘가에 몸을 숨겼을 거예요. 오두막은 벌써 찾아봤겠죠?"

"킴은 오두막에 없었어요. 당신은 왜 킴을 데리러가지 않았죠?"

버지니아는 극도로 신경이 예민해져 있었다.

"차가 고장 나는 바람에 어쩔 수 없이 갈 수 없었어요. 킴이 사라진 책임을 나에게 떠넘기려 하지 말아요."

나탄이 몹시 흥분해 말을 이어갔다.

"당신 휴대폰으로 수없이 연락했지만 받지 않아 어쩔 수 없이 그레이스에게 부탁했어요. 난 내가 처한 상황에서 최선을 다했어요."

"미안해요, 지금 난 킴이 걱정돼 제정신이 아니에요. 프레데릭과 잭이 한 시간 전부터 학교와 인근지역을 샅샅이 뒤지고 있어요. 아직 연락이 없는 걸 보면 아무런 성과를 거두지 못한 게 분명해요."

"당신 마음이 얼마나 초조할지 충분히 이해해요."

그 역시 흥분이 좀 가라앉은 듯 목소리가 부드럽게 바뀌어 있었다.

"미리부터 최악의 경우를 생각할 필요는 없어요. 어젯밤에도 우린 비슷한 일을 겪었어요. 킴은 분명 어딘가에 숨어 있을 거예요. 가뜩이나 비가 줄줄 내리는데 아무도 데리러오지 않자 슬펐겠죠. 어쩌면 부모의 관심을 이끌어내기 위한 킴 나름의 방법일지도 모르죠."

"시간이 너무 많이 흘렀어요."

"이번에는 킴이 더욱 찾기 힘든 은신처에 몸을 숨겼을 수도 있어요. 이제 곧 킴을 다시 만나게 될 테니까 너무 초조해하지 말아요."

나탄의 말에 버지니아는 마음이 조금은 진정됐다.

"제발 당신 말이 맞길 바라요. 당신은 지금 어디에 머물고 있죠?"

"헌스탠턴 근처 민박집에 방을 얻었어요."

"도대체 왜 그리 멀리에 방을 구했죠?"

"버지니아, 우린 앞으로 며칠 동안 자주 볼 수 없는 상황이에요. 당신은 프레데릭과 풀어야 할 문제도 많을 테고, 킴과도 함께 시간을 보내야 할 테니까요."

나탄의 말이 옳았다.

"어차피 당신을 만나지 못하고 지낼 바에는 차라리 바다를 택하는 게 낫겠다고 생각했어요. 가끔 해변에 나와 산책도 할 수 있고, 바다를 바라보며 글에 대한 구상도 하며 지내고 싶었죠."

"무슨 말인지 이해해요."

"프레데릭과의 대화는 어땠어요?"

"프레데릭은 상처를 많이 받았고, 몹시 힘들어해요. 그의 입장에서 보자면 끔찍한 상황이겠죠."

버지니아가 가느다란 한숨을 내쉬었다.

"이런 이야기는 언제나 끔찍한 법이죠. 우린 잘 견뎌낼 수 있을 거예요."

"대체 차에 어떤 문제가 생겼다는 거예요? 왜 시동이 안 걸리죠?"

"배터리 문제였던 것 같은데 정확한 원인을 모르겠어요. 다행이 스타터케이블을 갖고 있는 사람이 도와줘 지금은 잘 해결됐어요."

"하필이면 오늘 왜 그런 일이 벌어졌을까요?"

"만약 킴이 어디론가 사라지기로 결심하고 있었다면 내가 제시간에 학교 앞에 도착했더라도 만나지 못했을 거예요."

"킴은 정문 앞에서 누군가 데리러오길 기다렸대요. 킴의 학교 친구와 선생님이 확인해준 사실이에요."

나탄이 가볍게 한숨을 내쉬었다.

"기다려도 아무도 오지 않자 버림받았다고 느꼈을 수도 있겠군요."

"나탄, 당신 연락처를 가르쳐줘요. 적어도 당신과 통화는 하고 살아야죠."

나탄이 민박집 주소와 전화번호를 불러주었다.

얼마 후, 프레데릭과 잭이 기진맥진한 모습으로 돌아왔다.

"학교 근처를 샅샅이 찾아보았지만 킴은 그 어디에도 없었어."

"건물관리인이 교실 문을 전부 열어줬어요. 심지어 건물 뒤쪽에 있는 지하실 문까지 열어주었죠. 빈틈없이 둘러보았지만 킴은 없었어요."

"경찰에 신고해야겠어."

프레데릭이 그렇게 말한 뒤 전화기 앞으로 걸어갔다.

버지니아는 그 이후의 시간이 어떻게 지나갔는지 기억할 수 없었다. 프레데릭과 그녀는 뜬 눈으로 밤을 새우다시피 했다. 잭은 피곤에 지친 얼굴로 그들과 함께 거실에 앉아 있다가 집으로 돌아갔다.

"잭, 그레이스는 지금 당신이 필요할 겁니다."

프레데릭이 그렇게 말하며 잭을 돌려보냈다.

경찰에 신고하자 다음날 아침 직접 방문하겠다고 말했다. 그들은 경찰 담당자에게 킴의 나이, 키, 머리색과 눈동자 색깔, 입고 있던 옷차림에 대해 상세하게 이야기해 주었다.

새벽 한 시쯤 프레데릭은 손전등을 들고 다시 한 번 정원을 둘러보겠다며 집을 나섰다. 버지니아도 따라가려고 했지만 그가 만류했다.

"혹시 어딘가에서 전화가 올지도 모르니까 당신은 집에 있어야지."

버지니아는 어린 시절 몸이 아플 때마다 극심한 고열에 시달리며 헛소리를 중얼대곤 했다. 지금도 고열이 나며 무서운 장면들이 자꾸만 눈앞에서 아른거렸다.

프레데릭은 몇 시간 뒤에 아무런 성과 없이 돌아왔다.

그들은 커피를 마시며 어둠 속을 응시했다. 날이 밝아올 무렵 비는 그쳤고, 밖에서 바람 부는 소리가 들려왔다. 아침햇살이 높다란 나무 우듬지 사이로 스며들어와 거실에 가느다란 줄무늬를 만들었다. 두 사람의 지친 얼굴이 햇살을 받아 더욱 창백하게 보였다.

"경찰이 9시쯤 온다고 했어."

프레데릭이 말했다.

"커피를 더 끓여놔야겠어요."

지금 버지니아는 베이커 경감 앞에 앉아 있었다. 키가 큰 남자로 대체로 인상이 온화하면서도 사람을 압도하는 권위가 풍겨 나왔다. 형사와 얼굴을 마주보고 앉아 이야기를 나눈다는 건 그리 쉬운 일이 아니었다.

버지니아는 우선 엊그제 킴이 사라졌을 당시에 대해 자세히 이야기했다.

"쿠엔틴 부인의 말을 듣고 보니 현재로서는 킴이 스스로 몸을 숨겼을 가능성이 높아 보이네요."

베이커 경감이 말했다.

버지니아는 창문 밖 나뭇가지들 사이로 언뜻언뜻 보이는 파란 하늘을 쳐다보며 잠시 생각에 잠겼다.

나 역시 오직 그 한 가지 가능성에 기대를 걸고 있어요. 그런 가능성마저 없었더라면 난 아마 미쳐버렸을 거예요.

"사실 저는 사라와 레이첼 사건 수사를 맡고 있습니다."

베이커 경감이 조심스럽게 말을 꺼냈다.

버지니아는 그 말을 듣는 순간 베이커 경감의 머릿속에 무슨 생각이 들어 있는지 궁금했다.

2

버지니아는 프레데릭과 베이커 경감을 거실에 남겨두고 2층으로 올라가 눈물로 얼룩진 얼굴을 닦았다. 그녀는 엊그제 킴이 오두막으로 도망쳤던 일을 방패삼아 사라와 레이첼 사건을 애써 떠올리지 않았다. 베이커 경감의 입에서 두 아이의 이름이 나오는 순간 그녀는 패닉 상태에 빠져들었다.

버지니아는 2층 욕실에서 샤워를 하며 겨우 정신을 되찾았다. 그녀는 빨갛게 충혈 된 눈으로 거울 속 자신의 얼굴을 응시했다.

"그럴 리 없어. 그럴 리 없고말고."

버지니아는 주문을 외우듯 그 말을 계속 웅얼거렸다. 그녀는 샤워를 마치고 다시 아래층으로 내려갔다.

베이커 경감이 연민이 가득한 눈빛으로 그녀를 쳐다보았다.

"쿠엔틴 부인, 원래는 부인의 지인인 나탄 모어 씨가 킴을 데리러 학교에 가기로 되어 있었는데 차에 문제가 생기는 바람에 가지 못했다고요?"

"네."

"나탄 모어 씨를 만나보고 싶은데 혹시 연락처를 가지고 계십니까?"

버지니아는 청바지에서 나탄의 주소를 적은 쪽지를 꺼냈다.

"그는 지금 헌스탠턴에 있는 민박집에 묵고 있어요."

베이커가 주소와 전화번호를 옮겨 적은 다음 버지니아에게 쪽지를 돌려주었다.

"쿠엔틴 부인, 여름별장이 있는 스카이 섬에서 나탄 모어 씨를 우연히 알게 되었다고 하던데, 맞습니까? 나탄 모어 씨가 타고 있던 요트가 화물선과 충돌해 좌초했다고요?"

"모어 부인이 우리 집에서 잠깐 동안 집안일을 도와준 적이 있어요. 모어 씨 부부가 타고 있던 요트가 침몰했다는 소식을 라디오에서 듣는 순간 저는 몹시 놀랐어요. 그들은 한순간에 모든 걸 잃었으니까요. 그들을 어떻게 도와줄까 고민하다가 우리 별장에 머물게 해주었죠."

"모어 부인은 지금 어디 있죠?"

"어제 새벽에 떠났어요."

"모어 부인은 어제 새벽에 떠났는데 모어 씨는 여기에 남았다고요?"

"네."

"나탄 모어 씨가 헌스탠턴에 머물 특별한 이유가 있나요? 부인은 왜 하필이면 그에게 딸을 픽업해달라고 이야기했죠?"

"그 사람이 제 차를 가지고 있어요."

버지니아는 베이커 경감의 눈에 이 모든 상황이 얼마나 이상하게 비칠지 짐작할 수 있었다.

"나탄 모어 씨가 왜 부인의 차를 갖고 있었죠?"

"베이커 경감님, 나탄과 저는 미래를 약속한 사이입니다. 적어도 제가 우연히 알게 된 남자에게 킴을 픽업해달라고 시키지는 않겠지요."

버지니아는 프레데릭을 쳐다보지도 않고 빨리 말했다.

베이커 경감은 적잖이 당황한 듯 잠시 멍하니 앉아 있었다.

프레데릭은 아무 말도 하지 않고 바닥만 내려다보고 있었다.

"킴은 부인과 나탄 모어 씨의 관계에 대해 알고 있었나요?"

베이커 경감이 물었다.

"자세히 알지는 못하겠지만 분위기가 심상치 않다는 느낌을 받았을 거예요. 엊그제 오두막에 몸을 숨겼던 것도 심상치 않은 분위기와 무관하지 않을 거라 생각해요."

"킴이 어딘가에 몸을 숨기고 있을지도 모른다는 추리가 가능한 대목이지만 이상한 점은 일곱 살짜리 여자아이가 과연 혼자서 이렇게 오래도록 버틸 수 있을지 의문입니다. 분명 배도 고프고, 갈증도 나고, 어둠 속에서 혼자 있는 게 굉장히 무섭기도 할 텐데요. 킴이 집으로 돌아오는 길을 찾지 못해 어딘가에서 길을 잃고 헤매고 있을지도 모른다는 생각이 드네요."

"베이커 경감님, 이제부터 어떤 조치를 취하실 겁니까?"

프레데릭이 물었다.

"일단 경찰인력과 탐지견을 동원해 인근지역을 샅샅이 수색해보겠습니다. 경우에 따라 라디오방송을 통해 시민들의 협조를 구할 수도 있습니다."

"그 경우 납치범도 킴이 어딘가에서 홀로 헤매고 있다는 걸 알게 될 텐데 괜찮을까요?"

"사라와 레이첼 사건을 수사하는 동안 납치범의 범행수법에서 특징적인 면을 몇 가지 알아냈습니다. 이번 납치범은 무작정 길을 가다 아이를 납치해 차로 끌고 가지는 않습니다. 사전에 타깃으로 삼은 아이와 안면을 튼 다음 솔깃한 이야기를 해 선심을 얻습니다. 그런 다음 아이 스스로 사람들 눈에 띄지 않고 차에 올라타도록 유도하죠. 최근에 혹시 킴이 새로운 남자친구나 친절한 아저씨에 대해 이야기한 적이 있습니까?"

"그런 일은 없었어요."

"그와 관련해 저는 킴의 친구들을 만나 이야기를 나눠 볼 생각입니다. 아이들은 부모보다 친한 친구에게 더 솔직하게 이야기를 털어놓는 경우가 많이 있죠. 킴의 친구들 연락처를 주실 수 있죠?"

"물론이에요."

버지니아가 대답과 함께 자리에서 벌떡 일어섰다. 그녀가 킴의 친구들 명단을 갖고 돌아왔을 때 프레데릭이 베이커 경감에게 이야기하는 소리가 들려왔다.

"나탄 모어에 대해 철저하게 조사해주셨으면 합니다. 절대로 제 아내와의 문제 때문에 편견을 갖고 말씀드리는 게 아닙니다. 제가 보기에 나탄 모어는 대단히 위험한 자가 분명합니다."

"그렇잖아도 나탄 모어 씨는 수사대상 명단 제일 꼭대기에 있습니다."

베이커 경감이 말했다.

베이커 경감이 돌아간 후 버지니아가 프레데릭을 날카롭게 쳐다보았다.

"꼭 그런 식으로 나탄을 모함해야겠어?"

프레데릭이 조심스럽게 현관문을 잠갔다.

"나탄을 모함한 게 아니야. 킴의 목숨이 걸린 문제야. 나탄이든 누구든 조금이라도 킴과 관련이 있는 사람이라면 누구나 철저하게 조사해야 돼."

"나탄은 킴이 사라진 것과 아무런 상관이 없잖아."

"당신은 아까 베이커 경감이 납치범에 대해 말하는 걸 못 들었어? 내가 보기에 나탄이 베이커 경감이 이야기한 범인과 일치하는 부분이 많아. 나탄은 아이들에게 친절할 뿐만 아니라 만난 지 얼마 안 된 아이에게 호감을 얻는 방법을 잘 알고 있잖아. 지금껏 킴이 아무런 망설임도 없이 낯선 남자의 차에 올라타는 경우를 본 적이 없어."

"나탄은 의도적으로 킴에게 접근한 적이 없어요."

"이번에는 작전을 바꿔 타깃으로 정한 아이의 엄마를 유혹해 애인으로 만든 거야. 나탄의 입장에서 보자면 결코 나쁜 전략이 아니겠지."

"당신도 보통 남자들과 다름없는 쓰레기야!"

버지니아가 빽 소리를 지르고 나서 계단을 올라가 침실로 들어간 다음 쾅 소리가 나게 문을 닫았다.

버지니아는 침대 옆에 무릎을 꿇고 앉아 탁자 위에 놓인 킴의 사진을 들여다보았다. 사랑스럽고 귀여운 킴의 얼굴을 보는 순간 눈물이 앞을 가렸다.

버지니아는 침대시트에 얼굴을 묻고 엉엉 소리 내어 울었다.

3

점심 무렵 잭과 그레이스가 본채에 왔다. 얼마나 울었는지 그레이스의 눈은 퉁퉁 부어 있었고, 아직 감기가 낫지 않은 듯 얼굴이 핼쑥하고 눈빛이 퀭했다.

"나는 절대로 학교에 늦게 도착한 내 자신을 용서할 수 없어요."

그레이스가 말했다.

"그레이스, 너무 자책하지 말아요,"

버지니아가 그레이스를 달랬다.

"굳이 따지자면 우리 부부 잘못이 더 커요. 절대 당신 잘못이 아니니까 너무 자책하지 말아요."

프레데릭도 그레이스를 위로했다.

"아니, 잘못은 나에게 있어. 당신은 지금 그 사실을 강조하고 싶지? 당신 생각을 제대로 전하고 싶으면 말을 똑바로 해야지."

버지니아가 격분한 목소리로 말했다.

"잘못은 당신과 나 모두에게 있어. 내가 런던으로 돌아가지 말았어야 해. 그게 모든 일의 발단이었지."

버지니아는 프레데릭이 하고 싶은 말이 뭔지 알 수 있었다.

내 아내가 바람둥이한테 정신이 팔려 엄마로서의 역할을 망각하는 바람에 발생한 일이야. 난 런던으로 돌아가지 말았어야 해. 내가 계속 여기에 남아 킴을 보살폈더라면 아마 이런 일은 없었을 거야.

만약 버지니아가 조금만 더 흥분했더라면 프레데릭에게 달려드는 추태를 보였을지도 모를 일이었다.

"집 주변을 다시 한 번 살펴보는 게 어떨까요? 경찰이 꼼꼼히 수색 작업을 벌일 거라고 믿지만 그렇다고 넋 놓고 기다리고 있을 수만은 없잖아요."

잭이 말했다.

"당신 말이 맞아요. 밖에 나가 한 번 더 킴을 찾아봅시다."

프레데릭이 곧바로 찬성했다.

"버지니아, 당신도 우리와 함께 갈 거야?"

"나는 집에 남아 전화를 받아야 할 것 같아."

"쿠엔틴 부인, 저는 뭘 하면 좋을까요?"

그레이스가 코를 훌쩍이며 물었다.

"그레이스, 당신은 병원에 가보든지 의사한테 왕진을 부탁해야할 것 같아요. 우선 집으로 돌아가 침대에 누워 푹 쉬고 있어요. 감기를 방치하면 폐렴에 걸릴 수도 있다는 걸 명심해요."

"킴이 제 잘못으로 실종됐어요. 어떻게 편안하게 누워 쉴 수 있겠어요?"

그레이스가 또 다시 울먹이며 손수건으로 눈물을 훔쳤다.

버지니아는 한사코 괜찮다는 그레이스의 등을 떠밀어 집으로 돌려보냈다.

프레데릭과 잭도 밖으로 사라졌다. 프레데릭과 같이 있는 동안 가시방석에 앉아 있는 것처럼 불편했는데 집밖으로 나가 다행이었다.

넋을 놓고 있던 버지니아는 전화벨 소리에 화들짝 놀랐다.

경찰일 거야. 경찰이 킴을 찾은 거야!

"여보세요?"

버지니아가 숨을 멈추고 물었다.

잠시 침묵이 이어지다가 가느다란 목소리가 들려왔다.

"리비아 모어입니다."

"아, 리비아?"

"저는 지금 런던의 호텔에 머물고 있어요. 대사관 사람들의 도움을 받아 오늘 저녁에 독일로 돌아가게 되었어요."

버지니아는 그녀와 자연스럽게 통화하기가 힘들었다.

한 남자를 사이에 두고 묘한 관계에 있는 사이에 무슨 대화를 나눌 수 있겠는가?

"건강은 좀 어때요?"

버지니아는 그렇게 물을 수밖에 없었다. 그녀 자신이 생각해도 멍청한 질문이었다.

"아직 완전히 회복되지는 않았지만 점점 나아지고 있어요. 독일로 돌아갈 수 있게 돼 정말 다행이에요. 엄마 친구가 일자리를 찾을 때까지 집에 와 있어도 좋다고 했어요. 아무튼 한시바삐 일자리를 구했으면 좋겠어요."

"리비아, 행운이 함께하기를 빌어요."

"사실은 전화한 이유는 따로 있어요. 런던 행 열차를 타려면 차비가 필요해 어쩔 수 없이 나탄이 가지고 있던 돈을 훔쳐왔어요. 물론 부인이 준 돈이라는 걸 알아요. 그 돈을 반드시 갚겠다는 말을 전하고 싶었어요. 일자리를 구하고, 저축할 여유가 생기는 대로 반드시 그 돈을 돌려드릴게요."

"리비아, 그럴 필요 없어요. 난 정말 괜찮아요."

리비아가 잠시 침묵했다.

"부인은 그 돈을 거절하면 안 돼요. 앞으로 나탄과 함께 살 생각이라면 무엇보다 돈이 가장 우선적으로 필요할 거예요."

이번에는 버지니아가 침묵했다. 수화기를 어찌나 세게 움켜쥐고 있었는지 손가락 관절이 하얗게 도드라져 보였다.

"정말 미안해요, 리비아. 내가 당신에게 깊은 상처를 주었다는 걸 알아요."

얼마나 가증스러운 말인가?

적어도 리비아의 귀에는 구차한 변명으로 들릴 게 뻔했다.

"미안해할 필요 없어요. 나탄과의 결혼생활을 끝내고 나니 얼마나 마음이 홀가분한지 모르겠어요. 물론 함께 한 시간이 길었기 때문에 슬프기도 하고, 앞으로 어떻게 살아야 할지 막막하기도 하지만 설령 부인이 아니었더라도 우린 진작 끝냈어야만 해요. 요트가 침몰하고 무일푼이 된 게 계기가 된 건 사실이지만 우리가 헤어지게 된 결정적인 이유는 아니었어요. 우리의 결혼생활은 이미 오래 전에 끝난 셈이었죠. 그는 세계일주에 집착했지만 사실 나는 배를 싫어할뿐더러 바다나 항구도 좋아하지 않았어요. 항구에 정박할 때마다 일자리를 구하러 다녀야 하는 내 신세가 처량하기도 했죠. 나는 이제부터라도 땅에 발을 딛고 살고 싶어요. 정원에 꽃을 심고, 울타리 너머로 이웃사람들과 이야기를 나누며 살고 싶어요. 아침이면 빵을 사러 베이커리에 들르고, 그곳에서 만난 사람들과 즐겁게 대화를 나누며 지내고 싶어요. 바다에서 정처 없이 떠도는 생활은 싫어요. 내가 간절히 원하는 건 아이를 낳아 키우는 거예요. 아이를 낳아 평화롭고 안전한 환경 속에서 자라게 해주고 싶어요."

"킴이 또 사라졌어요."

버지니아가 말했다.

"언제요?"

"어제 수업이 끝난 후 사라졌는데 아직 찾지 못했대요."

"부인의 기분이 얼마나 끔찍할지 짐작이 돼요. 한시바삐 찾아야 할 텐데 걱정이 크겠어요."

리비아의 목소리에서 진심어린 연민이 느껴졌다.

"경찰이 인력과 탐지견을 동원해 킴을 찾고 있어요. 프레데릭과 잭도 다시 킴을 찾으러 나갔어요."

두 사람은 아무 말도 하지 않고 잠시 침묵했다.

리비아가 친구가 될 수 있었다면 얼마나 좋았을까?

버지니아는 그런 생각을 하자 슬픔이 밀려왔다.

그럼 모든 게 달라졌겠지?

"제가 가 있을 집의 전화번호를 알려드릴게요. 당분간은 그집에서 지내게 될 것 같아요. 킴이 집에 돌아오면 저에게도 알려주세요. 저도 그 소식을 꼭 듣고 싶어요."

"당연하죠. 반드시 전화할게요."

버지니아가 전화번호를 받아 적으며 말했다.

"이 전화번호를 나탄에게도 전해주세요. 혹시 그가 나에게 연락할 일이 있을지도 모르니까요. 아직 처리해야 할 일이 많이 남아 있거든요."

"알았어요."

버지니아가 말했다.

그들은 작별인사를 나누고 전화를 끊었다.

버지니아는 수화기를 내려놓은 뒤 킴의 방으로 달려갔다. 창문턱에 놓인 동물 봉제인형들이 눈에 거슬려 다른 곳으로 치우고 흰색 커튼을 쳤다.

하느님, 제발 킴이 아무런 문제없이 집으로 돌아올 수 있게 해 주세요!

버지니아는 다시 일 층으로 내려가 나탄이 묵고 있는 민박집 전화번호를 눌렀다.

웬 여자가 전화를 받았다. 아마도 민박집 주인 여자인 듯했다.

"여보세요?"

"나탄 모어 씨와 통화할 수 있을까요?"

"나탄 모어 씨는 방금 전 해변으로 산책을 나갔어요."

나탄은 왜 전화를 안 하지? 킴의 소식이 궁금하지도 않나? 내 기분이 어떤지 알고 싶지도 않나?

오후 한 시가 넘었을 때 프레데릭이 허탈하고 지친 표정을 지으며 집으로 돌아왔다.

"결국 또 허탕을 치고 말았어."

프레데릭이 두 손으로 얼굴을 감쌌다. 몹시 지친 듯 안색이 파리했다.

"잭과 나는 다시 한 번 오두막에 갔었어. 나무딸기 덤불숲에도 가봤고, 등하굣길도 다시 둘러보았지만 그 어디에서도 킴의 흔적을 발견하지 못했어."

버지니아가 손을 뻗어 프레데릭의 팔을 잠시 쓰다듬었다.

"잠깐만이라도 좀 누워서 쉬어. 그러다가 당신마저 쓰러지겠어."

"킴이 어떻게 됐는지 알 수 없는 상황인데 맘 편히 누워있을 수야 없지."

프레데릭은 그렇게 말했지만 버지니아가 주방에서 한 컵 따라 들고 돌아와 보니 창가 안락의자에 앉아 꾸벅꾸벅 졸고 있었다.

버지니아는 몸에 걸치고 있을 카디건을 찾아보기 위해 2층으로 올라갔다. 그녀가 막 옷장 앞에 섰을 때 휴대폰 벨소리가 울렸다. 그다지 쌀쌀한 날씨도 아닌데 아침부터 계속 몸이 으슬으슬 추웠다.

나탄은 기분 좋은 일이라도 있는 듯 목소리가 경쾌했다.

"굿모닝, 버지니아!"

1시가 넘었는데 굿모닝이라니?

"한참동안 바닷가를 산책했어요. 오늘은 날씨가 정말 끝내주게 좋군요. 당신도 펀데일 하우스의 빽빽한 나무들 사이로 하늘을 한 번 올려다봐요. 가슴이 뻥 뚫리는 느낌이 들 정도로 날씨가 맑아요."

이 무슨 망발인가? 나탄은 상대방의 기분을 전혀 고려하지 않는 사람인가?

"킴이 실종됐어요. 어찌나 걱정되는지 밤새 잠을 설쳤죠. 지금 난 날씨나 신경 쓰고 있을 만큼 한가하지 않아요."

"킴이 아직 집에 돌아오지 않았군요."

"내 안부가 궁금하지도 않았나 봐요? 어쩜 전화 한 통 없어요?"

나탄이 한숨을 푹 내쉬었다.

"사실 난 지금쯤 킴이 무사히 집에 돌아와 있을 거라 단정하고 있었어요. 내가 전화하지 않은 건 프레데릭이 옆에 있을 경우 분위기가 어색해질까 봐 걱정스러워서였죠."

"듣고 보니 그렇긴 하네요."

"한 가지 좋은 생각이 떠올랐어요. 당신이 헌스탠턴으로 오는 거예요. 잠깐이라도 해변에 나가 산책을 하며 바람을 쏘이면 조금이나마 머리가 맑아질 거예요."

"킴이 돌아오기 전에는 집을 비울 수 없어요."

"당신이 집을 지키고 있다고 해서 딱히 도움 될 일은 없잖아요?"

"킴이 어찌 됐는지 알 수 없는 상황인데 어떻게 해변에 나가 바람을 쏘일 수 있겠어요?"

나탄이 가벼운 한숨을 내쉬었다.

"당신이 보고 싶지만 참아야겠네요. 내가 펀데일 하우스로 가자니 프레데릭과 마주칠 것 같아서 싫고, 차의 기름도 아껴야 하고요. 그러지 말고 당신이 헌스탠턴으로 오는 게 어때요?"

지금은 킴을 찾는 것 말고는 중요한 게 아무것도 없었다. 나탄은 심각한 상황이라는 걸 전혀 모르는 사람 같았다.

"안 된다고 했잖아요."

목소리가 매몰차게 들려 그녀 자신도 놀랐다.

"강요할 생각은 없어요. 혹시라도 마음이 바뀌면 헌스탠턴으로 와요."

나탄은 기분이 상한 듯 목소리에 힘이 빠져 있었다.

버지니아는 전화를 끊고 휴대폰의 바탕화면을 바라보았다. 킴의 사진이 바탕화면에 깔려 있었다.

"킴, 어디 있니? 엄마가 애타게 찾고 있는데 넌 어디에서 뭘 하고 있니?"

가슴 졸이며 전화기를 쳐다보는 것 말고는 딱히 할 수 있는 일이 없었다.

버지니아는 쪽지를 써서 주방 식탁 위에 올려놓았다.

'산책 좀 하고 돌아올게. 이대로 있다가는 질식할 것 같아.'

버지니아는 차를 타고 펀데일 하우스의 출입문을 빠져나갔다.

나탄의 말대로 푸르고 맑은 하늘에서 태양이 빛나고 있었다.

4

제니는 정각 1시 반에 문구점 앞으로 갔다. 오늘도 안으로 들어가지는 못하고 길 건너편 부동산중개소 앞에 서서 문구점을 출입하는 사람들을 지켜보았다.

아저씨가 사정이 생겨 문구점에 들르는 날을 월요일에서 수요일이나 목요일로 바꿨을지도 몰라.

제니는 다시 한 번 학교 수업을 빼먹었다. 1시부터 2시까지 점심시간이었고, 2시부터 4시까지는 미술수업이었다. 미술선생님은 제니가 수업에 빠졌다는 걸 금세 알아차릴 것이다. 아이들은 제니가 몸이 안 좋아 조퇴했을 거라고 생각할 것이다. 조퇴를 하려면 사전에 담임선생님의 허락을 받아야 했다. 무단조퇴는 허용되지 않았다.

미술선생님은 화가 나 엄마한테 가정통신문을 보내 무단조퇴 사실을 알릴 게 뻔했다. 엄마가 가정통신문을 보기 전에 우체통에서 먼저 빼돌리는 건 그리 어렵지 않았다. 제니는 엄마보다 늘 먼저 집에 도착하기 때문에 줄곧 우편물 수거 담당을 맡아왔다.

단지 걱정되는 점이라면 여러 차례 가정통신문을 보냈음에도 엄마로부터 아무런 답변이 없을 경우 학교에서 어찌 된 일인지 알아보기 위해 직접 전화를 할 수도 있다는 것이었다.

무단조퇴한 사실이 들통 나기 전에 아저씨를 만날 경우 문제는 쉽게 해결될 수도 있었다. 엄마에게 아저씨를 만나기 위해 무단조퇴를 할 수밖에 없었던 이유를 설명하고, 다시는 그런 일이 없을 거라고 맹세하면 될 테니까.

2시 10분이었다. 문구점 안으로 들어서는 사람도 없고, 밖으로 나오는 사람도 없었다.

만약 아저씨가 오늘도 나타나지 않을 경우 어쩌지? 내일 다시 와야 하나? 내일 이 시간에는 수업이 뭐더라?

음악 담당인 하르트 선생님의 수업이었다. 하르트 선생님은 성격이 깐깐한데다 히스테리가 있는 여교사였다. 걸핏하면 소리를 지르기 일쑤였고, 수업 중에 누군가 귓속말을 하거나 달그락거리는 소리를 낼 경우 당장 불호령이 떨어졌다.

제니는 한숨을 푹 쉬었다.

하르트 선생님은 절대 무단조퇴를 그냥 넘기지 않을 거야.

적어도 그것만큼은 확실했다.

제니는 갑자기 어떤 손이 어깨를 짚는 바람에 어찌나 놀랐는지 간 떨어지는 줄 알았다. 누군가 다가오는 소리를 듣지 못했기 때문이다. 부동산중개소 여자가 제니를 쳐다보았다. 오늘은 회색 투피스를 입고 있었는데 세련돼 보였다.

"너 또 출근했니?"

제니가 당황한 얼굴로 미소를 지었다.

"분명 무슨 이유가 있을 거야. 네 엄마에게 전화해 무슨 일인지 알아봐야겠어."

"엄마한테 전화하지 말아요. 이제 그만 돌아가면 되잖아요."

제니가 황급히 걸음을 떼어놓으려는 순간 부동산중개소 아줌마가 거칠게 손목을 낚아챘다.

"넌 이 시간에 학교에 있어야 정상이야. 아직 수업이 끝나지 않았을 텐데 왜 허구한 날 여기서 서성대고 있니?"

순식간에 제니의 눈에 눈물이 그렁그렁해졌다.

"당장 안으로 들어가자. 네 엄마한테 전화해야겠어."

부동산중개소 아줌마가 제니를 사무실 안으로 밀어 넣으며 말했다.

"자, 일단 거기 의자에 앉아."

부동산중개소 아줌마가 검정색 테이블 맞은편에 놓인 의자를 가리키며 앉기를 권하고 나서 수화기를 집어 들었다.

"집 전화번호를 말해봐."

"엄마는 지금 집에 없어요."

제니가 기어들어가는 목소리로 말했다.

"그럼 어디 계시니?"

"일하러 가셨어요."

"엄마가 일하는 곳이 어디야?"

"저는 잘 몰라요."

부동산중개소 아줌마가 엄한 눈빛으로 쏘아보았다.

"네 엄마 전화번호를 말해주지 않으면 경찰을 부를 수도 있어. 네 이름이 뭐니?"

"제니."

제니가 작은 소리로 웅얼거렸다.

"제니, 내 말 잘 들어. 넌 자주 수업을 빼먹고 이 근처에서 서성거리고 있어. 아줌마는 그 이유가 뭔지 알아야겠구나. 제니, 이제 네 엄마 전화번호를 알려주든지, 경찰서에 가든지 둘 중 하나를 선택해."

"엄마는 세탁소에서 일해요."

제니가 눈물을 줄줄 흘리며 테이블 위에 놓인 메모지에 전화번호를 적었다.

"엄마 전화번호예요."

부동산중개소 아줌마는 급히 전화번호를 눌렀다.

*

"제니, 네가 엄마를 속이고 이런 짓을 하고 있는지 몰랐어."

도리스는 좀 전에 담배에 불을 붙였지만 자기도 모르는 사이에 불이 꺼져버렸다. 그녀는 세탁소에서 일할 때 입는 하얀 작업복 차림 그대로 거실 한가운데에 서 있었다.

"일과시간에 외출해야겠다고 하자 사장님이 얼마나 화를 냈는지 알아? 엄마가 갑자기 자리를 비우는 바람에 일이 산더미처럼 밀렸어. 다른 사람들이 엄마 때문에 쩔쩔매고 있을 거야. 세탁소에서 감원을 하게 될 경우 엄마가 가장 먼저 잘리게 될 거야 제니, 넌 아직 어리지만 한 가지만 분명히 알아둬. 엄마가 일자리를 잃게 될 경우 우린 먹고 살기 힘들어져."

"엄마가 날 꼭 데리러 올 필요는 없었잖아."

"네가 수업도 빼먹고 길에서 서성댄다는 전화를 받았는데 엄마가 아무 일도 없었던 것처럼 일을 할 수 있겠어? 엄마가 부동산중개소 아줌마한테 내 아이가 무슨 짓을 하든지 관심 없으니까 마음대로 해보라고 따지는 게 나았을까? 제니, 자꾸 그러면 아동복지국에서 엄마를 잡으러 올 거야. 너 정말 고아원에 들어가고 싶어?"

제니는 그토록 심각한 일인지 미처 몰랐다. 전화한 지 얼마 지나지 않아 엄마는 깜짝 놀란 얼굴로 부동산중개소로 뛰어 들어왔다. 제니는 멋진 회색 투피스를 입은 부동산중개소 아줌마와 너무 대비되는 엄마의 옷차림이 창피스러웠다.

표정만 봐도 엄마가 얼마나 화났는지 알 수 있었다. 제니는 땅이 갈라져 엄마가 영원히 찾아낼 수 없는 곳으로 사라지고 싶었다. 고아원에는 절대로 가고 싶지 않았다. 아래층에 사는 세 아이가 고아원에 들어갔다. 그 아이들의 아빠는 술독에 빠져 살았고, 엄마는 발코니에서 두 번이나 자살을 기도했다. 엄마는 결국 죽지는 않았지만 뼈가 으스러져 불구가 되었다.

제니는 그 집 아이들이 고아원으로 떠나는 모습을 보았다. 그 모습만 생각하면 온몸에 소름이 돋았다.

고아원은 절대 안 돼.

제니는 다시 울음을 터뜨렸다.

도리스는 그제야 담뱃불이 꺼졌다는 걸 깨닫고 다시 불을 붙였다. 흥분이 가라앉은 도리스는 세상에서 가장 불쌍한 표정을 지으며 안락의자에 앉아 있는 제니를 쳐다보았다.

"대체 거기에 왜 갔는지 솔직하게 이야기해봐. 부동산중개소 쇼윈도에 붙어 있는 집을 사러간 건 아닐 테니까."

제니는 계속 입을 다물고 고민을 거듭했다.

엄마한테 모든 걸 털어놓으면 나를 이해해줄 거야. 그럼 그 친절한 아저씨를 찾을 수 있도록 오히려 도와줄지도 몰라. 그 아저씨가 생일파티를 열어주기로 약속했다는 걸 알게 되면 엄마도 기뻐할 거야.

도리스가 눈살을 찌푸렸다.

"계속 입을 다물고 있으면 엄마는 어쩔 수 없이 널 고아원에 데려다줄 수밖에 없어."

"난 고아원에 가고 싶지 않아."

"그러니까 무슨 일이 있었는지 어서 말해봐."

도리스가 손목시계를 힐끗 쳐다보았다.

"시간이 없으니까 어서 말해. 엄마는 세탁소에 일하러 가야 하니까."

"사실은 어떤 아저씨를 만나러 갔던 거야."

제니가 기어들어가는 소리로 말했다.

"아저씨라니?"

도리스가 되물었다.

"어떤 아저씨가 내 생일파티를 열어준다고 했어."

도리스가 한숨을 푹 내쉬었다.

"대체 누가 네 생일파티를 열어준다고 했는데?"

"난 친구들을 초대해 생일파티를 열고 싶었고, 그 아저씨가 도와준다고 했어."

"그 아저씨가 대체 누군데 그래?"

"이름도 모르고 어디 사는지도 모르는 아저씨야. 다만 그 아저씨는 매주 월요일에 잡지를 사러 문구점에 온다고 했어. 그날은 나를 위해 특별히 토요일에 문구점에 나와 나를 만나기로 약속한 거야. 우린 함께 생일파티를 열기로 한 아저씨네 집을 구경하기로 했어. 하필 그날 엄마가 갑자기 병이 나는 바람에 집에서 나갈 수가 없었던 거야. 내가 약속을 지키지 않아 아저씨가 몹시 화가 났을 거라고 생각했는데 연락할 방법이 없었어. 그 이후 아저씨는 월요일에도 문구점에 나타나지 않는 거야. 어쩌면 아저씨가 다른 날 문구점에 올지도 모른다는 생각이 들어 오늘 그곳에 갔던 거야. 수업을 빼먹으면 안 된다는 걸 알지만 아저씨를 꼭 만나고 싶었어. 아저씨가 내 생일파티를 열어준다고 약속했으니까."

도리스가 눈을 휘둥그레 뜨고 제니를 쳐다보았다. 담배가 계속 타들어가고 있었지만 한 모금도 빨지 않았다.

"생전 처음 보는 아저씨인데 너에게 생일파티를 열어주겠다고 했단 말이지?"

"아저씨는 커다란 정원이 있는 집에 살고 있고, 근사한 생일파티를 열어주겠다고 했어. 그날 아저씨를 만나 생일파티가 열릴 지하실을 어떻게 꾸밀지 의논하려고 했는데 엄마 때문에 다 망쳐버렸어. 그 아저씨는 내가 원하는 만큼 친구들을 초대해도 좋다고 했어. 지난번에 엄마가 보았던 초대장도 생일파티에 아이들을 초대하기 위해 샀던 거야."

도리스가 갑자기 소파에 털썩 주저앉았다. 제니는 엄마가 아까보다 얼굴이 더 창백해진 걸 보고 몹시 걱정이 되었다.

도리스의 손가락 끝에서 담배가 타들어가고 있었다. 그녀가 화들짝 놀라며 테이블 위에 있던 재떨이에 담배를 비벼 껐다.

"그 아저씨를 처음 만난 장소가 어디야?"

도리스가 물었다.

"아저씨가 문구점 안에서 처음 말을 걸었어. 내가 계속 생일초대카드를 들여다보고 있자 아저씨가 나에게 곧 생일이 다가오는지 물었던 거야. 나는 곧 생일인데 엄마가 생일날 친구들을 초대하지 말라고 해 슬프다고 말했어."

도리스가 천천히 고개를 끄덕이고 나서 갑자기 자리에서 벌떡 일어나 입고 있던 하얀 작업복을 벗고 핸드백을 집어 들었다.

제니가 불안한 표정으로 엄마를 쳐다보았다.

"당장 경찰서에 가야해. 경찰서에 가서도 방금 전 엄마한테 했던 것처럼 있는 그대로 말해. 그 아저씨와 어떤 대화를 주고받았는지 아주 정확하게 말해야 돼. 제니, 이건 아주 중대한 일이야."

"엄마, 경찰서에 가기 싫어. 고아원에는 더 가기 싫어!"

"엄마가 널 고아원에 왜 보내겠니? 일이 잘 될 경우 네가 만났던 아저씨는 감옥에 가게 될 거야."

"아저씨는 아무런 잘못이 없어."

도리스가 잠시 눈을 감았다.

"하늘이 도운 거야. 그날 엄마가 복통을 일으키지 않았다면 정말이지 큰일이 벌어졌을 테니까."

제니는 무슨 말인지 도무지 알아들을 수 없었지만 적어도 엄마가 더 이상 기분이 나쁘지는 않은 것 같아 안심했다.

5

버지니아는 무려 한 시간 동안 멈추지 않고 눈물을 흘렸다. 두려움과 절망감을 울음으로라도 해소하고 나니 그나마 머리가 맑아졌다.

"킴은 반드시 돌아올 거야."

버지니아는 혼잣말로 중얼거리고 나서 코를 풀었다. 집을 나올 때까지만 해도 갈 곳을 미리 정해두지 않았는데 저절로 킴의 학교에까지 왔다.

버지니아는 정문 옆 공터에 차를 세워두고 학교 안으로 들어갔다. 잔디밭에 수백 명의 아이들이 나와 있었다. 점심을 먹고 잠시 쉬러 나온 아이들이었다. 달리기를 하는 아이들도 있었고, 백묵가루로 금을 긋고 게임을 하는 아이들도 있었다. 산책을 하는 아이들도 있었고, 햇볕을 쬐며 앉아 있는 아이들도 있었다. 아이들이 시끌벅적하게 웃고 떠들어대는 소리가 운동장을 가득 채우고 있었다.

어제까지만 해도 저 아이들 속에 킴도 섞여 있었겠지? 킴은 반드시 저 아이들 속으로 돌아와야 해.

버지니아는 킴이 숨어 있을 만한 곳을 찾기 위해 학교에 온 게 아니었다. 프레데릭과 잭이 학교 건물은 물론 이 일대를 샅샅이 훑었으니 뭔가 더 나올 가능성은 희박했다. 단지 킴을 더 가까이서 느껴보고 싶었다. 킴이 마지막으로 머물렀던 곳을 둘러보고 싶었다.

저 커다란 철문 앞에 킴이 서 있었을 거야. 제법 많은 비가 내리고 있었지만 킴은 비를 피하기 위해 자리를 뜨지 않았어. 누군가 곧 데리러 올 거라고 확신했기 때문이야.

킴은 대체 누구의 차에 올라탔을까?

버지니아는 인도에 서서 킴이 차를 기다리고 있었던 장소를 바라보며 그 당시 아이가 무슨 생각을 했을지 머릿속으로 그려보았다.

킴은 차에 올라타지 않았어. 약속시간이 한참 지났는데도 아무도 나타나지 않자 개학 첫 날처럼 엄마가 약속을 지키지 않은 거라고 생각해 패닉상태에 빠진 거야. 킴은 엄마에게 버림받은 게 슬퍼 혼자 무작정 어딘가로 떠난 게 분명해.

킴, 대체 어디로 갔니?

버지니아는 문득 나탄과 스카이 섬에서 보낸 날들을 생각했다. 나탄과 미래를 함께하기로 결심했지만 정작 그 결정이 불러올 제반문제들에 대해 아무런 대비책도 세워두지 않았다. 프레데릭은 물론이고 킴이 어떻게 그 사실을 받아들일지 전혀 고려하지 않았다. 킴은 아직 어리지만 부모 사이에 이상기류가 흐르고 있다는 느낌을 감지한 게 분명했다. 킴이 두 번이나 도피를 시도한 건 결국 엄마를 향한 지른 비명소리나 다름없었다.

버지니아는 학교 앞 작은 공원으로 들어섰다. 산책을 나온 사람들이 서너 명 있었지만 아무도 그녀를 눈여겨보지 않았다. 그녀는 다시 흘러내리기 시작한 눈물을 감추기 위해 선글라스를 썼다. 커다란 벚나무 아래에 벤치가 있었다. 그녀는 벤치에 앉아 한참동안 울었다. 안타깝고 두려운 일이었지만 다시는 예전의 삶으로 돌아갈 수 없다는 생각이 그녀를 더욱 힘들게 했다. 왜냐하면 그녀는 비로소 오랫동안 잃고 지낸 생의 의미를 찾았기 때문이다. 이제는 예전의 삶에 머물러 있을 수는 없었다.

버지니아는 다시 한 번 학교를 둘러보았다. 텅 빈 학교 운동장이 햇살 속에서 그녀를 맞았다. 오후 수업이 시작되었고, 열린 창문 어딘가에서 아이들의 합창소리와 피아노 선율이 흘러나왔다.

킴의 행방을 가늠할 수 있는 단서는 아무것도 없었다. 그 어떤 암시나 직관도 느낄 수 없었다. 다만 어디선가 킴이 그녀를 부르고 있는 것 같은 느낌이 들었다. 킴이 그녀를 애타게 찾고 있는 느낌이었다.

버지니아는 펀데일 하우스로 돌아와 저택 앞에 차를 세웠다. 프레데릭이 현관문을 열고 나왔다. 그녀를 기다렸던 게 분명했다. 비난을 들을 각오를 단단히 하고 차에서 내렸는데 프레데릭은 아무런 핀잔도 주지 않았다. 그의 얼굴이 몹시 창백해보였고, 눈빛이 표 나게 어두웠다.

버지니아는 갑자기 무릎이 후들거리며 프레데릭의 팔을 잡았다. 그가 재빨리 그녀를 부축해 주었고, 두 사람의 눈동자가 아주 가까이에서 마주쳤다.

"킴에게 무슨 일이 일어났지?"

"킴의 몸값을 요구하는 협박전화가 왔어."

프레데릭이 말했다.

6

"장난전화이거나 혼란을 틈타 한몫 챙기려는 사기꾼의 소행일 가능성이 높습니다."

베이커 경감이 말했다.

"전화를 건 사람이 사기꾼이었다면 앞으로 어떻게 나올 것 같습니까?"

프레데릭이 물었다.

"몸값을 뜯어낼 궁리를 하며 상황을 예의주시하겠지요."

"이 지역에는 쿠엔틴이라는 성을 가진 사람이 많은데, 킴이 우리 집 아이라는 걸 어떻게 알고 전화했을까요?"

베이커 경감이 어깨를 으쓱했다.

"쿠엔틴 씨는 이 지역 유명인사니까요. 은행가로 널리 알려져 있고, 최근에는 정치에 입문해 매스컴을 여러 번 타지 않았습니까? 일단 한 번 찔러봤는데 우연히 맞아떨어진 거죠."

경관 두 명이 전화기에 발신 추적 장치와 카메라를 부착했다. 베이커 경감은 발신 추적 장치의 실효성에 대해 회의적인 생각을 갖고 있었다.

"요즘 범죄자들은 경찰이 전화기에 발신 추적 장치를 부착한다는 걸 잘 알고 있죠. 경찰이 발신지를 추적하기까지 시간이 얼마나 소요되는지에 대해서도 잘 알고 있기 때문에 절대로 통화를 길게 끌지 않습니다. 그렇지만 추적 장치를 달아두어서 나쁠 건 없죠. 전화로 몸값을 요구한 사람이 남자였습니까?"

"목소리를 변조했지만 남자라는 느낌이 들었습니다. 장난감 카세트레코더로 변조한 목소리 같았어요. 그 목소리를 듣는 순간 킴이 즐겨 가지고 놀던 카세트레코더가 떠올랐습니다. 아이들의 목소리를 다양하게 변조할 수는 기능이 있었죠."

베이커가 수첩에 뭔가를 메모했다.

"협박범이 무슨 이야기를 하던가요?"

베이커 경감이 물었다.

"프레데릭 쿠엔틴이냐고 묻기에 그렇다고 하자 '내가 당신 딸을 데리고 있어. 10만 파운드를 내면 아이를 돌려보내주지.' 라고 말했습니다."

"전혀 모르는 목소리였습니까? 혹시 누군가의 목소리가 연상되지는 않던가요?"

"전혀 알 수 없었습니다. 목소리가 그로테스크하게 변조돼 있어서요."

"목소리가 변조됐는데 남자였다는 건 확신하십니까?"

프레데릭이 갑자기 고개를 갸웃거리며 망설였다.

"그때 저는 당연히 남자목소리라고 생각했는데, 심하게 변조시켰다면 확신할 수는 없겠네요."

"또, 무슨 대화가 오갔습니까?"

"내가 누구냐고 묻자 '당신이 알 바 아니야.' 라고 하더군요. 그런 다음 '돈을 준비해둬. 다시 연락할게.' 라고 말한 다음 전화를 끊었습니다."

버지니아가 두 손에 얼굴을 묻었다.

"킴이 정말로 유괴됐을 가능성을 배제하지 말아주세요."

버지니아가 말했다.

"우린 그 어떤 가능성도 배제하지 않습니다."

베이커 경감이 대답했다.

"오늘 낮에 어디에 다녀오셨습니까? 쿠엔틴 씨의 말에 따르자면 부인은 몸값을 요구하는 전화가 걸려온 직후 집에 돌아오셨다고 하던데요?"

버지니아가 이마에 흘러내린 머리카락을 쓸어 올렸다.

"킴의 학교에 갔었어요. 왜 거기에 갔는지는 저도 정확하게 모르겠습니다. 그냥 킴이 사라지기 전에 마지막으로 있었던 곳이라 한 번 가보고 싶었습니다. 학교에 머무는 동안 저는 정말 이상한 느낌을 받았습니다."

"무슨 느낌을 받았는데요?"

"마치 킴이 어디선가 저를 부르는 것 같았어요. 킴의 목소리를 뚜렷하게 들었어요. 킴은 아직 분명히 살아 있어요."

버지니아가 확신에 찬 목소리로 말했다.

"우리도 킴이 살아있다는 전제 아래 수사를 진행하고 있습니다."

프레데릭은 베이커 경감의 표정을 보는 순간 과연 정말 그렇게 생각하고 있는지 의문이었다.

"베이커 경감님, 나탄 모어 씨와 이야기해 보셨습니까?"

잠시 침묵이 흐르고 있을 때 프레데릭이 물었다.

베이커 경감이 고개를 저었다.

"아직 그를 만나볼 여유가 없었습니다. 나탄 모어 씨도 킴이 실종된 사실을 알고 있습니까?"

베이커 경감이 버지니아 쪽으로 고개를 돌리며 물었다.

"대체 그걸 왜 물어보시죠?"

버지니아가 반문했다.

"실종사건이 벌어질 경우 그 주변 인물들은 누구나 빠짐없이 경찰의 조사 범주에 들어가죠."

"나탄 모어를 언제 만나볼 작정입니까?"

프레데릭이 베이커 경감을 몰아붙였다.

"최대한 빨리 만나보겠습니다. 사실은 아까 낮에 모어 씨를 만나보려고 했는데 갑자기 예기치 않은 일이 발생하는 바람에 뒤로 미룰 수밖에 없었습니다."

프레데릭이 궁금하다는 표정으로 베이커 경감을 쳐다보았다.

"사실은 오늘 낮에 여덟 살짜리 여자아이가 엄마와 함께 경찰서를 찾아왔습니다. 2주 전쯤 어떤 남자가 그 아이에게 접근해 말을 걸었답니다. 일단 그 아이가 솔깃해 할 수 있는 말을 미끼로 던진 다음 접근을 시도했더군요. 그 아이가 아직까지 무사할 수 있었던 건 순전히 행운에 가까운 일입니다. 그런 일이 있어 모어 씨를 만나러 갈 계획을 뒤로 미룰 수밖에 없었습니다."

"그럼 경찰은 사라와 레이첼 사건을 저지른 범인에 대한 단서를 확보했다는 겁니까?"

프레데릭이 물었다.

베이커가 유감스럽다는 듯 고개를 저었다.

"우리는 아이의 진술을 토대로 몽타주를 만들 생각이었지만 일단 실패했습니다. 아이가 상당히 흥분한 상태인데다 시간이 제법 오래 돼 정확한 인상착의를 기억해내지 못하더군요. 목격자의 기억이 일관되지 않을 경우 몽타주를 작성하는 건 의미가 없죠. 어쨌거나 우리는 매우 중요한 단서를 확보한 셈입니다."

"킴은 사라와 레이첼 사건처럼 납치살해된 경우는 아니겠죠?"

버지니아가 물었다.

"우리도 그렇게 추측하고 있습니다."

베이커 경감이 대답했다.

"경찰은 앞으로 어떤 계획을 갖고 계십니까? 우린 뭘 해야 하죠?"

베이커 경감이 수첩을 호주머니에 집어넣고 자리에서 일어서자 프레데릭이 물었다.

"일단 모어 씨를 만나 이야기를 나누어 보겠습니다. 주변인 조사 차원에서 킴의 학교 선생님들과 친구들도 만나볼 생각입니다. 탐지견을 동원한 수색작업도 계속 진행할 생각입니다. 당장 부모님들이 하실 일은 없습니다. 혹시 협박범에게 다시 전화가 올 경우에 대비해 한 분은 반드시 집을 지켜주십시오. 만약 협박전화가 걸려오면 즉시 알려주시고요."

"당연하죠."

프레데릭이 베이커 경감과 경관들을 현관까지 배웅했다.

버지니아는 팔걸이의자에 그대로 앉아 있었다. 자리에서 일어날 기력이 없었기 때문이다. 프레데릭이 돌아왔을 때 그의 표정을 통해 속마음을 읽어보려 했지만 실패했다. 그는 킴에 대한 걱정을 그녀와 함께 나눌 마음이 없어보였다. 그에게 너무 많은 상처를 주었기 때문에 함께 걱정해야 하는 게 당연한 딸의 문제도 그들을 가까이 다가서게 하지 못했다.

"난 2층에 올라가 있을게. 은행에 전화해야겠어."

"은행에 전화는 왜?"

"협박범이 요구한 10만 파운드를 준비해두어야지. 그가 다시 전화할 경우 즉시 돈을 건네줘야 할 수도 있으니까."

"만약 협박범에게서 전화가 안 오면 어쩌지?"

"그 경우 베이커 경감의 말처럼 장난전화였다고 봐도 무방하겠지. 그럼 킴은 유괴된 게 아니라……."

"……길을 잃어버린 거야."

버지니아가 황급히 그의 말을 대신했다.

"킴은 다시 우리에게로 돌아올 거야."

프레데릭은 그 말을 남기고 2층으로 올라갔다. 그는 습관적으로 '우리에게로'라고 말했지만 현재 '우리'의 실체는 없었다. 짐작컨대 프레데릭도 이제 더 이상 '우리'가 아니라는 사실을 알고 있을 것이다.

버지니아는 얼굴을 두 손에 파묻었다. 엉엉 울고 싶었지만 이미 낮에 충분히 울어 남아 있는 눈물이 있을 것 같지 않았다.

7

"그러니까 당신 말은 시동 거는 걸 도와준 사람이 누군지 모른다는 것이군요?"

베이커 경감이 물었다.

나탄은 자기도 답답하다는 듯 어깨를 추어올렸다.

"옆에 차를 주차해두고 있던 어떤 사람이 내 차에 시동이 걸리지 않아 쩔쩔매는 걸 보고 스타터케이블로 시도해보는 게 어떻겠냐고 하더군요. 그 사람 말대로 했더니 용케 시동이 걸렸지만 우린 서로 이름이나 주소를 교환하지는 않았습니다."

"대개 그런 경우 감사를 표하며 이름을 주고받는 게 통상적인데 의외군요."

베이커 경감이 말했다.

"그나저나 저에게도 알리바이가 필요한 줄은 몰랐습니다."

나탄이 말했다.

베이커 경감이 고개를 저었다.

"우리는 당신의 알리바이가 필요한 게 아니라 진술의 진위를 확인하려는 것뿐입니다."

그들은 나탄이 묵고 있는 민박집 식당에 앉아 있었다. 의자가 네 개씩 딸린 나무식탁이 세 개 놓여 있는 작은 식당이었다. 창문턱에 선인장 화분들이 놓여 있었고, 흰색 커튼이 쳐져 있었다. 벽에는 유화로 그린 그림이 한 점 걸려 있었다. 폭풍우 치는 바다에서 침몰하는 배를 그린 그림이었다.

나탄 모어에게 잘 어울리는 그림이야.

베이커 경감은 요트가 침몰한 것을 계기로 나탄 모어가 쿠엔틴 가족의 삶에 끼어들게 되었다는 이야기를 들은 기억이 났다.

밖에는 서서히 어둠이 내리고 있었다. 날이 저무는 중이었다.

베이커 경감은 사실 직업상의 이유 말고도 대체 어떤 남자가 쿠엔틴 부부의 결혼생활을 흔들고 있는지 궁금했다. 그는 킴이 실종되기 전부터 언론을 통해 프레데릭 쿠엔틴에 대해 알고 있었다. 가끔 신문에 그에 관한 기사가 실렸고, 텔레비전에도 출연한 적이 있었기 때문이다. 프레데릭은 잘생긴 미남인데다가 매우 교양 있고 세련된 남자였다. 게다가 누구나 선망하는 사회적 신망과 부까지 겸비하고 있는 사람이었다.

베이커 경감은 프레데릭 정도만 되면 세상 모든 여자들이 이상형으로 여길 것이고, 그를 잡은 여자는 절대로 행운을 놓치지 않기 위해 발버둥 치게 될 거라 믿었다.

버지니아 쿠엔틴은 세상 여자들이 다 부러워하는 프레데릭 쿠엔틴의 곁을 스스로 떠나기로 결심한 듯 보였다. 물론 겉으로 보이는 모습이 인생의 전부는 아니라는 걸 알고 있었다. 실제와 겉모습 사이에는 의외로 깊은 간극이 있게 마련이니까. 쿠엔틴 부부의 결혼생활 역시 안정적인 겉모습과 달리 계속 삐걱거리며 현재에 이른 것인지도 모른다.

베이커 경감은 나탄 모어가 여자들이 쉽게 빠져들 만한 남자라는 생각이 들었다. 그는 단지 얼굴만 잘생긴 게 아니라 남성적인 매력이 있었다. 그는 목적을 이루기 위해 자신이 가진 매력을 매우 잘 이용하는 남자가 분명했다. 그의 몸에서는 자연스럽게 성적 에너지가 발산되고 있었다. 개중에는 프레데릭처럼 돈 많고 지적인 남자보다 나탄 모어처럼 성적 매력이 돋보이는 남자를 좋아하는 여자도 분명 있을 것이다.

나탄 모어는 뛰어난 공감 능력, 여자들의 욕망과 결핍을 즉시 알아차리는 동물적인 직관력으로 언제든지 에로틱한 분위기를 만들어낼 수 있는 능력이 있어 보였다. 물론 겉모습이 그렇다는 것일 뿐 그의 실체에 대해서는 아는 게 아무것도 없었다.

"쿠엔틴 부인을 언제 처음 만났습니까?"

"지난 8월 19일이었을 겁니다. 그러니까 약 3주 전이죠."

나탄 모어는 잠시도 지체하지 않고 대답했다.

"그 이전에는 쿠엔틴 가족을 전혀 몰랐습니까?"

"스카이 섬 포트리 항에 요트를 정박시키고 있는 동안 제 아내가 쿠엔틴 씨 별장에서 가사도우미 일을 했습니다. 그 인연으로 쿠엔틴 가족에 대해 조금은 알고 있었습니다."

"킴 쿠엔틴도 8월 19일에 처음 만났습니까?"

"네, 처음 보았습니다."

"킴은 당신을 어떻게 생각하고 있습니까?"

"허물없이 잘 따르는 편입니다."

"당신이 쿠엔틴 부인과 친밀한 사이라는 걸 알고 있습니다. 두 사람이 미래를 함께하기로 했다는 것도 알고 있죠. 대개 자녀들의 자진 도피는 부모들의 관계 변화와 깊이 연관돼 있죠."

"킴은 아직 버지니아와 저의 외도에 대해 아무것도 모르고 있을 겁니다. 다만 킴은 엄마가 최근 자신을 소홀히 대하고 있다는 인상을 받은 것처럼 보였습니다. 킴은 자신의 부모 관계에 불길한 조짐이 보인다는 걸 본능적으로 느낀 거죠. 지난밤, 킴이 나무 위 오두막으로 도피한 것이나 이번에 몸을 숨긴 건 그런 맥락에서 바라보아야 할 것 같습니다."

베이커 경감이 고개를 끄덕이며 머릿속에 한 가지 어휘를 새겨두었다. 나탄 모어가 버지니아와 자신의 관계를 설명할 때 사용한 '외도'라는 표현이었다. 독일인이라 영어의 섬세한 뉘앙스에 대해 잘 모를 수도 있다는 점을 감안하더라도 문득 두 사람의 관계가 버지니아가 느끼고 있는 차원과는 다를 수도 있다는 생각이 들었다. 물론 매우 사소한 발견일 수도 있었지만 베이커 경감은 늘 그런 부분들에 주목해 수사하는 버릇이 있었다.

"차에 시동이 걸리지 않아 킴을 데리러 갈 수 없다는 사실을 알았을 때 당신은 가장 먼저 무슨 조치를 취했습니까?"

"그때 저는 헌스탠턴의 해변주차장에 있었고, 다행히 가까운 곳에 공중전화부스가 있더군요. 휴대폰이 없기 때문에 만약 공중전화부스가 없었다면 큰 낭패가 아닐 수 없었지요."

"공중전화부스에서 가장 먼저 누구에게 전화했습니까?"

"버지니아와 통화하려고 여러 번 전화해봤지만 집 전화도 안 받고, 휴대폰으로 걸면 곧장 메시지보관함으로 넘어가더군요. 그날 오후, 버지니아는 프레데릭과 대화를 나누기로 되어 있어 방해받고 싶지 않았던 거죠."

"알겠습니다."

"그때 문득 관리인 부부가 떠올랐습니다. 처음에는 이름이 생각나지 않아 한참 동안 고생했습니다. 결국 머리를 쥐어짜 이름을 생각해냈지요. 저는 잭 워커가 화물 운송을 해주러 플리머스에 갔다는 걸 알고 있었고, 그레이스 워커가 독감에 걸렸다는 것도 알고 있었지만 선택의 여지가 없었죠. 전화안내센터를 통해 전화번호를 알아내 그레이스에게 즉시 전화를 걸었습니다. 그녀에게 제가 학교에 갈 수 없는 사정을 설명하고 대신 가달라는 부탁을 했죠. 그런 다음 차로 돌아가 다시 시동을 걸어보려고 애썼습니다."

"차에 다시 시동이 걸린 게 몇 시쯤이었나요? 낯선 남자가 스타터케이블을 이용해 당신을 도와준 시간 말입니다."

"그때가 아마 6시쯤 됐을 겁니다."

"당신은 차를 고치자마자 킹스린 학교로 출발했습니까?"

"그때 출발해봐야 7시쯤 도착할 수 있을 텐데 굳이 가야 할 필요성을 느끼지 못했습니다. 저는 그저 킴이 집에 무사히 도착했기를 바랐죠."

"킴에게 문제가 생겼다는 걸 언제 알았습니까?"

"그날 밤, 숙소로 돌아와 10시쯤 버지니아에게 전화를 걸었습니다. 버지니아는 완전히 제정신이 아니더군요. 킴이 실종된 책임이 저에게 있다는 듯 거칠게 몰아붙였죠."

베이커 경감이 갑자기 화제를 바꾸었다.

"영국에는 언제까지 머물 생각이죠?"

"그게 이 사건과 무슨 상관이죠?"

"그냥 참고삼아 물어보는 겁니다."

"아직은 잘 모르겠습니다. 너무 큰일을 겪다보니 제 미래에 대해 구체적으로 생각해볼 기회가 없었거든요."

배가 침몰한 지 벌써 3주가 지났는데 아직 미래에 대해 생각해 볼 기회가 없었다고? 아마 당신은 수없이 새로운 미래를 그려봤을 거야. 다만 그 계획들을 실현하기 위해 다듬고 수정하는 중이겠지. 당신은 지금 버지니아 쿠엔틴의 돈으로 살아가고 있어. 그녀의 차를 몰고 있고, 바닷가에 있는 이 근사한 숙소의 방값도 분명 그녀 호주머니에서 나왔을 거야. 심지어 그녀는 당신과 미래를 함께하기로 결심했어. 당신 입장에서는 절대 나쁘지 않은 포획물이겠지.

베이커 경감은 마음속으로 그렇게 생각하고 있었지만 정확한 근거도 없이 타인을 의심해서는 안 된다고 자기 자신에게 경고했다. 직업적인 경험을 통해 종종 진실은 겉에서 바라보는 것과 다를 수도 있다는 걸 잘 알고 있었다. 어쩌면 나탄 모어가 버지니아 쿠엔틴을 진심으로 사랑하고 있는지도 모를 일이었다. 그가 빈털터리라는 이유만으로 돈을 노리고 쿠엔틴 부인에게 접근했다고 의심할 근거는 없었다. 세상에서 벌어지는 일들이란 언제나 다양한 측면이 존재하니까.

"당신의 부인은 이미 독일로 돌아갔다고 했던가요?"

베이커 경감이 다시 한 번 캐물었다.

"솔직히 저는 지금 아내가 어디에 있는지 모릅니다. 다만 아내는 말도 없이 떠났고, 독일에 가 있을 가능성이 가장 크죠."

베이커 경감이 수첩에 뭔가 끼적인 다음 볼펜과 함께 재킷 안주머니에 집어넣었다.

"오늘은 이만 돌아가겠습니다. 협조해줘서 감사합니다. 혹시 뭔가 생각나는 게 있으면 저에게 제보해주세요."

"물론 그래야지요."

나탄은 그렇게 말한 다음 자리에서 일어섰다. 그들은 식당을 나와 현관문을 향해 걸어갔다. 집 밖으로 나온 베이커 경감은 숨을 깊이 들이마셨다. 밤에는 모든 냄새가 더 강렬해지는 느낌이었다. 바다 냄새, 바람 냄새 그리고 달콤한 9월의 꽃향기가 그의 코로 스며들었다.

베이커 경감이 차에 올라 시동을 걸기 전에 이미 나탄 모어는 현관문을 닫고 집 안으로 사라지고 없었다. 정원의 오솔길을 밝히고 있는 작은 가로등마저 없었다면 사방이 칠흑처럼 어두웠을 것이다.

베이커 경감은 나탄과 대화를 나누는 동안 받은 인상을 머릿속으로 정리했다. 나탄 모어는 속내를 전혀 알 수 없는 사람이었다. 프레데릭 쿠엔틴도 그를 처음 봤을 때부터 왠지 불쾌감이 들었다고 했는데 직접 만나보고 나니 왜 그런 말을 했는지 알 수 있을 듯했다. 나탄 모어는 지적이고 공손하고 자신만만했다. 그는 결코 속마음을 내비치는 실수를 범하지 않았다.

혹시 나탄 모어가 범인일 가능성이 단 1퍼센트라도 될까?

베이커 경감은 그 이상의 가능성도 있을 수 있다는 생각을 하며 차의 시동을 걸었다.

9월 7일, 목요일

1

제니는 학교에 입학한 이후 아프지도 않은데 처음으로 학교에 가지 않았다. 웬일로 엄마가 학교에 가지 말고 하루 쉬라고 했다. 더욱 놀라운 건 아프지도 않은데 엄마 역시 세탁소에 출근하지 않았다는 사실이었다. 제니가 알기로 엄마는 지금껏 단 한 번도 결근한 적이 없었다. 엄마는 고열이나 오한에 시달릴 때도 일하러 나갔다. 엄마가 세상에서 가장 두려워하는 게 있다면 일자리를 잃는 것이었다.

제니는 엄마가 몹시 두려워하는 게 한 가지 더 있다는 걸 알게 되었다.

엄마는 나를 잃는 게 세상에서 가장 두려운가 봐.

엄마가 어제처럼 놀란 모습을 본 적이 없었다. 제니는 엄마가 왜 그렇게 놀라는지 전혀 이해할 수 없었다. 그러다가 점차 다들 제니에게 생일파티를 열어주겠다고 약속한 아저씨를 이상하게 생각한다는 걸 알게 되었다. 제니의 이야기를 들은 형사들은 하나같이 경악한 표정을 지었고, 자꾸만 꼬치꼬치 캐물었다. 특히 그 아저씨의 생김새가 어땠는지 몹시 궁금해 했다. 안타깝지만 그사이 시간이 제법 많이 흐른 탓에 아저씨의 생김새가 정확하게 기억나지 않았다.

"혹시 그 아저씨를 다시 보면 알아볼 수 있겠니?"

제니를 가장 많이 상대해준 기다란 갈색머리 여형사가 물었다. 아주 아름다운 여자로 이름은 스텔라였다.

"직접 보면 알아볼 수 있을 것 같아요."

"제니, 네가 보기에 그 아저씨는 나이가 몇 살쯤 돼 보였니?"

"그냥 중년 아저씨였어요."

"엄마랑 비슷해?"

"엄마보다는 나이가 많아 보였어요."

"그럼 네 할아버지와 비슷해보였어?"

"저는 할아버지가 없어요."

"다른 친구들의 할아버지를 본 적은 있잖아?"

"네, 친구들의 할아버지들을 봤지만 다들 나이가 똑같아보이지는 않던데요."

스텔라 형사는 인내심이 아주 많았다. 제니가 낯선 아저씨의 눈동자 색깔을 떠올리지 못했을 때나 입고 있던 옷을 떠올리지 못했을 때에도 절대로 화를 내지 않았다. 제니는 다행히 그 아저씨의 머리카락 색깔은 알고 있었다.

"스텔라 아줌마 같은 갈색이에요."

제니가 대답했다.

"갈색은 너무 흔한 머리색이라 변별력이 떨어지지."

"약간 회색이었던 것 같기도 해요."

제니는 아저씨의 머리색에 대해서도 역시 자신이 없었다.

몽타주 요원이 제니의 설명에 따라 아저씨의 얼굴을 그렸다. 제니는 자꾸만 기억이 오락가락하고 부정확해 고개를 갸웃거렸지만 스텔라 아줌마와 몽타주 요원은 화를 내지는 않았다. 다만 실망하는 기색을 감추지는 못했다. 제니는 학교에서 선생님의 기대에 부응하지 못했을 때 속상했던 기억이 떠오르며 눈물이 핑 돌았다. 학교수업을 빼먹고 그 아저씨를 만나러 간 건 정말 잘못했지만 제니는 일이 이렇게 커질 줄 미처 몰랐다.

몽타주 작성이 끝난 다음에야 제니와 엄마는 집으로 돌아올 수 있었다. 스텔라 형사가 집까지 데려다 주었다.

"제니와 한 번 더 진지하게 이야기를 나눠보세요. 제니는 스스로 자신이 어떤 위험에 처했었는지 분명하게 알아야 합니다."

스텔라 형사가 그들 모녀를 집 앞에 내려주며 말했다.

"제가 제니하고 잘 이야기해볼게요."

엄마가 대답했다.

제니는 집으로 들어가기 전 경찰서에서보다 더 크게 울음을 터뜨렸다. 엄마한테 야단맞을 일이 두려웠기 때문이다. 어쩌면 엄마는 당장 용돈을 끊어버리겠다고 하거나 친구 집에 놀러가거나 생일파티에 참석하는 걸 아예 금지시킬지도 모른다는 생각이 들었다.

예상과 달리 엄마는 야단을 치기는커녕 제니가 좋아하는 샌드위치를 만들어주었고, 거품 목욕을 시킨 다음 침대로 보내주었다.

샌드위치를 먹을 때 엄마는 한참 동안 소리 죽여 울다가 내일 아침에는 출근하지 않을 거라고 말했다. 제니에게도 엄마랑 긴히 할 이야기가 있으니 학교에 가지 않아도 된다고 했다.

"다시는 수업을 빼먹지 않을 거야."

아침식사 때 제니는 맹세하듯 말했다.

"당연히 그래야지. 수업을 빼먹는 것도 좋지 않지만 더 나쁜 게 있어."

제니는 무슨 말인지 알 수가 없어 엄마를 가만히 쳐다보았다.

"제니, 널 위해 생일파티를 열어주겠다고 약속한 남자가 어떤 계획을 갖고 있었는지 모르지?"

"나는 그 아저씨가 생일파티를 열어준다는 말을 믿었을 뿐이야. 굉장히 친절한 아저씨처럼 보였으니까."

"제니, 놀라지 말고 들어. 그 남자는 널 납치해 죽이려고 했어."

하마터면 제니는 손에 들고 있던 코코아 잔을 떨어뜨릴 뻔했다.

"나를 왜 죽여?"

"그래, 넌 아직 어려서 이해하기 힘든 이야기겠지. 세상에는 좋은 사람들도 많지만 그 남자처럼 나쁜 사람들도 정말 많아. 그 남자는 여자아이들을 납치해 죽이는 사람이야. 병들고 미친 사람이지. 그가 왜 그런 괴물이 됐는지는 아무도 몰라. 중요한 건 그런 사람들을 조심해야 한다는 거야. 앞으로 낯선 사람이 무슨 이야기를 하든지 절대로 따라가면 안돼. 아무리 솔깃하고 달콤한 이야기를 하더라도 절대로 따라가지 마. 엄마가 전에도 여러 번 말했잖아. 낯선 사람을 따라가면 안 된다고?"

"응, 기억나."

제니가 작은 소리로 말했다.

엄마가 그런 말을 했었지만 막상 낯선 남자가 친절하게 말을 걸어왔을 때는 그 기억이 떠오르지 않았다.

"그 아저씨는 친절해보였어. 언제나 부드럽고 다정한 태도를 유지했으니까."

"그 남자가 왜 그랬는지 알아? 만약 그 남자가 더러운 옷차림을 하고, 거칠게 행동했다면 네가 그를 따라갔을까? 그 남자는 그저 착한 척을 한 것뿐이야. 네가 들으면 솔깃한 이야기도 하고, 아주 달콤한 약속도 했지. 만약 그 말을 믿고 따라갈 경우 넌 곧 어떤 허름한 지하실에 갇히게 될 거야. 그때부터 그 남자의 얼굴에 드리워져 있던 부드러운 미소가 싹 사라지고 너에게 이상한 짓을 하려 들겠지."

엄마는 더 이상 말을 잇지 못했다.

제니는 엄마의 얼굴을 뚫어지게 쳐다보았다.

"이상한 짓이 뭐야?"

"너를 아프게 하고 무섭게 만드는 짓이야. 너는 비명을 지르며 엄마를 찾게 될 테지만 그 남자는 널 지켜보며 마냥 웃을 거야. 그러다가 마지막에는 널 죽이겠지. 네가 집으로 돌아가 모든 사실을 털어놓으면 안 되니까. 제니, 앞으로 낯선 사람의 말을 쉽게 믿어서는 안 돼."

제니는 아직도 엄마의 말을 제대로 이해할 수 없었다.

낯선 아저씨가 나를 아프게 한다고? 나를 죽인다고?

엄마는 분명 그럴 거라 확신하는 눈치였다. 스텔라 형사를 비롯해 경찰서에 있던 모든 사람들이 엄마와 똑같이 말한 걸 보면 아마 맞는 말일 것이다.

"엄마, 앞으로는 낯선 아저씨가 말을 걸면 절대로 따라가지 않을게."

엄마가 담배에 불을 붙여 물었다. 마치 수전증 환자처럼 엄마의 손이 떨렸다.

"제니, 내일 아침에 엄마랑 갈 데가 있어."

"내일 아침? 그럼 또 학교에 가지 않아도 된다는 거야?"

"엄마도 일하러 가지 않을 거야."

"어디에 갈 건데?"

"어떤 아이 장례식에 갈 거야. 너랑 비슷한 또래 아이야."

제니는 덜컥 겁이 나기도 하고, 그 아이가 누군지 궁금하기도 했다.

"그 아이는 얼마 전 살해됐어. 그 아이에게 달콤한 약속을 한 어떤 남자를 믿고 차에 올랐다가 끔찍한 변을 당했어."

제니는 마른침을 꿀꺽 삼켰다. 갑자기 누군가 목을 조르는 느낌이 었다.

"난 장례식에 가고 싶지 않아."

엄마가 한 손을 식탁 위로 뻗어 제니의 두 손을 움켜쥐었다.

"스텔라 형사가 널 데리고 그 장례식에 꼭 참석해 달라고 부탁했어. 그 아이를 죽인 범인이 너에게 접근했던 사람일 수도 있어. 반드시 그렇지는 않지만 가끔 살인자들이 희생자의 장례식장에 나타나는 경우도 있대. 살인자들은 장례식 장면을 지켜보며 자신이 대단히 강한 사람이라는 우월의식과 함께 희열을 느낀다는 거야."

"그래도 싫어! 난 장례식에 가지 않을래."

"제니, 넌 살인자를 직접 본 유일한 목격자야. 만약 그 남자가 장례식장에 나타나더라도 너 말고는 알아볼 수 있는 사람이 아무도 없어. 물론 나타나지 않을 수도 있겠지. 제니, 너도 그 남자가 계속 나쁜 짓을 하고 다니길 바라지는 않지? 너도 그 남자가 더 이상 살인을 저지르지 않고 감옥에 갇히길 바라지?"

엄마의 목소리가 점차 귀에서 멀어지는 것처럼 느껴졌다. 마치 엄마가 다른 곳으로 가면서 말하는 것처럼 목소리가 점점 작아졌다. 갑자기 바닥이 흔들리는 느낌이었다.

"엄마, 난 가고 싶지 않아."

제니는 그렇게 말했지만 자신의 목소리가 들리지 않았다.

"엄마, 난 가고 싶지 않아. 가고 싶지 않아. 가고 싶지 않아."

그러다가 갑자기 눈앞이 캄캄해졌다.

2

버지니아는 현관 거울에 비친 자신의 모습을 바라보았다. 쿠엔틴 가문 대대로 내려온 거울인 만큼 오랜 전부터 같은 자리에 비치돼 있었다. 금테를 두른 유리거울은 제대로 연마가 안 된 탓에 거울에 비친 사람 모습을 왜곡시켰다. 원래보다 몸이 더 가늘고 길게 나타나 버지니아는 가끔 살이 쪘다고 느껴질 경우 이 거울 앞에 서서 몸매를 살피곤 했다.

햇살이 화창한 아침이었고, 버지니아는 그로테스크하게 보일 정도로 비쩍 말라 보였다. 그녀는 지난 며칠 사이에 심하게 살이 빠졌다는 걸 오늘 처음 알아차렸다. 그러고 보니 입고 있는 옷이 헐렁헐렁했다. 거울 속에 들어 있는 그녀는 마치 며칠 동안 아무것도 먹지 못하고 굶은 사람처럼 보였다. 두 뺨은 움푹 꺼졌고, 눈 아래에는 다크 서클이 진하게 잡혀 있었다. 목선을 둘러싸고 있는 쇄골도 마치 작은 물받이처럼 움푹 파여 있었다.

마지막으로 잠을 잔 게 언제였더라?

아주 까마득한 옛날 일처럼 여겨졌다.

그 순간, 전화벨이 울리는 바람에 버지니아는 화들짝 놀라며 거실로 뛰어갔다. 그녀는 프레데릭과 거의 동시에 전화기 앞에 도착했다. 두 사람은 머릿속으로 똑같은 생각을 하고 있었다.

어쩌면 협박범이 다시 전화했을지도 몰라.

프레데릭이 수화기를 귀에 대었다.

"여보세요?"

베이커 경감의 전화였다. 협박범의 전화일지도 모른다고 생각했던 버지니아의 손이 부들부들 떨렸다. 내심 협박범의 전화를 받게 될까봐 몹시 두려워하고 있었기 때문이다. 그녀는 프레데릭이 말한 음성변조 이야기가 생각났다. 그 목소리를 듣는 순간 밀어닥칠 공포가 두려웠다.

프레데릭이 전화를 받으며 스피커폰을 켰다.

"부탁이 있어 아침 일찍 연락드렸습니다. 내일 아침, 수사의 진전이 없을 경우 레이첼의 장례식에 참석해주실 수 있겠습니까?"

베이커 경감이 물었다.

"레이첼이라면 얼마 전 살해당한 그 여자아이 말씀이군요?"

"얼마 전, 시 외곽인 샌드링햄에서 시신으로 발견되었죠. 레이첼의 장례식이 내일 열립니다. 우린 혹시 그 아이를 살해한 범인이 장례식장에 나타나지 않을까 기대하고 있습니다."

"우리까지 그 자리에 참석할 필요가 있을까요?"

베이커 경감이 한숨을 푹 내쉬었다.

"지푸라기라도 잡는 심정으로 말씀드린 겁니다. 어쩌면 그곳에서 킴의 근처에서 어슬렁거렸던 사람을 만날 수도 있지 않을까 해서요. 너무 짧은 시간에 스쳐 지나갔기 때문에 지금 당장은 생각나지 않지만 직접 대면할 경우 기억이 떠오를 수도 있으니까요."

이번에는 프레데릭의 입에서 한숨이 새어나왔다.

"저도 무리한 부탁이라는 건 알고 있습니다. 다만 우리는 아주 작은 가능성도 무시해서는 안 됩니다."

"충분히 이해합니다. 저도 그 사건에 큰 관심을 가지고 있습니다."

프레데릭은 전화를 끊고 나서 버지니아 쪽으로 돌아섰다.

"난 지금 당장 런던으로 가서 돈을 가져올 거야."

"벌써 돈을 마련했어?"

"최소한 오늘 안으로 준비되겠지. 돈이 준비되는 대로 곧장 다시 돌아올 거야."

"다른 사람에게 시키면 안 돼?"

프레데릭이 고개를 저었다.

"지금 믿을 사람은 나 자신밖에 없어."

버지니아가 고개를 끄덕였다. 무슨 의도를 갖고 한 말은 아닐 테지만 그 말이 비수처럼 가슴에 꽂혔다. 그는 이제 그녀도 믿지 않는다는 뜻이었으니까.

"운전 조심해."

프레데릭이 런던으로 떠날 때마다 했던 말이었다.

"당신은 전화기 옆에 꼭 붙어 있어야 돼."

프레데릭이 재차 확인삼아 말했다.

"당연하지."

"혹시 다른 약속은 없어?"

"없어."

버지니아는 남편의 눈을 똑바로 쳐다볼 수 없었다. 그의 말이 그녀의 마음을 아프게 했다.

"난 집에 있을 거야. 집에서 당신이 올 때까지 한 발짝도 밖으로 나가지 않을게. 그 대신 최대한 빨리 돌아와."

프레데릭이 떠나고 나자 갑자기 집 안이 텅 빈 것 같았다. 비록 서로 말을 하지 않고 지냈지만 그가 있을 때는 이 정도로 적막하지는 않았다는 생각이 들었다.

나탄이 머물고 있는 민박집에 전화했더니 외출했다고 했다.

"혹시 차를 타고 나갔나요?"

버지니아가 물었다.

"저는 손님들의 일거수일투족을 감시하는 사람이 아니라서 그건 잘 모르겠네요."

여주인이 불쾌하다는 듯이 대답했다.

"죄송하지만 차가 집 앞에 주차돼 있는지 확인해주면 안 될까요?"

집주인 여자가 뭐라고 투덜거리면서도 확인해 보겠다고 했다.

"모어 씨의 차는 주차장에 세워져 있지 않네요."

나탄은 대체 어딜 간 거야? 그는 왜 늘 집에 붙어있지 않지?

나탄의 입장에서 다시 한 번 생각해보았다. 그가 낯선 나라의 작은 방에 앉아 하루 종일 창밖만 내다보고 있어야 할 이유는 없지 않은가? 킴이 나타날 때까지 방에 콕 처박혀 있으라고 강요할 수도 없지 않은가?

나탄은 아무것도 가진 게 없는 빈털터리였다. 버지니아는 이혼할 경우 킴의 양육비를 받게 되겠지만 다른 남자와 떠나는 처지에 위자료를 기대할 수는 없었다.

나탄은 출구가 없는 상황인가? 혹시 출구는 있는데 찾지 못하는 걸까? 나탄은 지금 그 출구를 찾기 위해 근처를 헤매고 다니며 고민하는 걸까? 아니면 비참한 처지를 잊기 위해 햇살이 비치는 아름다운 시골길을 돌아다니는 걸까?

버지니아는 생각에 잠겨 계속 집 안을 서성거렸지만 킴의 방에는 일부러 들어가지 않았다. 킴의 방 안을 들여다보는 것만으로도 고통스러울 테니까.

버지니아는 시간이 갈수록 점점 더 속이 답답해졌다. 산소가 점점 희박해져가는 폐쇄공간에 갇혀 있는 느낌이었다. 주방으로 달려가 컵에 물을 가득 따랐다가 마시지 않고 개수대에 쏟아버렸다. 물을 마시고 싶다는 생각을 했을 뿐인데 벌써부터 목이 졸리는 느낌이었다.

2층으로 올라가 욕실로 들어가기 전 아침에 보았던 거울에 다시 한 번 자신의 모습을 비춰보았다. 처음 보는 낯선 여자가 그 안에 있었다.

베이커 경감이 그들 부부에게 혹시 심리치료사가 필요하지 않은지 물었던 기억이 났다. 그가 심리치료사를 소개해주겠다고 했지만 거절했다. 그녀는 자신을 심리치료사의 도움이 필요한 사람이라고 생각하지 않았기 때문이다. 진정한 공감 없이 상투적인 위로의 말을 늘어놓는 심리치료사가 오히려 고통을 가중시킬 봐 두려웠다.

이제 생각이 바뀌었다.

나는 누군가의 도움이 필요해.

나는 이제 곧 패닉상태가 되어 완전히 무너지고 말 거야.

킴은 어쩌면 이 순간에도 엄마를 찾으며 비명을 지르고 있을지도 몰라. 두려움과 절망에 가득 차 버림받았다는 느낌을 받을지도 몰라.

버지니아의 거친 숨소리가 욕실을 가득 채웠다. 킴을 임신했을 때 출산준비를 하며 배운 복식호흡을 떠올렸다. 복식호흡을 하자 그나마 숨 쉬기가 조금은 편해졌지만 현기증은 계속되었다. 그녀는 계속 복식호흡을 하며 거실로 내려갔다.

버지니아는 베이커 경감에게 도움을 청하기 위해 전화기를 향해 걸어 가다가 마지막 순간에 또 다시 망설여졌다.

심리치료사가 과연 나를 패닉상태에서 벗어날 수 있게 해줄까?

킴이 실종된 마당에 모든 게 잘될 거라는 말 따위가 무슨 위안이 될 수 있을까? 이 상황에서 매사에 긍정적으로 생각하고, 최선을 다하라는 말처럼 공허한 처방이 어디 있을까? 미리부터 일이 잘 풀리지 않을 거라 단정하고 두려움에 떠는 건 절대로 해결책이 될 수 없다는 말 따위를 귀 기울여 듣고 있을 필요가 있을까?

베이커 경감이 나탄을 만나보겠다고 했던 말이 떠올랐다. 그 말은 나탄을 용의선상에 올려놓고 있다는 뜻이기도 했다. 그날, 어쨌든 나탄은 킴을 데리러 가기로 했는데 결국 가지 않았다. 자동차가 고장 났다는 말로—정말 차가 고장 났었는지는 확인할 길이 없다—학교에 가지 못한 이유를 둘러댔다. 물론 그의 말이 틀림없는 사실일 수도 있지만 그가 만약 헌스탠턴에 발이 묶여 있지 않았더라면 무슨 일이 벌어졌을까?

나탄이 취하고 있는 태도는 아무리 생각해도 이상했다. 연락도 없었고, 킴의 안부를 묻지도 않았고, 왠지 모르지만 기분까지 좋아 보였다.

혹시 나탄이 킴의 실종과 연관돼 있는 건 아닐까?

가만히 앉아서는 진실을 알아낼 수 없었다. 나탄과 통화를 한다고 해서 알 수 있는 문제도 아니었다. 직접 그의 눈을 들여다보아야만 조금이나마 짐작이 가능한 문제였다.

버지니아는 착신전환을 통해 집 전화를 휴대폰으로 연결시켜 놓았다. 프레데릭은 빨라야 저녁 늦게 돌아올 것이다.

당장 자동차가 필요했다.

버지니아는 핸드백을 들고 집을 나섰다. 바깥은 생각보다 따뜻했다. 날씨가 다시 따뜻해질 거라고는 전혀 예상하지 못했다.

잭이 차를 빌려주었다. 그녀는 잭에게 출입문 쪽을 지켜보다가 혹시 경찰이나 누군가 손님이 찾아오면 즉시 휴대폰으로 연락해 달라고 말해두었다.

잠시 후, 버지니아는 엔진소리가 심하게 덜덜거리는 지프차를 타고 출입문을 빠져나갔다.

3

버지니아는 도로에 차량이 한산해 12시쯤 헌스탠턴에 도착했다. 나탄이 머물고 있는 민박집은 쉽게 찾을 수 있었다. 앞마당에서 잡초를 뽑고 있던 민박집 주인에게 다가가 나탄이 언제 돌아올지 물었다.

"지금은 어딘가에서 점심을 먹고 있을 거예요. 우리 집에서는 아침 식사만 제공되거든요."

기운이 쭉 빠지며 괜히 찾아온 건 아닌가하는 생각이 들었다.

"여기서 잠시 그를 기다려도 될까요?"

주인 여자가 어깨를 으쓱했다.

"원하신다면 안에 들어가서 기다리세요. 복도를 따라 안으로 쭉 들어가면 끝에 식당이 나올 거예요. 거기서 기다리면 돼요."

버지니아는 좁은 복도를 따라 식당으로 들어갔다. 혼자 자리에 앉아 있자니 왠지 불편해 일어나 서성거리며 따사로운 햇볕이 내리쬐는 창밖 풍경을 내다보았다. 벽에 걸린 그림이 눈에 들어왔다. 침몰하는 요트를 그린 그림이었다.

나탄이 언제 올지도 모르는데 계속 기다려야 할까?

버지니아는 나탄을 만나보면 답답한 마음이 조금은 풀리지 않을까 생각하고 달려왔는데 사방이 벽으로 막힌 비좁은 공간에 혼자 있자니 집에서 느꼈던 패닉현상이 다시 시작되려고 했다.

버지니아는 답답한 마음에 창문을 열고 바깥쪽으로 몸을 쭉 내밀었다. 이제 겨우 10분이 지났을 뿐인데 족히 30분은 지난 것 같았다. 그녀는 이렇게 무료하게 있으니 차라리 2층에 있는 나탄의 방에 가보기로 했다.

2층 층계참에 두 개의 문이 있었다. 첫 번째 문의 손잡이를 눌러보앗더니 안에서 잠겨 있었다. 두 번째 문은 다행히 곧바로 열렸다. 버지니아는 곧장 방 안으로 들어갔다. 마치 사람이 살지 않는 방처럼 보였다. 가진 게 하나도 없는 사람의 방이 분명했다.

창문을 열어놓아 방 안에 신선한 바다냄새가 가득했다. 바람에 커튼이 부드럽게 나풀거리고 있었고, 침대에는 꽃무늬 시트가 덮여 있었다. 벽에는 식당과 마찬가지로 배를 소재로 한 유화들이 몇 점 걸려 있었다. 침몰하는 배는 아니었다.

버지니아는 한쪽 구석에 있는 욕실로 들어갔다. 세면대 위에 비누와 면도크림, 면도날 그리고 빗이 놓여 있었다. 나탄의 살림살이는 짐작한 대로 단출했다.

욕실에서 나와 다시 창밖을 내다보다가 침대에 걸터앉아 손을 주물렀다. 그녀는 갑자기 전화벨 소리가 울리는 바람에 어찌나 놀랐는지 자기도 모르게 자리에서 벌떡 일어났다.

핸드백에서 휴대폰을 꺼내 전화를 받았다.

"여보세요?"

프레데릭에게서 온 전화였다.

"목소리에 힘이 하나도 없어 보여. 무슨 일 있어?"

"아무 일 없어. 전화 온 데도 없고, 그냥 신경이 좀 예민해졌을 뿐이야."

"난 아직 런던에 있는데 최대한 빨리 돌아갈 거야. 돈은 준비가 되었어. 어디 가서 커피나 한 잔 마시고 곧바로 출발할 거야."

"돌아올 때 운전 조심해."

"버지니아, 우린 이 시련을 잘 견뎌낼 테니까 너무 걱정하지 마."

"그래, 당신말대로 시련을 잘 이겨 내야지."

버지니아는 통화를 마치고 나서 휴대폰을 다시 핸드백에 집어넣었다.

침대에 앉았지만 도무지 마음이 진정되지 않아 다시 일어섰다. 차라리 산책을 나갔다가 한 시간 뒤에 다시 들러볼까 하는 생각이 들었다. 이 작은 방에서 무작정 기다리는 것보다는 그 편이 더 나을 듯했다.

문을 향해 걸어가는데 옷장과 벽 사이 틈새에 절반쯤 끼어 있는 작고 알록달록한 물건 하나가 시선을 끌었다. 노랑, 빨강, 초록색이 뒤섞인 플라스틱 제품이었다. 그녀는 잠시 당혹해하며 멍하니 서 있다가 가까이 다가가 그 물건을 끄집어냈다. 어린이용 카세트레코더였다. 다리가 두 개 달려 있어, 마치 자명종 시계처럼 보였다. 앞쪽에 카세트를 집어넣을 수 있는 개폐식 데크가 달려 있었고, 데크 위쪽에 각종 버튼이 설치돼 있었다. 상판에는 이동할 때 이용할 수 있는 곡선 형태의 손잡이가 부착돼 있었다. 옆쪽에 숨겨져 있는 마이크는 노래나 목소리를 다양하고 그로테스크하게 변조할 때 사용하는 장치였다.

그로테스크하게 일그러진 목소리…….

갑자기 그녀의 머리가 빠르게 회전하기 시작했다. 그녀의 뇌는 명명백백하게 드러난 사실을 인정하고 싶어 하지 않았다.

킴에게도 똑같은 녹음기가 있었어.

24시간 전쯤 프레데릭이 베이커 경감에게 전화를 걸어온 협박범에 대해 설명할 때 했던 이야기가 떠올랐다.

'목소리를 변조했기 때문에 정체를 전혀 알 수 없었지만 남자가 분명했어요. 카세트레코더로 변조한 남자 목소리. 그 목소리를 듣는 순간 킴이 즐겨 가지고 놀던 카세트레코더가 떠오르더군요. 변조기능을 활용해 목소리를 다양하게 바꿀 수 있었죠.'

버지니아는 머릿속에서 뭔가 폭발하는 것처럼 큰 충격을 받았고, 한순간 눈이 번쩍 뜨였다. 그녀가 무슨 일이 벌어졌는지 깨닫는 순간

문이 활짝 열리며 나탄이 모습을 드러냈다.

"내 방을 샅샅이 뒤졌군요?"

버지니아는 얼마나 오랫동안 몸이 마비된 사람처럼 꼼짝도 하지 않고 그 자리에 버티고 서 있었는지 기억나지 않았다. 가까스로 마비상태에서 풀려난 버지니아는 그 끔찍한 증거물을 들어 올리며 새된 목소리로 물었다.

"나탄, 당신은 이 물건을 어떤 용도에 사용했는지 나에게 설명해줄 의무가 있어요."

버지니아의 마음 깊은 곳에서는 미세하나마 약간의 희망이 남아 있었다.

나탄이 왜 이런 일이 발생했는지 명쾌하게 해명해줄 거야. 한 치의 의구심도 남지 않게 명징하게 설명해줄 거야.

한편으로는 몹시 두려워지기도 했다.

나탄이 터무니없는 변명으로 일관하며 발뺌할지도 몰라. 구차하고 파렴치한 변명을 늘어놓으며 우리 사이를 다시는 회복하기 힘든 벼랑 끝으로 몰고 갈지도 몰라.

"버지니아, 내가 이제 와서 해명을 한들 당신이 너그럽게 이해해줄 수 있겠어요? 당신은 내 이야기를 믿을 수도 없을뿐더러 내가 무슨 생각으로 이런 짓을 했는지 도저히 납득하지 못할 거예요. 당신은 지금 내가 어떤 걱정에 휩싸여 있는지 모를 테니까."

나탄이 다행히 구차한 변명을 늘어놓지는 않았다. 그 대신 그녀가 자신을 이해해주지 못할 거라는 주장을 펴며 시간을 끄는 동시에 지금 의심 받고 있는 내용들이 모두 사실이라는 걸 간접적으로나마 확인해 주었다.

"킴은 어디에 있죠?"

버지니아가 여전히 새된 목소리로 물었다. 아무런 대답이 없자 그녀가 갑자기 소리를 버럭 질렀다.

"킴이 어디 있는지 당장 말해! 우리 아이를 어디다 감춰놓은 거야?"

나탄이 어깨를 으쓱했다.

"킴이 어디 있는지는 나도 몰라요."

나는 알 바 아니라는 듯 시큰둥한 그의 표정이 마지막으로 남아 있던 연민마저 날려버렸다.

버지니아는 갑자기 현기증이 나며 순간적으로 다리가 휘청거렸다. 그 바람에 손에 들고 있던 카세트레코더를 떨어뜨렸다. 바닥에 떨어진 카세트레코더가 탁 소리가 나며 깨졌다.

버지니아가 두 주먹을 불끈 쥐고 나탄을 향해 달려들었다. 그녀는 그의 얼굴과 가슴을 향해 정신없이 주먹을 날렸다.

"킴이 어디 있는지 말해! 킴이 어디 있는지 당장 말해!"

마침내 나탄이 그녀의 손목을 붙잡고 거칠게 흔들었다.

"젠장! 나도 모른다니까!"

"당신이 킴을 숨겼잖아!"

나탄이 다시 그녀의 팔을 꽉 움켜쥐었다. 그의 손아귀 힘이 어찌나 세던지 불이 붙은 것처럼 팔이 화끈거렸다.

"난 킴을 데리고 있지 않아! 난 단지 돈을 원했을 뿐이야!"

버지니아는 그의 말을 믿기에는 충격이 너무 컸다.

"당신은 킴이 어디에 있는지 나에게 말해야 돼. 당신이 다른 아이들에게 했던 것처럼 킴에게도 몹쓸 짓을 한 거야?"

"빌어먹을! 그게 아니라니까!"

나탄이 팔을 뿌리치며 버지니아를 뒤로 살짝 밀쳤다. 그녀는 비틀거렸지만 쓰러지지는 않았다.

나탄이 한 걸음 뒤로 물러섰다.

"나는 킴에게 아무 짓도 하지 않았어. 다른 아이들한테도 마찬가지야. 내가 그런 짓을 할 사람이 아니라는 건 당신이 더 잘 알 거야."

버지니아는 혹시 악몽을 꾸고 있는 건 아닌지 잠시 의심이 들었지만 새빨갛게 눌린 팔의 손자국과 화끈거리는 통증이 꿈이 아니라 현실이라는 사실을 분명하게 확인시켜주고 있었다.

"당신이 우리 집에 전화해 돈을 준비하라고 협박한 증거물이 여기 있는데도 자꾸 발뺌할 거야?"

"내가 협박전화를 해 10만 파운드를 요구한 건 분명한 사실이고, 부인할 생각도 없어. 순간적으로 떠올린 멍청한 아이디어였을 뿐이야. 재차 전화할 생각은 없었어. 돈을 어떻게 건네받아야 할지 구체적으로 생각해본 적도 없어. 자칫 잘못하면 체포될 수도 있다는 걸 누구보다 잘 알고 있었고, 뒤늦게 어리석은 실수였다는 걸 깨달았어."

나탄이 바닥에 떨어진 카세트레코더를 가리켰다.

"저 물건을 방에 그대로 방치해둔 게 치명적인 실수였어. 그야말로 구제불능의 실수였지."

나탄은 천연덕스러운 표정을 지으며 엄청난 범죄행위를 마치 하찮은 실수쯤으로 치부하려는 의도를 드러냈다.

"킴이 사라지는 바람에 내가 얼마나 큰 절망감에 빠져 있는지, 내가 엄마 역할을 제대로 해내지 못한 것에 대해 얼마나 자책하며 마음 아파하는지, 내가 킴을 잃게 될까 봐 얼마나 두려움에 떨고 있는지 잘 알고 있을 거야. 그런데도 당신은 내 불행을 돈벌이를 위한 기회로 이용하려고 했어. 사람이 어떻게 그럴 수 있지?"

버지니아는 다음 말이 떠오르지 않았다. 이 세상에 그가 저지른 짓을 설명할 수 있는 말은 없었다.

"당신은 내가 왜 그런 짓을 저질렀는지 이해하지 못할 거라고 했잖아."

나탄이 시큰둥하게 말했다.

"대체 내가 당신의 어떤 행동을 이해해야 하지?"

"당신은 정말 아무것도 걱정되지 않았어?"

버지니아는 나탄을 뚫어지게 쳐다보았다. 그가 손으로 머리카락을 쓸어 올렸다.

"우리는 미래를 함께하기로 약속했어. 당신은 우리가 앞으로 어떻게 살아가야 할지 생각해 봤어? 당신은 돈 한 푼 없이 세상을 살아간다는 게 가능한 일이라고 생각해?

"우리의 미래는 돈과는 아무런 상관이 없어!"

"당신은 동화 속에 나오는 철부지 공주처럼 생각하고 있어. 당신도 알다시피 난 돈도 없고, 집도 없고, 잠잘 곳도 없고, 배도 없어. 그야말로 아무것도 없는 빈털터리 신세야. 가뜩이나 야박한 세상이 나 같은 사람을 호락호락 받아줄 거라……."

"잠깐!"

버지니아가 나탄의 말을 중도에서 끊었다.

"당신은 처음부터 빈털터리라고 고백한 건 아니었어. 성공한 베스트셀러 작가이고, 언젠가는 인세가 쏟아져 들어올 테니 크게 걱정하지 않아도 된다고 암시하며 나를 안심시키려 들었지."

"당신도 결국 내게 돈을 기대했다는 의미 아닌가?"

나탄이 빈정거리는 투로 말했지만 더 이상 분노할 힘도 남아 있지 않았다.

"아무튼 난 이토록 치졸하고 야비한 짓을 저지른 당신을 절대로 용서할 수 없어!"

나탄이 한숨을 푹 쉬었다.

"그래, 용서할 수 없으리란 걸 나도 알아. 내가 다시 한 번 변명을 하자면 우리가 살림을 시작할 때 필요한 돈을 마련하기 위한 궁여지책이었어. 멍청하고 한심한 생각이었다는 걸 인정해. 다만 이미 말했다시피 중도에서 반성하고 끝까지 돈을 받아낼 생각은 없었어."

"내 심정은 전혀 고려해보지 않았어? 유괴범에게 협박전화를 받은 우리가 킴이 살아 있으리라는 한 가닥 희망을 품게 될 거라는 생각은 안 해봤어? 절망에 빠진 우리가 지푸라기라도 잡는 심정으로 다시 전화가 오기를 눈이 빠지게 기다리고 있을 거라는 생각은 안 해봤어? 프레데릭은 오늘 돈을 준비하러 런던에 갔어. 나는 집에 있으면 미쳐버릴 것 같아 당신을 찾아 나섰던 길이야."

마침내 버지니아의 눈에서 눈물이 펑펑 쏟아졌다. 낭패감에서 비롯된 눈물이자 분노의 눈물이었다.

"양심이 조금이라도 있는 사람이라면 차마 이런 짓은 하지 않았을 거야!"

버지니아가 소리쳤다.

나탄이 한 걸음 다가서자 버지니아는 흠칫 놀라며 뒤로 물러섰다. 그런 다음 등을 돌리고 창가로 다가갔다.

"내 몸에 손대지 마!"

나탄이 어깨를 으쓱했다.

"내가 부드럽게 어루만져주길 기대하고 이 집을 찾아온 게 아니었나? 내 품에 안겨 위로를 받으려고 찾아왔잖아?"

"착각하지 마. 킴이 걱정돼 잠 한숨 자지 못하고 뜬 눈으로 밤을 지새 웠어. 킴을 찾기 전까지 난 위로 따윈 받을 생각이 없어. 더구나 당신처 럼 일말의 양심도 없는 범죄자에게 위로받길 기대한다면 말이 안 되지."

"제발 나를 범죄자 취급하지 마! 나는 킴의 머리카락 한 올도 건드 리지 않았어. 나는 킴이 어디에 있는지도 몰라. 난 그 아이의 실종과는 아무런 관련이 없어. 다른 아이들의 실종사건도 마찬가지야. 내가 멍 청하고 한심한 잘못을 저지른 건 맞지만 아이들의 실종사건은 나와 전혀 관련이 없는 일이야."

"당신 말을 어떻게 믿지? 그제 차에 시동이 걸리지 않아 학교에 가 지 못했다는 말도 믿을 수 없어. 당신이 아주 교활하게 머리를 굴린 것 인지도 모르지. 당신은 나와 약속한 대로 킴을 데리러 갈 수 있었을지 도 모르고, 아니면 아무런 의심도 받지 않고 아이를 유괴할 수도 있었 을 거야. 당신은 차가 고장 났다는 핑계를 대기로 하고, 킹스린 학교로 차를 몰고 가 킴을 유괴했을지도 몰라."

나탄이 고개를 황망하게 저었다.

"아니야, 난 아이들이나 탐하는 변태가 아니야. 나는 아이들에게 짐 승 같은 짓을 하는 그런 인간들을 혐오해. 난 차마 꿈속에서도 그런 짓 을 해본 적이 없어."

"내가 무슨 근거로 당신 말을 믿지?"

버지니아가 고함치듯 말했다.

"당신은 나를 잘 알잖아! 만약 내가 소아성애자였다면 나랑 섹스할 때 분명 알아차렸을 테니까."

버지니아는 팔뚝으로 눈물을 훔치고 나서 코를 훌쩍거리며 바닥에서 뒹굴고 있는 카세트레코더와 핸드백을 챙겨 들었다.

"경찰이 진실을 밝혀내는 실력은 나보다 한 수 위일 거야. 당신은 사라가 살해당했을 당시 어디에 있었는지 해명해야 되겠지. 그때는 스카이 섬에 있지 않았던 게 확실하니까."

"그때 나는 킹스린에는 한 번도 온 적이 없어. 요트를 정박시키려면 항구의 행정당국에 신고해야 하니까 기록을 찾아보면 금세 알 수 있을 거야."

"나에게 설명하려고 애쓰지 마. 당신이 하는 말이 진실이라면 베이커 경감이 금세 확인해줄 거야."

버지니아가 옆으로 지나가려 할 때 나탄이 그녀의 팔을 붙잡았다."

"내 팔을 당장 놔."

"지금 경찰에 신고하러 가는 거야?"

"당연하지. 당장 내 팔을 놓지 않으면 소리를 지를 거야. 민박집 여주인이 저 밑에 있어."

나탄이 마지못해 버지니아의 팔을 놓아주었다.

"좋아, 가봐."

나탄이 그렇게 말하며 옆으로 비켜섰다.

버지니아는 그의 얼굴을 단 한 번도 돌아다보지 않고 방을 나갔다.

4

버지니아는 펀데일 하우스까지 어떻게 돌아왔는지 기억나지 않았다. 그야말로 교통사고를 내지 않고 무사히 돌아온 것만 해도 기적에 가까웠다. 운전하는 도중 몇 번이나 울음이 터졌고, 눈물이 앞을 가리는 바람에 제대로 시야를 확보할 수 없었다. 펀데일 하우스의 출입문을 통과했을 때 그녀는 아마도 오늘처럼 절망적이고 충격적인 날은 없었을 거라는 생각이 들었다.

버지니아는 집안으로 들어온 다음 즉시 현관문을 닫고 숨을 헐떡이며 문에 몸을 기댔다. 집안 가득 납덩이처럼 무거운 적막감이 내려앉아 있었다. 지난 수년 동안 언제나 킴의 유쾌한 웃음소리가 울려 퍼지던 곳이었다. 킴이 사라진 지 이제 겨우 이틀이 지났을 뿐인데 그녀의 인생을 통틀어 가장 길고 고통스러운 날들이 계속되고 있었다.

버지니아는 마치 칠순노파처럼 비틀거리는 걸음으로 거실로 들어섰다. 그녀는 가장 먼저 전화기로 다가가 휴대폰에 연결해놓았던 착신전환을 해제했다.

당장 베이커 경감한테 전화해야 돼.

만약 잭이 차를 빌려주지 않았더라면 아예 집밖으로 나갈 수 없었을 것이다. 그사이 나탄이 카세트레코더를 없애버렸을 경우 협박범이 누군지 절대로 알아내지 못했을 것이다. 어쩌면 나탄은 두 번 다시 전화하지 않았을지도 모르니까. 그 경우 프레데릭과 그녀는 아무런 사정도 모르고 협박범의 전화를 초조하게 기다렸을 테고, 그러다 마침내 누군가 악의적인 장난을 했으리라는 결론을 내리게 되었으리라.

오늘 아침, 헌스탠턴까지 그녀를 달려가게 만들었던 의심은 얼마 지나지 않아 자연적으로 해소되었을 것이다. 그녀는 나탄과 함께 새살림을 차렸을 테고, 세상을 떠나는 순간까지 그가 얼마나 비열한 짓을 저질렀는지 까맣게 몰랐을지도 모른다. 그 경우, 그녀의 미래는 완전히 달라졌으리라.

버지니아는 아직도 손에 쥐고 있는 카세트레코더가 눈에 들어왔다.

카세트레코더를 베이커 경감에게 증거로 제출해야 돼.

버지니아는 이제 가야할 곳은 경찰서밖에 없다고 생각했다.

당장 경찰서로 가지 않고 왜 자꾸만 망설이고 있지?

헌스탠턴의 민박집에서 미친 듯이 뛰쳐나와 앞마당에서 일하고 있는 여주인 옆을 바람처럼 휑하니 지나칠 때만 해도 그녀는 당장 경찰서로 차를 몰고 가 나탄을 고발할 작정이었다. 베이커 경감을 만나게 되면 그녀가 나탄 모어에 대해 알고 있는 모든 것, 즉 그의 거짓말과 지능적인 사기수법에 대해 하나도 빠짐없이 털어놓을 생각이었다.

버지니아는 경찰서 대신 펀데일 하우스로 돌아왔고, 여전히 망설이며 거실을 서성거리고 있었다.

도대체 망설여야 할 이유가 뭐야?

경찰서에 발을 들여놓는 순간 넌 남편을 속이고 가족까지 버리며 선택한 그 남자에게 단단히 속았다는 사실을 인정해야 했겠지. 나탄이 불안감에 시달리는 너와 프레데릭을 데리고 장난친 건 그 어떤 변명으로도 용서할 수 없는 일이야. 넌 나탄이 베스트셀러 작가라며 뻔뻔한 거짓말을 했을 때 즉시 그와 헤어졌어야 돼.

베이커 경감이 그 모든 사실을 알게 되면 어떻게 생각할까? 남자에게 빠져 거짓말도 용서해주고, 몸까지 바쳤다고 생각하겠지? 그럼 넌 어떻게 되지? 남자만 보면 사족을 못 쓰는 여자? 자존심을 버린 여자? 넌 구제불능의 한심한 여자가 되는 거야.

지금 머뭇거리는 이유가 겨우 그거였어? 마지막 남은 체면을 잃고 싶지 않다는 거야?

버지니아는 천천히 고개를 저었다. 나탄이 킴의 실종과 조금이라도 관련이 있다면 이미 한참 전에 경찰서를 향해 달려갔으리라. 그 경우에는 고민할 이유가 전혀 없을 테니까.

버지니아는 마음속으로 말했다.

나탄이 거짓말을 하지는 않았어. 그는 지금 킴을 데리고 있지 않아. 단지 그는 야비하고 철면피한 방식으로 10만 파운드를 뜯어내려고 했을 뿐이야. 그 돈으로 현재 무일푼인 처지를 벗어나고 싶었겠지.

버지니아는 갑자기 전화벨이 울리는 바람에 손을 떨다가 카세트레코더를 떨어뜨렸다. 협박범으로부터 전화가 걸려온 이후 시작된 증상이었다.

"여보세요?"

"버지니아? 저예요, 리비아."

버지니아는 심호흡을 하며 한 손으로 이마를 쓸어내렸다.

"아, 리비아, 벌써 독일에 갔어요?"

"네, 킴이 돌아왔는지 궁금해서 전화했어요.

마치 오랜 친구 같은 말투였다.

"킴은 아직 돌아오지 않았어요."

전화선 너머에서 한참 동안 침묵이 이어졌다.

"정말 끔찍한 일이 아닐 수 없어요."

"내가 아직 미치지 않은 게 이상할 정도로 힘들어요."

"제가 조금이라도 도움이 될 수 있다면 좋을 텐데, 정말 마음이 아파요."

버지니아는 문득 한 가지 생각이 떠올랐다.

"리비아, 한 가지 물어보고 싶은 말이 있어요. 스카이 섬에 오기 전에 혹시 킹스린에 머문 적이 있어요?"

"우린 북쪽 끝에서부터 항해를 시작했기 때문에 킹스린에 들른 적은 없어요."

"아, 그렇군요. 그럼 됐어요."

"왜 그런 질문을?"

"당신에게 자세한 이유를 설명할 수는 없지만 나탄과 함께 떠나지 않을 거예요."

"모르긴 해도 그동안 나탄과 관련해 뭔가 불미스러운 일이 있었군요?"

"한 가지 더 물어볼 게 있어요. 나탄은 지금껏 한 번도 돈을 벌기 위해 일을 한 적이 없다면서요. 그 이유가 전적으로 주변상황 때문이었나요? 그 동안 그는 그 상황에서 빠져나올 기회가 전혀 없었나요?"

버지니아는 너무 오래 침묵이 이어지는 바람에 리비아가 혹시 전화를 끊어버린 줄 알았다. 리비아는 그 질문에 대답해야 할 의무가 없었으니까.

"주변상황이 힘들긴 했어요. 다만 주변상황을 어렵게 만든 건 본인 탓이기도 해요. 당신도 알다시피 저는 중증 장애인인 아버지를 오래도록 간병했어요. 고민 끝에 저는 아버지를 요양원에 보내기로 마음먹었죠. 그러자 나탄이 강력하게 반대했어요. 아버지를 몹시 싫어했던 나탄이 오히려 요양원으로 보내자는 말에는 찬성하지 않았던 거예요. 그는 아버지를 요양원에 보낼 경우 돈줄이 끊긴다는 걸 알고 있었기 때문이죠. 우린 전적으로 아버지의 연금에 의존해 살고 있었는데 요양원으로 들어갈 경우 생계를 해결할 방법이 없다고 생각했겠죠."

"글 쓰는 일로는 돈을 전혀 못 벌었나요?"

"나탄은 글 솜씨도 없을뿐더러 열심히 쓰려고도 하지 않았어요. 솔직히 말하면 소설을 쓰겠다는 꿈도 없었죠. 그는 늘 돈 벌 궁리를 했지만 정작 일을 할 생각은 하지 않았어요."

"나탄에게는 돈이 매우 중요한 문제였군요."

"아침부터 저녁까지 돈 벌 궁리 말고는 아무것도 생각하지 않았다고 할 수 있죠. 그러면서도 돈을 한 푼도 벌지 않았으니 그야말로 아이러니라 할 수 있죠."

버지니아가 말없이 고개를 끄덕였다.

"리비아, 고마워요. 킴이 돌아오면 전화해 알려줄게요."

버지니아는 전화를 끊는 즉시 수화기를 다시 집어 들고 베이커 경감에게 전화했다.

나탄은 사라가 실종됐을 당시 킹스린에 없었다. 그는 킴을 유괴하지도 않았다. 다만 그는 거짓말쟁이이자 악질사기꾼이자 협박범이라는 사실이 드러났다. 킴의 생사가 걸린 문제였고, 체면 따위를 고려할때가 아니었다. 중요한 건 킴이 한시바삐 돌아오는 것이었다.

버지니아는 베이커 경감에게 나탄에 대해 알고 있는 모든 이야기를 해줄 생각이었다.

5

프레데릭은 전화를 받으러 거실로 들어갔다가 다시 주방으로 돌아왔다. 식탁에 앉아 있는 버지니아 앞에 우유 한 잔이 놓여 있었다. 프레데릭이 가져다 준 우유였다.

"꿀을 넣고 따뜻하게 덥힌 우유야. 마음을 진정시켜 주는데 탁월한 효능이 있지."

한 시간 전 일이었다. 그녀는 우유를 마셔보려고 했지만 속이 울렁거려 거듭 실패했다. 그사이 우유는 차갑게 식어버렸다. 어디선가 킴의 목소리가 들려오는 듯했다.

"엄마, 우유에 막이 생겼잖아!"

버지니아는 두 손으로 얼굴을 감쌌다.

"베이커 경감한테서 온 전화야. 나탄을 몇 시간 동안 심문했지만 특별한 성과가 없었대. 나탄은 협박전화를 건 사실에 대해서는 순순히 시인했지만 킴의 실종에 대해서는 아무것도 모른다며 완강하게 부인하고 있나 봐."

"베이커 경감은 나탄의 말을 믿는대요?"

프레데릭이 어깨를 으쓱했다.

"그런 사기꾼 녀석의 말을 어떻게 믿겠어."

버지니아는 천천히 고개를 끄덕였다.

리비아가 해준 말이 생각났다.

"나탄은 늘 돈 벌 궁리를 하면서도 정작 일을 할 생각은 하지 않았어요."

프레데릭이 버지니아의 맞은편에 앉았다. 그의 얼굴에 피로감이 덕지덕지 끼어 있었다.

"베이커 경감이 내일 레이첼의 장례식에 참석해 달라고 거듭 부탁했어. 나탄이 범인이 아닐 수도 있으니까."

"나탄이 사라와 레이첼 사건과는 관련이 없는 게 확실해요. 그는 전에 킹스린에 온 적이 없었대요. 그리고……."

"나탄이 그렇게 주장했어?"

"리비아가 자세히 이야기해주었어요."

"우린 나탄도 모르지만 리비아 역시 잘 몰라. 사기꾼 부부에게 걸려든 것일 수도 있어. 배가 침몰하고 빈털터리가 되자 그들 부부는 손쉽게 돈을 벌 수 있는 방법을 궁리했을 거야. 나탄은 사전에 시나리오를 다 짜놓고 당신한테 접근했을지도 몰라. 그들은 당장 돈이 절실하게 필요했을 테니까."

"내가 바람을 피우고 당신 곁을 떠날 경우 유책 배우자가 되기 때문에 위자료를 한 푼도 받지 못한다는 건 누구나 다 알아."

"나탄이 아무리 계산이 빨라도 당신 몫의 재산이 얼만지 금세 알아낼 수는 없어."

버지니아가 남편을 물끄러미 쳐다보았다.

"나탄이 사기꾼인 건 분명하지만 유괴범으로 몰아붙일 근거는 없어."

"나탄이 유괴범이 아니라고 단정할 수 있을까?"

버지니아가 그 질문에 자신 있게 대답하지 못하고 고개를 숙였다.

"당신은 나탄과 미래를 함께하려고 했잖아? 나탄의 어떤 부분이 그렇게 좋았어?"

"지금 그 대답을 듣고 싶어?"

"언젠가 한 번은 들어야 할 이야기야."

"사실은 지난 번 카페에서 이미 다 말했어. 당신이 내 말을 이해하지 못했을 뿐이지."

"나탄을 사랑했어?"

버지니아는 마른침을 끌꺽 삼켰다.

"사랑했어. 아니, 그를 사랑하고 있다고 믿었어."

프레데릭이 눈을 비볐다. 새빨갛게 충혈 된 눈에 피로감이 가득했다.

"지금은? 나탄을 더 이상 사랑하지 않아?"

버지니아가 한참 동안 침묵하며 앞에 놓인 우유 컵을 물끄러미 바라보았다. 사실은 우유 컵을 바라보는 게 아니라 나탄과 함께 했던 날들을 떠올리고 있었다. 활활 타오르던 벽난로의 불길과 양초들이 보였다. 나탄의 눈빛과 미소가 보였고, 피부에 닿던 그의 부드러운 손길이 느껴졌다. 나탄을 생각하자 끝을 알 수 없는 상실감이 밀려왔다.

한 번만 더 그 시간으로 되돌아갈 수 있다면 얼마나 좋을까?

"이제 와 생각해보니 내가 그를 사랑한다고 생각한 건 착각일 뿐이었어. 나탄은 내게 '살아 있다는 느낌'을 찾아주었지. 난 그 '살아 있다는 느낌'을 사랑이라고 착각했던 거야."

"나탄은 어떻게 당신이 살아 있다는 느낌을 갖게 해주었을까? 나탄이 아주 중요한 걸 찾아준 셈이야."

프레데릭의 말이 옳았다. 나탄은 그녀 혼자서는 결코 열지 못할 비밀의 문을 열어주었다.

"이제 나탄과는 끝났어. 당신이 알고 싶은 게 그 점이었어?"

"사실은 그것 말고도 궁금한 게 많아."

프레데릭이 말했다.

버지니아는 우유 잔을 옆으로 치우고 자리에서 일어섰다. 더 이상 주방에 앉아 있을 수가 없었다. 아침처럼 공황상태가 이어지며 호흡이 가빠왔다.

"갑자기 숨 쉬기가 힘들어."

그녀가 숨을 헐떡거리며 말했다.

프레데릭이 즉시 옆으로 다가와 몸을 부축해주었다. 그녀의 귓가에서 그의 목소리가 들려왔다.

"최대한 숨을 깊이 들이마시고 크게 심호흡을 해봐."

프레데릭의 말대로 하자 다시 산소를 허파 깊숙이 들여보낼 수 있었다. 빠르게 뛰던 심장박동이 다시 진정되었다. 사방이 밀폐된 장소에서 한시바삐 탈출해야 한다는 초조감도 서서히 줄어들었다.

"고마워."

"입술이 잿빛으로 변했고, 동공도 크게 확장됐어."

버지니아는 쓸쓸한 눈빛으로 프레데릭을 바라보았다.

그 순간 머릿속에서 여러 가지 일들이 파노라마처럼 스쳐 지나갔다.

스카이 섬, 자동차 안에 앉아 있는 나탄과 그녀, 나무 위 오두막에서 몸을 부들부들 떨며 웅크리고 있던 킴, 고열에 시달리며 킴을 찾기 위해 학교 건물들을 헤매고 다니는 그레이스, 토미의 웃는 얼굴, 병원에 누워 있던 토미, 토미의 몸에 주렁주렁 달려 있던 수십 개의 호스, 토미의 엄마, 넋이 나간 듯했던 토미 엄마의 눈빛……

버지니아는 갑자기 울음을 터뜨렸다. 그녀는 몸을 덜덜 떨며 프레데릭의 어깨를 잡았다.

"제발 진정해! 진정하라니까!"

버지니아는 입안에서 맴돌던 말을 겨우 밖으로 끄집어냈다.

"내가 나탄에게 빠진 가장 중요한 이유는 그가 마이클에 대해 물었기 때문이야."

"마이클에 대해 물었다고? 아무런 흔적도 남기지 않고 훌쩍 사라졌다는 그 남자?"

버지니아는 간신히 힘을 내 다시 의자에 앉았다. 그녀는 눈 앞에 웅크리고 앉아 있는 프레데릭을 쳐다보았다.

"나탄이 마이클에 대해 물었다고?"

버지니아가 고개를 끄덕였다.

6. 마이클

1995년 3월 24일은 봄기운이 완연했다. 마이클이 헬스클럽에 나가 운동을 하기로 결심한 첫날이기도 했다. 겨울 내내 날씨가 유난히 춥고 비가 많이 내렸는데 마침내 봄이 다가왔다는 걸 실감할 수 있었다. 공기는 온화하고 하늘은 푸르렀다. 겨우내 얼어붙어 있던 대지가 촉촉해지며 수선화들이 활짝 꽃망울을 터뜨렸고, 마치 콘서트를 열듯 사방에서 새들이 재잘거렸다.

마이클은 운동복 차림에 부츠를 신고 자전거에 올라 헬스클럽으로 출발했다.

마이클은 오후에 자전거를 점검하고 미리 바퀴에 바람을 채워두었다.

"토미, 일요일에도 날씨가 좋으면 함께 자전거여행을 가는 거야, 알았지?"

마이클이 토미에게 말했다.

토미의 얼굴이 환하게 밝아졌다. 토미는 저녁을 먹으러 집으로 돌아갔고, 자전거에 오른 마이클은 버지니아에게 오늘밤에는 좀 늦을 거라고 말했다.

"오늘은 롭의 생일이라 친구들을 만나 술을 마시기로 했어."

"내 걱정은 하지 말고 즐겁게 놀다 와. 나도 오늘은 너무 피곤해 일찍 잠자리에 들 거야."

버지니아가 미소를 지으며 말했다. 그녀는 오후 내내 정원을 가꾸느라 몸이 천근만근일 만큼 피곤했다. 차고에 쌓아둔 화분들을 모두 끄집어내 꽃을 심을 준비를 했고, 화분받침대들을 테라스로 옮겨놓은 다음 겨우내 쌓인 먼지를 털어냈다. 그녀는 하늘하늘한 얇은 원피스를 꺼내 입고 싶었지만 아직은 날씨가 그 정도로 포근한 건 아니어서 풀오버 차림으로 일했다.

버지니아는 평소 오전에는 보고서를 쓰느라 시간을 보냈다. 평일에는 대학도서관에서 아르바이트를 했다. 책을 정리하거나 위치를 바꾸고, 책의 제목과 위치를 목록화해 컴퓨터에 입력하는 일이었다. 도서관 일은 대체로 마음에 들었지만 평생 직업으로 삼을 만큼 마음을 끌어당기지는 않았다.

버지니아는 아직 자신이 어떤 일을 하고 싶은지 정확하게 알지 못해 답답했다. 다른 사람들은 일찍 목표를 세우고 한 걸음씩 앞으로 나아가고 있었지만 그녀는 자신이 진정 무슨 일을 하고 싶어 하는지 알지 못했다.

마이클에 대해서도 분명한 태도를 취하지 못했다. 2월 초, 그녀의 생일날 마이클은 다시 한 번 용기를 내 프러포즈를 했다.

버지니아는 늘 그랬듯이 이번에도 분명한 대답을 해주지 않았다. 마이클의 프러포즈를 받아들이고 싶지 않았지만 단호하게 진실을 말할 용기도 없었다.

'마이클, 난 너랑 결혼하고 싶지 않아. 지금도 그렇고, 앞으로도 달라지지 않을 거야. 다만 너랑 함께 사는 건 싫지 않아.'

마이클은 제대로 된 가정을 꾸리고 싶어 했다. 아이와 함께 안정되고 단란한 삶을 원했다. 집과 정원, 일, 퇴근해 돌아오면 반갑게 맞아주는 아내, 겅중겅중 뛰며 다리 주변을 빙글빙글 도는 애완견 한 마리, 하루를 어떻게 보냈는지 재잘거리며 이야기해주는 아이들, 자전거를 타는 방법도 가르쳐주고 축구경기도 함께 보러갈 수 있는 아이들……

마이클의 소망은 결코 하잘 것 없고, 사소한 게 아니었다. 버지니아는 마이클이 소망을 이루고 살 권리가 있다는 걸 알고 있었다. 그녀도 마이클처럼 소망을 갖고 싶었지만 뜻대로 되지 않았다. 그녀 또한 마이클처럼 어떤 사람, 어떤 삶 혹은 어떤 직업에 대해 목표를 세우고 한 길로 나아가고 싶었지만 알 수 없는 불안감이 앞을 가로막고 있었다.

왜 나는 한 가지 일에 지속적으로 매달리지 못할까? 왜 나는 한 가지 일에 몰두하면 다른 일을 놓치게 될까봐 전전긍긍할까? 왜 나는 한 남자에게 정착하지 못할까?

마이클이 자전거를 타고 외출하고 나서 버지니아는 테라스의 흙을 치운 다음 집 안으로 들어갔다. 흙이 잔뜩 낀 손톱을 솔로 박박 문지르며 씻고 나서 텔레비전 뉴스를 보았고, 그 다음에는 창가에 서서 땅거미가 내리고 있는 바깥풍경을 내다보았다. 그녀는 뉴욕의 펜트하우스에서 도심의 화려한 불빛들을 내려다보고 서 있는 자신의 모습을 상상했다. 그때 전화벨이 울렸지만 받고 싶지 않았다. 수다를 떨고 싶은 친구일 거라고 생각했다. 너무 피곤해 어느 누구하고도 이야기하고 싶지 않았고, 어서 와인과 책을 챙겨 들고 침대로 들어가고 싶었다.

버지니아는 시간이 한참 지난 후 그 순간을 돌아보았을 때 전화를 받고 싶지 않았던 심리 이면에 혹시 피로감 말고 또 다른 이유가 있지 않았을까 생각했다. 어쩌면 무의식이 위험을 감지하고 경고 신호를 보낸 것일 수도 있었다. 그 후 벌어진 일은 그녀가 전화를 받지 않고 그냥 침대로 들어갔더라면 절대 일어나지 않았을 것이다.

전화 벨소리는 계속 울려댔고, 문득 마이클의 전화일지도 모른다는 생각이 들었다. 자전거가 고장 나는 바람에 데리러 와달라는 부탁을 하려는 것인지도 모를 일이었다. 사실 친구의 생일파티에 간 마이클이 집에 들어오기에는 이른 시간이었다. 그녀는 전화를 받지 않으려다 단념하고 수화기를 집어 들었다.

"여보세요?"

짧은 침묵이 이어지고 나서 수화기 너머에서 익숙한 목소리가 들려왔다. 무릎에 맥이 빠지고 입술이 바짝 타들어가게 만드는 목소리였다.

"버지니아? 나 앤드류야."

"앤드류?"

버지니아의 입에서 나온 말은 그게 전부였다.

잠시 침묵이 흐르고 나서 앤드류가 물었다.

"어떻게 지내?"

버지니아는 다시 예전처럼 그 목소리의 포로가 되어버렸다.

"잘 지내. 당신은 어때?"

"나도 잘 지내."

"잘 됐네."

"당신이 보고 싶어."

앤드류가 말했다.

"너무 뜬금없는 얘기야."

"당신을 당장 보고 싶어."

앤드류가 말했다.

마이클이 옆에 있어 나갈 수 없다고 말하고 거절했어야 마땅했다. 아니면 저녁 8시에 전화해 느닷없이 보고 싶다고 하는 사람이 어디 있냐며 화를 벌컥 낼 수도 있었다. 그냥 지옥에나 떨어지라고 말한 다음 전화를 끊어버릴 수도 있었다.

버지니아는 거절의 말을 하는 대신 창밖을 내다보았다. 평소처럼 비탈길에 차가 주차돼 있었다.

"지금 어디야?"

"헌팅던에 있는 〈올드 브릿지 호텔〉에 있어."

"호텔?"

"사실은 호텔 레스토랑이야. 좋은 와인을 맛보며 근사한 식사를 할 수 있는 곳이지."

버지니아는 앤드류의 얼굴을 다시는 보지 않기로 결심했었다. 그는 그녀에게 너무 많은 상처를 주었다. 생각 같아서는 전화를 단호하게 끊고 책을 챙겨 들고 침대로 들어가는 게 좋다는 걸 알고 있었다.

"좋아, 그럼 딱 한 잔만 할까?"

수화기 너머에서 그가 입을 벌리고 웃는 소리가 들리는 듯했다.

"당연하지. 딱 한 잔만 하는 거야!"

*

앤드류와의 만남은 술 한 잔으로 끝나지 않았다.

앤드류가 기다리고 있던 레스토랑에서는 잠시 의자에 엉덩이만 걸쳤다가 일어섰다. 식사는 전채요리를 먹는 데서 끝났다. 앤드류의 얼굴을 보는 순간 갑자기 심사가 복잡해져 음식을 한 입도 삼킬 수 없었다.

"객실을 하나 잡을까?"

앤드류가 그녀의 손을 붙잡고 물었다.

버지니아는 단호하게 고개를 내젓지 않은 자신이 증오스러웠다.

사실 정원 일을 하느라 온몸에 땀을 흠뻑 뒤집어썼지만 일부러 씻지도 않고 그냥 나왔다. 침대로 들어가고 싶은 마음을 억제해줄지도 모른다고 생각해 속옷도 갈아입지 않았다. 앤드류가 원할 경우 단 한 번도 거절하지 못했다는 사실을 간과한 셈이었다.

그들은 호텔의 객실로 가 미니바에서 샴페인을 한 병 꺼내 마셨고, 사소한 이야기들을 나눈 다음 침대에 함께 누웠다. 앤드류가 그녀의 몸에서 흙냄새와 풀냄새가 난다고 했다. 그 냄새들이 향수보다 더 유혹적일 줄 몰랐다는 말도 덧붙였다.

버지니아는 그의 품에 안길 때마다 늘 그랬듯이 가슴이 두근거리고, 설레고, 기분이 아득하고 황홀해지는 느낌을 받았다. 구름을 타고 하늘을 나는 듯 짜릿한 흥분과 더불어 살아 있다는 느낌을 받기도 했다. 마이클에게서는 단 한 번도 경험해보지 못한 느낌들이었다.

"당신은 왜 마이클의 곁을 떠나지 않지?"

버지니아가 시계를 보고 나서 화들짝 놀라 집으로 돌아갈 채비를 하는 동안 그가 물었다.

"당신이 나와 함께 살 수 없으니까."

앤드류가 한숨을 내쉬었다.

"수잔 때문에 어쩔 수 없어."

"오늘 왜 갑자기 나한테 전화한 거야?"

"아까도 말했지만 당신을 잊을 수 없었어."

나도 당신을 잊을 수 없어. 그 이유는 마이클이 나를 죽도록 지루하게 만들기 때문이야. 오늘 당신이 나를 만날 수 있었던 건 오직 그 이유 하나밖에 없어.

버지니아는 침대에서 나와 구겨진 속옷을 찾아 입었다.

"앤드류, 이번이 마지막이야. 다시는 연락하지 마."

"정말 연락하면 안 돼?"

"절대로 안 돼!"

버지니아는 단호하게 말한 다음 밖으로 나왔다. 문을 쾅 닫고 싶은 유혹을 간신히 참아야 했다.

버지니아는 집으로 돌아오는 내내 자기 자신에게 화가 났다. 앤드류는 마치 사춘기 여자아이를 꾀어내듯 그녀를 호텔로 유혹했고, 그녀는 마치 기다리고 있었다는 듯 너무 쉽게 그의 부름에 응했다.

이번이 마지막이야. 다시는 이런 일이 있어서는 안 돼.

세인트 이베스까지는 그리 먼 길이 아니었는데도 마치 영원히 이어질 것처럼 길게 느껴졌다. 시간이 11시를 넘어서고 있었다. 어쩌면 마이클이 벌써 집에 돌아와 있을지도 모른다는 생각이 들었다.

마이클에게 뭐라고 변명하지?

잠깐 친구를 만나러 나갔었다고 둘러댈 수밖에 없었다. 집에 가자마자 최대한 빨리 샤워를 끝내야 했다. 그녀의 몸에 아직 앤드류의 체취가 남아 있었고, 마이클이 알아채기 전에 없애야 했다.

제한속도보다 훨씬 빨리 차를 몰았다. 다행스럽게도 교통경찰은 없었다. 집이 있는 도로로 꺾어졌을 때 즉시 위를 쳐다보았다. 집에 불빛이 전혀 켜져 있지 않아 다행이었다. 마이클이 벌써 잠들었거나―그녀가 돌아오지 않았는데 마이클이 잠드는 일은 없었다―아직 집에 돌아오지 않았거나 둘 중 하나였다.

버지니아는 비탈길에 차를 세워두고 집안으로 들어갔다. 마이클이 오후에 차를 세워놓은 바로 그 자리였다. 현관문을 열고 전등을 켠 다음 애매모호한 목소리로 마이클을 불렀다.

"마이클? 돌아왔어?"

아무런 대답이 없었다. 버지니아는 핸드백을 구석에 던져놓은 다음 곧장 욕실로 들어가 옷을 전부 벗어 빨랫바구니 맨 아래쪽에 쑤셔 넣었다. 그녀가 샤워를 막 끝냈을 때 현관문이 열리는 소리가 들려왔다. 그제야 마이클이 돌아온 것이다.

목욕타월을 몸에 두르고 잠시 심호흡을 하며 욕실 벽의 차가운 타일에 몸을 기댔다.

다행히 들키지는 않았지만 행운이라 여기며 기뻐하자니 수치심이 일었다. 그녀는 자신의 인생에 뭔가 획기적인 변화가 있어야 한다는 걸 절실히 느꼈다. 그녀는 당장 마이클과 결혼하거나 아니면 헤어져야 한다고 생각했다. 아마도 헤어지는 쪽을 선택하게 될 것 같았다.

7

주방의 전등 하나에만 불이 들어와 있었다. 버지니아는 꼼짝도 하지 않고 의자에 앉아 있었다. 그녀는 시종일관 미동도 하지 않고 줄곧 단조로운 톤으로 이야기했다. 마침내 이야기를 끝낸 그녀는 창밖의 어둠을 향해 고개를 돌렸다. 윙윙거리며 돌아가는 냉장고 모터 소리 말고는 집안이 온통 쥐 죽은 듯 고요했다.

"차를 마지막으로 운전한 사람이 당신이었군. 마이클이 아니라 바로 당신."

버지니아는 프레데릭을 쳐다보지 않았다.

"차문을 잠그는 걸 깜빡했어. 마음이 조급했던 탓에 차를 주차하자마자 정신없이 집 안으로 뛰어 들어간 거야. 내가 차문을 잠그지 않는 바람에 그 다음날 토미가 쉽게 차에 올라탈 수 있었겠지."

"그 이야기를 나탄에게도 했어?"

"나탄과 그 정도로 가깝지는 않아. 그는 단지 그 전 이야기까지만 알아. 마이클 함께했던 내 어린 시절, 앤드류와의 연애, 토미의 죽음까지 알고 있지만 방금 전에 한 이야기는 몰라."

"앤드류라는 남자에 대해 지금껏 아무것도 몰랐어."

"오래 전 일이고, 그 당시에는 사랑이라고 착각했었지만 한때 지나가는 바람이었을 뿐이야. 그는 나를 위해 아내와 아이를 버릴 수는 없는 유부남이었지.”

“남자들이 흔히 쓰는 방식이지.”

프레데릭이 말했다.

한참 동안 침묵이 흘렀다.

“나는 마이클을 배신했어. 그중에서도 가장 나쁜 건 그게 아니었어. 제일 나쁜 건…….”

지금 이 상황이 꿈이나 상상이 아니라는 것을 확인하고 싶은지 그가 자리에서 일어나 그녀 곁으로 다가왔다.

“마이클이 자신의 죄에 대한 트라우마 때문에 정신적으로 완전히 무너졌다는 것이야.”

“마이클은 토미의 죽음이 자신의 책임이라고 믿었으니까 엄청난 자책감에 시달렸겠지. 당신은 왜 마이클의 중압감을 덜어줄 생각을 하지 않았지?”

“진실을 말할 용기가 나지 않았어.”

“당신답지 않은 일이야. 당신은 겁쟁이가 아니잖아.”

“사실은 겁쟁이인지도 모르지.”

프레데릭이 멈춰 서서 그녀를 바라보았다.

“이제야 당신의 인생에 드리워져 있는 그림자를 본 것 같아.”

“나탄이 오래 전 사진을 한 장 찾아냈어. 내가 젊었을 때 찍은 사진이었는데, 그때의 나와 지금의 내가 전혀 다른 사람 같다고 하더군. 그 사이 내 인생을 뒤흔든 중대사건이 있었다는 걸 눈치 챈 것이지. 나는 토미의 죽음에 대해 털어놓았지만 그는 뭔가 더 심각한 문제가 있었다는 걸 직감한 눈치였어. 나는 그에게 방금 전 당신에게 들려준 이야기를 털어놓을 수는 없었지.”

"당신은 내가 나탄 같은 직관력을 갖추지 못한 것에 대해 원망해? 그동안 당신과 오랜 세월을 함께 해오면서 아무것도 캐묻지 않은 것에 대해 따지는 거야?"

"원망이라니? 따지다니? 내가 저지른 잘못이었고, 많은 사람들에게 고통을 준 내가 무슨 자격으로 당신을 원망하고 따지겠어."

버지니아는 말을 멈추고 잠시 눈을 감았다.

"그 사건이 벌어진 이후 난 마이클을 볼 때마다 죄책감에 시달렸어. 날마다 그에게 진실을 고백하고 용서를 빌고 싶었지. 그날 밤 앤드류와 바람을 피우러 나갔고, 그보다 일찍 집에 돌아오기 위해 급히 서두르다가 차 문을 잠그는 걸 깜빡했다고 고백하고 싶었어. 토미가 죽은 건 전적으로 내 탓이라는 걸 솔직하게 털어놓고 싶었지. 내가 마이클에게 끝내 그 이야기를 털어놓지 못한 건 그가 크게 실망할까 봐 두려웠기 때문만은 아니었어. 내가 그에게 고백하는 순간 내 잘못을 똑바로 들여다봐야 한다는 게 너무나 두려웠어. 그 이야기를 입 밖으로 꺼내는 순간 그 일은 내가 전적으로 감당해야 할 현실이 된다는 의미였으니까. 마이클이 떠났을 때 마음이 홀가분해진 이유야."

버지니아는 목소리가 기어들어가다시피 했고, 고개가 푹 숙여져 있었다.

"좀 전에 내가 당신에게 왜 진실을 털어놓지 않았냐고 물었지? 나도 그 질문에 대한 대답은 존재하지 않는다는 걸 이제야 알겠어. 이제 나는 당신의 마음을 조금이나마 이해할 수 있을 것 같아."

"뭘 이해한다는 거야?"

"마이클에게 진실을 고백하지 못한 당신의 마음과 고통을 이해할 수 있어. 당신이 그 일을 잊기 위해 얼마나 힘들게 살아왔는지도 알 수 있어. 아마 나였더라도 당신과 똑같이 행동했을 거야."

버지니아가 단호하게 고개를 저었다.

"당신은 절대로 그럴 사람이 아니야."

프레데릭이 오늘 처음으로 부드러운 미소를 지었다.

"살아오는 동안 나 역시 직시하고 싶지 않은 현실이 많았어. 현실을 직시할 경우 감당해야 할 짐이 두려웠기 때문이었지. 당신도 나에게 그런 부분이 있다는 걸 잘 알 거야."

"아마 우리 모두에게 그런 부분이 조금씩은 있겠지."

버지니아가 작은 소리로 대답했다.

프레데릭이 부드럽게 그녀의 머리를 어루만졌다. 근래에는 없던 일이었다.

"그동안 당신의 마음을 무겁게 짓눌렀던 짐을 내려놓을 때가 되었어. 이제부터 더 이상 어두컴컴한 나무들 뒤로 몸을 숨기지 마. 지난날의 당신 모습을 찾기 위해 나탄 같은 사기꾼의 품속으로 뛰어드는 건 결코 해결책이 될 수 없어. 앞으로 나와 함께 하게 되든 갈라서든 상관없이 내 말을 명심해."

버지니아는 천천히 고개를 끄덕였다.

9월 8일, 금요일

1

장례식장은 발 디딜 틈이 없을 정도로 조문객들이 많았다. 레이첼은 사랑받는 아이였던 게 분명했다.

제니는 엄마와 함께 맨 뒤쪽에 서 있었기 때문에 레이첼의 부모와 여동생을 볼 수 없었다. 장례식이 어떻게 진행되고 있는지도 알 수 없었다. 그나마 관을 땅속에 묻는 모습을 보지 않아도 돼 다행이었다.

어젯밤, 스텔라 형사가 집으로 찾아와 어떤 남자의 사진을 보여주며 문구점에서 본 아저씨가 맞는지 물었다. 제니는 즉시 아니라고 대답했다. 스텔라는 다시 실망한 표정을 지었다.

제니는 스텔라 형사의 기대를 충족시켜 주지 못해 미안했다.

"스텔라 형사님, 이 사람이 용의자인가요?"

엄마가 스텔라 형사가 가져온 사진을 손으로 가리키며 작은 소리로 물었다.

"유괴 전과가 있는 사람이라 용의선상에 올려두긴 했는데 이번 사건과는 관련이 없어 보여요."

스텔라 형사 역시 작은 소리로 대답했다.

장례식에는 스텔라 형사도 와 있었다. 그녀는 다른 조문객들처럼 검정색 정장 차림을 하고 있었고, 제니와 도리스와는 몇 발자국 떨어진 지점에 서 있었다. 그녀는 제니에게 혹시 문구점에서 본 남자가 와 있는지 주위를 잘 살펴보라고 하면서 그를 발견할 경우 조심스럽게 신호를 보내야 한다고 말했다.

제니는 주변을 몇 번이나 둘러보았지만 그 아저씨는 보이지 않았다. 솔직히 말하면 오히려 다행스러운 일이었다. 다시는 그 아저씨 얼굴을 보고 싶지 않았기 때문이다.

그 아저씨를 찾아내면 스텔라 아줌마가 몹시 기뻐할 거야.

제니의 입에서 절로 한숨이 새어나왔다.

대체 이 일은 언제쯤 끝날까?

스텔라 형사가 제니의 기운을 북돋아주려는 듯 살짝 윙크를 보냈다. 조문객들은 손수건으로 연신 눈물을 훔쳐냈다. 레이첼을 알지도 못하는 제니의 엄마도 계속 코를 훌쩍거렸다.

조문객들이 차례로 무덤 앞으로 나가 꽃을 내려놓았지만 제니와 도리스는 그냥 자리를 지켰다.

"제니에게 더 이상의 부담을 주고 싶지는 않아요."

도리스가 스텔라 형사에게 말했다.

"이번이 마지막이니까 걱정하지 말아요."

스텔라 형사가 선선히 고개를 끄덕이며 말했다.

장례식이 모두 끝나고 조문객들이 출입문 쪽으로 서서히 이동했다. 아직 눈물을 그치지 않은 사람들도 많았다. 아직 범인이 잡히지 않았다는 사실이 사람들의 마음을 무겁게 짓누르고 있었다.

"엄마, 우리 이제 집에 가도 되는 거야?"

제니가 귓속말로 물었다.

"그 남자를 끝내 못 보았지?"

스텔라 형사가 물었다.

"사람이 너무 많아 못 찾은 건지도 몰라요."

제니가 미안한 표정을 지으며 어깨를 으쓱했다.

"그 남자는 경찰이 장례식장에 참석하리란 걸 예상했을 거예요."

도리스가 말했다.

스텔라 형사가 고개를 끄덕였다.

"간혹 납치범들은 대담하게 사건 현장에까지 스스럼없이 나타나곤 하죠. 게다가 범인은 경찰이 제니와 긴밀하게 연락하고 있다는 사실을 모를 수도 있어요."

"우리는 이제 가도 될까요?"

도리스가 물었다.

"네, 이젠 가보셔도 될 것 같아요."

스텔라 형사가 대답했다.

그들은 천천히 출입문 쪽으로 걸어갔다. 빽빽하게 몰려 있는 사람들을 뚫고 앞으로 나아가기란 쉽지 않았다.

제니의 눈에 아는 얼굴이 보였다. 경찰서에 갔을 때 이야기를 나눈 적이 있는 아저씨였다.

저 아저씨 이름이 뭐였더라? 그래, 맞아. 베이커 경감님이야.

베이커 경감이 어떤 남자와 여자 두 명과 함께 서 있었다. 그 남자는 검정색 양복을 입고 있었는데 척 보기에도 돈 많은 귀족처럼 보였다. 엄마가 종종 읽는 잡지책에서 보았던 귀족들과 비슷했다. 한 여자는 날씬한 몸매에 짧은 미니스커트를 입고 있었다. 다른 여자는 금방 쓰러질 것처럼 얼굴이 창백했다.

"아무런 성과도 없었지?"

스텔라 형사가 다가가자 베이커 경감이 물었다.

"안타깝지만 성과가 없었어요."

스텔라 형사가 말했다.

"우리 쪽도 그래."

베이커 경감이 말했다.

"죄송한데요, 대체 누구를 찾아야 하는 건지 모르겠어요."

미니스커트를 입은 여자가 말했다.

베이커 경감이 어른들을 서로 인사시켰다.

리즈 알비 부인이 날씬한 여자의 이름이었다. 쿠엔틴 부부는 귀족처럼 생긴 신사와 금방 쓰러질 것처럼 창백한 여자였다. 도리스 브라운 부인은 제니의 엄마였다. 베이커 경감이 마지막으로 제니를 가리켰다.

"이 아이가 바로 제니 브라운입니다."

쿠엔틴 부인이 제니를 향해 허리를 살짝 굽힌 다음 손을 내밀었다.

"안녕, 제니!"

"안녕하세요!"

쿠엔틴 부인의 눈은 세상에서 가장 슬퍼보였다.

"모두들 어려운 발걸음을 해주셔서 정말 감사합니다. 신경이 몹시 예민해지셨을 테지만 범인을 체포하기 위한 노력의 일환으로 이해해 주시면 감사하겠습니다."

베이커 경감이 사람들을 둘러보며 말했다.

"당연히 협조해야죠."

프레데릭이 말했다.

조문객들은 묘지 정문을 통과해 도로로 쏟아져나갔다. 제니는 사람들의 얼굴을 다시 한 번 꼼꼼히 둘러보았다. 이제는 그 남자를 반드시 찾고 싶었다. 친절한 스텔라 아줌마를 기쁘게 하기 위해서라도 찾고 싶었고, 지난 몇 주 동안 마음을 아프게 했던 엄마를 위해서라도 찾고 싶었다.

도리스는 제니 때문에 벌써 이틀이나 결근했다. 세탁소에 출근하면 사장님한테 혼쭐이 날 게 뻔했다.

스텔라 형사가 제니에게 살짝 미소를 지었다. 아직 포기하지 않고 계속 애쓰고 있다는 걸 알아차린 눈치였다. 스텔라 아줌마의 미소는 칭찬이었다. 제니는 칭찬을 듣자 기분이 한껏 좋아졌다.

조문객들이 모두 묘지 정문을 빠져나갔다.

"이제 다 끝났군요."

베이커 경감이 조금은 실망스럽다는 듯 말했다.

그들 일행도 밖으로 나가기 위해 정문을 향해 돌아섰다.

"빌어먹을!"

짧은 미니스커트를 입은 리즈 알비가 투덜거렸다.

제니는 대체 무슨 뜻으로 한 말인지 궁금했다.

그 나쁜 아저씨를 찾아내지 못해 화가 났나?

제니는 레이첼의 장례식에 참석하고 나서야 자신도 죽기 일보직전까지 갔다는 사실을 깨달았다. 자칫 잘못했으면 레이첼처럼 관 속에 누워 있게 됐을지도 모른다는 생각이 들었다.

엄마에게 죽음의 의미에 대해 물어볼 때마다 늘 이런 대답이 돌아왔었다.

"아직 넌 시간이 많으니까 죽음에 대해 생각할 필요는 없어. 훗날

네가 할머니가 됐을 때 생각해도 늦지 않으니까."

엄마의 말을 듣고 제니는 죽음이 아직은 멀리 있다고 생각하고 안심했었다. 죽음이 그렇게 멀리 있다면 미리부터 걱정할 필요는 없을 것 같았기 때문이다.

제니는 레이첼의 장례식에 참석하고 나서 죽음이 반드시 멀리 있지 않다는 걸 깨닫게 되었다. 죽음은 아주 가까운 곳에 있을 뿐만 아니라 느닷없이 찾아오기도 한다는 걸 새삼 알게 된 것이다. 다른 아이들은 여전히 죽음이 멀리 있다고 생각하고 살아갈 테지만 제니는 이제 그럴 수 없을 것 같았다.

어쩌면 이제 나는 더 이상 어린아이가 아니야.

그 생각을 하는 순간 부르르 떨게 할 만큼 강렬한 전율이 온몸을 훑고 지나갔다.

드디어 그들은 묘지 밖으로 나왔다. 조문객들이 자동차에 올라타고 있었다. 많은 차들이 한꺼번에 큰길 쪽으로 빠져나가느라 잠시 교통 체증이 발생했지만 초조해하는 사람도 없었고, 경적을 울려대는 사람도 없었고, 욕설을 내뱉는 사람도 없었다. 앞차가 빠질 때까지 다들 기이할 정도로 조용하게 순서를 기다리고 있었다.

제니는 사람들이 너무 슬퍼서 그런다는 걸 알 수 있었다.

"그럼 이제 작별인사를 드려야겠군요."

베이커 경감이 얼마나 울었는지 눈이 퉁퉁 부은 쿠엔틴 부인에게 손을 내밀면서 말했다.

"나중에 댁으로 찾아뵙겠습니다."

쿠엔틴 부인이 고개를 끄덕였다.

"안녕히 가세요."

엄마가 예민해진 목소리로 인사했다. 담배가 절실히 필요하다는 걸 알 수 있었다. 엄마는 묘지 정문에서 몇 발자국 떨어지자마자 분명 주머니에서 담배를 꺼낼 것이다.

바로 그 순간 제니는 그 남자를 보았다.

제니는 잠시 그 생각을 까맣게 잊고 있었기 때문에 몹시 당황했다. 제니는 아무 말도 하지 못하고 잔뜩 몸이 굳어진 상태로 그 남자가 있는 쪽을 계속해서 쳐다보기만 했다. 눈으로는 그 남자를 보고 있었지만 머리가 제대로 작동되지 않았다.

아니야, 착각일 수도 있어.

"잘 가, 제니."

베이커 경감이 손을 내밀며 말했다.

제니는 손을 내밀지도, 안녕히 가시라고 인사를 하지도 않았다.

"어서 경감님한테 인사해야지."

엄마는 그 순간 제니의 표정이 평소와 많이 다르다는 걸 금세 알아차렸다.

"제니, 무슨 일이야? 왜 아무 말도 하지 않고 가만히 있는 거야?"

"그 아저씨가 저기 있어."

제니가 아주 작은 소리로 속삭였다. 갑자기 목이 말라 소리가 나오지 않았다.

도리스 말고는 아무도 제니의 말을 알아듣지 못했다.

"그가 어디에 있다는 거야?"

도리스가 다급하게 물었다.

"저기에 그 아저씨가 있다니까."

제니가 답답하다는 듯 발을 동동 굴렀다.

"제니, 너 방금 뭐라고 했니?"

스텔라 형사가 깜짝 놀라며 물었다.

"제니가 그 남자를 봤대요."

갑자기 베이커 경감이 앞으로 나왔다.

"그 남자가 여기 있어? 어디에?"

"저기요."

제니는 그 남자가 있는 곳을 가리켰다. 사람들로 북적거리는 곳이었다.

"누구야?"

스텔라 형사가 심각한 표정으로 다시 물었다.

"저기 검정색 자동차 옆에 서 있는 사람이에요."

마침내 어른들이 일제히 제니가 가리키는 방향을 쳐다보았다.

"잭?"

쿠엔틴 부인이 넋 나간 사람처럼 속삭였다.

"바로 저 남자가 그날 헌스탠턴에서 내 가방을 주워줬어요!"

거의 동시에 미니스커트를 입은 리즈가 말했다.

베이커 경감과 스텔라 형사가 잭에게로 달려갔다. 순식간에 사방에서 제복 경찰이 나타났다.

대체 저 아저씨들은 어디에 숨어 있었던 거지?

제니가 비명을 지르며 엄마 품속으로 뛰어들었다.

그 아저씨가 총에 맞는 장면을 보게 될까봐 겁이 더럭 났기 때문이었다.

"제니, 엄마가 있으니까 진정해."

엄마의 목소리가 아주 먼 곳에서 들리는 것 같았다.

"총을 쏘지 말라고 해."

제니의 입에서 그 말이 불쑥 튀어나왔다.

"총은 쏘지 않고, 그냥 그 남자를 체포할 거야."

엄마가 그렇게 말하며 제니의 머리를 쓰다듬었다.

제니는 마침내 울음을 터뜨렸다.

2

베이커 경감은 차라리 고문이 허용되던 시절로 되돌아가고 싶었다. 물론 비현실적인 생각이었고, 실제로 그렇게 되길 바란 적은 없었다.

베이커 경감은 스텔라 형사와 함께 잭 워커를 세 시간째 심문하고 있었다.

잭은 언뜻 보기에 대단히 호감이 가는 인상을 갖고 있었고, 누구나 친절하고 다정한 사람이라 여길 듯했다.

나 같아도 내 아이들을 의심 없이 맡겼을 거야.

제니는 잭이 문구점에서 말을 걸고 집으로 데려가려 했던 바로 그 아저씨가 확실하다고 증언했다. 리즈 역시 사라가 실종되던 날 그가 헌스탠턴에 있었을 뿐만 아니라 그녀와 사라의 뒤를 멀찍이서 뒤따라오고 있었다는 걸 기억해 냈다.

베이커 경감은 법원으로부터 수색영장을 발부 받아 잭 워커의 집에 형사들을 투입시켜 가택수색을 펼쳤다. 그 결과 결정적인 단서를 찾아내지는 못했지만 잭의 컴퓨터 하드디스크를 압수해 와 전문가들과 함께 분석하고 있는 중이었다.

베이커 경감은 컴퓨터 안에서 어린이 포르노물이 쏟아져 나올 거라고 확신했다. 잭은 쿠엔틴 부부를 묘지까지 태워다준 다음 주차할 곳이 없어 일단 집으로 돌아갔다가 장례식이 끝날 무렵 다시 왔다가 덜미를 잡혔다. 그는 범행사실을 완강하게 부인하고 있는 중이었다.

잭은 제니를 모르는 아이라고 잡아뗐다. 문구점에서 낯선 여자아이한테 말을 건 적도 없고, 생일파티를 열어주겠다고 꼬드긴 적은 더욱 없다고 주장했다. 그는 그 문구점에 아예 가본 적도 없다고 시치미를 뗐다.

베이커 경감이 위협적으로 상체를 숙였다.

"문구점주인을 불러 대질심문을 해도 계속 그런 소리를 할 수 있는지 두고 봅시다. 당신 말대로 문구점에 단 한 번도 간 적이 없다면 대질신문을 두려워 할 일은 없겠군요."

잭은 처음으로 기가 꺾였다.

"신문이나 잡지를 구입할 때 형편에 따라 이 가게 저 가게에 들르기 때문에 어쩌면 우연히 문구점에 들렀던 적이 있을지도 모르겠네요."

"8월 7일, 월요일에 어디 있었죠?"

베이커 경감이 물었다.

잭 워커는 생각을 더듬는 척하다가 어쩔 수 없다는 듯 두 손을 들어올렸다.

"기억나지 않아요. 형사님은 8월 7일에 뭘 했는지 다 기억하십니까?"

"8월 7일은 몹시 무덥고 햇볕이 쨍쨍 내리쬐는 날이었습니다. 그날, 아마 당신은 헌스탠턴 해변에 있었을 겁니다. 차를 직접 운전해 갔을 수도 있고, 버스를 타고 갔을 수도 있겠죠. 처음부터 아이를 납치할 계획이 있었던 건 아닐 수도 있겠군요. 애초에는 수영이나 선탠을 하고 싶었는데 갑자기 범행하기에 적합한 대상이 눈에 들어온 것일 수도 있죠."

"저는 지난 몇 년 동안 헌스탠턴에는 아예 가본 적이 없습니다."

"당신은 헌스탠턴 해변의 버스정류장에서 우연히 젊은 엄마가 네 살짜리 딸아이와 실랑이를 벌이는 장면을 목격하게 되었습니다. 여자 아이는 회전목마를 태워 달라고 떼를 썼고, 요구가 받아들여지지 않자 비명을 지르며 발버둥을 쳤지요. 울며불며 떼를 쓰는 아이를 강제로 잡아끌다가 아이 엄마는 결국 핸드백을 떨어뜨렸고, 당신이 그걸 집어주었습니다. 그때 아이 엄마가 당신 얼굴을 분명하게 기억하고 있는데도 자꾸 헛소리를 할 겁니까?"

"겨우 몇 초 동안 스치듯 보았던 사람을 4주나 지난 뒤에 정확하게 기억하는 사람이 과연 얼마나 될까요? 확실한 증거라고 내세울 만한 게 고작 그것뿐인가요? 형사님들은 아마 어린 여자 아이에게 문구점에서 본 남자를 찾아내라고 압박을 가했을 겁니다. 심리적으로 크게 위축된 아이가 엉겁결에 저를 지목했을 테고요. 철딱서니 없는 젊은 엄마의 엉터리 같은 기억력도 신빙성이 없긴 마찬가지입니다. 겨우 그 정도 증거로 무고한 사람을 잡아들인다는 게 말이 됩니까?"

"알다시피 우린 당신의 타액을 채취했어요. 이제 몇 시간 뒤면 DNA 분석결과가 나오게 됩니다. 사라와 레이첼한테서 채취한 DNA와 당신의 타액에서 채취한 DNA를 비교해보면 매우 흥미로운 결과를 얻을 수 있겠죠. 당신은 절대로 빠져나가지 못합니다. 지금이라도 자백을 하는 게 그나마 정상참작을 받아 형량을 줄일 수 있을 겁니다. 변호사가 필요하다면 당장 불러줄 수도 있어요."

베이커 경감이 말했다.

"변호사 따윈 필요 없어요. 저는 결백합니다."

잭은 계속 범행을 완강하게 부인했다.

"당신은 왜 레이첼을 범행대상으로 지목했죠? 우연히 그렇게 된 겁니까, 아니면 당신이 평소 선호하는 스타일에 부합됐습니까?"

"저는 레이첼이 누군지도 모릅니다."

"사라를 데려갈 때는 무슨 약속을 했나요? 회전목마를 태워주겠다고 했죠?"

"저는 사라가 누군지도 몰라요."

"킴은 어디에 숨겨두었나요? 설마 킴한테도 몹쓸 짓을 하진 않았겠죠? 그 아이는 사라나 레이첼과는 달리 당신을 잘 알고 있는 아이였잖아요?"

그 순간 잭의 눈빛이 표 나게 흔들렸다.

"저는 킴한테는 나쁜 짓을 하지 않았어요! 절대로!"

"그럼 다른 아이들한테는 나쁜 짓을 했다는 말이군요. 당신은 방금 사라와 레이첼한테는 나쁜 짓을 했다는 걸 스스로 인정한 셈입니다."

"저는 그 아이들을 모른다니까요."

"8월 27일, 일요일에는 어디 있었죠?"

"기억나지 않습니다."

"매주 일요일 오전에 당신은 단골 술집에 가죠?"

다시 잭 워커의 눈빛이 흔들렸다.

"단골 술집에 가는 것도 잘못입니까?"

"그럼 8월 27일에도 분명 그 술집에 갔죠?"

"그럴지도 모르지만 정확한 건 기억나지 않습니다. 매주 일요일마다 꼬박꼬박 가는 건 아니니까요."

"방금 전에는 매주 일요일에 간다고 했잖아요."

"제가 그런 게 아니라 형사님이 그렇게 물었죠."

"당신이 그 말이 사실이라는 걸 확인해줬잖습니까?"

"제가 그 술집에 가든 말든 대체 무슨 의미가 있다고 자꾸 그런 말을 하는지 모르겠네요."

잭이 비아냥거리며 말했다. 그의 이마에 땀이 송골송골 맺혀 있었다. 그는 쿠엔틴 부부를 태우러 장례식장에 오느라 옷을 단정하게 차려 입고 있었다. 양복에 넥타이까지 맸으니 더울 만도 했다. 그는 넥타이를 풀고 싶어 미칠 지경일 것이다. 베이커 경감은 그의 의사를 확실하게 알지는 못했지만 넥타이를 풀도록 배려하고 싶은 생각이 전혀 없었다.

"내가 무슨 의도로 그런 말을 했는지 모르겠습니까? 8월 27일 오전, 당신은 레이첼을 외진 지역인 채프만스 클로즈로 꾀어냈어요. 레이첼은 거기서 당신 자동차에 올라탔고, 어딘가로 끌려갔죠. 그런 다음 성폭행을 당하고 살해된 시신으로 발견됐습니다. 당신은 레이첼을 무참하게 살해하고, 시신을 샌드링햄에 버렸어요."

베이커 경감이 채프만스 클로즈를 언급했을 때 잭 워커가 순간적으로 움찔 놀라는 기색이었다. 경찰이 약속장소까지 알고 있을 줄은 미처 몰랐던 듯했다.

"당신은 8월 6일, 일요일에 게이우드 성당 앞에서 처음으로 레이첼에게 말을 걸었어요. 당신 사진을 성당에 가져가 탐문해볼 경우 당신이 그 근처를 어슬렁거렸다는 걸 기억하고 있는 사람이 제법 많을 거라 예상하는데 어떠세요?"

잭은 여전히 침묵했지만 점점 더 많은 땀을 흘리고 있었다.

베이커 경감이 의자를 잡아당겨 잭 워커의 맞은편에 앉았다. 그런 다음 상체를 숙여 그의 눈을 들여다보았다. 조금 전까지만 해도 날카롭기 그지없었던 베이커 경감의 목소리가 조금은 부드러워졌다.

"우린 지금 킴을 찾고 있어요. 경찰병력과 탐지견을 동원해 킹스린 인근을 샅샅이 뒤졌지만 아직 킴을 찾지 못했습니다. 킴의 목숨이 아직 붙어 있다는 의미일 수도 있겠네요. 킴이 있는 장소를 알고 있는 사람은 당신밖에 없어요. 만약 당신이 계속 입을 다물 경우 킴은 허기와 갈증에 시달리다가 죽게 될 겁니다."

베이커 경감이 그 지점에서 목소리를 낮게 깔았다.

"우린 당신을 절대로 풀어주지 않을 겁니다. 당신은 이미 감방에 들어간 거나 마찬가지죠. 한 사람을 살해하든 두 사람을 살해하든 어차피 중형을 받게 될 테니까 다를 바 없다고 생각하겠지만 실제로는 그렇지 않습니다. 만약 킴을 살릴 수 있는 상황이었는데 당신이 굳게 입을 다무는 바람에 사망하게 되었다는 사실이 밝혀질 경우 단순히 형량만 늘어나는 게 아니라는 걸 명심해야 합니다. 무엇보다 당신이 감방 안에서 받게 될 대우에도 큰 영향을 미치게 된다는 뜻입니다."

베이커 경감이 말을 멈추고 뜸을 들였다.

잭이 신경질적으로 넥타이를 비틀었다. 얼굴에 땀이 번질거렸다.

"이미 들어서 알겠지만 감방 안에도 위계질서가 있어요."

베이커 경감이 흥미로운 일이라는 듯 미소를 지으며 말을 이었다.

"수감자들은 어린아이를 성폭행하고 살해한 자를 가장 혐오하죠. 감방 서열 맨 아래가 당신처럼 어린아이를 납치 살해한 범죄자들 차지죠. 매일이다시피 눈에서 피눈물이 날 테니까 기대해도 좋습니다. 당신이 마지막 순간에 어린아이의 목숨을 구했다면 정상 참작이 되겠죠. 지금 이 기회를 놓치면 당신은 앞으로 뼈저리게 후회하게 될지도 모릅니다. 감방은 지옥이고, 지옥에도 등급이 있으니까요. 내가 만약 당신 입장이라면 킴이 어디에 있는지 말해줄 겁니다. 어차피 유전자 검사 결과가 나오게 되면 당신이 두 아이를 살해했다는 증거가 확보될 테니까 유죄가 확정적이죠. 어차피 감방에 들어가 장기간 복역해야 한다는 뜻입니다. 결국 한 아이라도 살리는 게 당신 신상에 좋다는 뜻입니다."

베이커 경감이 다시 상체를 일으켰다.

"내가 해줄 수 있는 마지막 충고니까 명심하세요."

"저는 아이들을 죽이지 않았어요."

"킴은 어디에 있는지 말해 봐요."

스텔라 형사가 끼어들었다.

"저는 모른다니까요."

"9월 6일 수요일에 당신은 플리머스에서 돌아오고 있었습니다. 화물을 배달하고 오는 길이었죠."

"그날, 제가 플리머스에 있었다는 걸 증명해줄 사람은 많습니다."

잭 워커가 흥분하며 말했다.

베이커 경감이 손을 들어올렸다.

"당신이 플리머스에 갔다는 건 우리도 이미 알고 있으니까 굳이 증명할 필요도 없어요. 당신이 수요일 아침 몇 시에 플리머스를 떠났는지가 더욱 중요할 겁니다. 그날 당신은 플리머스에서 일찍 출발했는데 이해가 안 될 정도로 귀가가 늦었더군요."

"제가 미친놈처럼 과속하지 않은 것도 문제가 됩니까? 그날은 교통체증이 심해 생각보다 시간이 많이 걸렸습니다."

"수요일에는 교통체증이 심하지 않았어요. 교통사고도 없었고, 공사 구간도 없었는데 당신은 저녁이 되어서야 집에 돌아왔습니다."

"러시아워에 갇혀 꼼짝할 수가 없었습니다. 퇴근시간에 교통체증이 얼마나 심한지 형사님들도 잘 아시잖습니까? 꼬리를 물고 이어지는 차량들 사이에 끼어 굼벵이처럼 기어올 수밖에 없었습니다. 게다가 중간쯤에서 졸음이 쏟아지는 바람에 차를 세우고 한두 시간 눈을 붙였죠. 운전하면서 꾸벅꾸벅 조느니보다는 잠시 쉬었다 가는 게 낫지 않나요?"

잭의 목소리에 피로감이 묻어났다.

"당신 부인이 그레이스 맞죠?"

"네, 맞습니다."

"킴을 데리러 가줄 수 있는지 물었을 때 당신은 러시아워에 걸려 저녁 7시쯤에나 킹스린에 도착할 것 같다고 말했습니다. 그때 당신은 킹스린 외곽까지 와 있었으면서도 말입니다. 그레이스에게는 제시간에 학교에 도착할 수 없다고 말하고 나서 당신은 순간적으로 머리를 굴렸던 겁니다. 그레이스는 당신 말을 철석같이 믿고 아픈 몸을 이끌고 곧장 킴의 학교로 갔죠."

"모든 게 다 터무니없는 추측일 뿐입니다."

잭이 그 말을 하며 다시 넥타이를 잡아당겼다.

"그레이스는 독감에 시달리고 있었기 때문에 다른 날에 비해 동작이 굼뜰 수밖에 없었습니다. 그 결과, 그레이스보다 당신이 먼저 학교에 도착하게 되었죠. 킴이 비를 맞으며 정문 앞에서 기다리고 있었고, 당신은 시치미를 떼고 아이를 차에 태웠습니다. 킴은 평소 당신을 잘 알고 있었기에 아무런 의심도 하지 않고 차에 올랐겠죠."

"소설을 쓰느라 애쓰십니다. 제가 보기에는 억지 소설일 뿐입니다."

잭의 얼굴이 시뻘겋게 달아올랐다. 마침내 그가 넥타이를 느슨하게 풀었다.

베이커 경감이 갑자기 목소리를 낮췄다. 스텔라 형사 역시 베이커 경감의 태도 변화에 어떤 의미가 있는지 알 수 없었다.

"그 다음에는 또 무슨 일이 일어났죠? 두 사람은 함께 차에 타고 있었습니다. 당신 옆자리에는 킴이 앉아 있었죠. 그때 당신은 화물차를 운전하고 있었기 때문에 킴을 뒷자리에 태울 수가 없었습니다. 애초에 의도하지는 않았지만 킴은 바로 당신 옆에 앉아 있게 됐죠. 아마도 비에 젖은 아이의 체취가 평소보다 훨씬 더 심하게 당신의 후각을 자극했을 겁니다. 머리카락 냄새도 짙었겠죠. 전혀 그런 사정을 모르는 킴은 한시바삐 따뜻한 집으로 돌아가 비에 젖은 몸을 녹일 생각을 하고 있었을 겁니다.

그 순간 당신은 무서운 일을 벌이기로 마음먹게 됩니다. 당신 마음속에는 늘 어린 여자아이에 대한 동경이 숨어 있었으니까요. 안 그런가요? 당신은 여자아이의 가녀린 몸, 부드러운 머리카락, 이제 막 2차 성징이 시작된 여자아이에 대한 동경이 있었잖아요.

차에 앉아 있던 당신은 갑자기……."

"이제 제발 그만해요!"

잭이 넥타이를 완전히 풀어헤치며 소리쳤다.

"저는 킴을 건드리지 않았습니다. 하느님께 맹세코 저는 킴을 건드리지 않았어요! 아니라고요!"

그런 다음 잭은 탁자 위에 엎드려 마치 어린아이처럼 엉엉 울기 시작했다.

3

햇살이 쏟아지는 국도를 따라 경찰 순찰차들이 질주했다. 맨 앞쪽 순찰차에는 베이커 경감과 스텔라 형사가 타고 있었다. 스텔라 형사가 운전대를 잡고 있었다.

스텔라 형사는 다른 차량들이 따라오기 힘들 만큼 가속페달에서 발을 떼지 않고 맹렬하게 차를 몰았다. 검정색 선글라스를 쓴 그녀의 입술은 굳게 닫혀 있었고, 눈에서는 광채가 번뜩였다.

잭은 베이커 경감의 추궁에 말려들어 결국 자신이 저지른 범행일체를 자백했다.

잭은 문구점에서 만난 제니를 납치할 목적으로 생일파티를 열어주겠다며 꼬드긴 사실을 인정했다. 다만 킴에 대해서는 여전히 모호한 태도를 취했다. 그는 킴에 대한 이야기만 나오면 몸을 부들부들 떨며 흐느끼느라 말을 제대로 잇지 못했다.

"킴이 어디에 있는지 어서 말해요. 킴을 차에 태운 다음 어디로 데려갔는지 어서 말하라니까!"

"저는 적어도 킴에게는 아무 짓도 하지 않았습니다."

"킴이 어디 있는지 말해요!"

"킴은 저의 작은 인형이었고, 공주님이었어요. 저는 킴을 아프게 할 수 없었어요."

"빌어먹을!"

"저는 사실 아이들한테 아무 짓도 하고 싶지 않았어요. 다만 제가 원하는 건…… 제가 원하는 건…… 애초에 저 같은 인간은 세상에 나오지 말았어야 해요."

잭은 그 말을 내뱉고 나서 또다시 격렬한 울음을 터뜨렸다. 그는 범행을 자백하고 나서 오히려 마음이 홀가분해진 듯했다. 그는 죄책감을 덜기 위해서인 듯 묻지도 않은 어린 시절에 대해서도 이야기했다.

잭은 청소년기를 지나면서 문득 자신이 소아성애자라는 사실을 알게 되었다. 그는 자신을 범죄자가 되게 만든 욕망의 싹을 없애기 위해 부단히 노력했지만 뜻대로 되지 않았다.

"저는 아이들을 죽이고 싶지 않았지만 결국 죽였어요. 아이들이 고소할까봐 두려웠죠. 감옥에 가는 게 두려웠어요."

베이커 경감의 역할은 그가 봇물 터지듯 이야기를 쏟아내는 동안 간간이 물길을 잘 유도해주면 되었지만 킴이 살아 있을 가능성이 높아진 이상 그 정도로 만족할 수는 없었다.

잭의 지나온 인생과 그가 저지른 끔찍한 범죄행위들, 말을 더듬으며 늘어놓는 변명들을 우두커니 앉아 들어주고 있을 때가 아니었다. 한시바삐 킴이 어디에 있는지 알아내 무사히 집으로 돌아오게 하는 게 우선이었다.

베이커 경감이 날카로운 목소리로 잭의 말을 끊었다.

"당신의 참회는 나중에 기회가 있을 때 충분히 들어줄 테니까 킴이 어디에 있는지 어서 말해요."

"킴은 지난날 제가 다녔던 트리클 운송회사의 방치된 부지에 있어요."

"방치된 부지가 있는 곳이 어디죠?"

"샌드링햄에 있습니다. 트리클 운송회사는 10년 전 그곳에서 이사했죠. 한때는 대형 운송회사로 명성을 날렸지만 지금은 사세가 완전히 쭈그러들었어요. 저는 그 회사의 직원이었습니다."

베이커 경감이 바짝 긴장하며 상체를 앞으로 숙였다.

"킴이 아직 거기 있는 게 확실합니까?"

잭이 대답 대신 어깨를 움찔하더니 말릴 새도 없이 눈물을 쏟기 시작했다.

베이커 경감이 자리에서 벌떡 일어섰다.

"당장 트리클 사의 과거 회사부지로 출동해."

베이커 경감은 트리클 사의 버려진 회사건물 위치를 확인한 다음 샌드링햄으로 달려가고 있었다. 황량한 지역이었고, 잭 같은 범죄자들이 세상으로부터 몸을 숨기기에는 최적의 장소였다.

잭은 킴을 그곳으로 데려갔다. 그는 킴의 머리카락 한 올도 건드리지 않았다고 했지만 결국 몸을 만지고 냄새를 맡고 장난감처럼 주물렀다는 걸 인정했다.

잭은 자신이 어느 선까지 갔었는지 정확히 기억하지 못하겠다는 듯 횡설수설했다. 베이커 경감은 잭 같은 범죄자들이 종종 자신이 지은 죄에 대해 후회할 경우 머릿속에서 기억 자체를 아예 지우려 한다는 걸 알고 있었다.

킴은 사라와 레이첼과는 달리 잭의 인생에서 매우 중요한 존재였다. 만약 그가 킴에게 무슨 짓을 했다면 사실을 축소하거나 숨기려고 할 가능성이 높았다. 잭이 횡설수설하지 않았더라면 좀 더 기다리며 킴을 숨긴 정확한 지점을 알아내고 싶었지만 시간이 없었다. 킴이 공포와 기아 때문에 죽어갈 수도 있었기 때문이다.

"저는 잭 워커가 그다지 잘생긴 줄 모르겠던데요."

스텔라 형사가 갑자기 말했다.

혼자 깊은 생각에 빠져 있던 베이커 경감이 깜짝 놀라며 스텔라 형사를 쳐다봤다.

"그 정도면 잘 생긴 거 아닌가?"

"저는 그냥 재미없는 영감탱이 같았어요. 레이첼은 왜 잭을 보고 영화배우처럼 생겼다고 했을까요?"

베이커 경감이 한숨을 푹 내쉬었다.

"친구에게 과시하고 싶었겠지. 아무튼 누구나 어떤 인물에 대해 객관적으로 묘사할 수는 없어."

잭이 범행일체를 자백할 때 레이첼에 대해 이야기했던 부분이 떠올랐다. 레이첼은 사실 그의 마수에서 벗어날 기회가 있었다. 레이첼한테 처음 말을 걸었을 때만 해도 그는 일주일 뒤 일요일에 약속을 잡을 생각이었다.

레이첼은 여름휴가가 예정돼 있다며 그에게 3주 후로 약속을 미뤄 달라고 요청했다. 언제나 자신의 끔찍한 충동과 싸우던 잭은 그 사이에 레이첼에 대한 관심이 식길 바라며 그 제안을 받아들였다.

약속된 일요일이 되었을 때 잭의 성적 욕망은 한밤중에 잠을 이룰 수 없을 정도로 팽창되었다. 그가 채프만스 클로즈로 차를 몰고 갈 때쯤에는 성적 욕망을 도저히 제어할 수 없는 상태였다. 이성과 욕망 사이에서 고뇌하던 그는 제발 그 사이 레이첼의 마음이 바뀌었기를 바랐다. 하지만 그의 기대와는 달리 레이첼은 기쁜 마음을 감추지 못하며 약속장소에 먼저 도착해 있었다.

트리클 사의 과거 회사부지는 수년 동안 그대로 방치된 탓에 몹시 황폐해 있었다. 오래 전, 베이커 경감은 이곳에 한 번 와본 적이 있었지만 건물들이 어떤 식으로 배치되어 있었는지 기억나지 않았다. 마당은 잡초로 뒤덮여 있었고, 창문들은 오래 전에 모두 깨져 버린 듯 을씨년스러운 느낌을 풍기고 있었다. 지붕들은 절반쯤 붕괴돼 있었고, 철문들은 경첩에 매달린 채 활짝 열려 있었다. 긴 창고들이 줄지어 서 있었고, 그 앞에 완전히 녹슬고 바퀴가 하나밖에 남지 않은 트럭이 서 있었다.

스텔라 형사가 차창을 열었다.

"다 조사하려면 시간이 제법 많이 걸리겠는데요. 건물 지하실까지 있으면 더욱 힘들겠어요. 이럴 줄 알았으면 잭을 족쳐서라도 현장에까지 데려올 걸 그랬어요."

"잭이 횡설수설하는 말들을 끝까지 들어주고 있을 수 없었어. 킴을 구하려면 일분일초가 급하니까."

베이커 경감이 차에서 황급히 내렸다.

경찰관들이 즉시 부지 전체로 흩어졌다. 일부 건물은 붕괴 위험이 커 매우 조심스럽게 몸을 움직여야 했다.

"아이가 완전히 기력이 떨어졌을 수도 있으니까 어느 한구석도 놓치지 말고 샅샅이 훑어봐야 해."

경찰 병력이 건물마다 분산 배치돼 수색작업을 펼쳤지만 45분이 지나도록 아무것도 찾아내지 못했다.

"저 방에 뭔가 있는데, 잭과 연관이 있어 보입니다."

이제 막 옆 건물을 수색하고 온 경찰관이 말했다.

옆 사무실에는 안으로 들어갈 수 있는 벽장이 있었는데, 문이 벽과 같은 색이라 얼핏 봐서는 눈에 띄지 않을 것 같았다.

베이커 경감은 벽장 안을 들여다보았다. 바닥에 사진들이 나뒹굴고 있었다. 대부분 어린아이들의 나체사진이었다. 벽에는 열 살 정도로 보이는 여자아이와 성행위를 하는 성인남자를 그린 포스터가 붙어 있었다. 그림 속의 여자아이가 경악한 표정으로 눈을 휘둥그레 뜨고 있었다.

"그야말로 쓰레기 같은 놈이네요."

스텔라 형사가 말했다.

"감히 이런 쓰레기들을 집에 보관하자니 엄두가 나지 않았을 거야."

베이커 경감이 말했다.

"잭의 아내가 정말 아무것도 몰랐을까요?"

"아마 짐작조차 못했을 거야."

베이커 경감이 그 말을 한 다음 경찰관들을 향해 소리쳤다.

"잭 워커가 이 현장에 왔었다는 게 증명됐어. 킴이 여기 어딘가에 있을 거야."

"잭이 우리에게 거짓말을 한 건 아닐까요? 건물들을 샅샅이 뒤졌는데 킴을 발견하지 못했어요. 일단 킴을 이곳으로 데려오긴 했지만 사라와 레이첼처럼 다른 곳으로 데려가 숨겨두지 않았을까요?"

스텔라 형사가 말했다.

베이커 경감이 피곤하다는 듯 손으로 얼굴을 문질렀다. 과로와 긴장 탓에 눈이 빨갛게 충혈 돼 있었다.

"사라와 레이첼의 시신은 모두 킹스린 근처에서 발견됐어. 그곳을 지나다니는 사람들이 쉽게 발견할 수 있는 장소였지. 백 명이 넘는 경찰이 이틀 전부터 아이들의 시신이 발견된 인근지역을 샅샅이 수색했지만 킴의 시신을 발견하지 못했어. 그 이유가 뭔지 생각해봤어?"

"두 사건과 달리 잭이 킴을 다른 곳에 버렸기 때문이 아닐까요? 그 장소 인근에 경찰이 쫙 깔려 있으니까 다른 곳에 버렸을 가능성이 커 보여요."

베이커 경감은 잠시 침묵했다. 그는 왜 이 음산하고 황량한 곳을 떠나고 싶지 않은지 그 자신도 이유를 알 수 없었다. 공장 부지에 있는 모든 건물을 샅샅이 수색했지만 결국 킴의 자취를 발견하지 못했다. 스텔라 형사의 말대로 잭이 킴을 이곳에 데려왔다가 다른 곳으로 옮겼을 수도 있었다. 장소를 옮겼을 경우 킴은 살아 있지 않을 가능성이 높았다.

베이커 경감은 오랜 세월 형사 생활을 해오면서 발달된 직관력이 있었다. 그는 자신의 직관대로 여기 어딘가에 킴이 있을 거라 확신하며 부하들을 독려했다.

"마지막으로 한 번만 더 훑어보도록 해."

"경감님, 샅샅이 훑어보지 않은 건물이 없어요."

스텔라 형사가 말했다.

"만약 이곳에 없다면 킴은 죽은 거야. 잭이 킴을 산 채로 숨겨 놓을 만한 장소는 여기밖에 없어. 잭이 다녔던 회사의 부지야. 잭이 킴을 산 채로 숨겨둘 생각이었다면 구석구석 훤하게 알고 있는 이 부지보다 더 좋은 장소는 없었을 거야."

경찰관들이 다시 사방으로 흩어져 수색을 시작했다. 스텔라 형사는 베이커 경감 옆에 그대로 남아 있었다.

"내가 잭이었다면 지하실에 킴을 숨겼을 거야. 주로 비품창고로 사용한 공간들이라 방치된 물건들이 많아 아이를 숨기기에 용이했을 테니까."

베이커 경감이 말했다.

"그럼 우리 다시 한 번 지하실로 내려가 살펴볼까요?"

그들은 첫 번째 건물의 지하실을 수색했다. 벽을 따라 여러 개의 목재선반이 설비돼 있었다. 목재가 썩어 무너져 내린 선반이 다수였고, 방치된 비품들이 아무렇게나 쌓여 있었다. 아무리 살펴봐도 킴이 있을 만한 곳은 눈에 띄지 않았다.

스텔라 형사는 첫 번째 건물의 수색을 끝내고 다시 지상으로 올라왔을 때 깊은 한숨을 내쉬며 건물 벽에 등을 기댔다.

"5분만 쉬었다가 다시 시작하죠? 담배라도 한 대 피워야지 안 되겠어요."

베이커 경감이 알았다는 뜻으로 고개를 끄덕였다.

"자네가 담배를 피우는 동안 난 다른 지하실을 살펴보고 있을게."

"금방 뒤따라갈게요."

스텔라 형사가 담배에 불을 붙인 다음 연기를 깊숙이 빨아들였다.

베이커 경감은 혼자서 다음 건물의 지하실로 내려갔다. 그곳 역시 첫 번째 지하실과 다를 게 없었다. 전기가 전부 끊긴 상태라 손전등을 비춰가며 구석구석을 꼼꼼하게 살폈다. 방치된 널빤지들과 비품에 다리가 걸려 넘어지지 않으려면 정신을 바짝 차려야 했다. 은밀한 공간으로 이어지는 통로 같은 게 있을 거라 기대했지만 단단한 벽뿐이었다.

내가 잘못 판단한 건가?

베이커 경감은 피로감이 온몸으로 퍼져나갔다.

차라리 잭을 더 추궁했어야 한다는 생각이 들었다. 어디에 킴을 숨겼는지 고문을 해서라도 정확한 지점이 어딘지 확인했어야 마땅했다. 잭으로부터 운송 회사의 버려진 부지 이야기를 듣자마자 급히 현장으로 출동한 건 시간이 촉박하다는 생각 때문이었다. 살아 있는 킴을 찾아내기 위해서였다. 점점 횡설수설하기 시작하는 잭의 넋두리를 계속 들어주고 있다가는 킴이 위험해질 수도 있으니까.

잭을 끌고 와 킴을 어디에 숨겼는지 강제로라도 자백을 받을까? 아니야, 시간이 흐를수록 킴이 위험해져. 마음을 차분하게 가라앉히고 지하실을 다시 한 번 수색해보는 거야. 지하실 수색이 모두 끝날 때까지 다른 생각은 금물이야.

바로 그때 어디선가 무슨 소리가 들려왔다. 들릴 듯 말 듯 희미한 소리였다. 만약 스텔라가 옆에 있었더라면 발자국 소리와 숨소리 때문에 못 들었을 수도 있었다. 공교롭게도 잠시 발걸음을 멈추고 생각에 잠겨 있었기 때문에 겨우 소리를 인지할 수 있었다.

뭔가를 긁어대는 소리였다. 혹시 착각한 건 아닌지 의심이 들 만큼 작은 소리였다. 그때 소리가 다시 들려왔다. 베이커 경감은 빠른 걸음으로 소리가 난 쪽으로 걸어갔다.

어쩌면 쥐들이 낸 소리일 수도 있어.

소리가 난 방향을 다시 한 번 확인하기 위해 걸음을 멈추고 귀를 기울였다. 미세하지만 소리는 계속 이어지고 있었다. 드디어 복도 끝에 도달했다. 오른쪽과 왼쪽에 각각 방이 한 개씩 있었고, 떨어져 나온 문짝들이 바닥에 그대로 방치돼 있었다.

베이커 경감은 다시 걸음을 멈추고 귀를 기울였다. 소리는 오른쪽 방에서 흘러나오고 있었다. 스텔라와 함께 이미 훑고 지나갔던 방으로 부서진 목재진열대에서 떨어져 나온 널빤지들이 높다랗게 쌓여 있는 곳이었다. 널빤지들 사이로 손전등을 비춰봤지만 딱히 눈에 띄는 건 없었다.

다시 한 번 귀를 기울여본 결과 소리는 바로 널빤지들이 쌓여 있는 곳에서 흘러나오고 있었다. 널빤지들이 겹겹이 쌓여있는 데다가 부서진 선반들이 곳곳에 나뒹굴고 있어 안쪽을 들여다볼 수가 없었다.

베이커 경감은 손전등을 옆에 내려놓고 널빤지들을 옆으로 치우기 시작했다. 그때 뒤쪽에서 발자국소리가 들리더니 손전등 불빛이 지하실로 들어왔다. 스텔라 형사였다.

"거기서 뭐 하시는 거예요?"

"여기서 뭔가를 긁어대는 소리가 났어. 이 선반진열대 뒤쪽이야."

스텔라도 손전등을 바닥에 내려놓고 널빤지들을 치우기 시작했다.

"선반 안쪽에 뭔가가 있어요."

스텔라 형사가 손전등을 집어 들고 널빤지더미 안쪽을 비췄다.

"저기 이상한 나무상자가 있어요!"

뭔가를 긁어대는 소리는 바로 무너진 널빤지더미 안쪽에 있는 나무 상자에서 들려오고 있었다.

베이커 경감이 뒤죽박죽으로 포개져 있는 널빤지들 위로 올라가 상자 위로 몸을 숙였다. 상자 뚜껑을 열어보니 킴이 몸을 웅송그린 채 상자 바닥에 누워 있었다. 불빛이 얼굴에 닿는 순간 킴이 눈이 부신 듯 인상을 찌푸렸다. 킴은 아직 살아 있었다.

베이커 경감이 킴을 안아들고 상자 밖으로 꺼냈다. 마치 팔에 깃털 하나가 얹혀 있는 것처럼 가벼웠다.

"오! 하느님 맙소사!"

스텔라 형사가 나지막한 소리로 중얼거렸다.

"킴, 이제 안심해도 된단다."

베이커 경감이 킴의 머리카락을 쓰다듬으며 말했다.

킴이 맑은 눈으로 베이커 경감을 쳐다보았다.

"아저씨, 목이 말라요."

킴이 말했다.

9월 12일, 화요일

1

저녁 8시, 어둠이 깔리기 시작했다. 어느새 가을이 깊어져 해가 지면 금세 기온이 뚝 떨어졌다. 공기 중에 약간 축축하면서도 향긋한 냄새가 배어 있었다.

버지니아는 주방문을 열고 밖으로 나와 정원에서 불어오는 신선한 공기를 흠뻑 들이마셨다. 머리 위로 아름드리나무의 나뭇가지들이 바람에 흔들리는 모습이 보였다. 석양에 물든 황금빛 하늘을 보고 싶었는데 무성한 나뭇잎에 가려 보이지 않아 아쉬웠다.

하늘을 볼 수 없을 만큼 나무가 시야를 가리고 있는데 왜 지금껏 아쉬운 생각이 들지 않았을까?

버지니아는 몸이 으슬으슬 떨려 다시 주방으로 들어갔다. 신선한 공기로 집안을 환기시키기 위해 문은 그대로 열어두었다. 그녀는 식탁 위의 식기들을 모두 모아 식기세척기에 집어넣었다. 배가 고프지 않았지만 킴을 위해 요리를 했다. 킴은 음식을 거의 입에 대지 않았고, 프레데릭만 조금 먹는 바람에 음식이 그대로 남다시피 했다.

나흘 전, 마침내 킴은 집으로 돌아왔다. 아직 충격이 가시지 않아 간단한 대화를 나누는 것조차 쉽지 않았다. 평소 좋아하던 음식으로 상을 차려도 킴은 몇 번 뜨지도 않고 포크를 내려놓고 한껏 미안한 표정으로 엄마를 쳐다보곤 했다.

"엄마, 음식이 잘 안 넘어가."

버지니아는 내일 심리치료사를 만나보기로 약속을 잡아두었다. 충격적인 일을 겪은 아이들을 전문적으로 치료하는 사람이었다. 킴이 살아서 그들 곁으로 돌아왔다. 그 사실 한 가지만으로도 더할 나위 없이 기뻤다.

펀데일 하우스는 마치 사람이 살지 않는 곳처럼 늘 조용했다. 킴은 집으로 돌아온 이후 언제나 일찍 잠자리에 들었다. 마치 안온한 은신처를 찾은 어린 짐승처럼 곰 인형을 품에 안고, 푹신한 베개에 머리를 깊이 파묻고 잠을 청했다.

"나, 피곤해 엄마. 이제 자야겠어."

버지니아가 머리맡에서 책을 읽어 주다보면 킴은 10분도 안 돼 자고 싶다고 말했다.

프레데릭은 큰 충격을 받아 정신이 멍할 정도로 놀란 그레이스를 킹스린 역까지 데려다주기 위해 정각 7시 반에 집을 나갔다. 그레이스는 오빠가 사는 켄트로 가기로 했다. 지난 금요일, 경찰관들이 들이닥쳐 집 안을 온통 난장판으로 만들었고, 잭의 컴퓨터를 압수해갔다. 잭이 저지른 끔찍한 범죄행위와 수십 년 동안 숨겨온 그의 성적 취향에 대해 알게 된 그녀는 불과 며칠 만에 눈에 띄게 늙어버렸다.

프레데릭은 계속 펀데일 하우스에 머물러도 된다고 이야기했지만 그레이스는 트렁크 두 개와 고양이 바구니 하나에 짐을 챙겨 넣고 집을 떠났다.

버지니아가 접시에 남은 음식찌꺼기들을 모아 쓰레기통에 버리고 있을 때 갑자기 뒤쪽에서 누군가 집안으로 들어서는 느낌을 받았다. 나탄이 주방문 앞에 서 있었다. 며칠 동안 경찰서에서 심문을 받았지만 전혀 지친 기색 없이 건강해보였다. 구릿빛 얼굴에 어깨가 꼭 끼는 풀오버를 입고 있었다. 스카이 섬 별장의 옷장 속에 넣어두었던 프레데릭의 옷이었다. 그녀와 함께 별장에 들렀을 때 나탄이 제멋대로 옷을 꺼내 입은 게 분명했다.

버지니아가 당혹스런 표정으로 그를 쳐다보았다. 도무지 입이 떨어지지 않았다. 나탄이 먼저 침묵을 깼다.

"잠깐 안으로 들어가도 될까요?"

버지니아는 마침내 다시 정신을 차렸다.

"여긴 어쩐 일이죠? 당신은 지금 감옥에 들어가 있어야 마땅할 것 같은데요."

버지니아의 그 말을 들어와도 된다는 뜻으로 해석한 듯 나탄이 성큼 주방으로 들어서며 문을 닫았다.

"무혐의로 풀려났어요."

나탄이 주방문을 닫는 순간 버지니아는 뒤로 한 걸음 물러섰다. 문을 열어두라는 말이 목구멍까지 차올랐지만 겨우 참았다. 신경이 곤두선 모습을 들키고 싶지 않았지만 그의 얼굴에 빙글거리는 미소가 떠올라 있는 걸 보면 이미 눈치 챈 게 분명했다.

"내가 무서워요?"

"프레데릭이 당신을 보면 가만있지 않을 거예요."

"프레데릭이 방금 그레이스와 차를 타고 외출하는 걸 봤어요. 당신이 집안에 혼자 있다는 사실을 확인하지도 않고 집안으로 들어왔을 것 같아요?"

"프레데릭은 역에 나갔다가 금방 돌아올 거예요."

나탄이 다시 미소를 지었다. 아무런 감정이 실리지 않은 미소였다.

"내가 왜 무섭죠? 난 아이들을 성폭행하지도 않았고, 죽이지도 않았어요. 난 범죄자가 아닙니다."

"범죄자가 아니라고요? 당신은 킴을 애타게 찾고 있던 우리 부부를 협박해 돈을 요구했어요. 당신 생각에는 그 파렴치한 협박이 범죄가 아니라고 생각해요?"

"물론 협박한 건 맞지만 결국 돈을 뜯어내지는 않았잖아요. 협박 미수와 실제로 돈을 뜯어낸 건 차이가 크죠."

"나는 그다지 큰 차이가 없다고 봐요."

버지니아는 서서히 마음속에서 분노가 되살아났다.

"당장 여기서 나가요. 이제 나와 내 가족들을 제발 좀 가만히 내버려둬요."

나탄이 두 손을 높이 올리며 어깨를 으쓱했다.

"당신은 나를 증오하는군요. 나도 내가 왜 그런 짓을 저질렀는지 모르겠어요."

"난 경찰이 당신 같은 사람을 왜 그냥 풀어주었는지 이해할 수 없어요."

"이미 말했다시피 난 무혐의로 풀려났어요. 나는 순순히 협박전화를 건 사실을 인정했어요. 당분간 경찰은 나에게 영국을 떠나지 말고, 킹스린에 머물러야 한다고 했어요. 경찰에 알리지 않고 잠적할 경우 불이익을 감수해야 할 거라고 경고했죠. 아무튼 나를 당장 가두기에는 혐의 사실이 미미했나 봅니다. 조만간 나는 보호관찰에서도 벗어나게 될 거예요."

"대체 무슨 일로 나를 만나러 왔죠?"

나탄이 잠시 침묵했다.

"우리 사이에는 아직 정리되지 않은 감정이 남아 있지 않나요?"

"며칠 전만 해도 감정이 남아 있었는지 모르지만 유감스럽게도 지금은 아무것도 남아 있지 않아요."

"나를 다시는 보고 싶지 않다는 건가요? 나는 여전히 당신을 만나려고 먼 길을 걸어 와 정원에서 덜덜 떨며 이야기를 나눌 기회만 엿보고 있었어요. 제발 나에게 30분만 이야기할 시간을 줘요. 그 다음에는 나를 내쫓아도 상관없어요."

"당장 나가지 않으면 경찰에 신고하겠어요."

나탄이 어깨를 으쓱했다.

"경찰에 신고한다고요? 어디 한 번 해봐요. 난 말릴 생각이 없으니까."

버지니아는 갑자기 기운이 쭉 빠지는 느낌이었다. 잘못이 뭔지도 모르고 뻔뻔하게 나오는 그를 상대로 말다툼을 하고 싶지도 않았다. 너무 지쳐 그를 증오할 힘도 남아 있지 않았다. 그녀가 무거운 발걸음으로 식탁으로 걸어가 킴이 앉았던 자리에 앉았다.

"지난날 우리 사이에 있었던 일들은 이제 아무런 의미도 없어요. 나에게 중요한 건 킴이 돌아왔다는 것뿐이죠."

"킴은 좀 어때요?"

"잠을 많이 자려하고, 내면 깊숙이 숨어 버리려는 경향을 보이고 있어요. 내일 심리치료사를 만나보기로 했어요. 의사도 몸은 전혀 이상이 없다고 했어요. 성폭행을 당하지 않은 게 그나마 천만다행이죠."

나탄이 고개를 흔들었다.

"잭이 범인이었다니 어느 누가 상상했겠어요?"

"지난 2년 동안 볼일을 보러 나갈 때마다 워커 부부에게 킴을 맡겼던 걸 생각하면 지금도 등골이 오싹해요. 잭을 친절하고 자상한 사람이라 생각해왔는데 너무나 뜻밖이었죠. 아무리 생각해봐도 불가사의한 일이에요."

"잭이 혹시 이전에도 아이들한테 나쁜 짓을 저지른 적이 있었답니까?"

나탄이 물었다.

"잭은 일찍이 자신이 소아성애자라는 걸 깨달았고, 그때부터 평생 자신의 욕망과 싸우며 살았대요. 어린이포르노 사이트에 자주 접속한 건 맞지만 최대한 어린아이들과 접촉하지 않기 위해 무던히 애썼나 봐요. 잭은 심지어 그레이스에게 아이를 갖지 말자고 했대요. 펀데일 하우스에서 일자리를 구한 것도 여자아이들이 없는 곳에서 살기 위해서였답니다."

버지니아는 그동안 위험한 소아성애자와 같은 담장 안에서 살아왔다는 게 충격적이었다.

"원래는 워커 부부만 살았는데 당신들이 킴을 데리고 오는 바람에 그의 잠자던 욕망을 부채질한 셈이로군요."

"잭에게는 재앙이었겠죠. 킴이 거의 매일 눈앞에서 아른거렸을 테니까요. 그레이스는 킴을 자주 자기 집으로 데려갔고, 결국 잭의 완강한 방어막에 구멍이 생기기 시작했나 봐요."

"급기야 잭은 욕망을 스스로 제어할 수 없을 정도가 되었고, 결국 아이들을 납치해 죽이기 시작했군요."

"잭은 사라 모녀가 타고 있던 버스에 동승하고 있었나 봐요. 그는 사라가 회전목마를 타게 해달라고 떼쓰는 모습을 지켜보다가 두 모녀를 따라갔대요. 그는 사라가 잠시 혼자 있게 된 순간을 놓치지 않고 접근해 회전목마를 태워주겠다는 말로 꾀어냈죠. 그는 회전목마를 태워주는 대신 사라를 유괴해 살해했어요."

"잭은 나름 아주 치밀한 사람이었군요."

"잭은 충동적으로 아이를 납치하지 않았어요. 그는 늘 사전에 치밀한 계획을 세웠고, 사람들의 눈을 완벽하게 따돌리고 아이를 납치했어요. 아이들은 신기하게도 자발적으로 그를 따라나섰어요. 제니에게도 그런 식으로 접근했죠."

"장례식에서 잭을 알아본 그 아이 말이군요."

지난 사흘 동안 그 이야기가 신문을 도배하다시피 해 나탄도 내용을 잘 알고 있었다.

"잭은 제니에게 생일파티를 열어주겠다고 했어요. 제니가 용케 목숨을 건질 수 있었던 건 놀라운 행운 덕분이었어요. 한 번은 그 애 엄마인 도리스가 갑자기 병이 나는 바람에 약속장소에 나갈 수 없었고, 또 한 번은 내가 제니를 구해준 셈이 됐어요."

버지니아가 그 말을 하며 미소를 지었다.

"잭이 자백한 사실에 따르자면 그래요. 혹시 내가 디너파티 때 입을 드레스를 사기 위해 시내로 나간 날 기억해요?"

"기억나요."

나탄이 말했다.

"그날 나는 드레스를 사기 전에 문구점에 잠깐 들렀어요. 하필이면 잭과 제니가 만나기로 약속했던 바로 그 문구점이었던 거예요. 그날 문구점주인이 어떤 아이에게 초대장을 사지도 않을 거면서 자꾸 만지작거린다면서 화를 냈죠. 그때 그 아이가 얼마나 당황해하던지 아직도 기억이 생생해요. 그때 그 아이가 바로 제니였나 봐요. 문구점에서 제니를 만나기로 약속했던 잭은 내가 그 안에 있는 걸 보고 깜짝 놀라

도망쳤던 거예요. 그날 만약 내가 문구점에 들르지 않았더라면 잭은 제니를 꼬드겨 납치에 성공했을 거예요."

"제니는 수호천사들이 지켜주는 아이군요."

"이번 일요일이 제니의 생일인데 펀데일 하우스에서 생일파티를 열어주기로 했어요. 제니의 반 친구들을 모두 다 부르게 했죠. 제니가 기뻐하는 모습을 보고 정말 기분이 좋았어요."

"당신은 역시 마음씀씀이가 넉넉해요."

"제니가 아니었으면 킴은 돌아오지 못했을 거예요. 제니가 해준 일에 비하자면 그깟 생일파티쯤 아무것도 아니죠."

"잭은 왜 킴을 살려주었을까요?"

"잭은 그날 킴을 데려와 달라는 그레이스의 전화를 받았을 때 시간 핑계를 대며 거절했어요. 사실은 욕망을 제어하지 못할까봐 두려웠던 거예요. 잭은 욕망과 이성 사이에서 고뇌하다가 결국 학교로 갔나 봐요. 킴은 아무런 의심도 하지 않고 그의 차에 올라탔겠죠. 학교에서 약간 벗어났을 때 그가 차를 세우고 킴의 몸을 더듬기 시작했어요. 킴은 그를 밀쳐내며 저항했죠. 엄마 아빠에게 이야기할 거라는 생각이 드는 바람에 잭은 킴을 돌려보낼 수 없었어요. 잭은 킴을 차마 죽이지는 못하고 교외에 있는 회사부지로 데려갔어요. 오래 전 그가 다녔던 회사죠. 그는 킴을 상자에 가둔 다음 널빤지더미로 가려놓았어요."

"킴을 찾아내지 못했을 경우 굶어죽을 수도 있었겠네요."

"잭도 그걸 알고 있었지만 차마 직접 살해할 수는 없었던 거예요. 킴은 다행히 운이 좋았어요. 킴을 발견했을 당시만 해도 심한 쇼크를 받아 거의 탈진한 상태였죠. 지금은 점차 회복되어가고 있어요."

"그레이스는 남편이 어떤 사람인지 전혀 몰랐나요?"

"그레이스는 그런 사실을 전혀 몰랐다고 해요. 그레이스 입장에서 보자면 마른하늘에 날벼락을 맞은 셈이죠. 그레이스는 마음의 상처를 회복하기 힘들 만큼 큰 충격을 받았어요."

나탄이 곰곰이 생각하며 고개를 끄덕였다.

"그럼 이제 우리 사이는 어떻게 되는 거죠?"

버지니아는 몇 분 전에 그런 질문을 들었다면 화를 벌컥 냈을 테지만 지금은 그저 애잔하고 씁쓸한 생각이 들 뿐이었다.

"이제 우리 사이에 예전의 감정은 조금도 남아 있지 않아요."

"내가 전화한 건 잘못이었어요. 그 시간을 지우고 싶을 만큼 깊이 후회하고 있어요. 사소한 잘못 하나로 모든 게 끝난다니 억울해요."

"협박전화를 한 사람이 당신이라는 걸 알았을 때 난 몹시 큰 충격을 받았어요. 아이가 사라져 가뜩이나 공포와 절망감에 휩싸여 있는 부모를 돈 때문에 이용하려 들었다는 사실이 정말이지 이해하기 힘들었죠. 그 순간 나는 당신의 진면목을 보았어요. 내 눈에 씌어 있던 콩깍지가 벗겨져나가는 순간이었죠. 나는 당신을 잘못 알고 있었어요. 내가 바라던 모습을 투사했을 뿐, 그건 당신의 본모습이 아니었어요."

"새롭게 알게 된 내 본모습이 마음에 안 들었군요?"

"당신은 종잡을 수 없는 사람이에요. 당신과 나는 어울리지 않는 부분이 너무 많다는 걸 깨달았어요."

"혹시 나에 대해 더 알고 싶다는 생각은 안 해봤나요? 알고 나면 생각이 바뀔 수도 있을 텐데요."

버지니아는 고개를 가로저었다.

"더 이상 알고 싶지 않아요. 이미 다 끝났으니까."

버지니아가 두 손에 얼굴을 파묻고 속삭이듯 말했다.

"당신의 의사를 받아들여야겠죠."

마침내 나탄이 말했다.

"당신은 이제부터 어떻게 할 건가요?"

나탄이 어깨를 으쓱했다.

"일단 베이커 경감이 지시한 대로 킹스린에 좀 더 머물면서 경찰의 처분을 기다려야 하겠죠. 그 다음에는 독일로 돌아가야죠. 아마 독일에서 선박침몰에 대한 손해배상소송을 진행하게 될 거예요. 만약 소송에서 이겨 목돈을 받게 될 경우 시간을 벌 수 있을 거예요. 그럼 글을 써야겠죠. 언젠가는 분명 내 책이 나오게 될 거예요."

"반드시 그렇게 되길 빌어요."

나탄이 좀 더 가까이 다가선 다음 망설이다가 손을 들어올렸다. 그녀가 일단 뒤로 몸을 빼지 않았다는 걸 확인하고는 부드럽게 그녀의 뺨을 쓰다듬었다.

"당신은 나한테 아직 빚이 남아 있어요."

"무슨 빚이 남았다는 거죠?"

"당신 이야기의 끝을 듣고 싶어요. 아직 마지막 장이 비어 있잖아요. 마이클과 관련된 이야기 말입니다."

"프레데릭한테 이미 그 이야기를 했어요."

"프레데릭한테 그 이야기를 했다고요?"

나탄이 깜짝 놀라며 되물었다.

"네, 프레데릭에게 이야기했어요."

"그럼 나는 영원히 그 이야기의 끝을 알 수가 없겠군요."

"그래요."

"프레데릭 곁에 남을 건가요? 그가 당신을 용서하고 다시 받아주었나요?"

"나탄, 그 문제는 당신이 상관할 바가 아니잖아요."

"당신이 이렇게 매정하고 잔인한 사람인 줄 몰랐어요."

"이제 먼 길을 가야겠네요."

나탄이 한숨을 내쉬었다.

"노스 우톤에 숙소를 구했어요. 제일 값 싼 곳으로요. 거기까지 가려면 거의 밤새도록 걸어야 할 거예요."

"단순히 그 길을 의미한 건 아니었어요."

나탄이 미소를 지었다.

아까 주방에 들어왔을 때 지은 의미 없는 미소가 아니라 한때 버지니아의 마음을 사로잡았던 바로 그 미소였다. 버지니아는 잠시나마 마음이 훈훈해지는 걸 느꼈다. 어쩌면 그 미소 역시 아주 세밀한 부분까지 미리 계산된 미소였을지도 모른다.

"알고 있어요. 이제 정말 작별인사를 해야 할 시간이군요."

버지니아는 자리에서 일어나 주방문 앞으로 다가가 문을 열었다.

"잘 가요."

버지니아가 작별인사를 했다.

나탄이 고개를 끄덕이고 나서 칠흑 같은 어둠 속으로 한 걸음 내디뎠다. 버지니아는 나탄이 작별키스를 시도하지 않은 게 천만다행이라고 생각했다. 가슴이 아려왔지만 나탄 때문은 아니었다.

나탄은 이제 크고 기다란 그림자가 되어 그녀 앞에 서 있었다. 그가 그녀를 쳐다보았다. 이제 막 나무들 사이로 살짝 들이비치는 달빛 덕분에 그의 얼굴을 알아볼 수 있었다.

나탄은 다시 본모습으로 돌아갔다. 리비아가 깨끗하게 인정했던 그 남자, 하루 종일 돈 벌 궁리만 했다던 그 남자 말이다.

나탄은 공감능력이 뛰어나고 매력적이고 감성적이기까지 했다. 그는 자신이 최우선인 사람이었고, 자신이 가진 장점들을 어떻게 써먹어야 할지 늘 궁리하는 사람이었다. 가장 슬픈 순간에도 인상 한 번 찌푸리지 않고 구걸에 나설 수 있는 사람이었다.

나탄이 다시 한 번 매력적인 미소를 지었다.

"버지니아, 혹시 나에게 돈 좀 빌려줄 수 있어요?"

2

프레데릭이 집에 돌아왔을 때 버지니아는 거실 창가에 앉아 창밖의 어둠을 내다보고 있었다. 차의 엔진소리와 발자국 소리를 이미 들었기 때문에 프레데릭이 말을 걸어왔을 때에도 그리 놀라지 않았다. 그는 나탄처럼 집안으로 몰래 숨어 들어오지 않기 때문이다.

프레데릭은 늘 분명하고 예측 가능한 사람이었다.

"그레이스는 고양이를 데리고 기차에 탔어. 끝내 내 눈을 제대로 쳐다보지 못하더군. 킴은 좀 어때?"

버지니아가 남편을 향해 돌아섰다.

"잠자리에 들었어. 2층에 올라가 확인해 봤는데, 아주 새근새근 꿀잠을 자고 있더군. 악몽에 시달리는 것 같지는 않아."

"킴이 충격을 잘 극복했으면 좋겠어."

"아직 우리는 극복해야 할 고통이 많아. 무엇보다 기쁜 일은 킴이 살아서 우리 곁으로 돌아온 게 아닐까? 우선은 그 한 가지만으로도 난 충분히 기뻐."

"나도 하느님이 얼마나 고마운지 몰라."

프레데릭이 두 손을 청바지 주머니에 찔러 넣었다. 버지니아는 처음으로 지난 며칠 사이에 남편의 살이 많이 빠졌다는 걸 알아차렸다. 킴 때문만은 아니라는 걸 알고 있었다.

"그레이스는 완전히 혼이 빠져나간 사람 같았어. 그렇게 극심한 절망감에 빠져 있는 사람을 본 적이 없을 정도야.

"그레이스한테 다시 한 번 여기서 살아도 된다고 말해봤어?"

"물론이야, 계속 살아도 된다고 했지만 사양했어. 아마 여기서는 견딜 수 없을 거야. 난 그레이스의 마음을 충분히 이해해."

"잭은 정말 많은 사람들에게 씻을 수 없는 상처를 주었어."

"잭은 환자야."

"그건 변명이 될 수 없어.

"잭은 이제 평생 감옥에서 자기 죄를 참회하며 살아야 할 거야."

그들은 서로를 마주보았다.

"리즈 알비가 오늘 낮에 전화했어. 킴을 되찾게 돼 자기도 정말 기쁘다고 하더군. 리즈는 아이 아빠와 스페인에 가기로 했대."

"스페인으로 휴가를 떠난다는 거야?"

"완전히 이주하기로 했나 봐. 두 사람은 스페인에서 새롭게 시작하기로 했대. 내가 보기에는 아주 잘한 결정 같아."

"남아 있는 사람들은 어떤 식으로든 다가선 운명을 견뎌내면서 계속 살아가야 할 테니까."

버지니아가 웃었다. 다만 전혀 즐거운 웃음이 아니었다.

버지니아가 말을 이었다.

"지금 모두들 깨어진 파편들을 골라내기 위해 애쓰고 있어. 어떤 사람은 파편들을 다시 붙여보려고 애쓰기도 하지. 어린아이가 두 명이

나 죽었어. 죽을 뻔했던 아이도 두 명이나 돼. 그 충격과 고통은 그리 쉽게 치유되지 않을 거야."

"그렇겠지."

프레데릭이 말했다.

"우린 이제 단순히 우리가 아니라는 거야. 우리는 우리의 죄로 서로 묶여 있어. 영원히."

"버지니아, 너무 자책하지 마."

버지니아가 창백해진 얼굴로 격렬하게 머리를 흔들었다.

"똑같은 일이 일어날 뻔했어. 11년 전, 쾌락에 빠져 주의를 게을리 한 탓에 토미가 죽었고, 이번에는 킴이 죽음의 문턱까지 갔다가 돌아왔어. 엄마라는 사람이 자기 생각만 했기 때문이야. 엄마가 곁에서 지켜주지 않았기 때문이야. 그게 바로 내 운명에 드리워진 어두운 그림자야."

프레데릭은 버지니아가 이토록 절망한 모습을 본 적이 없었다.

"당신은 킴에 대한 죄책감으로 지나치게 힘들어하고 있어. 그날 오후, 당신은 엄마로서의 의무를 망각하지 않았어. 살다 보면 그런 일은 언제든지 일어날 수 있는 거야. 수없이 많은 일들이 학교로 킴을 데리러 가는 당신을 가로막을 수 있어. 갑작스런 치통으로 치과에 가야 할 수도 있고, 느닷없이 차가 고장 날 수도 있고, 발목을 다쳐 움직이지 못할 수도 있겠지. 독감에 걸린 그레이스한테 픽업을 부탁했는데, 그녀가 자기 남편에게 대신 그 일을 해달라고 했어. 우연히 발생한 일이었고, 절대로 당신 혼자서 짊어져야 할 죄가 아니야. 이제 투미는 그만 놓아줘. 그 아이 때문에 당신은 무려 11년 동안이나 숨을 맘 편히 쉬지 못하고 어두운 그늘 속에서 살아왔어. 펀데일 하우스의 아름드리나무들 뒤에 숨는다고 해결될 문제가 아니야. 이제 그만 토미를 놓아줘. 이미 벌어진 일은 더 이상 돌이킬 수 없어."

버지니아의 눈에서 소리 없이 눈물이 흘러내렸다.

"나는 토미를 절대로 잊을 수가 없어."

버지니아가 작은 소리로 중얼거렸다.

"잊지 말고 차라리 그냥 받아들여. 이미 벌어진 일, 돌이킬 수 없는 일이잖아."

문득 11년 만에 처음으로 토미를 생각하며 눈물을 흘렸다는 생각이 들었다.

"마이클을 찾아봐야겠어. 난 그가 아직 살았는지 죽었는지도 몰라. 어디에 살고 있는지, 또 어떻게 변했는지도 몰라. 마이클을 찾아내 고백할 거야. 그때 차 문을 잠그지 않은 사람은 그가 아니라 바로 나였다고 고백할 거야. 그는 토미의 죽음에 대해 아무런 책임이 없다고 말할 거야."

"당신만 괜찮다면 내가 마이클을 찾을 수 있도록 도와줄게."

버지니아는 고개를 끄덕였다.

두 사람은 잠시 침묵하며 서로를 바라보았다. 지난 며칠 동안 그들은 킴에 대한 걱정 때문에 미처 자신들의 이야기를 나눌 여유가 없었다. 예전과 똑같이 지낼 수는 없다는 걸 잘 알고 있었다. 다시는 그 시절로 돌아갈 수 없다는 걸 잘 알고 있었다. 아직 앞으로 어떻게 살게 될지 몰랐다. 당장 그 문제를 결정해야 하는 건 아니었다. 시간이 어느 정도 흘러야 어디로 가야 할지 길이 보일 테니까. 그 길을 함께 걷게 될지, 각자 걷게 될지 현재로서는 정해진 게 아무것도 없었다.

프레데릭이 버지니아 옆으로 다가왔다. 두 사람은 나란히 서서 창밖을 내다보았다. 어두운 유리창에 그들의 모습만 어렴풋이 비칠 뿐 집을 둘러싸고 있는 아름드리나무들은 보이지 않았다.

버지니아는 더는 이렇게 어둠 속에서 살지 않으리라 마음먹었다.

모든 게 달라져야 해.

버지니아는 이제 유리창에 비친 자신의 모습을 보고 있지 않았다.

그리움과 더불어 옛 기억들이 밀려왔다.

"당신 혹시 나탄을 생각하는 거야?"

프레데릭이 그녀의 표정에 깃든 우수를 발견하고 물었다. 바로 옆에 서 있는 그의 목소리가 아주 멀리서 들려온 것 같았다.

버지니아는 고개를 저었다.

"이제 다시는 그 사람을 생각하지 않아."

프레데릭이 과연 그 말을 믿을 수 있을까?

버지니아가 영원히 간직하고 싶은 기억은 나탄에 대한 게 아니었다. 그 이틀 동안 스카이 섬 위에 펼쳐져 있던 녹청색 하늘과 바다에서 불어오던 차가운 바람, 그 맑고 서늘한 느낌을 영원히 간직하고 싶을 뿐이었다.

〈끝〉

옮긴이의 말

《죄의 메아리》는 2006년에 출간된 샤를로테 링크의 심리스릴러 범죄소설이다. 현재 독일에서 가장 잘 나가는 인기 작가라는 명성에 걸맞게 《죄의 메아리》 역시 출간 즉시 베스트셀러 리스트에 이름을 올린 작품으로, 세밀한 심리묘사와 정교하고 짜임새 있는 구성, 흡인력 있는 진행이라는 샤를로테 링크 특유의 장점을 고루 갖추고 있다.

샤를로테 링크는 독일작가이지만 특이하게도 영국과 영국인을 작품 배경과 주인공으로 자주 설정할 뿐만 아니라 동료이자 친구인 영국 출신 작가의 시샘을 받을 만큼 영국소설의 전통을 훌륭하게 이어받고 있다. 《죄의 메아리》 역시 영국을 배경으로 하고 있다.

1995년, 누군가에 대한 죄책감으로 밤마다 악몽에 시달리는 어느 남자의 이야기가 프롤로그에 소개되고 난 뒤 11년이 지난 2006년 시점에서 본격적인 이야기가 시작된다.

스코틀랜드 연안의 스카이 섬에서 여름휴가를 보내던 버지니아 쿠엔틴은 라디오방송에서 헤브리디스 제도 앞바다에서 선박충돌로 침몰된 요트 사고소식을 듣는다. 요트에 타고 있던 독일인 부부가 남편과 함께 요트로 세계일주를 하던 중 잠시 스카이 섬에 정박해 있는 동안 그녀의 별장에서 가사도우미로 일했던 리비아 모어 부부라는 걸 알아차린다.

버지니아는 전 재산을 잃고 구사일생으로 목숨을 건졌지만 빈털터리가 되어 버린 독일인 부부에게 그들이 떠나면 비어 있게 될 별장을 숙소로 제공한다. 버지니아의 남편 프레데릭은 본능적으로 리비아 모어의 남편인 나탄 모어에게 거부감을 느낀다. 잠깐 동안의 만남으로 막을 내릴 줄 알았던 그들의 인연은 그 후로도 계속 이어진다. 나탄 모어가 버지니아의 저택에 연락도 없이 찾아오면서 두 집안의 이야기는 새로운 국면으로 접어든다.

여주인공인 버지니아 쿠엔틴은 외견상 부족한 게 전혀 없어 보이는 중산층 주부이지만 물질적인 풍요가 행복의 바로미터는 아니다. 결혼 이후 거의 은둔하다시피 살고 있는 버지니아는 정치에 뜻을 둔 남편의 사교모임 참석 요구를 거부할 만큼 사람들과의 교류에 부담을 느낀다. 울창한 나무숲에 둘러싸여 해가 거의 들이비치지 않는 대저택은 그녀의 내면세계를 상징하는 공간이라 할 수 있다.

버지니아는 약속도 없이 무작정 그녀 앞에 나타난 나탄을 딸과 둘만 있는 집에 받아들인다. 은행장인 남편 프레데릭은 런던에 가 있다. 어딘가 모르게 비밀이 많아 보이지만 나름 매혹적인 나탄이 버지니아의 마음 어딘가를 건드린 것이다. 남편 프레데릭이 런던에 머무는 동안 버지니아는 걷잡을 수 없이 나탄에게 빠져들게 된다. 나탄은 버지니아의 얼굴에 짙게 드리워져 있던 우수의 그림자를 걷어내는 데 성공한다.

버지니아는 이제껏 그 누구한테도, 심지어 남편한테도, 털어놓지 못한 채 혼자 가슴 속에서만 간직했던 비밀을 나탄에게 털어놓는다. 사실 그녀는 과거의 어두운 비밀들과 커다란 죄책감에 시달리느라 고립된 생활을 자처했던 것이다. 죄책감은 오래도록 사라지지 않았고,

달아나려 할수록 죄의 메아리는 더욱 크게 그녀를 뒤쫓아 왔다.

버지니아의 집 인근에서 실종된 여자아이 두 명이 성폭행 당한 시신으로 발견되어 사람들의 불안감을 고조시키던 중 이제 막 일곱 살이 된 버지니아의 딸 킴이 사라지는 사건이 발생한다. 킴의 실종을 계기로 버지니아와 나탄의 관계에 초점이 맞추어졌던 이야기는 연쇄살인마의 수사와 긴밀하게 맞물리며 촘촘하게 전개된다. 나탄의 행적에 자꾸만 수상한 점이 나타나면서 버지니아의 의구심이 커진다.

나탄은 과연 어린아이 납치성폭행치사 사건과 관련이 있을까? 만약 나탄이 범인이 아니라면 진범은 누구일까?

소설의 말미에서 우리는 그 놀라운 반전을 접하게 된다.

《죄의 메아리》는 하드보일드 스타일의 정통 스릴러보다는 인간심리에 대한 깊이 있는 묘사와 평범한 사람들의 이면에 감추어진 진실에 대한 탐구에 초점을 맞추는 샤를로테 링크의 소설답게 인간의 마음속에 자리 잡고 있는 죄의식과 트라우마, 욕망, 집착, 불안, 용서 등 다양한 심리적 요소들을 입체적으로 형상화시키고 있다. 아울러 인물들 간 심리적 갈등을 팽팽하고 긴장감 있게 전개해 소설에 대한 몰입도를 최고조로 끌어올리는 게 특징이다. 범인의 정체와 사건의 해결에만 초점을 맞추기보다는 사건이 전개되는 과정에서 드러나는 인물들의 심리 변화를 따라간다면 더욱 풍성한 재미를 느낄 수 있을 것이다.

소설 속에 묘사된 영국 북부의 거칠고 황량한 풍경이 눈앞에 펼쳐지며 읽는 재미를 더한다. 소설의 마지막 장을 덮고 나면 분명 잘 만든 한 편의 범죄스릴러 영화를 본 것 같은 만족감을 느끼게 될 것이다.

강명순